HEYNE <

ELLA THOMPSON

EIN WUNSCH in den Wellen

Stonebridge Island 1

Roman

WILHELM HEYNE VERLAG
MÜNCHEN

MIX
Papier aus verantwortungsvollen Quellen
FSC® C014496
FSC
www.fsc.org

Penguin Random House Verlagsgruppe FSC® N001967

2 Auflage
Originalausgabe 06/2021

Redaktion: Diana Mantel
Printed in Germany
Umschlaggestaltung: Eisele Grafik-Design, München,
unter Verwendung von © Bigstock (CasoAlfonso); Shutterstock.com
(kesipun, jack photo); iStockphoto (lucky-photographer)
Satz: Buch-Werkstatt GmbH, Bad Aibling
Druck und Bindung: GGP Media GmbH, Pößneck
ISBN: 978-3-58075-6

www.heyne.de

Prolog

Das Knacken eines Holzstücks übertönte das Prasseln des Feuers. Eine orangerote Funkenfontäne stob in den schwarzen Nachthimmel hinauf, wurde von einem Windstoß durcheinandergewirbelt und verglühte irgendwo zwischen den dunklen Schatten der Pinien und dem unendlichen Sternenmeer.

Abby Cooper war ihr mit den Blicken gefolgt. Sie atmete die eisige, klare Luft ein und schloss für einen Moment die Augen. Das hier war Zuhause. Familie. So begrüßten die Coopers das neue Jahr, solange sie denken konnte. Hinter ihnen, auf der anderen Seite der Insel, in Home Port, wurde wie in jedem Jahr ein großes Feuerwerk gezündet. Das dumpfe Knallen der Raketen war bis hierher zu hören. Aber sie hatte nicht das Bedürfnis gehabt, in die Stadt zu fahren und sich das Spektakel anzusehen. Sie wollte an dem Ring aus Steinen hinter dem Ranchhaus stehen, in dem in jeder Neujahrsnacht ein großes Feuer loderte. Mit ihrer Mutter Olivia. Ihren Schwestern Summer und Megan. Zum ersten Mal seit ihrer frühesten Kindheit standen sie ohne ihren Vater Jack hier. Bei der Erinnerung an sein fröhliches, wettergegerbtes Gesicht und seine Jackentaschen, in denen sich immer ein paar Pferdeleckerli befanden, zog sich ihr Herz zusammen. Abby ließ den Schmerz zu, weil sie wusste, er würde irgendwann schwächer werden.

»Ich möchte euch etwas sagen.« Die ruhige, feste Stimme ihrer Mutter ließ Abby die Augen wieder öffnen. Sie alle standen in ihre dicken Daunenjacken gehüllt am Feuer. Hinter ihnen das Haus, das seit drei Generationen das Herz der *Silver Brook Stables* bildete. Vor ihnen fiel die Wiese erst sanft und dann steil ab. Hinter den Klippen breitete sich der Atlantik aus. Zerteilt von kleinen Inseln lag er ruhig da und warf das Licht des Vollmondes in die Nacht zurück.

Abby sah zu ihrer Mutter, genau wie ihre Schwestern, die ihr ebenfalls neugierig die Köpfe zuwandten. Olivia hatte ihre Mütze tief ins Gesicht gezogen und drehte ihr Champagnerglas in den Händen, die in dicken Fäustlingen steckten. »Ich habe eine Entscheidung getroffen«, fuhr sie fort. Ihre Augen waren seit Jacks Tod im Herbst ein Spiegel ihrer Trauer gewesen, und Abby hätte schwören können, diese Gefühle noch vor zwei oder drei Stunden gesehen zu haben. Doch jetzt leuchteten sie, als wäre sie dabei, sich in ein Abenteuer zu stürzen, das ihr Leben aus den Angeln heben würde. Und das ihrer Töchter gleich mit. Abbys Herzschlag beschleunigte sich. Was hatte sie vor?

»Ich habe beschlossen, mit Beginn dieses neuen Jahres die Leitung des Gestüts abzugeben.«

»Was?« Abby und ihre Schwestern sprachen gleichzeitig. Sie war sich sicher, dass in ihrem Blick die gleiche Fassungslosigkeit stand, die sie auf Summers und Megans Gesichtern erkennen konnte. »Aber … das kannst du nicht«, widersprach Abby automatisch. »Die *Silver Brook Stables* sind dein Leben.« Kaum hatte sie den Satz ausgesprochen, hätte sie sich am liebsten selbst eine Ohrfeige verpasst.

»Gut gemacht, Frau Doktor Psycho«, zischte Summer ihr zu und verdrehte die Augen.

Ihre Mutter senkte für einen Augenblick die Lider, und ein trauriges Lächeln schlich sich in ihre Mundwinkel. Dann blickte sie wieder auf und sah ihre Töchter der Reihe nach an. Ihre Augen glänzten, aber Abby wusste: Sie würde nicht weinen. Das würde sie sich für später aufheben. Wenn sie allein war.

»Es war mein Leben, Abby-Schatz«, sagte sie leise. »Solange Jack an meiner Seite war. Jetzt soll es euer Leben werden. Verwirklicht eure Träume, so wie Jack und ich es getan haben.«

»Ach Mom.« Megan, die ihrer Mutter am nächsten stand, zog sie in eine lange, feste Umarmung.

»Hey.« Olivia lachte leise und löste sich schließlich aus der Umklammerung ihrer Tochter. »Ich bin trotzdem noch hier. Keine Angst, ich werde alles, was ihr tut, mit Argusaugen beobachten. Und euch jede Menge Ratschläge geben, auf die ihr keinen Wert legt.«

»Danke für das Vertrauen und die Chance«, sagte Summer schlicht und hob ihr Glas. »Wir können es kaum erwarten, uns deine unerwünschten Tipps anzuhören.«

»Eine Sache wäre da noch.« Olivia blickte in die Bucht hinunter, die aussah wie ein zwei Meilen langer, perfekt geformter Halbmond. »Ich habe Benedict Morgan die Halfmoon Bay abgekauft. Sie gehört jetzt euch. Frohes neues Jahr. Möge es besser werden als das, das wir hinter uns zurücklassen.« Sie hob ihr Champagnerglas und stieß der Reihe nach mit ihnen an. Zwischen den Lichtreflexen und Schatten, die das Neujahrsfeuer auf das Gesicht ihrer Mutter malte, konnte Abby die Zuversicht sehen. Die Gewissheit, die richtige Entscheidung für die Zukunft – und ihre Mädchen – getroffen zu haben. Auch wenn die Ankündigung mehr als überraschend gekommen war. Ihre Mutter war sonst nicht der Typ, der spontane

Entschlüsse fasste und ihre Töchter vor vollendete Tatsachen stellte.

Aus Abbys Sicht warfen diese Entscheidungen Fragen auf. Fragen, die sie auch in den Augen ihrer Schwestern sah. Jede Menge Fragen. Denn die Morgans hatten die Halfmoon Bay seit Jahrzehnten wie einen Schatz gehütet. Hatten damit vor ihrer Nase herumgewedelt. Was brachte den Clan, mit dem ihre Familie seit einer Ewigkeit verfeindet war, dazu, ihnen plötzlich dieses wunderschöne Stück Land zu verkaufen? Ihre Schwestern kommentierten diesen merkwürdigen Verkauf und Olivias Entscheidung allerdings nicht weiter – sie waren wie üblich mit ganz anderem beschäftigt.

Summer beugte sich hinunter, um die beiden Hofhunde Henry und Nugget zu streicheln, die sich zu ihren Füßen niedergelassen hatten. Sie verstand die Tiere. Besonders Pferde und Hunde. Also war es kein Wunder, dass sich immer irgendein Vierbeiner in ihrer Nähe aufhielt.

Megan vollführte ein kleines Tänzchen. Zu einer Melodie, die nur in ihrem Kopf existierte. Abby wusste, was sie damit bezweckte. Es war ihre Art, jedem – und vor allem Olivia – zu zeigen, dass alles in Ordnung war. Abgesehen davon gehörte sie einfach nicht zu den Menschen, die stillhalten konnten. Oder schlechte Laune verbreiteten.

Abbys Schwestern hatten recht. Für all diese Fragen wäre auch später noch Zeit. Sie musste aufhören, ständig mental einen Schritt zurückzutreten und die Worte ihrer Mutter und Summers und Megans Reaktion darauf zu analysieren. »Frohes neues Jahr!«, stimmte sie in den Salut ihrer Familie ein. Die überraschenden Ankündigungen ihrer Mutter garantierten, dass es ein spannendes werden würde.

1

Abby atmete tief ein und schloss für einen Moment die Augen. Die Märzsonne schickte ihre ersten Strahlen vom blauen Himmel, ließ sie zart über ihr winterblasses Gesicht tasten. Der Wind hingegen, der ihr in die Wangen kniff, trug noch immer die Kälte des Winters in sich. Er riss an ihrer dicken Wollmütze und zerzauste die blonde Mähne ihrer Palomino-Stute Ebba. Das Pferd schnaubte leise, als sie an die Klippe traten. Unter ihnen brandete der Atlantik gegen die schwarzen Felsen, die den Naturgewalten seit Jahrtausenden trotzten. Weiter draußen durchschnitt das Boot eines Hummerfischers die glatte Oberfläche des Ozeans. Vielleicht Jacob Wilkinson und seine Crew auf dem Weg zu seinen Hummer-Fallen.

Abby zog ihren Schal ein Stück höher, um ihr Gesicht vor den eisigen Böen zu schützen, und blickte in die halbmondförmige Bucht hinunter, die jetzt ihrer Familie gehörte. Es juckte ihr in den Fingern, den schmalen Pfad hinunterzureiten und mit Ebba über den feinen, grauen Sand zu preschen. Aber dafür würde sie heute keine Zeit haben. Je länger sie hier draußen herumtrödelte, desto länger schob sie das Unvermeidliche auf. »Na komm, Süße«, sagte sie leise und wendete Ebba. Ein Stück trabten sie an der Klippe entlang, bevor sie auf den Pfad abbogen, der sie durch den Pinienhain führen würde. Abby hasste Abschiede, aber sie konnte sich nicht davor drücken, Gabriella Lebwohl zu sagen. Auch wenn sie schon jetzt einen Kloß im Hals hatte und ihre Assistentin – ehemalige Assistentin, verbesserte sie sich – heulen würde wie ein Schlosshund. Sie ließ Ebba in einen Galopp fallen und genoss die Geschwindigkeit, mit der die alten Bäume an ihr vorbeiglitten. An Stellen, die die Sonne noch nicht erreicht hatte, wurde das dunkle Moos von hartnäckigen Schneeresten bedeckt. Der Winter hatte den Nordosten Maines noch nicht aus seinen Klauen entlassen. Laut Wetterbericht würde er in den nächsten Tagen noch einmal zuschlagen – nichts Ungewöhnliches im März. Doch im Moment war der Waldboden weich, und das Trommeln von Ebbas Hufen klang leise. Abby mochte den Rhythmus, die Einheit, zu der ihr Pferd und sie verschmolzen. Sie liebte den Geruch nach feuchter Erde, Wald und Meer, der sie hier draußen im Frühling begleitete. Und den immer präsenten warmen Pferdeduft.

Abby musste nicht auf die Uhr sehen, um zu wissen, dass ihr die Zeit langsam davonlief. Sie musste zurückkehren. Gabriella wartete mit Sicherheit längst auf sie. Statt ihren Ausritt in Richtung *Seal Rock Hall* auszudehnen, entschied sie sich für den Weg an der Fohlenkoppel der *Silver Brook Stables* entlang und kehrte auf den Hof zurück. Sie ließ die knorrigen Nadelbäume hinter sich und Ebba wieder in Trab fallen. Eine Möwe schoss an ihr vorbei, segelte für einen Moment neben ihnen her und drehte dann wieder ab in Richtung Ozean. Als Abby den Hof erreichte, kam Josh Walsh aus dem Stutenstall. Er blieb stehen und sah ihr entgegen.

»Guten Morgen, Josh«, grüßte sie den Vorarbeiter, als sie Ebba neben ihm halten ließ.

»Morgen, Abby. Hallo, meine Schöne.« Er tätschelte Ebba zur Begrüßung den Hals und griff dann nach ihrem Zügel. »Du kannst sie mir überlassen«, bot er Abby an. »Gabriella wartet schon auf dich.«

Abby sah zu ihrer Praxis hinüber. Das kleine Holzhaus, das wie alle Ställe und Scheunen auf dem Hof dunkelrot gestrichen war, hatte früher als Wirtschaftsgebäude des Gestüts gedient. Beim Neubau des Hengststalles waren neue Wirtschaftsräume integriert worden. Ein paar Jahre hatte das Häuschen leer gestanden, ehe Abby ihrem Leben in Portland den Rücken gekehrt und hier einen Neustart gewagt hatte. Einen Neustart, bei dem Gabriella vom ersten Moment an dabei gewesen war.

Sie saß ab und strich Ebba über die Nase. »Danke«, sagte sie zu Josh und straffte die Schultern. Es machte keinen Sinn, das Unvermeidliche noch weiter hinauszuzögern. Die Tür der Praxis stand offen. Als Abby die beiden Stufen zu der kleinen Veranda hinaufstieg, drehte sich Gabriella zu ihr um und schniefte. Sie war dabei, ihre letzten Habseligkeiten in einen Karton zu packen, der auf dem kleinen Schreibtisch stand.

»Ich kann nicht glauben, dass ich wirklich gehe«, sagte Gabriella mit zittriger Stimme. Die Freundin verzog den Mund und fuhr mit dem Handrücken über ihre Augen. Abbys dunkelbrauner Labrador Charlie trabte zu ihr hinüber und setzte sich neben sie, damit sie ihn streicheln konnte. Seine persönliche Version von ›den Abschiedsschmerz verringern‹. »Ich habe mir nie vorstellen können, jemals etwas anderes zu machen. Oder woanders zu leben.« Gabriella schluchzte laut, und Charlie rückte noch ein wenig näher an sie heran.

»Komm schon.« Abby bemühte sich um eine fröhliche Stimme, obwohl ihr der Abschied nicht weniger schwerfiel. Sie umarmte Gabriella, soweit das der dicke Bauch ihrer Freundin zuließ. »Jetzt beginnt ein neuer, wundervoller Lebensabschnitt. Aufregend und spannend.«

»Aber Boothbay ist so weit weg«, widersprach Gabriella. »Ich werde dich so vermissen. Ich werde alles hier vermissen. Dich auch, Charlie.« Sie beugte sich zu dem geduldigen Hund hinunter und kraulte ihn ausgiebig hinter den Ohren, wie er es liebte.

Abby legte ein rosa eingewickeltes Päckchen in den Karton. »Nicht aufmachen«, warnte sie, als ihre Freundin danach greifen wollte. »Das ist für Gabby Junior.« Sie hatte das süße Babyjäckchen im Gift Store in Home Port entdeckt. Es war von einer der Handarbeiterinnen aus Sandy Beach genäht worden. »Und für dich ist das.« Sie reichte Gabriella ein gerahmtes Foto, das sie beide zeigte. Zwischen ihnen stand Acapulco, das Therapiepferd, das Gabriella ausgebildet hatte. »Wenn die kleine Lady alt genug ist, kommt ihr uns besuchen. Dann bekommt sie ihre erste Reitstunde von mir.«

Bis zu diesem Moment hatte Gabriella sich noch irgendwie zusammengerissen, doch nun ließen sich die Tränen nicht mehr stoppen. Sie lachte und weinte gleichzeitig. Genau wie Abby war sie auf der Insel aufgewachsen. Nach ihrem Highschool-Abschluss hatte sie begonnen, für die *Silver Brook Stables* zu arbeiten. Sie liebte Pferde. Und sie hatte ein gutes Händchen im Umgang mit Menschen. Als Abby ihre Praxis vor zwei Jahren nach Stonebridge Island verlegt hatte, hatte Gabriella sich als Betreuerin für das therapeutische Reiten weitergebildet und war zu ihrer rechten Hand geworden. Sie waren ein tolles Team gewesen. Doch nun, im achten Monat schwanger, zog sie in die Nähe ihrer Schwiegereltern, ein paar Stunden die

Küste hinunter. Ihr Mann hatte in seinem Heimatort als Hummerfischer Arbeit gefunden, und sie würde dessen Familie um sich haben. »Ich komme dich besuchen«, versprach Gabriella. Sie umarmte Abby noch einmal fest. »Ich hoffe, du findest einen guten Nachfolger für mich.«

»Wer soll dich schon würdig ersetzen?«, fragte Abby lächelnd.

»Niemand. Das ist doch klar.« Gabriella wischte sich mit einer entschlossenen Bewegung die Tränen von den Wangen und warf einen Blick auf ihre Uhr. »Ich gehe jetzt, bevor mich meine Hormone in einen echten Heulkrampf ausbrechen lassen.«

Sie griff nach dem Karton mit ihren Habseligkeiten, doch Abby schob ihre Hände sanft zur Seite. »Den nehme ich.« Sie trug ihn zum offen stehenden Kofferraum von Gabriellas kleinem SUV und stellte ihn neben die anderen Sachen, die dort bereits gestapelt waren. Ihre Reitstiefel. Ihr Sattel. Und ein paar Klamotten, die sich mit der Zeit in der Praxis und den Ställen angesammelt hatten.

Gabriella zog eine Dose Pferdeleckerli unter der Daunenweste mit dem Logo des Gestüts hervor, die sie im Winter oft getragen hatte. »Die sind für Acapulco. Der verfressene Kerl liebt die Dinger.« Sie umarmte Abby ein letztes Mal und kraulte Charlie unter dem Kinn, ehe sie sich mit ihrem Babybauch ungelenk hinter das Steuer klemmte und die Tür zuzog.

Abby winkte ihr nach, als sie langsam davontuckerte. Dann legte sie Charlie die Hand zwischen die Ohren. Der Hund sah voller Liebe zu ihr auf. »Dann sind wir nur noch zu zweit«, murmelte sie und blinzelte gegen das Brennen in ihren Augen an. Gabriella war ein Glücksgriff gewesen. Und eine große Stütze, als Abby ihre Arbeit in Portland aufgegeben hatte und auf die Insel zurückgekehrt war, auf der sie aufgewachsen war.

Abby hatte als Psychologin in einer Praxis gearbeitet, die sich auf Traumabewältigung und posttraumatische Belastungsstörungen spezialisiert hatte. Vor zwei Jahren hatte ein schrecklicher Moment ihre Welt aus den Angeln gehebelt und alles infrage gestellt, was sie die Lehrbücher und Vorlesungen gelehrt hatten. Ein Moment, der dazu geführt hatte, dass Abby ihren Job an den Nagel gehängt und beschlossen hatte, zu therapeutischem Reiten zu wechseln. Sie hatte eine Praxis auf dem Gestüt ihrer Familie eröffnet, und Gabriella hatte ihr von Anfang an viel Arbeit abgenommen. Sie musste wirklich schnell jemanden finden, der ihre Freundin wenigstens zum Teil ersetzen konnte. Auch wenn allein der Gedanke an die Veränderungen, die vor ihr lagen, ihren Puls beschleunigte. Sie mochte es nicht, die ausgetretenen Wege zu verlassen, die sie kannte. Denen sie mit geschlossenen Augen folgen konnte. Sich durch neues, unbekanntes Territorium zu tasten machte ihr mehr Angst, als sie irgendjemandem gegenüber zugeben würde. Ihre Schwestern und ihre Mutter waren nach Gabriellas Weggang für sie da. Sie würden ihr eine Zeit lang unter die Arme greifen. Aber in den nächsten Wochen begannen die Stuten zu fohlen, und auf dem Hof wurde jede Hand gebraucht.

Abby stellte ihren Fuß auf den untersten Querriegel des weißen Zauns der Stiefmütterchen-Koppel, die ihren Namen den kleinen lilafarbenen Blüten verdankte, die zu den ersten gehörten, die im Frühjahr ihre Köpfchen mutig durch die eisige Schneedecke steckten. Gabriella hielt vor dem Ranchhaus auf der anderen Seite des Hofes und rutschte aus dem Wagen, um sich auch vom Rest der Coopers zu verabschieden. Abbys Mutter, ihre Schwestern Summer und Megan traten aus dem Haus, begleitet von Rose Walsh, ihrer Haushälterin. Gabriella wurde umarmt und geherzt. Rose überreichte ihr einen abgedeckten Teller, auf dem sich garantiert der Lieblingskuchen ihrer Freundin befand. Abby war sich sicher, dass der Pecannut-Pie einen neuen Gefühlsausbruch herbeiführen und noch mehr Tränen fließen lassen würde. Sie stieß sich vom Zaun ab und drehte sich zu dem Stutenstall um, der schon immer so hieß, obwohl hier auch die Wallache untergebracht waren. »Komm, Charlie«, rief sie ihren Hund. In einer Viertelstunde kam ihr nächster Patient, für den sie Foxy satteln musste. Außerdem würde Acapulco sicher um eines der Leckerchen betteln, die Gabriella für ihn dagelassen hatte.

*

Das Licht pulsierte in einem nervtötenden Rhythmus um Cameron Montgomery herum. Es passte zum Dröhnen des Deep House Sounds, der auf seiner Haut vibrierte. Er konnte das *Black Dreams* eigentlich nicht ausstehen, egal wie angesagt der Club in Boston zurzeit war. Aber er hatte einen fantastisch gesicherten VIP-Bereich und war damit der perfekte Ort, um sich gepflegt zu betrinken. Denn genau das war sein Ziel für heute Nacht: Den Frust und die Enttäuschung runterzuspülen, die die Zugehörigkeit zum Montgomery-Clan mit sich brachte. Zu vergessen, wie sehr er sich die Anerkennung seines Vaters gewünscht hatte. Wie sauer ihn das geringschätzige Grinsen seines Bruders Jason gemacht hatte.

Cameron gehörte nicht zu den Menschen, die sich mit einer Flasche Scotch in ihr Schlafzimmer zurückzogen und dort in ihr Glas weinten. Sich zu betrinken war seiner Meinung nach nur halb so schlimm, wenn man es in Gesellschaft tat. Und Gesellschaft hatte er hier mehr als genug. Er hatte zwei der Promi-Jägerinnen, die es regelmäßig auf mysteriöse Weise in den abgesperrten Bereich schafften, eine Flasche Champagner ausgegeben. Eigentlich wollte er nichts von ihnen, aber so lief das im VIP-Bereich nun mal. Als drei Spieler der *Patriots* aufgetaucht waren, hatten ihn die Groupies auf der Stelle vergessen, was ihm mehr als recht war. Cameron leerte sein Glas und schenkte sich aus der geöffneten Whiskeyflasche auf seinem Tisch nach. Er versuchte, sich zu entspannen, lehnte sich in das kühle Leder der Couch zurück und nippte an dem Drink. Schon jetzt spürte er die leichte Taubheit, die sich von seinen Füßen aus über seinen Körper zog und den Grund für das Besäufnis und die Demütigung durch seine Familie langsam verblassen ließ. Zwei seiner Kumpels hatten ihm eine Zeit lang Gesellschaft geleistet, waren aber inzwischen in einen anderen Club weitergezogen. Vielleicht würde er das auch tun, wenn er mit diesem Glas Scotch fertig war.

Vielleicht auch nicht. »Scheiße!«, entfuhr es ihm, als sein Blick auf den Eingangsbereich der VIP-Lounge fiel. Das Glas auf halben Weg zum Mund starrte er Elayne Knox entgegen, die ihn offenbar längst entdeckt hatte und geradewegs auf ihn zusteuerte. Ihrem Gang nach zu urteilen hatte sie schon deutlich mehr Alkohol intus als er. Ihre Miene wirkte allerdings zutiefst entschlossen. Cameron kippte seinen Drink hinunter und stand auf. Höchste Zeit, die Flucht zu ergreifen.

»Cam, Schätzchen«, flötete Elayne, bevor er sich aus ihrer

Reichweite retten konnte. »Was für ein Zufall, dich hier zu treffen.«

Zufall? Eher unwahrscheinlich. Die Verlobte seines Bruders Jason hatte früher nie etwas ohne Berechnung getan. Und das war mit Sicherheit auch zehn Jahre später nicht anders. Seit er ihr beim Montgomery-Familiendinner am vergangenen Sonntag zum ersten Mal seit einer Ewigkeit wieder über den Weg gelaufen war und sie sofort erkannt hatte, waren sie unausweichlich auf diesen Moment zugesteuert.

Er schaffte es nicht, ihr zu entkommen, weil sich ihre blutrot lackierten Fingernägel bereits in seinen Unterarm bohrten. »Elayne.« Pflichtschuldig küsste er sie auf die dargebotene Wange. »Schön, dich zu sehen«, log er und atmete ihren schweren, teuren Duft ein.

»Ist das so?« Elayne schenkte ihm ein strahlendes Lächeln. Sie war leicht genug zu durchschauen, um die Verärgerung hinter der schönen Fassade zu erkennen. Mit einer gekonnten Bewegung schwang sie ihr langes, blondes Haar über die Schulter und nahm auf der Couch Platz, von der Cameron sich gerade erhoben hatte. Die Hand immer noch um seinen Arm gekrallt zog sie ihn mit sich hinunter. »Ich freue mich auch, dich zu sehen. Wir sollten auf die alten Zeiten anstoßen. Champagner für mich«, wandte sie sich an den Kellner, der wie aus dem Nichts neben ihnen auftauchte. »Eine Flasche. Auf die Rechnung dieses Gentlemans.«

Cameron nickte ergeben, als der Kellner ihn fragend ansah. Schließlich hatte er den anderen beiden Frauen vorhin auch eine Flasche ausgegeben.

»Also«, forderte Elayne seine Aufmerksamkeit zurück. »Jason hat mir von den unschönen Geschichten erzählt, die du über mich verbreitest. Wobei ich es sehr beruhigend finde, dass er dir nicht glaubt. Wir lieben uns schließlich und vertrauen uns voll und ganz.« Sie rückte näher und legte ihre Hand vertraulich auf seinen Oberschenkel. »Menschen ändern sich, Cam. Ich bin nicht mehr die Zwanzigjährige, an die du dich erinnerst. Ich bin eine erfolgreiche Geschäftsfrau, die sich in einen wundervollen Mann verliebt hat.« Sie senkte unschuldig die Wimpern und hob sie wieder, um ihn mit einem Blick anzusehen, der fast offen und ehrlich wirkte. Fast.

Cameron zog ihre Hand von seinem Bein und drückte sie auf die Sitzfläche der Couch. »Schlimm genug, wenn mein Bruder dir deine Tour abkauft. Ich werde das mit Sicherheit nicht tun.« Er ließ sich zu einem ironischen Lächeln herab. »Ich bin noch verabredet. Genieß deinen Champagner.« Dann wollte er aufstehen, doch sie lehnte ihren Oberkörper schwer gegen seinen. Ihre sanften Rundungen steckten in einem kurzen, mit Sicherheit sündhaft teuren Designerkleid mit ziemlich wenigen Stoffbahnen und jeder Menge schwarzer Spitze. Das selbstverständlich perfekt zu ihren meterhohen High Heels passte. Sie widerte ihn an. Und er war gerade nicht in der Stimmung, Small Talk mit ihr zu halten. Er war hier, um seinen Frust zu betäuben. Elaynes Auftauchen half nicht gerade, die in ihm brodelnde Wut zu dämpfen. Cameron sah sich vorsichtig um. Er wollte nicht mit der Verlobten seines Bruders gesehen werden. Zumindest nicht, solange sie sich so eng an ihn schmiegte.

»Ich will nicht, dass du gehst«, nuschelte Elayne, und erst jetzt wurde ihm bewusst, dass sie nicht nur ein bisschen betrunken war. Sie war sternhagelvoll.

Scheiße, ging es ihm zum zweiten Mal durch den Kopf, seit sie aufgetaucht war. Er konnte sie kaum so zugedröhnt hier zurücklassen. Resigniert stieß er einen schweren Seufzer aus und reichte dem Kellner, der den Champagner brachte, seine Kreditkarte. »Ich hätte gern die Rechnung«, sagte er. »Und du«, er schob Elayne ein Stück von sich, bis sie sich gegen die Couch lehnen konnte und ihre Körper sich nicht mehr berührten, »du bist völlig hinüber. Ich rufe dir ein Taxi, und wir sprechen miteinander, wenn du wieder nüchtern bist.«

Elayne grinste breit und griff in den tief sitzenden Ausschnitt ihres Kleides. »Ich bin in null Komma nichts wieder fit.« Sie zog ein kleines Papierbriefchen aus ihrem BH und wedelte damit vor Camerons Nase. »Willst du auch was?«

Geistesgegenwärtig griff er danach, riss es ihr aus der Hand und schob es in seine Hosentasche. Abermals sah er sich wachsam um. Niemand schien sich für sie zu interessieren. »Ehrlich, Elayne? Koks? Spinnst du jetzt völlig?«

»Hey!« Sie versuchte ihre Hand in seine Hosentasche zu schieben. »Seit wann bist du so unentspannt? Gib es mir zurück. Wenn du nichts davon willst, auch gut. Muss ich wenigstens nicht teilen.«

Cameron hielt sie mit der Linken davon ab, die Drogen wieder an sich zu nehmen, und unterschrieb mit der Rechten den Kreditkartenbeleg, den der Kellner ihm hinhielt. »Komm schon, wir gehen.« Er packte Elayne am Oberarm und zog sie hoch.

»Lassen Sie meinen Wagen kommen«, rief sie dem Kellner hinterher.

»Du brauchst deinen Wagen heute nicht. Ich rufe dir ein Taxi«, sagte Cameron.

Sie zog einen Schmollmund. »Du bist noch genauso ein Spielverderber, wie du es schon immer gewesen bist.«

»Halt die Klappe, Elayne«, fuhr Cameron sie an. Er hatte wirklich vorgehabt, sich ordentlich die Kante zu geben, und jetzt war er bereits wieder halb nüchtern, weil diese Frau ihn den letzten Nerv kostete. Cameron bugsierte sie durch den Club und die Treppe hinauf, in die kalte Frühlingsnacht.

*

Die kalte Bostoner Nacht traf sie wie eine Faust, als Elayne an Camerons Seite aus dem Club trat. Ihrer heimlichen Freude konnte der eisige Wind allerdings nichts anhaben. Sie musste sich regelrecht auf die Zunge beißen, um nicht laut zu lachen. Der ach so kluge Cameron Montgomery war ihr in die Falle gegangen, während er dachte, er hätte alles im Griff. Aber genau das war schon immer sein Problem gewesen. Gemeinsam mit der Arroganz, mit der er seine Defizite kompensierte. Das Schicksal des unbegabten Zweitgeborenen. Als Elayne vor ein paar Monaten seinen Bruder Jason kennengelernt hatte, war ihr klar gewesen, dass sie Cameron irgendwann über den Weg laufen würde. Sie hatte gehofft, dass bis dahin noch viel Zeit vergehen würde. Zum Beispiel bis kurz vor der Hochzeit, wenn niemand mehr bereit war, dieses riesige Event abzublasen. Bestenfalls, nachdem sie Jasons Frau geworden war.

Doch dann hatten Robert und Kathreen, die Eltern ihres Verlobten, Cameron von seinem Job in North Carolina abgezogen, und sie hatte ihn beim Familiendinner am vergangenen Sonntag zum ersten Mal seit über einem Jahrzehnt wiedergetroffen. Für einen Moment hatte sie gehofft, er würde sie nicht erkennen. Sie hatte sich verändert. Hatte dazugelernt. Ein Blick in Camerons Gesicht hatte allerdings genügt, um zu wissen, dass er ganz genau wusste, wer sie war. Und natürlich hatte er noch am gleichen Tag versucht, Jason davon zu überzeugen, sie vor die Tür zu setzen.

Elayne hatte wirklich gehofft, dass es nicht notwendig werden würde, Cameron auszubremsen, aber sie war darauf vorbereitet gewesen. Sie würde sich von ihm nicht die Chance ihres Lebens vermasseln lassen. Viel zu viel Energie und Arbeit steckten inzwischen in diesem Projekt. Sie würde die Frau von Jason Montgomery werden. Dem Mann, der seinen Vater über kurz oder lang an der Spitze der *Suites by Montgomery* – einer der luxuriösesten Hotelketten der Welt – ablösen würde. Sicher, die meisten Frauen waren hinter Cameron her, der zu den heißesten Junggesellen der Bostoner High Society zählte. Aber zum einen kannte Cameron ihre Vergangenheit und würde sich allein deshalb nie auf sie einlassen. Zum anderen war Jason vielleicht nicht so attraktiv wie sein jüngerer Bruder, sein Portfolio machte das allerdings mehr als wett.

Elayne lehnte sich schwer gegen Cameron und ließ sich von ihm durch die kalte Nacht führen. Er war ein Gewohnheitstier, und darum war er natürlich sauer gewesen, weil sein Vater und sein Bruder sein Hotelprojekt abgelehnt hatten. Und wenn Cameron sauer war, ertränkte er seinen Ärger in einer Flasche Scotch. Natürlich nicht in der Kneipe nebenan – ein bisschen exklusiver musste es schon sein. Es war also nicht schwer für sie gewesen, ihn im *Black Dreams* ausfindig zu machen und ihren Plan ins Rollen zu bringen. Cameron hielt sie entweder für volltrunken oder zugedröhnt. Dabei hatte sie das Kokain nur in den Club gebracht, weil sie wusste, dass er es ihr sofort abnehmen würde, wenn sie damit herumwedelte. Wenn es etwas gab, das die Montgomerys verachteten, dann in den Klatschspalten der Regenbogenpresse aufzutauchen. Cameron war derjenige, der es regelmäßig in die Hochglanzmagazine und auf die Online-Plattformen schaffte. Natürlich wollte er nicht mit der Verlobten seines Bruders und einer Line Koks erwischt werden.

Elayne täuschte ein betrunkenes Straucheln vor und krallte ihre Finger noch fester in Camerons Arm. Sie hatte sich vom Alkohol ferngehalten. Und sie nahm selbstverständlich auch keine Drogen. Denn nichts war so schlimm, wie die Kontrolle über das eigene Handeln zu verlieren. Ihre Mutter war dieser Schwäche wieder und wieder erlegen. Etwas, das ihr nicht passieren würde. Wichtig war nur, dass Cameron das glaubte. Unauffällig blickte sie zu den Büschen auf der gegenüberliegenden Straßenseite. Es war nichts zu sehen, aber der Mann, den sie für diese Nacht bezahlt hatte, lag mit seinem Teleobjektiv auf der Lauer. Genau wie Andy, der im gleichen heruntergekommenen Trailer-Park wie sie aufgewachsen war und inzwischen die Uniform der Bostoner Polizei trug. Er verabscheute reiche Idioten, wie Cameron einer war. Während Elayne sich entschieden hatte, ihren sozialen Aufstieg zu forcieren und eine von ihnen zu werden, zog Andy seine größte Befriedigung daraus, diejenigen zu schikanieren, die mehr hatten als er.

Für die Inszenierung, die Elayne für diese Nacht geplant hatte, waren die beiden die perfekte Besetzung. Sie würden mitspielen. Und ihr helfen, Cameron lange genug aus dem

Weg zu schaffen – oder ihn wenigstens mundtot zu machen –, bis die Hochzeit mit seinem Bruder unter Dach und Fach war. Adrenalin rauschte in einer erregenden Welle durch ihren Körper, als sie noch ein Straucheln vortäuschte und ein kicherndes »Huch« von sich gab.

2

Abby bog von der Landstraße ab, die die Küste mit Machias verband, und fuhr auf die schmale, nostalgische Steinbrücke, der die Insel Stonebridge Island ihren Namen verdankte. Ihre Schwester Megan hatte es sich auf dem Beifahrersitz bequem gemacht. Obwohl es draußen kalt war, hatte sie das Seitenfenster heruntergelassen und streckte genüsslich den Kopf hinaus. Sie lachte fröhlich, als die Hunde vom Rücksitz des Jeeps aus versuchten, ihre Köpfe neben Megan aus dem Fenster zu hängen und die Schnauzen in den Fahrtwind zu strecken.

»Ich liebe den Frühling«, ließ Megan sich vernehmen. Was kein Wunder war: Das Gleiche sagte sie schließlich auch über den Sommer, den Herbst und den Winter.

Abby blickte zu ihr hinüber und lächelte. Megan hatte ihre Stiefel ausgezogen und stemmte ihre Füße, die in knallbunten, handgestrickten Socken steckten, gegen das Armaturenbrett. Zu ihren Jeans trug sie einen pink und orange gestreiften, eng anliegenden Rollkragenpullover und darüber einen alten, abgewetzten Armeeparka. Was bei Abby wie ein modischer Unfall wirken würde, sah an ihrer Schwester so aus, als hätte es ein Designer nur für sie entworfen.

Abby hatte sich für den Besuch beim Tierarzt für die farblich schlichtere Variante entschieden. Jeans, Stiefel und eine Fleecejacke mit dem Logo der Ranch über einem Longsleeve. Die Hunde, ihr Labrador Charlie, und Henry und Nugget, die beiden Hofhunde (bei denen niemand so sicher war, welche Rassen in ihrem bunten Genmix verbunden waren), hatten ihren jährlichen Check klaglos über sich ergehen lassen. Jetzt schienen sie es jedoch gar nicht mehr erwarten zu können, auf die Insel zurückzukommen. Genau wie Megan, die ihre Hand aus dem Fenster hielt und den Fischern auf zwei Hummerbooten zuwinkte, die mit ihrem Fang in den Hafen zurückkehrten. Als Abby an der Ocean Street abbremste, trat eine der Freundinnen ihrer Mutter aus ihrer Galerie auf der anderen Straßenseite und winkte ihnen zu. Abgesehen von einem Tierarzt und einem Sheriff hatten sie wirklich alles, was sie brauchten auf der kleinen Insel, die gerade einmal fünfzehn Quadratmeilen groß war. Abby überlegte, ob sie noch genug Zeit hatten, in *Marsha's Bakery* auf eine Tasse Kaffee und einen Blaubeermuffin vorbeizuschauen. Noch blieben ihnen fast eineinhalb Monate, bis die Touristen über die kleinen Städte Home Port und Sandy Beach und die unzähligen, auf der Insel verstreuten Feriencottages herfielen. Bis dahin konnte man sichergehen, bei einem Besuch in der Bäckerei oder Jills kleinem Eisladen an der Ecke nicht anstehen zu müssen und mit dem neuesten Tratsch und Klatsch versorgt nach Hause gehen zu können. Sie warf einen Blick auf die Uhr am Armaturenbrett. Die Zeit bis zu ihrem nächsten Therapietermin war zu knapp bemessen, als dass sie sich noch auf ein Plauderstündchen einlassen konnten. Mit einem bedauernden Blick in Richtung Bäckerei bog Abby auf die Old Country Road ab. Sobald sie die Stadt hinter sich ließen, gesellte sich der Duft nach feuchter Erde und dem Harz der Pinien zum rauen Geruch des Ozeans.

»Stimmt es, dass Becky zurückkommt?«, fragte Megan. Sie schob die Hundenasen mit einer sanften Bewegung nach hinten und ließ das Fenster wieder hochfahren.

»Ja.« Abby musste bei dem Gedanken automatisch lächeln. Eine ihrer besten Freundinnen, die bei der Küstenwache arbeitete, war in ihre Heimat zurückversetzt worden und würde wieder hier leben. »Sie fängt nächste Woche ihren Dienst an.« Zwar würde sie auf dem Festland arbeiten, aber wieder nach Home Port ziehen. Sie hatte sich bereits ein kleines Häuschen gemietet.

»Dann ist das Kleeblatt wieder vereint.« Megan lehnte sich im Sitz zurück und schloss für einen Moment die Augen. »Das fühlt sich sicher toll an.«

»Ja, stimmt.« Es war wundervoll, wieder alle ihre Schulfreundinnen um sich zu haben. Das tröstete zwar nicht über den Verlust von Gabriella hinweg, aber es tat trotzdem gut. Sie warf Megan einen Seitenblick zu. »Du vermisst Kelly und Mel«, stellte sie fest. Eine der beiden Freundinnen ihrer kleinen Schwester lebte in Portland, die andere hatte es bis nach Kalifornien verschlagen.

»Hmm.« Megan lächelte ein wenig traurig. »Manchmal vermisse ich sie wie verrückt. Aber jetzt, wenn der Frühling anbricht, haben wir auf dem Gestüt so viel zu tun, dass ich aufhören werde, darüber nachzudenken. Im Sommer wollen wir uns treffen und für ein paar Tage zusammen wegfahren.«

»Das klingt gut«, sagte Abby und blickte wieder nach vorn. Der Jeep rollte über die Kuppe des Hügels, und sie trat erschrocken auf die Bremse, als sie das Auto direkt vor sich erblickte.

»Verdammter Blödmann«, murmelte Megan neben ihr und starrte den Mann an, dessen Kopf hinter der geöffneten Motorhaube auftauchte. Als Abby den Jeep langsam neben den Wagen am Straßenrand rollen ließ, fuhr Megan ihr Seitenfenster wieder herunter und lehnte sich heraus. Sie betrachteten den Mann, der ziemlich hilflos durch seine völlig verwuschelte Lockenmähne strich. Auf der Rücksitzbank des Wagens stapelten sich Kisten über Kisten, auf denen unübersehbar das Logo des Meeresbiologischen Instituts in Portland prangte.

»Können wir Ihnen helfen, Sir?«, fragte Megan.

»Nein. Vielen Dank. Ich habe schon jemanden angerufen.« Er kratzte sich am Kopf. »Mr. Baring von der Tankstelle.«

Megan nickte. »Bei Wally Baring sind Sie und Ihr Wagen in guten Händen. Aber stellen Sie Ihr Warnlicht an der Kuppe auf, sonst fährt Sie der nächste Hummerfischer, der hier langkommt, über den Haufen.« Sie hatte sich schon wieder in ihrem Sitz zurückgelehnt, als sie es sich anders überlegte und ihren Kopf noch einmal aus dem Fenster streckte. »Ich bin Megan«, sagte sie und schenkte dem Mann ein breites Grinsen.

»Zac. Ähm … Zac Bridges«, stellte der Typ sich vor und bekam tatsächlich rote Ohrenspitzen, so offen flirtete Abbys Schwester ihn an.

»Schön, dich kennenzulernen, Zac. Probier unbedingt den Pub in Home Port aus, solange du hier bist. Das Bier ist fantastisch. Und vielleicht laufe ich dir dort mal über den Weg.« Sie zwinkerte ihm zu. »Touristen«, murmelte sie, sobald sie das Fenster wieder hochgelassen und Abby Gas gegeben hatte, schaffte es aber nicht, ihr Grinsen abzustellen. »Auch wenn der gerade ziemlich süß war. Und so viel Zeug dabeihat, dass er vermutlich eine Weile bleiben wird.«

»Die Vorhut der Invasion«, stimmte Abby ihr zu. Die Sommergäste konnten einen hin und wieder an den Rand des Wahnsinns treiben. Aber die Inselbewohner waren von ihnen abhängig, und davon, dass sie zuverlässig jedes Jahr wiederkehrten. Vor ein paar Jahren war Stonebridge Island zu einem der zehn Geheimtipps an der Ostküste der Vereinigten Staaten gekürt worden. Das hatte ihnen als Urlaubsziel gehörigen Auftrieb gegeben, ließ den Insulanern aber trotz allem noch die Chance, ihr ruhiges Inseldasein zu leben.

Megan und Abby plauderten gut gelaunt über den bevorstehenden Sommer, und Megan dachte laut darüber nach, ob dieser süße Typ ihren Hinweis wohl verstanden hatte und seine Abende im Pub in Home Port verbringen und sie auf ein Pint Island Brew einladen würde. Sie bogen nach einer weiteren Meile nach rechts auf die Schotterstraße ab, die unter einem hohen Torbogen hindurchführte, an dem ein großes, altes Metallschild hing, das die Besucher in den *Silver Brook Stables* willkommen hieß. Links und rechts fassten weiße Koppelzäune die Straße ein. Der Horizont wurde von dunklen Pinien begrenzt, und rechts von ihnen tollten ein paar übermütige Jährlinge über die Weide. Sie schienen die Sonne genauso zu genießen wie Megan und sie. Der Jeep rumpelte über die Holzbrücke, die den Silver Brook überspannte, ehe Abby ihn auf dem Hof des Gestüts ausrollen ließ.

Ihre Mutter trat im gleichen Moment aus dem Haus, in dem Megan die Hunde aus dem Wagen ließ. Aufgeregt und glücklich bellend sprangen sie auf Olivia zu und ließen sich ausgiebig kraulen. »Na, ihr drei, habt ihr den Besuch beim Tierarzt gut überstanden?«

»Sie waren sehr brav.« Megan beugte sich ebenfalls hinunter, um den Hunden über den Rücken zu streichen.

Olivia küsste sie auf die Wange, als sie sich wieder aufrichtete, und begrüßte Abby auf die gleiche Weise, als sie sich zu ihnen gesellte. Ihre Augen glänzten, was in der letzten Zeit selten der Fall gewesen war, und eine Welle der Erleichterung rauschte durch Abbys Körper. Sie hatte sich Sorgen gemacht. In den vergangenen Monaten hatten sich immer mehr Anzeichen für eine nahende Depression bei ihrer Mutter gezeigt. Es wäre wundervoll, wenn es ihr jetzt, mit dem anbrechenden Frühling und dem zunehmenden Licht, wieder besser ginge.

»Gut, dass ihr wieder da seid. Ich muss euch was erzählen.« Olivia sah sie abwechselnd an. »Ich habe gerade einen Anruf von Richter Graw aus Boston erhalten.« Erwartungsvoll blickte sie von Abby zu Megan. »Ihr wisst doch noch, wer das ist?«

»Nein. Kann ich nicht von mir behaupten.« Megan zuckte mit den Schultern. »Du?«, fragte sie Abby.

»Nicht, dass ich wüsste.«

»Ich bin mir sicher, dass ich euch schon von ihm erzählt habe. Er hat als Kind seine Ferien hier verbracht. Und später hat er sogar ein Pferd bei uns gekauft. Für seine Tochter«, begann sie abzuschweifen.

»Ich kenne ihn trotzdem nicht«, beharrte Megan und holte ihre Mutter damit wieder in die Gegenwart.

»Jedenfalls hat er mich angerufen und um einen Gefallen gebeten«, fuhr Olivia fort.

Abby schob die Hände in die Gesäßtaschen ihrer Jeans und wippte auf ihren Fußballen. »Was hat das mit uns zu tun?«, wollte sie wissen.

»O mein Gott!« Megan hüpfte aufgeregt, was die Hunde dazu brachte, ebenfalls aufgeregt – und fröhlich bellend – um sie herumzuspringen. »Es gibt da einen geheimnisvollen Typen, der im Zeugenschutz ist und ein Versteck braucht.«

Abby verdrehte die Augen. »Du musst echt aufhören, diese kitschigen Liebesromane zu lesen.«

Olivia lächelte, verzog dann aber das Gesicht zu einer entschuldigenden Miene. »Die Geschichte gestaltet sich tatsächlich ein wenig anders«, sagte sie.

»Ein wenig?« Auch ohne einen Doktortitel in Psychologie hätte Abby gewusst, dass ihre Mutter gleich mit etwas herausrücken würde, was ihr nicht gefallen würde.

»Na ja, es ist eher das Gegenteil«, gab Olivia zu. Sie wich Megans und Abbys Blicken aus und sah zum Roundpen hinüber, wo Summer gerade ein Pferd trainierte. Eine ihrer Rancharbeiterinnen, Zara Sanders, lehnte an einem Zaunpfosten und sah ihr dabei zu. »Er ist eher eine Art Straftäter, der für vier Wochen gemeinnützige Arbeit leisten soll. Der Richter hat mich gebeten, ihn hier arbeiten zu lassen.«

»Eine Art Straftäter? Oder ein richtiger Straftäter?« Abby zog die Augenbrauen hoch.

»Weißt du, was er angestellt hat?«, wollte Megan im gleichen Moment neugierig wissen.

»Ein … richtiger Straftäter«, konkretisierte Olivia. »Was er ausgefressen hat, weiß ich auch nicht.« Sie runzelte die Stirn. »Das habe ich glatt vergessen zu fragen.«

»Und warum sollte jemand aus Boston bei uns Sozialstunden ableisten?«, bohrte Abby nach.

Olivia zuckte mit den Schultern. »Das kann ich dir auch nicht sagen, aber ich habe zugestimmt.« Das Lächeln kehrte in das Gesicht ihrer Mutter zurück, als stehe ihnen allen ein großes Abenteuer bevor.

»Und was soll er bei uns machen?«, fragte Megan. »Ställe ausmisten?« Sie fasste ihre Haare, die der Wind um ihr Gesicht wehte, zusammen und band sie mit einem Gummi zurück, den sie von ihrem Handgelenk zog.

»Ich dachte eigentlich eher an Abby«, ließ ihre Mutter die Bombe platzen.

»Was?« Abby sah ihre Mutter an.

»Jetzt, wenn Gabriella weg ist, brauchst du dringend Unterstützung«, erklärte Olivia.

»Aber doch nicht von einem Straftäter«, widersprach Abby. »Wenn du schon einem alten Freund einen Gefallen tun willst, lass ihn doch für Megan arbeiten. Ich brauche zuverlässige Mitarbeiter, die wissen, was sie tun.«

»Hey.« Megan stieß ihr mit einem Grinsen den Ellenbogen in die Rippen. »Meine Mitarbeiter müssen auch verantwortungsbewusst sein.«

»Natürlich. Entschuldige. Ihr wisst, wie ich das meine. Meine Patienten …«, versuchte Abby ihren Standpunkt zu erklären.

»Ach was«, unterbrach ihre Mutter sie. »Du brauchst im Moment am dringendsten Hilfe. Zumindest, bis du jemanden gefunden hast, der Gabby ersetzen kann.«

»Genau, der *Straftäter*«, betonte Megan das letzte Wort genüsslich, »eignet sich doch hervorragend, einen weiteren Monat zu überbrücken und in Ruhe nach einem Nachfolger für Gabriella zu suchen. Und einen eigenen Stallburschen zu haben, kann nie schaden, oder?« Megan zwinkerte ihr zu. »Wahrscheinlich hat er am ganzen Körper fiese Tattoos, läuft herum wie ein Biker und hat einen total finsteren Blick. Ich wette, dass er einen langen Pferdeschwanz und einen genauso langen Bart hat. Oder vielleicht eine Glatze, auf die ein Spinnennetz tätowiert ist.« Sie erschauderte genüsslich.

»Genau das, was ich brauche«, murmelte Abby. Sie empfand nicht einmal im Ansatz so viel Aufregung wie ihre Schwester. Die Gesundheit ihrer Patienten hing von ihr ab. Wenn dieser tätowierte Rocker keine Ahnung davon hatte, wie man mit Menschen in Ausnahmesituationen umging ... Wahrscheinlich machte er ihnen Angst mit seinem Auftreten. »Wie wäre es mit Summer? Sie kann doch immer Hilfe brauchen«, schlug sie vor. »Vielleicht eignet sich der Knastbruder perfekt, um Stalltüren aufzubrechen, wenn sie sich mal wieder auf den Weg macht, um ein Pferd zu retten.«

»Dann kann sie ihn ja bei dir ausleihen.« Olivia schob Abby den Arm um die Taille und strahlte sie an.

Abbys Herz zog sich zusammen. So aufgedreht und fröhlich hatte sie ihre Mutter schon viel zu lange nicht mehr gesehen. Sie wollte nicht diejenige sein, die dafür verantwortlich war, dass das Leuchten wieder aus ihren Augen verschwand. Ergeben seufzte sie. »Gib mir die Telefonnummer des Richters. Ich will wenigstens die Akte dieses Gangsters lesen, bevor ich ihn mit meinen Patienten in Kontakt bringe.«

Olivia lächelte und zog einen Notizzettel aus ihrer Hosentasche. »Er wartet auf deinen Anruf.«

*

Camerons Laune sank mit jeder Meile, die er weiter nach Norden fuhr. Hinter Portland waren die Temperaturen unter den

Gefrierpunkt gesunken, und ein eiskalter Wind hatte begonnen, Schneeflocken quer über die Straße zu treiben. Was seinen Porsche regelmäßig ins Schlittern geraten ließ. Verdammt noch mal! Es war März! Eine Jahreszeit, in der in Boston der Frühling ausbrach. Er hingegen schien sich auf direktem Weg in Richtung Nordpol zu befinden.

Aus dem Rückspiegel blickte ihm die finstere Version seines Gesichts entgegen. Er hatte schon wieder an die Gerichtsverhandlung denken müssen. Was für eine Farce. Er konnte noch immer das Krachen des Richterhammers auf das dunkel glänzende Holzpult hören. Spürte die raue Textur seines Stuhlpolsters unter den Händen. Sein Anwalt hatte ihm verboten, die Fragen des Vorsitzenden zu beantworten. Er hatte behauptet, alles im Griff zu haben. Die Worte des Richters hatten allerdings den Eindruck erweckt, dass überhaupt nichts mehr unter Kontrolle war. Er hatte nicht auf seinen Anwalt gehört und versucht, seine Unschuld zu beweisen.

»Wollen Sie es vielleicht so weit treiben, dass ich eine Blutprobe von Ihnen untersuchen lasse? Oder möchten Sie lieber eine Haarprobe abgeben, Mr. Montgomery?«, hatte der Richter über den Rand seiner Lesebrille hinweg gefragt.

Cameron hatte sich erhoben. »Ja, das möchte ich, Euer Ehren.«

»Wissen Sie, was die Konsequenzen davon sind? Wenn wir Ihnen den Konsum von Kokain nachweisen, haben Sie größere Probleme, als Sie sich im Moment vorstellen können. Denn dann werde ich Sie in eine Zelle stecken lassen – oder in eine Entzugseinrichtung schicken.«

»Ja, Sir, ich weiß, was die Konsequenzen sind. Ich will trotzdem …«

Sein Anwalt packte Cameron am Ärmel seiner Anzugjacke und zog ihn auf den Stuhl zurück. »Mein Mandant wird keinen Drogentest machen, Euer Ehren«, sagte er entschieden.

Cameron beugte sich zu ihm hinüber. »Ich nehme keine Drogen. Elayne hat mich reingelegt. Das habe ich Ihnen doch erklärt«, zischte er. »Warum lassen Sie mich das nicht beweisen?«

»Herr Anwalt, mäßigen Sie Ihren Mandanten«, rief der Richter die beiden zur Ordnung. »Sie sollten dankbar sein, dass der Übergriff auf Miss Knox vom Tisch ist.«

In den nächsten Minuten hatte Cameron das Gefühl gehabt, als verhandelten der Anwalt und der Richter über seinen Kopf hinweg.

»Ihr Aufenthalt in den *Silver Brook Stables* auf Stonebridge Island wird Ihnen hoffentlich dabei helfen, Ihre Einstellung zum Thema Drogen zu überdenken«, sagte der Richter schließlich und schlug mit seinem Hammer auf das Pult. Dann verschwand er in seinem Zimmer.

Cameron hatte sich zu seinem Anwalt umgedreht, der mit zufriedener Miene seine Unterlagen zusammenschob, während drei Fragen durch Camerons Gedanken rotierten. Was – zur Hölle – waren die *Silver Brook Stables*? Wo – zum Henker – lag Stonebridge Island? Und wieso hatte sein Anwalt nicht versucht, ihm den Arsch zu retten und ihn stattdessen unschuldig verurteilen lassen?

Seine Schwester Valerie hatte noch im Gerichtssaal gegoogelt, was die *Silver Brook Stables* waren, und mit Informationen aufgewartet, sobald die Verhandlung beendet worden war. Ein Gestüt. Pferde.

Fassungslos hatte er den Kopf geschüttelt. Was hatte das mit vermeintlichen Drogenkonsumenten zu tun? Dieser Richter verbannte ihn allen Ernstes für vier Wochen in ein Nirgendwo kurz vor Kanada, vielleicht lag dieser Reiterhof sogar hinter der Grenze. Wer wusste das schon? Mit Pferden hatte Cameron nur zweimal in seinem Leben näheren Kontakt gehabt. Als er bei einem Besuch der Rennbahn mit einem einzigen – selbstverständlich narrensicheren – Tipp eine vierstellige Summe verzockt hatte. Und bei einem Polospiel, zu dem ihn ein Studienkollege geschleppt hatte. Diesen Nachmittag hatte er gar nicht so schlecht gefunden. Zumindest den Teil zwischen den Spielen, als die Frauen ihre High Heels aus- und ihre Röcke nach oben gezogen hatten, um den von den Schlägern und Pferdehufen aufgewühlten Rasen wieder festzutreten. Diesen Anblick hätte er durchaus noch ein wenig länger genießen können. Trotzdem war er zu keinem weiteren Spiel gegangen. Er hatte auch jetzt nicht die Absicht, Pferde näher kennenzulernen. Schließlich mochte er keine Tiere. Weder Katzen noch Zierhamster oder Zwerghasen. Und schon gar nichts, was größer war als ein Hund.

Der letzte Radiosender, der zivilisierte Musik gespielt hatte, schickte bereits seit fünf Meilen nichts als statisches Rauschen durch den Äther. Genervt drückte Cameron den Sendersuchlauf. Er hatte die Wahl zwischen drei Programmen: ein christlicher Sender, auf dem gerade eine feurige Predigt gehalten wurde, obwohl noch lange nicht Sonntag war. Dann grauenvolle Countrymusik. Und schließlich eine Sendung, in der auf Französisch diskutiert wurde. Wieder überlegte er, ob er, aus Versehen und ohne es zu merken, die kanadische Grenze überquert hatte. Er bemühte sich, nicht in Selbstmitleid zu versinken, aber das fiel ihm wirklich nicht leicht. Cameron hatte versucht, seinen Anwalt dazu zu bringen, diese aberwitzige

Auflage in irgendetwas zu ändern, das näher an Boston lag. Irgendetwas, das ihm die Möglichkeit gab, in seinem eigenen Bett zu schlafen. Als Lancaster kategorisch abgelehnt hatte, sein Glück noch einmal bei Richter Graw zu versuchen, war Cameron noch skeptischer geworden. Wenn der Anwalt nichts unternahm, um seinem Mandanten zu helfen, konnte es dafür nur einen Grund geben.

Valerie hatte versucht, ihn davon abzuhalten, aber Cameron war nach der Gerichtsverhandlung auf direktem Weg in das Büro seines Vaters gestürmt und hatte ihn mit seinem Verdacht konfrontiert. Sein alter Herr hatte sich entspannt in seinem Chefsessel zurückgelehnt und sich nicht einmal die Mühe gemacht, sein kleines Komplott abzustreiten. Ihm und Camerons Mutter waren alle Mittel recht, um ihn aus Elaynes und Jasons Leben fernzuhalten. Kathreen plante eine Hochzeit. Nicht irgendeine Hochzeit. Das Event des Jahrhunderts, von dem die Bostoner High Society noch in zehn Jahren sprechen würde. Sie würde sich von nichts und niemandem aufhalten lassen. Auch nicht von ihrem mittleren Sohn. Und was seinen Bruder anging? Mit Jason zu reden war hoffnungslos. Er wollte einfach nicht sehen, was für eine Frau seine Verlobte in Wirklichkeit war. Cameron schüttelte den Kopf und versuchte noch einmal, einen anständigen Sender hereinzubekommen. Nachdem er zum zweiten Mal hintereinander bei der kanadischen Talkrunde landete, ertastete er sein Handy auf dem Beifahrersitz und versuchte, über Bluetooth eine seiner Playlists über das Soundsystem des Wagens abzuspielen. Als er von seinem Handydisplay aufsah, wurden ihm im Bruchteil einer Sekunde zwei Dinge bewusst. Zum einen war er auf die linke Fahrspur geraten. Zum anderen kam ihm genau dort in diesem Moment ein Traktor entgegen. »Scheiße«, fluchte er und zog das Lenkrad im letzten Moment nach rechts, um dem hupenden und wild gestikulierenden Farmer auszuweichen. Das rechte Vorderrad seines Porsche geriet in ein Schlagloch, das groß genug war, um als Mondkrater durchzugehen, und die Karosserie setzte mit einem unschönen Kratzen auf dem Asphalt auf. Cameron verzog schmerzlich das Gesicht. Er saß nicht zum ersten Mal auf, seit er auf diesem gottverlassenen Highway unterwegs war. Und es würde wahrscheinlich auch nicht das letzte Mal sein. Er fuhr an den Straßenrand und wartete, bis sich sein rasender Puls wieder etwas beruhigte, ehe er weiter in Richtung Norden fuhr.

Je näher er seinem Ziel kam, desto einsamer wurde die Gegend. Er durchquerte endlose Wälder. Wenn er überhaupt auf Ansammlungen von Häusern traf, waren die meist so heruntergekommen und verfallen, dass sie eine perfekte Kulisse für jeden Stephen-King-Roman geboten hätten. Als er auf die Brücke fuhr, an deren Ende sein Zuhause für die nächsten Wochen – Stonebridge Island – lag, wurde das trübe Tageslicht bereits von der Dämmerung geschluckt. Ein Willkommensschild in fröhlichem Hellblau wies darauf hin, dass auf der Insel ganze eineinhalbtausend Menschen lebten. Cameron seufzte. Diese Zahl bestätigte, wie er sich diesen Ort vorgestellt hatte. Wenn auf der Welt eine Zombieapokalypse losbrach, wie lange würde es wohl dauern, bis die Untoten diese Insel überhaupt finden würden?

Das Kaff, in dem er sich ein Motelzimmer gebucht hatte, hieß Home Port. Offenbar hatte man hier beschlossen, bei Einbruch der Dunkelheit die Bürgersteige hochzuklappen. Er sah nicht wirklich viele Menschen, und die Geschäfte entlang der Straße hatten bereits geschlossen. Im Internet hatte er neben dem *Jasper Point Motel* zwei Inns gefunden, die klein und gemütlich wirkten – und ihm damit eine Spur zu persönlich waren. Für jemanden mit seinem Hintergrund kamen sie nicht infrage. Cameron war froh, keine Meute von Paparazzi an den Fersen kleben zu haben, die ihm von Boston aus in den Norden gefolgt war. Aber auch neugieriges Hotelpersonal, das herumschnüffelte und dann irgendwelche Lügengeschichten von ihm an die Boulevardpresse verkaufte, konnte er nicht gebrauchen. Das Motel war diesbezüglich allerdings keine viel bessere Wahl, wie er feststellte, als er auf den Parkplatz fuhr und in das kleine, völlig überheizte Managerbüro trat. Die Frau, die aus dem Hinterzimmer kam, hatte ein solches Leuchten in den Augen, dass Cameron sofort klar war: Sie wusste genau, wer er war.

»Ich bin Lucille Carlson«, stellte sie sich vor und kam um den Tresen herum, um ihm die Hand zu schütteln. »Mr. Montgomery, es ist meinem Mann und mir eine Ehre, Sie in unserem Haus begrüßen zu dürfen.«

»Danke.« Cameron versuchte, seine Hand zurückzuziehen, doch Mrs. Carlson schien noch nicht bereit, ihn loszulassen.

»Wirklich«, betonte sie noch mal. »Eine Ehre.« Endlich gab sie ihn frei. »Haben Sie gut hergefunden?« Sie schien auf ein wenig Small Talk aus zu sein und natürlich darauf, ihn auszuhorchen.

»Ja, vielen Dank«, entgegnete er. »Allerdings war die Fahrt ziemlich lang und bei diesem Wetter anstrengend.« Zumindest, wenn man einen Porsche fuhr. »Wenn ich einchecken könnte?« Je eher er diesem sensationslüsternen Blick entkam, desto besser.

»Sicher.« Mrs. Carlson kehrte auf ihre Seite des Tresens zurück. Sie nahm seine Kreditkarte entgegen und zog sie ehrfurchtsvoll durch den Scanner. Eine schwarze AMEX bekam man auf Stonebridge Island wahrscheinlich nicht oft zu sehen.

Eingeklemmt zwischen zwei Postkartenständern mit Karten der Insel und einer kleinen Kaffeebar wartete er, bis die Managerin seine Rechnung ausdruckte. »Morgens von sieben bis zehn gibt es frische Muffins hier an der Rezeption. Kaffee und Tee haben wir den ganzen Tag.« Abermals kam sie um den Tresen herum. »Ich zeige Ihnen Ihr Zimmer«, sagte sie dienstbeflissen.

Das ist nicht nötig, hätte Cameron am liebsten gesagt. Schließlich war es nicht besonders schwierig, an einer Reihe rot lackierter Türen vorbeizugehen, bis er vor der mit seiner Zimmernummer stand. Aber er verkniff sich seinen Widerspruch. Mrs. Carlson würde nichts davon abhalten, ihn über den Hof zu begleiten und persönlich dafür zu sorgen, dass er sein Zuhause für die nächsten Wochen auch wirklich fand. Plappernd lief sie neben ihm her und schwärmte vom Frühling, der auf Stonebridge Island angeblich besonders toll war. Es schien, als nehme sie das Schneegestöber um sie herum überhaupt nicht wahr. Vor Zimmer Nr. 8 blieb sie stehen. »Hier sind wir«, begann sie erneut. »Die Zimmer haben …«

»Vielen Dank«, sagte er fest. »Ich komme klar.« Er nahm ihr den Schlüssel aus der Hand. »Ich will Sie wirklich nicht länger aufhalten. Einen schönen Abend.«

»Aber … ich … ja.« Sie nickte. »Das wünsche ich Ihnen auch.« Einen Moment blieb sie unschlüssig stehen, dann drehte sie sich um und kehrte in die Rezeption zurück.

Cameron war sich sicher, dass binnen Sekunden die Telefonleitungen der Insel heiß laufen würden, weil sie es gar nicht erwarten konnte, die Neuigkeit zu verbreiten, dass Cameron Montgomery höchstpersönlich im *Jasper Point Motel* abgestiegen war. Dann wartete er einen Moment, bis die Tür zur Rezeption hinter ihr ins Schloss fiel, und holte seine Reisetasche und den Koffer aus dem Porsche. Er ließ noch eine Frau vorbei, die ein Kind im Rollstuhl vor sich herschob. Sie nickte ihm müde zu und schob ihren Schlüssel mit dem roten Plastikanhänger in Tür Nr. 5. Cameron tat es ihr gleich und betrat sein Zimmer. Ohne das Licht einzuschalten, lehnte er sich von innen gegen das kühle Holz und starrte in die Dunkelheit. Er war in perfekter Stimmung für eine Selbstmitleidsparty.

*

Abby lehnte sich in ihrem Schreibtischstuhl zurück und starrte Cameron Montgomerys Konterfei an, das ihm vom Bildschirm ihres Laptops entgegengrinste.

Cameron Montgomery. Das mittlere Kind eines der reichsten Clans Bostons. *Suites by Montgomery* – die Hotelkette der Familie hatte ihre Luxushotels über die gesamten Vereinigten Staaten und die halbe Karibik verteilt. Wenn man den Klatschportalen Glauben schenkte, war Cameron der Bad Boy der Familie. Sein älterer Bruder Jason war derjenige, der in das Familienunternehmen eingestiegen war und gemeinsam mit seinem Vater die Geschicke der Firma lenkte. Die jüngere Schwester, Valerie, hatte sich offenbar noch nicht entschieden, was sie mit ihrem Leben anfangen wollte.

Abby klickte ein anderes Bild des Hotelerben an. Cameron war ein gut gekleideter, stilsicherer Charmeur, der genau wusste, wie er bekam, was er wollte. Sein Lächeln war jungenhaft, und seine Augen graublau. Das kurze, blonde Haar war in einem Crew Cut geschnitten. Was Abby nicht wusste, weil sie sich mit diesem Frisurentyp auskannte, sondern weil er Thema eines Internetblogs war, der sich mit den angesagtesten Junggesellen Bostons beschäftigte, diese Männer kategorisierte und katalogisierte, und den sie bei ihrer Suche zufälligerweise angeklickt hatte.

Mit einem müden Seufzen drückte sie die Fotos weg, die die Suchmaschine ihr angezeigt hatte. Die Bilderflut war geradezu überwältigend. Cameron Montgomery schien ein Liebling der Paparazzi zu sein. Was auch die Probleme erklärte, mit denen er sich im Moment auseinanderzusetzen hatte. Probleme, die er nach Stonebridge Island schleppen würde. Auf das Gestüt – und in ihre Praxis.

Sie kannte den Typ Mann, den er verkörperte. Nicht nur, weil sie als Psychologin die Gerichtsunterlagen studiert hatte, die Richter Graw ihr gemailt hatte. Sie wusste, wie er tickte, weil er genau wie ihr Ex-Mann Jace war.

Abby hatte früh gelernt, dass es ein Fehler war, ihrer Impulsivität nachzugeben. Diese Spontaneität und Wildheit hatte sie von ihrem Vater geerbt. Ihrem leiblichen Vater Scott. Nicht von Jack, der sie aufgezogen hatte, als wäre sie seine eigene Tochter. Sie hatte ihre Emotionen allerdings immer gut im Griff gehabt. Nur einmal, kurz nach ihrem Studium, hatte sie der unkontrollierten Seite in sich nachgegeben und in einer Kurzschlussreaktion in Las Vegas den Sunnyboy Jace Downey geheiratet. Sie hatte bereits am nächsten Morgen gewusst, dass sie einen großen Fehler gemacht hatte. Trotzdem hatte sie es noch ganze zwei Monate durchgezogen, ehe sie sich scheiden ließ – Jace hatte ihr nicht gutgetan. Er hatte aus gut situiertem Haus gestammt, hatte ein bisschen vor sich hin studiert, aber sein Leben hauptsächlich damit verbracht, Partys zu feiern. Ansonsten hatte er perspektivlos in den Tag hineingelebt und sich wenig Gedanken um andere gemacht. Er war rücksichtslos gewesen, egozentrisch. Jaces Leben hatte sich um Alkohol und Drogen gedreht, um den Rausch, den er Leben nannte. Sie hatte ihm nicht helfen können. Hatte es nicht geschafft, ihn aus seiner Sucht herauszuholen. Eine Trennung und die Rückkehr zu ihrem kontrollierten, vorhersehbaren Leben waren ihre einzigen Chancen gewesen, wenigstens sich selbst zu retten.

Sie hatte Jace hinter sich gelassen. Nur um mit einem noch schlimmeren Exemplar der gleichen Spezies konfrontiert zu werden. Jordan, der dafür gesorgt hatte, dass ihre siebzehnjährige Patientin Kelsey von einer Brücke gesprungen war. Seitdem war alles anders.

Und nun trat Cameron Montgomery in ihr Leben. Sie kannte ihn nur aus den Klatschspalten der Zeitschriften. Persönlich begegnet war sie ihm noch nie. Doch die Parallelen zwischen ihm, ihrem Exmann und Jordan waren unverkennbar. Der Alkohol. Drogen. Ein Übergriff auf die Verlobte seines Bruders. Abby praktizierte vielleicht nicht mehr als Psychotherapeutin, aber sie erkannte ein Muster, wenn sie es sah. Einen so wenig kontrollierbaren Mann wollte sie nicht auf dem Gestüt haben. Nicht auf ihre Patienten loslassen. Und sie wollte sich nicht daran erinnern, dass sie sich von genau dieser Art von Unberechenbarkeit einmal angezogen gefühlt hatte wie die Motten vom Licht.

»Abby?« Megan riss sie mit ihrem Klopfen an die Bürotür aus ihren Gedanken.

»Ja?« Sie klappte den Laptop zu und erhob sich.

Ihre jüngste Schwester schob die Tür auf und schwenkte grinsend eine Weinflasche. »Ich wurde geschickt, dich aus deiner Einsiedlerhöhle zu befreien. Summer ist vom Cross-Country-Training zurück. Sie hat hinter dem Haus ein Feuer gemacht, und ich habe den Alkohol. Wir haben beschlossen, ein paar Marshmallows zu rösten, in die Sterne zu kucken und dich dazu zu bringen, uns alles über deinen neuen Stallburschen zu erzählen. Cameron Montgomery.« Sie schüttelte sich wohlig. »Das ist noch tausendmal besser als ein Biker mit Vollbart und Pferdeschwanz.«

»Oder Spinnentattoo auf der Glatze«, ergänzte Abby. Sie legte Megan den Arm um die Taille. »Wein, Marshmallows und Feuer klingen fantastisch. Der Rest fällt unter die Schweigepflicht.«

3

Cameron hatte schlecht geschlafen und war dementsprechend erschöpft, als er am nächsten Morgen sein unrasiertes Gesicht im Spiegel betrachtete. Unter seinen Augen lagen dunkle Ringe. Er verzog den Mund und warf sich selbst einen genervten Blick zu. Das Schlimmste an der Nacht war gar nicht die Schlaflosigkeit gewesen, sondern die Gründe dafür. Jeder Erholungssuchende würde den Kopf schütteln, wenn er hörte, was Cameron wach gehalten hatte: Es war der fehlende Lärm der Großstadt. In Boston war er immer von Geräuschen umgeben. Menschen. Autos. Den Sirenen der Polizei, die einem ins Bewusstsein riefen, dass man nicht allein auf der Welt war. Aber auf Stonebridge Island? Nichts. Nur Stille und ab und zu das leise Pfeifen des Windes. Wie, um Himmels willen, sollte man da schlafen?

Zumindest konnte er sich nicht über sein Zimmer beschweren. Als er sich am Vorabend dazu aufgerafft hatte, seinen Rücken endlich von der Tür zu lösen und das Licht einzuschalten, war er von dem, was er erblickt hatte, positiv überrascht gewesen. Von außen hatte *Jasper Point* ausgesehen wie jedes zweite Motel, das man an den Rändern amerikanischer Highways fand. Eine grau gestrichene Zeile von Räumen mit roten Türen. Das Innere jedoch war hell und freundlich, der Boden nicht von einem jahrzehntealten, müffelnden Teppich bedeckt, sondern schiefergrau gefliest. Die Möbel entsprachen der Epoche, in der er sich befand. Um duschen zu können, musste er sich in dem winzigen Bad zwar regelrecht zusammenfalten, aber alles war sauber und ordentlich und die Handtücher frisch. Das WLAN in seinem Zimmer war ein Witz, dafür hatte Mrs. Carlson für Mülltrennung gesorgt. Auch wenn die Hotels, die seine Familie betrieb – *Suites by Montgomery* – in einem anderen Preissegment angesiedelt waren, erkannte er ein durchdachtes, nachhaltiges System, wenn er es sah. Genau genommen war seine Einstellung zu diesem Thema sogar der Stein gewesen, der die Ereignisse der vergangenen Wochen ins Rollen gebracht hatte. Seine Idee, die Dinge in den *Suites by Montgomery* etwas ökologischer anzugehen, hatte bei seinem Vater zu einem Wutanfall und bei seinem Bruder zu einem geringschätzigen Hochziehen des rechten Mundwinkels geführt. Hätte Camerons Vater sein Projekt in North Carolina, das auf Nachhaltigkeit und Regionalität ausgelegt gewesen war, nicht einfach mit einem Federstrich vernichtet, hätte er sich nicht im *Black Dreams* betrunken … Cameron seufzte. Es brachte nichts, sich selbst zu bemitleiden. Mrs. Carlsons ökologischer Ansatz brachte der Motelbesitzerin jedenfalls Pluspunkte bei ihm ein, auch wenn das ihre Neugier nicht aufwog.

Cameron duschte und überlegte, ob er sich die Mühe machen sollte, sich zu rasieren. Müde wie er war, entschied er sich dagegen. Vermutlich musste er sich sowieso einen Vollbart wachsen lassen, wenn er zwischen den Hummerfischern und Blaubeerfarmern nicht auffallen wollte. Und auffallen wollte er auf gar keinen Fall. Schon gar nicht, wenn das zur Folge hätte, dass die Paparazzi aus Boston die Jagd auf ihn eröffnen würden. Er schlüpfte in Jeans, einen Kapuzenpulli seiner Alma Mater – Harvard – und Turnschuhe. In den Unterlagen, die Richter Graw ihm hatte zukommen lassen, stand lediglich, dass er sich heute in den *Silver Brook Stables* einzufinden hatte. Eine Uhrzeit war nicht vermerkt gewesen, und er hatte es versäumt, bei dem Gestüt anzurufen und nachzufragen. Aber da er sowieso wach gewesen war, konnte er den ersten Tag genauso gut einfach in Angriff nehmen. Er zog seine Jacke über und setzte seine Baseballkappe mit dem Logo der *New England Patriots* auf, um auf der Straße nicht erkannt zu werden. Dann steckte er sein Handy ein, nahm die Autoschlüssel von der Kommode und trat aus seinem Zimmer. Es hatte aufgehört zu schneien, aber noch immer hingen graue Wolken tief am Himmel. Der Schnee knirschte unter seinen Turnschuhen, und er war sich sicher, dass die Temperatur unter null Grad lag. Vor seinem Gesicht sammelte sich der Atem in einer Wolke. Cameron verbot sich, an den Frühling in Boston zu denken, das würde seine Laune nicht verbessern. Stattdessen überlegte er, sich an der Rezeption einen Kaffee zu holen. Koffein war etwas, das er dringend brauchte, um seine Stimmung wenigstens etwas aufzuhellen und sein Gehirn in Gang zu bekommen. Ein Blick in Richtung des Empfangs ließ ihn allerdings innehalten. Mrs. Carlson hatte offenbar am Fenster gelauert und winkte ihm euphorisch zu. Mit einem innerlichen Seufzen hob er die Hand zum Gruß und zwang sich zu einem Lächeln. Die Hotelmanagerin machte ihm die Entscheidung leicht. Er würde lieber hungern und auf Koffein verzichten, als sich in der Frühstücksecke der Rezeption in ein Verhör verwickeln zu lassen, von dem anschließend jedes Wort eins zu eins an die Nachbarn weitergetratscht wurde. Auf dem Weg zum Gestüt würde sich hoffentlich Kaffee finden lassen, und etwas, womit er das Loch in seinem Magen stopfen konnte.

Das Motel lag auf einer kleinen Landzunge, die als natürlicher Schutz für eine tiefe Bucht namens Fisherman's Cove diente. Als Cameron nach Home Port hineinfuhr, sah er einige Fischkutter auf das offene Meer zusteuern. In ein paar Stunden würden sie mit ihrem Fang zurückkehren und ihn im Fischereihafen, ein Stück die Straße hinunter, abliefern. Vielleicht würde er sich heute Abend zur Feier des ersten überstandenen Tages in der Wildnis ein Hummerdinner gönnen, falls es auf der Insel ein anständiges Restaurant gab.

Im Zentrum des Küstenstädtchens entdeckte er einen kleinen Platz, an dem sich die Geschäfte aufreihten wie auf einer Perlenschnur. Alles wirkte farbenfroher und gepflegter, als er es am Vorabend im Dämmerlicht empfunden hatte. Er las *Marsha's Bakery* auf einem der Schilder und parkte auf der gegenüberliegenden Straßenseite in einer Parkbucht, die gerade von einem rostigen Pick-up freigemacht worden war, und überquerte die Straße. Im Gegensatz zum Vorabend waren die Gehwege von Menschen bevölkert, die zwar zügig unterwegs waren, aber trotzdem ständig stehen blieben, um kurz mit denjenigen zu sprechen, die ihnen entgegenkamen. Auf den Booten in der kleinen Marina hinter den Geschäften herrschte ebenfalls ein reges Treiben. Wie von Geisterhand hatte sich Home Port von einem trüben Stephen-King-Schauplatz in ein hübsches Küstenstädtchen verwandelt. Wenn die Sonne scheinen würde, könnte man diesem Ort wahrscheinlich sogar etwas abgewinnen.

»Guten Morgen, Sir«, sagte ein älterer Mann, der ihm entgegenkam.

»Morgen«, murmelte Cameron. Hatte der Mann ihn erkannt? Er zog seine Baseballkappe noch ein wenig tiefer ins Gesicht, als er den Gehweg erreichte. Er trat einen Schritt zur Seite, um zwei junge Frauen vorbeizulassen, die lächelnd und mit riesigen Muffins in der Hand aus der Bäckerei kamen.

»Hi«, sagte die Linke und strahlte ihn an. »Wie geht's Ihnen?«

»Danke, gut«, erwiderte er ganz automatisch, bis die beiden den Eingang freigaben. Er hörte, wie sie hinter ihm nach einem Bob riefen und auch von ihm wissen wollten, wie es ihm ging. Cameron blickte über die Schulter und sah, wie sie einem Mann um die fünfzig zuwinkten. Sie hatten ihn also nicht erkannt – sie waren nur nett gewesen. Cameron atmete tief durch und schob die Tür zur Bäckerei auf. Eine Wolke aus Wärme und dem Duft nach starkem Kaffee und süßem Gebäck schlug ihm entgegen und hüllte ihn ein. Das Wasser lief ihm im Mund zusammen, und sein Magen knurrte vernehmlich.

»Wie geht es Ihnen heute, Honey?«, wollte die Frau im Alter seiner Großmutter wissen, die sich mit einem vollen Kaffeebecher an ihm vorbeidrängte und an einem der kleinen Bistrotische Platz nahm.

»Danke, gut«, bediente er sich der gleichen Antwort wie zuvor. In Boston sahen einen die Leute nicht an, wenn sie einem entgegenkamen. Sie starrten auf ihre Handys, rempelten einander an und warfen sich im besten Fall einen grimmigen Blick zu, während sie weiterhasteten. In Home Port war er schon dreimal gefragt worden, wie es ihm ging, bevor er überhaupt seine erste Tasse Kaffee getrunken hatte. Cameron sah sich in der Bäckerei um. Der Raum war nicht groß, aber die

Wände waren in einem fröhlichen Gelbton gestrichen und die Möbel in warmen, dunklen Brauntönen gehalten. Alles wirkte gemütlich – bis auf die große Frau mit dem strengen Dutt, die in einer geblümten Schürze hinter dem Tresen stand.

Sie kniff leicht die Augen zusammen und musterte ihn. »Sind Sie nicht …«, begann sie.

»Nein, ich sehe ihm nur ähnlich«, verleugnete Cameron sich selbst, ehe sie ihre Frage zu Ende stellen konnte. Diese Antwort benutzte er immer, wenn jemand wissen wollte, ob er Cameron Montgomery war. Meistens kam er damit durch, und die Leute ließen ihn in Ruhe.

»Wenn Sie meinen. Ich bin jedenfalls Marsha, was Sie wissen sollten, wenn Sie die nächsten Wochen hier verbringen«, erwiderte die Frau vor ihm. Sie wusste also, wer er war, was sicherlich daran lag, dass Mrs. Carlson am vergangenen Abend die ganze Stadt von seiner Anwesenheit in Kenntnis gesetzt hatte. Hatte sie auch die Paparazzi der Gegend angerufen? Wie hießen die Klatschzeitungen im Nordosten Maines? Gab es überhaupt welche? Wahrscheinlicher war, dass sie seine Anwesenheit auf der Insel an eines der einschlägigen Online-Portale verhökerte. Plötzlich vermisste er die grummeligen, ignoranten Bostoner, die es nicht fertigbrachten, einem ins Gesicht zu sehen, statt ihn so scharf zu mustern wie die Frau auf der anderen Seite des Tresens.

»Was kann ich für Sie tun, Schätzchen?«, wollte Marsha wissen.

Cameron ließ seinen Blick über die Auslage in der Kuchentheke schweifen. »Ich nehme einen von diesen Blaubeerkuchen und einen Cheesecake-Muffin. Dazu einen großen, schwarzen Kaffee.«

»Zum hier Essen?«, fragte Marsha.

»Nein. Zum Mitnehmen, bitte.« Er wollte sich nicht auch noch in ein Gespräch verwickeln und aushorchen lassen. Und er wollte nicht noch einmal gefragt werden, wie es ihm ging. Schon gar nicht von Leuten, die am Ende noch eine Antwort auf ihre Frage erwarteten.

»Ich gehe davon aus, Sie nehmen einen Keramik-to-go-Becher«, riss Marsha ihn aus seinen Gedanken.

»Wie bitte?«, fragte er.

Offenbar schaute er sie ziemlich verdutzt an, denn sie setzte zu einer Erklärung an. »Wir versuchen zu vermeiden, dass überall in der Gegend Plastikbecher herumliegen. Wir sind schließlich keine von diesen großen Ketten, denen ihr Müll scheißegal ist.« Sie wies auf das Schild hinter dem Tresen, das besagte, dass man für einen Keramikbecher zwar fünf Dollar Pfand zahlen musste, der Kaffee dafür aber einen Dollar billiger war als im Styroporbecher. »Sie können den Becher wieder hier abgeben, oder überall sonst auf der Insel, wo es Kaffee gibt.«

»Und wo wäre das?«, fragte Cameron, neugieriger, als er es eigentlich sein wollte. Aus irgendeinem Grund mochte er Marshas ruppige Art.

Sie schob einen Becher, auf dem *Stonebridge Island* stand und ein Umriss der Insel abgebildet war, unter den Kaffeeautomaten. »Im Supermarkt, bei *Frankie's*, im *Sea Side Inn* und in dem kleinen Café in Sandy Beach«, zählte sie auf und packte den Muffin und das Küchlein, die er sich ausgesucht hatte, in eine Tüte.

Erst die Mülltrennung im Motel und nun das. Dieser Aspekt der Insel gefiel ihm tatsächlich ganz gut, gestand er sich widerwillig ein. Auch wenn ihm das abermals ins Gedächtnis rief, warum in Boston alles schiefgelaufen war.

Cameron nahm sein Frühstück entgegen und zahlte. Sowohl Marsha als auch die alte Dame am Bistrotisch wünschten ihm einen schönen Tag. Er hob nur die Hand und verließ die Bäckerei. Ehe er seinen Wagen erreichte, wurde er von zwei weiteren, gut gelaunten Inselbewohnern gegrüßt. Er fuhr auf den Parkplatz der Marina und sah den Yachten zu, die für einen Segeltörn vorbereitet wurden. Sie schaukelten sanft auf den Wellen. Cameron konnte sich nicht im Traum vorstellen, bei diesen Temperaturen freiwillig auf das Meer hinauszufahren. Er war in seinem Leben auf einigen Segeltrips gewesen. Meistens allerdings in der Karibik, wo man bei fünfunddreißig Grad direkt vom Boot ins kristallklare Wasser springen konnte. Genau dort wäre er jetzt gern. Er drehte die Heizung noch weiter hoch und richtete das Gebläse direkt auf seinen Oberkörper.

Dann verdrückte er beide Gebäckstücke, nicht sicher, ob sein Heißhunger daher rührte, dass sie so unglaublich lecker waren, oder daher, dass er seit gestern Mittag nichts mehr gegessen hatte. Er leckte sich den Zucker von den Fingern und trank einen weiteren Schluck Kaffee. Gewohnheitsgemäß scrollte er durch die Internetseiten der Regenbogenpresse. Die Aufregung um ihn hatte sich offenbar gelegt. Was zum einen daran lag, dass Nacktbilder von einem Filmsternchen aufgetaucht waren. Zum anderen aber sicher auch daran, dass er auf einer Insel im Nirgendwo festsaß und seine Hotelmanagerin zwar neugierig war, das Geld, das sie mit ihm verdienen konnte, allerdings vermutlich noch nicht witterte.

Seine Gedanken wanderten zu Marsha zurück, und er musste grinsen. Er mochte die Bäckerin. Ihre Art. Wie sie mit bestimmend in die Hüften gestützten Händen entschieden hatte, dass er einen Pfandbecher benutzen würde. Vielleicht war dieser Ort gar nicht so schlimm, wie er befürchtet hatte. Nach einem weiteren Schluck Kaffee schickte er seiner Schwester ein Bild von den auf dem Wasser schaukelnden Booten und schrieb *fast wie Urlaub* darunter.

Valerie schickte ihm umgehend das Emoji zurück, auf dem sich eine Blondine mit der flachen Hand vor den Kopf schlug. Ihr erklärter Lieblingssmiley, wenn es um die Mitglieder ihrer Familie ging. *Warst du schon auf dem Gestüt?*, wollte sie wissen.

Auf dem Weg dahin, tippte er.

Dann warte bis heute Abend, ehe du es Urlaub nennst. Sie schickte einen Smiley hinterher, der die Zunge herausstreckte, und dann ein Küsschen.

Das Küsschen erwiderte er mit einem Emoji und legte sein Handy auf den Beifahrersitz. Dann ließ er den Motor an und folgte dem Navi zu den *Silver Brook Stables.* Für seine Umgebung hatte er keinen Blick übrig. Er musste sich darauf konzentrieren, den Porsche durch die Schneeverwehungen und über den gefrorenen Boden zu manövrieren. Unter der weißen Pracht, die er lautstark verfluchte, konnte er die zahlreichen Schlaglöcher nicht erkennen. Der Unterboden seines Wagens schrammte zweimal mehr über den Boden, bis er über die schmale Holzbrücke fuhr und vor einem imposanten Ranchhaus hielt. Das Gebäude war im Blockhausstil gebaut. Auf der rechten Seite zog sich eine Veranda um das Haus, die linke war mit einem Wintergarten verglast. Die Sonne suchte sich genau diesen Moment aus, um für einen Augenblick durch die

Wolken zu brechen und sich in den Fenstern der drei großen Dachgauben zu spiegeln.

Als er ausstieg, schlug ihm die kalte Luft entgegen, die ein Potpourri aus dem Geruch nach Tieren und dem des nahen Ozeans war, den er hinter dem Ranchhaus aufblitzen sah. Er entdeckte eine Frau, ein Stück entfernt auf dem Rasen. Sie stand mit dem Rücken zu ihm, beugte sich zu einem Hund hinunter und kraulte ihn unter dem Kinn. Eine Promenadenmischung, wenn Cameron es richtig deutete. Die Frau trug eine Daunenweste mit dem Logo des Gestüts – die Silhouette eines Pferdekopfes, dessen Mähne zu einer Welle stilisiert war –, und ihre langen, schlanken Beine steckten in knallengen Jeans, die in hellbraunen Cowboystiefeln verschwanden, und unter ihrem Stetson quollen dunkle Locken hervor. Er schlug die Wagentür zu, und die Frau richtete sich auf und drehte sich zu ihm um. Im ersten Moment lag etwas auf ihren Gesichtszügen, das ihn an tiefe Traurigkeit erinnerte. Im nächsten Augenblick war dieser Ausdruck hinter einer Maske aus heiterer Freundlichkeit verschwunden, und Cameron war sich nicht sicher, ob er sich das nur eingebildet hatte. Er musterte die Frau. Überrascht stellte er fest, dass sie älter war, als er im ersten Moment vermutet hatte. Sie musste mindestens fünfzig sein, auch wenn sie von hinten wie ein junges Mädchen ausgesehen hatte. »Dr. Cooper?«, fragte er. Ihm wurde bewusst, dass er sich keine Gedanken über die Psychologin gemacht hatte, die für die nächsten vier Wochen als seine Knastwärterin fungierte.

Sie lachte und kam auf ihn zu, den Hund an ihrer Seite. »Ich bin Olivia. Und das ist Henry«, stellte sie sich und den Hund vor, ehe sie ihn aufklärte. »Dr. Abigail Cooper ist meine

Tochter. Eine meiner Töchter. Sie müssen Mr. Montgomery sein.«

»Cameron.« Er reichte ihr die Hand, und sie drückte sie mit erstaunlich viel Kraft.

»Ich freue mich, dich kennenzulernen, Cameron«, sagte sie. »Komm mit. Ich bringe dich zu Abby.«

Sie wartete nicht, bis er etwas erwiderte, sondern drehte sich einfach um und ging los. Der Hund folgte ihr ergeben, also tat Cameron das auch. Er hatte den Eindruck, dass Olivia Cooper selten etwas abgeschlagen wurde. Auf dem Weg quer über den Hof sah er sich um. Die Mitte des großen, gepflasterten Platzes wurde von einem Rasenrondell beherrscht. Er konnte sich vorstellen, dass hier Blumen wachsen würden, wenn es denn endlich mal wärmer würde. Fröstelnd zog er den Kragen seiner Jacke höher, um sich vor dem kalten Wind zu schützen. Die Sonne hatte sich bereits wieder hinter die Wolken zurückgezogen, die tief und bedrohlich über ihnen hingen.

Cameron betrachtete die Gebäude, die mit ihrer Form und dem dunkelroten Anstrich alle aussahen wie Scheunen auf einer Ranch. Er hatte keine Ahnung, wozu sie dienten, aber ihm fiel auf, dass manche schon ein wenig heruntergekommen wirkten, während andere neu und gepflegt aussahen. Hinter weißen Koppelzäunen standen überall Pferde, in allen Farben und Größen. Olivia steuerte auf eine Art rund eingezäunten Korral zu, in dem er eine Frau erkennen konnte, die ein Pferd am Zügel führte, auf dem ein Kind saß. Sie war unverkennbar Olivias Tochter – das war nicht einmal auf die Entfernung zu übersehen. Größer als ihre Mutter, aber von der gleichen schmalen Statur. Auch sie trug Jeans, die perfekt saßen und in

Stiefeln steckten. Auf der hellblauen Steppweste, die sie über eine schwarze Fleecejacke gezogen hatte, prangte ebenfalls das Logo des Gestüts. Ihre Finger steckten in Handschuhen, aber auf eine Mütze hatte sie verzichtet. Ihre Haare fielen ihr offen über die Schultern, was dem Wind die Möglichkeit gab, mit ihnen zu spielen und sie immer wieder um ihr Gesicht herum aufzuwirbeln. Sie waren so dunkel wie Olivias, aber die Spitzen glänzten kupferfarben. Mit einer abwesenden Geste schob sie sie sich hinter das Ohr, denn der Blick aus ihren großen, mandelförmigen Augen konzentrierte sich ausschließlich auf das Kind und das Pferd, mit denen sie beschäftigt war. Dr. Abigail Cooper gab Reitstunden? Wirklich wunderbar. Die Psychologin war in Wirklichkeit eine Reitlehrerin. Er hätte die Recherche nicht seiner Schwester überlassen und sie selbst googeln sollen. Erst als er den Rollstuhl neben dem Gatter stehen sah, stutzte er. »Was macht sie da?«, fragte er Olivia.

»Therapeutisches Reiten.« Olivia stellte ihren Fuß auf den untersten Querriegel des Zauns und legte ihre Unterarme auf den obersten. »Das ist der kleine Lucas.« Sie nickte zu dem Kind auf dem Pferderücken. »Er ist seit einem Unfall querschnittsgelähmt. Die Therapie hilft ihm. Zum einen ist sie eine wunderbare Ergänzung zu seiner Physiotherapie. Und zwischen ihm und Foxy entsteht eine Beziehung, die ihm eine große Motivation sein wird und ihm hilft, mit seinen Ängsten und der Frustration klarzukommen.« Sie warf Cameron einen Seitenblick zu. »Es geht um Vertrauen, darum, sich auf diese Situation einzulassen. Siehst du, Foxy hat zum Beispiel keinen Sattel. Zwischen ihr und Lucas befindet sich nur die Pferdedecke. Im Fall dieses Jungen macht man sich zum einen die Körperwärme des Tieres zunutze, weil sie den Muskeln und

Knochen des Kleinen guttut. Aber außerdem nutzt man die soziale Energie des Pferdes, die hilft, an den Problemen des Patienten zu arbeiten.«

»Aha.« Was sollte Cameron auch sonst dazu sagen? Er hatte weder Ahnung vom Reiten noch hatte er jemals von einer Therapie mit Pferden gehört. Die Psychiater, zu denen seine Eltern ihn in seiner Kindheit geschickt hatten, um seine wilde Seite zu zähmen (wie sie es stets genannt hatten), hatten andere Methoden gebraucht – und sich selbst zu Experten für sein Leben erklärt. Wenn Dr. Cooper vom gleichen Schlag war, hielt sie sich wahrscheinlich für eine Pferdeflüsterin oder so was.

Sie standen ein paar Minuten an den Zaun gelehnt, als sich eine weitere Frau zu ihnen gesellte. Sie wärmte ihre Hände an einem Stonebridge-Island-Keramikbecher. Offenbar hatte sie den gleichen Kaffeedealer wie er. »Wie macht er sich?«, fragte sie Olivia leise und lehnte sich neben ihr gegen das Holz. Cameron blickte sie von der Seite an. Sie sah noch müder aus, als er sich fühlte, und kam ihm irgendwie bekannt vor.

»Lucas macht das ganz fantastisch.« Olivia legte ihr die Hand auf den Arm und strich leicht über den dicken Daunenstoff ihrer Jacke. »Er ist ein richtiger Champion.«

Das genügte, der Frau ein kleines Lächeln ins Gesicht zu zaubern. Und jetzt fiel Cameron wieder ein, woher er sie kannte. Sie wohnte wie er im *Jasper Point Motel.* Er war ihr am gestrigen Abend begegnet, als sie ihren Sohn im Rollstuhl zu Zimmer Nr. 5 geschoben hatte. Sie schien weniger skeptisch als er zu sein, was diese Therapiemethode anging. Zumindest sah sie Dr. Cooper voller Bewunderung und Ehrfurcht dabei zu, wie sie ihren Sohn im Kreis herumführte. Das Kind war schweigsam und reagierte meist nur mit einem gemurmelten Kommentar oder einem Kopfnicken auf die Anweisungen der Reitlehrerin. Es passierte nicht viel. Das Pferd lief im Kreis, und manchmal hob der Junge die Hände vom Rücken des Pferdes und streckte sie aus, während Dr. Cooper ihn mit der Hand im Rücken stützte. Zwei oder drei Runden ließ sie das Pferd traben. Es dauerte fast zwanzig Minuten, bis die Pferdetherapeutin Foxy zum Stehen brachte. Während die Mutter das Gatter des Rondells öffnete, überlegte Cameron sich, wie viel man einem gutgläubigen oder vielleicht auch verzweifelten Kunden für diese Nummer abknöpfen konnte. Langsam hoben sie Lucas vom Pferd, und die Mutter trug ihn zu seinem Rollstuhl. Ehe Cameron ihr zu Hilfe kommen konnte, hatte sie den mit Sand ausgestreuten Korral bereits verlassen. Routiniert setzte sie den Jungen in seinem Rollstuhl ab und redete leise mit ihm. Dann strich sie ihm über die Haare und küsste ihn auf die Stirn, bevor sie sich aufrichtete und zu Dr. Cooper zurückkehrte und ihr die Hand schüttelte. Er konnte das ›bis morgen‹ hören, ehe die Reitlehrerin sich zu ihnen umdrehte. Sie musterte ihn einen Moment, dann kam sie auf ihn und Olivia zu. Das Pferd am Zügel, blieb sie auf der anderen Seite des Zaunes stehen, und Cameron konnte die Farbe ihrer Augen erkennen. Sie erinnerte an das goldene Braun eines edlen Whiskeys. Foxy streckte neugierig ihren Kopf über die oberste Latte und schnüffelte an Camerons Arm. Der Atem des Tiers strich über seine Hand, als es leise schnaubte. Erschrocken fuhr Cameron zurück. Unbeeindruckt von seinem Satz nach hinten hielt Dr. Cooper ihm die Zügel entgegen. Sollte er sie etwa nehmen? Das Pferd halten? Oder mit ihm irgendwo hingehen?

»Du musst der neue Hilfsarbeiter sein. Ich bin Abby«, sagte sie kühl und wackelte mit den Zügeln vor seinem Gesicht herum. »Striegeln und Hufe auskratzen.«

»Ähm …« Cameron wich einen weiteren Schritt zurück. »Ich glaube nicht. Ich war einem Pferd noch nie näher als die Entfernung von der Tribüne zur Rennbahn. Ich will ihm nicht wehtun oder so was.«

»Ihm nicht wehtun«, murmelte Dr. Cooper. »Holy Moly! Glaubst du, ein Pferd geht kaputt, wenn man es putzt?« Zwischen ihren Augenbrauen hatte sich eine steile Falte gebildet, und sie presste für einen Moment missbilligend die Lippen zusammen. Dann sah sie ihre Mutter an. »Hast du gewusst, dass er keinen blassen Schimmer von der Arbeit mit Pferden hat, bevor du diesen Sozialstunden zugestimmt hast?«

Cameron verstand. Das erklärte die kühle Begrüßung der Therapeutin. Sie wollte genauso wenig wie er, dass er hier war. Wunderbar, dann waren sie ja schon zwei. Diesem Pferd würde er sich jedenfalls nicht weiter als auf zwei Meter nähern.

Olivia sah zwischen Cameron und ihrer Tochter hin und her. Sie biss sich auf die Innenseite ihrer Wange und bemühte sich, ein ernstes Gesicht zu machen. Offenbar hatte sie große Mühe, ein Lachen zu unterdrücken. »Ich hatte keine Ahnung. Wirklich.« In einer unschuldigen Geste hob sie die Hände.

Dr. Cooper seufzte. »Na ja, ändern können wir das ja nun sowieso nicht mehr. Mit einer Mistgabel kannst du hoffentlich umgehen – obwohl ich vermute, dass du sowohl einer Mistgabel als auch einem Stall ebenfalls noch nie näher als hundert Meter gekommen bist. Ich striegele das Pferd, du mistest den Stall.« Sie streckte den Arm in Richtung einer etwas abgelegenen rot gestrichenen Scheune. »Dort hinten findest du alles, was du brauchst. Der Stutenstall muss einmal komplett gemistet werden. Wenn du damit fertig bist, sammelst du die Pferdeäpfel auf dem Paddock hinter meinem Büro ein.« Sie kehrte ihm den Rücken zu und löste das Geschirr, das das Pferd um den Kopf trug.

Olivia legte ihm die Hand auf die Schulter. »Komm mit, ich zeige dir alles.« Sie umrundete den Korral, und Cameron folgte ihr.

»Ist deine Tochter immer so?«, wollte er wissen.

»Nein, natürlich nicht. Sie ist eigentlich einer der nettesten Menschen der Insel.«

Wenn das stimmte, wollte Cameron die anderen Bewohner nicht näher kennenlernen.

»Sie hat im Moment ziemlich viel Stress. Ihre Assistentin musste kündigen, weil sie ein Kind erwartet und darum weggezogen ist. Wir hatten gehofft, dass du ein paar Erfahrungen mitbringst und Abby unterstützen kannst, solange du deine … Strafe verbüßt«, brachte sie seine Anwesenheit auf dem Gestüt nach einem kurzen Zögern auf den Punkt. »Warum du auf ein Gestüt geschickt wurdest, obwohl du keine Ahnung von Pferden hast, erschließt sich mir nicht ganz«, sagte sie.

Er verstand es dagegen inzwischen sehr gut. Weil der ehrenwerte Richter Graw wahrscheinlich keinen Ort kannte, der weiter entfernt von Boston lag. Es würde aber vermutlich nicht viel bringen, Olivia zu erklären, dass er unschuldig in die Verbannung geschickt worden war. Sie würde ihn vielleicht mit einem belustigten Funkeln in den Augen betrachten, während ihre Tochter vermutlich einfach nur missbilligend das Gesicht verziehen würde, weil er versuchte, sich aus seiner Schuld herauszureden. Er kannte all diese Spielchen zur Genüge. Cameron seufzte innerlich und ergab sich in sein Schicksal. Valerie und er hatten ja bereits vermutet, dass er hier nur den Stallburschen spielen würde. Sie würden ihn mit stupiden Tätigkeiten eindecken, auf die niemand Lust hatte. Aber so schlimm würde es schon nicht werden.

Es konnte sogar noch schlimmer werden, wurde ihm ein paar Stunden später klar. Bis zu diesem Tag hatte er sich für fit gehalten. Er ging regelmäßig ins Sportstudio, spielte in einer Hobbyliga Baseball und schwamm im Sommer im Pool in der *Montgomery Mansion* – mit dem Schwingen einer Gabel voll Mist ließ sich all das nicht vergleichen. Trotz der Kälte, die seine Finger zu Eis gefrieren ließ, schwitzte er. Seine Muskeln hatten irgendwann begonnen zu zittern. Seine Handflächen waren längst mit Blasen übersät, die bei jeder Bewegung brannten wie Feuer. Was für eine verdammte Scheiße!

4

Abby beobachtete Cameron Montgomery aus der Ferne. Sie war sich seiner Anwesenheit vom ersten Moment an bewusst gewesen. Es war ihr Job, sich auf Lucas zu konzentrieren, aber sie hatte den Mann am Zaun trotzdem gespürt. Er hatte – Ausstrahlung. Mehr, als sie angesichts der Fotos und Videos im Internet angenommen hatte. *Genau wie Jace*, war es ihr durch den Kopf gegangen.

Camerons Ahnungslosigkeit ärgerte sie allerdings ziemlich. Wie hatte er es geschafft, auf einem Gestüt zu landen, wenn er nicht den Hauch von Erfahrung mit Pferden hatte? Wie hatte der Richter zu einer solchen Entscheidung kommen können? Abby hatte von Anfang an Bedenken gehabt, aber ihre Mutter hatte sie mit einem Handstrich zur Seite gewischt. Jetzt hatten sie das Problem. Und einen Mitarbeiter, der noch nie ein Pferd aus der Nähe gesehen hatte geschweige denn verstand, was sie hier eigentlich taten. Sie hatte es in seinen Augen gesehen, als er sie während Lucas' Stunde gemustert hatte. Er hielt sie für einen Scharlatan. Die besten Voraussetzungen für ihre Zusammenarbeit. »Wirklich ganz toll«, murmelte sie und räumte Lucas' Therapieunterlagen in ihren Aktenschrank. Vielleicht hatte Cameron darauf hingearbeitet, seine Sozialstunden hier ableisten zu können, weil er sich vor den Paparazzi und der Klatschpresse verstecken wollte. Das war durchaus vorstellbar.

Abby fuhr ihren Laptop herunter und verließ ihr Büro. Sie war grob und unhöflich zu Cameron gewesen, das war ihr klar. Genau wie die Tatsache, dass sie sich von ihren Gefühlen leiten ließ. Von Camerons charakterlicher Ähnlichkeit zu ihrem Ex-Mann. Und von ihrem jungen Patienten. Jemand wie Cameron war dafür verantwortlich, dass der kleine Lucas im Rollstuhl saß. Der Junge war angefahren worden, als er gerade mal vier Jahre alt gewesen war. Von jemandem, der genauso einen protzigen Porsche fuhr wie ihr neuer Stallbursche. Sie schloss für einen Moment die Augen und atmete tief durch. Auf keinen Fall durfte sie vergessen, dass auch das Teil von Camerons Arbeitsstunden war. Er musste begreifen, was man mit seinem Drogen- und Alkoholmissbrauch anrichten konnte. Dass man Leben zerstören konnte. Kelseys Bild blitzte vor ihrem inneren Auge auf. Das strahlende Lachen des Mädchens. Die blonden Haare, die wie ein Wasserfall über ihren Rücken fielen, bis fast zur Hüfte. Entschieden schob Abby das Bild zur Seite. Kelsey würde Cameron nicht mehr kennenlernen können. Für ihr Lachen und ihren schiefen Gesang war es zu spät, genau wie für den überschwänglichen Jubel, wenn sie ein Tor für ihr Fußball-Schulteam geschossen hatte. Aber andere Opfer – wie der kleine Lucas – konnten ihm den Spiegel vorhalten. Auch wenn sie den Menschen Cameron Montgomery auf Anhieb nicht gemocht hatte, hatte er eine Chance verdient, an sich zu arbeiten und seine Fehler einzusehen. Das durfte sie bei allen Parallelen zu Jace und Jordan nicht aus den Augen verlieren.

Abby trat auf die winzige Veranda vor ihrem Büro, die eigentlich nur ein Treppenabsatz war. Früher war das Cottage das Wirtschaftsgebäude gewesen. Beim Neubau des Hengststalls hatten ihre Mutter und Jack die Chance genutzt und gleich einen größeren Anbau ergänzt. Seitdem hatte das kleine Haus, das genauso rot gestrichen war wie die Scheunen und Ställe, keine Aufgabe mehr gehabt. Bis Abby ihren Arbeitsplatz daraus gemacht hatte. Die zwei Räume, die nur von einem kleinen Badezimmer ergänzt wurden, beherbergten ihr Büro, das sie auch als Sprechzimmer nutzen könnte, wenn sie sich irgendwann entschließen sollte, doch wieder Patienten psychologisch zu betreuen. Im vorderen Zimmer befand sich der Empfangsbereich und damit Gabriellas ehemaliger Arbeitsplatz. Abby musste wirklich dringend Ersatz für die Freundin suchen: Die Arbeit wuchs ihr bereits zwei Wochen nach ihrem Weggang völlig über den Kopf. Ihre Mutter und ihre Schwestern halfen ihr, wo sie konnten, aber das durfte kein Dauerzustand werden. Bevor sie sich darüber Gedanken machen konnte, musste sie sich allerdings erst einmal darum kümmern, dass Cameron Montgomery sinnvolle Arbeiten zugeteilt bekam, die er tatsächlich erfüllen konnte. Auf dem Gestüt gab es glücklicherweise genug zu tun. Es war das Letzte, was sie wollte, aber sie war nun mal in den nächsten Wochen für ihn verantwortlich und musste einen wöchentlichen Bericht verfassen, bei dem sie nicht lügen würde.

Ihr Handy signalisierte eine Nachricht. Abby zog es aus ihrer Westentasche und wischte über das Display. Ihre Freundin Teyla hatte ihr geschrieben, dass sich die Mädels in eineinhalb Stunden im *Frankie's* treffen würden. Sie warf einen Blick auf die Uhr. Das konnte sie schaffen.

Doch bevor sie in die Stadt fuhr, würde sie noch einmal mit Cameron reden und sich bemühen, ihre persönliche

Abneigung zur Seite zu schieben und ihm auf einem professionellen Niveau zu begegnen. Den Umgang mit Menschen hatte sie schließlich studiert, sie hatte sogar einen verdammten Doktortitel auf diesem Gebiet. Sie stieg die drei Stufen von der Veranda hinunter und wollte sich gerade in Richtung des Stutenstalles wenden, in den sie ihren neuen Hilfsarbeiter geschickt hatte, als er auch schon auf sie zugestürmt kam. Stinkwütend, wenn sie seine Körperhaltung und die ausholenden Schritte richtig deutete.

Mit zornblitzenden Augen baute er sich vor ihr auf, drang in ihren persönlichen Bereich ein. Die Spitzen seiner völlig verdreckten Turnschuhe stießen fast gegen ihre Stiefel. Abby hatte das Bedürfnis, einen Schritt zurückzutreten, um wenigstens eine Armlänge Abstand zwischen den wütenden Mann und sich zu bringen, aber genau das wollte er wahrscheinlich. Vor ihm würde sie nicht kuschen. Sie hob ihr Kinn und blickte ihm in die Augen. »Kann ich etwas für dich tun?«, fragte sie höflich – und kühl. Der Gedanke an die professionelle Ebene, der ihr gerade noch durch den Kopf gegangen war, löste sich in Rauch auf.

»Du ... du ...« Er kniff die Augen so weit zusammen, dass die Farbe nicht mehr zu erkennen war. In seinen kurzen, dunkelblonden Haaren hingen einige Strohhalme. »Du schikanierst mich«, brach es aus ihm heraus.

»Wie bitte?« Die Empörung ließ sie noch ein paar Zentimeter wachsen. Trotzdem reichte sie ihm noch nicht einmal bis zur Nasenspitze.

»Du lässt mich diesen verdammten Stall mit der Hand ausmisten«, fuhr er sie an und hob seine Arme.

Abby musste sich beherrschen, um nicht vor Mitgefühl zusammenzuzucken, als sie die großen Blasen auf seinen Handflächen und die rot gefrorenen Finger sah. »Hast du keine Handschuhe angezogen?«, fragte sie ungläubig. »Du machst mir jetzt keinen Vorwurf, weil du dir ein paar Blasen geholt hast, oder? Das kommt bei harter, ehrlicher Arbeit hin und wieder vor.« Schon wieder hatte sie diesen schnippischen Ton angeschlagen. Sie atmete tief durch und suchte nach der Ruhe der Therapeutin in sich.

»Ist es das? Harte und ehrliche Arbeit?« Camerons Stimme war leiser geworden. Sie hatte etwas Gefährliches an sich.

Ihr Blick glitt an seinen Halsmuskeln entlang, über seine breiten Schultern und blieb am Namen seiner Alma Mater auf dem Kapuzenpulli hängen. »Das ist das Problem mit euch Harvard-Absolventen. Ihr kennt harte, ehrliche Arbeit nur auf dem Papier«, konnte sie sich nicht verkneifen.

»Sagt die Möchtegernpferdeflüsterin.« Er beugte sich noch ein wenig weiter vor, und Abby musste sich zusammenreißen, um nicht einen einzigen Millimeter zurückzuweichen. »Macht es dir Spaß, mich zu verarschen? Diene ich deiner Belustigung? Du lässt mich diesen kompletten, riesigen Stall mit der Hand ausmisten. Aber gerade habe ich in diesem Stall dort drüben gesehen, wie das ein Typ mit einem Traktor macht.« Er wies mit dem Finger in Richtung ihres Seniorenheims, den Stall, in dem die alten Pferde ihren Lebensabend verbrachten.

Nun war es an Abby, sich ebenfalls ein wenig vorzubeugen, auch wenn sie sich beherrschen musste, um sich ein sarkastisches Lachen zu verkneifen. »Wir haben ja bereits herausgefunden, dass du von einem Gestüt keine Ahnung hast. Und ich habe keinen Schimmer, was du überhaupt hier verloren hast. Aber ich muss gestehen, dass ich nicht daran gedacht habe, dir das Ausmisten zu erklären.« Ihre Worte klangen noch immer viel zu scharf. Nicht der Hauch des Mitgefühls, das sie sonst an den Tag legte. Also biss sie sich auf die Zunge, während sie sich zum Stutenstall umdrehte. Sie nutzte die Bewegung, um endlich etwas Abstand zwischen sie beide zu bringen. Jetzt, da er nicht mehr ihren Wohlfühlbereich verletzte, konnte sie durchatmen – und ein freundlicheres Gesicht aufsetzen. »Siehst du, wie niedrig das Dach des Stutenstalles ist? Das Gebäude ist alt. Es eignet sich im Gegensatz zu den anderen Ställen nicht, um mit einem Traktor hineinzufahren. Trotzdem muss er jeden Tag ausgemistet werden. Dein Job«, sagte sie und wies mit dem Zeigefinger in Richtung Harvard. »Warum sollte ich die Arbeit jemanden wie Josh mit seinen fast sechzig machen lassen, wenn du das mit Mitte dreißig ebenfalls kannst?«

Cameron schwieg. Mit finsterer Miene sah er zum alten Stall hinüber. Dann fixierte er sie wieder mit seinem Blick und verschränkte die Arme vor der Brust. »Ich glaube dir. Im Moment«, schränkte er ein. »Falls sich herausstellt, dass du mich verarschst, werde ich richtig sauer.«

»Na, da bin ich ja mal gespannt«, murmelte Abby.

»Cameron«, hörte sie die Stimme ihrer Mutter hinter sich. »Wie ist dein erster Vormittag gelaufen?«

Prima. Jetzt wurde Olivia auch noch Zeugin, dass sie die Situation – und Cameron Montgomery – deutlich weniger im Griff hatte, als sie eigentlich müsste. »Er hat Blasen an den Händen«, sagte Abby, als ihre Mutter neben sie trat.

»Zeig mal her.« Olivia griff nach Camerons Händen und drehte die Handflächen nach oben. »Autsch, das sieht ja schlimm aus. Ich habe eine Salbe für dich, die kann ich dir nachher geben.«

»Das ist eine fantastische Idee, Mom. Kannst du dich nicht nur um die Salbe kümmern, sondern unserem neuen Mitarbeiter auch noch ein bisschen Arbeit für den Nachmittag zuteilen.« Abby legte ihr die Hand auf die Schulter. Ihre Mutter schien mit Cameron deutlich besser auszukommen als sie selbst. Das hatte sie bereits am Morgen gemerkt, als die beiden entspannt plaudernd am Roundpen gelehnt hatten. »Ich bin in anderthalb Stunden mit den Mädels im *Frankie's* verabredet.«

»Im *Frankie's*?« Olivia strahlte. »Du solltest Cameron fragen, ob er dich zum Lunch begleiten will. Dann kannst du etwas von der Stadt sehen und ein paar Leute kennenlernen«, sagte sie an Cameron gewandt. »Und ihr könntet in Ruhe besprechen, was dich in den nächsten Wochen auf dem Gestüt erwartet.«

Als ob man in der Stadt auch nur irgendetwas in Ruhe besprechen konnte. Cameron sah sie genauso abwartend an wie ihre Mutter. Sie harrten ihrer Antwort. Die war einfach: Nein, Abby wollte nicht mit Cameron Montgomery zum Lunch ins *Frankie's* gehen. Sie wollte sich in Ruhe mit ihren Freundinnen treffen und Beckys Rückkehr auf die Insel feiern.

Abby atmete tief durch und blickte von ihrer Mutter zu Cameron. Das hier war nicht gut. Pferde waren sensibel. Und ihre Patienten waren zum Teil noch viel sensibler. Jeder würde die negativen Schwingungen spüren. Sie würden weder bei ihrer Arbeit helfen noch würden sie Cameron Montgomery in irgendeiner Form weiterbringen. Am sinnvollsten war es, auf Olivia zu hören und endlich diese professionelle Ebene zu finden, um die sie sich die ganze Zeit bemühte. »Okay, lass uns ins *Frankie's* gehen.«

»Wunderbar. Ich gebe dir noch die Salbe mit«, sagte Olivia zu Cameron. »Und dann solltest du dem armen Mann den Rest des Tages freigeben, Abby. So zerschunden wie diese Hände sind.«

Abby verkniff sich einen Kommentar, der ihre Mutter darauf hinwies, dass Cameron für die Therapiepraxis arbeitete und nicht für Olivia – und dass das zudem Olivias Idee gewesen war. Es gab also keinen Grund für sie, sich jetzt ständig einzumischen. »Folge mir einfach in deinem Wagen«, sagte sie stattdessen. Sie wartete nicht auf ihn, sondern ging über den Hof und stieg in ihren Grand Cherokee. Auf dem Weg die Old Country Road hinunter sah sie in den Rückspiegel und konnte sich ein sarkastisches Lachen nicht verkneifen. »Mit diesem Mann werden wir noch jede Menge Spaß haben«, sagte sie zu ihrem Spiegelbild. Wer war so verrückt, im März, wenn jede Menge Schnee lag, mit einem Sportwagen mit Heckantrieb durch Maine zu schlittern?

*

Finley Morgan schlug den Kragen seines Parkas hoch, als er aus dem *Beaumont's on the Pier Restaurant* trat. Er senkte den Kopf gegen den Wind, der ihm entgegenfegte, und lief fast gegen seinen Vater, der abrupt vor ihm stehen geblieben war. Er schaute über Arthurs Schulter, um herauszufinden, was ihn dazu gebracht hatte anzuhalten. Nebenan betrat gerade Abby Cooper in Begleitung eines Mannes *Frankie's Dock Side Restaurant.*

»Ob das einer der Psychos ist, die sie behandelt?«, fragte sein Großvater Benedict und folgte ihr mit den Blicken, während er sich seine Handschuhe überstreifte.

»Wir hätten das damals vor der Stadtversammlung vorbringen sollen«, pflichtete Arthur seinem Vater bei. »Niemand will, dass jemand Psychopathen auf die Insel lockt.«

»Ja, das hätten wir vor zwei Jahren machen sollen. Jetzt ist es zu spät. Die Leute gewöhnen sich viel zu schnell an so etwas. Bis irgendwann etwas passiert.«

Finn verdrehte innerlich die Augen und gab seinem Vater und seinem Großvater einen gutmütigen Stoß in den Rücken. »Hört auf, ihr zwei. Ihr wisst ganz genau, dass Abby keine Psychopathen auf die Insel lockt, sondern Reittherapie anbietet. Für Kinder wie Robyn.« Das war die Tochter seiner Cousine Emma, der so eine Behandlung auch verdammt guttun würde. »Ich glaube nicht, dass ihr euch Freunde macht, wenn ihr auf Abby herumhackt.« Er ging an den beiden vorbei, die noch immer zu *Frankie's* hinüberschauten. »Versucht nicht, ihr Steine in den Weg zu legen. Es wird sowieso höchste Zeit, diese dämliche Fehde mit den Coopers endlich ruhen zu lassen. Der Verkauf der Halfmoon Bay an Olivia war doch schon mal ein guter Anfang.«

»Mach dir nicht über Dinge Gedanken, von denen du keine Ahnung hast«, knurrte Benedict in seinem Nacken. Diesmal konnte Finn nicht anders, er verdrehte die Augen, verkniff sich aber eine weitere Erwiderung. Das würde nur zu einer endlosen Diskussion mit seinem Vater und Großvater führen.

*

Cameron folgte Abby die drei Stufen auf die hübsche Veranda aus weißem Holz, die sich um das kleine Haus zog. Über der roten Eingangstür besagte ein verwittertes Schild, dass sie

Frankie's Dock Side Restaurant und Take Out betraten. Neben der Tür hing ein Schaukasten mit den Spezialitäten des Restaurants, doch Abby ließ ihm keine Zeit, die Speisekarte zu studieren. Sie winkte einem vorbeituckernden Hummerfischerboot, zog die Tür auf und trat ein. Cameron folgte ihr. Der alte, dunkle Holzboden knarrte unter seinen Schuhen. Die Wände waren bis auf Hüfthöhe weiß getäfelt und darüber olivgrün gestrichen. In der Mitte des Raumes stützte eine gemauerte Säule die Decke mit den freiliegenden Holzbalken. Cameron sah sich um und nahm den Raum in sich auf, während seine Begleiterin die Kellnerin zur Begrüßung umarmte.

»Schätzchen, schön, dich zu sehen. Dein Tisch ist frei«, sagte die Frau zu Abby und nickte in Richtung der Fensterfront.

»Wunderbar.« Abby drehte sich nach Cameron um. »Kommst du?«, fragte sie und nahm an dem Ecktisch Platz. Von hier aus konnte man durch die geschlossenen Fenstertüren auf eine geräumige Terrasse hinausblicken, die auf einem kleinen Pier über dem Wasser schwebte. »Ist das Frankie?«, fragte Cameron und wies auf das große, gerahmte Schwarz-Weiß-Foto über dem Tresen, auf dem ein älterer Mann mit einer Siebzigerjahre-Brille den Gästen mit der Kaffeetasse zuprostete.

»Hier heißen alle Frankie«, erwiderte Abby. »Das ist Frank Senior. Er hat den Laden in den Siebzigern aufgemacht. Sein Spitzname war Frankie. Und genauso heißt seine Tochter, die das Restaurant schon seit über zwanzig Jahren führt. Das da ist ihr Sohn.« Sie nickte zur Großaufnahme eines Kindes, das einen Suppenteller ausschlürfte. Daneben stand in großer, schnörkeliger Schrift direkt auf die Wand geschrieben: *Bei uns dürft ihr den Teller ablecken.* »Er heißt auch Frank und ist inzwischen erwachsen. Ich glaube, er ist immer noch mit seinem Boot unterwegs und umsegelt die Welt. Jedenfalls habe ich schon lange nichts mehr von ihm gesehen oder gehört.«

Das Restaurant wirkte auf den ersten Blick ganz originell, stellte Cameron fest. »Warum ist dieser Tisch dein Lieblingsplatz?«, fragte er sein Gegenüber. Der Tisch, an dem sie saßen, schien ihm ein genauso guter Platz zu sein wie jeder andere im Raum.

»Wie bitte?«, Abby sah ihn verständnislos an.

»Die Kellnerin hat gesagt, dein Tisch wäre frei.«

»Oh.« Abby lächelte, was ihr Gesicht auf eine Art zum Leuchten brachte, dass ihm für den Bruchteil einer Sekunde der Atem stockte. Eine Art, die er bei der kühlen, abweisenden Dr. Cooper nicht erwartet hätte. »Das ist der Platz mit unserer Familiengeschichte. Das hier ist mein Urgroßvater. Und sein Hengst Fine Life«, sagte sie und tippte mit dem Finger auf das vergilbte Foto vor sich.

Cameron zählte im Restaurant insgesamt zwölf unterschiedlich große Tische. Zum Teil glänzten die blanken Holzoberflächen im Licht der Sturmlaternen, die von den Deckenbalken hingen. Andere, wie auch der Tisch, an dem sie saßen, waren mit durchsichtigen Plastiktischdecken versehen. Darunter lagen Postkarten, Fotos und sogar Briefe aus einer Zeit, in der es noch keine geteerten Straßen gegeben hatte und die Inselbewohner mit Pferdefuhrwerken herumfuhren. Er betrachtete das Foto, das neben zwei vergilbten Postkarten von Home Port auf ihrem Tisch lag.

»Mein Urgroßvater hat das Gestüt gegründet. Wofür wir ihm sehr dankbar sind. Dieses Pferd war der Glücksgriff, auf dem unsere Züchtung beruht«, erklärte Abby. »Die Tische, deren Oberflächen nicht mehr als salonfähig durchgehen, hat Frankie einfach mit der Geschichte der Insel auf Vordermann gebracht. Und wir sind stolz, dass unsere Vergangenheit ein Teil dieser Geschichte ist. Deshalb sitzen wir Coopers gern in dieser Ecke.«

»Abby-Schätzchen!«

Cameron drehte sich nach der kratzigen Stimme um, die hinter ihm ertönte, und atmete eine Wolke Zigarettenqualm ein. Er blinzelte und erkannte durch den blauen Dunst das Gesicht einer Frau um die sechzig.

»Frankie!« Abby sprang auf und umarmte die Frau.

»Wie geht's deinen Schwestern? Und deiner Mom?« Frankie sprach an der Kippe vorbei, die in ihrem Mundwinkel hing.

»Es geht allen super«, sagte Abby.

»Grüß sie von mir. Hast du die da draußen gesehen?«, fragte sie und blickte durch die Fenstertüren zum Gebäude nebenan, das ebenfalls ein Restaurant zu sein schien.

»Die Morgans?« Abby sah hinaus, und Cameron folgte ihrem Blick zu drei Männern, die auf dem Pier die Köpfe zusammensteckten. Ihrem Aussehen nach konnten sie Sohn, Vater und Großvater sein. »Wer weiß schon, was die drei im Schilde führen«, sagte Abby leise.

Frankie stemmte die Hände in die Hüften. »Nichts Gutes mit Sicherheit«, brummte sie, ehe sie sich wieder zum Tisch umdrehte. Sie zog kräftig an ihrer Zigarette und blies Cameron den Rauch direkt ins Gesicht. Dann kniff sie die Augen zusammen. »Sind Sie nicht …«, begann sie.

»Nein«, unterbrach Cameron sie, wie er es immer tat. »Ich sehe ihm nur ähnlich.«

»Tatsächlich?« Frankie kniff die Augen noch ein wenig mehr zusammen.

»Ja, das höre ich wirklich öfter«, ergänzte er.

»Hmm.« Die Köchin brummte etwas, was er nicht verstand und setzte sich wieder in Richtung Küche in Bewegung. »Wie immer, Abby?«, fragte sie über die Schulter.

»Unbedingt«, gab Abby zurück.

»Und für Sie, Ich-sehe-ihm-nur-ähnlich? Was darf es für Sie sein?«

Die Kellnerin hatte noch keine Speisekarte gebracht, in die er einen Blick hätte werfen können. Die Tagesangebote auf der Schiefertafel an der Wand hatte er ebenfalls noch nicht studieren können. »Bringen Sie mir einfach das Gleiche wie Dr. Cooper«, sagte er und hoffte, die Entscheidung nicht zu bereuen.

»Gut, gut. Das Gleiche wie Dr. Cooper.« Frankie betonte den Titel, als sei sie stolz auf Abby, und verschwand durch die Schwingtür.

Cameron wedelte den Zigarettenrauch weg. »Das Rauchverbot in Restaurants, und vor allem in Restaurantküchen, scheint sich noch nicht bis nach Maine herumgesprochen zu haben.«

Abby beugte sich vor. »Du hast ein Problem damit, wenn Regeln nicht eingehalten werden? Das ist erstaunlich.« Sie legte den Kopf ein wenig schief und sah ihn mit diesem aufmerksamen Blick an, der den Eindruck erweckte, als könne sie bis in seine Seele sehen. Ein unangenehmes Gefühl.

Cameron beugte sich ebenfalls ein Stück vor. »Versuchst du gerade, mich zu analysieren, Abby?«

»Ich muss dich nicht analysieren«, antwortete sie mit einem

leichten Lächeln, das ihren rechten Mundwinkel hob. »Deine Akte liegt auf meinem Schreibtisch.«

»Natürlich.« Ihre Worte waren wie eine kalte Dusche. Cameron lehnte sich zurück und verschränkte die Arme vor der Brust. »Was mich zu einer Frage bringt: Der Richter hat in seinem Urteil davon gesprochen, mich in eine Einrichtung zu schicken, die sich mit den Folgen von Drogenkonsum beschäftigt. Ich bin mir nicht ganz sicher, inwieweit es sich bei deinem Reiterhof um eine solche Einrichtung handelt.«

Für einen Augenblick schien Abbys Blick Feuer zu fangen. Wut und Leidenschaft für ihre Arbeit. Zumindest interpretierte er das so. »Du wirst bei der Therapie Leute kennenlernen, die dir ihre Geschichte erzählen können. Opfer von Verkehrsunfällen nach Drogen- oder Alkoholmissbrauch. Unschuldige Opfer rücksichtsloser Menschen, für die der Missbrauch illegaler Substanzen zum Alltag gehört. Und wenn wir schon dabei sind«, fuhr sie fort. »Sollte ich dich jemals mit Drogen erwischen, fliegst du in hohem Bogen raus. Du hast eine Chance bekommen, deine Verfehlung zumindest im rechtlichen Sinne wiedergutzumachen und eine Haftstrafe oder einen Entzug zu umgehen. Du solltest sie nutzen. Und noch etwas: Ich muss wöchentlich einen Bericht über dich schreiben und an den Richter schicken.«

Die Kellnerin brachte ihre Getränke. Eistee, wie Cameron mit einem Blick auf sein Glas feststellte. Wasser wäre ihm lieber gewesen, aber er hatte das Gleiche bestellt wie Abby. Er wartete, bis sie wieder allein waren, bevor er sich vorbeugte. »Du weißt alles über mich«, brachte er sarkastisch heraus und sah Abby direkt an. Wut über die Ungerechtigkeit, die ihn hierhergebracht hatte, kochte durch seine Adern, und er bemühte sich, ihr nicht nachzugeben. »Wie praktisch.« Er kannte das. Zur Genüge. Reporter glaubten, ihn zu kennen. Frauen, die geheiratet werden wollten und ihn anbaggerten, glaubten, alles über ihn zu wissen. Aber Abby war Psychologin. Sie war dazu ausgebildet, Menschen nicht in Schubladen zu stopfen. Obwohl ihn diese Oberflächlichkeit sonst nicht besonders störte, ärgerte es ihn plötzlich, von ihr so behandelt zu werden.

Abby griff nach ihrem Glas und trank einen Schluck. »Siehst du dich als das Opfer dieses Prozesses?«, fragte sie, offensichtlich bemüht, ihrer Stimme einen neutralen Tonfall zu geben, was ihr nicht zu hundert Prozent gelang.

»Ich könnte dir jetzt erzählen, dass ich bis auf ein paar der typischen Experimente mit Gras in meiner Studentenzeit noch nie etwas mit Drogen am Hut hatte. Ich habe Miss Knox, die mich angezeigt hat, außerdem nicht angegriffen. Aber warum sollte ich das tun? Du würdest mir nicht glauben. Denn du hast ja meine Akte auf deinem Schreibtisch liegen«, gab er zurück. »Du bist nicht meine Therapeutin. Wenn ich den Richter richtig verstanden habe, werde ich in den nächsten vier Wochen deinen Stallburschen spielen. Das ist alles.« Er trank ebenfalls einen Schluck von seinem Tee und musste sich zusammenreißen, nicht das Gesicht zu verziehen, so süß war das Gesöff.

Abby schwieg einen Moment. Dann nickte sie. »Da hast du recht. Ich glaube den Fakten – die ich aus deiner Akte entnehmen konnte. Du bist nicht der Erste, der versucht, die Tatsachen so zu verdrehen, dass sie zu seiner Sichtweise passen. Und insbesondere Leute von deinem Schlag neigen dazu, sich ihre eigene Wirklichkeit zu schaffen«, zischte sie. Dann schluckte sie und rieb sich über die Stirn. So als wären ihr Worte entschlüpft, die sie gar nicht hatte sagen wollen.

»Leute von meinem Schlag?« Camerons Stimme war gefährlich leise geworden.

»Leute, die genug Geld haben, um einen Richter irgendwie davon zu überzeugen, sie statt einer Haftstrafe oder einen Entzug ein paar Sozialstunden ableisten zu lassen. Auf einem Gestüt. Weit weg vom Blitzlichtgewitter der Paparazzi. Wo sie in Ruhe ihre vermeintlichen Wunden lecken können. Obwohl sie nicht den Hauch einer Ahnung haben, wo bei einem Pferd überhaupt vorn und hinten ist.« Sie hatte sich in Rage geredet und bemühte sich nun sichtlich, ihre Contenance wiederzufinden, während Cameron nur ein harsches Lachen ausstieß.

Wie recht sie hatte. Nur war nicht er derjenige gewesen, der seine Beziehungen hatte spielen lassen, sondern sein Vater. Und nur weil die Paparazzi bisher nicht aufgetaucht waren, hieß das noch lange nicht, dass es nicht jeden Moment so weit sein konnte. »Wie nett. Du bist eine ganz ausgezeichnete Psychologin«, gab er sarkastisch zurück. »Wie gut, dass du schon jetzt sagen kannst, dass ich deine Standards nicht erfülle.«

»Ich brauche jemanden, der nicht nur Ahnung hat. Ich muss mich auch auf ihn verlassen können.« Diesmal sprach sie neutraler, selbst wenn er an ihren immer noch leicht zusammengekniffenen Augen erkennen konnte, wie viel Mühe sie das kostete.

»Und du glaubst, ich bin nicht verlässlich?« Cameron zog die Augenbrauen nach oben. Natürlich hielt sie ihn für unzuverlässig. Verantwortungslos. Eine alte Leier, die er sein Leben lang immer wieder gehört hatte. Aber da ihn auch kein anderer der Psychologen verstanden hatte, mit denen er wieder und wieder zu tun gehabt hatte, war das nichts Neues. Neu war das plötzliche Bedürfnis, dass sie ihn nicht so sah wie alle anderen.

Bevor er herausfinden konnte, was dieser Gedanke zu bedeuten hatte, seufzte Abby. »Jedenfalls solltest du morgens um sieben auf dem Gestüt sein, und nicht erst, wenn es dir in den Kram passt.«

Cameron sparte sich eine Antwort. Was das betraf, hatte Abby recht. Er hätte sich informieren und pünktlich in den *Silver Brook Stables* auftauchen müssen. So war sein Verhalten nur Wasser auf die Mühlen von Abbys Vorurteilen.

Die Kellnerin verschaffte ihm eine Verschnaufpause, als sie das Essen brachte. Sie stellte die Teller auf dem Tisch ab und platzierte einen Korb Kartoffelchips daneben.

Cameron betrachtete das undefinierbare Gericht, während Abby sich bereits ein paar Chips in den Mund stopfte und nach Messer und Gabel griff. »Guten Appetit«, sagte sie.

»Was für ein Essen soll das sein?«, fragte Cameron und schob das panierte Fleisch ein wenig auf seinem Teller hin und her.

»Chicken Reuben«, klärte Abby ihn auf. »Mein Lieblingsgericht. Niemand hat dich gezwungen, das Gleiche zu bestellen wie ich. Du hättest dir die Lunchkarte kommen lassen können.«

»Die Lunchkarte? Unterscheidet sich in diesem Gourmettempel etwa der Lunch vom Dinner?«

»Ja, du Snob.« Abby hielt ein paar Chips hoch, ehe sie sie sich in den Mund schob. »Der Unterschied zwischen Lunch und Dinner ist, dass abends alle Gerichte mit Pommes statt Kartoffelchips serviert werden.«

»Na wunderbar«, brummte Cameron. Wenn das nicht der Beweis war, dass er sich in absolutem Hinterwäldlerland befand. Er schnitt ein Stück des Hühnerbrustfilets ab, das nicht nur paniert war, es war durch das Frittieren definitiv auch ein zweites Mal gestorben. »Wenigstens kann ich sichergehen, dass es tot ist«, sagte er und schob sich das trockene Stück Fleisch in den Mund. Auf seinem Teller war es mit einem Berg Cole Slaw bedeckt, der wiederum samt Hühnchen mit Cheddarkäse überbacken war. Zwischen Abby und ihm breitete sich ein unangenehmes Schweigen aus. »Du wolltest mir etwas über meine Aufgaben in den nächsten Wochen erzählen«, versuchte er, das Thema in Gang zu bringen, wegen dem sie eigentlich hier waren.

»Du hast recht.« Abby legte ihr Besteck zur Seite und trank einen Schluck Eistee. »Es war mir wichtig, dass du weißt, was es bedeutet, sich bei uns nicht an die Regeln zu halten. Da wir das jetzt geklärt haben, kann ich dich zumindest theoretisch in die Arbeit auf dem Hof einweisen. Wir arbeiten abwechselnd mit zwei Therapiepferden, Acapulco und Foxy. Wenn wir ein drittes Pferd brauchen, nehmen wir noch Cassiopeia dazu. Er hat, wie auch die beiden anderen, ein sehr sanftes Gemüt. Dazu kommt dann noch mein Therapiehund, Charlie.«

»Der Hund ist mir heute schon über den Weg gelaufen.« Der Labrador hatte eine Runde durch den Stall gedreht, den Cameron gemistet hatte. Er hatte einen roten Ball in der Schnauze gehabt und ihm vor die Füße fallen lassen. Cameron hatte ihn ein paarmal für ihn geworfen und dabei zugesehen, wie er über die Wiese schoss, und dann, seinen Ball im Maul, wieder zu ihm zurücktrabte. Der Hund war eine angenehme Ablenkung von der Knochenarbeit gewesen.

»Da wir jetzt wissen, dass du keine Erfahrung in der Arbeit mit Pferden hast und ihnen offenbar mit einer gewissen Furcht begegnest, werden wir dir eher einfache Aufgaben übertragen.«

»Ich habe keine *Furcht*«, widersprach Cameron ganz automatisch, und betonte das letzte Wort. Okay, er hatte tierischen Schiss vor diesen Riesenviechern. Aber das würde er Abby, die sowieso schon die mieseste aller Meinungen von ihm hatte, garantiert nicht auf die Nase binden.

»Sicher«, ignorierte sie seinen Einwurf. Sie zuckte mit den Schultern und blies sich ein paar Ponyfransen aus der Stirn, die im Licht der Deckenleuchten kupferfarben schimmerten. »An den Aufgaben wird das nichts ändern. Benutz die Salbe, die meine Mutter dir gegeben hat. Denn du wirst auch morgen wieder den Stall ausmisten, die Paddocks und Roundpens von den Pferdäpfeln befreien und beim Füttern und Tränken der Tiere helfen«, zählte sie auf. »Wenn eine meiner Schwestern oder meine Mutter dich auf dem Gestüt brauchen, hilfst du dort aus.«

»Und du machst diese Reittherapie? Den ganzen Tag?«, wollte Cameron wissen. Besonders psychologisch kam ihm Abbys Job nicht vor. Ein Kind auf ein Pferd setzen und eine Weile im Kreis laufen lassen. Das konnte im Prinzip jeder – es sei denn, er hielt lieber so viel Abstand zu den Tieren wie er selbst.

Abbys Blick wurde schärfer. Sie schien zu wissen, was er dachte. »Den ganzen Tag«, bestätigte sie. »Denn das ist mein Beruf.«

»Musst du nicht mal irgendwelche«, er wedelte mit der Gabel, »Therapiesitzungen oder so was einschieben?«

»Nein. Ich bin auf Tiertherapie spezialisiert. Ich praktiziere nicht mehr als Psychotherapeutin.« Cameron sah, wie Abby schluckte und für den Bruchteil einer Sekunde den Blick abwandte. Dann hatte sie sich wieder im Griff und sah ihn direkt an. »Die Praxis floriert so sehr, dass ich bereits Anfragen ablehnen muss. Insbesondere jetzt, wo ich allein arbeite.«

Das mochte stimmen. Aber Cameron hatte sehen können, dass noch mehr hinter dieser Geschichte steckte. »Die Frau, die heute mit ihrem Kind bei dir war, wohnt im *Jasper Point Motel.* Das bringt mich zu der Frage, wie du an deine Kunden kommst«, konnte er sich die nächste neugierige Frage nicht verkneifen.

»Patienten«, korrigierte sie ihn. »Ich arbeite in erster Linie mit einer Stiftung zusammen, die diese Art Therapie unterstützt. Die Leute, die zu uns kommen, stammen aus dem gesamten Nordosten. Sie bleiben meist für vier Wochen und mieten sich dann entweder eines der Feriencottages oder gehen ins Motel oder in eine der Pensionen in Home Port. Die Stiftung kommt für die Unterkunft und die Therapiestunden auf. Dazu habe ich eine Gruppe verhaltensauffälliger Kinder aus Machias, die jede Woche kommt, und betreue einige körperlich eingeschränkte Menschen und Kinder, die einen Elternteil verloren haben. Dazu kommen noch ein paar Einzelpatienten, die sich an mich gewandt haben«, zählte sie auf.

»Klingt, als wärst du tatsächlich ausgelastet«, sagte Cameron, dem der Kopf schwirrte von all den unterschiedlichen Leuten. »Man sollte gar nicht glauben, dass viele Leute ihren Weg auf diese Insel finden.«

Abby lächelte, nicht mehr ganz so kühl, wie noch vor ein paar Minuten. Was aber vermutlich eher daran lag, dass sie über ihre Arbeit, die Insel und ihre Patienten sprach. »Wenn einem geholfen werden kann, ist es unwichtig, wo man diese Hilfe bekommt«, erklärte sie. Sie hatte ihr Fleisch samt dem Krautsalat und dem Käse verdrückt und legte ihr Besteck auf den Teller. Dann tupfte sie sich mit der Serviette den Mund ab und legte sie daneben.

Ehe Cameron weitersprechen konnte, wurde die Tür aufgestoßen, und Abbys Gesicht erstrahlte in einem Lächeln, das noch breiter war als das, als sie Frankie gesehen hatte. Neben ihrem Mund erschien ein tiefes Grübchen, und in ihren Augen leuchteten goldene Sprenkel. Neugierig, was diesen Stimmungswandel verursacht hatte, drehte er sich um und sah drei Frauen, die sich durch die Tür drängten, der Kellnerin zuwinkten und geradewegs auf ihren Tisch zustürzten.

»Abigail Cooper!«, rief die Blonde, die die Uniform der Küstenwache trug, und schloss Abby in eine feste, nicht enden wollende Umarmung. »O mein Gott«, murmelte sie. »Ist es echt wahr? Bin ich wirklich wieder hier?« Sie löste sich von Abby und führte einen kurzen Freudentanz auf. »Ich kann es noch immer nicht glauben. Es ist wie ein Traum.«

»Ein guter Traum«, ergänzte eine der beiden anderen Frauen und umarmte Abby ebenfalls.

»Der beste.« Nachdem auch die dritte Camerons Gegenüber begrüßt hatte, schienen sie sich wie auf Kommando bewusst zu werden, dass ihre Freundin nicht allein hier saß, und drehten sich zu ihm um.

»Hi«, sagte die Blonde.

Eine ihrer Freundinnen riss die Augen auf, und Cameron seufzte innerlich, wappnete sich für die Frage, die prompt kam. »Sind Sie nicht …«

»Nein, er sieht ihm nur ähnlich«, erwiderte Abby, ehe Cameron auch nur den Mund öffnen konnte.

»Tatsächlich?« Die Frau fixierte ihn aus zusammengekniffenen Augen und blickte dann zu Abby zurück, so, als denke sie darüber nach, wieso ausgerechnet sie beide gemeinsam an einem Tisch saßen.

»Lass gut sein, Teyla«, versuchte Abby seine Anwesenheit herunterzuspielen.

Cameron erhob sich und legte seine Serviette neben sein halb gegessenes Hühnchen. »Meine Damen.« Er nickte Abbys Freundinnen zu. »Dr. Cooper. Da du der Boss bist und das ein Arbeitsessen war, gehe ich davon aus, dass du die Rechnung übernimmst.« Grüßend tippte er an den Schirm seiner Baseballkappe. »Einen schönen Tag noch.« Er drehte sich auf dem Absatz um und ging zum Ausgang des Restaurants.

»Aber das war er doch, oder?«, hörte er Abbys Freundin, Teyla, noch einmal fragen, während eine andere fragte, wieso Abby sein Boss war und die dritte nur ein leises »Holy Moly« von sich gab.

An der Tür drehte er sich nach ihr um. Abby stand noch immer umringt von ihren Freundinnen an ihrem Platz. Die Frauen starrten ihn mit offenen Mündern an. Bis auf Abby. Ihre Lippen, die sich vor wenigen Augenblicken noch zu diesem wunderschönen Lächeln verzogen hatten, waren zu einer schmalen Linie zusammengepresst. Ihre Augen sprühten Funken. Sein Abgang schien ihr nicht zu gefallen. Gut. Er betrachtete es als kleine Wiedergutmachung für ihre Meinung über ihn, die sie sich anhand einer Gerichtsakte und vermutlich einer Internetrecherche gebildet hatte. Abby Cooper war wirklich eine erstklassige Psychologin, dachte er sarkastisch und trat nach draußen. Es war mit Sicherheit besser, dass sie den Leuten ihr Geld mit ihrer Pferdetherapie aus der Tasche zog und ihre Arbeit als Psychotherapeutin an den Nagel gehängt hatte.

*

»Das war er doch, oder?« Teyla starrte Cameron hinterher. Genau wie Becky.

»Holy Moly«, murmelte Misha und fächelte sich Luft zu. »Cameron Montgomery höchstpersönlich. In Home Port.« Sie blickte auf den Tisch hinunter. »Beim Lunch mit Abby Cooper. Auf diese Geschichte bin ich sehr gespannt.«

»Und mich würde interessieren, wie du ihn dazu bekommen hast, das Chicken Reuben zu probieren.« Becky rümpfte ihre Nase. Sie schob Camerons halb leeren Teller zur Seite und ließ sich auf den Platz fallen, den er gerade freigemacht hatte.

Abby presste die Lippen zusammen, um ihrem neuen Stallburschen nicht hinterherzurufen, wie sie sein Verhalten fand. Natürlich hatte sie kein Problem damit, die Rechnung zu übernehmen, aber er war einfach … einfach … ihr fiel kein Wort ein, das ihn beschrieb. An der Tür drehte er sich noch einmal um und warf ihr einen Blick zu, den sie nicht deuten konnte. Cameron Montgomery suhlte sich in seinem Selbstmitleid. Er nahm weder sie noch ihre Arbeit für voll. Was sie nicht wirklich verwunderte. Schließlich kannte sie sich mit dieser Art Mann besser aus, als ihr lieb war. Besser als er sich vorstellen konnte. Trotzdem verspürte sie tief in sich den Wunsch, ihm zu helfen. Als er so wütend auf sie zugestürmt war, weil er sich ungerecht behandelt gefühlt hatte, war noch etwas anderes in seinem Blick aufgeblitzt. Nur für einen Moment, aber sie hatte es trotzdem erkannt. Kränkung. Und Einsamkeit. Aber er hatte recht, als er sie darauf hingewiesen hatte, dass sie nicht seine Therapeutin war. Seine Probleme gingen sie nichts an. Für sie sollte nur das eine Rolle spielen, was er auf dem Gestüt machte. Dummerweise hatte dieser winzige Augenblick genügt, ihr zu zeigen, dass Cameron vielschichtiger war, als sie angenommen hatte. Was ein wenig an dem Bild kratzte, das sie sich von ihm geschaffen hatte.

»Jetzt erzähl schon«, holte Becky sie aus ihren Gedanken.

Abby seufzte und sank auf ihren Stuhl zurück. »Ja, das war Cameron Montgomery«, sagte sie. »Ich kann euch keine Details erzählen, aber er wird den nächsten Monat auf Stonebridge Island verbringen und für das Gestüt arbeiten.«

»Macht ihr ein Hotel auf?« Teyla nahm die beiden letzten Kartoffelchips aus dem Korb auf dem Tisch und knabberte daran herum.

»Nein. Natürlich nicht.« Und schon gar keines in der Preiskategorie der Montgomery-Familie. »Ich kann euch nicht mehr darüber erzählen. Ignoriert ihn einfach. Ich habe einen halben Tag mit ihm verbracht und kann euch versichern: So toll ist er nicht.«

Teyla knabberte noch immer an ihren Chips herum. »Was bedeutet ›für das Gestüt arbeiten‹?«, ließ sie nicht locker. Manchmal hatte sie den Instinkt eines Bluthundes. »Arbeitet er für *Silver Brook* oder für dich?«

»Für mich«, murmelte Abby.

»Das ist so aufregend.« Misha legte sich theatralisch die Hand auf den Brustkorb und deutete ihren Herzschlag an.

»Glaub mir, ich finde es alles andere als aufregend.« Der Lunch war in dem Moment zu einem stummen Kräftemessen ausgeartet, in dem sie ihn auf seine Verurteilung angesprochen hatte. Sein Abgang war unverschämt gewesen – und seine Art brachte sie schlicht zur Weißglut.

»Bring ihn jederzeit wieder mit«, sagte Becky.

»Erzähl du uns lieber, was es Neues gibt«, versuchte Abby, das Thema zu wechseln. »Diese Uniform steht dir echt gut.«

»Ja, verdammt.« Teyla zupfte an Beckys Uniformjacke. »Du wirkst total bossy.«

»Hey Becky-Schätzchen!«

Die Freundinnen drehten sich zur Küche um. Frankie, schon wieder eine Kippe im Mundwinkel, steckte den Kopf durch die Durchreiche für das Essen. »Heiße Uniform.« Sie zog an ihrer Zigarette. »Schön, euch endlich wieder alle vier zusammen hier zu sehen. Bedeutet das, die *Barn Cats* erleben ihr Revival?«

»Gut möglich«, sagte Misha.

»Auf keinen Fall«, widersprach Abby im gleichen Moment. Sie warf ihren kichernden Freundinnen einen strengen Blick zu. »Wir sind keine achtzehn mehr«, erinnerte sie sie an die Tatsachen.

»Ja, aber wir sind noch immer heißer Scheiß.« Becky grinste breit.

»Kommt bloß nicht auf dumme Ideen!« Abby konnte in den Augen ihrer Freundinnen sehen, dass sie bereits darüber gesprochen hatten, weil sie genau wussten, dass sie sie nur überzeugen konnten, wenn sie sich ein paar wirklich gute Argumente zurechtlegten.

»Schau mal …«, begann Teyla auch sofort.

»Wir haben in diesem Jahr immerhin ein Jubiläum«, sagte Misha im gleichen Moment.

Abby hob abwehrend die Hände. »Ohne mich!«

Teyla, Becky und Misha waren nicht umsonst schon seit der Middleschool ihre besten Freundinnen. Sie wussten genau, wie sie Abby überzeugen konnten, und so fand sie sich eine Viertelstunde später im alten Warenlager des Supermarktes, der von Beckys Dad betrieben wurde. Hier hatten sie schon in ihren Teenagerjahren endlose Nachmittage geprobt.

Abby wischte den Staub von einem Stapel Pappen und setzte sich. »Viel verändert hat sich nicht in den vergangenen Jahren. Wie lange waren wir schon nicht mehr hier drin?«

»Mindestens zehn Jahre.« Teyla lehnte sich gegen eine Palette mit Duschbad und Shampooflaschen. Genüsslich sog sie die Luft ein. »Ich kann den Erfolg und das Adrenalin von damals noch immer riechen. *Barn Cats* – die Stars des Washington County, Maine.« Mit der Hand malte sie einen Bogen in die Luft, wie um ihre Worte zu unterstreichen.

Becky atmete ebenfalls tief ein, musste aber sofort niesen, womit sie die Freundinnen zum Lachen brachte. »Ja, das waren Zeiten. Wir könnten uns ja wenigstens ab und zu mal treffen, und wieder ein bisschen proben. Nur so für uns. Jetzt, wo ich wieder hier bin, möchte ich so viel Zeit wie möglich mit euch verbringen.«

»Und ich könnte ein bisschen Adrenalin wirklich vertragen«, sagte Teyla, die im Rathaus arbeitete und meistens unter Papier begraben an ihrem Schreibtisch saß.

Misha lachte. »Na ja, Action habe ich in der Elementary School genug. Aber ich sehne mich verzweifelt nach der Gesellschaft von Menschen, dessen größtes Problem es nicht ist, ob die hellblaue Schmetterlingshaarspange hübscher ist als die pinkfarbene mit dem Glitzer. Oder ob Trixie-Belle das ganze Türkis für ihr Gemälde verbrauchen darf, wo doch alle anderen lautstark ihre Meinung verkünden, dass sie mit allen teilen müsste.« Sie zog eine Packung Lampions aus einem Regal und faltete einen lächelnden Mond auseinander. »Ich liebe die Kinder, keine Frage. Aber manchmal bin ich mir nicht sicher, ob ich sie hier hin wünsche, und zwar alle!« Sie schwenkte den Mond. »Oder ob ich lieber selbst hier wäre, um meine Ruhe vor dem Rest der Welt zu haben. Wir könnten *Man On The Moon* von R. E. M. in unser Repertoire aufnehmen und *Woman On The Moon* daraus machen.«

»Oder ganz einfach *Misha on the Moon*«, witzelte Becky.

Abby rieb sich über den Brustkorb. Wärme flutete ihren Körper, als sie ihren Freundinnen dabei zuhörte, wie sie sich gegenseitig aufzogen. Sie hatten sich auch in den vergangenen Jahren regelmäßig gesehen. Sogar drei Freundinnenwochenenden hatten sie hinbekommen. Einmal in Atlantic City, einmal in New York und Chicago. Aber zu wissen, dass sie alle zusammen wieder hier waren, fühlte sich unglaublich gut an.

Abby war allerdings nicht besonders erpicht darauf, die *Barn Cats* wieder aufleben zu lassen. Gitarre hatte sie in den letzten Jahren nur gespielt, wenn sie Kelsey in ihrem Pflegeheim in Augusta besuchte und die alten Lieblingssongs des Mädchens spielte. Doch hier zu sitzen, in diesem Probenraum, einen lauwarmen Becher Kaffee in der Hand, und die Gerüche einzuatmen, die sie schon immer mit diesem Ort verband, nach Staub, dem Fischereihafen in der Nähe und Heizöl, das tat der Seele gut.

Durch das einzige halbblinde, schmale Fenster blickte man

auf den Parkplatz des Supermarktes. Selbst wenn sie Camerons Angeberschlitten nicht gesehen hätte, wäre das Röhren des Motors kaum zu überhören gewesen.

»Da ist er wieder«, murmelte Teyla und folgte Abbys Blick. Die Freundinnen sahen schweigend dabei zu, wie er aus dem Porsche stieg und in den Laden ging.

Als er ein paar Minuten später wieder herauskam, waren Abbys Freundinnen bereits wieder in eine Diskussion des Für und Wider der Belebung der *Barn Cats* vertieft. Abby hörte mit halbem Ohr hin und sah Cameron dabei zu, wie er die Verpackung von einem Schokoriegel riss und ihn mit drei Bissen verschlang. Er packte die Tüte mit seinen Einkäufen in den Wagen und setzte sich hinter das Steuer. Wieder heulte der Motor kurz auf, dann war er verschwunden, und Abby zwang sich, ihm nicht in Gedanken zu folgen und sich zu fragen, wohin er fuhr oder was er mit dem Rest des Tages anstellen würde. Sie würde keine Sekunde der Zeit, die sie mit ihren Freundinnen hatte, verschenken.

5

Cameron fuhr von dem Lunch mit Abby zum Hafen und starrte lange genug durch die Windschutzscheibe des Porsches auf die vor sich hin dümpelnden Boote, bis sich der Ärger auf seine neue Chefin ein wenig verflüchtigte. Erst dann startete er den Motor wieder und lenkte den Wagen zu dem kleinen Supermarkt, den er am Morgen auf der Fahrt in die Stadt entdeckt hatte. Er ging durch die Gänge, vorbei an orangefarbenen Baseballkappen für Jäger, Sweatshirts, auf die die Umrisse der Insel gedruckt waren, Postkarten und Magneten für Touristen. Er nahm ein Sixpack von einem Bier namens Island Brew aus dem Regal, das laut Verpackung auf Stonebridge Island gebraut wurde, griff sich eine Tüte Chips und ein paar Schokoriegel. Irgendetwas musste er schließlich essen. Schlimmer als dieses zu Tode frittierte Hähnchen à la Frankie war diese Mischung aus Kohlenhydraten und Zucker auch nicht. An der Kasse wurde ihm ein Flyer in die Hand gedrückt, der ihn darauf hinwies, wie er sich Wildtieren gegenüber verhalten sollte, um sich – und die armen Tiere – nicht zu gefährden.

»Gibt es tatsächlich Elche auf der Insel?«, fragte er die Kassiererin skeptisch und warf noch einmal einen Blick auf die orangenen Jägermützen.

»Nein.« Die in die Jahre gekommene Frau mit einem vom Wetter gegerbten Gesicht winkte ab und zog das Bier über den Scanner. »Auf der Insel gibt es keine. Einmal war da einer, aber das ist bestimmt schon fünfzehn Jahre her. Ist wahrscheinlich nachts einfach über die Brücke spaziert. Jedenfalls hat man ihn am frühen Morgen gehört. Ist einfach so die Water Street runtermarschiert.«

»Du hast ihn gar nicht gesehen, Patty«, sagte ein Mann, der hinter Cameron in der Reihe stand und nicht nur wie ein Fischer aussah, sondern auch so roch.

»Aber ich habe das Klappern seiner Hufe gehört«, sagte Patty und packte die Schokoriegel in eine Tüte. »Und dann war er weg«, ergänzte sie an Cameron gewandt.

Cameron machte sich nicht die Mühe zu hinterfragen, warum er den Flyer in die Hand gedrückt bekommen hatte. Wenn es hier noch nicht einmal Elche gab, dann würde ihm mit Sicherheit auch kein Wolf oder Bär über den Weg laufen. Er reichte der Kassiererin seine Kreditkarte und unterschrieb den Beleg, während sie weiter mit dem Fischer darüber stritt, wer den Elch damals überhaupt gesehen hatte. Offenbar hatte ihn niemand wirklich zu Gesicht bekommen. Bevor eine Diskussion darüber ausbrach, ob es vielleicht ein Geisterelch gewesen war, schnappte Cameron sich seine Einkäufe und verließ den Supermarkt. Er verstaute sie im Porsche und riss mit den Zähnen die Verpackung eines Snickers auf. Genüsslich biss er in den Riegel und setzte sich in seinen Wagen. Die Temperaturen waren inzwischen gestiegen und der Schnee auf der Straße geschmolzen. Er war sich nicht sicher, ob Olivia ihm einen Gefallen getan hatte, als sie dafür sorgte, dass er den Nachmittag freibekommen hatte. Sicher, seine Muskeln dankten es ihr und seine zerschundenen Hände sowieso. Aber in sein Motelzimmer zog es ihn auch nicht gerade. Also fuhr er an der Küste entlang Richtung Norden. Stonebridge Island lag nur etwa eine halbe Meile vom Festland entfernt. Er konnte die zerklüfteten, rauen Ufer Maines sehen. Die Pinienwälder, die sich über den felsigen Klippen erhoben.

An der nördlichen Spitze der Insel lag das Städtchen Sandy Beach. Soweit er inzwischen wusste, gab es nur zwei Ortschaften auf Stonebridge Island. Während Home Port das Zentrum des Tourismus bildete, wirkte Sandy Beach wie eine Hippiekommune. Die Häuser waren bunt und wiesen einen leicht verfallenen Charme auf. Die meisten Geschäfte, die sich auch hier auf die zahlenden Sommergäste spezialisiert zu haben schienen, öffneten erst zur Saison, also ab dem Memorial Day Ende Mai. Neben einer Bäckerei, die auf Blaubeerprodukte spezialisiert war, hatten nur eine kleine Töpferei und ein Souvenirgeschäft mit Produkten von der Insel geöffnet. Er kaufte sich ein paar Küchlein und einen Blaubeersmoothie, den er tatsächlich ebenfalls in einem Keramikbecher erhielt, nachdem er den aus *Marsha's Bakery* abgegeben hatte. Der Wind zerrte noch immer an seiner Jacke und seinen Haaren. Und auch wenn das Stallausmisten ihn eigentlich genug gefordert hatte für einen Tag, gab er dem Bedürfnis nach, sich zu bewegen. Er entschied sich, auf der Klippe entlang in Richtung des Leuchtturms zu laufen, der eine Meile entfernt den äußersten Punkt der Insel markierte. Der Horizont verfärbte sich zu einem dramatischen Grau-Lila, über den die anthrazitfarbenen Wolken in rasender Geschwindigkeit dahinjagten, und bildete eine perfekte Leinwand für den rot-weiß gestreiften Leuchtturm. Als Cameron Stonebridge Islands nördlichsten Punkt erreichte, musste er feststellen, dass der Leuchtturm nicht auf der Insel stand, sondern auf einer schmalen Felsnadel, die sich etwa 50 Meter vor den Klippen erhob. Ein Schild wies darauf hin, dass man ihn nur bei Ebbe besuchen konnte und bei einlaufender Flut Gefahr lief, für sechs Stunden auf der Felsnadel festzusitzen. Im Moment brandeten die Wellen der Flut gegen die Felsen, womit ihm der Weg auf natürliche Weise versperrt war. Eine Zeit lang starrte er auf den dunklen Horizont und die kleinen Inseln, die sich aus dem Atlantik erhoben und dem Wind trotzten. Er wusste genau, warum er so sauer auf Abbys Auftrag, den Stall auszumisten, reagiert hatte, nachdem er beobachtet hatte, wie der andere Stall mit Hilfe eines Traktors gereinigt worden war. Es hatte ihn an seinen Vater erinnert, der ihn regelmäßig in irgendein Hotel ihrer Kette abschob, nur um ihm dort irgendwelche dämlichen, völlig nutzlosen Jobs zu übertragen. Nicht, weil er so scharf auf diese Beschäftigungen war, sondern weil seine Eltern ihm noch nie zugetraut hatten, Verantwortung zu übernehmen. Mit der Rolle, die ihm schon kurz nach seinem Studium im Familienunternehmen zugewiesen worden war, hatte er sich viel zu lange arrangiert. Erst in den vergangenen Monaten hatte er bitter gelernt, dass sich sein Leben – und sein Job – bei *Suites by Montgomery* nie ändern würden. Im ersten Moment hatte er geglaubt, Abby zog genau die gleiche Nummer mit ihm ab und gab ihm irgendeine sinnlose Aufgabe, um ihn zu beschäftigen. Dieses Missverständnis hatten sie geklärt. Blieb ihre Art, den Leuten das Geld aus der Tasche zu ziehen. Aber auch das hatte er gelernt: Konzentriere dich auf deine eigenen Probleme. Was andere trieben, ging ihn nichts an. Er hatte noch drei Wochen und sechs Tage zu überstehen.

Dann würde er hier so schnell verschwinden, wie es sein Porsche durch die Schlaglöcher schaffte, rief er sich mit Blick in den stürmischen Himmel ins Gedächtnis. Und dann würde er sein Leben ändern. In das Familienunternehmen würde er jedenfalls keinen Fuß zurücksetzen.

Als er später ins Motel zurückkehrte, war er völlig durchgefroren und verdammt froh, Mrs. Carlson nicht über den Weg zu laufen. Er setzte sich im Zimmer an den Laptop und beantwortete die wenigen E-Mails, die er erhalten hatte. Viel Geschäftliches hatte er nicht zu tun. Er war der Leiter des Hotels in Charlotte gewesen. Den Großteil der Arbeit hatte allerdings schon immer eine Managerin übernommen, die ihm zur Seite gestellt war. Cameron wurde lediglich gebeten, an offiziellen Terminen aufzutauchen, im Anzug gut auszusehen, und charmant zu den Damen zu sein. Vor allem diese Termine hatten ihm den Ruf eines bösen Jungen und Party Boys eingebracht. Cameron Montgomery trieb sich ständig auf Partys rum, stand in der Regenbogenpresse zu lesen. Jedes Mal eine andere schöne Frau als Begleitung. Die wirkliche Arbeit wurde hinter den Kulissen von anderen übernommen, während er sich angeblich durch die Betten besagter Begleiterinnen wühlte.

Nach seiner gescheiterten Projektplanung für ein weiteres Hotel in den Südstaaten hatte die Familie ihn nach Hause zurückbeordert und ihm die Leitung des Bostoner Hauses ihrer Hotelkette übertragen. Die zwei Wochen, in denen er dort tätig war, hatten noch nicht einmal gereicht, seinen kompletten Mitarbeiterstab kennenzulernen. Wenn nicht ein Richter dazwischengefunkt und ihn zu den Sozialstunden verurteilt hätte, hätte er inzwischen ohnehin sicher längst wieder seine

Sachen packen müssen, um in das Hotel in Kalifornien oder Mexiko zu wechseln. So weit wie nur irgend möglich weg von Jason und Elayne. Scheiße. Er musste aufhören, sich Gedanken über die beiden zu machen. Und über die Firmenpolitik seines Vaters. Erschöpft rieb er sich über das Gesicht. Vielleicht waren diese vier Wochen sogar ganz gut für ihn. Er konnte sich Gedanken darüber machen, was er mit seinem Leben anfangen würde, wenn er nach Boston zurückkehrte. Nach diesem Tag war er allerdings viel zu platt, um so schwerwiegende Pläne zu schmieden.

Mit einem der Blaubeerkuchen aus der Bäckerei in Sandy Beach fläzte er sich auf das Bett. Er zappte durch die Fernsehprogramme, die eine mehr als dürftige Auswahl boten. Über einer Dokumentation über die Gewinnung von Ahornsirup fielen ihm die Augen zu. Als er wieder aufwachte, war es draußen bereits dunkel. Er öffnete sich ein Bier und gönnte sich noch einen Schokoriegel, während er abermals versuchte, eine Fernsehsendung zu finden, die ihm zusagte. Da er nichts fand, versuchte er, eine Netflix-Serie auf dem Laptop anzusehen. Doch das WLAN-Signal war so schlecht, dass der Film alle drei Sekunden auf dem Bildschirm einfror. Genervt klappte er den Laptop schließlich zu und lehnte sich gegen das Kopfteil seines Bettes. Er griff nach dem Ordner, der auf dem Nachttisch lag und die Annehmlichkeiten des Motels und die Sehenswürdigkeiten der Insel anpries. Auf Seite drei stand, dass es neben der Rezeption einen weiteren, kleinen Aufenthaltsraum gab, in dem man sich an einem Bücherregal bedienen konnte und Brettspiele fand. Dieses Detail hatte Mrs. Carlson offenbar zu erwähnen vergessen, als er eingecheckt hatte.

Cameron stand auf, zog seine Zimmertür einen Spalt auf und spähte hinaus. In der Rezeption brannte kein Licht, also nutzte er seine Chance, zog die Kapuze seines Hoodies über den Kopf und ging in den Aufenthaltsraum. Er hoffte, nicht auf Mrs. Carlson zu treffen und wenn, dass sie den Wink mit der Kapuze verstand und begriff, dass er nicht zum Small Talk aufgelegt war. Das Bücherregal war eine Ansammlung von vielen bunten Umschlägen, die Geschichten über die große Liebe enthielten. Er fuhr mit den Fingerspitzen an den gebrochenen Buchrücken entlang, bis er ein schwarzes Cover fand. Stephen King. Perfekt. Cameron zog das zerfledderte Exemplar heraus. Das Buch passte sowohl zu seinem aktuellen Wohnort als auch zu seiner Laune. Er kehrte in sein Zimmer zurück, leerte sein Bier mit einem Zug und öffnete ein zweites. Dann machte er es sich auf seinem Bett bequem und schlug den Roman auf. Einen Abend würde er so herumbekommen. Zwei vielleicht auch. Aber wenn das sein soziales Programm für die nächsten vier Wochen war, war er echt aufgeschmissen.

*

Abby war ruhelos. Sie hatte befürchtet, dass das Zusammentreffen mit Cameron Montgomery sie in ihre eigene Vergangenheit zurückversetzen würde. Sein Auftauchen hatte sie allerdings nicht nur an die dramatischen Ereignisse mit Jordan und Kelsey und an ihre Ehe mit Jace erinnert, sondern auch an eine Version ihrer selbst, die sie am liebsten aus ihrem Leben gestrichen hätte.

Als sie nach dem Treffen mit ihren Freundinnen auf das Gestüt zurückkehrte, sattelte sie Foxy. Die Therapiearbeit war sehr anstrengend für die Tiere, selbst wenn die beiden Pferde ihren Job sehr gut machten. Nach dem ruhigen, gleichmäßigen Schritt, in dem der Haflinger während Lucas' Therapie gegangen war, hatte er jetzt einen Trab durchs Gelände und vor allem einen kleinen Galopp am Strand entlang verdient.

Der Wind zupfte an der blonden Mähne des Pferdes, als sie es den schmalen Weg in die Halfmoon Bay hinunterführte. Das Land um sie herum gehörte seit Generationen den Coopers. Nur die sichelförmige Bucht unter ihr war Eigentum der Morgans gewesen. Wie es zu dieser Konstellation gekommen war, wusste Abby nicht. Darüber hatten sich ihre Großeltern zeitlebens ausgeschwiegen. Aber sie schien einer der zentralen Punkte in der Fehde gewesen zu sein, die seit Jahrzehnten zwischen den Familien schwelte. Umso überraschter war sie gewesen, dass Benedict, das Oberhaupt des Morgan-Clans, ihrer Mutter im Winter angeboten hatte, den schmalen Streifen Land zu kaufen. Die Bucht war nur etwa eine Viertelmeile breit und zog sich in einem zwei Meilen langen Bogen am Atlantik entlang. In der Form eines perfekten Halbmondes, der die Bucht ihren Namen verdankte: Halfmoon Bay. Ihr fielen Frankies Worte wieder ein. *Was die Morgans wohl gerade wieder ausheckten?* Benedict, sein Sohn Arthur und sein Enkel Finn hatten die Köpfe zusammengesteckt, als sie aus dem *Beaumont's* gekommen waren. Mit Sicherheit hatten die Morgans Pläne. Vermutlich sogar so weitreichende, dass sie Geld gebraucht hatten. Ein anderer Grund fiel Abby zumindest nicht dafür ein, dass sie die Bucht, die ihnen immer als Druckmittel gegen ihre Familie gedient hatte, doch verkauft hatten.

Foxy setzte ihre Hufe auf den feinen, grauen Sand, und Abby lenkte sie mit leichtem Schenkeldruck an die Wasserkante. Benedicts Angebot hatte die Coopers wirklich überrascht. Solange sie sich erinnern konnte, hatten die Morgans ihnen gedroht, in der Bucht ein Hotel zu bauen. Direkt vor ihrer Nase und so, dass sie von der Terrasse des Ranchhauses dem bunten Treiben um den Bettenbunker herum hätten zusehen können. Abby war sich sicher, Benedict hätte dieses Projekt längst umgesetzt, wenn es da nicht ein kleines Problem gäbe: Weil die Bucht vollständig vom Land der Coopers umgeben war, könnten die Hotelgäste den Strand nur vom Wasser aus betreten. Das lohnte sich natürlich nicht. Ganz abgesehen davon, dass die meisten Bewohner der Insel dagegen waren, diese Art von Hotel nach Stonebridge Island zu holen. Sie waren stolz darauf, von dieser Art Ferienunterkunft bislang verschont worden zu sein.

Abby hörte das leise Schnauben eines zweiten Pferdes und drehte sich um. Ihre Schwester Megan war mit ihrem Rappen Adventure Boy auf dem Weg in die Bucht hinunter. Abby wartete, bis sie zu ihr geritten war, und tätschelte Adventure Boy den Hals. »Hey. Wo ist Summer?«, erkundigt sie sich nach ihrer mittleren Schwester.

»Hat einen Anruf bekommen. Irgendwo hinter Machias sind zwei Pferde misshandelt worden. Der Anruf kam rein, als sie beim Training war, und darum hat sie sich mit Alec und Carrie direkt auf den Weg dorthin gemacht.« Megan strich sich die Haare aus dem Gesicht, die sich aus ihrem Zopf gelöst hatten. »Ich habe gehört, die *Barn Cats* haben sich heute bei Frankie getroffen und sollen im Anschluss sogar ihren alten Probenraum inspiziert haben. Kann ich herumerzählen, dass es ein Comeback gibt?«

»Du bist die zwölfte, die mich das fragt, seit ich Misha,

Becky und Teyla getroffen habe.« Abby verdrehte die Augen und strich in einer abwesenden Geste über die Mähne des Haflingers.

»Wundert dich das? Habt ihr dieses Jahr nicht sogar euer fünfzehnjähriges Jubiläum?«, erwiderte Megan. »Also«, hakte sie noch einmal nach »gibt es ein Revival?«

»Nein.« Abby musste lächeln über die Hartnäckigkeit ihrer kleinen Schwester.

»Warum nicht?«

»Wir sind keine siebzehn mehr. Ich glaube nicht, dass wir noch viele Fans auf der Insel haben. Außerdem müssten wir üben wie verrückt.«

»Keine Fans, hmm. Bis auf die zwölf, die dich außer mir heute schon danach gefragt haben.« Sie zuckte die Schultern. Megan hatte die Dinge schon immer wesentlich einfacher und unproblematischer gesehen als Abby. Sie neigte nicht dazu, alles zu hinterfragen. Zu analysieren. »Dann übt ihr eben.«

Abby machte sich nicht die Mühe, auf den Vorschlag einzugehen. Sie blickte in den Himmel hinauf. Der Wind trieb dunkelgraue Wolken über einen Hintergrund, der nur eine Spur heller war. Den Tag über waren die Temperaturen gestiegen. Hoffentlich wurden sie nicht von Regen überrascht, der in der Nacht zu Glatteis gefrieren würde. »Foxy hatte heute noch kein Ausgleichstraining. Lust auf ein kleines Rennen?«

»Was für eine Frage. Natürlich.« Megan grinste gut gelaunt. »Was bekommt der Sieger?«

»Wenn ich gewinne, musst du mir einen Gefallen tun«, sagte Abby und schob das Bild von Cameron Montgomery zur Seite, das vor ihrem inneren Auge auftauchte. Foxy war schnell. Wenn sie ihre Schwester abhängte, konnte sie sich um die unangenehmsten Aufgaben drücken, die die nächsten Tage mit sich bringen würden. Was ihr helfen würde, Abstand zu Cameron zu halten und sich erst einmal Gedanken darüber zu machen, wie sie mit diesem Mann umgehen sollte. Einem Mann, der alle Klischees erfüllte, die zu einem verwöhnten, reichen Hotelerben gehörten, durch dessen Blick aber trotzdem für Bruchteile von Sekunden Gefühle wie Verletztheit und Einsamkeit geblitzt waren.

Megan legte den Kopf schief und sah sie für einen Moment nachdenklich an. »Es klingt ganz so, als würde ich diesen Gefallen nicht mögen.«

»Vermutlich nicht.« Abby grinste breit bei dem Gedanken, die Verantwortung für Cameron wenigstens zum Teil an ihre Schwester abgeben zu können. Ohne Vorwarnung ließ sie Foxy in einen schnellen Galopp fallen und ihre Schwester hinter sich zurück. Megan stieß ein wildes Lachen aus, das der Wind aufs Meer hinauswehte, und folgte ihr entlang des Halbmondes aus Sand.

Am nächsten Morgen war Abby früh auf den Beinen und fütterte mit ihrer Mutter und Megan die Pferde. Cameron tauchte nicht um sieben Uhr auf dem Gestüt auf, wie sie es von ihm verlangt hatte. Nicht, dass Abby das wunderte.

Gegen halb acht rumpelte Harley Chapman, einer der Mitarbeiter des Gestüts, mit seinem alten Pick-up auf den Hof. Und hinter ihm rollte Camerons völlig schlammverschmierter Porsche aus.

Harley kletterte aus seinem Wagen und grüßte Abby, indem er mit dem Zeigefinger an die Krempe seines Stetsons tippte, bevor er sich bückte, um Charlie den Kopf zu tätscheln. »Hab den Kerl auf dem Weg hierher aus dem Matsch gezogen«, sagte er, als er sich wieder aufrichtete. Voller Unverständnis schüttelte er den Kopf und rieb sich über das Kinn. »Wer fährt denn bei diesem Wetter mit so einer Kiste durch die Gegend?«

»Danke, Harley.« Abby legte ihm die Hand auf die Schulter und drehte sich dann zu Cameron um, der gerade aus seinem Sportwagen stieg. »Frühling in Maine«, sagte sie fröhlich, und, wie sie selbst bemerkte, nicht ganz ohne Schadenfreude.

Ihr Großstadtstallbursche brummte etwas, das Abby nicht verstehen konnte, und zog die Augenbrauen zusammen. Er sah schlecht gelaunt aus. Und die dunklen Schatten unter seinen Augen waren ein Zeichen, dass er nicht gut geschlafen hatte. Vielleicht litt er unter Entzugserscheinungen. Abby war sich sicher, außer einem guten Whiskey und ein bisschen Marihuana ließen sich keine nennenswerten Drogen auf der Insel finden. Vielleicht hatte Cameron aber auch einfach nur eine beschissene Nacht gehabt, das ging sie letztlich nichts an. »Die Stuten sind schon auf der Weide.« Sie blickte zu dem Stall hinüber, den Cameron am Vortag bereits gemistet hatte. »Ich habe gleich meine erste Stunde. Aber du weißt ja inzwischen, was zu tun ist. Kommst du klar?«, fragte sie, als ihr einfiel, dass sie sich bemühen wollte, nicht wieder so eine unangenehme Spannung wie am Tag zuvor zwischen ihnen aufkommen zu lassen. Nachdem Cameron nur ein mürrisches Nicken fertigbrachte, drehte sie sich um und holte Acapulco von der Koppel, um ihn für die erste Therapieeinheit des Tages vorzubereiten.

*

Camerons Laune war nicht mehr mies, sie war im Keller angekommen. Die zweite Nacht in Folge hatte er schlecht geschlafen. Und er konnte Stephen King nicht die Schuld daran geben. Während er sich in seinem Bett von einer zur anderen Seite gewälzt hatte, waren die Temperaturen weiter über dem Gefrierpunkt geblieben und hatten das Eis und den Schnee vom Vortag in zähen Matsch verwandelt. »Frühling in Maine«, hatte Abby gesagt, nachdem ihn einer ihrer Mitarbeiter mit seinem Pick-up aus dem Schlamm gezogen hatte, in dem er den Porsche gnadenlos festgefahren hatte. Cameron beschlich das Gefühl, dass der lapidare Satz seiner Chefin bedeutete, dass das Wetter im nächsten Monat noch die eine oder andere Kapriole drehen würde. Und dass das Thema Schnee noch nicht vom Tisch war. Er brauchte dringend einen anderen Wagen. Blieb nur zu hoffen, dass es auf dieser Insel irgendwo auch eine Mietwagenfirma gab. Gesehen hatte er allerdings noch keine.

Obwohl seine Muskeln nach der ungewohnten Anstrengung vom Vortag protestierten, war er geradezu dankbar, sich an den Pferdehaufen abreagieren zu können. Es war faszinierend, dass die Viecher es geschafft hatten, das Stroh, das er vor noch nicht einmal vierundzwanzig Stunden im Stall verteilt hatte, in eine Ladung Mist zu verwandeln.

Als er am späten Vormittag fertig war, kam Abby in den Stall und blickte sich um. Kontrolle seiner Arbeit, nahm Cameron an. »Alles erledigt?«, fragte sie.

»Gerade eben fertig geworden.«

»Gut.« Sie drehte sich um und warf ihm einen Blick über die Schulter zu. »Dann komm mit. Ich will dir was zeigen.«

Cameron räumte die Mistgabel weg und setzte seine Baseballkappe auf. »Was hast du vor?«, fragte er, während er den Reißverschluss seiner Jacke schloss.

»Pferdetraining.« Sie trat in den trüben, feuchten Vormittag hinaus. Der Hof des Gestüts war gepflastert. Nach dem Matsch, den die Natur über die Insel verteilt hatte, war ihm klar, warum. Hier und da hielt sich ein hartnäckiger Rest Schnee, aber Schlamm war auf dem Hof nicht zu finden.

Cameron holte zu Abby auf und warf ihr einen Seitenblick zu. »Was meinst du mit Pferdetraining?«

Sie schob die Hände in die Taschen ihrer Daunenweste und zuckte mit den Schultern. »Du weißt schon. Der Umgang mit ihnen. Die Pflege.«

Nein, er wusste nicht. Und er wollte ihnen ganz sicher nicht nahe genug kommen, um sie *pflegen* zu können. Reichte es nicht, die Ställe auszumisten?

»Ich bin mir nicht sicher …«, begann er.

»Ich weiß«, unterbrach Abby ihn. »Aber früher oder später musst du es lernen. Ob du willst oder nicht. Du kannst nicht vier Wochen lang nur Mist schaufeln.«

Cameron betrachtete seine Handflächen. Gestern Abend hatte sich Olivias Salbe fantastisch angefühlt auf seiner Haut. Aber inzwischen … Eine der Blasen vom Vortag war aufgegangen und brannte wie Feuer. Die anderen waren einfach nur – gewachsen. »Warum nicht?«

»Und ohne den sarkastischen Unterton?«, wollte sie mit hochgezogenen Augenbrauen wissen.

Cameron seufzte. »Ganz ehrlich? Ich habe keinen blassen Schimmer, was ich hier tue. Und ich glaube nicht, dass vier Wochen reichen werden, um etwas über Pferde zu lernen.«

»Das werden wir rausfinden«, sagte Abby. »Auf dem Gestüt

gibt es nicht nur meine Praxis. Meine jüngste Schwester Megan managt die *Silver Brooke Stables*, und Summer, die mittlere, therapiert Pferde.«

»Deine Schwester ist eine Pferdeflüsterin?«, fragte Cameron.

»Psst.« Abby hielt mit einem leichten Lächeln den Zeigefinger an ihre Lippen. »Ja«, sagte sie leise. »Aber das hört sie nicht gern. Nenn sie lieber Pferdetrainerin. Sie ist da ein bisschen eigen, auch wenn sie wahre Wunder vollbringt. Erst gestern Abend hat sie wieder zwei misshandelte Pferde aus der Gewalt ihrer Besitzer befreit. Komm mit, ich zeig dir die beiden.« Sie hielt auf die moderne Scheune zu, die neben einem Gebäude stand, das so heruntergekommen war, dass Cameron befürchtete, das durchhängende Dach würde gleich vor ihren Augen in sich zusammensacken. Es gab auf diesem Hof neuere Scheunen und ältere – aber diese Bruchbude stach echt heraus. Cameron war, wie auch am Vortag vom Stutenstall, überrascht, wie hell diese Ställe waren, mit großen Fenstern an den Seiten und Oberlichtern. Die geöffneten Tore an der gegenüberliegenden Seite ließen frische Luft in den riesigen Raum und gaben den Pferden die Möglichkeit, auf die Koppel hinauszugehen. Der süße Geruch frischen Heus stieg ihm in die Nase, mischte sich mit dem warmen Duft der Pferde, den er inzwischen kannte. Staubkörnchen tanzten im Licht, das durch die Fenster fiel. Der Stall, in den Abby ihn geführt hatte, war genauso aufgebaut wie der, den er jetzt schon zweimal gemistet hatte. Allerdings befanden sich hier an der Wand auch ein paar Pferdeboxen, in denen Tiere untergebracht waren, wie er es in einem Pferdestall normalerweise erwartet hätte.

»Summer hatte recht«, sagte Abby neben ihm. »Du bist echt ein Süßer.«

Cameron fuhr zu ihr herum, doch sie hatte offensichtlich nicht ihn gemeint. Mit ruhigen Schritten ging sie auf eine Box zu, in der ein Pferd stand. Etwas langsamer folgte er ihr, während sie weiter säuselnd mit dem Tier sprach.

Sie blieb an der Tür der linken Box stehen und drehte sich zu Cameron um, ehe sie die Unterarme auf die obere Kante legte und den Kopf auf ihre Hände stützte. »Es ist natürlich Blödsinn, so mit einem Pferd zu reden«, erklärte sie Cameron, als er neben sie trat. »Wir Menschen kommunizieren völlig anders als sie. Aber auf irgendeine Art ist es beruhigend. Die beiden hier sind komplett vernachlässigt und misshandelt worden.«

Cameron schluckte. Das Pferd vor ihnen war so dürr, dass man die Rippen sehen konnte. Sein Rücken war unnatürlich nach unten durchgebogen. Es scheute vor ihnen zurück, bis es von der Stallwand gebremst wurde. Das andere Tier, das sich so in die Ecke gedrückt hatte, dass er es im ersten Moment gar nicht gesehen hatte, sah noch schlimmer aus, bemerkte Cameron mit einem Blick nach rechts. Nicht nur klapperdürr und voller verkrustetem Dreck und Kot, über seinen Hals zog sich auch eine lange, hässliche Narbe. Cameron schluckte. »Wer tut so was?«, fragte er leise.

»Arschlöcher«, brachte Abby es auf den Punkt. »Komm her, Süßer«, lockte sie das Pferd vor sich. Sie stellte sich so, dass das andere Tier nicht sehen konnte, was sie tat, und zog eine Karotte aus ihrer Westentasche. »Pferdelektion Nr. 1«, sagte sie zu Cameron. »Ab und zu ein kleines Leckerchen ist okay. Aber gib es einem Pferd nur, wenn kein anderes zusieht.

So lieb diese Schätzchen sind, wenn es ums Fressen geht, kennen sie keine Freunde. Um dem Futterneid vorzubeugen, fütterst du sie nur, wenn ihr allein seid. Verstanden?«

Cameron wollte ihr sagen, dass er überhaupt kein Bedürfnis verspürte, einem Pferd so nahe zu kommen, dass er es füttern konnte, aber das Tier, das Abbys Schwester gerettet hatte, hob den Kopf und sah sie aufmerksam an, als sie die Karotte in zwei Hälften zerbrach. Zögernd machte es einen Schritt in ihre Richtung. Dann noch einen. »Ja, komm schon, Schätzchen. Wir sind die Guten«, begann Abby erneut zu säuseln und brachte Cameron damit dazu, seine Konzentration von dem Pferd zu lösen und das Gesicht seiner Chefin zu betrachten. Das Zuneigung für das große, verwahrloste Tier vor sich zeigte. Und ein leises Lächeln, das in ihren Zügen spielte. »Komm her. Bei uns gibt es die feinen Sachen«, lockte Abby es weiter. Unendlich langsam näherte sich das Pferd ihnen. Es schnupperte an der halben Karotte, die Abby ihm hinhielt, und zog sie schließlich von ihrer Hand. »Jetzt du«, sagte sie, und ehe Cameron sich wehren konnte, hatte sie die zweite Hälfte auf seiner Hand platziert und hielt sie dem Pferd entgegen. Er spürte ihre warmen, erstaunlich weichen Finger, die sich um seinen Handrücken geschlossen hatten. Cameron stand stocksteif da. Er wollte seine Hand nicht zurückziehen, weil er sich sicher war, Abby würde ihm das nicht nachsehen. Aber er wollte sich auch nicht unbedingt beißen lassen. Dieses Pferd hatte riesige Zähne.

»Lass die Hand schön gerade. Der Süße hier wird sich die Karotte ganz vorsichtig nehmen.«

Und das tat das Pferd. Cameron spürte den Atem des Tieres, der warm über seine Haut strich, und das Kitzeln der Barthaare auf seiner Handfläche. Das Maul des Tieres war erstaunlich weich, als es die Karotte von seiner Hand angelte. »Wow«, entfuhr es ihm.

»Klasse, oder?«

Cameron drehte sich zu der Stimme um, die hinter ihm erklang, und entdeckte eine Frau, die, die Hände in die Taschen ihrer Jeans geschoben, an der Stalltüre lehnte. Sie sah Abby ähnlich genug, um eine ihrer Schwestern sein zu können. Die Haare, die ihr in einem dicken, schweren Zopf über die Schulter hingen, waren von dem gleichen dunklen Braun wie Abbys. Die Gesichtszüge, die er unter dem Schatten ihres Stetson erkennen konnte, wiesen die gleiche DNA auf.

Die Frau stieß sich vom Türrahmen ab und kam auf sie zu, während Abby seine Hand losließ und ein wenig Abstand zwischen sie brachte. Über einer Fleecejacke trug sie wie auch Abby eine Daunenweste mit dem Logo des Gestüts, und ihre Beine steckten in silbernen Cowboystiefeln. Sie war ein paar Zentimeter kleiner als ihre Schwester, stellte er fest, als sie vor ihm stehen blieb und den Kopf in den Nacken legte, um ihn von unter der Krempe ihres Hutes anzulächeln. »Hi«, sagte sie gut gelaunt. »Ich bin Megan, Abbys jüngste Schwester.« Sie schüttelte seine Hand, die gerade ein Pferd gefüttert hatte, und grinste ihn an. »Ich bin hier, um einen richtigen Cowboy aus dir zu machen.«

Cameron blickte zwischen den Schwestern hin und her und rang sich ein Lächeln ab. Ein Cowboy zu werden war das Letzte, wonach ihm der Sinn stand. Aber er musste aufpassen. Langsam aber sicher überwogen die Phasen des Selbstmitleides in seinem Leben.

»Das ist mein Stichwort.« Abby trat noch einen Schritt zurück. »Ich übergebe dich in Megans fähige Hände und sehe dich später im Roundpen.«

»Und weg ist sie.« Megan grinste immer noch und zog ein eigenes Stück Karotte aus ihrer Westentasche. Spätestens nach einem Blick in ihre Augen wäre Cameron klar gewesen, dass die beiden Frauen Schwestern waren – sie waren genauso mandelförmig und bernsteinfarben. Megans gute Laune ließ die gleichen goldenen Sprenkel in dem hellen Braun aufblitzen, die er in Abbys Augen gesehen hatte, als sie sich über das Auftauchen ihrer Freundinnen gefreut hatte. Er schob die Erinnerung an den Lunch am Vortag zur Seite und konzentrierte sich auf die Frau vor sich.

Sie lockte das zweite Pferd an und fütterte es auf die gleiche, geduldige Weise, wie ihre Schwester zuvor das andere. »Abby hat mich gebeten, dir die Basics beizubringen«, erklärte sie ihm, konzentrierte sich aber auf das misshandelte Tier in der Box vor sich.

»Will ich wissen, was das bedeutet?«, fragte Cameron vorsichtig und betrachtete seine geschundenen Hände. Auf noch mehr Arbeiten im Stil des Stallausmistens konnte er im Moment getrost verzichten.

»Du weißt schon: Umgang mit Pferden für Dummies«, erklärte Megan und grinste ihn so frech an, dass sie wie eine übermütige Teenagerin wirkte.

»Ich glaube, das sind Dinge, die ich gar nicht lernen will.« Plötzlich erschien ihm das Ausmisten doch gar nicht mehr als so trister Job.

»Ich bin mir auch nicht sicher, ob du einen Privatkurs verdient hast«, gestand Megan fröhlich. »Wahrscheinlich wäre es sinnvoller, dich zu den Siebenjährigen in den Anfängerkurs zu stecken. Aber ich habe gestern Abend das Rennen in der Halfmoon Bay verloren, also bringe ich dir jetzt bei, wie man sich einem Pferd gegenüber verhält. Wie man es führt, striegelt und ihm die Hufe auskratzt«, zählte sie auf. »Für heute sollte das reichen.« Sie streichelte dem Pferd vor sich sanft über die Nase und drehte sich dann zu Cameron um. »Wie gefällt es dir auf dem Gestüt?«, fragte sie, offenbar zu Small Talk aufgelegt.

»Nicht besonders, um ehrlich zu sein.« Megan war völlig anders als Abby. Cameron hatte das Gefühl, offen mit ihr reden zu können, ohne dass seine Worte auf die Goldwaage gelegt oder psychologisch analysiert wurden. »Deine Schwester ist mir gegenüber ein bisschen voreingenommen und unfreundlich. Ich bin schließlich nicht hier, weil ich schon immer mal unbedingt was mit Pferden machen wollte.« Er schob die Hände in die Gesäßtaschen seiner Jeans und lehnte sich gegen die Wand der Box. »Ich fühle mich wie ein unfreiwilliger Stallbursche.«

»Das kann ich verstehen. Aber Abby wurde auch nicht gerade gefragt, ob sie zusätzlich zu ihrer Arbeit Zeit für dich erübrigen kann. Ich betreue unfreiwillige Stallburschen allerdings gern.« Sie zwinkerte ihm zu, und Cameron verstand es als das, was es war: ein Flirt, aber einer von der harmlosen Sorte.

»Und wenn du darüber hinaus noch Zeit hast, managst du das Gestüt«, erinnerte sich Cameron an Abbys Worte. »Ich habe gestern deine Mutter kennengelernt und ganz automatisch angenommen, sie sei die Chefin der *Silver Brook Stables*.«

»Das war sie auch«, erzählte Megan und lehnte sich mit der Schulter ihm gegenüber an die Box. »Sie hat das Gestüt erst zu Beginn dieses Jahres an meine Schwestern und mich übergeben. Ich habe mich auch vorher schon um unsere Finanzen gekümmert, um die Zucht und den Verkauf der Fohlen. Aber jetzt ist es offiziell: Abby betreibt ihre Therapiepraxis auf dem Gestüt, Summer trainiert hier Pferde, und ich kümmere mich um den Rest. Für uns drei ist das eine perfekte Aufgabenteilung, die bedeutet, dass wir alle das tun können, was wir lieben.«

Für einen Moment zuckte Neid durch Camerons Herz. Für seinen Vater wäre es undenkbar, die Verantwortung auf seine Kinder zu verteilen. Valerie und er würden neben Jason nie bestehen können.

»Also.« Megan breitete die Arme aus. »Das hier ist unser Seniorenheim«, erklärte sie und stieß sich von der Holzwand ab. Mit einem letzten Blick auf die beiden geschundenen Tiere ging sie ein paar Schritte in Richtung Stalltür. »Wir nennen es so, weil hier hauptsächlich alte Pferde untergebracht werden, die ihren Lebensabend genießen sollen.« Sie blickte Cameron über ihre Schulter hinweg auffordernd an, also stieß er sich ebenfalls von der Box ab und folgte ihr. Auch wenn das bedeutete, dass er einer Lektion im *Pferdepflegen* näherkam. »Das ist eines unserer Konzepte«, erklärte Megan, als sie den Stall verließen und zum Stutenstall zurückkehrten. »Pferdebesitzer wissen oft nicht, wohin mit ihren Pferden, wenn sie zu alt sind, um noch geritten zu werden. Sie wollen weiterhin reiten, also kaufen sie ein jüngeres Pferd, haben dann aber keinen Platz für beide. Gegen eine kleine Pension können die Pferderentner gemeinsam mit unseren Oldies ihren Lebensabend genießen. Der Stall, den du vorhin gemistet hast, ist der Stutenstall. Selbst wenn die Bezeichnung ein wenig verwirrend ist, weil dort auch Wallache untergebracht sind.

Aber der Stall heißt nun mal schon immer so, also belassen wir es bei diesem Namen.« Sie zuckte mit den Schultern und lächelte ihn an. »Auf der anderen Seite des Hofes liegen der Hengststall und der Fohlenkindergarten. Alle Ställe sind Offenställe mit einer großen Koppel, sodass die Pferde in Herden zusammenleben können, wie sie es auch in der Natur tun würden. Nur Pferde wie die beiden, die du gerade gesehen hast, werden erst einmal in einer Box untergebracht, bis der Tierarzt einen Blick auf sie werfen konnte und sie sich ein wenig eingelebt haben.«

Megan redete ohne Punkt und Komma weiter, bis Cameron der Kopf schwirrte. Ein Gestüt war ein umfangreiches, hochkomplexes Unternehmen, begriff er langsam. Sie holten einen Braunen namens Cassiopeia von der Weide, um ihm den Umgang mit Pferden beizubringen.

»Er ist ein total liebes Schätzchen«, erklärte sie Cameron. Er bekam den Eindruck, dass sie das grundsätzlich über jedes Pferd sagte, war sich also nicht so sicher, was er davon halten sollte. »Wenn Abby ihre Schulklasse hier hat und ein drittes Pferd braucht, nehmen wir immer Cassiopeia.«

Cameron erinnerte sich, dass Abby das am Vortag bereits erwähnt hatte. Allerdings konnte er das *total liebe Schätzchen* in dem Pferd nicht so wirklich erkennen. Ehe er sich versah, hatte der Wallach nach seiner Baseballkappe geschnappt und sie ihm vom Kopf gezogen. Während sich Megan über diese Clownsnummer kaputtlachte, legte das Pferd den Kopf zurück und hielt das Cap knapp aus Camerons Reichweite. »Sehr witzig«, murmelte er und brachte Megan damit zumindest dazu, dem Pferd die Kappe wieder abzunehmen. Er stopfte sie in seine Jackentasche und ergab sich in sein

Schicksal, als Megan weiterredete und ihm zeigte, wie man ein Halfter anlegte, striegelte und die Hufe auskratzte.

*

»Wie hat er sich gemacht?« Abby hatte Acapulco im Roundpen noch ein paar Runden longiert, bis sie gesehen hatte, dass ihre Schwester Cameron aus ihrem Pferdepfleger-Unterricht entlassen hatte und er auf dem Weg zu seiner Lunchpause im Wirtschaftsgebäude war. Erst dann hatte sie das Pferd zum Putzplatz geführt.

Megan war gerade dabei, ihre Putzkiste einzuräumen. Cassiopeia stieß ein entspanntes Schnauben aus, und Megan tätschelte ihm ganz automatisch den Hals. »Gut hast du dich gemacht, mein Lieber. Ganz brav bist du gewesen.«

Abby bemühte sich, nicht die Augen zu verdrehen, konnte sich ein Lachen aber nicht verkneifen. »Das freut mich. Wirklich.« Sie gab erst Foxy und dann Cassiopeia ein Leckerli. »Und wie hat sich Cameron geschlagen?«

Megan lehnte sich mit der Schulter gegen Cassiopeias Flanke und zog einen Schokoriegel aus der Tasche. Sie packte ihn aus, brach ihn auseinander und reichte Abby eine Hälfte. »Besser, als du ihm das zutrauen würdest«, sagte sie und biss dann von ihrer Riegelhälfte ab. »Ich weiß gar nicht, was für ein Problem du mit ihm hast. So schlimm können seine Verfehlungen doch gar nicht gewesen sein, sonst hätte der Richter ihn doch verknackt, statt ihm ein paar Sozialstunden aufzubrummen.« Sie biss noch einmal ab und sprach mit vollem Mund weiter. »Ich meine, okay, ich habe ihn auch gegoogelt und die Story mit dieser Verlobten seines Bruders gelesen. Aber die Medien bauschen die Dinge ja immer auf. Wahrscheinlich kann man achtzig Prozent von dem, was in der Regenbogenpresse steht, sowieso nicht glauben.«

»Ja, wahrscheinlich«, murmelte Abby. Sie ließ die Schokolade auf ihrer Zunge zergehen, ließ den Zucker seine Wirkung entfalten. Eigentlich wollte sie nicht mit ihrer Schwester darüber diskutieren, dass Cameron sie an das größte Versagen ihrer Laufbahn erinnerte. Denn dann würde Megan unweigerlich darauf zu sprechen kommen, dass Abby unbedingt wieder als Psychologin praktizieren und endlich einen Schritt in Richtung ihres alten Lebens machen sollte. »Du kannst Cassiopeia hierlassen, wenn du willst«, lenkte sie die Aufmerksamkeit von Cameron auf die Pferde zurück. »Ich nehme ihn zusammen mit Acapulco auf die Weide, wenn ich fertig bin.«

6

Die Lunchpause seines zweiten Arbeitstages verbrachte Cameron gemeinsam mit einer Handvoll Rancharbeiter in dem, was die Coopers Wirtschaftsgebäude nannten. Es war tatsächlich kein Gebäude, sondern lediglich ein Anbau an den Hengststall, der dem Aussehen nach der jüngste Bau auf dem Hof war. Hier gab es einen Aufenthaltsraum, in dem eine lange, von Bänken gesäumte Holztafel stand. Die Wände waren weiß gestrichen und mit Postern von Pferden verziert. Der Raum war schlicht und funktional, aber ordentlich und sauber, genau wie das Essen gute, bodenständige Hausmannskost war. Es wurde von Rose Walsh serviert. Sie war die Haushälterin der Coopers und die Ehefrau des Gestütsverwalters. Zu ihren Aufgaben gehörte es, die Meute zu füttern, hatte sie Cameron verraten, als sie ihm eine Schüssel mit Eintopf füllte. Die schlechte Verpflegung des Vortages, die harte Arbeit – und wahrscheinlich die frische Luft – hatten ihm einen knurrenden Magen beschert. Deshalb sagte er nicht Nein, als Rose ihm ein zweites Mal auftat. Er bemühte sich, diese Portion nicht so gierig hinunterzuschlingen, während er sich die Dinge durch den Kopf gehen ließ, die Megan ihm erzählt und gezeigt hatte. Er wusste jetzt zwar theoretisch, wie er mit den Pferden umgehen sollte, hatte seinen Argwohn ihnen gegenüber aber noch nicht weit genug abgelegt. Er wollte es nicht unbedingt darauf ankommen lassen, ihnen zu nahe zu kommen, zumindest wenn er mit ihnen allein war. Mit einer fröhlichen, entspannten Person wie Megan an seiner Seite fühlte er sich sicherer. Aber er vermutete, er konnte sie nicht für die nächsten vier Wochen als Begleitung buchen.

Die Pause ging viel zu schnell vorüber, und er musste zurück zu Abby, die ihm hatte ausrichten lassen, dass weitere Arbeit auf ihn wartete. Als er sie abermals in dem rund eingezäunten Korral fand – Roundpen hatte sie ihn genannt –, half sie gerade einem Teenager vom Pferd. Cameron konnte auf den ersten Blick nicht erkennen, warum der Junge eine Reittherapie brauchte. Aber Abby ließ ihm auch keine Zeit, darüber nachzudenken. »Megan hat mir erzählt, dass die Basisarbeit mit den Pferden gut funktioniert hat«, sagte sie.

»Wie man es nimmt.« Cameron zuckte die Schultern und hielt ihr das Gatter auf. Er befürchtete, dass sie ihm einen Auftrag geben würde, der …

»Das ist Acapulco«, stellte sie ihm das Pferd vor, das sie am Zügel führte. »Nimm ihm die Decke ab. Dann striegelst du ihn und kratzt ihm die Hufe aus«, gab sie ihm genau die Order, vor der ihm graute. Sie ließ die Zügel los und drehte sich um. Acapulco sah ihn neugierig an und zuckte mit den Ohren.

Wie war das noch mal? Cameron versuchte, sich an das zu erinnern, was Megan ihm über das Verhalten von Pferden erzählt hatte. Was bedeuteten zuckende Ohren? »Hey! Moment mal!« Abby hatte sich bereits zwei Schritte von ihm entfernt. Cameron erwischte sie gerade noch am Ärmel ihrer Jacke.

Sie senkte den Blick auf seine Hand, dann sah sie ihn an und hob die Augenbrauen. Cameron ließ sie auf ihre unausgesprochene Aufforderung hin los und schob seine Hände in die Gesäßtaschen seiner Jeans. Es war an der Zeit, seinen Stolz hinunterzuschlucken. »Megan hat mit mir geübt«, begann er. »Aber ich glaube nicht, dass ich schon dazu in der Lage bin, mich allein um ein Pferd zu kümmern. Wenn es dir also nichts ausmacht, wäre ich dir dankbar, wenn du mir helfen würdest.«

Abby fixierte ihn einen Moment schweigend, dann nickte sie. »Komm.« Sie drehte sich abermals um und überließ Acapulco ihm. »Führe ihn. Acapulco ist wirklich ein guter Junge.« Der gute Junge senkte den Kopf und schnüffelte an Camerons Hosentasche, was ihn automatisch einen Schritt zurückweichen ließ. Erst ein Pferd, das Mützen klaute, und jetzt eins, das seine großen Zähne gefährlich nah an seinem Schritt hatte. Abby drehte sich noch einmal um, strich Acapulco über die Mähne und lächelte. »Er überprüft nur, ob du ein Leckerli für ihn dabeihast«, erklärte sie das Verhalten des Pferdes. »Na komm.« Sie griff nach den Zügeln und hielt sie ihm hin.

Zögernd griff Cameron danach. »Da wäre noch eine zweite Sache, die ich dich fragen wollte«, sagte er und ging in Richtung Stall. Acapulco schnupperte an seinem Hintern, folgte ihm dann aber willig.

Abby lief neben ihm her. »Falls du schon wieder einen halben Tag freimachen willst: Vergiss es.«

Wenn man Abbys Umgang mit den Pferden erlebte, sie so geerdet und entspannt erlebte, konnte man für einen Moment vergessen, dass sie ihn für reichen Abschaum hielt. Die Frau, die ihm vor ein paar Stunden die misshandelten Pferde gezeigt hatte, die ihre Schwester gerettet hatte, war wieder verschwunden. »Gibt es in der Gegend einen Autoverleih?«, fragte er sie trotzdem. Sie war nun mal seine Ansprechpartnerin, ob sie beide das wollten oder nicht.

Abby blickte über die Schulter zu seinem schlammverschmierten Porsche, der vor dem Ranchhaus stand. »Du gibst schon auf?«, wollte sie wissen. Der ironische Unterton in ihren Worten war nicht zu überhören.

Er verzog die Lippen zu einem schmerzlichen Lächeln. »Wenn du mir garantierst, dass sich das Wetter demnächst bessert, würde ich es darauf ankommen lassen.«

»Im März?« Sie lachte, und wieder erschien dieses Grübchen in ihrer Wange. Ihre Augen leuchteten auf – und sorgten dafür, dass Camerons Blick für einen Moment an ihrem Gesicht hängen blieb. Auch wenn sie nicht mit, sondern über ihn lachte. »Keine Chance! Ich weiß aber, wo du einen Wagen mieten kannst. Ich muss später sowieso ein paar Sachen in der Stadt erledigen. Ich bringe dich nach Feierabend hin.«

Drei Stunden später hatte Cameron sein schlammverschmiertes Oberteil gegen frische Kleidung getauscht – zum Wechseln von Hose und Schuhen hatte ihm die Zeit gefehlt – und folgte Abby nach Home Port. Sie fuhr langsam, vermutlich um sicherzugehen, dass er an ihr dranblieb. Oder um ihn jederzeit mit ihrem großen Jeep aus dem Schlamm ziehen zu können, sollte er noch einmal stecken bleiben. Sie fuhr zur Tankstelle, die Cameron neben dem Public Harbour entdeckt hatte. Er folgte ihr um das Gebäude herum und stellte seinen Wagen hinter ihrem ab.

Als sie ausstiegen, trat ein beleibter Mann durch eine Seitentür nach draußen. Der obere Teil seines Gesichts lag im Schatten einer ölverschmierten Red-Sox-Kappe, der untere wurde von einem buschigen Bart verdeckt, der ihm bis auf die massige Brust reichte. Er wischte seine Hände an einem alten Lappen ab und schob ihn in die Gesäßtasche seines grauen Overalls. »Abby, Mädchen«, grüßte er Camerons Begleitung mit einem tiefen Brummen in der Stimme. »Was habe ich da von den *Barn Cats* gehört?«

»Nichts. Nur Gerüchte, mein Lieber.« Abby lächelte den Mechaniker an und warf Cameron einen Seitenblick zu.

Cameron fragte sich, was diese *Barn Cats* waren und warum sie in seiner Gegenwart ganz offensichtlich nicht über sie sprechen wollte.

Statt seine Neugier zu befriedigen, zog sie die Aufmerksamkeit auf Cameron. »Darf ich dir Mr. Montgomery vorstellen?«, fragte sie den Mechaniker.

»Ah, der Typ aus der Stadt, der so tut, als würde er sich selbst nur ähnlich sehen.« Der Mann nickte und kratzte sich am Nacken.

Cameron seufzte. Er wollte gar nicht wissen, woher der Tankstellenbetreiber seine Informationen bezog. Vom *Jasper Point Motel* über *Marcy's Bakery* bis zu *Frankie's* kam inzwischen jeder als Quelle infrage. Er musste sich beherrschen, um sich nicht umzudrehen und zu den Büschen am Straßenrand hinüberzuschauen. Es wäre wirklich nicht verwunderlich, wenn ein Paparazzo mit einem Teleobjektiv dahinter hockte, den einer seiner neuen Nachbarn alarmiert hatte.

»Wallace Baring.« Der Mechaniker reichte ihm die Hand.

»Angenehm.« Cameron bemühte sich, nicht vor Schmerz das Gesicht zu verziehen, so sehr zerquetschte der Mann, der sicher dreißig Jahre älter war als er selbst, seine von Blasen übersäte Hand.

Abby schien die Situation zu amüsieren. »Mr. Montgomery ist auf der Suche nach einem *Mietwagen*«, erklärte sie ihr Auftauchen hinter der Tankstelle und betonte dabei das letzte Wort, als sei es etwas ganz Besonderes.

»Wundert mich nicht«, brummte Baring mit einem Blick auf den verdreckten Porsche. Dann nickte er in Richtung Gebäudeecke. »Kommen Sie mit. Aber erwarten Sie nicht zu viel«, warnte er. Als Cameron sah, dass Abby neben ihm versuchte, ihr Grinsen zu unterdrücken, begannen die Alarmglocken in seinem Hinterkopf zu schrillen. Er folgte Baring um das leicht baufällig wirkende Gebäude. Durch die offen stehende Tür sah er eine Hebebühne, auf der ein Minivan aufgebockt war. Am Rand waren Werkbänke aufgereiht, auf denen wild verstreut Ersatzteile und Werkzeuge herumlagen.

Baring umrundete die Werkstatt. Dahinter lag ein holpriger Parkplatz, auf dem sich Schlamm und Schneematsch abwechselten. An einigen Stellen hatten Gräser und Unkräuter der Witterung getrotzt und wogten im Wind, der vom Ozean herüberwehte. Der Mechaniker blieb vor einem einzelnen Haufen Schrott stehen, der einsam in der Ecke vor sich hin rostete. Einem Haufen Schrott auf vier Rädern.

Cameron wartete einen Moment, nicht sicher, ob Baring es ernst meinte. »Ähm«, fragte er schließlich vorsichtig, als weder der Mechaniker noch Abby ein Wort sagten. »Was ist das?«

Baring trat gegen den linken Vorderreifen. »Ein GMC Coach. V8-Motor. Achtundsechziger Baujahr. Sozusagen ein Oldtimer.«

Cameron lachte ungläubig. »Oldtimer? Welche Farbe hat diese Kiste? Das lässt sich unter all dem Rost überhaupt nicht mehr erkennen.«

»Hmm«, brummte Baring. »So sicher weiß ich das auch nicht mehr. Ich glaube Braun. Aber die Farbe ist ja auch nicht wirklich wichtig. Der Motor schnurrt wie ein Kätzchen, und die Karosserie ist robust. Einfach unverwüstlich.« Er gab ein Grunzen von sich. »Dieses Schätzchen haben schon ganz andere als Sie nicht kleingekriegt. Also werden Sie das auch nicht schaffen.«

Cameron kniff sich in der Hoffnung, den aufkommenden Kopfschmerz zurückzudrängen, mit Daumen und Zeigefinger in die Nasenwurzel. »Vielen Dank für Ihr Vertrauen«, sagte er und schaffte es nicht, den Sarkasmus aus seiner Stimme zu verbannen. »Gibt es vielleicht noch eine andere Autovermietung auf der Insel?«

»Nope«, sagte Baring.

»Auf dem Festland?«

»Nope.« Baring strich sich über den Bart. »Jedenfalls nicht innerhalb der nächsten achtzig Meilen.«

Cameron spürte die Resignation wie eine Welle über ihn hinwegspülen. Für einen Moment versuchte er sich mit der Idee auseinanderzusetzen, achtzig Meilen zu fahren, nur um dann vielleicht den Bruder dieses Gefährts vorzufinden, und gab seinen Widerstand auf. »Schön. Ich nehme ihn.«

»Gute Wahl.« Baring schlug ihm mit seiner Pranke auf die Schulter, was ihn einen halben Meter nach vorn taumeln ließ.

Gute Wahl? Cameron hatte nicht den Eindruck, eine Wahl gehabt zu haben.

»Ich nehme die Miete für den Wagen in bar. Ihren Porsche können Sie hier abstellen, wenn Sie wollen.«

*

Einer der schönsten Aspekte ihrer Rückkehr in die *Silver Brook Stables* war für Abby die Möglichkeit, wieder mehr Zeit mit ihrer Familie verbringen zu können. Natürlich würde sie sich irgendwann etwas Eigenes suchen, aber in den vergangenen beiden Jahren hatte sie den WG-Charakter ihres Elternhauses sehr genossen.

Abby war in ihr altes Zimmer im Obergeschoss des Ranchhauses gezogen. Neben ihr lag Summers Reich, in dem sie ihre Schwester gerade rumoren hörte. Megan war vor ein paar Jahren in eines der Cottages hinter der Hengstkoppel gezogen, weil sie sich davon mehr Privatsphäre erhofft hatte. Aus ihrem alten Kinderzimmer hatte sie ihr Büro gemacht, von dem aus sie die Geschicke des Gestüts lenkte und die Zucht überwachte.

Abby hörte, wie die Dusche in Summers Bad aufgedreht wurde. Ihre Schwester war wahrscheinlich joggen gewesen und würde ihr in Kürze ins Erdgeschoss folgen. Sie selbst hatte ihre Arbeitskleidung gegen eine bequeme Leggings und einen warmen Kapuzenpulli getauscht. Dann griff sie nach ihrem Handy und dem Buch, das sie gerade las, und ging schon einmal ins Wohnzimmer voraus. Im Kamin knisterte bereits ein Feuer. Auf dem Sims hatte sich über die Jahre eine ansehnliche Anzahl gerahmter Fotografien voller strahlender Gesichter angesammelt, die die Familiengeschichte der Coopers erzählten. Die warmen, alten Holzdielen knarrten unter Abbys Füßen, als sie in den Raum trat. Sie waren original vom Bau des weitläufigen Hauses um die Wende des zwanzigsten Jahrhunderts erhalten und hatten alle zwischenzeitlichen Umbauten und Modernisierungen des Hauses überlebt – und verliehen dem Raum, genau wie die dunklen Deckenbalken, Charakter. Auf der linken Seite war der Teil, der eigentlich zur Veranda gehörte, verglast und zum Wohnzimmer hin geöffnet, sodass er zu einer Art Wintergarten wurde, der den Raum mit Licht durchflutete. Mit den gepolsterten Fensterbänken und dem Blick auf den Gestütshof war diese Ecke einer von Abbys Lieblingsplätzen. Auf der anderen Seite öffneten sich Fenstertüren auf den Patio und boten einen atemberaubenden Blick auf den Ozean und die Halfmoon Bay.

Olivia hatte es sich mit einem Glas Rotwein auf einer der zwei Couches gemütlich gemacht, die sich gegenüberstanden. Megan saß im Schneidersitz vor dem Kamin, ganz auf ihren Laptop konzentriert. Abbys Hund Charlie hatte es sich neben ihr bequem gemacht und seinen Kopf auf den Oberschenkel ihrer Schwester gelegt, damit sie auch ja nicht vergaß, ihn ab und an zu kraulen. Die Hofhunde, Henry und Nugget, machten es sich nachts am liebsten in einer der Scheunen gemütlich und schliefen im Heu, Charlie hingegen war ein Softie, der nachts sein Hundekörbchen neben dem Kamin stehen haben wollte.

Abby holte aus der Küche Rotweingläser für Summer und sich. Sie atmete den Duft nach frisch gebackenem Bananenbrot ein, das ihre Mutter offenbar erst heute Abend gebacken und zum Auskühlen auf den Küchentresen gestellt hatte. Olivia war in der Küche eigentlich ähnlich wenig begabt wie ihre Töchter. Was hauptsächlich daran lag, dass Rose hier das Zepter führte – und das verdammt gut. Das Einzige, was Abbys Mutter regelmäßig selbst machte, war ihr Bananenbrot. Ein Rezept, das sie von ihrer Mutter bekommen hatte und das auch ihre Kinder im Schlaf backen konnten. Dieses Gebäck verband Abby schon immer mit dem Gefühl von Geborgenheit und Zuhause. Sie hatten zwar alle bereits zu Abend gegessen, trotzdem schnitt sie ein paar Scheiben des noch warmen Früchtebrotes ab und platzierte sie auf einem Teller.

Als sie ins Wohnzimmer zurückkam, wedelte Megan mit ihrem fast leeren Glas, ohne vom Monitor ihres Laptops aufzusehen. Abby stellte das Brot auf den Tisch, schenkte ihr nach und ließ sich dann auf die Couch gegenüber ihrer Mutter fallen. Sie goss sich selbst und Summer ein und lehnte sich für den ersten Schluck in die Polster zurück. Ihre Fingerspitzen strichen über das butterweiche, schokoladenbraune Leder des Sofas.

»Ich habe gehört, die *Barn Cats* haben sich wieder zusammengerauft«, sagte Olivia. Sie hantierte mit einem Wollknäuel und Stricknadeln herum und verfolgte mit den Augen ein YouTube-Video auf ihrem Tablet.

»Man hört viel, und nicht alles stimmt«, gab Abby zurück und nippte abermals an ihrem Wein. »Was machst du da eigentlich?« Fasziniert betrachtete sie das Wirrwarr aus Wolle auf dem Schoß ihrer Mutter.

»Ich habe angefangen zu stricken«, erklärte ihr Olivia mit einem Blick über ihre Lesebrille hinweg. »In *Marcy's Bakery* gibt es dienstags einen Stricktreff.«

»Wohl eher einen Tratschtreff deiner Freundinnen«, warf Summer ein, die soeben in Yogapants und einem ausgeleierten Kapuzenpulli ins Wohnzimmer kam. Ihre Füße steckten in dicken Wollsocken, und ihre Haare waren auf dem Kopf zu einem unordentlichen Knoten zusammengefasst. Sie griff nach dem Weinglas, das Abby für sie eingeschenkt hatte und wandte sich dem großen Bücherregal zu, das die Tür einbettete und sich über die gesamte Wand zog. Von Fachbüchern über Pferdezucht und Finanzen, Liebesromanen und Krimis, Biografien und Klassikern ließ sich hier für jeden Geschmack etwas finden. In der Sammlung waren sogar ein paar Horrorromane aus Summers blutrünstiger Phase versteckt. Abgesehen davon lebten sie schließlich in Maine, der Heimat Stephen Kings. Summer griff nach einem Buch, warf einen Blick auf den Klappentext, schob es zurück und angelte zwei Reihen weiter oben eine Ausgabe mit einem ziemlich abgegriffenen Cover aus dem Regal. Mit dem Buch in der einen und dem Wein in der anderen Hand drehte sie sich um. »Kannst du nicht ohne Strickzeug zu diesen Treffen gehen? Es sieht nicht so aus, als gehöre das zu deinen großen Talenten.« Sie deutete mit dem Weinglas auf den unübersichtlichen Wollknäuel.

Olivia seufzte und ließ die Nadeln sinken. Mit dem Fuß strich sie über die Stelle im Dielenboden, die eine Schattierung dunkler war als der Rest. Abby war sich sicher, ihre Mutter merkte diese unterbewusste Geste nicht einmal. Sie war Olivias Verbindung zu Jack. Bei ihrem ersten Streit vor etwa dreißig Jahren war an dieser Stelle ein Glas Rotwein zu Bruch gegangen, hatte das Holz verfärbt und für immer eine Erinnerung an jene ersten Tage ihrer Beziehung hinterlassen. Nach Jacks Herzinfarkt im Herbst hatte Abby ihre Mutter manchmal vor der Couch auf dem Boden sitzend vorgefunden, die Hand auf diese Stelle gepresst. Sie alle hatte Jacks Tod völlig aus der Bahn geworfen. Sie hatten gelitten, geweint, und Gott und die Welt verflucht. Aber Olivia hatte sein Tod regelrecht ... zerbrochen. Inzwischen hatte Abbys Mutter ihre Trauer schon seit einer Weile nicht mehr so offen gezeigt. Sie hatte – zumindest oberflächlich betrachtet – in ihr Leben zurückgefunden. Aber die unbewusste Verbindung ihrer Eltern war noch immer da. »Ich bekomme das schon noch hin. Vielleicht«, ergänzte sie mit einem kleinen Zwinkern.

Abby betrachtete ihr Weinglas, in dem sich das Feuer des Kamins spiegelte. Sie genoss den kleinen Schlagabtausch hin und wieder und die abendlichen Zusammenkünfte ihrer Familie. Auch wenn sie sich genau wie der Rest der Cooper-Frauen noch immer nicht wirklich an Jacks Fehlen gewöhnt hatte. Er war es gewesen, der immer darauf bestanden hatte, dass sie abends wenigstens kurz zusammenkamen, wenn alle zu Hause waren. Selbst als sie launische Teenagerinnen gewesen waren und ihre Zeit am liebsten ausschließlich mit den Pferden und ihren Freundinnen verbracht hatten und ganz sicher nicht mit den Eltern, hatte er sie mit Leichtigkeit dazu gebracht, Olivia und ihm zumindest ein paar Minuten ihres Abends zu schenken. Und wenn sie erst einmal im Wohnzimmer waren – Abby auf einer der gepolsterten Fensterbänke des Wintergartens mit Blick auf den Hof, Megan im Schneidersitz auf dem Fußboden vor dem Kamin und Summer auf einem der Sofas lümmelnd –, war aus ›ein paar Minuten‹ oft ein ganzer Abend geworden, den sie als Familie zusammen verbracht hatten.

Wehmütig dachte Abby an die Zeit zurück, in der das Schlimmste, was passieren konnte, Streit zwischen ihren Schwestern war, weil Summer schon immer ein großer Fan von Horrorromanen gewesen war und Megan die gruseligsten Stellen gerne mit tiefer, bedrohlicher Stimme vorgelesen hatte, bis ihre jüngste Schwester die mittlere mit Kissen bewarf. Jack hatte auch diese Auseinandersetzungen mit seiner ruhigen Gelassenheit in Luft aufgelöst. So wie er auch Abby mit Leichtigkeit von ihren ewigen Analysen abgelenkt hatte, wenn sie Gefahr gelaufen war, sich in ihren Gedanken zu verstricken. Mit einem leichten Streicheln über ihre Schulter und einem kleinen Lächeln hatte er sie in die Mitte der Familie zurückgeholt, wenn sie mental einen Schritt zurückgetreten war, um irgendetwas, das sie beschäftigte, im Kopf zu sezieren. Abby vermisste ihn furchtbar. Sie sehnte sich so sehr danach, sich neben ihm auf die Couch zu kuscheln, den Kopf an seine Schulter zu lehnen und ihn um Rat zu fragen. Er hätte gewusst, wie man mit einem Mann wie Cameron Cooper umging.

»Und was machst du?«, fragte Summer neugierig und beugte sich über Megans Schulter. Nicht ohne Charlie eine kleine Streicheleinheit zu geben. Der behagliche Laut, den ihr Hund von sich gab, holte Abby aus ihren Gedanken.

Megan richtete sich auf, damit Summer auf das Laptop-Display sehen konnte. »Ich denke darüber nach, ob wir es uns leisten können, diesen hübschen Kerl zu kaufen.«

Summer pfiff durch die Zähne. »El Amor. Ein schöner Hengst.«

»Für die Zucht wäre er perfekt. Aber er würde unser Budget komplett ausreizen.«

»Besonders jetzt, mit der Hypothek für den Kauf der Halfmoon Bay«, gab Abby zu bedenken. Ihre Schwestern waren, genau wie ihre Mutter, wesentlich eher als sie bereit, ein Risiko einzugehen. »Und wir müssen uns dringend um die Futterscheune kümmern. So wie das Dach durchhängt, fällt es irgendwann über unseren Köpfen zusammen.«

»Ich weiß«, Megan seufzte. »Aber dieser Hengst wäre einfach perfekt.«

»Wirklich perfekt«, stimmte Summer zu. »Apropos perfekt.« Sie ließ sich neben Abby aufs Sofa fallen und rieb mit der flachen Hand über ihren Unterschenkel, bevor sie die Füße unter ihren Po zog.

»Ist dein Bein okay?«, fragte Olivia und warf ihrer mittleren Tochter über die Lesebrille hinweg einen Blick zu.

Summer zuckte die Schultern. »Bei dem Wetter zwickt die Narbe immer ein bisschen«, sagte sie und nippte an ihrem Wein. Es war ihre Art, die alte Verletzung runterzuspielen – und nach Möglichkeit das Interesse auf ein anderes Thema zu lenken. »Was macht dein Stallbursche? Ich habe gehört, Wally hat ihm seine alte Rostlaube als Mietwagen angedreht.«

»Nein! Das hat er nicht wirklich?« Megan sah zu ihnen herüber.

»O doch!« Abby grinste. Camerons Gesichtsausdruck war wirklich unbezahlbar gewesen. Auch wenn sich der Hauch eines schlechten Gewissens in ihre Gedanken schlich, weil sie so viel Spaß daran gehabt hatte, ihn in Wallys Falle tappen zu lassen.

»Dass dieses Ding überhaupt noch fährt«, sagte Olivia kopfschüttelnd und holte sie aus ihren Gedanken.

»Die Reifen waren jedenfalls noch gut«, fasste Abby den positiven Teil des Zustandes des Pick-ups zusammen. »Hast du ihn schon kennengelernt?«, fragte sie Summer.

»Den berühmten Mr. Ich-sehe-ihm-nur-ähnlich? Nein. Ich war zu beschäftigt in den letzten Tagen. Aber ich habe das Gefühl, die Frauen in Home Port sprechen von nichts anderem mehr.«

Megan fächelte sich Luft zu. »Zu Recht: Er ist ... heiß!«

Diese Glorifizierung Cameron Montgomerys, nur weil er ein Promi war, ärgerte Abby. Es gab keinen Grund, ihn auf einen Sockel zu heben und anzubeten, nur weil er gut aussah und charmant sein konnte – wenn er das wollte. Und weil er langsam begann, etwas über Pferde zu lernen. »Ihr solltet bei all der Schwärmerei nicht vergessen, warum Montgomery hier ist. Er ist verantwortungslos und risikofreudig, und er trinkt und nimmt Drogen«, rief sie ihren Schwestern in Erinnerung. »Menschen wie er sind verantwortlich für Unfälle wie der des kleinen Lucas.« Und das Unglück, das Kelsey zugestoßen war.

Summer zog die Augenbrauen hoch und nippte an ihrem Wein. »Huch«, murmelte sie. »Was für eine Laus ist dir denn über die Leber gelaufen? So schlimm kann er ja wohl nicht sein, wenn er nur ein paar Sozialstunden aufgebrummt bekommen hat.«

»Summer hat recht«, pflichtete Megan ihrer Schwester bei. »Das ist nicht gerade die Psychologin, die aus dir spricht.«

»Die Psychologin hat für heute Feierabend«, gab Abby zurück. Sie kniff die Augen zusammen und atmete tief durch, als ihr bewusst wurde, wie schnippisch sie klang.

»Was Summer und Megan sagen wollen, ist, dass das sonst nicht deine Art ist, die Menschen in Schubladen zu stecken«, sagte Olivia und legte ihr Strickzeug endgültig zur Seite. »Warum machst du ausgerechnet bei Cameron eine Ausnahme?«

Abby stand auf und trat an die Fensterfront, von der aus man den Hof überblicken konnte. Sie verschränkte die Arme vor dem Körper. Sie wollte Cameron Montgomery nicht hier haben, weil er sie zu sehr daran erinnerte, dass es in ihrer Vergangenheit Zeiten gegeben hatte, in denen sie Fehler gemacht hatte. Dass sie das Glück eines jungen Mädchens auf dem Gewissen hatte. Eines Mädchens, das ihr Leben weggeworfen hatte wegen eines reichen, verwöhnten und vor allem verzogenen Söhnchens – genau wie Cameron eines war.

Olivia war ebenfalls aufgestanden und trat hinter Abby. Sie konnte das Spiegelbild ihrer Mutter neben ihrem im Fenster sehen. Sah das Mitgefühl und Verstehen in ihrem Blick, als sie ihre Hand auf Abbys Schulter legte. »Erinnert seine Anwesenheit hier dich an Kelsey?«, legte sie auf ihre liebevolle Art den Finger in die Wunde, wie nur eine Mutter es konnte.

»Nein.« Abby schloss die Augen und atmete tief durch. »Ich will ihn einfach nicht hier haben. Punkt!«, beantwortete sie die Frage ihrer Mutter leise und starrte wieder in die Dunkelheit. »Die Praxis floriert, und ich habe alle Hände voll zu tun, seit Gabby weg ist. Ich kann nicht auch noch den Babysitter für einen gelangweilten Großstädter spielen, der zu nichts zu gebrauchen ist.« Wenn sie allerdings ehrlich zu sich selbst war, musste sie zugeben, dass Cameron sich nicht ganz so blöd anstellte, wie sie erwartet hatte. Er hatte sich wirklich bemüht, innerhalb zweier Tage etwas über Pferde zu lernen, statt sich auf sein Reicher-Playboy-Image zurückzuziehen. So viel musste sie ihm zugestehen, selbst wenn sie das ihren Schwestern und ihrer Mutter gegenüber nicht zugeben würde, nachdem sie ihn gerade so sehr wegen seiner Drogen- und Alkohol-Probleme verurteilt hatte. Auch wenn sie bis jetzt keine Entzugserscheinungen bemerkt hatte.

»Hmm«, machte Megan, und Abby drehte sich zu ihrer grinsenden Schwester um. »Als gelangweilten Großstädter, der zu nichts zu gebrauchen ist, würde ich ihn nicht unbedingt bezeichnen. Ich habe ihm heute einiges beigebracht, und er hat alles von dem umgesetzt, was ich ihm erklärt habe. Wenn du mich fragst, stellt er sich gar nicht so dumm an. Und er hat keine Angst vor den Pferden«, sprach Megan genau das aus, was Abby gerade gedacht hatte. Cameron war zwar noch zögerlich und vorsichtig, wenn er ein Pferd vor sich hatte. Aber er bemühte sich wirklich und hatte bereits einiges gelernt.

»Megan hat recht«, stimmte Olivia ihrer Jüngsten zu. Sie setzte sich so, dass sie Abby ansehen konnte. »Ich habe Cameron und ihr heute eine Weile zugesehen. Und ich habe ihm versprochen, ihn morgen auf ein Pferd zu setzen, wenn er Lust dazu hat. Nur um zu sehen, wie er sich macht.« Sie zuckte mit den Schultern. »Ich lasse ihn einfach ein paar Runden an der Longe drehen. Wer die Show nicht verpassen will, wir sind nach dem Mittagessen im Roundpen.«

»Das lasse ich mir auf keinen Fall entgehen.« Megans Augen blitzten gut gelaunt.

Summer lehnte sich auf der Couch zurück und zog die Knie an. »Dann werde ich dir Gesellschaft leisten«, sagte sie zu Megan. »Ich will den geheimnisvollen Cameron auch endlich mal in Aktion erleben.«

Abby wandte sich wieder dem Fenster zu. In der Dunkelheit konnte sie die Stallgebäude auf dem Hof nur schemenhaft erkennen. Natürlich konnten ihre Mutter und ihre Schwestern nicht verstehen, warum sie so vorsichtig war, was Cameron betraf. Olivia war fast dreißig Jahre mit der Liebe ihres Lebens verheiratet gewesen. Summers Freund Alec fraß ihr aus der Hand, und Megan ließ sich treiben, ohne die Männer, die in ihrem Leben kamen und gingen, allzu ernst zu nehmen. Abby hingegen versuchte, Männer realistisch zu betrachten. Sie durchschaute ihr Gegenüber schneller als die meisten anderen. Und Cameron beschwor nicht nur die Erinnerungen an Kelsey und Jordan herauf. Er war der Typ Mann, der wunderbar in die Clique ihres Ex-Mannes gepasst hätte. Männer, die sich nahmen, was sie wollten. Taten, was sie wollten.

Grenzen gab es für sie nicht. Camerons Gesicht verschwamm vor ihrem inneren Auge und nahm Jaces Züge an. Sie musste blinzeln, um das Bild zu verdrängen. »Tja, ich werde die Show wohl verpassen«, sagte sie zu den Spiegelbildern ihrer Familie, die das Fensterglas vor ihr reflektierte. »Weil ich einen Patienten habe. Aber offenbar hat er ja auch so genug Publikum.«

*

Cameron machte es sich auf seinem Motelbett bequem und lehnte sich gegen das Kopfende. Dann wählte er die Nummer seiner Schwester. Valerie hatte ihm über den Tag verteilt mehrere Nachrichten geschickt, die ihn vermutlich motivieren sollten, aber in erster Linie dazu gedacht waren, ihre Neugier zu befriedigen. »Hey, Schwesterchen, wie geht's dir?«, fragte er, als sie abhob.

Er hörte einen dumpfen Laut. Wahrscheinlich ließ sie sich entweder auf ihr Bett oder die Couch in ihrem Wohnzimmer fallen, wie sie es zum Telefonieren gerne tat. »Cam! Du hast schon zwei Tage Pferdeknechtschaft überlebt. Wahnsinn! Was gibt es Neues?«

Cameron schickte ihr ein Foto des GMC, gegen den er seinen Porsche eingetauscht hatte. »Das ist mein neuer fahrbarer Untersatz.« Geduldig wartete er, bis der Lachanfall seiner Schwester abklang. »Heute Morgen habe ich den Porsche im Schlamm festgefahren. Das Wetter ist eine Katastrophe. Gestern hat es geschneit, als wäre es Dezember. Heute ist der ganze Mist dann weggetaut und hat eine einzige Schlammwüste hinterlassen.« Er stieß hörbar den Atem aus. »Ich bin kurz davor, Himmel und Hölle in Bewegung zu setzen, um nach Boston zurückkehren zu können«, sprach er die Gedanken aus, die ihm seit seiner Ankunft immer wieder durch den Kopf gegangen waren.

»Hmm.« Valerie seufzte. »Du weißt, dass das nicht geht. Und damit meine ich nicht nur den Richter, der dich verbannt hat. Mom will dich aus dem Weg haben, während sie die Hochzeit des Jahrzehnts plant. Dad wird alles tun, nicht in ihre Schusslinie zu geraten, solange sie auf dieser Mission ist.«

Cameron starrte an die Decke. »Es ist ein verdammter Fehler, Elayne zu heiraten. Warum glaubt mir das niemand in dieser Familie?«

»Hey!«, widersprach sie. »Ich glaube dir. Aber Jason will das nicht hören. Er ist blind vor Liebe. Also finde dich mit der Verbannung ab. Mom und Dad haben sie überprüfen lassen, aber nichts gefunden. Ich glaube dir, Cam«, wiederholte sie noch einmal. »Aber dieses Biest hat seine Spuren verdammt gut verwischt. Sie ist eine erfolgreiche Geschäftsfrau, das gefällt Dad. Und sie wird als Braut traumhaft auf der Titelseite des People Magazins aussehen – was wiederum Mom entzücken dürfte.«

»All das ist doch blanker Wahnsinn.« Cameron stand noch einmal auf und holte sich ein Bier aus dem Kühlschrank.

»»Dafür sind wir Montgomerys schließlich berühmt. Immer nur einen Schritt vom Wahnsinn entfernt. Eine Linie, die sich schnell überschreiten lässt. Irgendeiner unserer Vorfahren muss was mit einer Cousine gehabt haben, anders kann ich mir diesen verschrobenen Haufen manchmal nicht erklären«, wartete Valerie mit ihrer Lieblingstheorie auf und brachte Cameron damit zum Lächeln. Schließlich war sie mindestens so verrückt wie der Rest der Familie. Und wie er selbst.

Er klemmte sich das Handy zwischen Ohr und Schulter, während er die Flasche öffnete. »Ich glaube, was mich am meisten stört, ist die Tatsache, dass sie glauben, ich würde tatsächlich Drogen nehmen. Das ist ... zum Kotzen!« Ein anderes Wort fiel ihm dazu nicht ein. Seine Eltern waren, was das betraf, kein bisschen anders als Abby, die ebenfalls keine Zweifel daran ließ, dass sie ihn im Auge behielt, weil sie glaubte, dass er jederzeit einen Rückfall oder irgendwas in der Art bekommen würde.

»Na ja, du bist dafür bekannt, hin und wieder über die Stränge zu schlagen.« Valerie lachte. »Das wird sich mit Sicherheit nie ändern.«

Da irrte sie sich. Cameron war schon lange kein verantwortungsloser Teenager mehr. Umso schlimmer war die Absage seiner Eltern für sein Projekt in den Südstaaten. Umso heftiger war der Verrat, als den er die Intrige seiner Familie empfand, die ihn nach Stone Bridge Island geschickt hatte.

»Ist es wirklich so furchtbar?«, fragte Valerie, als er auf ihren letzten Kommentar nicht antwortete.

»Lass mich überlegen.« Er trank einen Schluck Bier und machte es sich wieder auf dem Bett bequem. »Ich fahre einen nach totem Fisch stinkenden Rosthaufen. Das WLAN in meinem Motelzimmer reicht nicht einmal für eine Netflix-Serie, und meine Chefin ist eine Frau voller Vorurteile, obwohl man von einer Psychologin eigentlich das Gegenteil erwarten sollte. Sie kann mich nicht ausstehen.« Abbys Gesicht tauchte vor seinem inneren Auge auf. Die großen, mandelförmigen Augen, deren Farbe ihn an alten Scotch erinnerte. Die dunklen Haare mit den kupferfarbenen Spitzen. Sie war eine attraktive Frau, die er unter anderen Umständen sogar interessant gefunden hätte. Die völlig falsche Einschätzung seines Charakters hatte allerdings eine mehr als abstoßende Wirkung auf ihn. Ihre Mutter und Megan waren deutlich netter zu ihm. Umgänglich und gastfreundlich. »Wenigstens ist ihre Schwester ganz nett«, fuhr er fort und schob Abbys Bild in seinem Kopf zur Seite. »Ich muss gestehen, dass ich mich schon ein wenig an die Pferde gewöhnt habe. Ich finde sie irgendwie ganz interessant. Wenn du das jemandem erzählen solltest, sehe ich mich allerdings gezwungen, dich zu töten.«

Valerie lachte. Im Hintergrund hörte er die Türklingel. »Oh, das ist Lyddie. Ich muss los, Brüderchen. Keine Sorge, dein Geheimnis ist bei mir sicher, Pferdeboy. Pass auf dich auf.«

»Du auch.« Cameron wartete, bis seine Schwester aufgelegt hatte, und ließ das Handy dann sinken. Valerie hatte seine Laune zumindest ein bisschen gehoben. Das schaffte sie immer. Aber das änderte nichts daran, dass ihm ein weiterer Abend mit einem mehr als kläglichen kulturellen Angebot bevorstand. Er griff sich den inzwischen ausgelesenen Stephen King vom Nachttisch und trat aus seinem Zimmer, um ihn in der Gästebibliothek gegen einen anderen Thriller zu tauschen.

»Mr. Montgomery«, grüßte Mrs. Carlson fröhlich, die direkt unter seinem Zimmerfenster eifrig den nicht vorhandenen Dreck zusammenkehrte. »Schön, Sie zu sehen. Wie geht es Ihnen?«

Cameron verkniff sich einen Seufzer. Keine Frage, die Hotelmanagerin hatte zumindest versucht, ihn in seinem Zimmer zu belauschen. »Ganz wunderbar«, sagte er und legte mit schnellen Schritten den Weg zum Aufenthaltsraum zurück, um zu verhindern, dass sie ihn auch noch in ein Gespräch verwickelte.

*

Benedict Morgan erhob sich von seinem Platz am Kopfende der Tafel und küsste seine Schwiegertochter auf die Wange, die sich so wie der Rest der Tischgesellschaft ebenfalls erhob. »Vielen Dank für das Essen, Sarina«, sagte er. »Es war wie immer fantastisch.«

»Gern geschehen.« Sarina legte ihm ihre Hand auf den Arm. »Milly, möchten Sie mich noch auf einen kleinen Plausch in den Salon begleiten?«, fragte sie die Frau des Bankvorstandes, den Benedict zu seiner kleinen Dinnerparty geladen hatte. Benedict war froh, dass sein Sohn Arthur nicht nur eine schöne Frau geheiratet hatte, sondern dass sie auch noch kochen konnte und gerne die Rolle der Gastgeberin übernahm.

»Darf ich die Herren noch auf ein Glas Scotch in mein Arbeitszimmer einladen?«, fragte er, wie es die Etikette verlangte. Auch wenn die Zusammenkunft in seinem Arbeitszimmer der eigentliche Grund für dieses Abendessen war. Arthur und Wade Hillridge, der Vorsitzende der *Stonebridge Bank & Trust*, folgten ihm durch das elegante Haus, in dem er sein ganzes bisheriges Leben verbracht hatte. Sein Großvater hatte das imposante Gebäude erbaut, das noch immer den Charme des frühen 20. Jahrhunderts ausstrahlte. Es thronte majestätisch auf den Klippen zwischen Home Port und Sandy Beach.

Sarina würde es sich mit Hillridges Frau vor dem Kamin im Salon gemütlich machen und ihr einen Brandy oder ein weiteres Glas Champagner anbieten. Und Benedict konnte endlich zum Kern des Abends kommen. Er wartete, bis sein Sohn und Hillridge sein Arbeitszimmer betreten hatten, dann schob er die schwere dunkle Eichentür zu. Die Pläne, die er gezeichnet hatte, lagen ausgerollt auf dem Tisch. Der Bankvorstand trat vor die Skizze und betrachtete die Umrisse der Insel und die Zeichnungen von Benedicts Projekt, ohne etwas zu sagen.

Benedict schenkte ihnen Scotch ein und reichte Arthur und Hillridge ihre Tumbler. »Auf die Zukunft«, brachte er einen Toast auf das aus, was noch als Vision vor ihnen auf dem Tisch lag. »Was du hier siehst, wird dafür sorgen, dass Stonebridge Island endlich im neuen Jahrtausend ankommt«, erklärte Benedict und trat neben Hillridge. »Und du wirst ein Teil davon sein.« Gut gelaunt schlug er ihm auf die Schulter und trank einen Schluck Whiskey. Er ließ den dunklen Drink seinen Geschmack auf der Zunge entfalten und wartete, bis seine Wärme sich durch seine Kehle bis in den Magen ausbreitete. »Diese Öko-Spinner mit ihren Pfandbechern, die glauben, wenn man den Plastikmüll aufhält, rettet man die Welt, haben es noch nicht begriffen. Damit wird unsere Insel sich nicht in ein Zentrum des Tourismus verwandeln, mit dem Millionen Dollar zu verdienen sind. Damit ziehen wir höchstens noch mehr von diesen Umwelt-Hippies an wie die, die Sandy Beach jetzt schon bevölkern. Niemand von denen wird ein Konto mit nennenswertem Einkommen in deiner Bank eröffnen.« Er tippte auf die Karte. Genau dorthin, wo das Ranchhaus der Coopers stand. Das Herz der *Silver Brook Stables*. »Hier werden wir das Hotel bauen«, erklärte er Hillridge. Es würde ihm ein Vergnügen sein, dieses Haus abzureißen. Genau genommen beabsichtigte er, im Abrissbagger zu sitzen und der Erste zu sein, der die tonnenschwere Schaufel durch die Hauswand krachen ließ.

»Hier kommt die Anlegestelle hin, an der auch die großen Kreuzfahrtschiffe anlegen können«, erklärte Arthur, der auf die andere Seite des Bankvorstands getreten war, und zeigte die Stelle auf der Karte. »Das verschafft uns gegenüber Städten wie Bar Harbour oder Camden einen gravierenden strategischen Vorteil.«

»Und das hier«, Benedicts Zeigefinger kreiste um eine der Klippen rechts vom Gestüt, »wird das Ankunftscenter für die Touristen. Von hier aus können sie Touren und Events buchen, die Insel erkunden oder sich einen Wagen mieten und aufs Festland rüberfahren.«

Hillridge rieb sich über die Glatze. »Das ist *Seal Rock Hall*, nicht wahr?«, fragte er mit Blick auf das künftige Ankunftscenter. »Das gehört euch bereits, wenn ich mich recht entsinne.«

»Genau genommen gehört es Finn«, sagte Benedict. »Ich habe es ihm vor ein paar Jahren aus steuertechnischen Gründen überschrieben.« Er zuckte mit den Schultern und nippte an seinem Drink. »Wir sind eine Familie, und es ist sicher nicht in seinem Sinne, dieses wundervolle alte Herrenhaus für alle Ewigkeit vor sich hin verrotten zu lassen.« Jetzt sah er Hillridge direkt an. »Er weiß noch nichts von unseren Plänen, aber er wird begeistert sein von der Idee, wenn wir ihn erst einmal eingeweiht haben.«

Hillridge nickte. Doch er schaffte es nicht, seine Bedenken beiseitezuschieben. Die Skepsis stand ihm überdeutlich ins Gesicht geschrieben. »Viel wichtiger finde ich die Frage, ob ihr euren Plan überhaupt in die Tat umsetzen könnt. Um offen zu sprechen: Ich finde die Idee sehr gewagt, ja sogar riskant. Wenn die Coopers nicht wirklich in finanzielle Schwierigkeiten geraten, könntet ihr eine astreine Bruchlandung hinlegen.«

Arthur lächelte ihren Gast offen an. »Das wird nicht passieren«, gab er selbstsicher zurück. »Mit dem Kauf der Halfmoon Bay hat sich Olivia finanziell so weit aus dem Fenster gelehnt, wie es ihr möglich war. Im Moment laufen die Geschäfte auf dem Gestüt ganz gut. Aber sie haben keine Rücklagen mehr. Sobald irgendetwas aus dem Ruder läuft und sie reagieren müssen, haben wir sie.«

Benedict nickte. »Wir haben bereits einen sehr finanzstarken Investor vom Festland an der Hand, der es gar nicht erwarten kann, unsere Ferienanlage zu bauen.« Er hob sein Glas abermals. »Ich gehe davon aus, dass du dein Wort hältst«, sagte er und blickte Hillridge direkt in die Augen.

»Das werde ich natürlich. Wir sind nicht umsonst so lange Freunde, nicht wahr?«, erwiderte der Bankvorstand.

Genau, dachte Benedict, und auch du kannst es gar nicht erwarten, jede Menge Geld in deine kleinen, gierigen Finger zu bekommen. »Fantastisch«, sagte er, statt seine Gedanken laut auszusprechen. »Denn wenn du die gesamte Hypothek auf einmal zurückforderst, sobald sie in Zahlungsverzug kommen, wird den Coopers nichts anderes übrigbleiben, als zu verkaufen. Dann bekommen wir nicht nur die Halfmoon Bay zurück, sondern das gesamte Land.« Wie es schon vor sechzig Jahren hätte passieren sollen. »Bis dahin machen wir den Leuten die Idee vom Kreuzfahrtschiffanleger schmackhaft. Wir sagen, wir wollen ihn auf der anderen Seite der Insel bauen. Auf einem Stück Land, unterhalb von Sandy Beach, das uns bereits gehört. Wenn wir die Leute erst einmal davon überzeugt haben, dass der Anleger eine fantastische Idee ist, wird ihnen am Ende auch egal sein, wo er gebaut wird.« Und dann würde Benedict seine Vision für diese Insel in die Wirklichkeit umsetzen – und gleichzeitig den Coopers ihre Existenzgrundlage nehmen. Die ultimative Rache. »Wir sollten nicht mehr allzu lange warten, bis wir eine Stadtversammlung einberufen«, schlug er vor. Und beginnen, in den *Silver Brook Stables* ein bisschen die Finanzen durcheinanderzuwirbeln.

7

Nach dem tragischen Selbstmordversuch ihrer jungen Patientin Kelsey vor zwei Jahren hatte Abby nächtelang von dem Moment geträumt, als sie an der Brücke ankam, von der das Mädchen gesprungen war. Die hektischen Bemühungen der Rettungskräfte. Das rot-weiß-blaue Blitzen in der gespenstigen Dunkelheit der Nacht. Das Blut auf dem Boden. Inzwischen war sie schon eine ganze Weile von diesen Träumen verschont geblieben, doch heute Nacht hatten sie sie wieder an diesen Ort geschickt. Dann hatte sich die Illusion gewandelt, und sie hatte neben Kelseys Krankenhausbett gestanden, auf ihre Patientin hinuntergeschaut. Der Kopfverband, das Beatmungsgerät und die flache Stelle unter der Bettdecke, wo der rechte Unterschenkel fehlte. Als sie den Kopf hob, stand Cameron auf der anderen Seite des Krankenbettes. Sein Gesicht verschwamm und wurde zu einer Kopie von Jaces, nur um sich dann in Jordan zu verwandeln, der die bewusstlose Kelsey mit einem höhnischen Grinsen in den Mundwinkeln betrachtete. Im Morgengrauen schreckte sie hoch. Sie brauchte mehr als einen Moment, bis sie begriff, dass sie nicht bei Kelsey war, sondern in ihrem eigenen Bett lag. Sie wartete, bis sich ihr Herzschlag wieder ein wenig beruhigte, und wischte sich dann den Schweiß von der Stirn. Die Vorhänge bauschten sich vor den Fenstern, die sie ein Stück nach oben geschoben hatte. Es war kalt im Zimmer, trotzdem klebte ihr das T-Shirt schweißnass am Körper.

Abby stand auf und trat ans Fenster. Sie schob die Vorhänge zur Seite und blickte auf die Silhouetten der Stallungen und Scheunen hinunter, die gerade erst aus den Schatten der Nacht auftauchten. Die Holzdielen unter ihren nackten Füßen waren eisig. Sie atmete ein. Eins. Zwei. Drei. Dann atmete sie langsam wieder aus. Sie wiederholte die Atemübung, bis sie sich so weit beruhigt hatte, dass sie wieder klar denken konnte. Mit einem resignierten Seufzer lehnte sie ihre heiße Stirn gegen das kühle Glas der Fensterscheibe. An Schlaf war nicht mehr zu denken, nach diesem Traum. Sie konnte also genauso gut hinuntergehen und sich einen Kaffee kochen. Jetzt raubte ihr dieser verdammte Cameron Montgomery schon den Schlaf. Abby wusste ganz genau, dass seine Anwesenheit auf dem Gestüt schuld daran war, dass all diese hässlichen Erinnerungen wieder in ihr Bewusstsein gespült wurden. Sie griff nach ihrem Morgenmantel und schlüpfte in ein paar Wollsocken. Leise schloss sie ihre Zimmertür hinter sich und machte sich auf den Weg in die Küche.

Cameron hatte selbstverständlich keine Ahnung von dem Gefühlschaos, das er in Abby auslöste. Er machte einfach das, was er vermutlich immer tat: lächeln und charmant sein. Nicht zu ihr, während seiner Arbeit. Er hatte längst begriffen, dass sie immun war gegen seine Ausstrahlung. Für andere weibliche Wesen auf dem Gestüt schien das allerdings nicht zuzutreffen. Cameron hatte es geschafft, für einen kleinen Frauenauflauf zu sorgen, stellte Abby am Nachmittag fest. Und er machte sich gar nicht so schlecht auf dem Rücken eines Pferdes. Er war am Morgen in Wallys hässlichem, altem GMC auf den Hof gerollt, im gleichen Outfit, das er auch in den vergangenen Tagen getragen hatte. Jeans, Kapuzenjacke und eine Baseballkappe. An seinen – vermutlich sündhaft teuren – Turnschuhen war nicht mehr zu erkennen, welche Farbe sie einmal gehabt hatten. Modebewusstere Menschen als sie würden den jetzigen Zustand wahrscheinlich schlammfarben nennen. Abby hingegen machte sich eine gedankliche Notiz, Megan daran zu erinnern, dass sie Cameron Gummistiefel, eine Arbeitshose und eine Jacke mit dem Logo des Gestüts besorgte.

Cameron war ihr zur Hand gegangen, ohne viel zu reden. Er hatte den Stutenstall ausgemistet und Acapulco und Foxy gestriegelt. Ihnen die Hufe ausgekratzt und die Decken aufgelegt, die sie für ihre Therapiestunden benötigten. Anschließend hatte sie ihn den Vormittag über nicht mehr zu Gesicht bekommen. Zwischen zwei Therapiesitzungen war ihre Mutter aufgetaucht und hatte gefragt, ob sie Cameron für eine weitere Unterrichtseinheit im Umgang mit Pferden entführen dürfte.

Offenbar war er noch immer voll bei der Sache. Es war nicht ihre Absicht gewesen, ihn zu beobachten. Sie war auf dem Weg von ihrem Büro zum Wirtschaftsgebäude, der sie am Reitplatz vorbeiführte. Abby war nur kurz stehen geblieben, um zuzusehen, wie Olivia in der Mitte des Reitplatzes stand und das Pferd, auf dem Cameron saß, longierte. Ihre Mutter hatte ihn auf Cassiopeia gesetzt, einen verlässlichen Wallach, der sich gut für einen Anfänger eignete. Manchmal war Cassiopeia so faul wie ein Bär im Winterschlaf, aber heute schien er bereit zu sein, mit Cameron auf seinem Rücken herumzutrotten.

»Und jetzt lass ihn wissen, dass er traben soll, Cam«, wies Olivia ihren Schüler an, gab dem Pferd das Kommando aber selbst.

Abby verzog genau wie Megan, die am Zaun lehnte und die Reitstunde verfolgte, schmerzlich das Gesicht, als sie sah, wie Camerons Hintern auf den Sattel knallte und wieder nach oben katapultiert wurde. Traben war nichts für Weicheier. Er schaffte es trotzdem, eine Runde auf dem Platz zu drehen.

An Megans Seite lehnte ihre Haushälterin Rose am Zaun. Daneben stützte sich eine ihrer Ranchmitarbeiterinnen, Zara Sanders, an den weiß gestrichenen Holzlatten ab.

Sogar Summer hatte ihr Versprechen vom Vorabend eingelöst. Wie die Königin der Gaffer thronte sie auf dem obersten Querriegel des Zauns und verfolgte Camerons Fortschritte aufmerksam. »Tiefer sitzen«, rief sie ihm zu, als er an ihr vorbeiritt. »Versuch, mit Cassiopeias Bewegung mitzugehen.«

Abby sah, wie Cameron versuchte, den Rat umzusetzen. Er machte wirklich keine schlechte Figur, dafür, dass er vor drei Tagen noch nicht einmal gewusst zu haben schien, wo bei einem Pferd vorn und hinten war. Trotzdem: Dafür, dass es hier einen Betrieb am Laufen zu halten galt, schienen die weiblichen Mitarbeiter alle verdammt viel Zeit zu haben.

»Das hast du wunderbar gemacht, Cam«, lobte Olivia ihn. »Jetzt wechsele die Richtung.« Sie lachte, als Cassiopeia in gemütlichem Tempo wendete. »Du musst ihn ein bisschen anspornen. Er ist ein Faultier in Pferdegestalt.«

Cameron lachte ebenfalls, bevor er den Wallach – mit Hilfe ihrer Mutter – dazu brachte, genau das zu tun, was er von ihm wollte. Das tiefe Lachen brachte ihre Mundwinkel dazu, sich ebenfalls heben zu wollen. Genervt zwang sie sich, ihre neutrale Miene beizubehalten. Sie würde sich von seiner Wirkung auf die Wesen um ihn herum nicht beeindrucken lassen. Sogar die Pferde fraßen ihm aus der Hand und ließen sich von ihm um den Finger wickeln. Cameron schien die Aufmerksamkeit der herumstehenden Frauen sichtlich zu genießen und schaffte es nicht, das Dauergrinsen in seinem Gesicht abzustellen. Er ritt abermals an seinen Zuschauerinnen vorbei. Als er auf Abbys Höhe war, hob er den Kopf, und ihre Blicke trafen sich. Sie sah seinen Bartschatten, die Lachfältchen, die sich in seine Augenwinkel gegraben hatten und das fröhliche Aufblitzen in seinen Augen. Für den Bruchteil einer Sekunde nahm sie nur sein strahlendes Lächeln wahr. Seine Lippen, die sich zu dieser sinnlichen Geste verzogen. Verärgert darüber, dass ihr das überhaupt auffiel, wandte sie sich ab und ging zum Wirtschaftsgebäude hinüber. Hinter sich hörte sie, wie ihre Mutter Cameron anwies, sich gut am Sattelhorn festzuhalten, und Cassiopeia in einen Kantergalopp fallen ließ. Abby drehte sich nicht noch einmal nach ihnen um.

*

Cameron war erst den dritten Tag auf dem Gestüt, und doch ertappte er sich dabei, wie er bewusst den warmen Duft nach Pferden, eingefettetem Leder und Heu einatmete, der bereits etwas Vertrautes an sich hatte. Gestern hatte er sich noch bei seiner Schwester über sein Dasein auf der Insel beklagt. Heute Morgen hatte er Mrs. Carlson zugenickt, seinen Pfandbecher bei Marsha gegen einen frischen Kaffee eingetauscht und war mit seinem nach Fischabfällen stinkenden Miet-Pick-up auf das Gestüt gefahren. Als wäre es das Normalste der Welt.

Er hatte Abby gegrüßt und dann seine Aufgaben erfüllt, die inzwischen ebenfalls zu seinem Alltag geworden waren. Insgeheim war er sogar stolz darauf, dass er es ganz allein geschafft hatte, Acapulco und Foxy für ihren Einsatz in Abbys Therapiestunde vorzubereiten. Seine nach wie vor völlig unterkühlte Chefin hatte er im Laufe des Vormittags nur ein paarmal kurz zu Gesicht bekommen. Und auch, wenn er zwischenzeitlich festgestellt hatte, dass es durchaus etwas Meditatives an sich hatte, einen Stall auszumisten, freute er sich über Olivias Gesellschaft und über ihr Angebot, ihm den Umgang mit den Pferden noch ein wenig näherzubringen.

Gemeinsam holten sie Cassiopeia von der Weide und sattelten ihn. Cameron mochte den Geruch des braunen Wallachs mit der schwarzen Mähne und dem weißen Stern auf der Stirn. Er hatte das bereits beim Striegeln der Therapiepferde gemerkt. Dieser Duft war noch einmal etwas völlig anderes, als der Hauch Pferdegeruch, den man einatmete, wenn man über den Hof ging oder einen Stall ausmistete. Olivia griff nach Camerons Hand und legte sie an Cassiopeias Wange. Sie fühlte sich zart an. Weich und warm. Cameron blickte dem Tier in die schönen, dunklen Augen. Plötzlich fühlte er sich so ruhig wie selten. Trotzdem war er sich nicht sicher, ob er das mit dem Reiten, nachdem was Megan und Olivia ihm bisher beigebracht hatten, hinbekommen würde. »Du bist ein hübscher Kerl«, murmelte er. »Ich bin mir nur nicht sicher, ob das mit uns beiden eine gute Idee ist.«

»Ich halte das für eine umwerfende Idee«, sagte Olivia und reichte ihm das Zaumzeug, bevor sie selbst den Sattel holte.

»Ich sattle ihn, du legst ihm die Trense an. Und dann fangen wir an.«

Olivia war eine geduldige Lehrerin, was vermutlich nicht nur daran lag, dass sie seit ihrem zweiten Lebensjahr auf einem Pferderücken saß, sondern auch daran, dass sie im Laufe der Zeit schon jede Menge schwieriger Schüler gehabt hatte. Sie hatte Cameron erklärt, dass Cassiopeia ein geduldiges Tier war, aber hin und wieder dazu neigte, die Faulheit siegen zu lassen. Sie sattelten ihn gemeinsam und führten ihn auf den Reitplatz.

Cameron hoffte, dass sich keine Paparazzi in der Nähe herumtrieben, die seine Versuche, in den Sattel zu kommen, filmten. Die Aufnahmen würden vermutlich eine fünfstellige Summe einbringen. Aber als er schließlich auf Cassiopeias Rücken saß und Olivia ihn zum Warmwerden ein paar Runden im Schritt an der Longe führte, fühlte er sich einfach – fantastisch! Zumindest bis er Abbys distanzierten Blick gespürt hatte. Er hatte nicht anders gekonnt, als sie breit anzugrinsen, was sie verärgert zu haben schien, ehe sie sich umgedreht hatte und davongestampft war. Sie hatte keine Ahnung, dass ihr Verhalten ihn nur noch mehr reizte. Er hatte in der vergangenen Nacht von ihr geträumt. Von ihren großen Augen, den vollen Lippen und dem Grübchen neben ihrem Mund. In seinem Traum waren ihre dunklen Haare um ihre blassen Schultern gefallen und ihr nackter Körper ... Abby wäre mit Sicherheit alles andere als amüsiert, wenn sie wüsste, auf welche Art sie durch seine Fantasie geisterte. Gut, dass er sich beim Wachwerden wieder daran erinnert hatte, dass sie ihn für einen alkoholabhängigen Junkie hielt, der ihren Respekt und ihre Achtung nicht verdient hatte. Das brachte ihn besser auf den Boden der Tatsachen zurück, als es eine kalte Dusche vermocht hätte.

Abbys Schwestern, Rose, die Haushälterin des Gestüts, und eine der Arbeiterinnen, deren Namen er nicht kannte, hatten offenbar mehr Spaß an seiner Reitshow. Im Gegensatz zu seiner Chefin gaben sie ihm Ratschläge und feuerten ihn an, als Olivia das Pferd antraben ließ. Später brachte sie Cassiopeia sogar noch dazu, in einen langsamen, wiegenden Galopp zu verfallen. Nachdem das Pferd ein entrüstetes Schnauben von sich gegeben hatte, weil es offenbar der Meinung war, dass der Schritt einem Galopp immer vorzuziehen war, schien es ebenfalls Spaß an den fließenden Bewegungen zu finden. Cameron jedenfalls genoss die weichen Bewegungen, mit denen er wesentlich besser zurechtkam als mit dem Auf und Ab während des Trabs.

Er fühlte sich fast ein wenig berauscht, als er schließlich abstieg. Inzwischen traute er es sich zu, das Pferd allein in den Stall zu bringen und zu putzen. Als er den Reitplatz verließ, sah er, wie einer der Arbeiter zu Megan ging und ihr etwas ins Ohr flüsterte, was ihre Augen zum Leuchten brachte. Einmal mehr ging ihm der Gedanke durch den Kopf, was für eine schöne Frau sie war, wie sehr er ihre offene Art und ihr ansteckendes Lachen mochte. Und doch fühlte er sich in ihrer Gegenwart ähnlich wie Valerie gegenüber. Wie ein großer Bruder. Sein Beschützerinstinkt setzte in ihrer Gegenwart ganz automatisch ein. Anders als bei Summer, die er heute kennengelernt hatte, und die so taff und cool rüberkam, dass sie eher was von einem Kumpel hatte, mit dem man Pferde stehlen konnte – was sie anscheinend im Namen des Tierschutzes auch regelmäßig tat. Über die Gefühle, die er Abby gegenüber hatte, wollte er nicht einmal nachdenken. Sie waren auf jeden Fall nicht mit dem zu vergleichen, was er für ihre Schwestern empfand.

Nachdem er Cassiopeia gestriegelt und seine Hufe ausgekratzt hatte, war er gerade dabei, die Putzsachen zusammenzuräumen, als Megan den Kopf in den Stall streckte.

»Hey, Cam. Tolle Show«, lobte sie seine Reitstunde. »Du hast ganz eindeutig Talent.«

»Wahrscheinlich werde ich morgen weder meinen Hintern noch meinen Rücken spüren«, gab er gut gelaunt zurück und strich Cassiopeia noch einmal über die weiche Wange.

»Vermutlich nicht«, stimmte Megan ihm zu. »Genauso wenig wie deine Oberschenkel. Aber das war es doch wert, oder nicht?« Sie lehnte sich neben der Stalltür gegen die Wand und schob die Hände in die Taschen ihrer Jeans. Heute trug sie ihr Haar unter dem Stetson zu einem schlichten Pferdeschwanz zusammengefasst, und ihre Füße steckten in türkisfarbenen Cowboystiefeln.

»Erzähl es niemandem weiter, aber das war wirklich … Wahnsinn!«, versuchte er das Gefühl in Worte zu fassen, als er die Muskeln des Pferdes unter sich und den kalten Wind auf der Haut gespürt hatte.

»Keine Sorge. Dein Geheimnis ist bei mir sicher. Lust auf noch ein Abenteuer, oder reicht es dir für heute?«

Cameron legte den Kopf schief. »Kommt darauf an. Beinhaltet das Abenteuer eine Bar, gute Musik und kaltes Bier?«

Megan lachte und stieß sich mit dem Fuß von der Wand ab. »Definitiv nicht. Ich nehme an, du bist noch nie bei einer Geburt dabei gewesen.«

»Von einem Pferd?« Blöde Frage. Cameron war auch sonst noch nie bei der Geburt eines wie auch immer gearteten Lebewesens dabei gewesen. Er schluckte trocken, nicht sicher, ob er der Einladung folgen wollte, die Megan vermutlich gleich aussprechen würde.

»Natürlich von einem Pferd«, sagte sie, noch immer lachend. »Wir werden heute noch Nachwuchs bekommen. Das erste Fohlen des Jahres. Wenn du dabei sein möchtest …«

»Würde das mit Abby klargehen?«, fragte er. Wenn seine Chefin der Meinung sein sollte, dass er lieber die Pferdeäpfel auf dem Paddock zusammensammeln sollte, würde er das tun, ganz gleich wie spannend Megans Einladung klang. Er hatte beschlossen, sich Abbys Unmut nicht mehr zuzuziehen und die verbleibenden dreieinhalb Wochen so schadlos wie möglich zu überstehen.

»Kein Problem.« Megan schob ihren Stetson ein Stück aus der Stirn. »Ich rede mit ihr.«

»Das Fohlen bestimmt den Tag und die Stute die Stunde der Geburt«, erklärte der Gestütsverwalter Josh Walsh Cameron. Er hatte sich mit einem gelassenen Ausdruck im Gesicht gegen die runde Abfohlbox gelehnt und plauderte über Pferdegeburten. Trotzdem nahm Cameron wahr, dass er die Stute, die nervös mit den Hufen stampfte und schwitzte, nicht aus den Augen ließ. »Dieser Spruch ist eine uralte Weisheit, und sie trifft fast immer zu«, fuhr er fort. »Unsere Mädchen bekommen ihren Nachwuchs meistens am Abend oder in der Nacht. Das ist die Zeit, in der sie sich ungestört und sicher fühlen. Deshalb schlagen wir uns im Frühjahr mehr Nächte im Stall um die Ohren, als ein Collegestudent in irgendwelchen Kneipen.«

Megan trat mit einem Klemmbrett zu ihnen und machte sich ein paar Notizen. »Wir lassen unsere Stuten in Ruhe. Normalerweise bekommen sie das allein hin. Eingreifen müssen wir nur in den seltenen Fällen, in denen etwas schiefläuft. Dann muss es allerdings schnell gehen, weshalb wir das Abfohlen nach Möglichkeit immer überwachen.« Sie hob den Blick von ihren Unterlagen und betrachtete die trächtige Stute mit einem warmen, weichen Blick. »Meistens hängen wir also nur im Stall herum und werden Zeugen dieses kleinen Wunders.«

Ein paar Stunden später hatte Cameron begriffen, was Megan mit dem ›kleinen Wunder‹ meinte. Obwohl die Geburt an sich wahnsinnig schnell geschah, verging bis zu diesem Zeitpunkt einiges an Zeit, und auch danach war das Warten noch nicht vorüber. Das Fohlen hatte hellbraunes Fell, die Beine über den Füßen waren weiß, sodass es aussah, als trüge es Socken. Bis es so weit war, sich mit wackligen Beinen aufzurichten, hatten sich noch einige Zuschauer in der Stallgasse angesammelt, die das Schauspiel mit angehaltenem Atem verfolgten. Geduldig warteten sie, bis der kleine Kerl zu trinken begann. Erst dann hörte Cameron ein leises, kollektives Aufseufzen und merkte, dass auch er gespannt die Luft angehalten hatte.

»Wenn die erste Geburt im Jahr so super läuft, betrachten wir das als gutes Omen«, erklärte ihm Summer, die sich die Show ebenfalls nicht entgehen ließ, leise. »Sieh ihn dir an. Kräftig und putzmunter.« Ihre Augen leuchteten, als sie sprach, ohne das Fohlen aus den Augen zu lassen.

Cameron hatte angenommen, dass die Geburt in dem Moment erledigt war, in dem das Fohlen sich aufrichtete. Tatsächlich verbrachte er an Megans und Joshs Seite noch einige

Stunden danach im Stall. Die Nachgeburt musste abgewartet und aufbewahrt werden, damit der Tierarzt am nächsten Morgen einen Blick darauf werfen konnte. Stute und Fohlen wurden noch eine Zeit lang überwacht. Joshs Frau, Rose, brachte ihnen Kaffee und Tee in Thermoskannen und Sandwiches. Cameron blieb bis zum Schluss. Natürlich hatte ihn inzwischen die Neugier gepackt, und er wollte wissen, wie so eine Geburt ablief. Aber wenn er ehrlich zu sich war, hatte er auf Abbys Auftauchen gewartet. Soweit er es beurteilen konnte, hatte fast jeder Angestellte des Gestüts im Verlauf des Abends einmal vorbeigeschaut, um nach dem Rechten zu sehen und das Fohlen zu bewundern. Abby war die Einzige, die keinen Fuß in den Stall gesetzt hatte. Auch wenn er nicht begriff, warum, war er enttäuscht. Vielleicht, weil er sich vorstellte, dass ihre bernsteinfarbenen Augen genauso leuchteten wie die ihrer Schwestern. Vielleicht, weil er das Lächeln sehen wollte, zu dem sich ihre Lippen verzogen, wenn sie das Fohlen sah. Er war sich sicher, anders als sein Anblick würde so ein Pferdebaby sie ganz sicher zum Lächeln bringen.

»Aufregende Nacht, oder?«, holte Megan ihn aus seinen Gedanken. Sie hatte die Hände auf die Oberkante der Box gelegt und ihr Kinn aufgestützt. Ohne den Blick von Mutter und Kind abzuwenden, sprach sie weiter: »Hör mal, Cam. Die Temperaturen sind wieder ordentlich gesunken. Der Matsch auf den Straßen ist gefroren. Ich weiß, du fährst inzwischen Wallys alten GMC, aber vielleicht willst du einfach hier pennen?«

»Im Stall?« Pferden war es hier vermutlich warm genug, aber er betrachtete eine Übernachtung im Heu weder als besonders gemütlich, noch als romantisch. Worauf wollte Megan hinaus?

Sie drehte ihm den Kopf zu und lächelte. »Nein, natürlich nicht. Es wird Zeit, dass wir die Mama und ihr Baby endlich allein lassen.« Megan stieß sich von der Box ab und trat zwei Schritte zurück. »Wir haben ein paar Cottages, die wir an die Angestellten vermieten.« Sie hob entschuldigend die Hände. »Nicht besonders luxuriös«, warnte sie ihn. Langsam setzte sie sich in Richtung Stalltür in Bewegung.

Cameron ging neben ihr her. »Nicht besonders luxuriös, aber ihr vermietet sie?«, fragte er.

»Ja. Im Moment ist eines frei. Stan ist ausgezogen und wohnt jetzt bei seiner neuen Freundin in Sandy Beach«, erzählte sie.

»Ich miete es.«

Megan boxte ihn kameradschaftlich gegen den Oberarm. »Du hast es doch noch gar nicht gesehen«, protestierte sie lachend.

»Egal. Die Chancen, nicht permanent beobachtet oder belauscht zu werden, stehen hier garantiert besser als im Motel.«

»Ah, Mrs. Carlson.« Sie nickte verständnisvoll. »Sie ist wirklich nett, nur ein bisschen neugierig. Ich vermute, jemand wie du mag die Neugier anderer Leute nicht besonders.«

»Jemand wie ich würde sich gern das Cottage ansehen.« Und nicht über sein Leben in Boston reden.

Sie traten aus dem Stall, und Megan schob die Tür hinter ihnen zu. Tatsächlich waren die Temperaturen gesunken. Eisig schlug ihm der leichte Nachtwind ins Gesicht. Über ihnen glitzerten das Sternenmeer und der fast volle Mond. Die einzigen Wolken, die zu sehen waren, stammten von Megans und seinem Atem.

»Warte kurz auf mich«, schlug Megan vor. »Ich hole schnell den Schlüssel, und dann zeige ich dir das Cottage.« Sie joggte zum Ranchhaus hinüber, das still und dunkel vor ihnen lag.

Cameron folgte ihr mit den Blicken und sah, wie erst im Flur und kurz darauf im Zimmer hinter der rechten Dachgaupe die Lichter angingen.

Megan kehrte in Rekordzeit zurück und hielt triumphierend einen Schlüssel in die Höhe. »Komm mit. Die Cottages sind nicht weit von hier. Wir können zu Fuß gehen.«

Cameron folgte ihr am Ranchhaus, dem Wirtschaftsgebäude und dem Hengststall vorbei. Am Rande des Pinienwaldes, von dem aus man in die Bucht hinunterblicken konnte, standen auf einer Lichtung fünf identische Hütten. Viel konnte Cameron in der Dunkelheit nicht erkennen, aber sie erinnerten ihn an Strandhütten. Unterkünfte, in denen Surfer einen Sommer über hausten. Was vielleicht daran lag, dass die Zedernschindeln an den Wänden grau verwittert waren, die Türen und Fensterläden im Schein der Außenbeleuchtung aber in frischen Pastellfarben leuchteten. Für jede Hütte war ein individueller Farbton ausgewählt worden.

»Das Cottage da drüben ist es.« Megan ging zu der Hütte mit der hellgrünen Tür voraus, die sich am linken Ende der Reihe befand. »Ich wohne übrigens in dem Cottage mit der dunkelblauen Tür.«

»Du wohnst gar nicht im Ranchhaus?«, fragte er erstaunt.

»Nein.« Sie zuckte mit den Schultern. »Ich bin vor ein paar Jahren einer Art Selbstfindungstrip verfallen und wollte unbedingt ausziehen.« Sie lachte leise. »Wirklich weit bin ich nicht gekommen. Aber ich liebe mein Cottage. Summer hat noch immer ihr Zimmer im Haupthaus, und Abby ist nach ihrer Rückkehr aus Portland auch wieder dort eingezogen. Ich habe meinen alten Raum lieber in ein Büro umgewandelt. Wenn man ein Gestüt leiten will, braucht man ein anständiges Arbeitszimmer. Du solltest uns mal zum Dinner besuchen, dann zeig ich dir das Ranchhaus.« Megan stieg die drei Treppenstufen hinauf, die zu einer kleinen Plattform führten, einer Art Miniveranda, von der aus man das Haus betrat.

Sie schloss die Tür auf, und Cameron folgte ihr ins Innere der Hütte, die nur aus einem Raum bestand. Die honigfarbenen Dielen knarrten unter ihren Füßen. Megan war Camerons Blick gefolgt. »Der Boden ist im Original erhalten«, erklärte sie ihm. »Die Cottages sind alt. Wir haben sie vor ein paar Jahren modernisiert, aber die Dielen haben wir gelassen. Sie sind inzwischen zerkratzt und ein wenig abgenutzt. Aber ich finde, genau das verleiht ihnen Charakter.« Sie drehte sich einmal mit ausgestreckten Armen um die eigene Achse. »Was sagst du?«

Cameron ließ den Blick durch den Raum gleiten. Der Eingangstür gegenüber lag ein großes Baywindow, von dem aus man bei Tageslicht vermutlich die Bucht überblicken konnte. Die linke Seite wurde von einem großen, aber schlichten Holzbett beherrscht, auf der rechten befand sich eine winzige Küchenzeile, die nur dazu reichte, einen Kaffee zu kochen oder eine Suppe warm zu machen. Andererseits, mehr brauchte man ja auch nicht, wenn Rose die Beschäftigten mit Lunch versorgte. Neben der Küchenecke stand eine Couch, die auf den ersten Blick ziemlich gemütlich aussah. Von hier aus konnte man, genau wie vom Bett aus, sowohl den Blick aus dem Panoramafenster genießen, als auch den Fernseher sehen, der auf einem kleinen Beistelltisch stand. »Ich finde es perfekt«, beantwortete Cameron Megans Frage. Es bot nicht wirklich mehr als sein Zimmer im *Jasper Point Motel*. Die Wände waren weiß gestrichen, und der schlichte Kleiderschrank und die Kommode in der Ecke waren aus hellem Holz. Er strich mit den Fingerspitzen über den Quilt auf dem Bett, der so aussah, als wäre er handgenäht. Er war in allen möglichen Grüntönen gehalten. Wahrscheinlich hatte ihn jemand passend zur Haustür ausgesucht. Und obwohl die Temperaturen auf der Insel unter den Gefrierpunkt gesunken waren, herrschte in dem Raum eine angenehme Wärme.

»Wunderbar.« Megan klatschte begeistert in die Hände. »Dann wünsche ich dir eine gute erste Nacht auf dem Gestüt.«

Im nächsten Moment fiel die Tür hinter ihr ins Schloss, und Cameron war allein. Er öffnete die Tür, hinter der er das Bad vermutete. Der Raum war so winzig, dass ihn keine zwei Personen gleichzeitig betreten konnten. Zwischen Waschbecken, Toilette und Dusche konnte er sich kaum drehen. Aber der Wasserdruck war gut und das Wasser heiß, stellte er fest, als er die Dusche anstellte. Er fand Handtücher im Schrank, also entledigte er sich seiner Kleider und duschte, bis das Wasser kühl wurde. Dann trocknete er sich ab und fiel ins Bett. Er war sich sicher, kein Auge zuzubekommen. Die Gedanken rasten nur so durch seinen Kopf. Er hatte zum ersten Mal auf einem Pferd gesessen – und Spaß daran gehabt. Außerdem hatte er zum ersten Mal im Leben den magischen Moment der Geburt eines anderen Lebewesens miterlebt. Und immer wieder waren seine Gedanken zu Abby abgedriftet, hatte sich ihr Gesicht vor sein inneres Auge geschoben. Er wusste genau, warum sie ihn so reizte: Sie war die Einzige, die ihn nicht leiden konnte. Sie von sich zu überzeugen kam einer unwiderstehlichen Herausforderung gleich. Genau wie er nie dagegen ankam zu versuchen, sich gegen seinen Bruder zu behaupten oder seine Eltern zu beeindrucken. Was in der Regel nach hinten losging. Oder zumindest nicht zum gewünschten Erfolg führte. Umso stärker war sein Wunsch, die Psychologin, die wöchentliche Berichte über ihn verfassen musste und ganz offensichtlich ein Problem mit ihm hatte, von sich zu überzeugen. Er musste sich eine Strategie zurechtlegen. Noch während er sich Gedanken darüber machte, wie er das am besten anstellte, fiel er in einen tiefen, traumlosen Schlaf.

Cameron erwachte im Morgengrauen, nackt, mit knurrendem Magen, höllischem Muskelkater – und abermals einem Bild von Abby, das ihn aus seinen Träumen in den kalten Morgen hinüberbegleitete. Ihm blieb nichts anderes übrig, als seinen schmerzenden Körper vorsichtig vom Bett zu hieven und wieder in seine Kleider vom Vortag zu steigen. In dem Schränkchen über dem Waschbecken im Bad fand er eine neue Zahnbürste und eine kleine Tube Zahnpasta. Kritisch betrachtete er sein Gesicht im Spiegel. Er brauchte dringend eine Rasur. Aber das würde er, genau wie frische Kleidung, auf den Nachmittag verschieben. Wenn er aus dem Motel auschecken und seine Sachen holen würde. In der Küche fand er nur ein paar Kaffeekapseln für die kleine Maschine in der Ecke. Er kochte sich eine Tasse und trank sie vor dem Panoramafenster, während sich die Sonne langsam über den Horizont schob. Dann machte er sich auf den Weg in die Ställe. Bevor er mit seiner Arbeit begann, wollte er nach dem Fohlen sehen. Als er den Stall betrat, entdeckte er Abby, die offenbar die gleiche Idee wie er gehabt hatte, an der Abfohlbox stand und die Stute mit ihrem Nachwuchs betrachtete.

In diesem Moment fiel die Tür hinter Cameron ins Schloss, und sie fuhr herum. Überrascht sah sie ihn an. »Cameron. Guten Morgen.«

»Morgen.« Er trat neben sie und spähte in die Box. Das Fohlen lag unter den wachsamen Blicken seiner Mutter im Stroh und schlief. Einen Moment standen Abby und er still nebeneinander. Er nahm ihren Duft wahr. Über den Geruch der Pferde hinweg. Weich, blumig. Das Gegenteil der kühlen Blicke, mit denen sie ihn bei jeder sich bietenden Gelegenheit bedachte.

»Hast du das Frühstück ausfallen lassen?«, fragte sie, ohne ihn anzusehen, als sein Magen noch einmal vernehmlich knurrte.

»Ich hatte noch keine Zeit, Lebensmittel für mein Frühstück einzukaufen. Ich bin heute Nacht spontan in eines der Cottages eingezogen.«

»Tatsächlich?« Abby sah ihn noch immer nicht an. An der Art, wie sie sich über den Nacken rieb, konnte er erkennen, wie verspannt ihre Muskeln waren. »Geh ins Wirtschaftsgebäude und lass dir von Rose etwas zubereiten.« Ihre Worte waren weniger ein Vorschlag als ein Kommando. Sie drehte sich um und ging an ihm vorbei, ohne ihn anzusehen.

»Willst du es nicht aussprechen, Abby?« Er hatte sich vorgenommen, sich zurückzuhalten und seinen Job zu machen. Aber ihr Verhalten reizte ihn. Bis aufs Blut. »Als Psychologin solltest du es doch wissen: Wenn du das, was du mir an den Kopf werfen willst, runterschluckst, wird dir das irgendwann ein Magengeschwür bescheren. Und ich kann es in deinen Augen lesen: Du würdest mir gern noch was sagen.«

»Wie bitte?« Nun sah sie ihn doch an. Ihre Augen sprühten Funken.

»Du weißt schon. Sätze à la: Wie hast du es geschafft, an eines der Cottages zu kommen? Musst du dich wirklich auf dem Gestüt breitmachen? Es ist schlimm genug, dass ich dich tagsüber ertragen muss, da will ich dich nicht auch noch nach Feierabend sehen müssen.«

»Ich bitte dich! Ich habe nie irgendetwas dergleichen …«, verteidigte sich Abby, aber Cameron war noch nicht fertig.

»Da wir schon so nett miteinander plaudern«, unterbrach er Abby und ging auf sie zu, bis er Zehenspitze an Zehenspitze mit ihr stand. »Erkläre es mir doch einfach: Warum kannst du mich nicht ausstehen, Abby? Nur weil ich in Boston ein paar Probleme hatte?«

»Ein paar Probleme?« Cameron musste Abby zugutehalten, dass sie nicht vor ihm zurückwich, sondern das Kinn hob und in einer missbilligenden Geste die Lippen zusammenpresste. »So kann man das natürlich auch nennen. Es ist gut möglich, Cameron, dass ich Menschen nicht mag, die ihren Alkoholkonsum nicht im Griff haben und die Finger nicht von den Drogen lassen können.« Abermals drehte sie sich um und wollte ihn stehen lassen.

Sie hatte die Hand bereits an der Stalltür, doch Cameron war noch nicht bereit, klein beizugeben. Ihr das letzte Wort zu lassen. »Du hast einen Doktortitel, aber ich frage mich, wie du den bekommen hast«, knurrte er. Die Vorurteile, die diese Frau ihm gegenüber hatte, machten ihn wahnsinnig. »Du urteilst über mich wie all die promiverrückten Leserinnen von Zeitschriften und Internetjunkies, die alles, was sie im Netz oder irgendwelchen Schundblättern lesen, für bare Münze nehmen. Abgesehen davon kannst du dich schließlich an die eigene Nase fassen.« Er zuckte mit den Schultern.

»Ach ja?« Abby war bereits bei seiner Frage, woher sie ihren Doktortitel habe, zu ihm herumgefahren. Wütend kniff sie die Augen zusammen. »Tu dir keinen Zwang an. Du hast es ja gerade selbst gesagt. Was man herunterschluckt, verursacht einem nur Magenschmerzen. Bitte.« In einer gespielt einladenden Geste breitete sie die Arme aus.

Camerons Wut auf Abby sorgte dafür, dass er sich nicht bremsen konnte. Sie wollte, dass er ihr seine Meinung sagte? Das konnte sie gerne haben. »Wie du willst: Ich meine deine Pseudopsychologie-Spielchen. Ich habe das mit der Reittherapie nachgelesen: Dafür braucht man kein Psychologiestudium. Du setzt die Leute einfach auf ein Pferd und redest ihnen ein, dass ihnen das hilft, wenn sie ein paar Runden im Kreis laufen. Jemand, der den Menschen auf diese Weise das Geld aus der Tasche zieht, sollte nicht über mich urteilen.«

Einen Moment schwieg Abby, sah ihn nur an, und Cameron wusste, er war zu weit gegangen. Schließlich hatte er am Vortag selbst gespürt, wie toll es sich anfühlte, auf dem Rücken eines Pferdes zu sitzen. Und wenn Abbys Patienten nur das spürten, dann war das ja bereits ein positiver Effekt. Er wollte sich gerade für seine letzten Worte entschuldigen, als Abby so nahe an ihn herantrat, wie er zuvor an sie. »Geh zu Rose und lass dir etwas zum Frühstück geben«, sagte sie mit gefährlich leiser Stimme, in der er die harten Vibrationen ihres Zorns spüren konnte. »Und dann wirst du mir mit meiner Problemklasse helfen. Achte auf Chloe. Beobachte sie vor der Stunde. Beobachten sie währenddessen. Und danach. Wenn du dann immer noch der Meinung bist, ich mache meine Arbeit nur, um den Leuten das Geld aus der Tasche zu ziehen, darfst du mir das gerne noch einmal an den Kopf werfen.«

Sie standen voreinander. Viel zu nah. Viel zu wütend. Viel zu heftig atmend. Trotzdem schaffte Cameron es nicht, ihren Duft auszublenden, der seine Sinne vernebelte. Er schaffte es nicht, seinen Blick von ihren ausdrucksstarken Augen abzuwenden. Er hatte keine Ahnung, wie lange sie sich gegenseitig anstarrten. Plötzlich blinzelte Abby und brach den Blickkontakt. Sie löste sich aus ihrer Starre und trat einen Schritt zurück, ließ die Kluft zwischen ihnen wieder aufreißen. Doch diesmal würde Cameron das nicht zulassen. Er folgte ihrer Bewegung, bis sie abermals viel zu dicht voreinanderstanden, sich ihre Körper fast berührten. Abby schluckte. Sie öffnete den Mund, um etwas zu sagen, und schloss ihn wieder. Cameron war sich nicht sicher, was er hier eigentlich tat. Sein Gehirn war wie leergefegt. Und er wollte es so sehr. Wollte sie berühren. Schmecken. Ihr beweisen, dass er nicht der Mistkerl war, für den sie ihn hielt. Bevor er wieder einen klaren Gedanken fassen konnte, hatte er bereits eine Hand in ihren Nacken gelegt und Abby an sich herangezogen. Er presste seine Lippen auf ihre. Hart. Besitzergreifend.

Abby hob ihre Hände. Um ihn wegzustoßen, ging es ihm durch den Kopf. Vielleicht war das ihr Ziel gewesen. Doch statt die Handflächen gegen seinen Brustkorb zu stemmen, fuhr sie zu seinen Schultern hinauf und schlang sie um seinen Nacken, zog ihn näher an sich und öffnete die Lippen. Cameron kam ihrer Einladung nach und eroberte sie. Ihr Geschmack traf ihn wie eine Faust in den Magen. Mit dieser Sinnlichkeit hatte er nicht gerechnet. Alles an Abby war überwältigend, brachte ihn um den Verstand. Er wollte mehr davon, wollte sie bis in alle Ewigkeit so weiterküssen, ihr schmaler Körper gegen seinen gepresst. Seine Liebkosungen wurden sanfter, zärtlicher. Er wollte Abby nicht erschrecken. Alles, woran er denken konnte, war ihre weiche Haut, als er mit seinen rauen, von der Stallarbeit schwieligen Händen ihr Gesicht einrahmte und den Kuss noch weiter vertiefte. Er löste sich erst von ihr, als er Luft holen musste. Sein Herz schlug wie verrückt, und das Blut jagte mit einem lauten Rauschen durch seinen Körper. Er ließ seine Lippen an Abbys Unterkiefer entlanggleiten, küsste ihren Hals und atmete dabei den Duft ihrer Haare ein – wie ihre Haut leicht und blumig. Mit geschlossenen Augen hielt er einen Moment inne und genoss ihren Puls, der unter seinen Lippen ebenfalls dahinraste. Es ging ihr wie ihm. Gut.

Im nächsten Moment spürte er, wie Abby ihre Hände von seinem Nacken gleiten ließ, über seine Schultern, bis sie sie auf seinen Brustkorb legen und ihn mit einer sanften Bewegung zurückschieben konnte. Cameron öffnete die Augen. Sein Blick fiel ganz automatisch auf ihren Mund.

Doch Abby kehrte nicht in seine Umarmung zurück. Sie biss sich auf die Unterlippe und trat einen weiteren Schritt zurück. Weit genug, dass auch ihre Hände den Kontakt zu seinem Brustkorb verloren. »Entschuldige … ich … es tut mir leid«, stammelte sie und holte mit ihren Armen zu einer unbestimmten Geste aus.

Cameron musste lächeln. So biestig, wie Dr. Cooper sein konnte, hatte er nicht angenommen, dass sie in einem solchen Moment schüchtern war. »Abby«, er wartete, bis sie ihm in die Augen sah, »für diese Art von Kuss muss man sich nicht entschuldigen.« Er überbrückte den Abstand zwischen ihnen, weil er diese explosive Leidenschaft, die zwischen ihnen aufgeflammt war, noch einmal spüren wollte.

Abby war schneller. Sie hob abwehrend die Hand. Ohne ihn zu berühren, wich sie zwei weitere Schritte zurück. »Nein«, sagte sie, ihre Stimme wieder so fest und kühl, wie er es von ihr gewohnt war. »Das wird nie wieder vorkommen, verstanden?«

Ihre Worte kühlten sein Gemüt besser, als es ein Bad im Atlantik im März konnte. »Natürlich. Wie konnte ich das vergessen.« Der Zynismus kehrte zurück, schwappte über ihn hinweg wie eine dunkle Welle. Wie konnte diese Frau ihn so küssen und anschließend so kalt sein? »Mit saufendem, Drogen nehmendem Abschaum wie mir willst du ja nichts zu tun haben.«

Einen Augenblick sah Abby ihn stumm an. Dann kniff sie wütend ihre Augen zusammen. »Ja, ich habe nichts übrig für Menschen, die sich nicht im Griff haben – und sich nehmen, was sie wollen«, fauchte sie und spielte damit auf den Kuss an. Dass sie genau wie er reagiert und ihn leidenschaftlich erwidert hatte, hielt sie nicht für erwähnenswert. »Abgesehen davon wird es nicht wieder vorkommen, weil ich dein Boss bin und jede Woche eine Beurteilung über dich schreiben muss. Glaubst du vielleicht, das funktioniert, wenn ich mich auf dich einlasse?« Sie wirbelte herum, und im nächsten Moment fiel die Stalltür geräuschvoll hinter ihr ins Schloss.

Cameron fuhr sich durch die Haare und atmete tief ein und aus. Er sah zu der frischgebackenen Pferdemama hinüber, die ihn über den Rand ihrer Box hinweg neugierig beobachtete. »Sieht so aus, als hätte ich es ordentlich verbockt«, erklärte er ihr. »Oder was meinst du?«

Die Stute schnaubte leise.

»Ja, habe ich mir gedacht«, brummte er. »Ihr Frauen haltet zusammen, richtig?« Und du solltest dringend aufhören, mit Pferden zu reden, wies er sich im Stillen selbst zurecht. Er folgte Abby aus dem Stall und beschloss, erst einmal ihrer Anweisung zu folgen und sich bei Rose ein Frühstück zu besorgen. Denn sein Magen schlug nicht nur Purzelbäume, weil er seine Chefin geküsst hatte.

8

Abby hatte sich mit wackligen Beinen auf ihren Schreibtischstuhl fallen lassen und starrte nach draußen. Der Anblick der Pferde auf der Koppel beruhigte sie normalerweise immer. Normalerweise. Heute war alles anders. Fassungslos rieb sie sich über das Gesicht. Sie konnte noch immer Camerons Hände spüren, die auf ihren Wangen lagen. Und sein Geschmack lag noch immer auf ihrer Zunge. So etwas wie heute Morgen war ihr noch nie passiert. Wie hatte sie es zulassen können, dass Cameron sie so geküsst hatte? Sie erinnerte sich noch daran, wie wütend er sie gemacht hatte.

Am Abend hatte sie sich von den Ställen ferngehalten, obwohl die Geburt des ersten Fohlens im Jahr immer eine große Sache war. Megan hatte ihr erzählt, dass sie Cameron das Wunder zeigen wollte, also hatte sie sich zurückgezogen. Es reichte völlig, die Zeit, die er für sie arbeitete, mit ihm zu verbringen. Trotzdem hatte sie am Morgen nach der Stute und ihrem Nachwuchs sehen wollen – und hatte sich mit Cameron angelegt. Seine unverschämten Vorwürfe hatten sie zur Weißglut getrieben. Wut hatte sie erfasst wie ein Tornado, hatte sie mit sich gerissen. Zorn auf sich selbst, weil sie es nicht schaffte, die Vergangenheit aus ihrem Kopf auszusperren, seit Cameron hier aufgetaucht war. Zorn auf Camerons Anwesenheit auf Stonebridge Island. Seine Ahnungslosigkeit. Die Kritik an ihrer Arbeit. Die berechtigt war – nicht, weil sie Leute über den Tisch zog, wie er glaubte. Sondern weil sie ihr Potenzial nicht ausschöpfte und den Job machte, für den sie jahrelang studiert hatte. Ehe sie begriffen hatte, was passiert war, hatte er sie plötzlich an sich gerissen und ihre negativen Gefühle waren in Leidenschaft umgeschlagen. Als hätten sie verzweifelt nach einem Ventil gesucht. Ihre Impulsivität, gegen die sie kämpfte, seit sie ein Teenager war, hatte ihr einmal mehr gezeigt, dass sie sich kein bisschen im Griff hatte.

Was Abby am meisten schockierte, war ihre Reaktion auf Cameron. Wie sie sich an ihn geklammert hatte. Wie sie seinen Geschmack in sich aufgesogen hatte. Seinen Geruch. Das Verlangen, den Kuss zu vertiefen, einfach nicht mehr aufzuhören. Zum Glück hatte das Schnauben der Stute sie in die Wirklichkeit zurückgeholt. In den Stall, in dem gerade ein Fohlen geboren worden war. Und in den deshalb jeden Moment jemand hereinkommen konnte, um den Nachwuchs zu bewundern. Oder um nachzusehen, ob mit Mutter und Kind alles in Ordnung war. Sie hatten mitten im Stall gestanden, sich geküsst und dabei die Welt um sich herum völlig vergessen.

Erst als sie die Stalltür hinter sich zugeschlagen hatte und in den frühen Morgen hinausgerannt war, hatte sie wieder durchatmen können.

»Abby? Bist du hier?«

Abby zuckte zusammen, als sie die Stimme ihrer Mutter vor der Tür hörte.

»Ja, Mom. Warte kurz, ich komme gleich.« Sie strich sich glättend über die Haare und atmete tief durch, ehe sie ihr Büro verließ. »Was gibt's?«, fragte sie, als sie auf die winzige

Veranda vor dem Gebäude trat und sich zu einem Lächeln zwang.

Olivia zog die Augenbrauen hoch. »Ist alles in Ordnung mit dir? Deine Augen glänzen so, und deine Wangen sind ganz rot.« Sie legte ihre kühle Hand an Abbys Stirn.

»Mom!« Sie schob die Finger weg. »Ich habe kein Fieber. Im Büro ist es nur ein bisschen zu warm gewesen«, bog sie die Wahrheit ein wenig zurecht. Sie würde ihrer Mutter auf keinen Fall erzählen, dass sie Cameron geküsst hatte.

»Wie du meinst.« Der skeptische Blick verschwand nicht aus Olivias Gesicht. »Ich wollte dir eigentlich nur Bescheid geben, dass die Kids gleich da sind. Im Moment habe ich Zeit. Ich kann Cameron und dir also unter die Arme greifen, wenn du willst.«

»Ja.« Abby blinzelte und konzentrierte sich auf ihre Mutter. »Das wäre wirklich nett.« Denn irgendjemand musste auf die Kinder aufpassen – und auf Cameron. Sie würde ihm jedenfalls so weit wie möglich aus dem Weg gehen, bis sie wusste, wie sie mit ihm und dem, was zwischen ihnen geschehen war, umgehen sollte. Ausgerechnet der Mann, der alles symbolisierte, was sie verabscheute, hatte für einen Moment ihre Welt aus den Angeln gehoben und sie fliegen lassen. Mit einem einzigen Kuss.

*

Cameron machte sich auf den Weg, die Pferde für Abbys nächste Therapiesitzung zu holen, als Olivia ihn abfing.

»Hallo Cameron.« Sie winkte ihm zu und wartete, bis er sie erreichte. »Ich habe gehört, du bist in eines der Cottages gezogen. Wie war deine erste Nacht?«

»Ich habe geschlafen wie ein Stein«, antwortete er. »Und meine erste Tasse Kaffee am Morgen mit Blick auf den Ozean getrunken. Dabei habe ich es fast geschafft, diesen unglaublichen Muskelkater auszublenden.«

»Dafür, dass du nicht freiwillig hier bist, ist das doch gar kein schlechter Start in den Tag. Und keine erste Reitstunde ohne Schmerzen. Nach der nächsten wird es dir schon viel besser gehen.« Sie schob die Hände in die Taschen ihrer Jeans. »Die Kids, die gleich kommen, sind eine ganz schön harte Nummer. Wenn sie einen miesen Tag haben, haben wir alle Hände voll zu tun. Und ganz ehrlich? Gute Tage haben sie selten. Dafür musst du heute die Pferde nicht putzen. Das machen die Kinder als Teil ihrer Therapie. Wir müssen nur Foxy und Acapulco von der Weide holen. Und Cassiopeia«, erklärte sie. »Wenn wir ein drittes Pferd brauchen, ist er die perfekte Wahl. Du hast ja gestern selbst gemerkt, wie zuverlässig er ist«, erzählte sie, während sie langsam weiter zur Weide gingen.

»Hmm.« Camerons Blick glitt zu Abbys Büro-Cottage. War sie da drin? Hatte sie sich dort vor ihm versteckt? Vor ihrem eigenen Verlangen? Auch wenn er sie überfallen hatte, sie hatte den Kuss erwidert. Sie hatte ihn geküsst, als ob es kein Morgen gäbe.

»Es sind sechs Kinder, wenn alle dabei sind. Carl und Pete sind ganz offen aggressiv. Die beiden gehen sofort aufeinander – und auf alle anderen – los, wenn wir nicht auf sie aufpassen. Michael ist eher passiv aggressiv. Er verweigert sich, wo er kann. Und dann sind da noch die Mädchen. Nalini und Jill sind zwei wirkliche Biester, die gern und oft die Krallen ausfahren. Die kleine Chloe hingegen …« Olivia seufzte. »Du wirst selbst sehen. Alle sechs kommen aus schwierigen Verhältnissen. Manchmal sind sie nicht einmal warm genug angezogen für ein paar Stunden mit den Pferden, wenn sie hier ankommen. Sie kommen einmal die Woche aus Machias zu uns.«

»Hmm.« Die Erwähnung der kleinen Chloe, wie Olivia sie nannte, war der Punkt gewesen, in den ihr Streit gegipfelt war. Seine Anschuldigung, den Leuten das Geld aus der Tasche zu ziehen. Und ihre Erwiderung, auf das Mädchen zu achten, bevor er solche Behauptungen noch einmal aufstellte.

»Cameron?«, fragte Olivia leise.

»Hmm.«

»Cameron!«

»Was …?« Er drehte sich zu Olivia um. Sie stand mit in die Hüfte gestützten Händen vor ihm. Ihre Augen blitzten ihn aus den Schatten an, die ihr Stetson auf ihr Gesicht warf.

»Ist etwas vorgefallen?«, wollte sie wissen.

Nur ein Kuss, der ihn bis ins Innerste getroffen hatte, dachte er. »Nein. Nichts. Wieso?«

»Weil du mir nicht zuhörst«, gab sie zurück und lehnte sich gegen den Zaun. »Du bist mit deinen Gedanken ganz woanders.«

»Ich höre zu«, widersprach Cameron.

Er konnte sich vorstellen, wie streng sie manchmal sicher zu ihren Töchtern gewesen war, als sie den Kopf schräg legte und ihn einfach anstarrte, bis er den Blick senkte. Wie um ihre Strenge wieder wettzumachen, legte sie ihm die Hand auf den Arm. »Ich finde es jedenfalls ziemlich merkwürdig, dass Abby genauso komisch drauf ist wie du«, sagte sie sanft.

Cameron wusste nicht, was er darauf antworten sollte. Die Details dieses Morgens gingen sie beim besten Willen nichts an. Er überlegte fieberhaft, was er sagen sollte, doch dann wurde er von einem Pferd gerettet. »Acapulco«, grüßte er das neugierige Tier, das über den Zaun schaute. Er schnüffelte an Camerons Bein. Inzwischen wusste er, was der Wallach von ihm wollte. Er nahm eines der Pferdeleckerli, die er jeden Morgen in seine Hosentasche steckte, obwohl er sich noch immer versicherte, dass ihm die Pferde nicht wirklich etwas bedeuteten, und hielt es Acapulco auf der flachen Hand hin. »Wir müssen arbeiten«, erklärte er ihm und streichelte über seine Wange. Es war besser, sich auf das Pferd zu konzentrieren, statt Olivias fragendem Blick weiter standzuhalten. Acapulco stupste ihn gegen die Schulter, als wollte er fragen, ob das wirklich schon alles an Belohnung war, obwohl er noch gar nicht gearbeitet hatte. »Eins noch«, gestand Cameron ihm zu. »Aber dann ist Schluss.«

Sie holten ihn, Foxy und Cassiopeia von der Weide und brachten sie zum überdachten Sattelplatz, wo sie fast gleichzeitig mit der Gruppe von Kindern und Teenagern ankamen, die aus einem Schulbus sprangen. In einem Kreis aus Feldsteinen hinter der Reithalle brannte ein kleines Lagerfeuer. Die Kids ließen sich auf Stühle und Hocker fallen, die um das Feuer standen.

»Ich hasse Carl«, sagte einer der Jungen und stieß einem anderen den Ellenbogen in die Seite, weil der sich auf den Platz setzen wollte, den er für sich ausgesucht hatte.

»Ich hasse dich viel mehr. Ich will dich ins Feuer werfen«, kam die prompte Antwort in Begleitung eines heftigen Stoßes in Richtung der Flammen.

Cameron sah bereits die Verbrennungen dritten Grades vor seinem inneren Auge, aber er war noch zu weit entfernt, um den Jungen aufzufangen. Abby hingegen nicht. Sie war aus dem Nichts hinter den Streithähnen aufgetaucht und hielt sie beide am Kragen fest. Damit verhinderte sie einerseits, dass der eine Junge ins Feuer fiel, und zum anderen, dass der zweite weiter zuschlagen konnte. »Wie lauten die Regeln?«, fragte sie mit ruhiger, autoritärer Stimme.

Einer der Jungen brummte irgendetwas, und sie zog die Augenbrauen nach oben. »Ich kann dich nicht hören«, sagte sie. Cameron bemerkte, dass sie genauso konzentriert auf die beiden war, wie auf das Kind, das sie bei ihrer ersten Begegnung im Kreis geführt hatte.

»Keine Rangeleien. Kein Rumschreien. Kein Streiten«, wiederholte der Junge etwas lauter – und tatsächlich zumindest ein wenig zerknirscht.

»Und weiter?«, wandte Abby sich an den zweiten Raufbold.

»Sonst erschrecken die Pferde. Was gefährlich für uns ist.«

»Bedeutet?«, setzte sie noch einmal kurz angebunden nach.

»Wenn wir uns nicht an die Regeln halten, war es das für uns. Dann findet das Reiten in Zukunft ohne uns statt«, wiederholten die Jungen wie aus einem Mund, als wäre es ihr Mantra. Offenbar schienen ihre Auseinandersetzungen hier an der Tagesordnung zu sein.

»Letzte Warnung für euch beide, verstanden?« Abby ließ die Unruhestifter los. »Setzt euch. Wir lassen das Hufeisen kreisen.«

Das Hufeisen kreisen lassen? Cameron nahm auf Olivias Wink hin in dem Kreis aus Stühlen Platz und begriff, dass es genau das war. Ein Stuhlkreis. Das wurde ja immer besser.

Abby nahm ein altes, rostiges Hufeisen in die Hand und sagte: »Ich habe heute einen tollen Tag, weil ich heute Morgen schon die ersten Krokusse gesehen habe.« Sie reichte das

Hufeisen weiter, und nach und nach erzählten die Kinder, manche unwillig, manche so ausführlich, dass sie eingebremst werden mussten, warum ihr Tag oder die vergangene Woche gut gewesen waren. Nur die Kleinste der Gruppe – Chloe – sprach gar nicht. Sie drehte das Hufeisen mit einem verträumten Blick ein paarmal in ihren kleinen Händen und summte leise vor sich hin. Dann reichte sie es an Cameron weiter, ohne ihn anzusehen.

»Ich war letzte Nacht bei der Geburt des ersten Fohlens in diesem Jahr dabei. Ich habe es heute Morgen schon besucht.« *Und habe Abby geküsst.* Wieder schlichen sich die Erinnerungen in seine Gedanken. Er blinzelte und stellte fest, dass alle ihn ansahen. Die Kinder gelangweilt. Olivia mit neugierigem Blick und Abby noch immer mit einem bitterbösen Ausdruck in den Augen. Trotzdem konnte sie die Anspannung nicht verbergen, die feine Linien in ihr Gesicht zeichnete. Olivia schien das ebenfalls wahrzunehmen und sah zwischen Abby und ihm hin und her. Offenbar war auch Abby nicht mit dem Grund des Problems herausgerückt. Wahrscheinlich nahm ihre Mutter an, sie hätten sich gestritten. Was ja stimmte. Auf welche Weise er den Streit beendet hatte, konnte sie ja nicht ahnen. »Ja, also, das Fohlen ist echt hübsch«, beendete er lahm.

Olivia griff nach dem Hufeisen in seiner Hand wie nach einem Staffelstab – und übernahm das Kommando über diese Therapiestunde.

*

»Ich übernehme«, raunte Olivia Abby zu.

»Was?« Sie blinzelte und wandte ihren Blick von Cameron

ab, der noch immer das Hufeisen in seinen Händen drehte und abwesend vor sich hinstarrte.

»Ich übernehme diese Stunde«, wurde ihre Mutter konkreter. »Du machst auf mich keinen besonders ruhigen und gelassenen Eindruck. So glücklich wir uns schätzen können, dass deine Therapiepferde so entspannt und gelassen sind, deine Nervosität spüren sie garantiert. Denn im Gegensatz zur Unruhe der Kinder erweckst du den Eindruck, den großen bösen Wolf getroffen zu haben und kurz davorzustehen, die Flucht anzutreten. Wie die Pferde auf den großen bösen Wolf reagieren, wissen wir ja.«

Abby seufzte. Ihre Mutter hatte recht. Sie war heute keine gute Therapeutin. Genau genommen hatte sie das Gefühl, ihren Job schon schlecht zu machen, seit Cameron vor drei Tagen das erste Mal auf dem Hof aufgetaucht war. »Danke, Mom.« Sie küsste Olivia auf die Wange.

»Ist mir ein Vergnügen.« Ihre Mutter nahm Cameron das Hufeisen aus der Hand und hielt es über ihren Kopf, um die Aufmerksamkeit der Gruppe auf sich zu ziehen. »Alles hört auf mein Kommando«, sagte sie und trennte mit der Linken Carl und Pete, deren Streit, wie üblich, bereits wieder zu eskalieren begann.

Abby nutzte das Einspringen ihrer Mutter, einen Schritt zurückzutreten und die Interaktionen der Kinder – untereinander und mit Olivia und Cameron – zu beobachten. Auch wenn ihre Mutter sie dankenswerterweise unterstützte, unterlag alles, was in den Therapiestunden geschah, ihrer Verantwortung. Sie war im Moment vielleicht nicht in der besten Verfassung, die Stunde zu leiten. Aber sie würde sich trotz allem Notizen über ihre Schützlinge machen und ihre Fortschritte festhalten.

Olivia hatte die Kids wunderbar im Griff, aber etwas anderes erwartete Abby auch nicht von ihr. Ihre Mutter konnte mit links eine Kompanie leiten, wenn sie das als notwendig erachten würde. Cameron hingegen traute Abby zu, seine negativen Schwingungen auf die Kinder zu übertragen. Sie hatte ihm vorhin gesagt, er solle auf Chloe achten. Aber ihr Abgang nach dem Kuss hatte ihn mit Sicherheit wütend gemacht, und er erinnerte sich ganz bestimmt nicht mehr an ihre Worte. »Scheiße!«, murmelte sie und atmete tief durch. Sie tat es schon wieder. Ganz automatisch verfrachtete sie Cameron in die Schublade, auf der bereits Jaces Name stand. Sie musste aufhören damit und ihm wenigstens eine Chance geben, seine Arbeit auf dem Gestüt richtig zu machen. Das hier hatte nichts mit ihr persönlich zu tun.

*

Olivia hatte das Zepter in die Hand genommen. Camerons Aufgabe war es, die Kinder zu beaufsichtigen, die die Putzkisten holten, die Pferde striegelten und ihnen die Hufe auskratzten, ehe sie die Decken auflegten und die Tiere nach draußen führten. Am Anfang hatte er das System nicht ganz verstanden, doch langsam dämmerte ihm, was Abby und ihre Mutter mit dieser Therapiestunde bezweckten, funktionierte ganz offensichtlich – und machte ihn zum größten Idioten auf Stonebridge Island.

Olivia hatte die Zusammensetzung der Gruppe übernommen. Je zwei Kinder teilten sich ein Pferd. Eines ritt, das andere führte das Tier am Zügel. Nach einer halben Stunde tauschten die Kinder. Sie mussten Verantwortung für die Pferde übernehmen, genau wie sie gegenseitig füreinander verantwortlich waren. Carl und Pete brauchten erstaunlich wenig Zeit, um ruhiger zu werden. Für die gackernden Mädchen war es nicht ganz so einfach, sich auf die Pferde zu konzentrieren. Aber auch sie schafften es schließlich. Die stärkste Veränderung ging tatsächlich mit Chloe vor sich. Er hatte sie auf Foxy gesetzt. Während sie ihre Runden durch den Pinienwald drehten, wurde Cameron bewusst, dass sich der Rücken des kleinen, zusammengesunkenen Mädchens immer weiter aufrichtete, je länger es auf dem Pferd saß.

Olivia lief neben Cameron her, ohne die Kinder aus den Augen zu lassen. »Chloe wird ziemlich gemobbt in der Schule«, sagte sie, leise genug, dass das Kind auf dem Pferd sie nicht hören konnte. »Sie ist ein schlaues kleines Mädchen, aber sie spricht fast nie. Keiner weiß, warum. Sie ist verschlossen wie eine Auster. Das macht den Umgang mit anderen Kindern natürlich nicht gerade einfacher«, erzählte sie ihm.

»In der Therapiestunde kommt sie aus sich heraus?«, wollte Cameron wissen. Es war nicht sein Plan gewesen, aber Abby hatte ihn aufgefordert, auf das Mädchen zu achten. Jetzt, wo er genau das tat, rührte ihn die Kleine im Herzen.

»Manchmal.« Olivia ließ Carl und Pete noch ein wenig Energie abbauen, indem sie die beiden dazu brachte, sich an einen dicken Ast zu hängen, der quer über den Weg ragte. Die Kinder, die ihre Pferde führten, drehten mit ihnen eine kleine Runde und traten dann wieder unter sie, sodass sie in den Sattel zurückrutschen konnten. Aufgeregt plappernd setzten sie ihren Weg fort. »Es gibt Tage, da ändert sich gar nichts. Aber ich habe das Gefühl, heute ist einer der besseren. Warten wir es ab. Noch ist die Stunde nicht vorüber.«

Olivia ließ die älteren Mädchen stehend auf den Pferderücken balancieren, und Cameron beobachtete Chloe, die wiederum die anderen Kinder – stumm, aber aufmerksam – beobachtete.

Die Stunde schloss mit einem weiteren Stuhlkreis, nachdem sie die Pferde zurückgebracht hatten. Alle sprachen kurz davon, wie ihnen der Ausritt gefallen hatte, und ließen das Hufeisen abermals herumgehen. Chloe schwieg auch dieses Mal, warf Cameron aber unter gesenkten Wimpern einen schüchternen Blick zu, als sie ihm das Hufeisen reichte. Die anderen Kinder sprangen schließlich auf und rannten auf der Wiese zwischen den Koppeln herum, bis der Bus sie wieder abholen würde. Nur Chloe blieb, wo sie war.

»Möchtest du nicht mit den anderen Kindern spielen?«, fragte Cameron sie.

Sie schüttelte den Kopf und biss sich auf die Lippe, als wolle sie etwas sagen, traue sich aber nicht. Ein paar Augenblicke rang sie mit sich, dann fragte sie ihn in einem so leisen Flüstern, dass Cameron den Kopf senken musste, um sie zu verstehen, ob sie das Fohlen sehen durfte.

Na klar, hätte er am liebsten sofort geantwortet. Doch dann fiel ihm ein, dass er hier nichts zu sagen hatte. Er schaute sich nach Olivia um, sah aber nur Abby, die an einer der Bänke lehnte, die am Feuer standen. Sie beobachtete ihn und Chloe, aber ihr Blick war nicht mehr so wütend wie noch vor einer Stunde. »Dürfen wir uns das Fohlen ansehen gehen?«, fragte er sie.

»Sicher.« Abby sah auf ihre Uhr. »Ihr habt noch zehn Minuten, bis der Bus kommt.«

Chloe rutschte von ihrem Sitz und wartete, bis Cameron sich ebenfalls erhoben hatte. Schweigend gingen sie zum Stutenstall. Das Mädchen sprach auch nicht, als sie mit großen Augen das Fohlen betrachtete, das sich an ein paar übermütigen Sprüngen probierte, so als sei es sich seines Publikums bewusst. Als es einen Satz machte und seine Landung offenbar falsch kalkulierte, verlor es das Gleichgewicht und kippte seitwärts ins Stroh und entlockte Chloe zumindest ein kleines Kichern.

»Wir müssen los«, sagte Cameron schließlich. »Der Bus fährt gleich.«

Chloe nickte und drehte sich stumm um. Gemeinsam verließen sie den Stall. Auf dem Weg zum Rondell vor dem Ranchhaus, wo der Schulbus bereits mit laufendem Motor wartete, spürte Cameron plötzlich die Hand des Mädchens, die sich in seine schob. Sie sah ihn nicht an, ging einfach weiter geradeaus. Aber Camerons Herz setzte einen Schlag aus. Er hatte keinen blassen Schimmer, wieso Chloe ausgerechnet ihn ausgewählt hatte. Aus irgendeinem Grund vertraute sie ihm. Im Moment war er sich nicht sicher, ob er das gut finden oder aufgrund dieser Verantwortung lieber die Beine in die Hand nehmen sollte. Er sah dem Bus nach, der über die Holzbrücke rumpelte und dann aus seinem Sichtfeld verschwand.

»Hast du eine neue Freundin gefunden?« Summer kam gemeinsam mit Zara Sanders vom Reitplatz zu ihm herüber geschlendert.

Cameron rieb sich unbehaglich über den Nacken. »Sieht ganz so aus«, sagte er. Aus den Augenwinkeln sah er Abby vor ihrem Büro stehen. Sie schien jeden seiner Schritte zu beobachten.

»Das ist super! Chloe wirft mit ihrem Vertrauen nicht gerade um sich. Fühl dich also geehrt.« Summer blieb vor ihm stehen, während die andere Frau mit einem Nicken weiterging. Sie war der Inbegriff eines Westerngirls. Jeans, Stiefel, Stetson. »Ich habe später eine Stunde Zeit. Wenn du Lust hast, können wir ein bisschen trainieren.«

»Und ob ich Lust habe. Vorausgesetzt, meine geschundenen Knochen überstehen die ersten paar Minuten.« Bei dem Gedanken, wieder zu reiten, beschleunigte sich Camerons Puls, und er vergaß seinen Muskelkater aus der Hölle beinahe. »Vorher muss ich allerdings noch etwas erledigen.« Er drehte sich zu dem Cottage um, das Abbys Praxis beherbergte. »Bis später, Summer.« Noch heute Morgen hatte er Abbys Arbeit als eine Art Abzocke bezeichnet. Jetzt begriff er sie. Dank Chloe. Bevor er etwas anderes tat, würde er sich für sein dämliches Verhalten entschuldigen. Er mochte ein Idiot sein. Öfter, als ihm lieb war. Aber wenn er unrecht hatte, gab er es zu. Und wenn er jemanden beleidigt hatte, entschuldigte er sich.

*

»Herein.« Abby schob die Akten, die auf ihrem Schreibtisch lagen, zur Seite und sah auf die Uhr. Sie hatte keine Ahnung, wer noch etwas von ihr wollte. Heute standen keine Termine mehr an, und in einer Stunde war sie mit ihren Freundinnen in Home Port verabredet. Vielleicht wollte ihre Mutter oder eine ihrer Schwestern die Arbeitspläne für die nächste Woche mit ihr besprechen. Wobei ihre Familie normalerweise nicht anklopfte, sondern einfach … »Cameron!« Überrascht erhob sie sich von ihrem Stuhl, als er in ihr Büro trat.

»Hi.« Er schob die Hände in seine Hosentaschen und zog sie im nächsten Moment wieder heraus, um sich durch die

Haare zu fahren. Nervös – das sagte seine gesamte Körpersprache. Trotzdem schaffte er es, den Raum mit seiner Größe und seinen Präsenz schrumpfen zu lassen. »Hast du einen Moment Zeit?«, fragte er.

»Sicher. Willst du dich setzen?«

»Nein.« Cameron schob die Hände zurück in die Jeanstaschen. »Hör zu, ich mache es kurz. Ich möchte mich bei dir entschuldigen.«

Für den Kuss? Abby schluckte.

»Für das, was ich heute Morgen zu dir gesagt habe. Dafür, dass ich gedacht habe, du ziehst den Leuten mit deiner Therapie-Show das Geld aus der Tasche. Ich habe es erst jetzt begriffen. Als ich die Kids da draußen gesehen habe – besonders Chloe. Es tut mir ehrlich leid. Ich bin normalerweise nicht so voller Vorurteile.«

Ich auch nicht, hätte sie am liebsten gesagt. Aber auch wenn Cameron sich entschuldigte, konnte sie nicht vergessen, warum er hier war. »Danke für deine Entschuldigung«, sagte sie. »Ich nehme sie an. Ich habe dich mit Chloe gesehen. Sie vertraut dir, und das tut sie nicht bei vielen Erwachsenen. Oder Menschen überhaupt.«

»Ich mag die Kleine.« Cameron zuckte mit den Schultern, als sei ihm diese Erkenntnis ein wenig unangenehm. Oder als überrasche sie ihn. »Ist zwischen uns dann jetzt endlich alles geklärt?«, fragte er.

Alles geklärt? Im Sinne von: Ab jetzt behandele ich dich wie meine anderen Mitarbeiter, nur weil du dich entschuldigt hast? Abby schluckte den sarkastischen Kommentar hinunter und bemühte sich um Neutralität in der Stimme. »Cameron, diese Entschuldigung ehrt dich. Wirklich. Es ist nicht leicht, einen

Fehler offen einzugestehen. Aber dass du deine Meinung von mir geändert hast, bedeutet nicht automatisch, dass ich das Gleiche bei dir tue. Was dich betrifft stehen immer noch die Themen Alkohol und Drogen im Raum. Einem Süchtigen zu vertrauen ist sehr viel verlangt.«

Einen Moment stand Cameron unschlüssig auf der anderen Seite ihres Schreibtischs. »Okay …« Er räusperte sich. »Hör zu. Vielleicht sollten wir einfach aufhören, um den heißen Brei herumzureden. Ich habe begriffen, wer du bist, vielleicht ist es keine schlechte Idee, dir zu erzählen, wer ich bin. Wer ich wirklich bin.«

Cameron hatte keine Ahnung, wer sie wirklich war. Er hatte ein wenig an der Oberfläche der Psychologin gekratzt, aber von dem Menschen, der sie in ihrem Kern war, war er so weit weg wie die Sonne vom Mond. Aber das würde sie Cameron nicht auf die Nase binden. »Du willst über deine Sucht sprechen?«, fragte sie stattdessen. Sie musste zugeben, dass seine plötzliche Offenheit sie überraschte.

»Nein«, sagte er. »Weil ich kein Suchtproblem habe. Aber ich kann dir erzählen, was in Boston passiert ist. Die echte Version. Nicht das, was im Polizeibericht steht. Und auch nicht das, was in den Klatschblättern zu lesen ist. Sondern einfach die Wahrheit.« Er schenkte ihr ein schiefes Grinsen. »Falls du mir die Wahrheit abnimmst. Nicht als Therapeutin oder so was. Ich will es dir einfach nur erzählen, damit du weißt, warum ich hier gestrandet bin.«

»Natürlich nicht als Therapeutin.« Abby musste ein Schmunzeln unterdrücken. Sie war sich noch nicht sicher, wie sie Camerons plötzliches Geständnis einschätzen sollte. Süchtige konnten hoch manipulativ sein. Viele hatten diesen

Wesenszug perfektioniert, weil es das war, was sie tagtäglich machten, um zu bekommen, was sie wollten. Trotzdem schien der Moment gekommen, ihre Meinung über Cameron zumindest in Teilen zu überdenken. Das was er gerade tat, erforderte viel Stärke. Es hatte nichts mit den egoistischen Schwächen zu tun, die sie ihm unterstellt hatte. Sein Verhalten erinnerte plötzlich kein bisschen mehr an Jaces selbstsüchtige Aktionen, die immer die Schuld anderer gewesen waren, wenn etwas schiefgegangen war. »Ich würde deine Version der Wahrheit gern hören.« Sie drehte sich zu dem kleinen Kühlschrank um, der in ihrem Sideboard stand, und nahm zwei Flaschen Cola heraus. Eine hielt sie fragend in Camerons Richtung.

»Gerne«, sagte er, nahm den Drink und setzte sich jetzt doch auf einen der beiden Stühle vor ihrem Schreibtisch. Abby nahm wieder dahinter Platz. Der Kuss an diesem Morgen hatte etwas zwischen ihnen verändert. Er hatte ihnen Frust und Ärger beschert. Wut und Unsicherheit. Aber auf irgendeine Weise hatte er es auch geschafft, die Luft zwischen ihnen zu reinigen. Vielleicht bekamen sie eine Chance, noch einmal von vorn zu beginnen.

9

Cameron lehnte sich in dem Stuhl vor Abbys Schreibtisch zurück und schraubte die Cola-Flasche auf. »Wo auch immer du es gelesen hast, in meiner Akte oder in der Klatschpresse: Du hast sicher mitbekommen, dass sich alles, was in Boston passiert ist, um Elayne Knox dreht«, sagte er und trank einen Schluck. Dann stellte er die Flasche auf Abbys Schreibtisch. Neben das gerahmte Bild, das sie dort stehen hatte, und von dem er nur die Rückseite sah. Wahrscheinlich ein Familienfoto, das sie mit ihren Schwestern zeigte, ihrer Mutter und dem Vater, der im vergangenen Herbst gestorben war, wie er von Megan wusste.

Alles in diesem Raum war hell und freundlich. Genau so, wie er sich die Praxis einer Psychologin vorstellte. Auch wenn er inzwischen wusste, dass sie keine Patienten psychologisch betreute, sondern nur Pferdetherapie anbot. Cameron stand auf und ging zum Fenster. Wofür er zweieinhalb Schritte brauchte. Er blickte einen Moment hinaus, dann drehte er sich um und ging zurück. Für Abby war das hier mit Sicherheit perfekt. Aber er fühlte sich in diesem kleinen Raum mit den weißen Möbeln, den stilvollen Schwarz-Weiß-Fotografien der Küstenlandschaft auf den hellgrauen Wänden wie in einem Käfig. »Diese Geschichte damals …«, begann er abermals.

»Warte.« Abby hob die Hand, um ihn zu unterbrechen. Sie griff nach den beiden Flaschen und erhob sich. »Ich habe eine Idee. Komm mit.«

Cameron folgte ihr nach draußen. Im ersten Moment verstand er nicht, was sie vorhatte, doch dann wurde ihm bewusst, dass sie die Pferdekoppel hinter dem Stutenstall ansteuerte.

Sie lehnte sich gegen die weiß gestrichenen Querriegel des Zauns und reichte ihm seine Cola zum zweiten Mal. »Hier draußen redet es sich doch viel besser«, sagte sie.

Und er fühlte sich tatsächlich nicht eingesperrt. Abby ließ ihm wortwörtlich Raum, während er gleichzeitig die beruhigende Wirkung spürte, die die Sonne, die erstaunlich warm schien, die leichte Brise, die über seine Haare strich, und der allgegenwärtige Geruch der Pferde auf ihn hatten. Charlie gab seinen Platz neben der Praxis auf, trottete zu ihnen herüber und ließ sich zwischen ihnen ins Gras fallen. »Danke«, sagte Cameron schlicht. Er stemmte seine Hände gegen das oberste Zaunbrett und hielt den Blick auf die Pferde gerichtet, die friedlich auf der Koppel grasten. »Zurück zu Elayne«, begann er. »Weder das, was in der Gerichtsakte steht, noch das, was die Presse geschrieben hat, entspricht der Wahrheit. Elayne hat mich reingelegt.«

Abby sagte nichts. Er warf ihr einen Seitenblick zu und musste ihr zugutehalten, dass sie bei seinen Worten nicht die Augen verdrehte. Ihr Gesichtsausdruck war das, was man gemeinhin als neutral bezeichnete. Weder ihre Augen noch ihre Mimik ließen einen Schluss darauf zu, ob sie innerlich nicht doch die Augenbrauen hochzog. Zum ersten Mal begegnete sie ihm mit der Professionalität der Psychologin, die ihre Emotionen im Griff hatte und sich voll und ganz auf ihr Gegenüber konzentrierte. Vorurteilsfrei.

Cameron blickte wieder auf die Koppel hinaus. »Dieses Treffen im *Black Dreams* war ein abgekartetes Spiel«, sagte er und erzählte Abby die Details jener Nacht.

Elaynes Wagen war vom Parkservice bereits vor dem Club abgestellt worden, und der Junge reichte ihr den Schlüssel, als sie in die kühle Nacht traten. Cameron schnappte ihn sich und gab ihm ein Trinkgeld.

»Gib ihn mir«, lallte Elayne und streckte die Hand aus.

»Ich rufe dir ein Taxi, okay?«, wiederholte er sein Angebot.

»Du denkst, du kannst mich rumkommandieren, nicht wahr?« Für einen Moment blitzte etwas Eiskaltes in ihren Augen auf. Im nächsten Moment war es verschwunden, und Cameron war sich nicht sicher, ob ihm die Dunkelheit gemeinsam mit dem Alkohol, der bereits durch seine Adern floss, einen Streich gespielt hatte. »Ich lasse mir aber von niemandem sagen, was ich zu tun oder zu lassen habe. Und ich werde Jason nicht aufgeben. Egal, was du versuchst, du wirst uns nicht auseinanderbringen.«

Ihre Worte klangen weniger wie eine Drohung als nach einer Tatsache. Cameron war sich sicher, sie würde um seinen Bruder kämpfen. Schließlich war er einer der erfolgreichsten – und vor allen Dingen reichsten – Junggesellen, mit dem die Bostoner High Society zurzeit aufzuwarten hatte. »Hör zu.« Seine Geduld näherte sich langsam aber sicher ihrem Ende. »Ich rufe dir ein Taxi. Dann fährst du nach Hause und schläfst deinen Rausch aus.«

Elayne kniff die Augen zu Schlitzen zusammen und schnippte mit den Fingern. »Gib mir meine verdammten Wagenschlüssel!« Ihre Stimme war laut geworden und hallte über die stille Straße. Sie versuchte abermals, ihre Hände in seine Taschen zu schieben.

»Krieg dich wieder ein, Elayne«, versuchte Cameron sie zu beruhigen. Er hielt ihre Hände fest. »Lass mich dir endlich das Taxi …«

Ehe Cameron reagieren konnte, ließ sich Elayne rückwärts gegen die Seite ihres Wagens sinken. Seine Hände immer noch mit ihren verbunden, musste er ihrer Bewegung folgen, um nicht aus dem Gleichgewicht zu geraten. »Ihr seid doch alle gleich, ihr verfluchten, reichen Scheißkerle!«

»Was …?« soll das, wollte er fragen, doch er kam nicht dazu. Kaum hatte er ihre Hände losgelassen, presste sie sie gegen seine Brust und stieß ihn zurück.

»Denkt, ihr könnt euch einfach nehmen, was euch gefällt, ja?« Ihre schrille Stimme tat seinen Ohren weh. »Ich werde es deinem Bruder erzählen. Ich werde ihm sagen, dass du versucht hast, mich anzumachen … und jetzt lass mich los, du Schwein!«

»Elayne!« Cameron griff abermals nach ihren Händen und versuchte sie daran zu hindern, weiter auf seinen Brustkorb einzutrommeln. »Krieg dich ein. Was soll denn dieser Aufstand? Bist du jetzt völlig übergeschnappt?«

»Sir, lassen Sie die Dame los«, ertönte eine Stimme hinter ihnen. Cameron wollte dem Störenfried sagen, dass er sich um seine eigenen Angelegenheiten kümmern sollte. Er drehte sich um – und erstarrte. Hinter ihm standen zwei Cops. Beide hatten die rechte Hand am Griff ihrer Pistole und fixierten ihn. »Ma'am«, sagte der kleinere der beiden. »Belästigt Sie der Mann?«

Elayne warf Cameron einen berechnenden Blick zu, ehe sie sich auf die Polizisten konzentrierte und einen ängstlichen Blick aufsetzte. »Ja, Officer. Ich habe ihm gesagt, er soll mich loslassen, aber …« Sie brachte ein kleines Schluchzen zustande.

Fantastisch. Ganz fantastisch. In ihren Kreisen war das oberste Gebot, kein Aufsehen zu erregen. Aber da die Verlobte seines Bruders nicht aus ihrer Schicht kam – und eigentlich auch nur hinter dem Geld der Familie her war –, kümmerte sie das nicht wirklich. »Hören Sie, Officer«, versuchte er die Situation zu beruhigen.

Doch es war zu spät. Einer der Polizisten machte einen Schritt auf ihn zu und zog seine Waffe aus dem Holster. »Lassen Sie die Dame los, Sir. Und treten Sie einen Schritt zur Seite«, forderte er ihn auf.

Die Zeit des Diskutierens war vorbei. Cameron blieb nichts anderes übrig, als der Aufforderung nachzukommen. Er ließ Elayne los und tat, was die Beamten verlangten.

»Die Hände auf das Wagendach. Beine auseinander.« Der Cop schob die Waffe zurück ins Holster, sobald Cameron seiner Aufforderung nachkam. Er tastete ihn ab, zog Elaynes Wagenschlüssel und seine Brieftasche hervor und legte sie auf das Wagendach. Als er seine Hand das nächste Mal aus Camerons Hosentasche zog, gab er einen geringschätzigen Laut von sich. »Was haben wir denn hier?«, stellte er die fast schon rhetorische Frage und legte das Kokain-Briefchen neben Elaynes Schlüssel.

Scheiße! Cameron ließ den Kopf zwischen seinen gespreizten Armen hängen. Er war am Arsch. Und zwar so richtig.

»Ist das nicht Cameron Montgomery?«, hörte er jemanden sagen. Er hob den Blick genug, um die kleine Menschentraube zu sehen, die sich am Ausgang des Clubs versammelt hatte und seine Festnahme mit gezückten Handys verfolgte.

Die wirklich guten Fotos wurden jedoch von der anderen Straßenseite aus geschossen. Mit einem Teleobjektiv. Ohne dass Cameron auch nur den Hauch einer Ahnung davon hatte, dass diese Bilder in ein paar Stunden sein Leben aus den Angeln heben würden.

»Warum sollte die Verlobte deines Bruders so etwas tun?«, stellte Abby ganz automatisch die Frage, die mit Sicherheit jedem durch den Kopf ging, der diese scheinbar so unwahrscheinliche Geschichte hörte.

Cameron konnte es ihr nicht verdenken. »Um mich aus dem Weg zu haben«, sagte er schlicht.

»Ein sehr ausgeklügelter Plan, nur um dich nicht mehr sehen zu müssen. Aus welchem Grund würde sie sich so viel Mühe machen? Die Cops mussten im richtigen Moment auftauchen. Der Paparazzo musste auf der anderen Straßenseite warten«, zählte Abby auf, was gegen Camerons Behauptung sprach.

»Das stimmt. Für mich spricht, dass es weder in der Klatschpresse noch in meiner Polizeiakte Hinweise darauf gab, dass ich je eine Frau angegriffen oder bedroht habe. Ein paar Barschlägereien zu Collegezeiten. Jede Menge Strafzettel wegen Falschparkens oder überhöhter Geschwindigkeit. Aber keine Drogendelikte und keine Gewalt gegen Frauen oder Personen, die schwächer gewesen wären als ich selbst.« Cameron blickte über die Schulter zu seiner Miet-Rostlaube. »Das mit dem zu schnellen Fahren wird in der nächsten Zeit auch kein Problem mehr sein«, versuchte er es mit einem Scherz. Da Abby ihn aber einfach nur abwartend ansah, wurde er wieder ernst. »Und weißt du, warum sich in meiner Akte nichts Vergleichbares finden lässt? Weil es da nichts zu finden gibt. Ich habe in meinem ganzen Leben nie eine Frau bedroht oder geschlagen. Und ich werde das auch niemals tun. Auf der Highschool und am College habe ich ab und zu mal Pot geraucht. Aber Kiffen war nicht die Droge meiner Wahl. Wenn ich mich abschießen will, dann mit einem Glas voller Eiswürfel und einem guten Wodka oder Scotch.«

»Was du in jener Nacht ja getan hast«, erinnerte Abby ihn daran, dass sein Clubbesuch nicht zu seinen Glanzstunden gehörte. »Stimmt«, sagte er, behielt den Grund für seine kleine Selbstmitleidsparty im *Black Dreams* aber für sich. Die Ablehnung seines Hotelprojekts durch seinen Vater hatte schließlich nichts mit Elaynes Intrige zu tun. »Elayne hat mir den Krieg erklärt, weil ich alles tun würde, um meinen Bruder davon zu überzeugen, sie nicht zu heiraten. Ich habe es schon einmal geschafft, ihr die Tour zu vermasseln.« Er zuckte mit den Schultern. »Das hat sie mir einerseits nie verziehen. Andererseits wusste sie, dass ich ihr Schwierigkeiten machen würde, wenn ich erst einmal herausfinden würde, dass sie die Absicht hat, meinen Bruder in die Ehefalle tappen zu lassen.«

»Ihr habt also eine … Vergangenheit«, formulierte Abby ihre Worte vorsichtig.

»So kann man es auch nennen.« Cameron stellte seine leere Cola-Flasche zur Seite und lehnte sich wieder an den Zaun. »Ich habe Elayne in Harvard kennengelernt. Sie wollte nichts von mir«, sagte er auf den neugierigen Blick hin, den Abby ihm zuwarf. »Jemand wie ich …«, er zog den Mundwinkel zu einem geringschätzigen Lächeln hoch, »passte nicht in ihr Beuteschema. Sie war schlau und ihr Plan ziemlich gerissen. Sie hatte sich das Zielobjekt, das sie ausnehmen wollte, sehr genau ausgesucht. Mit jemandem wie mir hätte sie es nie aufgenommen. Ich durchschaue den Typ Goldgräberin normalerweise ziemlich schnell. Wobei ich zugeben muss, bei ihr ist mir das auch nicht auf Anhieb gelungen.«

»Sie hat sich jemanden ausgesucht, der zurückhaltender war«, mutmaßte Abby und lehnte sich neben ihn. »Nicht zu attraktiv, aber auch nicht abstoßend. Intelligent, aber naiv oder vertrauensselig genug, sich auf sie einzulassen. Schüchtern vielleicht. Unerfahren im Umgang mit Frauen.«

Cameron nickte. »Das beschreibt meinen Freund Trevor St. Martin ziemlich treffend. Elayne hat es nie zugegeben, aber sie ist ihm nicht aus Versehen über den Weg gelaufen. Sie hat ihn ganz gezielt ausgewählt.« Cameron hörte das leise Schnauben hinter sich, das ihm inzwischen so vertraut war. Cassiopeia streckte neben ihm den Kopf über den Zaun. Ganz automatisch griff Cameron in seine Hosentasche und zog ein Leckerli für den Wallach hervor. »Elayne ist das, was man als ›auf der falschen Seite der Bahngleise aufgewachsen‹ bezeichnet«, erzählte er Abby, während er Cassiopeia fütterte und dann über das weiche Fell an seinem Hals strich. »Zum ersten Mal habe ich sie auf einer unserer Verbindungpartys bemerkt. Sie sah aus wie eine von uns.« Er hob die Hand, als Abby die Augenbrauen nach oben zog. »Das soll nicht arrogant klingen, aber es lässt sich nun mal nicht abstreiten. Und nicht, dass wir besonders toll gewesen wären. Wir waren eben die reichen, verwöhnten Kids. Die meisten von uns waren nicht in Harvard, weil wir Stipendien aufgrund unserer hervorragenden Schulabschlüsse vorweisen konnten, sondern weil wir reiche Daddys hatten. Treuhandfonds, die bis zum Rand gefüllt waren. Nagelneue, hochmotorisierte Sportwagen. Schweineteure, angesagte Markenklamotten. Die Mädchen hatten Strähnchen in den Haaren, die pro Friseurbesuch Hunderte von Dollar kosteten. Über die Einrichtung unserer Verbindungsvilla will ich nicht einmal reden.«

»Ihr Trick war es, das Gefühl zu erzeugen, zu euch dazuzugehören, sowieso schon immer ein Teil davon gewesen zu sein. Nur so kann man den Eindruck vermitteln, nicht hinter dem Geld der anderen her zu sein.« Abby strich durch Cassiopeias Mähne, und das Pferd legte den Kopf schief, damit sie es besser kraulen konnte. Es hätte Cameron nicht gewundert, wenn er vor Verzückung die Augen verdreht hätte.

»Ganz genau. Elayne hatte diesen Trick verdammt gut drauf. Sie hat sich fantastisch mit Trevor verstanden. Ihre Interessen waren die gleichen. Sie mochten die gleichen Bücher, und das obwohl Trevs Geschmack, was das betrifft, echt schräg war. Da steckte jede Menge Arbeit drin. Sie hat so von diesen High-Fantasy-Epen geschwärmt, dass sie unmöglich nur die Zusammenfassung im Internet gelesen haben konnte. Sie hat den Anschein erweckt, die perfekte Frau für Trevor zu sein. Vor dieser Party war sie uns nie aufgefallen. Aber nachdem sie in unserem Verbindungshaus aufgetaucht war, lief sie uns plötzlich immer wieder über den Weg. Saßen wir auf dem Rasen auf dem Campus, kam sie zufällig an uns vorbei. Haben wir uns im Coffee Shop einen Kaffee geholt, stand sie hinter uns in der Schlange. Schließlich wurden sie ein Paar. Trev war verliebt bis über beide Ohren, und nach ein paar Monaten zeigte er mir den Ring, den er für sie gekauft hatte.«

Cassiopeia hatte seinen Kopf inzwischen auf Abbys Schulter abgelegt, damit sie seinen Hals kratzen konnte. »Ein Ring mit einem Stein in einer Größe, die einen erschlagen kann, nehme ich an«, sagte sie.

»Aber hallo.« Cameron lachte bei der Erinnerung an das protzige Ding, das ganz nach Elaynes Geschmack gewesen war.

»Du hast deinen Freund dazu gebracht, sie nicht zu heiraten. Das war sicher nicht einfach, wenn er so in sie verliebt war.«

»Nichts, woran ich gern zurückdenke. Wenn Elayne überraschend in unserer Nähe aufgetaucht ist, haben sich jedes Mal meine Nackenhaare aufgestellt. Ich wäre allerdings nie auf die Idee gekommen, ihre Geschichte zu hinterfragen. Sie war in einer Verbindung. Sie studierte, um Innenarchitektin zu werden.«

»Wie alle reichen Mädchen, die nur aus Langeweile studieren«, stellte Abby lapidar fest.

»Autsch.« Cameron verzog das Gesicht. »Das würde meine Schwester wahrscheinlich nicht gern hören.«

Abbys Augen weiteten sich erschrocken. »Entschuldige«, sagte sie. »Das tut mir leid. Es sollte nicht klingen, als …«

Cameron musste lachen. »Im Prinzip beschreibst du das Phänomen ziemlich treffend. Elaynes Geschichte haben wir jedenfalls nicht hinterfragt. Aber dann musste ich ein Geburtstagsgeschenk für meine Mutter besorgen und habe Elayne in einem der exklusiven Shops in der Stadt gesehen, als sie gerade dabei war, Markenklamotten zu klauen. Ich bin ihr gefolgt. Bis zu der runtergekommenen Bude, in der sie gehaust hat. Sie war weder ›eine von uns‹ noch war sie überhaupt Studentin in Harvard oder in einer Studentenverbindung. Eigentlich hing sie immer nur zur richtigen Zeit vor einem Hörsaal oder auf einer Verbindungsparty ab. Sie hat einfach versucht, sich einen reichen Typen zu angeln und ihn auszunehmen. Ich habe sie abgefangen und sie aufgefordert, ihre Beziehung zu Trevor zu beenden oder ihm die Wahrheit über sich zu erzählen.« Cameron zuckte mit den Schultern. »Elayne hat mir ins Gesicht gelacht. Sie war sich ihrer Sache so verdammt sicher.«

»Also hast du es ihm gesagt.«

»Hmm.« Cameron fuhr sich durch die Haare. Die Erinnerungen an jene Zeit waren nicht besonders angenehm. »Trevor war am Boden zerstört. Er hat es mir nicht geglaubt. Also habe ich ihm einfach ihre Adresse gegeben und ihm die Wahl überlassen. Er hätte ihr vertrauen und ihr den Ring an den Finger stecken können. Letztendlich hat er die Wahrheit über sie herausgefunden. Nach all ihren Lügen und Manipulationen war es ihm unmöglich, ihr weiter zu vertrauen, und er hat dann Schluss gemacht. Das Ende war sehr unschön. Und Elayne hat mir prophezeit, dass ich das irgendwann bereuen werde.«

Ein leichtes Lächeln hob Abigails Mundwinkel. Das kleine Grübchen erschien auf ihrer Wange, als sie ihn mit schräg gelegtem Kopf musterte. »Und du denkst vermutlich, sie hat dieses Versprechen vor dem Club in Boston eingelöst.«

Cameron antwortete nicht sofort. Dann entschied er sich für die Wahrheit. Nach all den Dingen, die er ihr gerade erzählt hatte, kam es darauf nicht mehr an. »Im ersten Moment habe ich das auf jeden Fall gedacht. Immerhin haben meine Eltern ihr geglaubt, statt auf meine Warnungen zu hören. Genau wie mein Bruder. Elayne ist cleverer, als ich es ihr zugetraut habe. Und verdammt manipulativ. Als meine Familie sich zwischen mir und ihr entscheiden musste, hat sie eine klare Wahl getroffen. Ich habe noch gedacht, dass sie endlich ihre offene Rechnung mit mir begleicht, als mein Porsche auf dem Weg in den Norden zum ersten Mal in einem Schlagloch aufsaß. Nicht zu vergessen, als ich ihn gegen den GMC eingetauscht habe. Oder als ich meine Finger vor lauter Blasen nicht mehr bewegen konnte.« Er zog seine Hände aus den Taschen und betrachtete die geschundenen Handflächen. »Aber als ich zum ersten Mal auf Cassiopeia gesessen bin, habe ich das nicht so empfunden. Oder als letzte Nacht das Fohlen geboren wurde. Als ich heute Morgen die erste Tasse Kaffee mit Blick in die Bucht getrunken habe, während die Sonne aufgegangen ist.«

Als er Abby geküsst hatte, hatte es sich auf keinen Fall wie etwas angefühlt, das er jemals bereuen würde. Er hatte es eher bedauert, dass der Moment geendet hatte. Viel zu schnell.

»Lass uns ein paar Schritte gehen«, schlug Abby vor. Sie stieß sich vom Zaun ab und folgte den geraden, weißen Latten. Charlie rappelte sich auf und rannte vor ihr her. Cassiopeia folgte ihr auf der anderen Seite ein paar Schritte. Als ihm klar zu werden schien, dass er keine weiteren Streicheleinheiten oder Leckerli ergattern konnte, drehte er ab und trottete zu seinen Artgenossen zurück.

Der Wind ließ Abbys Haare um ihr Gesicht tanzen. Sie strich ein paar Strähnen hinter ihr Ohr und drehte sich zu ihm um, um sicherzugehen, dass Cameron ihr folgte. Mit ein paar großen Schritten schloss er zu ihr auf.

»Erzählst du mir, wie du es geschafft hast, auf dem Gestüt zu landen? Wieso wurdest du verurteilt? Warum hat dein Anwalt das Problem nicht gelöst? Ich kann mir vorstellen, dass du da jemanden an der Hand hast, der ziemlich viel Geld kostet und wahrscheinlich auch ziemlich gut ist.«

»Das sollte man meinen, nicht wahr?« Cameron hob ein Stöckchen auf und warf es für Charlie, der begeistert davonstob. »Aber Elayne wollte mich aus dem Weg haben. Genau wie meine Mutter, die die Hochzeit der beiden plant und nicht zulassen wird, dass ich ihr einen Strich durch die Rechnung mache. Es klingt vermutlich völlig unglaublich – und vor allem lächerlich. Aber mein Bruder hat bereits ein paar gescheiterte Verlobungen hinter sich, und der Meinung meiner Familie nach passt Elayne ganz wunderbar zu ihm. Wenn sie kurz vor der Hochzeit abspringen würde – oder ich sie vertreibe –, wäre das für meine Mutter schlimmer, als mich so lange ruhigzustellen, bis alles in trockenen Tüchern ist. Elayne hat ihre Spuren verdammt gut verwischt. Ich bin mir sicher, dass mein Vater ihre Vergangenheit durchleuchtet hat, aber er hat die Elayne, die ich in Harvard kennengelernt habe, nicht mehr gefunden. Sie ist ein verdammtes Chamäleon.« Er kickte mit der Schuhspitze einen kleinen Stein zur Seite. »Der Familienanwalt hat sein Übriges dazugetan«, fuhr er fort. »Als ich jünger und wilder war, hat er immer alles gegeben, um mich rauszuboxen, wenn ich in Schwierigkeiten steckte. Aber wie gesagt, auch wenn die Presse mich gern als Bad Boy dastehen lässt und die ganze Welt das glauben möchte: Ich bin ein erwachsener Mann. Ich ärgere mich oft über meine Familie, aber ich mache dem Ärger nicht mehr Luft, indem ich wie ein pubertierender Teenager über die Stränge schlage. Ich hatte schon lange nichts mehr mit dem Anwalt zu tun und war mir sicher, dass sich meine Unschuld in null Komma nichts beweisen lässt. Aber diesmal hat er mich überrascht. Er hat getan, was meine Eltern wollten. Hätte ich es geahnt, hätte ich mir einen anderen Verteidiger gesucht – aber da war es bereits zu spät. Der Richter hat mitgespielt. Ich habe fast darum gebettelt, einen Drogentest machen zu dürfen, um zu beweisen, dass ich clean bin. Aber so weit haben sie es gar nicht erst kommen lassen.« Cameron breitete die Arme aus. »Und hier bin ich. Ein Drogen nehmendes, Frauen bedrohendes Arschloch.«

Abby drehte sich im Gehen zu ihm um, um ihm in die Augen sehen zu können. »Was denkst du, ist der Grund, aus dem sich Elayne ausgerechnet deinen Bruder ausgesucht hat? Es gibt leichtere Ziele.« Abby stellte Fragen. Aber sie stellte nicht infrage, was er ihr erzählt hatte. Damit war sie, abgesehen von seiner Schwester, die Erste, die dazu bereit war, ihm zuzuhören. Und allein das ließ Camerons Herz ein wenig schneller schlagen. Er war noch längst nicht darüber hinweg, wie übel seine Familie ihm mitgespielt hatte. Dass sie einen Richter dazu gebracht hatten, ein solches Urteil zu sprechen. Immer wieder hatte er sich gefragt, ob sie notfalls auch mit einer Haftstrafe einverstanden gewesen wären, wenn das bedeutet hätte, ihn aus dem Weg zu haben. Er schob die düsteren Gedanken zur Seite und konzentrierte sich darauf, wie gut es sich anfühlte, sich endlich einmal all das, was passiert war, von der Seele zu reden.

»Sie ist eine Spielerin. Liebt das Risiko.« Cameron hatte sich schon so oft den Kopf darüber zerbrochen. Eine andere Erklärung fiel ihm dafür nicht ein. »Der Reiz ist größer, wenn sie Jason nicht nur das Ja-Wort abschwatzt, sondern es auch noch schafft, es mir endlich heimzuzahlen.«

Abby nickte. »Sie begleicht ihre offenen Rechnungen.«

Cameron sah sie von der Seite an. Abby verstand es wirklich.

10

»Ich kann einfach nicht glauben, dass ich mich darauf eingelassen habe.« Abby stöhnte auf, als hätte sie Schmerzen, und lehnte den Kopf an die großen Konservendosen mit Mais, die hinter ihr im Regal standen.

»Das ist das Coolste überhaupt«, widersprach Becky und reichte ihr einen Becher Kaffee. Die tiefhängende Deckenlampe pendelte hin und her, als sie sich wieder aufrichtete und dagegenstieß.

Abby nippte an ihrem Kaffee, wärmte für einen Moment ihre Finger an der Tasse und stellte sie dann zur Seite, um weiter ihre Gitarre zu stimmen. »Das wird ein Desaster«, brummte sie.

»Ach was!« Misha stieß ein aufgeregtes Kichern aus. »Das wird spektakulär.«

Warum nur hatte Abby das Gefühl, die Einzige zu sein, die sah, dass sie nicht mehr die Siebzehnjährigen waren, die den Pub oder die Turnhalle der Highschool gerockt hatten.

»Ich finde es fantastisch, dass wir einen Auftritt im Pub ergattert haben«, sagte Teyla. Sie hatte es sich auf einem Stapel zusammengefalteter Kartons gemütlich gemacht. Ihr Bass lehnte neben ihr an der Wand.

»Stell es nicht so dar.« Abby zeigte mit dem Finger auf die

Freundin. »Brandon von der Brauerei hat euch bekniet aufzutreten. *Wie in guten alten Zeiten*«, imitierte sie die Stimme des Wirts. »Ihr habt euch so geschmeichelt gefühlt, dass ihr nicht eine Sekunde daran gedacht habt, wie eingerostet ich an der Gitarre bin. Von meiner Stimme ganz zu schweigen.«

Becky lächelte. »Wir haben noch drei Wochen. Wenn wir es schaffen, fast jeden Abend zu proben, rocken wir die Bude.« Sie hatte den Vorteil, dass ihr Cajon nicht nur Instrument, sondern gleichzeitig auch Sitzplatz war. Gut gelaunt stimmte sie einen kleinen Trommelwirbel an. »Die Setlist habe ich jedenfalls schon mal zusammengestellt.«

Misha hatte es platztechnisch nicht ganz so leicht, aber sie hatte ihr Keyboard zwischen einen Stapel Waschmittelpackungen und einen Turm aus Wassergalonen gequetscht. Sie nahm sich die Gesangsunterlagen, die Becky ihr reichte, und gab den Stapel Notenblätter und Texte dann weiter.

Abby überflog die Titelauswahl, bevor sie ihren Freundinnen einen Blick unter hochgezogenen Augenbrauen zuwarf. »Das ist die Setlist, die wir bei unserem letzten Auftritt gespielt haben. Vor dreizehn Jahren.«

Teyla zuckte mit den Schultern und griff nach ihrem Bass. »Stimmt. Aber diese Songs haben wir drauf, und die Auswahl ist immer noch gut. Wenn die Leute etwas Aktuelles hören wollen, sollen sie sich doch bei Spotify eine Playlist herunterladen. Die meisten Lieder auf dieser Liste waren damals schon Klassiker. Und sie sind es auch heute noch.«

»Solange wir mit einem Springsteen-Song anfangen und mit *Perfect Day* von Lou Reed aufhören, ist mir alles recht«, sagte Becky und spielte noch ein kleines Schlagzeugsolo, während Teyla die Finger über die Seiten des Basses gleiten ließ.

Der Anfang und das Ende ihrer Auftritte waren in Stein gemeißelt. Springsteen eröffnete jedes Konzert, weil sich die Leute vom *Boss* immer mitreißen ließen. Dann folgte eine bunte Mischung aus klassischen Rocksongs der Siebzigerjahre. Ein paar Achtziger-Hymnen und natürlich Country-Songs. Nirvana brachte ein wenig Grunge in die Setlist, und mit Green Day und den Foo Fighters waren auch ein paar neuere Sachen dabei. Oder Sachen, die vor dreizehn Jahren neu gewesen waren. Abby spielte die ersten Noten von *Born to run*, und ihre Freundinnen fielen ein.

Es fühlte sich ein bisschen an wie Fahrrad fahren. Es war nicht so, als hätte Abby in den vergangenen Jahren nie Gitarre gespielt. Sie spielte oft Kelseys Lieblingslieder, wenn sie sie in Augusta besuchte. Aber das war etwas völlig anderes, als mit ihren Freundinnen in ihrer Coverband zu rocken. In ihren Highschool-Jahren, und auch noch zu Beginn ihrer Collegezeit, waren sie ziemlich viel über die kleinen Bühnen der Gegend getingelt. Sie hatten auf jeder Menge Sommerfeste, Live-Abenden in Pubs und Gartenpartys gespielt. Sie hatten sich von den Jungs der Highschool anhimmeln lassen. Hatten hinter der Bühne heimlich Bier getrunken – und ihren ersten Rausch gemeinsam erlebt. Sie hatten sich mit ihren Auftritten ein gutes Taschengeld verdient. Für Abby aber hatten ihre Shows eine besondere Wirkung gehabt: Sie waren ein Ventil gewesen, ihre überschüssige Energie abzubauen – und damit ihre Impulsivität unter Kontrolle zu halten. Hätte sie noch gespielt, als sie Jace getroffen hatte … vielleicht hätte sie sich nie auf ihn eingelassen, ihn geheiratet. Abby schob den Gedanken zur Seite. Die *Barn Cats* hatten vor allem Spaß gemacht. Sie waren, wie Megan es nannte, ein Kleeblatt gewesen. Abby spürte ganz genau, dass sie das noch immer waren. Sie blickte von ihren Noten auf und sah Beckys breites Grinsen. Und natürlich konnte sie nicht anders, als es zu erwidern.

»Das war doch schon ganz gut«, stellte Teyla fest, als sie die Setlist einmal durchgespielt hatten. Sie zog ein Bier aus dem Sixpack Island Brew, den sie in Brandons Brauerei abgestaubt hatte, und reichte ihn dann weiter. »Wenn wir es wirklich schaffen, ein paarmal die Woche zu proben, wird man uns diese klitzekleine Bandpause von über einem Jahrzehnt gar nicht anmerken.«

»Ein halbes Jahr Vorlaufzeit wäre mir lieber als drei Wochen«, gab Abby zu bedenken.

»Das liegt nur daran, dass du deine Spontaneität verloren hast«, sagte Misha und hob ihr Bier zu einem Toast. »Auf das Revival der *Cats*!«

Abby schüttelte den Kopf, konnte sich ein Lachen aber nicht verkneifen. Misha hatte recht. Wann war sie zur Bedenkenträgerin geworden? Ihre Freundinnen hatten genau wie sie jahrelang keinen Gig mehr gespielt. Und trotzdem waren sie Feuer und Flamme und dachten nicht einmal darüber nach, dass sie sich blamieren könnten. Es war an der Zeit, wenigstens einen Teil ihres Perfektionismus abzulegen und die Musik genauso zu genießen wie der Rest des Kleeblattes. »Auf die *Cats*!«, stimmte sie in den Toast ein und stieß mit ihren Freundinnen an.

»Wie läuft es mit dem sexy Hotelerben?«, wechselte Teyla so schnell das Thema, dass Abby blinzeln musste, und lehnte sich mit ihrem Bass auf dem Schoß entspannt zurück.

»Nenn ihn nicht so«, sagte Abby, wie immer, wenn ihre Freundin Cameron so bezeichnete. Was Teyla natürlich nicht davon abhielt, ihn weiter so zu nennen. »Er macht sich ganz gut«, beantwortete sie die Frage trotzdem, weil Teyla sonst keine Ruhe geben würde. Wobei *ganz gut* Camerons Entwicklung in den letzten Tagen nicht unbedingt beschrieb. Genauso wenig wie Abbys Entwicklung, nachdem er ihr erzählt hatte, was in Boston passiert war. Nachdem er sich dafür entschuldigt hatte, dass er ihre Arbeit als Geldmacherei abgetan hatte. Nachdem er sie mit einem Kuss überrumpelt hatte. Einem Kuss, der auch Tage später noch in ihr nachhallte.

»Kann er inzwischen reiten?«, wollte Misha wissen und knibbelte wie immer am Etikett ihrer Bierflasche herum.

Abby musste lächeln. »Die einen sagen so, die anderen sagen so. Ich kann bestätigen, dass er sich auf Pferde setzt.« Zumindest auf sein Lieblingsfaultier Cassiopeia. Er erledigte die Arbeiten, zu denen sie ihn einteilte, ohne zu murren. Er beobachtete genau. Er lernte schnell. Und in den letzten Tagen hatte er die Furcht vor Pferden verloren – jetzt hatte er Respekt vor ihnen. Aber die Panik, wenn Foxy ihn auch nur anschnaubte, war verschwunden.

Becky untermalte ein wissendes Grinsen mit einem langgezogenen »Aaaah« und einem weiteren kleinen Trommelwirbel. »Er hat sich verknallt.«

»Was?« Abby spürte die Hitze, die an ihrem Hals nach oben kroch. Cameron hatte sich keinesfalls … Sie hatten sich nur einmal geküsst. Okay, dieser Moment hatte den Boden unter ihren Stiefeln kurz zittern lassen. Aber das hieß noch lange nicht … Sie waren sich in den Tagen danach nicht einmal nahe genug gekommen, um sich überhaupt zu berühren. Cameron war nicht …

»In die Pferde«, ergänzte Becky. »Er hatte keine Ahnung, was ihn hier erwarten würde. Und dann hat er in große braune Pferdeaugen geblickt, über eine zottelige Mähne gestrichen, und zack«, sie schnippte mit den Fingern, »hat er sein Herz verloren.«

»Kann schon sein.« Abby senkte den Blick in ihr Bier, damit die Freundinnen die verräterische Röte in ihrem Gesicht nicht entdeckten. Oder ihre Gedanken, die peinlicherweise in eine völlig falsche Richtung abgedriftet waren. Auf jeden Fall war er gern mit den Pferden zusammen. Und mit Menschen, die Pferde mochten … Entschlossen schob sie die Gedanken zur Seite und trank einen großen Schluck. »Meine Mutter und meine Schwestern haben mit ihm geübt. Er ist noch kein Profi, aber er hat Spaß.« Abby musste zugeben, dass er wirklich keine schlechte Figur machte, wenn er sich auf ein Pferd setzte. Abbys Familie hatte sich viel um Cameron gekümmert, ihm viel beigebracht. Abby selbst hatte sich am Anfang bewusst zurückgehalten und war ihm aus dem Weg gegangen, solange sie davon ausgegangen war, dass er ein Junkie war, der sich mit den Sozialstunden auf Stonebridge Island um eine Haftstrafe herumschummelte. Seit sie wusste, was in Boston tatsächlich vorgefallen war, hatte sie wirklich wenig Zeit gehabt. Aber sie sah es als ihre Pflicht, ihm ebenfalls Zeit zu widmen und ihm etwas beizubringen. Vor ihnen lag ein Wochenende ohne Termine, also hatte Abby Cameron angeboten, mit ihm auszureiten. Seine Augen hatten angefangen zu leuchten bei der Vorstellung, zum ersten Mal das Gestüt auf einem Pferderücken zu verlassen. Aber das war morgen. Heute mussten die *Barn Cats* proben, sonst würde ihr Revival-Konzert ein Desaster werden. »Na los, Leute.« Abby tippte auf ihre Textblätter.

»Lasst uns noch mal die Songs durchgehen, die am schrägsten geklungen haben.« Wenn sie sich mit den Songs beschäftigte, würde sie vielleicht auch den Mann für eine Weile vergessen, mit dem sie am nächsten Mittag verabredet war.

*

Cameron öffnete die Tür der Sattelkammer und atmete den Geruch nach Pferd, Leder und dem Fett ein, mit dem die Sachen gepflegt wurden. Seine erste Woche auf Stonebridge Island ließ sich mit einem Wort zusammenfassen: Muskelkater. Er konnte sich nicht daran erinnern, in seinem Leben schon einmal so hart körperlich gearbeitet und in so kurzer Zeit so viel über ein Thema gelernt zu haben, von dem er noch nicht einmal geahnt hatte, dass es ihn überhaupt interessieren würde. Die Pferde faszinierten ihn. Diese großen, sanften Tiere mit den aufmerksamen Augen. Manche scheu, andere neugierig und Acapulco definitiv verfressen. Am liebsten war er mit Cassiopeia unterwegs. Das Pferd hatte es ihm angetan, seit er ihn zum ersten Mal hatte reiten dürfen.

Aber Cameron mochte nicht nur die Tiere. Er fühlte sich auf dem Gestüt an sich wohl. Die Coopers und ihre Angestellten bildeten eine große Familie. Die Arbeitsabläufe auf dem Hof griffen ineinander wie gut geölte Zahnräder. Diesen Betrieb zu managen war etwas völlig anderes, als ein Hotel zu leiten, und doch gab es viele Parallelen. Am meisten beeindruckten ihn die Cooper-Frauen selbst. Abby und ihre Schwestern verwirklichten – jede auf ihre Art – ihre Träume. Olivia hatte sich offiziell aus dem Gestütsbetrieb zurückgezogen – und war doch überall präsent. Auch charakterlich unterschieden sich alle vier voneinander, und doch waren sie eine Einheit. Hielten zusammen wie Pech und Schwefel. Ganz anders, als Cameron es von seiner eigenen Familie kannte.

Er drehte sich um, als die Tür hinter ihm geöffnet wurde und Abby in die Sattelkammer kam. »Hi«, sagte sie und schenkte ihm ein Lächeln, das deutlich freundlicher war als noch zu Beginn seines Arbeitseinsatzes auf dem Gestüt. Es war richtig gewesen, sich für seine Vorurteile zu entschuldigen und ihr zu erzählen, was in Boston wirklich passiert war. Den Kuss hatten sie allerdings beide nicht mehr erwähnt. Was nicht bedeutete, dass Cameron nicht an ihn denken musste. Das tat er ständig. Abby hatte ihr Pokerface perfektioniert. Aber so wie sie auf ihn reagiert hatte, war er sich sicher, dass er auch an ihr nicht spurlos vorübergegangen war.

»Hey«, sagte Cameron. »Danke, dass du dir die Zeit nimmst, mit mir auszureiten.« Abby hatte ihm in den vergangenen Tagen seine Arbeiten zugeteilt, aber Summer, Megan und Olivia hatten mit ihm trainiert. Er war ziemlich stolz auf seine Leistungen gewesen, als Abbys Mutter ihm versichert hatte, dass er bereit war, den Reitplatz zu verlassen. Denn genau das war es, was er erleben wollte. Auch wenn seine Schwester sich vor Lachen ausgeschüttet hatte und ihn inzwischen ausnahmslos Pferdeboy nannte.

»Kein Problem. Ich freue mich auch darauf, mal wieder eine Runde mit Ebba drehen zu können.« Bei dem Gedanken, mit ihrer Stute auszureiten, nur zum Vergnügen – na gut, und um auf ihn aufzupassen –, erreichte das Lächeln ihre Augen. Im Licht, das durch die Fenster fiel, tanzten Staubkörnchen um sie herum.

Cameron hätte am liebsten einen Schritt auf sie zugemacht, sie in seine Arme gezogen und sie noch einmal geküsst. Nicht so stürmisch und besitzergreifend wie beim letzten Mal. Sondern langsam. Zärtlich. Er wollte mit den Fingern ihre glatte Haut ertasten, die Hände in ihren Haaren vergraben, …

Abby machte einen Schritt zurück und vergrößerte den Abstand zwischen ihnen. Als ob ihm seine Gedanken ins Gesicht geschrieben stünden. »Nimmst du Cassiopeias Sachen?«, fragte sie, nachdem sie sich geräuspert und den Blick abgewandt hatte. Ohne Camerons Antwort abzuwarten, lud sie sich Ebbas Sattel auf den Arm und griff nach ihrem Zaumzeug.

Cameron schnappte sich die Sachen, die unter dem Foto seines Lieblingspferdes hingen, damit sie nicht mit anderen Sätteln und Zaumzeugen verwechselt wurden, und folgte Abby zum Sattelplatz. Er hatte Cassiopeia schon von der Koppel geholt und geputzt. Jetzt stand Abbys hübsche Stute Ebba neben ihm. Ohne viel zu reden, sattelten sie die Pferde. Die Handgriffe waren inzwischen routiniert, trotzdem verglich Cameron aufmerksam jede von Abbys Bewegungen mit seinen eigenen. Charlie gesellte sich zu ihnen, ließ sich kraulen und entschied, sie zu begleiten, als sie die Pferde auf den Hof hinausführten und aufsaßen.

Die Sonne schien warm von einem wolkenlosen, strahlend blauen Himmel. Cameron traute dem Frieden nicht. Inzwischen hatte er sich im Internet die Wetterstatistiken der Gegend angesehen und herausgefunden, dass es gerne auch bis in den April hinein noch stürmte und schneite. Aber für den Moment war das Wetter so perfekt, wie es ein lauer Frühlingstag nur sein konnte.

Megan hatte ihn in den vergangenen Tagen mit Arbeitskleidung ausgestattet, weshalb er genau wie Abby eine Fleecejacke unter einer hellblauen Daunenweste mit dem Logo des Gestüts trug. Vor zwei Tagen hatten seine inzwischen hoffnungslos verdreckten Turnschuhe aufgegeben, und er hatte sich im Ort das erste Paar Cowboystiefel seines Lebens gekauft – das Foto, das er seiner Schwester geschickt hatte, hatte einen neuerlichen Lachkrampf zur Folge gehabt. Aber die Dinger waren erstaunlich bequem. »Muss ich etwas beachten?«, fragte er, als sie nebeneinander über den Hof ritten. Charlie war bereits davongestoben. Er schien zu wissen, wo es hinging. »Gibt es irgendwelche Regeln?«

»Regel gibt es eigentlich nur eine: Genieß es!« Abby beugte sich zu ihm hinüber, um Cassiopeia den Hals zu tätscheln. »Diesem Schätzchen hier kannst du einfach vertrauen.«

Vertrauen! Was für ein verrückter Gedanke im Zusammenhang mit tausend Pfund Muskeln unter dem Hintern, denen man sich einfach auslieferte. Aber erstaunlicherweise hatte er von dem Moment an, in dem die Cooper-Frauen begonnen hatten, ihm den Umgang mit den Tieren beizubringen, keine Angst mehr gehabt. Respekt ja, aber keine Angst.

»Wir reiten in die Halfmoon Bay hinunter und gönnen uns einen kleinen Galopp am Wasser entlang«, erklärte Abby und lenkte Ebba auf die Wiese, die vom Farmhaus zur Klippe hin sanft abfiel. Die Idee gefiel Cameron. Vom Panoramafenster seiner Hütte blickte er jeden Morgen, wenn er seinen Kaffee trank, in diese atemberaubend schöne Bucht hinunter. Entschlossen, sein neu gewonnenes Wissen dieser Woche anzuwenden, gab er Cassiopeia mit den Schenkeln zu verstehen, dass er Abby folgen sollte.

Der Wallach machte genau drei Schritte auf dem jungen, saftigen Gras, dann entschied er, dass er genug gelaufen war, senkte den Kopf und begann, gemütlich zu grasen. »Cassio? Hey! Cassio! Komm schon!« Das Pferd bewegte seine Beine keinen Millimeter, streckte nur seinen Hals, um an ein paar noch leckereren Grashalmen zu knabbern. »Ähm … Abby?«, rief er. Sie und Ebba waren bereits ein paar Meter weiter. »Wir haben hier ein Problem.«

Sie blickte über die Schulter zurück und lachte. Mit einer geschickten Bewegung drehte sie ihr Pferd und kam zurück, um Cassiopeia am Zügel hochzuziehen. »Na, du verfressener Kerl.« Sie strich ihm über die Nase. »Cam, du darfst ihm die Nascherei am Wegesrand nicht durchgehen lassen, sonst platzt unser kleines Dickerchen irgendwann. Wenn er versucht, dich auszutricksen, zieh ihn am Zügel weg und treib ihn ein bisschen an.«

Widerwillig fügte sich Cassiopeia und folgte Ebba und Abby auf seinen Schenkeldruck hin, auch wenn er nach wie vor zu den leckeren Snacks um sich herum schielte. Cameron atmete den Duft des Pinienhains ein, an dessen Rand sie entlangritten. Er konnte die salzige Feuchtigkeit des Ozeans auf seinem Gesicht spüren. Die Sonne, die ihn wärmte. Abby vor ihm war der Inbegriff eines Cowgirls. Sie saß auf Ebba, als wäre das der Zweck ihres Lebens. Ihre dunklen Haare tanzten über das Hellblau ihrer Steppweste. »Wie alt bist du gewesen, als du zum ersten Mal auf einem Pferd gesessen bist?«, fragte er, als der Weg breiter wurde und er Cassiopeia wieder neben sie lenken konnte.

Abby zuckte mit den Schultern und grinste zu ihm herüber. »Ich habe keine Ahnung. Es wird behauptet, dass ich genau wie meine Schwestern reiten konnte, bevor es mit dem Laufen richtig geklappt hat. Vermutlich stimmt das nicht ganz, aber diese Legende klingt zumindest ziemlich beeindruckend«, erzählte sie ihm lachend. »Was hast du in deiner Kindheit gemacht?«, hielt sie die entspannte Small-Talk-Stimmung aufrecht.

Jetzt war es an Cameron zu grinsen. Auch wenn die Erinnerungen an diese Zeit immer einen schalen Beigeschmack hatten. Verglichen mit den wirklichen Problemen dieser Welt, mit denen die meisten Menschen zu kämpfen hatten, hatte er nicht wirklich etwas zu jammern. »Lass mich mal überlegen«, sagte er leichthin. »Was reiche Kids halt so machen: Segelkurs auf den Bahamas, Klavierstunden, Chinesischunterricht«, zählte er auf.

»Chinesisch?« Abby lachte. »Ernsthaft?«

»Nein, das war ein Witz. Aber der Rest stimmt. Als ich vier war, wollte ich mit dem Zirkus türmen, nachdem meine Großmutter meine Geschwister und mich zu einer Vorstellung mitgenommen hatte. Dieses Leben kam mir wirklich abenteuerlich vor. Ich habe mich zwischen den Wohnwagen versteckt. Mein Ausflug dauerte aber nur zwei Stunden. Dann hatten sie mich gefunden, und ich musste in mein langweiliges, privilegiertes Leben zurückkehren.«

»Zirkus, hmm?« Abby blickte ihn nachdenklich an. »Was wolltest du werden? Clown?«

»Elefantendompteur.«

Wieder dieses Lachen. Es kribbelte auf Camerons Haut. »Natürlich«, antwortete Abby. »Warum irgendetwas Kleineres, wenn es auch die Elefanten sein können?«

»Endlich jemand, der mich versteht.« Cameron zwinkerte Abby zu. »Ich glaube, dieser Ausflug in den Zirkus war der

Beginn meiner rebellischen Phase.« Er konnte in Abbys Augen die Fragen lesen, die sie ihm stellen wollte. Doch bevor sie etwas sagen konnte, lenkten sie die Pferde auf den schmalen, steilen Pfad, der die Klippen hinunterführte.

Abby drehte sich im Sattel zu Cameron um. »Lass Cassiopeia den Weg bestimmen, okay? Geh mit deinem Gewicht ein wenig nach hinten und pass auf, dass du nicht zu schnell wirst.«

Die Neigung des Weges fühlte sich auf dem Rücken des Pferdes im ersten Moment komisch an. Cameron konzentrierte sich auf jeden von Cassiopeias Schritten. Nach ein paar Metern tat er, was Abby ihm riet. Er vertraute Cassiopeia und hob den Blick vom Hals des Tieres. Um ihn herum breitete sich die atemberaubende Schönheit der Bucht aus, eingerahmt von schroffen, grauen Felswänden. Mutige Frühjahrsblüher mit ihren zarten, bunten Blüten leisteten Widerstand gegen das Wetter und die scharfen Winde, die über das unwirtliche Gestein fegten. Das Meer schimmerte blaugrau, noch aufgewühlt von den winterlichen Stürmen. Camerons Blick glitt zum Horizont, hinweg über die unzähligen kleinen Inseln. Obwohl Samstag war, konnte er mehrere Hummerfischerboote mit ihren flachen Relings erkennen. Geräuschlos glitten sie durch das Wasser, beladen mit Stapeln von Hummerfallen.

Als sie den Grund der Bucht erreichten und die Pferde die Hufe auf den weichen, grauen Sand setzten, wartete Abby, bis Cameron neben ihr zum Stehen kam. Charlie, der mal hinter ihnen hergetrottet und dann wieder den Hang hinuntergeschossen war wie eine Kanonenkugel, raste an ihnen vorbei – direkt ins Wasser. Er schwamm ein Stück, kam dann zurück, um sich ausgiebig zu schütteln und dann an der

Wellenkante entlangzurennen. Wie ein Verrückter. Oder wie ein Hund, der die Zeit seines Lebens hatte.

»Jetzt kommt der schönste Teil«, zog Abby Camerons Aufmerksamkeit auf den Ausflug zurück. »Ein Galopp am Wasser entlang. Glaub mir, das ist etwas völlig anderes als im Roundpen. Bist du bereit? Dann gib Cassiopeia die Galopp-Hilfe.«

Cameron kam der Aufforderung nach – und erntete ein Schnauben. Erst als er es noch einmal mit Nachdruck versuchte, verstand Cassiopeia, dass er nicht drumherum kommen würde, und setzte sich schließlich in Bewegung. Bis jetzt hatte er Spaß daran gehabt, den Umgang mit den Pferden zu lernen. Er hatte das Gefühl gemocht, im Sattel zu sitzen. Doch das, was er jetzt gerade erlebte, war wie … wie … fliegen. Ohne Flügel, aber mit dem gleichen Gefühl von Freiheit. Der Wind zerrte an seinen Haaren, der Daunenweste. Wasser spritzte um ihn herum auf, verwandelte sich im Sonnenlicht in kleine Diamanten, die durch die Luft stoben. Er spürte die starken Muskeln unter sich. Der Rhythmus seines Herzens passte sich dem der Pferdehufe an, und er hatte das Gefühl, dass Cassiopeia gerade mindestens so viel Spaß hatte wie er. Wenn Pferde grinsen könnten, dann wäre das gerade mit Sicherheit ein solcher Moment.

Cameron hörte Abby hinter sich. Er erwartete, dass Ebba an ihm vorbeipreschen würde, doch sie blieb immer eine halbe Länge hinter ihm. So als passe sie auf ihn auf. Vorsichtig, um nicht aus dem Gleichgewicht zu kommen, drehte Cameron sich um. Abby hatte sich im Sattel nach vorn gelehnt. Ihre Haare flatterten hinter ihr her. »Konzentrier dich auf Cassiopeia und auf deinen Galopp«, rief sie ihm zu.

Er drehte sich wieder nach vorn und beschloss, auf sie zu

hören und den Ritt einfach zu genießen. Ein Pferd, das er inzwischen in sein Herz geschlossen hatte, unter sich. Ein glücklicher Hund, der durch die Wellen stob. Und eine schöne Reiterin in seinem Nacken.

Am Ende der halbmondförmigen Sichel der Bucht rief Abby ihm zu, langsamer zu werden. Cameron gehorchte und blieb schließlich stehen. »Das war unglaublich!« Er beugte sich vor, um den Hals seines Pferdes zu tätscheln. »Was für ein Ritt!«

»Ihr habt euch super geschlagen«, lobte Abby Cameron und Cassiopeia. Sie zog einen Apfel aus ihrer Satteltasche und stieg ab. Mit ihrem Taschenmesser teilte sie ihn in vier Teile. Mit je einem Viertel belohnte sie die Pferde, eines gab sie Cameron, und das letzte schob sie sich selbst zwischen die Lippen.

Charlie kam aus dem Wasser und lief mit bettelndem Blick auf sie zu. »Zu spät, mein Freund«, sagte Abby lachend und hielt dem Hund ihre Hände mit den Handflächen nach oben hin. Dann kraulte sie ihn kurz zwischen den Ohren, und er rannte wieder davon.

»Warum hast du mich nicht überholt?«, konnte Cameron sich die Frage nicht verkneifen. Sie war doch mit Sicherheit viel schneller als er.

»Damit du überlebst«, gab sie grinsend zurück. »Cassiopeia ist zwar echt ein Gemüt von einem Pferd«, sie strich dem Tier über die Nase und erntete ein zufriedenes Schnauben, »aber wenn ein galoppierendes Pferd ein anderes überholt, denkt selbst unser fauler Cassio hier: Hey! Cool! Wettrennen! Und gibt sofort Gas. Für dieses Tempo musst du aber noch ein bisschen trainieren.«

*

Abby schwang sich wieder in den Sattel und übernahm die Führung. Der Anstieg auf dieser Seite der Bucht war nicht so steil und außerdem breiter als der Weg vom Ranchhaus herunter. Sie trabten ihn gemütlich entlang, ohne viel zu reden. Ab und zu korrigierte sie Camerons Haltung, aber sie musste zugeben, dass er sich ziemlich gut machte. Er schien wirklich Spaß zu haben. Und sie hatte Spaß daran, mit ihm unterwegs zu sein. Sie war nicht blauäugig in diesen Ausritt gestartet. Natürlich hatte sie sich verpflichtet gefühlt, etwas mit Cameron zu unternehmen, schließlich hatten ihre Mutter und ihre Schwestern schon ziemlich viel Zeit und Arbeit in ihn investiert. Es war an der Zeit, dass sie sich ebenfalls ein wenig mehr einbrachte. Nach der Aussprache vor ein paar Tagen fiel ihr das wesentlich leichter, als sie zunächst gedacht hätte. Sie hatte Cameron aus der Schublade geholt, in die sie ihn zusammen mit Jace und Jordan gepackt hatte. Und sie mochte den Mann, den sie auf diese Weise kennengelernt hatte. Seinen Humor. Seine Intelligenz. Die Liebe zu den Pferden, die in ihm zu wachsen begann. Sie fühlte sich wohl in seiner Gegenwart. Nicht gerade entspannt, dafür war die unterschwellige Energie, die zwischen ihnen summte, zu deutlich spürbar. Auch weil sie wissen wollte, ob sie mit dem Kuss umgehen konnte, der sich nicht so leicht zur Seite schieben ließ. Die Erinnerungen an diesen Moment schlichen sich in den unpassendsten Augenblicken an und überfielen sie hinterhältig. In der Sattelkammer hatte diese Anziehung kurz zwischen ihnen aufgeflackert, aber auf dem Pferderücken war Cameron viel zu sehr mit sich selbst und seiner Umgebung beschäftigt, um ihr dieses Killergrinsen zuzuwerfen, dass die Schmetterlinge in ihrem Bauch Loopings fliegen ließ.

Auf der kleinen Ausbuchtung unterhalb des Plateaus, von dem aus man die Seelöwen am Fuß der Klippe beobachten konnte und das daher seinen Namen hatte, stieg sie erneut aus dem Sattel. »Kleine Verschnaufpause«, kündigte sie an und griff in ihre Satteltasche, um zwei von Rose Walshes fantastischen Sandwiches und zwei kleine Tüten Chips herauszuholen. Sie legte das Essen auf einem flachen Stein ab und angelte dann noch eine Thermoskanne Kaffee und zwei Becher aus der Satteltasche. »Die haben wir uns verdient, genau wie den spektakulären Blick, den man von hier hat.«

»Sind das Sandwiches von Rose?«, fragte Cameron und sah zu Abbys improvisiertem Picknick-Platz hinüber.

»Selbstverständlich. Für unseren Ausflug nur das Beste.«

Cameron stieg ein wenig steifbeinig ab. Er stützte die Hände in die Hüften und drehte sich einmal um sich selbst. Sein Blick blieb nicht, wie Abby vermutete hätte, an der unendlichen Weite des Ozeans vor ihnen hängen, sondern er betrachtete die Ruine des alten Herrenhauses auf der Klippe über ihnen. Selbst als er, Cassiopeia am Zügel, zu Abby herüberkam, blickte er noch einmal über die Schulter nach oben.

*

Cameron spürte jeden Muskel in seinem Körper. Seine Arme, den Rücken, seine Beine. Aber vor allem seinen Hintern. Seine Bewegungen glichen denen eines alten Mannes, als er von Cassiopeias Rücken rutschte. Er tätschelte den Hals des Pferdes, das ihn bereits ignorierte, um an den zarten Grashalmen zu zupfen, die der Frühling aus dem Boden hatte schießen lassen. Langsam drehte er sich einmal um sich selbst. Dieser Ort war perfekt für eine Pause. Und es gab Sandwiches, die die Haushälterin des Gestüts zubereitet hatte. Was konnte man mehr von einem Samstagnachmittag erwarten?

Doch bevor er zu Abby hinüberging, fiel sein Blick auf die baufällige Ruine, die trotz ihrer heruntergekommenen Hülle aus hellblau gestrichenem Holz stolz über der Klippe thronte. Wie eine alte Dame, die die Falten und Runzeln in ihrem Gesicht voller Selbstbewusstsein und Würde trug. Sein Blick wurde wie magisch von dem Gebäude angezogen. Es hatte zwei Stockwerke, und das Dach bestand aus mehr Löchern denn Dachschindeln. Der Witwenausguck, der sicher einmal aus weißem Holz gewesen war, war halb zusammengebrochen.

Abby reichte Cameron ein Knotenhalfter. »Nimm ihm die Trense ab und lockere seinen Sattelgurt ein bisschen«, sagte sie, während sie begann, bei Ebba das Gleiche zu tun.

Cameron kämpfte ein bisschen mit Cassiopeias Starrsinn, weil der seinen Kopf partout nicht vom saftigen Gras vor sich heben wollte, aber schließlich schaffte Cameron es und atmete erleichtert aus.

Er nahm eine Tasse Kaffee und sein Sandwich von Abby entgegen und betrachtete die blinden Fenster der Bruchbude über ihnen – an den Stellen, an denen sich noch Scheiben befanden. An der Dachkante waren Reste eines weißen, wunderschön gearbeiteten Zuckerbäckerstucks zu erkennen. Die Lichtung, auf der die alte Lady thronte, war groß, soweit er das von hier unten beurteilen konnte. Hinter dem Haus erhoben sich riesige, alte Pinien wie eine dichte Wand. Zum Meer hin wurde der Boden von einer großen Terrasse bedeckt, die bis zur Kante der Klippe reichte. Abgesehen von der rechten Seite fehlte das Holzgeländer, das die gleichen kunstvollen

Verzierungen aufwies wie die Dachkante und die überdachte Veranda an der Seite, an der Cameron die Haustür vermutete. »Was ist das?«, fragte er und wies mit seinem Sandwich in die Richtung, bevor er einen herzhaften Bissen nahm.

»*Seal Rock Hall*«, nannte Abby den Namen des Hauses, und Cameron hatte sofort das Gefühl, dass er perfekt passte. »Es heißt nach den großen Steinen, die du da unten im Wasser sehen kannst. Die Robben lieben diesen Platz, um sich zu sonnen. Von der Terrasse des Hauses kann man sie am besten beobachten. Nicht, dass ich jemandem empfehlen würde, auch nur einen Fuß auf das morsche Holz zu setzen.«

Cameron trat an den Rand der Klippe und blickte hinunter. Tief unter ihm hatten es sich vier, nein fünf Robben auf den Felsbrocken gemütlich gemacht, die aus dem Wasser ragten, und dösten in der Sonne. »Wer hat das Haus gebaut?«, fragte er und kehrte zu Abby zurück. Seine Muskeln gehorchten ihm inzwischen wieder einigermaßen, also ließ er sich vorsichtig auf die Wiese sinken und lehnte seinen Rücken gegen den rauen Stamm einer Kiefer.

Charlie kam angetrottet und ließ sich neben Abby fallen. In einer unbewussten Geste strich sie ihm über das nasse Fell und riss ein Stück von ihrem Sandwich ab, um ihn damit zu füttern, während sie die geschichtlichen Eckdaten des Hauses zusammenfasste. »Das war Donovan Moores Herrenhaus. Er hat die Insel 1854 besiedelt und Home Port und Sandy Beach gegründet. Seine Familie ist schon vor langer Zeit weggezogen. Inzwischen gehört das Land den Morgans.«

Über Donovan Moore, den Gründer der beiden Städte, hatte er an seinem ersten Abend im Hotel in einem Flyer gelesen. Das Leben zur Zeit der Besiedlung der Insel war in dieser wilden Gegend sicher hart und voller Entbehrungen gewesen. Trotzdem konnte er sich bildlich vorstellen, wie das Haus ausgesehen hatte. Wie auf dem gepflegten Rasen davor Cricket gespielt worden war. Wie Damen in viktorianischen Roben aus Atlas und Brokat mit Gentlemen in dunklen Anzügen auf der Terrasse über dem Meer tanzten. Begleitet von einem Streichquartett und dem Wind, der frech an ihren Hüten riss. Die ausladenden Röcke, Korsette und aufwendigen Frisuren der Damen. Die Herren in ihren steifen Kragen, mit buschigen Schnauzbärten und Koteletten, im Mundwinkel eine Zigarre und in der Hand einen Kristallschwenker mit einem guten Scotch, der die gleiche Farbe wie Abbys Augen hatte.

Cameron löste den Blick von dem alten Bau und sah zu seiner Begleiterin hinüber. Abby betrachtete ihn von der Seite, während sie an ihrem Kaffee nippte. »Das Haus scheint dich ziemlich zu faszinieren«, sagte sie.

»Hmm.« Cameron überlegte einen Moment, ob er Abby die Wahrheit sagen sollte. Aber wie erklärte man, dass die alten Mauern irgendwie zu einem … sprachen …, ohne lächerlich zu klingen? Also zuckte er stattdessen mit den Schultern. »Ich kann mir einfach gut vorstellen, wie es früher einmal ausgesehen haben muss. So majestätisch und erhaben. Du sagst, es gehört den Morgans.« Er konnte sich daran erinnern, den Namen schon einmal gehört zu haben. Als er zum ersten Mal mit Abby im *Frankie's* gewesen war. Die beiden Frauen hatten die drei Männer, die aus dem Nachbarrestaurant gekommen waren, mit finsteren Blicken beobachtet. Sie waren offenbar keine Fans dieser Familie. »Was haben sie mit dem Haus vor?«

Abby zuckte mit den Schultern. »Ich habe keine Ahnung. In den letzten Jahrzehnten haben sie es einfach verfallen lassen.«

»Wirklich schade drum«, murmelte Cameron. Er riss sich schließlich von dem Anblick los und wandte seine Aufmerksamkeit Abby zu, um sie noch ein bisschen über die Geschichte der Insel auszufragen. Mit seinem Kaffee in der Hand lehnte er sich gemütlich an den Baum zurück und genoss das Vergnügen, Abby beim Erzählen zuzuhören und vor allem zuzusehen. Sie wirkte immer so beherrscht, aber hier, mit dem Blick aufs Meer und dem Wind im Haar, leuchteten ihre Augen voller Begeisterung, und ihre Hände begleiteten ihre Worte mit ausholenden Gesten, als sie Geschichten aus ihrer Heimat erzählte.

Als sie ihren Ausritt schließlich beendeten und auf das Gestüt zurückkehrten, stellte Cameron fest, dass es von *Seal Rock Hall* zu den *Silver Brook Stables* gar nicht besonders weit war. Ein kurzer Spaziergang durch den Pinienwald, und schon stand man vor seinem neuen Zuhause.

»Wie hast du dich eingelebt?«, fragte Abby, als sie auf dem weichen Waldweg nebeneinanderher trabten.

»Das Cottage ist toll«, sagte er ehrlich.

»Obwohl du eigentlich etwas anderes gewöhnt bist?« Abby zog die Brauen hoch.

»Alles muss zueinander passen. Und die Cottages passen mit ihrer schlichten Einrichtung, dafür aber diesem spektakulären Blick, sobald man nur die Augen öffnet, perfekt auf das Gestüt.« So wie *Seal Rock Hall* perfekt auf diese Klippe auf der anderen Seite des Wäldchens passte.

11

In einer inzwischen schon angenehmen Routine versorgte Cameron gemeinsam mit Abby die Pferde, als sie zurückgekehrt waren, und räumten dann das Sattelzeug weg. Abby hatte ihm erzählt, dass sie mit ihren Freundinnen in Home Port verabredet war, also wünschte er ihr einen schönen Abend und blieb noch einen Moment an der Koppel stehen, um der Herde dabei zuzusehen, wie sie Cassiopeia und Ebba in ihren Reihen zurückbegrüßten.

Rose Walsh hatte ihm, genau wie Olivia, angeboten, jederzeit in der Küche des Ranchhauses vorbeizuschauen und einen Blick in den Kühlschrank zu werfen, wenn ihm danach war. Cameron war sich sicher, dass sie das nicht allen Gestütsmitarbeitern erlaubten. Einen Moment dachte er darüber nach, das Angebot anzunehmen und vielleicht ein bisschen Small Talk mit den Damen des Hauses zu halten, doch dann entschied er sich, in sein Cottage zurückzukehren und die Mails zu lesen und abzuarbeiten, die inzwischen seit Tagen ungeöffnet in seinem Postfach vor sich hindümpelten. Das WLAN in seiner Unterkunft war zwar noch immer nicht das allerbeste, aber deutlich besser als das im *Jasper Point Motel.* Er stieß sich vom Zaun ab, winkte Zara Sanders zu, die gerade aus der Futterscheune trat, und überquerte den Hof.

In seiner Hütte holte er sich ein Bier aus dem Kühlschrank und klappte seinen Laptop auf. Während er wartete, dass der Computer hochfuhr, ließ er seinen Blick über die Halfmoon Bay unter seinem Fenster gleiten. Seine Gedanken wanderten abermals zu dem alten Herrenhaus auf der Klippe. Warum machten sich die Morgans nicht die Mühe, das Haus wieder instand zu setzen? Ob es von innen genauso schlimm aussah wie von außen? Kurz entschlossen klappte Cameron den Laptop wieder zu, schnappte sich sein Bier und zog die Tür hinter sich ins Schloss.

Auf dem Trampelpfad quer durch den Pinienhain brauchte Cameron keine zehn Minuten bis zur Ruine. Überrascht stellte er fest, dass nicht nur der Platz vor dem Haus wirklich groß war, in den Bäumen verborgen befand sich ein weiteres halb verfallenes Gebäude. Das Gesindehaus, vermutete er. Doch im Moment interessierte ihn *Seal Rock Hall* viel mehr. Vorsichtig trat er auf die Veranda, deren morsche Bretter unter seinem Gewicht regelrecht aufstöhnten. Der obere Teil des ehemals sehr pompösen Eingangsportals war eingeschlagen oder -getreten worden. Der untere hatte sich in der feuchten Luft so verzogen, dass er klemmte. Cameron stellte sein Bier zur Seite und schob die Tür mit Gewalt auf.

Das Foyer sah genauso aus, wie er es sich vorgestellt hatte. Es wirkte fast wie eine Halle. Eine geschwungene Treppe führte nach oben, und Cameron war sich sicher, dass hier früher ein beachtlicher Kronleuchter von der Decke gehangen hatte. Er durchquerte den Raum auf den kaum noch erkennbaren Fliesen im Schachbrettmuster. Die Doppeltür, durch die er trat, führte in den Wohnsalon, in dem abgesehen von einem kaputten Klavier keine Möbel standen. Breite Fenster öffneten sich zum Meer hin, und der Kamin, der eine Wand beherrschte, war groß genug, dass ein Kind darin stehen konnte. Rechts lag ein Raum mit einem kleineren Kamin, vermutlich die ehemalige Bibliothek, und links ein Wintergarten oder Sonnenzimmer und dahinter eine große Küche. Wieder ging die Fantasie mit Cameron durch. Er konnte sich bildlich vorstellen, wie die Herrschaften des Hauses und ihre Gäste hier mit Blick auf das Meer und die Klippen ein spätes Frühstück eingenommen hatten. Fast konnte er das Klappern des Geschirrs und den Duft nach Kaffee und gebratenem Speck wahrnehmen.

Er schüttelte über sich selbst den Kopf und nahm vorsichtig die Treppe ins Obergeschoss in Angriff. Zehn große Zimmer zählte er, dazu ein riesiger Dachboden, der sich vermutlich noch einmal zu zwei großen Suiten ausbauen ließ. Auf den Witwenausguck traute er sich nicht, die Holzkonstruktion schien mehr als einsturzgefährdet. Statt sein Leben für den Ausblick von dort oben zu riskieren, kehrte er ins Erdgeschoss zurück und verließ das Haus. Er nahm sein Bier, das er neben der Tür stehen gelassen hatte, und umrundete das Haus. Auf der Terrasse lehnte er sich an die abblätternde blaue Farbe über verwittertem Holz und sah der Sonne dabei zu, wie sie sich in Richtung Ozean verabschiedete.

Er trank einen Schluck Bier, in der Hoffnung, damit etwas gegen das Kribbeln in seinem Magen zu tun. Es half nicht. Das Interesse an diesem Haus hatte sich in seinem Inneren festgesetzt. Sicher, *Seal Rock Hall* war eine Schande. Aber es hatte … Potenzial. Hätten sich die Morgans die Mühe gemacht, es besser zu pflegen, hätte man ein fantastisches Hotel daraus machen können. Andererseits – wer brauchte schon ein Hotel am Ende der Welt … oder zumindest der USA. Es gab das *Jasper Point Motel.* Zwei Inns und ein B&B. Abgesehen von all den Ferienhäusern, die über die ganze Insel verteilt waren. Für Stonebridge Island war das mehr als ausreichend. Außerdem waren die Kosten für ein solches Projekt vermutlich ein Fass ohne Boden. Sein letztes Vorhaben, das seine Eltern und sein Bruder rundheraus als neues *Suites-by-Montgomery*-Hotel abgelehnt hatten, war eine restaurierungsbedürftige Südstaatenvilla gewesen. Nicht einmal im Ansatz so heruntergekommen wie dieses Haus hier. Und trotzdem keine lukrative Option.

Als die Sonne hinter dem Horizont versunken war, brach die Dunkelheit mit der Geschwindigkeit eines Lidschlages über die Insel herein. Mit Hilfe seiner Handylampe stolperte er zum Gestüt zurück und setzte sich mit einem zweiten Bier endlich vor seinen Laptop.

Ein paar der Mails waren geschäftlich, aber belanglos, wie alles, was er für *Suites by Montgomery* tat. Seine Großmutter hatte sich gemeldet, was Cameron immer aufbaute. Und Freunde hatten ihm geschrieben und zogen ihn gut gelaunt damit auf, dass er wie vom Erdboden verschluckt war, seit er sich in Maine herumtrieb. Die Regenbogenpresse langweile sich ohne ihn zu Tode.

Nachdenklich nippte Cameron an seinem Bier. Er musste seinen Freunden recht geben. Seine Nachbarn auf dieser Insel waren die neugierigsten, die er jemals erlebt hatte. Tratschen schien hier ein Volkssport zu sein, Mrs. Carlson vom *Jasper Point Motel* war da nur ein Beispiel. Cameron war sich sicher, dass auch in *Marsha's Bakery* und dem *Frankie's* über ihn geredet wurde. Wahrscheinlich sogar in Wally Barings Werkstatt. Manch einer war regelrecht davon besessen, Neuigkeiten unter den Inselbewohnern zu verbreiten. Aber nichts von dem, was er sagte oder tat, fand seinen Weg in die Boulevardpresse. Kein Foto von ihm hatte Stonebridge Island verlassen. Dabei war er sich sicher, dass ein findiger Inselbewohner jede Menge Bilder von ihm hätte schießen können, die sich ganz fantastisch in der Klatschpresse gemacht hätten – und mit denen man jede Menge Geld verdienen konnte. Darüber lohnte es sich nachzudenken. Genau wie über das alte Herrenhaus, das er einfach nicht aus seinem Kopf bekam.

Sonntage auf einem Gestüt waren – Überraschung! – Arbeitstage. Cameron hatte nicht darüber nachgedacht, als er seine Strafe angetreten hatte. Aber jetzt quälte er sich genau wie an den letzten Tagen im Morgengrauen aus dem Bett, trank seine erste Tasse Kaffee bei Sonnenaufgang und versuchte, unter der Dusche seine Muskeln wenigstens etwas zu lockern, bevor er sich im Wirtschaftsbau sein Frühstück abholte. Die Luft war kühl und feucht. Der Dunst, den die Nacht zurückgelassen hatte, schwebte noch in zarten Fetzen über den Wiesen. Auch wenn hinter den Stalltüren schon jede Menge Leute unterwegs waren und Arbeiten verrichteten, wirkten die Koppeln wie ein kitschiges Landschaftsgemälde. Ein Motiv, an dem er sich gar nicht sattsehen konnte.

Wie an jedem der letzten sechs Tage mistete er den Stutenstall aus. Dann warf er ein paar Bälle für Charlie und sammelte die Pferdeäpfel im Paddock ein. Er kam gerade vom Misthaufen zurück, als er Abby und ihre Schwestern vor der Futterscheune stehen und zum maroden Dach hinaufstarren sah. Einen Moment ließ er das Bild auf sich wirken, das die drei boten, ehe er auf sie zuging. Lange, schlanke Beine in engen, abgewetzten Jeans. Megans Haare waren wie meist zu einem langen Zopf geflochten, der ihr unter ihrem Stetson über die Schulter fiel. Summer hatte ihre Haare unter eine dunkelgrüne Beanie gesteckt, und Abbys Haare fielen offen über ihre Schultern. Die Spitzen tanzten im leichten Wind. Alle drei Frauen trugen Cowboystiefel, die ihren Typ widerspiegelten, wie es sonst nicht viel vermochte. Abbys waren schwarz und blitzblank poliert, die von Summer braun und schmucklos. Allein daran, wie ausgetreten sie waren, konnte Cameron erkennen, wie sehr sie geliebt und wie gern sie getragen wurden. Megan hingegen schien über ein ganzes Arsenal von Boots zu verfügen. Wahrscheinlich besaß sie einen ähnlichen Schrank wie seine kleine Schwester, nur dass deren Schuhe rote Sohlen und meterhohe Absätze aufwiesen. Heute hatte sich Megan für ein schreiendes Pink entschieden, auf das wild verstreut weiße Gänseblümchen aus Leder appliziert waren.

»… eine einfache Entscheidung«, hörte Cameron Abby sagen, als er näher kam.

»Ja, aber einfach ist nicht immer der beste Weg.« Megan wippte, wie immer voller Energie, auf den Fersen. »Hey, Cam«, rief sie, als sie bemerkte, dass er auf sie zukam, und winkte ihn heran. »Wir diskutieren über das Dach.«

Cameron blickte zu dem durchhängenden First der Scheune hinauf. »Ihr wollt das Dach reparieren lassen?«

»Genau genommen will Abby, dass das Dach repariert wird«, korrigierte Summer mit gerunzelter Stirn. »Megan hingegen findet, wir sollten das Geld in den Hengst investieren, den sie für unsere Zucht ins Auge gefasst hat.«

»Und was denkst du?«, fragte Cameron die mittlere Schwester.

Summer zuckte mit den Schultern. »Ich habe mich noch nicht entschieden. Aber wahrscheinlich werde ich zu Abby tendieren. Die Zucht ist jetzt schon fantastisch. Natürlich würde sich ein Pferd mit dem Stammbaum des Hengstes, den Megan im Auge hat, gut im Portfolio machen. Aber was nützt uns das Ganze, wenn das Dach zusammenfällt?« Sie warf einen Blick auf ihr Handy. »Wie auch immer. Ich muss los. Das nächste Pferdeproblem wartet schon.«

»Warte, ich komme mit.« Megan zwinkerte Cameron gut gelaunt zu. »Wir sehen uns nachher zu einer Reitstunde, wenn du Lust hast«, sagte sie und schloss mit schnellen Schritten zu Summer auf.

»Ähm … ich …« Cameron versuchte, nicht an den Muskelkater zu denken, der seinen Körper nach dem Ausritt fest im Griff hatte. »Vielleicht setze ich mal einen Tag aus«, sagte er, leise genug, dass es nur Abby hören konnte.

»Übersäuerte Muskeln?«, fragte sie, ohne ihren Blick vom Dach der Futterscheune abzuwenden. »Dann ist ein leichtes Training das beste Gegenmittel.«

Cameron rieb sich über den unteren Rücken. Vielleicht würde er Megan dazu bringen, nicht zu hart mit ihm umzuspringen. »Was hat es mit dem Dach und dem Pferd auf sich?«, fragte er Abby.

»Wir müssen uns für eines von beidem entscheiden«, sagte sie lapidar und senkte endlich den Blick von der Futterscheune, um ihn anzusehen.

»Finanzielle Probleme?«, fragte er.

Abby sah ihn einen Moment nachdenklich an, so als wäre sie sich nicht sicher, ob sie mit ihm darüber reden wollte. Für einen Moment hatte er vergessen, dass er nur der Stallbursche war … »Wie man's nimmt«, sagte sie dann, statt ihn abzuwimmeln. »Wir haben keine Probleme, aber wir haben den Morgans im vergangenen Jahr die Halfmoon Bay abgekauft. Das hat an unseren Rücklagen gekratzt.« Abby drehte sich um und schlug den Weg zu ihrer Praxis ein.

Cameron ging neben ihr her und hörte ihr weiter zu. Ihr Vertrauen, ihm von den Finanzen der Familie zu erzählen, ließ sein Herz ein wenig schneller schlagen.

»Das Dach muss dringend gemacht werden, aber Megan hat sich im wahrsten Sinne des Wortes in dieses Pferd – El Amor – verknallt und will es unbedingt haben«, erzählte sie weiter.

»Ihr könntet eine weitere Hypothek aufnehmen und beides machen«, sprach Cameron das Naheliegende aus.

»Das könnten wir.« Abby sah ihn von der Seite an. »Aber ich halte nichts davon, das Gestüt noch mehr zu verschulden. Pferdezucht ist Landwirtschaft. Und Landwirtschaft ist unberechenbar. Wir sollten nicht das Risiko eingehen, unser Zuhause aufs Spiel zu setzen.«

»Das klingt vernünftig«, sagte Cameron.

»Ernsthaft?« Abby lachte überrascht auf. »Kein Wort davon, geschäftliche Risiken eingehen zu müssen, wenn man erfolgreich sein will?«

»Das kommt ganz auf das Geschäft an.« Nur weil Cameron anders als sein Bruder in seiner Studienzeit keiner Party widerstehen konnte, hieß das noch lange nicht, dass er in den Vorlesungen nicht aufgepasst hatte. »Wenn man was Neues auf die Beine stellen will«, wie zum Beispiel aus *Seal Rock Hall* ein Hotel zu machen, »muss man manchmal ein Risiko eingehen. Aber ein bestehendes Unternehmen, das seit Jahren, oder in eurem Fall sogar Jahrzehnten, erfolgreich läuft, sollte man nicht unnötig in Schieflage bringen.«

»Genau meine Meinung. Die Entscheidung ist jedenfalls erst mal vertagt«, sagte Abby, als sie die Praxis erreichten.

»Was hat es eigentlich mit der Futterscheune auf sich? Warum ist sie so runtergekommen, während der Hengststall aussieht, als wäre er gestern gebaut worden?«

»Das ist eine lange, unschöne Geschichte. Willst du auch eine Cola?«

Als er nickte, verschwand Abby im Haus und Cameron setzte sich auf die obere Treppenstufe der Veranda, die nicht viel größer war als die vor seinem Cottage. Abby kehrte kurz darauf zurück und setzte sich neben ihn. Sie reichte Cameron eine Flasche und trank einen Schluck aus ihrer, ohne ihn anzusehen. »Zu sagen, der Hengststall sieht aus, als wäre er gestern gebaut worden, ist ein wenig übertrieben. Er ist sechzehn Jahre alt und wurde gebaut, nachdem der alte einem Feuer zum Opfer gefallen ist.«

Gänsehaut zog sich über Camerons Rücken und Arme. Sein Blick glitt ganz automatisch zur Koppel, auf der die Pferde friedlich grasten. Er wusste inzwischen ein wenig mehr als noch vor einer Woche über diese Tiere, aber zwei Dinge waren ihm auch vorher schon bekannt gewesen: dass Pferde über einen ausgeprägten Fluchtinstinkt verfügten, und dass sie Flammen wie nichts anderes auf der Welt fürchteten. Vor allem, wenn sie in einen Stall eingesperrt waren. »Bei euch hat es gebrannt?«

»Ja.« Abby schwieg einen Moment, drehte die Colaflasche in ihren Händen und begann dann, am Etikett zu knibbeln. »Was soll's«, sagte sie dann und atmete tief durch. »Diese Insel ist so vertratscht, dass du es früher oder später auch allein herausfinden wirst. Also kann ich dir gleich die ganze Geschichte erzählen. Es war mein Vater. Er hat den Stall angezündet.«

»Jack?« Cameron sah sie überrascht an. Er hatte so viel über diesen Mann gehört, der im vergangenen Herbst gestorben war. Die Arbeiter auf dem Gestüt sagten Dinge wie »das hätte Jack gefallen« oder »Wenn Jack das gesehen hätte, er hätte sich schlappgelacht«. Dann seufzten sie wehmütig und gingen weiter der Beschäftigung nach, die sie dazu gebracht hatte, an den Mann zu denken. Einen Stallbrand hätte Cameron ihm nicht zugetraut.

»Nein, nicht Jack. Jack hätte so etwas weder den Tieren noch meiner Mutter oder uns Mädchen antun können. Ich meine meinen leiblichen Vater, Scott Martin. Meine Mutter war eine kurze, unschöne Zeit lang mit ihm verheiratet. Summer und ich sind seine Töchter. Scotts einzig erkennbaren Talente waren es, beim Glücksspiel zu verlieren, in impulsiven Entscheidungen das Geld des Gestüts zum Fenster hinauszuwerfen und beim Alkohol nie zu wissen, wann die Grenze erreicht war. Jack war damals schon der Verwalter des Gutes gewesen. Als Scott die Hand gegen meine Mutter erhoben hat, hat sie ihn rausgeschmissen und die Scheidung eingereicht. In meinen Erinnerungen hat er praktisch gar nicht mehr existiert. Meine Mutter und Jack verliebten sich schließlich ineinander. Ein paar Jahre später heirateten sie, und Megan wurde geboren.«

»Aber dann ist dein leiblicher Vater vor sechzehn Jahren wieder aufgetaucht«, mutmaßte Cameron, nachdem Abby abermals stoppte.

»Ja«, sagte sie leise. »Er war auch vorher schon zurückgekehrt. Hin und wieder. Um herumzustänkern. Aber vor allem, um von meiner Mutter Geld zu erbetteln. So war es auch in jenem Frühjahr. Ich stand kurz vor meinem Highschool-Abschluss. Summer fehlte noch ein Jahr, und Megan genoss das wilde Leben eines Teenagers, der von seinen Eltern und großen Schwestern vergöttert wurde. Jack war mit Megan unterwegs. Sie wollten sich irgendwo im Süden einen Zuchthengst ansehen und waren über Nacht fort. Ich vermute, Scott hat diesen Zeitpunkt abgepasst und meine Mutter um Geld angebettelt. Aber auch sie ließ sich nicht erweichen und warf ihn raus.« Abby stellte ihre Flasche zur Seite und rieb sich über das Gesicht. »Er kam wieder. In der Nacht. Vollgepumpt mit Drogen und Alkohol.«

Cameron hätte sie am liebsten in den Arm genommen und getröstet. Doch er hatte das Gefühl, dass sie diese Art von Nähe und Geborgenheit nicht annehmen würde. Vielmehr schien sie bemüht zu sein, einen Schutzwall um sich herum hochzuziehen, der ihr half, die Emotionen in ihrem Inneren unter Kontrolle zu halten. »Sind dabei Pferde umgekommen?«, fragte er stattdessen.

Abby nickte. »Summer und ich haben versucht, sie zu retten. Es war ein Himmelfahrtskommando.« Sie stieß ein unglückliches Lachen aus, das Cameron sagte, dass hinter dieser Geschichte mehr steckte, als sie im Moment zu erzählen bereit war. »Drei Pferde haben es nicht geschafft, einige waren verletzt und traumatisiert. Summer wurde am Bein verletzt. Aber das Schlimmste war, dass auch ein Mensch sein Leben bei diesem Brand verloren hat.«

»Scott Martin?«, konnte Cameron sich die Frage nach Abbys Vater nicht verkneifen. Es wäre nur eine gerechte Strafe gewesen, oder nicht?

»Nein.« Sie schüttelte den Kopf. »Den hat der Sheriff im Wald hinter den Cottages gefunden. Völlig weggetreten, die Wodkaflasche im Arm, den Benzinkanister neben sich. Während die Feuerwehr den Brand bekämpfte, drehte der Wind. Es gab eine Art Explosion, die einen der Feuerwehrmänner, Logan Shaw, voll erwischte. Er war …«, Abby rieb mit den Händen über ihre Oberschenkel, so als wolle sie ihre feuchten Handflächen trockenreiben, »er war sofort tot.«

Cameron schwieg einen Moment. »Das muss unglaublich hart gewesen sein. Nicht nur für euch, sondern für die ganze Insel. Sicher hat ihn hier jeder gekannt.«

»Ja. Und jeder hat um ihn getrauert.« Abby räusperte sich. »Das ist sie, die traurige Geschichte meiner Familie«, sagte sie und klang wieder etwas gefasster. Sie trank einen Schluck Cola, und Cameron hatte das Gefühl, dass sie seinem neugierigen Blick auswich. Das war sie garantiert noch nicht, die ganze traurige Familiengeschichte, dachte er. Aber er würde nicht nachbohren. Mit dieser Art von Geheimnissen kannte er sich viel zu gut aus. Schließlich wurden sie auch in seiner Familie totgeschwiegen. Vermutlich gab es auf diesem Planeten nicht eine Familie, ganz egal, ob arm oder reich, die nicht irgendetwas vor Freunden, Nachbarn oder der lieben Verwandtschaft verbarg.

»Scott Martin bekam eine lebenslange Haftstrafe, die am Ende gar nicht so lange gedauert hat. Vor vier Jahren ist er bei einer Messerstecherei im Gefängnis getötet worden.«

»Hast du ihn noch einmal gesehen?«, fragte Cameron.

»Scott? Nein.« Abby schüttelte den Kopf. »Für mich war immer Jack mein Vater. Scott Martin war nur ein Mann, der sich und sein Leben nicht im Griff hatte und mit seiner dummen Impulsivität unheilbaren Schaden angerichtet hat.«

»Danke, dass du mir davon erzählt hast.«

Abby zuckte mit den Schultern. »Das ist der Grund, aus dem der Hengststall noch verhältnismäßig neu aussieht, während die Futterscheune sich demnächst in ihre Einzelteile auflöst. Und wie gesagt: Früher oder später hätte es dir jemand aus Home Port sowieso erzählt. So weißt du es wenigstens von mir.«

»Apropos ...« Cameron lehnte sich nach hinten und stützte seine Unterarme auf der Treppe ab. »Was das betrifft, geht mir schon seit ein paar Tagen eine Frage im Kopf herum.« Und diese ließ sich seit gestern gar nicht mehr zur Seite schieben.

»Frag«, forderte Abby ihn auf. Sie schlang die Arme um ihre Beine und legte das Kinn auf die Knie.

»Die Leute hier tratschen wie verrückt. Kaum dreht man jemandem den Rücken zu, redet er schon über einen. Das bilde ich mir doch nicht ein, oder?«

Abby lächelte. »Nein. Das bildest du dir nicht ein. Deshalb bist du mit deiner ›Ich-sehe-ihm-nur-ähnlich‹-Masche auch nicht weit gekommen.«

Cameron schnaubte. Der Trick funktionierte in der hektischen Welt, in der sich niemand wirklich die Mühe machte, seinem Gegenüber ins Gesicht zu sehen, problemlos. »Ich frage mich, was die Leute mit den Infos sonst anstellen. Jetzt bin ich seit einer Woche hier, und es hat noch kein Wort über mich die Insel verlassen. Es wurde kein Foto auf Paparazzi-Portalen gepostet. Niemand hat der Boulevardpresse ein Interview gegeben und detailliert darüber berichtet, wie ich mich als Stallbursche anstelle.«

»Ist die männliche Paris Hilton beleidigt, weil sie nicht mehr im Mittelpunkt des Interesses steht?«, neckte Abby ihn.

Cameron sah sie unter hochgezogenen Augenbrauen an und wartete ab, bis sich ihre Belustigung wieder legte.

»Hör zu.« Abby drehte sich so, dass sie ihn ansehen konnte. »Die Leute auf Stonebridge Island sind … besonders. Ein anderes Wort fällt mir dafür nicht ein. Sie schaffen es unter keinen Umständen, sich um ihre eigenen Angelegenheiten zu kümmern. Ständig mischen sie sich in das Leben der anderen ein, geben Ratschläge, auf die man gut verzichten könnte, und beobachten mit Argusaugen jeden Schritt, den man macht. Aber ...«, sie machte mit Absicht eine Pause, um ihren nächsten Worten mehr Nachdruck zu verleihen, »wir halten zusammen. Und niemand, der hier lebt, wird an die Welt da draußen verkauft«, sagte Abby.

»Niemand?« Das Kribbeln, das Cameron bereits am Vortag in seinem Magen gespürt hatte, setzte wieder ein. Die Idee, die sich ganz vage in seinem Hinterkopf eingenistet hatte, begann, Formen anzunehmen.

»Nein. Die Insel wurde besiedelt, weil Donovan Moore auf der Suche nach einem Versteck war. Auf der Flucht vor dem Gesetz und ein paar hohen Herren, mit denen er es sich in Portland verscherzt hatte. Im Laufe der Zeit war er nicht der Einzige, der sich hierher zurückzog, um seine Ruhe vor den Menschen und der Welt zu haben. Wir sind eine kleine Gemeinschaft. Und jeder, der sich hierher verirrt, wird unsere Neugier zu spüren bekommen. Abgesehen davon darf er sich hier sicher fühlen. So läuft das auf Stonebridge Island.«

12

Am nächsten Tag bot Abby Cameron nach der Stallarbeit an, sie nach Home Port zu begleiten. »Einer meiner Patienten ist krank geworden, deshalb habe ich Zeit und hole für Megan die Lieferung in der Futtermittelhandlung ab.«

Cameron schob die Arbeitshandschuhe, die er inzwischen zum Stallausmisten trug, in die Gesäßtasche seiner Jeans und verließ an Abbys Seite den Stutenstall. »Was für eine Lieferung ist das?«

»Spezialfutter. Wir füttern unsere Pferde zwar gut und ausgewogen, aber ein paar der Besitzer, die ihre Stuten zum Decken bringen oder ihre Pferde bei Summer trainieren, wollen eine ganz besondere Pferdenahrung. Die bestellen wir dann auf Kundenwunsch, und eine davon können wir jetzt abholen«, erklärte Abby ihm. Cameron ging neben ihr her, als gehörte er auf das Gestüt. Fehlte nur noch der Cowboyhut, und er würde …, amüsiert von ihren eigenen Gedanken unterdrückte sie ein Grinsen. Die erste Beurteilung, die sie am vergangenen Abend geschrieben und an Richter Graw in Boston geschickt hatte, war jedenfalls gut ausgefallen. Was weder etwas mit dem Kuss zu tun hatte noch damit, dass Cameron ihr erzählt hatte, warum er überhaupt hier gelandet war. Er hatte sich einfach gut in den Gestütsbetrieb eingefügt, hatte verdammt schnell gelernt und seine Fortschritte glichen Meilensteinen.

»Sollen wir meinen Wagen nehmen?«, bot Cameron an.

Jetzt musste sie doch lachen. Unter hochgezogenen Augenbrauen sah sie ihn an. »Sehe ich so aus, als würde ich in eine Rostlaube einsteigen, die nach Fisch stinkt, der mindestens dreißig Jahre tot ist?« Sie schüttelte den Kopf. »Wir nehmen einen der Gestüts-Pick-ups.«

Camerons Lachen, das sie zum Parkplatz hinter der Reithalle begleitete, kribbelte auf ihrer Haut. »Da stehen vier Wagen«, stellte er fest, als sie um die Ecke bogen, »und du lässt mich diesen Schrotthaufen von Wally mieten?«

»Klar.« Sie zwinkerte ihm zu. »Fahrer, die nur asphaltierte Großstadtstraßen kennen, deckt unsere Versicherung nicht ab. Aber weil ich großzügig bin, darfst du heute ausnahmsweise mal fahren.« Sie warf Cameron die Schlüssel zu, die er mit einer lässigen Bewegung auffing.

Sie plauderten entspannt auf dem Weg in die Stadt. Vor dem Futterhandel erklärte sie Cameron, wie er zur Laderampe auf der Rückseite des Gebäudes gelangte, wo die Futtersäcke verladen wurden. Dann stieg sie aus, um im Laden schon mal die Rechnung zu begleichen.

Als sie den Shop nach ein bisschen Small Talk ein paar Minuten später wieder verließ, wollte von der anderen Seite gerade Emma Morgan die Tür aufziehen. Die junge Frau wich einen Schritt zurück, als sie Abby erkannte. In einem Rollstuhl neben ihr saß ihre Tochter Robyn, die Emma die Rampe an der Seite der Veranda hinaufgeschoben hatte.

»Emma«, sagte Abby. »Wie geht es euch?« Sie lächelte das kleine Mädchen an. »Hallo Robyn.«

»Hi, hi.« Das Kind strahlte Abby an.

»Hallo«, murmelte Emma im Gegensatz zu ihrer aufgeweckten Tochter und senkte den Kopf, um Abbys aufmerksamem Blick auszuweichen. Sie war eine von Benedict Morgans Enkelinnen. Zwar arbeitete sie für das Familienunternehmen, aber ihr ging das bösartige Morgan-Gen ab. Was vielleicht daran lag, dass sie einfach keinen bösen Knochen im Leib hatte. Dazu kam, dass das Leben als alleinerziehende Mutter eines spastisch gelähmten Kindes ihr mit Sicherheit keine Zeit ließ, sich mit der Fehde zu beschäftigen, die ihre männlichen Verwandten seit Jahrzehnten gegen die Coopers und das Gestüt führten. Nichtsdestotrotz wäre es Abbys Gegenüber offenbar lieber gewesen, sie wären sich nicht über den Weg gelaufen. Wahrscheinlich war sie nicht allein unterwegs, auch wenn im Moment kein anderer Morgan zu sehen war.

Emma hatte nicht auf die Frage, wie es ihnen ging, geantwortet. Die großen dunklen Ringe unter ihren Augen und die fast durchscheinende Haut auf ihren Wangenknochen waren allerdings nicht zu übersehen. Genau wie die hängenden Schultern und ihr schlaffes Haar. Emma war unverkennbar erschöpft, um nicht zu sagen: am Ende ihrer Kräfte. Abby konnte sich zumindest ansatzweise vorstellen, wie hart ihr Alltag mit Robyn war. Und auch wenn Benedict und Arthur Morgan ihr und ihrer Familie die Krätze an den Hals wünschten, Emma brauchte Hilfe und hin und wieder einen Moment, um durchatmen zu können.

Abby hielt ihre Geldbörse noch in der Hand. Bevor sie sie in ihre Handtasche zurücksteckte, zog sie eine Visitenkarte der Stiftung heraus, mit der sie zusammenarbeitete, und hielt sie Emma hin. »Ruf doch mal dort an und sag einen Gruß von mir. Und dann komm uns mit Robyn auf dem Gestüt besuchen.« Sie legte ihre Hand sanft auf die Schulter des Mädchens. »Eine regelmäßige Pferdetherapie würde ihr guttun. Und dir würde es auch nicht schaden, hin und wieder ein wenig Zeit zum Durchatmen zu haben. Möchtest du mal unsere Pferde besuchen kommen, Robyn?«, fragte sie das Mädchen.

»Ja, ja, ja! Pferde!« Wieder schenkte Robyn ihr dieses offene, unschuldige Strahlen.

»Was wird das denn?«, hörte Abby eine tiefe, bedrohliche Stimme hinter sich, noch bevor Emma etwas erwidern konnte. Sie musste sich nicht umdrehen, um zu wissen, dass Benedict Morgan hinter ihr stand. Sie ignorierte ihn und hielt Emma die Karte weiter hin. Zögerlich griff ihr Gegenüber danach, sagte aber noch immer nichts.

Erst dann drehte Abby sich um. »Guten Tag, Benedict«, grüßte sie kühl. »Gibt es ein Problem?«

»Das würde ich gern von dir wissen, Mädchen.« Er hatte sich zu seiner vollen Größe aufgerichtet und streckte seine Brust heraus. Mit seiner geringschätzigen Art, sie ›Mädchen‹ zu nennen, machte er deutlich, dass er weder etwas von ihrem Doktortitel hielt noch sie überhaupt als erwachsene Frau wahrnahm.

Diese einschüchternde Masche mochte bei anderen funktionieren – Abby beeindruckte er damit nicht. Sie blickte dem alten Mann direkt in die Augen. »Ich habe kein Problem, Benedict. Ich habe nur ein wenig Small Talk mit einer Nachbarin gehalten.«

»Und versucht, sie für dein kleines Pony-Projekt zu begeistern?« Arthur betrat die Veranda über die Rollstuhlrampe und stellte sich schräg hinter Emma. Er legte seine Hand auf die

Schulter seiner Nichte, weniger als unterstützende Geste, sondern mit der Härte eines Schraubstocks. »Das kannst du vergessen. Wir Morgans nehmen nichts von den Coopers. Schon gar keine Almosen.«

Abby hörte den Wagen hinter sich, das Zuschlagen der Fahrertür und die Schritte, von denen sie sich sicher war, dass sie zu Cameron gehörten. Er blieb auf der zweiten Verandastufe stehen. »Ist alles okay?«, fragte er leise in ihrem Rücken.

»Ja«, sagte sie und blickte erst Benedict und dann Arthur fest in die Augen. »Es ist alles in Ordnung, Emma und Robyn liegen uns schließlich allen am Herzen.« Sie strich Emma in einer freundschaftlichen Geste über den Arm. »Überleg es dir«, sagte sie leise und drehte sich um.

Ohne dass Abby es bemerkt hatte, war auch noch Benedicts Enkel Finn dazugekommen und lehnte mit verschränkten Armen hinter Cameron am Treppengeländer. Sie drängte sich zwischen den beiden Männern durch. »Wir gehen«, sagte sie unnötigerweise zu Cameron und riss die Beifahrertür des Pick-ups auf, die sie geräuschvoll hinter sich zuschlug, nachdem sie auf ihren Sitz geklettert war.

Cameron stieg in den Pick-up und warf Abby einen Seitenblick zu, während er den Motor startete.

»Das«, sagte Abby mit einem wütenden Vibrieren in der Stimme, »waren die Morgans. Ignorante Idioten«, brachte sie zwischen zusammengebissenen Zähnen hervor. »Denen der Fortbestand ihrer dämlichen, jahrzehntealten Fehde wichtiger ist als das Wohlbefinden von Emma und Robyn.«

Cameron hatte die angespannte Atmosphäre sofort gespürt, als er vor dem Futtermittelhandel aus dem Wagen gestiegen war. Abby hatte neben der jungen Frau und dem behinderten Mädchen gestanden. Links und rechts von ihr die beiden älteren Männer, die sich bedrohlich aufgeplustert hatten. Der dritte, der dazugekommen und hinter Cameron stehen geblieben war, hatte gelassener gewirkt als die anderen. Trotzdem war er schwer einzuschätzen gewesen. Cameron blickte zu Abby hinüber. Sie hatte sich im Beifahrersitz zurückgelehnt und strich sich mit einer kantigen Bewegung die Haare hinters Ohr. Sie wirkte auch jetzt noch zutiefst entschlossen. Eindeutig wie jemand, mit dem man sich nicht anlegte. Der stur seine Ziele verfolgte. Andernfalls hätte sie nicht in Gegenwart der Erzfeinde ihrer Familie versucht, Emma zu einer Therapie zu überreden – ein Charakterzug an Abby, den er ziemlich anziehend fand. »Was für eine Fehde?«, fragte er, um die Richtung zu ändern, in die seine Gedanken abzudriften versuchten.

Abby winkte ab. »Das ist eigentlich gar nicht der Rede wert.«

Cameron schwieg. Abby musste ihm die Geschichte nicht erzählen. Er konnte jederzeit bei Marsha in der Bäckerei oder im *Frankie's* nachfragen … oder einfach den nächsten anhalten, der ihm auf der Straße entgegenkam, um sich die Geschichte in allen Details erzählen zu lassen. So oder so, er würde es rausfinden.

Das war auch Abby klar. »Entschuldige«, sagte sie. »Ich war eben nur ein wenig aufgebracht.«

Aufgebracht war gut, dachte Cameron. Fuchsteufelswild traf es wahrscheinlich eher.

Abby atmete tief durch und räusperte sich. »Benedict Morgan hat unserer Familie schon vor über fünfzig Jahren den Krieg erklärt. Dazu musst du wissen: Die Morgans und die Coopers gehören zu den ältesten Familien der Insel. Sie haben schon immer gebaut und mit Immobilien gehandelt. Wir haben dagegen schon immer Pferde gezüchtet. Mitte der Sechzigerjahre, als junger Mann, hat Benedict meiner Großmutter Catherina einen Heiratsantrag gemacht. Das Gestüt lief zu jener Zeit nicht besonders gut, und er bot an, ihr unter die Arme zu greifen.« Das leise Lachen, das sie ausstieß, klang harsch. »Was er eigentlich wollte, war unser Land, das die Morgans schon immer als besonders wertvoll erachtet haben. Aus welchem Grund auch immer.«

»Die Hochzeit kam nicht zustande«, vermutete Cameron und bog auf die Schotterstraße ab, die zu den *Silver Brook Stables* führte.

»Nein. Ein paar Tage vor der Trauung hat sie es sich anders überlegt und ist mit dem Pferdetrainer durchgebrannt. Benedict hat getobt und Rache geschworen. Seitdem ist es sein Ziel, uns das Leben schwer zu machen. Das gelingt ihm manchmal mehr, manchmal weniger.«

»Und die Morgans sind noch immer Immobilienhändler und Bauunternehmer?«, fragte Cameron.

»Ja. Benedict und sein Sohn Arthur machen beides. Sie bauen und verkaufen und vermieten in einer eigenen Firma. Finn, das ist der, der hinter dir stand«, beschrieb sie den jüngeren Mann, der überhaupt nicht so ausgesehen hatte, als kümmere ihn diese Fehde auch nur im Geringsten, »ist Benedicts Enkel. Er hat sich sein eigenes Bauunternehmen aufgebaut. Seine Cousine Emma arbeitet im Büro für Arthur und Benedict. Ihr Freund hat sie verlassen, als Robyn aufgrund von Sauerstoffmangel bei der Geburt mit einer spastischen Lähmung zur Welt kam.«

Das war sie also, kurz zusammengefasst, die Geschichte der Familie, der *Seal Rock Hall*, das Haus, das ihm nicht mehr aus dem Kopf ging, gehörte. Er speicherte alle Informationen, die Abby ihm geliefert hatte, gemeinsam mit den Eindrücken ab, die er selbst gewonnen hatte. Wenn er sich ernsthaft Gedanken darum machen würde, dieses alte Herrenhaus zu kaufen, würde er sich knallharten Verhandlungspartnern gegenübersehen.

*

Finn Morgan schluckte seinen Ärger hinunter. Seine Cousine Emma stand auf der Veranda vor dem Futtermittelladen wie ein kleines, zerbrechliches Mädchen. Eingerahmt von ihrem Onkel und Großvater. Die Männer überragten sie um mehr als einen Kopf und wussten ihre Größe zu nutzen. Zumindest bei Emma funktionierte das, auch wenn Abby Cooper völlig unbeeindruckt davon gewesen war.

Er trat zu der kleinen Gruppe seiner Verwandten und schob seinen Vater ein Stück zur Seite. Robyn, die sehr feinfühlig auf Veränderungen reagierte, schaute bereits ängstlich zwischen den Erwachsenen hin und her. »Na, meine Süße«, sagte er und ging vor dem Rollstuhl in die Hocke. »Sollen wir deine Mama überreden, einen Donut mit uns essen zu gehen?«

Das Mädchen überlegte einen Moment und lächelte ihn dann breit an. »Ja!«, jubelte es.

»Da haben wir es. Auf geht's!« Finn erhob sich wieder und griff nach Emmas Hand. »Komm schon, Cousinchen.« Er lächelte ihr aufmunternd zu. »Robyn und ich wollen Donuts. Und ihr«, er funkelte seinen Vater und seinen Großvater an, »müsst endlich aufhören, euch mit den Coopers anzulegen.« Er wartete ihre Erwiderung nicht ab, sondern löste die Bremsen an Robyns Rollstuhl. »Na los, Mädels.« Dann schob er Robyn über die Rampe von der Veranda und schließlich zu *Marsha's Bakery* hinüber.

Emma schwieg und trottete neben ihm her. Ihr Anblick zerriss Finn das Herz. Seine wundervolle, lustige, immer vor sich hin singende und tanzende Cousine war nur noch ein Schatten ihrer selbst. Er sah sie noch vor sich, so wie sie gewesen war, bevor ihr Freund, dieses verdammte Arschloch, sie mit Robyn hatte sitzenlassen. Die frechen Sommersprossen, die Emma an ihre Tochter weitervererbt hatte. Die langen Haare, die ihr in wippenden Wellen fast bis zur Hüfte gereicht hatten und die sie aus praktischen Gründen inzwischen zu einem kinnlangen Bob hatte stutzen lassen. Knappe Tops, kurze Röcke und witzige Cowboystiefel – das war seine Cousine gewesen. Mit großen, baumelnden Ohrringen und klirrenden Armreifen, die das Licht, das sich auf ihrer Oberfläche brach, zurückwarfen. Ganz gleich, ob es von der Mittagssonne stammte oder von den Scheinwerfern der Tanzfläche einer Samstagnacht. Sie war der Innbegriff von Leichtigkeit gewesen, die so gut zu dem fröhlichen Funkeln in ihren Augen gepasst hatte. Jetzt wirkte ihr Blick irgendwie – stumpf. Genau wie ihre Haut, auf der die Sommersprossen wie dunkle Punkte hervorstachen. Ihre Bluse hing wie ein unförmiger Sack an ihr. Finn hatte keine Ahnung, wie viele Pfund sie seit Robyns Geburt verloren hatte. Wahrscheinlich hatte sie es selbst gar nicht gemerkt, aber in den vergangenen Jahren hatte sie sich selbst mehr und mehr verloren. Wenn sie nicht bald etwas dagegen tat, würde sie irgendwie – verschwinden. So durfte es einfach nicht weitergehen. Emma und Robyn brauchten Hilfe.

»Wollt ihr euch dort drüben ans Wasser setzen?«, fragte er Emma und wies mit dem Kinn auf eine Bank am Yachthafen.

Finn wartete, bis Emma nickte, und schob Robyn ans Ufer. Er fixierte die Bremsen des Rollstuhls und beugte sich dann zu der Kleinen hinunter. »Du willst einen Donut mit Schokostreuseln.« Er tippte ihr auf die Nasenspitze. »Ich weiß es genau.«

»Ja! Schokostreusel!« Wieder dieses fröhliche Lachen.

»Und du?« Finn erhob sich wieder und drehte sich zu Emma um. »Erdbeerglasur?«

Er wartete das stumme Nicken seiner Cousine ab und ging dann zur Bäckerei hinüber.

»Habt ihr euch mit Abby angelegt?«, fragte Marsha, die vor ihrem Laden stand, die Hände in die Hüften gestützt. Ihre Augen funkelten angriffslustig. Sie war, genau wie Frankie und Maxine Grant, die Bürgermeisterin von Home Port, eine gute Freundin von Olivia Cooper.

Finn schluckte das resignierte Seufzen herunter, das in seiner Kehle aufstieg. »Nein«, antwortete er schlicht.

Statt einer Erwiderung zog Marsha nur die Augenbrauen hoch.

»Mein Vater und mein Großvater ein bisschen. Aber ich bin nicht hier, um mit dir darüber zu tratschen. Ich wollte Donuts für Robyn, Emma und mich.«

»Komm rein.« Sie drehte sich um und warf ihm, die Hand bereits auf dem Türknauf, einen Blick über die Schulter zu. »Aber glaube nicht, dass ich euch Morgans nicht im Auge hätte.«

Genau wie der Rest der Insel, dachte Finn.

»Schokostreusel für das kleine Fräulein. Erdbeerglasur für Emma. Und ›ohne alles‹ für dich?«, fragte sie, während sie um ihren Tresen herumging.

»Ja. Bitte. Dazu einen schwarzen Kaffee, einen Milchkaffee und eine heiße Schokolade.«

Finn balancierte die Snacks nach draußen und breitete alles zwischen sich und Emma auf der Bank aus. Er überließ es seiner Cousine, ihrer Tochter den Donut zu geben und sie vorsichtig von ihrem Kakao trinken zu lassen. Er lehnte sich mit seinem Kaffee in der Hand zurück und sah einer Segelcrew dabei zu, wie sie ihr Boot fertig machten. »Du musst damit aufhören, dich von ihnen herumkommandieren zu lassen«, sagte er.

Emma strich Robyn die Haare aus dem Gesicht und lehnte sich dann ebenfalls zurück, ohne Finn anzusehen. »Ich habe deinem Vater und unserem Großvater viel zu verdanken. Der Job, die Krankenversicherung. Sie sind großzügiger, als sie es einer anderen Angestellten gegenüber wären.«

Finn konnte ein Schnauben nicht unterdrücken. »Du bist ja auch ein Teil der Familie. Und vor allem bist du verdammt gut in deinem Job. Du hältst den Laden zusammen, der ohne dich im Chaos versinken würde. Emma«, er drehte sich auf der Bank so, dass er sie ansehen konnte und wartete, bis sie seinen Blick erwiderte, »Du riskierst nichts, wenn du Robyn zu Abby bringst.« Er räusperte sich. »Ich habe ein bisschen recherchiert über spastische Lähmungserscheinungen. Eine Reittherapie gehört eindeutig zu den Dingen, die guttun. Sie wird von allen Experten empfohlen. Nimm Abbys Angebot, verdammt noch mal, an.«

13

Abby hatte Acapulcos Satteldecke geholt und wartete am Roundpen auf Cameron, der das Pferd von der Weide brachte. Bis zum nächsten Therapietermin blieb ihnen nicht mehr viel Zeit, und sie fragte sich, wo Mann und Pferd abgeblieben waren. Sie hängte die Decke über den Zaun und lehnte sich gegen das von der Sonne aufgewärmte Holz der Querriegel. Im nächsten Moment richtete sie sich überrascht wieder auf, als sie Cameron und Acapulco über den Hof auf sie zukommen sah, denn sie waren nicht allein: Neben ihnen schob Emma Morgan den Rollstuhl ihrer Tochter. Robyn vibrierte geradezu vor Aufregung und ließ das Pferd keinen Moment aus den Augen.

Abbys Herzschlag beschleunigte sich. »Emma«, sagte sie, als die Gruppe näher kam. Sie schaffte es nicht, ihr Grinsen zu unterdrücken. »Ich bin so froh, dass ihr gekommen seid.« Sie sparte es sich, den Streit mit Emmas Verwandten am Vortag zu erwähnen. Sicher hatte es die junge Frau bereits genug Überwindung gekostet, überhaupt auf *Silver Brook* aufzukreuzen. Was Emma dazu gebracht hatte, diesen Schritt zu gehen, wollte Abby lieber gar nicht erst wissen.

Als Emma nur mit einem knappen »Hallo« antwortete, konzentrierte sich Abby auf deren Tochter. »Hallo Robyn. Gefällt dir Acapulco?«

»Hübsches Pferdchen«, sagte die Kleine mit all der Begeisterung in der Stimme, zu der nur ein Kind fähig war.

»Willst du ihn mal streicheln?«, fragte Cameron, der sich, in Jeans, Cowboystiefeln und einem Longsleeve, das eng genug an seinem Oberkörper lag, um die Muskeln darunter erahnen zu können, lässig gegen die Flanke des Wallachs lehnte.

Robyns »Ja« kam sofort.

Cameron sah Emma mit einem aufmunternden Lächeln an. »Darf ich?«

Emma nickte, also hob Cameron Robyn vorsichtig aus dem Rollstuhl, setzte sie sich auf die Hüfte und stellte sich mit ihr vor das Pferd. »Acapulco, das ist Robyn. Sag ›Hallo‹.«

Das Pferd schnaubte, als ob sie diesen Trick einstudiert hätten, und das Mädchen lachte begeistert auf, während seine Mutter nervös von einem Fuß auf den anderen trat.

»Es kann nichts passieren«, flüsterte Abby ihr zu und legte beruhigend den Arm um ihre Schultern. Cameron machte seine Sache wirklich gut. Er zeigte Robyn, wie sie Acapulco streicheln musste, und führte ihre Hand dann an die Stirn des Tieres.

»Sie mag Pferde«, sagte Emma mit leiser, kraftloser Stimme. »Immer wenn wir an den Koppeln des Gestüts vorbeifahren, kriegt sie sich gar nicht mehr ein vor Freude.«

»Dann seid ihr zwei doch genau richtig hier«, gab Abby betont fröhlich zurück. Sie hatte das Gefühl, dass bereits das Wiehern eines Pferdes auf der Weide hinter ihnen ausreichen könnte, um Emma in die Flucht zu schlagen. »Ich habe gleich einen Patienten. Wenn ihr genügend Zeit habt, können wir danach reden.«

»Oh! Ich … ich weiß nicht, ob ich meine Lunchpause so

lange ausdehnen kann.« Abby hatte sich nicht getäuscht. Emma hatte in den Fluchtmodus geschaltet, noch ehe sie richtig auf dem Hof angekommen war.

»Kein Problem«, klinkte Cameron sich ein, bevor Abby etwas erwidern konnte. Vorsichtig setzte er Robyn in den Rollstuhl zurück und richtete sich auf. »Ich habe an der Koppel zufällig Olivia getroffen. Sie hat im Moment ein bisschen Zeit und könnte mit mir zusammen die Therapiestunde übernehmen, wenn das für dich okay ist.« Abwartend sah er Abby an, und ihr wurde bewusst, wie sehr sie inzwischen auf seine Unterstützung und Mitarbeit baute.

Sie brauchte nicht lange zu überlegen. Cameron fühlte genau wie sie Emmas Fluchtinstinkt, der viel zu dicht unter der Oberfläche saß. Und David, der gleich zum therapeutischen Reiten kam, war bei Cameron und ihrer Mutter in guten Händen. Er konnte selbst hervorragend mit Pferden umgehen und war aktiv geritten, bevor er sich bei einem Motorradunfall schwer verletzt hatte. Diese Stunde würden sie gut ohne Abby bewältigen können. »Das ist eine fantastische Idee. Danke, Cameron. Emma und Robyn, lasst uns doch in die Praxis gehen. Ich erkläre euch, wie ich mir Robyns Behandlung vorstelle.«

Ein wenig überrumpelt nickte Emma und folgte Abby zu ihrem Büro. Mit routinierten Bewegungen hob sie ihre Tochter abermals aus dem Rollstuhl und trug sie hinter Abby die Treppen hinauf.

»Ihr könnt es euch hier gemütlich machen«, schlug Abby vor und wies auf die beiden gemütlichen Sessel, die in ihrem Büro standen. Sie selbst zog ihren Stuhl vom Schreibtisch weg, um ihnen ohne eine trennende Barriere gegenüberzusitzen. Charlie, der auf seinem karierten Hundekissen in der Ecke ein

Nickerchen gehalten hatte, rappelte sich auf, gähnte und tapste dann zu Mutter und Tochter hinüber. »Magst du Hunde, Robyn?«, fragte Abby.

»Mag Hunde«, gab sie zur Antwort.

»Das ist perfekt. Charlie mag es nämlich sehr gern, gestreichelt zu werden.« Als wisse er genau, was er zu tun hatte, legte der Labrador seinen schweren Kopf ganz vorsichtig auf Robyns Oberschenkel und ließ die unkoordinierten Streicheleinheiten des Kindes mit der stoischen Ruhe zu, die ihn zu einem so guten Therapiepartner machte. »Hast du schon mal etwas über Reittherapie bei spastischen Lähmungen gehört?«, wollte Abby von Emma wissen.

»Nicht viel«, gestand Emma und verknotete die Hände in ihrem Schoß, ohne Charlie und ihre Tochter aus den Augen zu lassen. »Ehrlich gesagt war es Finn, der mich überredet hat, dein Angebot anzunehmen. Er ist der Meinung, dass diese ganze alte Fehde Blödsinn aus dem vergangenen Jahrtausend ist.«

Diese Einstellung hatte Abby Finn Morgan zwar nicht zugetraut, aber sie konnte ihm nur beipflichten.

»Ich sehe das ja im Prinzip genauso«, fuhr Emma fort. »Aber weißt du?« Endlich sah sie auf – und Abby in die Augen. »Ich bin auf den Job bei meinem Onkel angewiesen. Ich kann nicht riskieren, dass er mich feuert, weil ich hier gewesen bin.«

Abby lehnte sich vor und hielt Emmas Blick. »Wir werden es aber nicht zu unserem Geheimnis machen. Weder lasse ich mich zu einer Art Verschwörer machen noch hat Robyn es verdient, dass über die Dinge, die ihr guttun, geschwiegen wird. Ich möchte mit ihr eine Hippotherapie machen. Das hat eine unglaublich entspannende Wirkung auf die

Muskeln. Krämpfe lösen sich oft schon während der Therapiestunden. Manche Patienten sagen sogar, dass das Reiten besser hilft als ihre Medikamente gegen die Spastiken. Das sind nur ein paar der positiven Effekte. Von den günstigen psychologischen Begleiterscheinungen gar nicht zu reden. Du kannst das in diesem Flyer der *Roberts Foundation* nachlesen.« Abby angelte den Prospekt von ihrem Schreibtisch und reicht ihn Emma. »Die Stiftung bietet noch mehr. Ihr könnt zum Beispiel in Machias eine Schwimmtherapie machen, die von Physiotherapeuten begleitet wird und gut für Robyns Muskulatur ist. Aber vor allem wird ihr das Reiten helfen. Mein Vorschlag wäre folgender: Lass uns einen Termin ausmachen. Bring Robyn her, und wir machen eine Probestunde. Wenn du danach der Meinung bist, es lohnt sich nicht, dafür zu kämpfen, dann lassen wir es. Aber ich garantiere dir schon jetzt, dass du das nicht sagen wirst. Robyn wird es lieben. Und es wird ihr helfen – ihrem Körper genauso wie ihrer Seele. Nimm dir die Zeit, ruf mich wegen eines Termins an und nutzt doch bitte auch die anderen Möglichkeiten, die die Stiftung euch bietet.«

Abby lehnte sich auf ihrem Stuhl zurück. Sie musste sich zusammenreißen, um das Angebot einfach so stehen zu lassen und nicht weiter auf Emma einzureden. Denn ihr Gegenüber hatte, abgesehen von dem Geständnis, dass sie Angst vor der Reaktion ihres Onkels hatte, wenn er von der Therapie erfuhr, wenig gesagt. Abby wollte, dass sie sich das Angebot in Ruhe durch den Kopf gehen ließ, das Für und Wider abwog und dann die richtige Entscheidung traf. Unter Druck wurde Emma von ihren Verwandten bereits genug gesetzt, Abby würde nicht von der anderen Seite aus genau das Gleiche machen. Vielleicht würde Emma sich irgendwann sogar für eine Psychotherapie entscheiden, die ihr ihre mentale Kraft zurückgab. Es war nicht zu übersehen, dass sie von sich selbst glaubte, ihre Stärke, ihr Rückgrat, verloren zu haben. Dabei hatte sie keinen Schimmer, was für eine unglaublich starke Frau sie war. Wie fantastisch sie das Leben, das sie um Robyns Bedürfnisse herumgebaut hatte, meisterte.

Als Emma ein paar Minuten später ging, den Flyer in ihrer Handtasche und Robyn auf den Armen, hielt Abby ihr die Tür auf. Emma setzte ihre Tochter in den Rollstuhl, winkte ihr zum Abschied zu und schob Robyn zum Roundpen hinüber, wo sie, genau wie Abby, noch ein paar Minuten zusahen, ehe sie sich auf den Heimweg machten.

David und Cameron verstanden sich gut. Abbys Patient, der Anfang zwanzig war, hatte wahrscheinlich sogar mehr Spaß daran, sich von einem Mann führen zu lassen und nebenbei mit diesem alle Autos von Wallys altem GMC bis zu Camerons Porsche durchzukauen. Olivia stand am Zaun, um notfalls sofort eingreifen zu können, hielt sich aber mit ihren Anweisungen zurück. Mit dem Wissen, dass die drei und Acapulco alles unter Kontrolle hatten, kehrte Abby ins Büro zurück und nutzte die gewonnene Zeit, um einen Teil ihres Schreibkrams zu erledigen.

Sie hatte regelrecht die Zeit vergessen, als sie das Klopfen an ihrer Tür hörte. »Herein«, sagte sie. In Gedanken noch bei dem Therapiebericht vor sich hob sie den Blick. Cameron lehnte im Türrahmen und grinste sie breit an. Abby konnte nicht anders, als das Grinsen zu erwidern.

»Ich habe kurz mit Emma geredet, bevor sie gegangen ist«,

sagte Cameron. »Sie hat mir gesagt, dass Robyn die Hippotherapie machen wird.«

»So schnell hat sie sich entschlossen? Das ist unglaublich.« Abby erhob sich und ging um den Schreibtisch herum auf Cameron zu. »Ich hätte nicht gedacht, dass sie so schnell ihre Entscheidung trifft.«

»Du hast sie im richtigen Moment auf dem richtigen Fuß erwischt«, sagte Cameron, als wäre es keine große Sache gewesen, die junge Mutter von der Therapie zu überzeugen. Er zuckte mit den Schultern und zog die Tür hinter sich ins Schloss.

Zusammen in einem Raum wurde sich Abby wieder seiner Größe bewusst, die man draußen und zwischen den Pferden schnell vergessen konnte. »Mit deiner Hilfe«, erwiderte sie. »Danke, dass du die Stunde übernommen hast.«

»Kein Problem. Die Stunde mit David hat Spaß gemacht.«

Abby stand vor Cameron und konnte in seinen Augen lesen, dass er es genau so meinte, wie er es sagte. Offen und ehrlich. »Trotzdem: danke!« Sie stellte sich auf die Zehenspitzen und umarmte ihn. Weil sich das in diesem Moment so richtig anfühlte. Weil sie spontan reagierte und nicht nachdachte. Weil sie in diesem Augenblick des Triumphes ihre Mutter oder ihre Schwestern, ja sogar den Gestütsverwalter Josh Walsh umarmt hätte. Eine unschuldige, freundschaftliche Geste. Und doch so viel mehr, wenn ihr Gegenüber Cameron war.

Abby begriff in dem Moment, dass sie einen Fehler gemacht hatte, in dem sich ihre Arme um seinen Nacken legten. Ihr Körper schmiegte sich an seinen. Sie atmete seinen Duft nach Baumwolle, einem unaufdringlichen Rasierwasser und einem Hauch Leder ein. Cameron verharrte, starr wie eine Statue.

Dann glitten seine Hände um ihre Taille. Abby hob den Kopf und sah in seine grauen Augen, die den Eindruck erweckten, als ob sich in ihnen ein Sturm zusammenbraute.

Camerons Blick hielt sie gefangen, während er langsam, unendlich langsam, seinen Mund auf ihren senkte. Abby hatte genug Zeit zurückzuweichen. Das musste sie sogar. Abstand zwischen sie bringen. Aber sie bewegte sich keinen Millimeter, wartete stattdessen, bis sie Camerons warmen Atem auf ihrem Gesicht spüren konnte. Und als er, nur Zentimeter vor ihren Lippen, innehielt, war sie es, die das letzte Stück, das sie noch trennte, überwand.

Cameron hatte ihr alle Möglichkeiten zur Flucht gelassen. In dem Moment, in dem sich ihre Lippen berührten, ließ er ihr keine Wahl mehr. Er stürzte sich in diesen Kuss. Mit seinem ganzen Körper. Seine Hände glitten an ihren Seiten hinauf. Dann wieder hinunter, bis sie unter ihrem Po lagen und er sie hochheben konnte. Wie von selbst schlossen sich Abbys Schenkel um seine Hüften, als er sie die wenigen Schritte bis zum Schreibtisch trug und sie auf der Kante absetzte.

Irgendetwas fiel um und kippte zu Boden. Es war Abby egal, solange Cameron nicht aufhörte, sie zu küssen. Wieder glitten seine Hände an ihrem Körper hinauf, vorbei an ihren Brüsten und zu ihrem Hals, bis er seine Finger in ihren Haaren vergraben konnte. Er zog Abbys Kopf sacht zurück, um den Kuss noch weiter zu vertiefen. Sie hatte die Beine nicht von seiner Mitte gelöst, hielt sie hinter seinem Hintern verschränkt – und ihn an sich gepresst. So konnte sie Camerons Sehnsucht nach ihr spüren, die ihr eigenes Verlangen spiegelte. Ihre Hände glitten ruhelos über seinen Rücken, zogen hektisch an seinem Shirt, bis sie ihre Finger unter den Stoff schieben und seine warme, glatte Haut ertasten konnte. Camerons Bauchmuskeln zogen sich unter ihren Berührungen zusammen, und zwischen ihnen schwebte ein sinnlicher Laut, von dem Abby nicht wusste, ob Cameron oder sie selbst ihn ausgestoßen hatte. Es war egal. Weil auch das nur die Gefühle des anderen spiegelte.

Cameron nestelte an ihrer Bluse herum. Er ließ seine Lippen über ihre Wange bis zu ihrem Hals wandern und von dort zu ihrem Dekolletee hinuntergleiten. Jeden Zentimeter Haut, den er freilegte, liebkoste er, bis seine Lippen ihren Brustansatz erreichten.

Abby ließ den Kopf in den Nacken fallen. Gleich würde sie ihm das Shirt ausziehen. Gleich. Aber erst würde sie seine Liebkosungen noch ein wenig genießen. Seine Lippen, die zu ihrem Mund zurückkehrten und sie zu einem weiteren Kuss herausforderten. Seine Hände, die ihre Brüste umschlossen, die sich schwer und sinnlich anfühlten. Die Leidenschaft schlug wie eine Welle über ihnen zusammen, riss sie mit in einen Strudel, der sich nicht mehr stoppen ließ. Abby fuhr mit den Fingerspitzen an Camerons Wirbelsäule hinauf, strich über seinen Nacken und zog ihn noch näher an sich. Sie wollte, dass dieser Kuss niemals …

»Abby? Hab ich da vorhin Emma gesehen? … Ups! … Sorry!«

Abby und Cameron fuhren auseinander. Das »Ich warte draußen« ihrer jüngsten Schwester konnte sie fast nicht verstehen durch das Rauschen des Blutes in ihren Ohren. *O Gott*, war alles, was sie in diesem Moment denken konnte.

Camerons Hände lösten sich von Abbys Brüsten und glitten in einer zärtlichen Bewegung zu ihren Schultern, wo sie schwer und beruhigend liegen blieben. Er lehnte seine Stirn gegen ihre und sagte einen Augenblick lang gar nichts. Dann hörte sie seine raue Stimme wie durch einen Nebel. »Komm nicht wieder auf die Idee zu behaupten, dass das nicht hätte passieren dürfen.«

»Ich …« Abby schluckte und versuchte, ihre Gedanken zu sortieren. »Aber es hätte …«

»Psst.« Cameron erstickte ihre Worte mit einem zarten Kuss. »Tu das nicht, Abby.«

»Was denn?«, wisperte sie.

»Schlechtreden, was zwischen uns passiert.«

»Aber wir dürfen das nicht, solange du für mich arbeitest, weil ein Richter dich hierhergeschickt hat.« Abby wurde bewusst, dass sie Cameron noch immer mit den Schenkeln umklammert hielt. Vorsichtig löste sie ihre Beine und schob ihn ein Stück zurück, um ihre halb geöffnete Bluse zu schließen und sich glättend über die Haare zu streichen. »Ich werde Megan bitten, was sie gesehen hat, nicht an die große Glocke zu hängen. Aber die Chance, dass sie die vergangenen dreißig Sekunden nicht bereits genutzt hat, um die Neuigkeiten zu verbreiten, stehen verdammt schlecht.«

»Abby.« Cameron wartete, bis sie ihn wieder ansah und fuhr dann mit den Fingerspitzen an ihrem Wangenknochen entlang, was eine Spur aus Feuer auf ihrer Haut hinterließ. »Ich habe kein Problem damit. Was auch immer sie erzählt, es kann sich dabei nur um zwei Erwachsene handeln, die genau das getan haben, was sie wollten und Spaß dabei hatten. Wir müssen uns nicht dafür rechtfertigen, Verurteilung in Boston hin oder her.«

»Ich weiß, dass dir das nicht fair erscheint. Besonders, nachdem ich weiß, dass du keine Straftat begangen hast, die diese

Arbeitsstunden rechtfertigt. Aber das hier, jetzt, das wäre impulsiv und ein Fehler. Ich habe eine Reputation zu verlieren, und du fängst gerade erst damit an, deinen Ruf wiederherzustellen. Deshalb …« Abby legte den Kopf in den Nacken, um Camerons Blick auszuweichen. Was er sofort ausnutzte, um ihren Hals zu küssen. Genau an der Stelle, an der ihr Puls noch immer unter ihrer Haut dahinraste – und ihre Worte Lügen strafte.

»Hey Zara«, rief Megan vor der Tür einer der Gestütsmitarbeiterinnen einen Gruß zu. Und erinnerte Abby daran, dass sie nicht allein waren.

Das gab ihr die Kraft, Cameron noch ein Stück wegzuschieben und von der Tischkante zu rutschen. »Ich muss mit meiner Schwester sprechen.«

»Hey.« Cameron hielt Abby an der Hand zurück. »Geh jetzt nicht einfach so.«

Abbys Magen zog sich zusammen. »Ich muss«, sagte sie und erkannte ihre Stimme selbst fast nicht mehr.

Cameron ließ ihre Hand los, als sie daran zog, und Abby ging hinaus, ohne ihn noch einmal anzusehen.

*

Cameron schlug mit der flachen Hand neben Abbys gerahmter Promotionsurkunde gegen die Wand. »Scheiße!«, fluchte er. »Verdammte Scheiße!« Statt noch einmal zuzuschlagen, zerfurchte er mit beiden Händen seine Haare und sah durch das Fenster, wie Abby und Megan am Koppelzaun entlanggingen. Er hingegen war hier noch eine Weile gefangen. Zumindest solange, bis sich sein Körper wieder auf Normalmaß abgekühlt hatte. Die Hände in die Hüften gestützt sah er den beiden Frauen dabei zu, wie sie sich immer weiter von ihm entfernten. Er war sich sicher, dass Abby gar nicht schnell genug von ihm hatte wegkommen können. Sie war ihrer Schwester bestimmt unendlich dankbar gewesen. Cameron konnte das sogar verstehen. Gegen die Leidenschaft, die gerade zwischen ihnen explodiert war, war der Kuss im Stall ein unschuldiges Küsschen gewesen. Er konnte Abby also nicht verübeln, dass sie die Beine in die Hand genommen hatte. Das gerade eben war etwas, was selbst ihm Angst machte.

Camerons Puls beruhigte sich langsam wieder, die Erregung ließ ein wenig nach. Mit einem letzten Blick aus dem Fenster vergewisserte er sich, dass die Schwestern inzwischen weit genug gegangen waren, um die Praxis zu verlassen, ohne von Megan aufgezogen oder mit Fragen bombardiert zu werden.

Für heute hatte er Feierabend, also schlug er die entgegengesetzte Richtung ein und kehrte zu seinem Cottage zurück. Doch auch der Blick aus dem großen Panoramafenster hatte keine beruhigende Wirkung auf ihn. Aufgewühlt tigerte er durch die kleine Hütte, nahm sich ein Bier aus dem Kühlschrank, stellte es dann jedoch zur Seite, ohne davon zu trinken. Er wusste genau, was ihn so ruhelos machte: Es war Abbys Reaktion. Sie hatte das genauso gewollt wie er. Die Küsse, die Berührungen. Die Erregung, die zwischen ihnen pulsiert hatte. Er begriff, dass sie sich nicht auf ihn einlassen konnte, weil es im völligen Gegensatz zu ihren moralischen Grundsätzen stand. Zumindest so lange, wie er hier seine Arbeitsstunden ableistete. Das Tückische an dieser Sache war, dass sie es wollte. Ihre Reaktion auf Cameron war viel zu heftig gewesen, um das abstreiten zu können. Was Camerons Standhaftigkeit auf eine echte Probe stellte. Denn er wusste, er konnte sie verführen. Ohne große Mühe … er müsste dazu nicht einmal viel reden. Seine Hände und seine Küsse konnten sie innerhalb von Sekunden umstimmen. Aber was wäre dann? Abby würde am nächsten Morgen die Augen aufschlagen und sich dafür hassen, dass sie die Kontrolle verloren hatte, so gut kannte er sie inzwischen. Cameron würde es also nicht darauf ankommen lassen. Er würde sich zurückhalten. Und sich eine Strategie zurechtlegen, um die verbleibenden drei Wochen auf dem Gestüt irgendwie herumzubekommen.

Er zog Sportklamotten aus dem Schrank. Zum ersten Mal, seit er auf Stonebridge Island war, reichte ihm das knochenharte Arbeitspensum in den *Silver Brook Stables* nicht aus. Um seine überschüssige Energie abzubauen, würde er eine Runde joggen gehen. Zehn Minuten später stand er einmal mehr vor *Seal Rock Hall*, als ob ihn das alte Herrenhaus magisch angezogen hätte.

*

Abby lehnte sich an den Koppelzaun und blickte zu den Pferden, statt ihre Schwester anzusehen. »Am liebsten wäre es mir, du würdest nichts sagen«, brachte sie heraus. Ihre Wangen brannten, was nicht am Wind lag, der aufgefrischt hatte und ihr die Haare aus dem Gesicht wehte.

»Hey.« Megan stieß ihr mit dem Ellenbogen in die Rippen. »Ich habe schon auf dem Weg hierher nichts gesagt. Dabei gibt es so viel, was ich loswerden muss. Sonst platze ich wahrscheinlich.«

Abby legte den Kopf in den Nacken und atmete tief ein. »Ich hatte gehofft, wir können diesen peinlichen Moment vergessen.« Sie warf ihrer Schwester einen Seitenblick zu. »Besteht irgendeine Chance, dass du das, was du gesehen hast, einfach aus deinem Kopf streichst?«

Megan lachte gut gelaunt. »Peinlicher Moment? Das war so ziemlich das Heißeste, was ich in den letzten Monaten zu sehen bekommen habe. Ihr seid …« Sie wedelte mit den Händen, während sie nach den richtigen Worten suchte. »Perfekt«, brachte sie es dann auf den Punkt. »Heiß und sexy, keine Frage. Aber vor allem habt ihr ausgesehen, als ob ihr perfekt zueinander passt.«

»Megs! Du hast uns den Bruchteil einer Sekunde gesehen. Hör auf, etwas in diesen Moment hineinzuinterpretieren, das nicht da war.«

Megan zuckte mit den Schultern und puhlte eine lose Holzfaser vom Zaun. »Ich weiß, was ich gesehen habe. Die Frage ist, warum du dieser Anziehung nicht nachgeben willst. Cam wäre doch ein perfekter Sommerflirt.«

»Ich lasse mich nicht auf Sommerflirts ein«, konnte sich Abby nicht verkneifen. Das war Megans Ding. Sie bemühte sich, Beziehungen zu führen, die Tiefgang hatten und auf Dauer ausgelegt waren. Seit ihrer Scheidung von Jace war ihr das, zugegebenermaßen, nicht mehr so gut gelungen.

»Genau das ist das Problem.« Megan pikte sie mit dem Zeigefinger gegen den Oberarm. »Vielleicht wird es höchste Zeit, damit anzufangen. Cameron wäre genau der Richtige dafür.«

Genau das war er nicht. Cameron hatte es innerhalb einer Woche bereits mehrmals geschafft, ihre Impulsivität herauszufordern. Er brachte ihre Selbstkontrolle zum Wanken. Schon deshalb musste sie so viel Abstand zwischen sich und ihn bringen, wie es möglich war, wenn man am gleichen Ort lebte und arbeitete. »Cameron leistet auf dem Gestüt seine gerichtlich verordneten Arbeitsstunden ab. Ich muss jede Woche einen Bericht über ihn abliefern. Was glaubst du, wie das rüberkommt, wenn ich etwas mit dem Mann anfange, für den ich verantwortlich bin?«, versuchte sie sich an dem zweiten Grund, aus dem es undenkbar war, sich auf Cameron einzulassen.

Megan hob die Hände zu einer unschuldigen Geste. »Was niemand weiß …«

»Du weißt genau, wie schnell so etwas die Runde macht. Abgesehen davon dürfen wir nicht vergessen, dass Cameron in Boston ein Promi ist und man nie wissen kann, ob nicht doch noch ein Paparazzo auftaucht.«

»Pff.« Megan verdrehte gut gelaunt die Augen. »Die trauen sich doch gar nicht so hoch in den Norden. Viel zu viel Angst vor Moskitos, die so groß sind wie Katzen, Hinterwäldlern, die ihnen ihre Axt über den Kopf ziehen, und Clowns, die aus der Kanalisation kriechen«, zählte sie auf.

»Es wird trotzdem nicht passieren.« Abby sah ihre Schwester fest an, um ihr zu verdeutlichen, wie ernst es ihr damit war. »Und ich möchte dich wirklich bitten, das nicht rumzuerzählen.«

»Na ja, vielleicht mache ich das sogar und erzähle es außer Summer niemandem. Aber nur, wenn du mir versprichst, zumindest noch einmal über eine heiße Affäre mit Cameron nachzudenken.«

Es hätte keine Ermutigung ihrer Schwester gebraucht, um den Rest des Tages über Cameron nachzudenken. Über die Minuten in ihrer Praxis. Über das, was geschehen wäre, wenn Megan nicht plötzlich aufgetaucht wäre. Cameron hatte etwas von einem Mückenstich am Rücken, an den man nicht herankam, den man aber einfach nicht vergessen konnte, weil er immer ein wenig juckte. Sie fühlte sich viel stärker zu ihm hingezogen, als gut für sie war. Vielleicht hatte Megan sogar recht und sie würde ihn und dieses brodelnde Verlangen aus ihrem Kopf bekommen, wenn sie eine Nacht mit ihm verbrachte.

Summers Blicke beim Abendessen waren eindeutig. Megan hatte ihr alles brühwarm erzählt. Aber zumindest hatten sie ihre Mutter außen vor gelassen. Olivia plauderte über den neuesten Tratsch der Insel, den sie an diesem Tag in *Marsha's Bakery* aufgeschnappt hatte, und natürlich über Emma und Robyn. Nach ein paar unruhigen Stunden im Wohnzimmer, in denen sie sich nicht auf den Roman konzentrieren konnte, den zu lesen sie versuchte, gab sie auf. Sie griff nach ihrem Weinglas und dem Tuch, das Megan auf der Sofalehne liegen gelassen hatte. »Ich gehe noch ein bisschen frische Luft schnappen«, sagte sie und trat auf den Patio hinaus, um das glatte, ruhige Meer zu betrachten. Gegen den Wind, der noch immer vom Ozean herüberwehte, schlang sie sich das Tuch um die Schultern und ging dann langsam um das Ranchhaus herum.

Ehe ihr bewusst wurde, was sie tat, hatte sie den Weg zu den Angestellten-Cottages eingeschlagen. Sie blieb am Waldrand stehen, lehnte sich mit der Schulter gegen den Stamm einer Pinie und starrte zur Hütte mit der grünen Tür hinüber.

Eigentlich müsste sie nur hingehen und klopfen. Cameron würde sie hereinlassen und dann … Abby zwang sich, tief ein- und wieder auszuatmen. Sie presste die Hand auf ihr wild klopfendes Herz und kippte dann den Rest ihres Weins auf Ex hinunter. Nein, sie würde ihrer Impulsivität nicht nachgeben. Weder heute noch sonst irgendwann. Entschlossen drehte sie sich um und kehrte ins Ranchhaus zurück.

14

Camerons Schwester Valerie hatte ihm die perfekte Strategie mit auf den Weg gegeben, als sie einen Tag nach den Küssen in Abbys Praxis mit ihm geskypt hatte. Neuerdings trug sie einen Sidecut, einfach nur, um ihre Mutter auf die Palme zu bringen. Was ihr ganz eindeutig gelungen war, so breit wie sie grinste. Die Frisur, der auch Cameron nicht besonders viel abgewinnen konnte, war eben einfach ihre Art, gegen Jasons und Elaynes Hochzeit zu protestieren. »Mom ist völlig ausgetickt«, hatte sie erzählt. »Aber natürlich nur, weil ich nicht die Brautjungfernfrisur tragen kann, die sie für mich ausgesucht hat und außerdem die Hochzeitsbilder versauen werde.«

Die Worte, die sie für Cameron gehabt hatte, waren viel weiser gewesen, als die Britney-Spears-Aktion auf ihrem Kopf vermuten ließ. »Du hast nur eine Chance, großer Bruder: Zeig ihr, dass du es wert bist.« Cameron hatte nicht ganz verstanden, was sie ihm sagen wollte, und Valerie hatte die unausgesprochene Frage in seinen Augen offensichtlich gesehen und fuhr fort: »Du bist es gewohnt, dass dir die Frauen in Scharen hinterherrennen.«

»Jetzt übertreib nicht«, widersprach Cameron, sagte aber nichts mehr, als Valerie nur die Augenbrauen hochzog.

»Jedenfalls musstest du dich noch nie wirklich anstrengen, um eine Frau von dir zu überzeugen. Aber diese Abby ist aus einem anderen Holz geschnitzt. Sie will Sicherheit. Sie weiß, dass du aus einer anderen Welt kommst, in die du auch zurückkehren wirst. Aus welchem Grund sollte sie sich auf dich einlassen? Du bringst ihr ordentliches, aufgeräumtes Leben durcheinander. Also beweise ihr, dass du es wert bist. Zeige ihr, dass du ein Freund sein kannst und sie nicht nur flachlegen willst. Zeige Interesse an ihrem Leben, ihren Träumen. Genieß die Zeit mit ihr. Die drei Wochen werden schneller vorübergehen, als du denkst, und dann kann sie sich nicht mehr hinter den Gutachten verstecken, die sie über dich schreibt.« Valerie legte kurz eine Pause ein und zwinkerte ihm zu. »Wer zwingt dich denn, nach deiner Verbannung sofort deine Sachen zu packen und nach Boston zurückzukommen. Mom und Dad wären wahrscheinlich sogar froh, wenn du noch ein wenig mehr Zeit in der Einöde verbringst.« Sie kicherte. »Ich muss diese Abby auf jeden Fall persönlich kennenlernen. Kann mich nicht erinnern, dass dich schon mal eine Frau so aus der Bahn geworfen hat.«

Womit sie nicht ganz unrecht hatte. In Camerons Vergangenheit hatte es eine ganze Reihe Freundinnen und Affären gegeben, die allesamt nirgends hingeführt hatten. Abby hingegen faszinierte ihn. Nicht nur ihr Körper oder diese schönen, mandelförmigen Augen. Er mochte ihren scharfen Verstand und ihre Liebe zu den Pferden. Die Willensstärke, mit der sie sich Leuten wie den Morgans entgegenstellte. Ihr Mitgefühl und Engagement für ihre Patienten. Und ihr Humor, wenn sie erst einmal aus ihrem Schneckenhaus herauskam. Abby beherrschte seine Gedanken, und Cameron kam sich bereits wie ein mieser Stalker vor, weil er ständig nach ihr Ausschau hielt.

»Und jetzt, großer Bruder, erzähl mir noch ein bisschen von dem alten Herrenhaus«, holte Valerie ihn aus seinen Gedanken.

Cameron hatte Valerie detailliert von *Seal Rock Hall* erzählt und abgesehen davon beschlossen, ihrem Rat Abby betreffend zu folgen. Es war schwer, die Küsse zu vergessen. Aber Cameron schaffte es, sich abzulenken. Abby, die anfangs eine höfliche Armlänge Abstand zu ihm hielt, so als traue sie weder ihm noch sich selbst, entspannte sich, als ihr bewusst wurde, dass er nicht noch einmal so über sie herfallen würde. Er brachte ihr zum Beispiel eine kalte Cola nach einer anstrengenden Therapiestunde an einem besonders heißen Tag. Als er mit Summer ein paar Besorgungen in Home Port machte, schaute er spontan im *Frankie's* vorbei und brachte Abby eine Portion des verkohlten Chicken Reuben mit, das sie so mochte. Langsam fanden sie zu ihrer kameradschaftlichen Zusammenarbeit zurück. Was Spaß machte – und gleichzeitig einer furchtbaren Tortur glich.

Abgesehen davon erledigte Cameron die Arbeiten, die ihm aufgetragen wurden, war bei einem Termin mit dem Tierarzt und einem mit dem Hufschmied dabei. Er lernte jeden Tag dazu, nahm weitere Reitstunden bei Olivia und wurde dreimal zum Fohlen-Nachtdienst eingeteilt, was bedeutete, dass er bei der Geburt von insgesamt vier Jungtieren dabei war.

Wenn er auf dem Gestüt nicht gebraucht wurde, ging er ganz anderen Aufgaben nach. Er recherchierte alles, was er über die Gegend um Stonebridge Island finden konnte.

Tourismus, Freizeitangebote, Steuern, Bauvorschriften. Ein paarmal ging er zu *Seal Rock Hall* hinüber. Er machte Fotos, zeichnete Skizzen und telefonierte herum. Das WLAN in seinem Cottage war zwar deutlich besser als im *Jasper Point Motel*, ließ aber immer noch zu wünschen übrig. Megan hatte ihn daher eingeladen, jederzeit im Ranchhaus zu arbeiten, wenn er das Internet brauchte. Eine Einladung, die er gerne annahm.

Er mochte das große, gemütliche Wohnzimmer der Coopers mit den deckenhohen Bücherregalen. Anders als in der Bibliothek seiner Eltern, in der seltene Ausgaben klassischer Werke in teuren Ledereinbänden standen, die abgesehen vom Hausmädchen mit ihrem Staubwedel niemand anfasste. Hier herrschte ein buntes Chaos von gebrochenen Buchrücken, völlig willkürlich eingeräumter Romane neben Fachliteratur über Pferdezucht. Man konnte mit geschlossenen Augen einfach ein Buch herausziehen und von einem völlig zerlesenen Liebesroman über eine wissenschaftliche Abhandlung über das Besamen von Pferden bis hin zum letzten Grisham alles erwischen.

Noch viel mehr mochte er allerdings die Familiendynamik der Cooper-Frauen, die unterschiedlicher nicht hätten sein können. Sie vertraten unterschiedliche Standpunkte, wenn sie miteinander diskutierten. Manchmal stritten sie leidenschaftlich. Aber es bestand kein Zweifel daran, wie sehr sie sich liebten. Oder daran, dass sie immer an einem Strang ziehen würden. Gemeinsam. Sie gingen auch nach einem Streit nie ins Bett, ohne sich vorher noch einmal gegenseitig in den Arm zu nehmen oder lachend ein letztes Glas zusammen zu trinken.

Cameron hatte sich den Esstisch als Arbeitsplatz ausgesucht. Hinter sich der Wintergarten, der auf den Gestütshof hinausging, und wenn er den Kopf vom Laptop hob, konnte er Olivia und ihre Töchter im Wohnbereich beobachten. Jede hatte ihre Eigenheiten. Megan saß oder lag, oft mit Charlie an ihrer Seite, auf dem Boden. Summer zog ihre nackten Füße unter ihren Körper und lümmelte auf einer Seite der Couch. Olivia, entspannt zurückgelehnt, ihr gegenüber. Die Einzige, die er nur selten zu Gesicht bekam, war Abby. Sie war nie da, wenn er bei den Coopers vorbeischaute, und kam oft erst spät nach Hause. Manchmal trank sie dann noch ein halbes Glas Wein mit ihren Schwestern und ihrer Mutter, ehe sie sich in ihr Zimmer zurückzog. Cameron hätte nur zu gerne gewusst, was sie jeden Abend trieb. Ob sie das Haus vielleicht nur verließ, um ihm in ihrer Freizeit aus dem Weg zu gehen? Aber er wollte das Thema nicht ansprechen und schlafende Hunde wecken. Nicht nur Megan hatte ihm in den vergangenen Tagen amüsierte Blicke zugeworfen, auch Summer hatte sich ein Grinsen und hier und da eine spitze Bemerkung nicht verkneifen können, weshalb Cameron davon ausging, dass Megan ihrer Schwester brühwarm erzählt hatte, wie sie Abby und ihn erwischt hatte.

Auf diese Weise vergingen die nächsten zweieinhalb Wochen wie im Flug.

Olivia hatte Cameron nach seiner Reitstunde zum Abendessen eingeladen. Wenn er im Ranchhaus gearbeitet hatte, hatte er ein paarmal mit den Cooper-Frauen gegessen. Doch für diesen Abend musste er ablehnen. Er hatte am Mittag Finn Morgan angerufen und ihn um ein Treffen gebeten. Kurz hatte er darüber nachgedacht, Abby einzuweihen, weil sie wahrscheinlich nicht unbedingt begeistert wäre, wenn sie mitbekommen würde, dass er sich mit einem Mitglied der verfeindeten Familie traf. Doch dann hatte er die Idee verworfen. Er war nicht der Typ, der über ungelegte Eier redete. Und so schlimm konnte Finn gar nicht sein, immerhin war er derjenige gewesen, der Emma dazu überredet hatte, Robyn die Hippotherapie machen zu lassen, die dem Mädchen unheimlich guttat. Damit machte er auf Cameron den Eindruck eines vernünftigen Mannes.

Als Cameron das *Beaumont's on the Pier* betrat, sah er sich überrascht um. Es lag direkt neben dem *Frankie's* und hatte ebenfalls eine Terrasse, die auf das Meer hinausging. Damit waren aber bereits alle Gemeinsamkeiten erschöpft, und Cameron war froh, für das Treffen eines der zwei Hemden gewählt zu haben, die sich in seinem Gepäck befanden. Rose Walsh war netterweise einmal mit dem Bügeleisen darübergegangen, sodass er in dem gehobeneren Ambiente, in dem die Kellner Krawatten trugen, nicht völlig fehl am Platz war.

Weiße Tischtücher strahlten im indirekten Licht des Raumes. Die Speisekarten waren in Leder gebunden, und nirgendwo war auch nur ein Hauch von Zigarettenrauch oder Bratfett. Cameron lächelte die Rezeptionistin an und nannte seinen Namen. Mittlerweile machte ihm das nichts mehr aus. Die Leute wussten sowieso, wer er war.

Die junge Frau zuckte nicht mit der Wimper bei der Erwähnung des Namens Montgomery. »Mr. Morgan erwartet Sie bereits«, sagte sie. »Wenn Sie mir bitte folgen wollen.« Sie führte ihn zu einem Tisch am Fenster, an dem der Mann saß, der bei dem Zwischenfall im Futtermittelladen hinter ihm gestanden hatte.

»Mr. Morgan«, grüßte Cameron ihn, als der Mann sich erhob.

»Finn reicht völlig«, sagte er und gab ihm die Hand, die die rauen Schwielen eines hart arbeitenden Mannes aufwies. Schwielen, die er inzwischen selbst vorweisen konnte.

»Cameron«, sagte er. »Danke, dass du dir Zeit für dieses Treffen genommen hast.«

»Ich bin gespannt auf den Grund.« Finn war ein paar Jahre jünger als Cameron. Seine sandfarbenen Haare waren lang genug, um über den Kragen seines Hemdes zu streichen, das er zu seinen Jeans und Stiefeln trug. Die Frisur war weniger ein modisches Statement, sie wirkte eher so, als hätte der Mann seit einer Weile vergessen, zum Friseur zu gehen.

Sie warteten ab, bis die Kellnerin ihnen Wasser eingeschenkt und die Tagesangebote aufgezählt hatte. Als sie die beiden mit den Speisekarten allein ließ, musterte Finn Cameron aufmerksam aus dunkelbraunen Augen. »Wenn du den Hummer nimmst, stehen die Chancen gut, dass du einen erwischst, den ich heute Morgen aus seiner Falle gezogen habe.«

»Du bist Hummerfischer?« Überrascht lehnte sich Cameron zurück. Hatte er den falschen Morgan erwischt? »Ich dachte, du bist Bauunternehmer, wie der Rest deiner Familie.«

Finn lachte. »Ja, fünfundneunzig Prozent der Zeit verbringe ich auf diversen Baustellen. Aber manchmal springe ich auf dem Boot eines Freundes ein.« Er rieb sich über seinen Dreitagebart. »Die Fischerei ist ein hartes Geschäft. Wenn man über die Runden kommen will, muss man rausfahren. Jeden Tag. Es fragt niemand, ob dir zu kalt ist, oder ob es sinnvoll ist, sich bei einem zusammenbrauenden Sturm auf dem Meer herumzutreiben. Die Tochter meines Freundes ist krank. Er musste mit ihr aufs Festland, also bin ich für ihn eingesprungen.«

Kleinstadtdynamik, dachte Cameron. Einer der Punkte, warum Stonebridge Island ihn so in seinen Bann zog. Nachbarn und Freunde halfen sich, griffen einander unter die Arme. »Wenn das so ist, nehme ich auf jeden Fall den Hummer.«

Die Kellnerin kehrte mit den Getränken – Island Brew aus der ortsansässigen Brauerei – an ihren Tisch zurück und nahm die Bestellungen auf.

Erst als sie sich zum nächsten Tisch umdrehte, sprach Finn weiter. »So viel zur Fischerei. Aber ich vermute, das ist nicht der Grund, aus dem du mich treffen wolltest. Geht es um die Coopers?«

Okay, Finn Morgan war also nicht der Typ, der um den heißen Brei herumredete. »Nein«, sagte Cameron. »Es geht um *Seal Rock Hall*.«

»Ach.« Finn lehnte sich zurück. »Jetzt machst du mich wirklich neugierig.«

»Ich dachte, das Herrenhaus befindet sich in eurem Familienbesitz. Aber dann habe ich herausgefunden, dass es seit ein paar Jahren dir allein gehört.« Cameron schob sein Bier zur Seite und legte die Unterarme auf den Tisch. »Ich habe zwei Fragen. Erstens: Steht das Anwesen zum Verkauf? Und zweitens: Würdest du es nach meinen Vorstellungen umbauen?«

»Holy Moly«, murmelte Finn. Er trank einen Schluck Bier und drehte dann nachdenklich das Glas in seinen Händen. Auf der Terrassenbrüstung vor dem Fenster landete eine Möwe und beäugte sie mit schräg gelegtem Kopf. »Was hast du mit dem alten Kasten vor?«, wollte Finn schließlich wissen.

»Ich möchte ein Hotel daraus machen. Genauer gesagt: ein Luxushotel.«

Finn, der gerade von seinem Bier getrunken hatte, verschluckte sich und stellte hustend sein Glas ab. »Hier?«, keuchte er, als er wieder sprechen konnte. »Ein Luxushotel auf Stonebridge Island? Das macht auf mich den Eindruck von herausgeworfenem Geld«, teilte er Cameron seine Meinung ungefragt mit.

»Sollte das nicht meine Sorge sein?« Cameron klang schärfer als beabsichtigt. Finns Meinung hatte ihn an die Zurückweisungen seiner Ideen durch seinen Vater und seinen Bruder erinnert. Aber Finn kannte die komplette Idee noch gar nicht. Er verurteilte Cameron nicht für sein Projekt, sondern hatte nur seine Gedanken laut ausgesprochen.

Camerons Gegenüber zuckte mit den Schultern. »Na ja, wir Insulaner sind nett, auch wenn von meiner Familie etwas anderes behauptet wird. Wir lassen niemanden ins offene Messer laufen, wenn wir es vermeiden können. Die alte Bruchbude scheint mir nicht das Potenzial für eine Luxusherberge zu haben. Außerdem gehe ich davon aus, dass sich reiche Leute nicht gerade nach einem Ort wie diesem sehnen.«

»In diesem Punkt täuschst du dich. Genau nach einem Ort wie diesem ist die Sehnsucht der Schönen und Reichen groß.« Cameron selbst war das beste Beispiel dafür, auch wenn ihm das vor drei Wochen noch nicht bewusst gewesen war.

»Aber warum hier? Hier gibt es doch so gut wie …« Finn breitete die Arme aus. »Nichts.«

»Darum geht es. Hier hat man nichts, außer seiner Ruhe.« Cameron trank einen Schluck Bier. Jetzt, wo er es zum ersten Mal laut aussprach, fühlte sich sein Projekt doch ein bisschen verrückt an. Aber auch gut. Und richtig. »Ich habe an eine Art Hide Away gedacht. Einen Ort, an den man sich zurückziehen kann, ohne belästigt zu werden von seinen Nachbarn oder Paparazzi und der Regenbogenpresse.«

»Hmm.« Finn grinste. »Was die Neugier der Einwohner von Stonebridge Island angeht, würde ich meine Hand nicht ins Feuer legen.«

»Das stimmt. Neugierig sind sie schon. Aber sie tragen nichts nach außen, wie ich gerade am eigenen Leib erfahren habe. In Boston habe ich mich inmitten eines Shitstorms befunden. Davon merke ich hier nichts. Es ist ein bisschen, als wäre ich vom Erdboden verschwunden. Ich kenne genügend Leute, die für so einen Rückzugsort ein Vermögen zahlen.«

Finn fuhr sich mit der linken Hand durch die Haare. »Aus diesem Blickwinkel betrachtet klingt das gar nicht uninteressant. Was willst du aus dem alten Kasten machen? Hast du Pläne?«

Cameron holte sein Handy heraus. »Ich bin kein besonders begnadeter Zeichner«, räumte er ein. »Aber ich habe Originalaufnahmen des Gebäudes gefunden. Von außen möchte ich es in genau dem alten, herrschaftlichen Glanz wiedererstrahlen lassen. Innen müsste es dagegen komplett entkernt und neu strukturiert werden. Die Aufteilung der Räume, unten Küche, Salon, Bibliothek und Wintergarten, oben die Suiten, ist an sich schon ganz gut. Aber ich nehme an, dass alles rausmuss. Im Moment scheint es eher ein Wunder, dass es nicht bei der nächsten Windböe einfach in sich zusammenfällt.« Während Cameron sprach, zeigte er Finn die unterschiedlichen Bilder und Skizzen, die er gemacht hatte. »So in etwa kann ich es mir vorstellen.«

Finn kratzte sich nachdenklich am Kinn, wischte noch einmal zwei Bilder zurück und dann wieder vor. »Machbar wäre das.« Er blickte auf und schob das Handy zu Cameron zurück, als ihr Essen serviert wurde. Nachdenklich rollte er ein paar Tagliatelle auf seine Gabel. »Mein Großvater hat mir *Seal Rock Hall* an meinem einundzwanzigsten Geburtstag überschrieben. Gemeinsam mit dem Haus, in dem ich jetzt lebe. Beide waren damals Bruchbuden. Aber in meinem Haus habe ich das Potenzial erkennen können, im alten Herrenhaus nicht. Deshalb habe ich erst das andere aus- und umgebaut. Für *Seal Rock Hall* hatte ich keine Ambitionen. Es abzureißen und an der Stelle etwas Neues zu bauen kam genauso wenig infrage.« Finn schob seine Gabel in den Mund und kaute. »Ich mache dir einen Vorschlag«, sagte er, als er die nächste Portion Nudeln aufwickelte. »Ich war ewig nicht mehr auf der Klippe da draußen. Ich fahr raus und schaue mir das Ganze an. Dann sage ich dir, was ich für das Haus will, und wie viel dich die Umbauten in etwa kosten würden, wenn meine Firma sie übernimmt. Alternativ kann ich dir noch ein paar Bauunternehmer nennen, die dir ebenfalls ein Angebot machen, ohne dich über den Tisch zu ziehen.«

»Das klingt nach einem fairen Deal.« Cameron streckte die Hand aus, und Finn schlug ein.

»Dass der Tag mit einer solchen Nachricht enden würde, hätte ich mir beim Aufstehen nicht vorstellen können.« Finn grinste. »Wie gefällt es dir auf der Insel?«, begann er den Small Talk, den Cameron vor dem geschäftlichen Teil erwartet hätte.

Finn erzählte Cameron ein bisschen über die Gäste, die jedes Jahr wieder auf die Insel kamen, hier eigene Ferienhäuser besaßen oder immer wieder das gleiche Ferienapartment buchten, um den heißen, stickigen Sommern der südlicher gelegenen Großstädte zu entfliehen. »Ein paar der Yearrounders«, so nannte er die Bewohner, die die Insel auch in den eisigen, stürmischen Wintern nicht verließen, »hast du ja schon kennengelernt.« Er schob seinen leeren Teller zur Seite. »Du solltest am Samstag in den Pub kommen. Dort gibt es nicht nur Bier aus der hauseigenen Brauerei. An diesem Tag treten zum ersten Mal seit Jahren die *Barn Cats* wieder auf, eine in dieser Gegend wirklich legendäre Coverband.«

»Klingt … spannend.« Kein bisschen. Cooper hatte die Plakate mit der Werbung für dieses Event in den letzten Wochen immer mal wieder in den Fenstern der Geschäfte, Cafés und Restaurants hängen gesehen. *Barn Cats* klang nach angestaubtem Country-Rock, der in großen Scheunen gespielt wurde.

»Ihre alten Fans sind völlig aus dem Häuschen. Du solltest dir das wirklich ansehen. Von diesem Abend wird noch lange gesprochen werden.«

Damit hatte Finn vielleicht gar nicht unrecht. Wenn er seine Projektidee ernsthaft in die Tat umsetzen wollte, war es kein Fehler, die Gepflogenheiten und Vorlieben der Inselbewohner zu kennen. Wenn die *Barn Cats* dazugehörten, würde er sie sich am Samstagabend ansehen. Es war ja nicht gerade so, dass er unglaublich viel zu tun hatte. Ein gutes Bier und ein bisschen laute, schlecht gespielte Musik lenkten ihn möglicherweise sogar für ein paar Stunden von seinen Gedanken an Abby ab.

*

Finn war seit einer Ewigkeit nicht mehr in *Seal Rock Hall* gewesen. Er war sich nicht ganz sicher, warum er diesen Ort so gemieden hatte, obwohl er bestechend schön war. Einen Teil trugen wahrscheinlich die Coopers dazu bei. Finn fand die Fehde, die sein Großvater angezettelt hatte, zwar lächerlich, aber Olivia und ihre Töchter nahmen sie ernst. Jedenfalls ernst genug, um auch ihm böse Blicke zuzuwerfen, oder ihn einfach zu ignorieren, wenn er ihnen in der Stadt über den Weg lief. Das alte Herrenhaus war nur über einen schmalen Fußweg an der Klippe entlang zu erreichen – oder eben über das Land der *Silver Brook Stables*. Da er bei dem Gedanken, Cooper-Grund zu betreten, ganz automatisch die Vision hatte, mit Mistgabeln vom Hof gejagt zu werden, hatte er seinen Pick-up wohl oder übel auf dem kleinen Parkplatz am Rand der Klippe abgestellt und war die Dreiviertelmeile zu Fuß gelaufen.

Cameron hatte recht gehabt. Runtergekommener konnte ein Haus fast nicht sein. Dass es überhaupt noch vier Wände besaß, grenzte an ein Wunder. Finn verschaffte sich einen Überblick, vermaß die Wände, puhlte Tapeten von den Wänden und Teppichböden von den morschen Dielen und machte sich seitenweise Notizen. Skizzierte Ideen.

Dann trat er auf die verfallene Terrasse hinaus, blickte erst über den Ozean und drehte sich dann um, um *Seal Rock Hall* zu betrachten. Und auch hier konnte er Cameron verstehen. Er konnte erkennen, was der Mann in diesem Haus sah. Der Gedanke, die Vorstellungen eines Montgomerys umzusetzen und dieses komplette Gebäude zu restaurieren, aus- und umzubauen, löste ein Kribbeln in seinem Magen aus.

Finns Großvater hatte ihm das Grundstück überschrieben, als er einundzwanzig geworden war. Es war Teil seines Erbes, das ihm aus steuerlichen Gründen bereits in jungen Jahren zugefallen war. Aber es hatte nie zu ihm gesprochen, hatte ihm nie das Gefühl gegeben, etwas damit anfangen zu können. Ihm war klar gewesen, dass es für eine Person, selbst für die Familie, die er später gern haben wollte, zu groß war. Er hätte sich maximal vorstellen können, das Haus zu Apartments umzubauen, aber es hatte keinen Reiz auf ihn ausgeübt. Nicht wie das andere Haus, das er gemeinsam mit diesem von seinem Großvater bekommen und zu seinem Zuhause gemacht hatte.

Auf diese Weise hatte *Seal Rock Hall* fast ein weiteres Jahrzehnt leer gestanden. Hatte darauf gewartet, dass Finn eine zündende Idee hatte. Aber erst Cameron war der Mann mit der Vorstellungskraft gewesen, die dieser alte Kasten verdiente. Er wusste, wie man Leben zwischen die alten Wände zurückbringen konnte. Ein exklusives, luxuriöses Hotel war genau das, was *Seal Rock Hall* kleiden würde.

Finn hatte es eigentlich schon gewusst, als Cameron ihm im *Beaumont's* den Vorschlag unterbreitet hatte. Das Haus sprach zu Cameron, während es Finn immer nur die kalte Schulter gezeigt hatte. Er glaubte an diese Zeichen und war sich sicher, dass es Camerons Haus war. So als ob es all die Jahre still darauf gewartet hätte, dass der Richtige kam. Nichtsdestotrotz war er Geschäftsmann genug, sich das Anwesen noch einmal anzusehen, bevor er in die Verhandlungen mit Cameron eintreten würde. Jetzt, mit Blick auf das alte Holz, die blinden Fenster des Wintergartens und den halb verfallenen Witwenausguck war er sich sicher: Er würde verkaufen. Aber er würde alles daransetzen, dass Cameron ihm auch wirklich die Restaurierung anvertraute. Er war Bauunternehmer mit Herz und Seele. Die Vorstellung, dieses herausfordernde Projekt anzugehen und den Schandfleck wieder in den Diamanten zu verwandeln, der er einst gewesen war, ließ sein Herz höherschlagen. Diesen Job wollte er unbedingt.

Finn schob den Notizblock und den Bleistift in die Gesäßtasche seiner Jeans und trat vorsichtig von der Terrasse, um nicht samt morschem Boden und halb verfallenem Holzgeländer von der Klippe zu stürzen. Er umrundete das Haus und blieb auf dem großen, mit Gras überwachsenen Platz stehen. Unter die Pinien am Rand der Lichtung schmiegten sich die ehemaligen Gesinde-Unterkünfte. Über diese Gebäude hatte Cameron gar nicht gesprochen, aber auch sie gehörten zum Anwesen …

Hinter Finn erklang Hufgetrappel. Er drehte sich um und unterdrückte das Seufzen, das in ihm aufstieg. Megan Cooper, hoch zu Ross. Und hochnäsig wie eh und je.

»Was treibst du hier?«, wollte sie mit herausfordernd hochgezogenen Augenbrauen wissen. Sie ritt so nah an ihn heran, dass sein Blick auf Höhe ihres Oberschenkels hängen blieb. Ganz eindeutig, um ihn einzuschüchtern. Ihr Pech, dass er Pferde mochte.

Finn tätschelte den Hals des muskulösen Rappen und erntete ein entspanntes Schnauben. »Das sollte ich eigentlich dich fragen«, gab er zurück. »Soweit ich mich erinnere, gehört das Land, auf dem dein Gaul herumtrampelt, mir.« Was noch nie ein Problem gewesen war. Die Coopers ritten schon immer auf den Klippen, die zu *Seal Rock Hall* gehörten. Aber Megan brachte ihn bereits seit der Middleschool dazu, seine gemeine Seite zu zeigen. Seit sie gezwungen gewesen war, ihn beim Wahrheit-oder-Pflicht-Spiel auf einer Geburtstagsparty zu küssen, und im Anschluss behauptet hatte, es sei total eklig gewesen, während seine Haut geprickelt hatte, als hätte er sie mit Brausepulver eingerieben und wäre anschließend in den Ozean gesprungen.

Megans ätzende Worte hatten seinem dreizehnjährigen Herzen ganz schön zugesetzt, und ihm war klar geworden, dass zwischen ihren Familien nicht umsonst eine Fehde herrschte. Mädchen hatten zu dieser Zeit noch keine große Rolle in seinem Leben gespielt. Er war mehr an Computerspielen und Baseball interessiert gewesen. Megan war das erste Mädchen, das er – wegen des Spiels gezwungenermaßen – geküsst hatte. Aber bereits ein halbes Jahr später hatte er erleichtert herausgefunden, dass das Kribbeln im Bauch, das Prickeln auf der Haut und das schnell klopfende Herz bei seinem ersten Kuss nichts mit Megan zu tun gehabt hatte. Es war das Küssen selbst, das ihn faszinierte. Er probierte seine neu gewonnenen Fähigkeiten über die Jahre bei einer ganzen Reihe Mädchen aus. Nie wieder hatte eine gesagt, es sei eklig gewesen, die meisten hatten um mehr gebettelt. Die latente Feindschaft zwischen Megan und ihm war trotzdem über all die Jahre hinweg bestehen geblieben – und noch immer allgegenwärtig.

»Hast du vor, den alten Kasten wieder auf Vordermann zu bringen?«, wollte sie wissen und holte Finn in die Gegenwart zurück.

»Wer weiß«, blieb er vage. Er würde mit Cameron die Details klären, und dann konnte der mit seinem Projekt hausieren gehen. Seiner zickigen ehemaligen Schulkameradin würde Finn jedenfalls kein Sterbenswörtchen über seine Pläne verraten.

»Das wäre echt kein Fehler«, ließ Megan ihn spitz wissen. »Das Haus ist ein Schandfleck. Aber es wundert mich nicht wirklich, dass ihr Morgans es so herunterkommen lasst. Das passt zu euren Seelen.« Sie lächelte mit einem breiten, falschen Lächeln von ihrem Pferd herab. »Die sehen ja ähnlich verkommen aus, nicht wahr?« Mit einer sanften Bewegung ihres Schenkels gab sie dem Rappen ein Zeichen, und im nächsten Moment preschte sie von der Lichtung.

Miststück, dachte Finn und fuhr sich durch die Haare. Für einen Moment hatte er das kindische Bedürfnis, das Haus weiter verfallen zu lassen, einfach nur, um Megan Cooper zu ärgern. Dann schüttelte er den Kopf über sich selbst und machte sich auf den Rückweg zu seinem Wagen. Sie waren erwachsen. Selbst sein Großvater hielt nicht mehr so verbissen an seiner Fehde fest wie noch vor Jahren. Im Dezember war er sogar so weit gegangen, Olivia die Halfmoon Bay zu verkaufen. Eine Art Friedensangebot, das früher undenkbar gewesen wäre. Auch wenn sich seine Familie den Coopers gegenüber noch immer aufplusterte wie neulich vor dem Futtermittelladen, war es an der Zeit, das Kriegsbeil zu begraben. Wenn er *Seal Rock Hall* an Cameron verkaufte und den Zuschlag für die Sanierung bekam, würde er Megan und ihrer Familie in Zukunft sowieso öfter über den Weg laufen.

15

Cameron hatte mit Josh Walsh und Zara Sanders eine riesige Ladung Heu in der Futterscheune untergebracht. Die Temperaturen waren in den letzten Tagen in einen Bereich geklettert, der an Sommer denken ließ. Morgens lagen sie kaum über null Grad und passten zu den Nebelfetzen, die auf dem dunklen, glatten Atlantik lagen. Aber sobald die Sonne über den Horizont gekrochen kam, entfaltete sie ihre volle Kraft. Abby hatte ihn jedoch gewarnt, nicht zu sehr darauf zu vertrauen, dass wirklich Frühling in Maine eingezogen war.

Cameron räumte seine Heugabel weg und griff nach seiner Daunenweste und der Fleecejacke, die er ausgezogen hatte, weil ihm zu warm geworden war. Während er aus der Scheune trat, schob er die Arbeitshandschuhe in die Gesäßtasche seiner Jeans – und blieb abrupt stehen.

»Hey«, grummelte Zara, die nie viel sprach, als sie bei seinem plötzlichen Stopp fast in ihn hineingelaufen war.

»Sorry«, gab Cameron zurück und machte einen Schritt zur Seite, um sie vorbeizulassen. Dabei wendete er den Blick nicht einen Moment von dem metallicblauen, sportlichen Flitzer ab. Die *Val 1*, wie das Kennzeichen des Staates Massachusetts behauptete – und die besagte, dass er Besuch bekommen hatte.

Er überquerte den Hof und hielt direkt auf Olivia und Summer zu, die sich blendend mit seiner kleinen Schwester zu unterhalten schienen.

»Cam!«, rief Valerie, als er nur noch wenige Schritte entfernt war und sie ihn endlich entdeckte. Sie warf sich mit der für sie typischen Begeisterung in seine Arme.

Er hob sie hoch und schwenkte sie einmal herum. Obwohl sie beide erwachsen waren, brachte sie das zum Kichern. »Was machst du denn hier?«, fragte er, als er sie wieder abgesetzt hatte und sie ihn noch einmal fest und lange umarmte.

»Ich habe dich vermisst«, sagte sie schlicht. Sie drehte sich zu Olivia und Summer um. »Und ich wollte unbedingt sehen, was du hier so treibst. Olivia hat mir angeboten, mich herumzuführen und mir das Gestüt zu zeigen.«

»Das mache ich«, widersprach Cameron. »Wenn du nichts dagegen hast, Olivia?«

»Aber nein. Geht nur, ihr zwei.« Olivia winkte ab. »Ihr habt euch sicher viel zu erzählen. Die Einladung für morgen steht aber.«

»Ich komme gern.« Valerie winkte den beiden Frauen zu, als Cameron sie an der Hand in Richtung Stutenstall zog. »Einladung?«, fragte er neugierig.

»Ich habe ihnen gesagt, dass ich den heutigen Tag mit dir verbringen will. Und später vermutlich noch mit diesen *Barn Cats*, die mir an der Tankstelle und in dem kleinen Eiscreme-Shop empfohlen wurden. Ach, ja, die Frau in dem B&B, in dem ich mich eingemietet habe, hat sie auch erwähnt. Jedenfalls hat Olivia uns morgen Abend zum Essen eingeladen. Ich war so frei zuzusagen.«

Cameron wunderte sich kein bisschen, dass seine sonnige

kleine Schwester es bereits geschafft hatte, eine Einladung zum Dinner bei den Coopers zu ergattern. »Du bleibst also ein paar Tage auf der Insel?«, fragte er.

Valerie verzog das Gesicht. »Im Moment will Mom jeden aus dem Weg haben, dem sie keine Aufträge für diese Hochzeit erteilen kann. Ich hatte gestern die gefühlt tausendste Brautjungfernkleid-Anprobe. Danach hatte ich erst einmal genug von ›Jason und Elayne‹. Und von Mom. Ich bin geflüchtet und verbringe dafür lieber Zeit mit dir. Ich habe dich nämlich wirklich vermisst.« Sie hängte sich bei Cameron unter. »Und ich will alles über dieses Projekt wissen, von dem du mir so gut wie nichts erzählst. Und ich will es vor allem sehen.«

Cameron lachte. »Eins nach dem anderen«, unterbrach er ihren Redefluss. »Fangen wir mit den Fohlen an«, schlug er vor. »Es gibt zwei, die erst einen Tag alt sind.«

»Oh.« Valerie klatschte begeistert in die Hände. »Pferdebabys!«

Cameron führte seine Schwester auf dem Gestüt herum und zeigte ihr, welche Tätigkeiten zu seinen Pflichten gehörten. Überrascht stellte er fest, wie stolz er auf das war, was er hier jeden Tag leistete. Er stellte sie den Gestütsmitarbeitern vor, die ihnen über den Weg liefen. Inklusive Megan, die Valerie genauso überschwänglich begrüßte wie Olivia und Summer.

»Jetzt kenne ich die ganze Familie, bis auf deine Chefin«, sagte Valerie, als sie am Hengststall vorbei zu seinem Cottage schlenderten.

»Abby musste irgendwas erledigen und ist nach Home Port gefahren. Du hast sie wahrscheinlich nur knapp verpasst. Aber da dieses *Barn-Cats*-Konzert heute Abend das Highlight des Jahres zu sein scheint, gehe ich davon aus, dass wir ihr, wie jedem anderem Einwohner dieser Stadt, im Pub über den Weg laufen werden. Voilà«, er holte zu einer einladenden Geste aus, »meine Hütte.«

Valerie betrachtete das Cottage einen Moment mit schief gelegtem Kopf. »Das ist wirklich niedlich«, sagte sie schließlich und schob neugierig die Tür auf. Ohne etwas zu sagen, durchquerte sie den kleinen Raum, drehte sich einmal um die eigene Achse und blieb dann mit dem Rücken zu Cameron stehen, den Blick auf die Halfmoon Bay unter ihnen gerichtet. Ihre Schultern bebten.

»Val?«, fragte Cameron vorsichtig. Weinte sie etwa?

Diesen Moment suchte sich seine Schwester aus, um den Oberkörper zu krümmen und in haltloses Lachen auszubrechen. Sie schnappte nach Luft, richtete sich auf und wischte sich die Tränen aus den Augen, nur um sofort im nächsten Lachanfall zu versinken.

Cameron kannte seine Schwester gut genug. Das konnte dauern. Er schaltete die Kaffeemaschine ein und nahm zwei Tassen aus dem Schrank. Bis der grüne Punkt aufleuchtete und er die erste Kapsel in die Maschine werfen konnte, hatte Valerie sich wieder einigermaßen im Griff.

»Entschuldige«, sagte sie und wischte sich eine Lachträne aus dem Augenwinkel. »Ich konnte nicht anders.«

»Das habe ich gemerkt.« Cameron zog die erste Tasse unter der Maschine hervor, gab einen Schluck Milch und zwei Würfel Zucker hinein und reichte sie Valerie. »Ich gehe davon aus, du findest meine Unterkunft sehr amüsant«, ergänzte er, während er seinen Kaffee bereitete.

Valerie trat mit ihrer Tasse in der Hand an das Baywindow. »Dieser Ausblick ist atemberaubend. Ich meine es ernst«, bekräftigte sie mit einem Blick über die Schulter zu Cameron. »Aber ich hätte nicht gedacht, dass du es klaglos so lange in einer Hütte aushältst, die in dein Badezimmer in Boston passen würde. Kein Multimedia-System, dafür dieser winzige Fernseher.«

»Und das WLAN ist grottenschlecht.« Cameron lehnte sich gegen den Küchentresen und trank einen Schluck Kaffee. »Aber besser als im Motel. Dafür habe ich hier meine Ruhe. Wenn ich mit der Stallarbeit fertig bin, falle ich sowieso einfach nur tot ins Bett. Ich würde es nicht mal mehr schaffen, das Multimedia-System einzuschalten.« Er ging zu seiner Schwester hinüber und legte ihr den Arm um die Schulter. »Du bist ein Snob.«

Valerie kicherte. »Ein ganz furchtbarer vermutlich. Ich hätte diese Behausung nicht erwartet.« Sie hob die Hand, bevor Cameron etwas sagen konnte. »Aber sie ist wirklich süß. Und du bist ganz anders als in Boston. Ausgeglichener und zufriedener. Ich wage fast, das Wort ›glücklich‹ in den Mund zu nehmen.«

Cameron zuckte unbehaglich mit den Schultern. Valerie hatte recht. Er fühlte sich besser. Es mochte daran liegen, dass er seinen Bruder und Elayne schon eine Weile nicht mehr gesehen hatte. Daran, dass er die missbilligenden Blicke seines Vaters nicht ständig in seinem Rücken spürte. Oder auch einfach an der Arbeit hier. Den Menschen, angefangen bei den Nachbarn bis hin zu den Gestütsmitarbeitern und den Coopers. Nicht zu vergessen: Abby, die seine Gedanken genug beherrschte, dass kein Platz für die Dinge blieb, die in Boston schiefgelaufen waren. »Ich wurde zu Unrecht verurteilt. Aber ich gestehe, dass es nicht halb so schlimm ist, nach Stonebridge Island verbannt worden zu sein, wie es sich im ersten Moment angefühlt hat. Nein, es ist kein bisschen schlimm. Vielleicht ist das sogar die Chance meines Lebens, mich neu zu sortieren und mein eigenes Ding in Angriff zu nehmen.«

»Apropos …« Valerie lehnte ihren Kopf an seine Schulter. »Ich will alles über dein Projekt wissen.«

»Ich habe eine bessere Idee«, sagte er und lächelte ihrem Spiegelbild in der Scheibe zu. »Ich zeige dir *Seal Rock Hall*, und du sagst mir deine Meinung. Und danach gehen wir essen. Du darfst wählen: Zwischen einem wirklich guten Restaurant und einer echten Absteige, auf die die Leute aus der Gegend aber absolut abfahren – warum auch immer!«

Valerie erwiderte sein Lächeln mit einem diabolischen Grinsen. »Die Absteige, natürlich. Und danach diese berühmt-berüchtigten *Barn Cats*.«

Camerons nach Fisch stinkender Leih-GMC löste einen erneuten Heiterkeitsausbruch bei seiner Schwester aus. Aber als er den Pick-up auf der großen Lichtung vor dem Herrenhaus hielt, wurde sie still. Ohne den Blick von der Ruine zu lösen stieg sie aus. Sie drehte sich nicht nach Cameron um, sondern ging geradewegs auf das Haus zu, stemmte sich gegen die verzogene Eingangstür und war im nächsten Moment im Inneren verschwunden.

»Sei vorsichtig!«, rief Cameron ihr hinterher und sprang aus dem Wagen, um ihr zu folgen. Er fand sie im Salon, wo sie neben einer der zerborstenen Terrassentüren stand und auf das Meer hinausstarrte.

Als sie Camerons Schritte hinter sich hörte, drehte sie sich um. Die Heiterkeit und der Schalk waren aus ihrem Gesicht gewichen. Ernst sah Valerie ihn an. Und zog ihn dann in eine feste, nicht enden wollende Umarmung. »Das ist unglaublich«, flüsterte sie und löste sich schließlich von ihm, nur um im nächsten Moment nach seinen Händen zu greifen und sie zu drücken.

»Du verstehst es?«, fragte Cameron an dem Kloß vorbei, der plötzlich in seinem Hals festsaß. »Du kannst es sehen?« Bis eben war ihm gar nicht bewusst gewesen, wie wichtig ihm die Meinung seiner Schwester war. Sie verstand ihn von all seinen Verwandten am besten. Sie wusste, wovon er träumte, was er erreichen wollte.

»O ja, verdammt!« Valerie drückte seine Hände. »Ich sehe es so klar und deutlich vor mir. HD im Kopf, sozusagen.« Sie zog Cameron in die Mitte des Raumes, an den Ort, an dem früher sicher ein voluminöser, glitzernder Kronleuchter an der Decke gehangen hatte. »Du hast schon immer wundervolle Visionen gehabt. Es wird Zeit, dass du dein eigenes Ding einfach durchziehst, statt zu versuchen, Mom und Dad zu gefallen – oder sie von deinen Ideen zu überzeugen.«

Wie ein Blitz zuckte sein letzter vergeigter Versuch durch seine Erinnerungen. Der Misserfolg, der ihn so frustriert hatte, dass er beschlossen hatte, sich zu betrinken. Ausgerechnet im *Black Dreams*. Wo Elayne ihm aufgelauert und dafür gesorgt hatte, dass er hier gelandet war. Auf Stonebridge Island.

»Unsere Eltern werden dich erst ernst nehmen, wenn du ihnen bewiesen hast, dass du nicht in Jasons Schatten gehörst. Dass du mindestens so gut bist wie er.« Wieder drückte sie seine Hände. »Sie werden dich nicht eher für voll nehmen, bis du ihnen bewiesen hast, dass du selbst etwas auf die Beine stellen kannst.« Sie löste ihre Hände aus seinen und drehte sich einmal langsam um die eigene Achse. »Der Witz an der Sache ist: Wenn du so weit bist, dass du es ihnen beweisen kannst, hast du keinen Grund mehr dazu. Denn dann hast du es längst geschafft.«

»Wow.« Cameron schluckte. Der Kloß in seinem Hals war nicht verschwunden, er war eher gewachsen. »Seit wann bist du so philosophisch?«, fragte er, zog seine kleine Schwester an sich und küsste sie auf die Schläfe.

Valerie schob ihren Arm um Camerons Hüfte und lehnte sich gegen ihn. »Was Mom und Dad da abgezogen haben, um ihrem Kronprinzen alle Steine aus dem Weg zu räumen, macht mich stinksauer. Wie kann man seinem Sohn zum einen nicht glauben, wenn er vor der Schlange im Garten Eden warnt, und dann noch dafür sorgen, dass er vor Gericht gestellt wird, nur um die eigenen Interessen durchzusetzen? Ich habe in den letzten Wochen viel darüber nachgedacht. Du wirst es ihnen nie recht machen können. Aber dein Konzept ist die Zukunft. Regionalität. Nachhaltigkeit. Der ökologische Ansatz.« Sie legte den Kopf schief und zwinkerte ihm zu. »Ich glaube, da hast du im Studium ein bisschen besser aufgepasst als unser großer Bruder. Deine Zukunft wird nicht bei *Suites by Montgomery* liegen. Genauso wenig wie meine.«

»Ach?« Seine kleine Schwester schaffte es gerade mit jedem zweiten Satz, ihn zu überraschen. »Du hast dir Gedanken über deine Zukunft gemacht?«

Valerie seufzte und lehnte ihren Kopf wieder an seine Schulter. »Kaum zu glauben, nicht wahr? Aber ja, ich habe nachgedacht. Ich habe in vier Wochen meine Abschlussprüfungen. Und diesmal ziehe ich sie durch.« Sie kicherte. »Deine kleine Schwester macht endlich ihren Abschluss als Innenarchitektin. Vielleicht lässt du mich ja für dich jobben. Denn die Art, wie unsere Familie ihre Hotelzimmer einrichtet, finde ich nicht besonders sexy.«

Cameron schnaubte. »Wird das ein Vorstellungsgespräch?«, neckte er Valerie.

»Warum die Chance nicht nutzen – ich will jedenfalls selbstständig arbeiten und meine eigenen Erfolge einstreichen. Eigene Fehler machen. Ohne, dass mich jemand bevormundet, bis ich dreiundachtzig bin.« Sie löste sich von Cameron und zog ihn an der Hand in Richtung der ehemaligen Bibliothek des Hauses. »Zeig mir den Schuppen, und ich sage dir, wie ich ihn einrichten würde. Und dann will ich das Essen in diesem schlechten Restaurant.«

*

Die Luft vibrierte. Vor Anspannung und Adrenalin. Abby betrachtete ihre Hände. So wie ihr Puls raste, war sie sich sicher, dass sie zittern müssten. Doch sie waren ruhig. Die Linke legte sich um den Gitarrenhals, die Rechte bedeckte das Schlagbrett ihrer E-Gitarre.

»Der Laden ist gerammelt voll.« Misha spähte durch den Türspalt in den Pub. Sie griff sich an den Hals und tastete nach ihrem Puls, der vermutlich genauso schnell dahinjagte wie Abbys.

»Seid ihr bereit, das Ding zu rocken?«, warf Teyla ihren alten Schlachtruf in den Raum.

Nein!, wollte Abby rufen. Doch die Worte blieben ihr im Hals stecken, während ihre Freundinnen begeistert losgrölten.

Brandon Evers, der Besitzer des Pubs, schob die Tür auf, durch die Misha eben noch gespäht hatte, und balancierte ein Tablett mit Schnapsgläsern in das Hinterzimmer, in dem sich die *Barn Cats* auf ihren Auftritt vorbereiteten. Für einen Moment drang das laute Stimmengewirr der Kneipengäste zu ihnen herein. »Ihr habt wahrscheinlich sowieso ein eigenes Ritual oder so was. Aber ich habe mir gedacht, da ihr inzwischen volljährig seid, können wir noch eines hinzufügen.«

»Gute Idee.« Becky nahm einen der Kurzen. »Ich muss gestehen, dass ich aufgeregter bin als früher.«

Abby war ein wenig beruhigt, dass auch ihre Freundinnen nicht ganz so gelassen an den Auftritt herangingen, wie sie es vor fünfzehn Jahren noch getan hätten. Im ersten Moment wollte sie den Whiskey-Shot ablehnen, griff dann aber doch nach ihrem Glas. Ein Shot konnte den Nerven nicht schaden.

Als sie alle ihren Drink in der Hand hielten, klemmte sich Brandon das Tablett unter den Arm und hob sein Glas. »Auf einen spektakulären Abend«, brachte er einen Toast aus.

»Darauf, dass wir die Reihenfolge der Playlist nicht durcheinanderbringen«, schloss sich Misha an.

»Und die Texte nicht vergessen.« Becky.

»Möge die Technik uns keinen Strich durch die Rechnung machen«, sagte Teyla.

»Auf einen magischen Abend«, sprach Abby die letzten Worte aus, die sie früher vor jedem Auftritt gesagt hatten. »Lasst uns die Bude rocken!«

»Cheers!«, riefen alle im Chor, ließen die Gläser in dem Kreis, in dem sie zusammenstanden, aneinanderklingen und kippten die brennende Flüssigkeit runter.

»Bereit?«, fragte Brandon.

Abby blickte in die Runde. Ihre Freundinnen nickten. »Bereit«, gab sie zurück und ließ das Adrenalin zu, das das Lampenfieber aus ihren Adern vertrieb.

»Okay. Dann geht's los. Toi, toi, toi!« Brandon ließ sie allein, die Tür blieb einen Spalt offen. Sie sahen das Licht im Pub ausgehen, hörten das begeisterte Grölen der Gäste.

Abby atmete tief durch und zog die Tür ganz auf. Sie ging die wenigen Schritte im Dunkeln, hörte hinter sich, wie ihre Freundinnen ihre Plätze einnahmen – und fühlte das wilde Grinsen, das sich auf ihrem Gesicht ausbreitete. »Die *Barn Cats* sind zurück!«, rief sie ins Mikro. »Eins, zwei …«

Becky stimmte *Born to run* von Bruce Springsteen auf ihrem Cajon mit einem Trommelwirbel an, die anderen fielen ein – und das Publikum flippte aus. Die Scheinwerfer flammten auf, und Abby konnte trotz des blendenden Lichts erkennen, wie viele Leute gekommen waren, um den Auftritt der *Barn Cats* zu sehen. Ihr schoss der Gedanke durch den Kopf, dass sie sich völlig umsonst Sorgen gemacht hatte, dann schob sie ihn zur Seite und ließ sich von ihren Gitarrenriffs und der Melodie davontragen.

Abby war in der Mitte der zweiten Strophe, als sie sich Camerons Anwesenheit bewusst wurde. Sie hatte nicht nach ihm Ausschau gehalten. Genau genommen hatte sie ihm nicht einmal etwas von dem Auftritt der *Barn Cats* erzählt. Aber da dieser Abend ›die Attraktion‹ in Home Port war, hätte sie damit rechnen müssen, ihn hier zu sehen.

Es dauerte immer ein bisschen, bis ihre Augen sich an die grellen Scheinwerfer gewöhnten und sie einigermaßen erkennen konnte, was sich jenseits der Bühne abspielte. Cameron saß bei ihrer Familie. Sie sah ihre Mutter und ihre Schwestern, die aufgesprungen waren, um Abby und ihren Freundinnen zuzujubeln. Cameron saß noch. Aber sie spürte seinen Blick. Er starrte sie an, und Abby war einen Moment wie gebannt. Sie musste sich auf den Song konzentrieren und darauf, den Text nicht zu vergeigen. Also ließ sie den Blick bewusst über die Menge schweifen, versuchte, einzelne Gesichter herauszufiltern.

Erst als die letzten Akkorde verklangen, wagte Abby es, wieder in Richtung des *Silver-Brook*-Tisches zu blicken. Auch Rose und Josh Walsh hatten sich zu der Gruppe vom Gestüt gesellt. Genau wie Summers Freund Alec. Alle hatten sich von ihren Plätzen erhoben und sangen und tanzten begeistert mit. Cameron stand ebenfalls, auch wenn er sich nicht bewegte. Dazu hatte er allerdings gar keine Chance. An seinem Hals hing eine Frau. Viel konnte Abby nicht erkennen. Knallenge Jeans. Blonde Haare, die ihr fast bis zur Hüfte reichten, an der rechten Kopfhälfte aber zu einem Sidecut rasiert waren. Sie flüsterte Cameron etwas ins Ohr, was ihn dazu brachte, den Kopf zu schütteln und ihn dann lachend in den Nacken zu legen. Für einen Moment war Abby dankbar, in den vergangenen Wochen so viel geübt zu haben, um den Song zu beenden, ohne darüber nachdenken zu müssen. Denn sie schaffte es nicht, Cameron aus den Augen zu lassen. Und die Frau. Vor drei Minuten war er noch allein gewesen. Wie hatte er es in der kurzen Zeit geschafft, jemanden aufzureißen? Nicht, dass sie ihm das vorhalten konnte. Sie hatte ihn schließlich auf Abstand gehalten. Auf ihrem Schreibtisch lag bereits die letzte Beurteilung, die sie geschrieben hatte. In zwei Tagen würde sie diese an den Richter schicken. Wieder glitt ihr Blick zu Cameron. Es war gut, dass er sich eine andere Frau angelacht hatte.

Das würde die manchmal unangenehm angespannte Situation, die zwischen ihnen geherrscht hatte, auflockern. Wirklich gut.

Abby verbeugte sich gemeinsam mit ihren Freundinnen, genoss die Standing Ovations der Pub-Gäste und stimmte dann *Welcome to Paradise* von Green Day an.

*

Cameron war mit Valerie von *Seal Rock Hall* in die Stadt gefahren und mit ihr bei *Frankie's* essen gegangen. Abby hatte nicht gelogen, als sie behauptet hatte, der Unterschied zwischen Lunch und Dinner waren die Pommes, die abends zu den Gerichten serviert wurden. Wie nicht anders zu erwarten, amüsierte Camerons Schwester sich königlich. Sie hatte sofort einen Draht zu Frankie und störte sich nicht einmal an dem Zigarettenrauch, der wie eine Wolke an der Frau hing. Als sie den Spitznamen ›Ich sehe ihm nur ähnlich‹ erfuhr, den Cameron auf der Insel verpasst bekommen hatte, lag Valerie fast unter dem Tisch vor Lachen. Cameron genoss das Essen ebenfalls, obwohl sich an der Qualität auch durch die Beigabe von Pommes nichts wesentlich verbesserte. Er schmunzelte sogar über die Anspielungen der Köchin.

Nach dem Dinner hakte sich Valerie bei ihm ein und schlenderte an seiner Seite zum Pub, in dem sich bereits die Gäste drängten. Über die Köpfe hinweg erspähte Cameron den Tisch, den die Coopers reserviert hatten. »Da drüben sitzen Olivia und Megan.« Er nickte mit dem Kopf in die Richtung.

»Alles klar. Ich mache mich nur noch kurz frisch.« Valerie steuerte die Toiletten an, während sich Cameron zu den Coopers durchkämpfte und auf einen der Stühle fallen ließ, die sie für die große Gruppe, die sie noch werden würden, freigehalten hatten. »Danke«, sagte er.

»Keine Ursache. Lizzy, Schätzchen!« Olivia machte die junge Kellnerin mit einem Winken auf sich aufmerksam. »Was wollen deine Schwester und du trinken?«, fragte sie, als die Bedienung an ihren Tisch kam.

»Für mich ein Craft Beer vom Fass und einen Weißwein für Valerie«, bestellte Cameron.

»Nichts zu essen?«, fragte die Kellnerin.

»Gott bewahre«, stöhnte Olivia und verdrehte die Augen, noch ehe Cameron erwidern konnte, dass Valerie und er schon gegessen hatten.

Die Kellnerin schien Olivia ihre Reaktion nicht übel zu nehmen. Mit einem breiten Grinsen im Gesicht schlug sie sich zum nächsten Tisch durch.

»Die sind verrückt in diesem Pub«, raunte Olivia ihm zu. »Brauen Bier und haben wirklich guten Whiskey. Aber zu essen gibt es nur vegetarische Pizza-Varianten. Wer macht denn so was?« Sie schüttelte den Kopf.

Cameron drehte sich um und ließ den Raum auf sich wirken. Was er erkennen konnte, sah genauso aus, wie er sich einen Pub vorstellte. Die unverputzten Ziegelwände waren bis auf Hüfthöhe mit morschen Brettern getafelt. An den Wänden hingen alte Emaille-Schilder mit Bier-Werbung der Brauerei, und der Tresen zog sich über die gesamte Länge der rechten Seite. Eine ebenso lange Schiefertafel darüber pries jede Menge Bier- und Whiskeysorten an. Und natürlich den Auftritt der *Barn Cats*, wegen dem die halbe Insel hier zu sein schien. Die Bühne war ein zusammengezimmertes Podest an der Stirnseite der Kneipe, das Keyboard und eine Cajon waren dort bereits aufgebaut. Den Mikrofonen nach zu urteilen bestand die Band aus vier Mitgliedern.

Cameron sah seine Schwester die Schwingtür aufziehen, die den Gang zu den Toiletten abgrenzte, dann erlosch das Licht, und die Menge fing an zu grölen. Die ersten Beats erklangen, dann setzte eine E-Gitarre ein. In dem Moment, in dem Cameron erkannte, dass der Song der Bruce-Springsteen-Klassiker *Born to run* war, flammten die Scheinwerfer auf – und Abbys Anblick traf ihn wie eine Faust in den Magen. Abby? Sie war eine der *Barn Cats*? Wie hatte das an ihm vorbeigehen können? Seit Wochen sprachen die Leute auf der Insel von nichts anderem, aber dass Abby Teil dieser Band war – die Leadsängerin, um genau zu sein –, hatte sich niemand zu erwähnen die Mühe gemacht. Am wenigsten Abby selbst. Allerdings hatte er sich auch nicht die Mühe gemacht, den Auftritt zu hinterfragen. In seiner Vorstellung waren die *Barn Cats* ein paar Landeier gewesen, die Country spielten.

Cameron starrte Abby noch immer an. Wie hypnotisiert. Ein bisschen fühlte er sich wie das Reh, das ins Scheinwerferlicht starrte. Er hatte in den letzten Wochen das Gefühl gehabt, Abby kennenzulernen. Aber die Rockröhre auf der Bühne war eine Facette von ihr, von der er noch nicht einmal etwas geahnt hatte. Sie trug hautenge Jeans, die nicht nur an den Knien total zerfetzt waren. Ihre Füße steckten in schwarzen Absatzstiefeln, und das Neckholder-Top, das sie trug, schimmerte in genau dem gleichen Kupferton, in dem auch ihre Haarspitzen aufblitzten, wenn sie im Rhythmus der Musik um ihren Kopf wirbelten. Und diese Gitarre … Cameron hätte nie gedacht, dass ein Musikinstrument eine Frau so sexy aussehen lassen konnte.

»Du wusstest es nicht?«, brüllte Summer ihm ins Ohr.

»Was?« Cameron schaffte es für einen Moment, sich von Abbys Anblick loszureißen.

Summer zog die Augenbrauen hoch. »Dass Abby eine der *Cats* ist«, erklärte sie. »Hat dir das niemand gesagt?«

»Äh … nein.«

Sie grinste diabolisch. »Dein Blick hat daran auch keinen Zweifel gelassen. Genieß die Show.«

Ja, das würde er tun. Falls er es schaffte, sich noch auf irgendetwas anderes zu konzentrieren als auf die Frau, die nicht nur ständig seine Träume rockte, sondern jetzt auch noch die Bühne. Auf die Musik zum Beispiel.

Valerie hatte es endlich geschafft, sich zu ihrem Tisch durchzuschlagen. »Auf der Toilette hat jemand über die Band getratscht. Deshalb weiß ich jetzt, dass deine Chefin die Leadsängerin ist«, brüllte sie über den Lärm hinweg.

»Jepp.« Cameron schob den Wein zu Valerie hinüber, den die Kellnerin auf ihrem Tisch abgestellt hatte.

»Warum hast du mir nichts davon erzählt?«, wollte sie wissen. Sie beugte sich zu ihm herüber, um nicht so schreien zu müssen und Cameron besser zu verstehen.

»Weil ich es selbst gerade eben erst erfahren habe«, brummte er.

»Ernsthaft?« Valerie bekam schon wieder einen Lachanfall. Wenn sie so weitermachte, würde sie am nächsten Tag Muskelkater haben. »Ich kann dich verstehen«, sagte sie, nachdem sie sich wieder beruhigt und Abby und ihre Band eine Weile beobachtet hatte. »Sie ist toll.« Valerie zwinkerte ihm zu. »Und dabei habe ich sie bis jetzt nur auf dieser Bühne gesehen. Als sie den *Boss* angesungen hat, war ich hin und weg. Bei *Welcome to Paradise* war ich dann schon halb verknallt in sie.«

Ich bin auch halb verknallt, dachte Cameron. Verdammt, war das sexy. Er musste dringend aufhören, Abby die ganze Zeit anzustarren. Sonst würde er noch anfangen zu sabbern. Abgesehen davon war er sich nicht sicher, ob sie seine Blicke nicht trotz der Scheinwerfer, die sie anleuchteten, sehen konnte. Er trank sein Bier aus und hob sein leeres Glas. »Ich geh mir mal Nachschub holen«, sagte er in die Runde, die sich vergrößert hatte, weil inzwischen auch Rose und Josh Walsh zu ihnen gestoßen waren. »Kann ich noch jemandem was mitbringen?« Als alle den Kopf schüttelten oder ihre noch vollen Gläser hoben, stand er auf.

»Warte. Ich komme mit.« Valerie sprang auf und drängte sich an seiner Seite und zu den Klängen einer Country-Ballade aus den Achtzigern zur Bar durch. »Das war jetzt eine ziemliche Überraschung, oder?«, fragte sie, als sie sich in eine Lücke zwischen zwei Barhockern gequetscht hatte, die dem Geruch nach von Hummerfischern besetzt gewesen waren.

»Na ja, ich habe mich auch nicht gerade danach erkundigt, was Abby in ihrer Freizeit so treibt.« Er zuckte die Schultern. »Du hast gesagt, ich soll mich wie ein guter Kumpel verhalten. Dazu gehört es wohl eher nicht, sie auszufragen. Aber vielleicht wäre der Schock, sie da stehen zu sehen, nur halb so groß gewesen, wenn ich vorher davon gewusst hätte.«

»Ein heißer Schock, soviel ist sicher.« Valerie drehte sich kurz um und machte den Barkeeper auf sich aufmerksam.

»Hallo Cameron.«

Cameron drehte sich nach der Stimme um. »Finn. Hey, schön, dich zu sehen. Darf ich dir meine Schwester vorstellen? Valerie. Das ist Finn. Ihm gehört *Seal Rock Hall*.«

»Hi.« Valerie setzte ihr Tausend-Watt-Lächeln auf. »Cam hat mir das Haus heute gezeigt. Ich sehe es schon vor mir, wenn es wieder in seinem alten Glanz erstrahlt.«

Cameron legte seiner kleinen Schwester den Arm um die Schultern, um sie zu bremsen. »Sie hat es in Gedanken schon komplett eingerichtet. Aber noch gehört es mir nicht«, erinnerte er Valerie.

»Könnte es aber bald.« Finn wippte auf den Fersen seiner Stiefel. »Ich war neulich auf der Klippe und habe mir das Haus angesehen. Wenn es nach mir geht, kommen wir ins Geschäft. Lass uns nächste Woche einen Termin ausmachen. Dann besprechen wir die Details.«

»Fantastisch, Mann.« Cameron schüttelte die Hand seines Gegenübers. Dieser Tag hatte es wirklich in sich. Erst Valeries überraschender Besuch. Dann Abbys Auftritt. Und jetzt auch noch eine Zusage von Finn.

»Können wir dich auf ein Bier einladen?«, fragte Valerie.

Finn warf einen Blick über die Schulter zum Tisch der Coopers. Cameron folgte ihm mit den Augen und glaubte, Megan mit verkniffenem Gesichtsausdruck in ihre Richtung blicken zu sehen.

»Nein«, sagte Finn. »Danke für die Einladung, aber ich muss weiter. War schön, dich kennenzulernen«, sagte er zu Valerie und verschwand in der Menge.

»Weißt du, was das heißt?« Camerons Schwester vibrierte geradezu vor Energie.

»Dass ich mein Projekt Wirklichkeit werden lassen kann?«

»Das auch. Aber vor allem wirst du noch eine Weile hierbleiben.« Mit einem demonstrativen Augenrollen blickte sie in Richtung Bühne. »Was für ein glücklicher Zufall.«

Cameron und Valerie kehrten mit ihren Getränken an den Tisch der Coopers zurück. Inzwischen hatten sich auch Summers Freund Alec und ihre Freundin Carrie dazugesellt, genau wie ein paar Gestütsarbeiter, die Abby und ihre Band hochleben ließen. In der Pause kämpften sich die *Barn Cats* bis zu ihrem Tisch durch. Cameron hatte einen Moment gebraucht, sie aber dann bereits auf der Bühne wiedererkannt: als die drei Frauen, die ihm bei seinem ersten Lunch im *Frankie's* begegnet waren. Die Frauen ließen sich umarmen und herzen.

Für einen Moment hatte Cameron das Gefühl, Abby versuchte, ihn zu meiden, doch dann drehte sie sich zu ihm um und sah ihm direkt in die Augen. »Hi«, sagte sie so leise, dass er es über das Dröhnen der Gespräche und die Musik aus der Konserve kaum verstand.

Er legte den Kopf schief und grinste sie an. »Toller Auftritt. Und eine ziemliche Überraschung.«

Abbys Blick huschte an Cameron vorbei. Um ihren Mund legte sich die angespannte Linie, die er in seinen ersten Tagen auf dem Gestüt oft gesehen hatte. Doch ehe sie etwas sagen konnte, streckte seine Schwester ihr die Hand entgegen. »Hallo, das ist eine Wahnsinnsshow, die ihr da abzieht! Ich bin Valerie, Cams Schwester. Ich habe ihn auch überrascht.« Sie lachte.

Abbys Gesichtszüge entspannten sich auf einmal und machten einem ehrlichen Lächeln Platz. »Herzlich willkommen auf Stonebridge Island. Ich hoffe, es gefällt dir so gut wie deinem Bruder.«

»So gut wie ihm kann es mir hier gar nicht gefallen«, murmelte sie mit einem Seitenblick in Camerons Richtung. »Ehrlich gesagt, beneide ich Cam fast ein bisschen für seinen Aufenthalt hier. Mit Ausnahme dieses stinkenden Pick-ups, den er fährt.«

»Ach ja?« Cameron warf ihr einen Seitenblick zu. »Dann kannst du ja morgen früh um halb sieben das Ausmisten für mich übernehmen.«

Valeries krausgezogene Nase brachte alle Umstehenden zum Lachen.

»Abbs.« Misha tippte Abby auf die Schulter. »Wir müssen wieder.«

»Okay, ich komme.« Sie nickte Valerie noch einmal zu. »War schön, dich kennenzulernen. Vielleicht sehen wir uns ja nach dem Gig, falls ihr dann noch hier seid.«

»Auf jeden Fall«, rief Valerie begeistert – im gleichen Moment, in dem Cameron ein »Ja, vielleicht«, herausbrachte.

Abby lächelte wieder. Diesmal sah sie Cameron dabei in die Augen – und traf ihn bis ins Mark. Als sie sich umdrehte und ihren Freundinnen folgte, spürte er mehr als einen Blick auf sich ruhen. Seine kleine Schwester starrte ihn an, genau wie Megan und Summer. Die drei Frauen, die wussten, dass Megan Abby und ihn in ihrem Büro erwischt hatte. Er spürte die Hitze, die an seinem Hals nach oben kroch. Oliva lachte über etwas, das einer der Rancharbeiter sagte. Wenigstens hatte Megan ihrer Mutter nichts von dem Kuss erzählt.

16

Abby lehnte sich neben Cameron an die Bar. »Hat dich deine Schwester sitzenlassen?«, fragte sie. Der Pub hatte sich bereits ziemlich geleert, und die Handvoll Gäste, die noch auf einen letzten Drink hofften, bevor Brandon sie hinauskehren würde, war überschaubar.

»So könnte man es nennen. Sie ist diejenige, die vorhin noch gesagt hat, wir bleiben bis zum Schluss. Und ich bin der, der dann am Schluss noch dasitzt und um eine Mitfahrgelegenheit betteln muss.«

Die Band war früher Abbys Ventil gewesen. Die Musik und die Auftritte hatten ihr immer geholfen, ihre Impulsivität zu kontrollieren und das Adrenalin im Zaum zu halten. Heute schien dieses Prinzip nicht zu funktionieren. Entgegen ihrer Bedenken hatte sie den Auftritt von der ersten bis zur letzten Sekunde genossen. Sie hatte Spaß gehabt. Und hatte es voll ausgekostet, wie die Leute den Auftritt der *Barn Cats* gefeiert hatten. Aber die ganze Zeit über hatte sie es nicht geschafft, Cameron wirklich auszublenden. Sie hatte immer wieder in seine Richtung geschaut. Und sie hatte in seinem Gesicht lesen können, trotz der blendenden Scheinwerfer. In den knapp vier Wochen, die er inzwischen auf dem Gestüt war, hatte sie sich nie Gedanken über seinen Musikgeschmack gemacht. Bis heute Abend. Sie war sich sicher, dass die Songs ihrer Band nicht das waren, was sich auf seiner Playlist finden ließ. Trotzdem hatten seine Augen förmlich an ihr geklebt. Nur wenn er sich ertappt fühlte, hatte er den Blick abgewandt. Für ein paar Sekunden. »Musst du das? Um eine Mitfahrgelegenheit betteln?« Sie biss sich auf die Unterlippe.

Camerons Blick blieb genau dort hängen. Sie sah das Hüpfen seines Adamsapfels, als er schluckte. Dann senkte er den Blick und trank sein Bier aus. »Val hat sich geweigert, im GMC in die Stadt zu fahren. Sie hat mir natürlich versprochen, mich nachher wieder auf dem Hof abzusetzen.« Er zuckte mit den Schultern und lachte. »Traue niemals deiner Schwester – du kennst sie schließlich ein Leben lang. Sie ist mit ein paar Leuten weitergezogen in eine Bar auf dem Festland.«

Abby legte den Kopf schief. »Und dann hat sich natürlich keine weitere Mitfahrgelegenheit ergeben«, neckte sie ihn. Sie wollte, dass er zugab, hier gewartet zu haben. Auf sie. Sie wollte eine Bestätigung, dass sie seine Blicke richtig gedeutet hatte.

»Ja, ein verdammtes Pech. Ich wollte mich an Megan hängen. Aber da war dieser Meeresbiologe, den sie … ähm … näher kennengelernt hat. Zac irgendwas. Er hat erzählt, ihr hättet ihn im Frühjahr mal fast über den Haufen gefahren, als er mit einer Panne am Straßenrand gestrandet war. Netter Typ. Abgesehen davon, dass er mich um meine Mitfahrgelegenheit bei Megan gebracht hat.« Camerons Finger glitten durch die Kondensschicht seines leeren Bierglases, und Abby bekam eine Gänsehaut bei der Vorstellung, dass es ihr Körper sein könnte, über den diese Hände streichelten. »Megan meinte, sie müsste ihm dringend etwas über das Pannenverhalten auf dieser Insel erzählen und zack.« Er schnippte mit den Fingern. »Weg war sie.«

Abby begann langsam zu begreifen, was er machte. Er spielte. Mit ihr. Mit der Situation. Zog den Moment in die Länge. Um ihr mehr Zeit zu geben, sich für oder gegen ihn zu entscheiden? Um sie noch weiter auf die Folter zu spannen? Sie wusste es nicht. Aber sie war bereit mitzuspielen. Sie hob ihre Bierflasche an die Lippen und leerte sie in einem Zug. Mit einer trägen Bewegung stellte sie die Flasche dann neben sein Glas und fuhr mit dem Daumen über ihren Mundwinkel, als hätte sich ein Tropfen Bier dorthin verirrt. Sie hielt Camerons Blick stand. Der nicht aufhören konnte, sie anzustarren. Gut. Sie hob ihren Gitarrenkoffer auf. »Ich gehe jetzt jedenfalls. Du solltest die Chance nutzen. Nach mir wird es nicht mehr viele Möglichkeiten geben, auf das Gestüt zu kommen.« Ohne sich nach Cameron umzudrehen, verließ sie den Pub und legte den Gitarrenkoffer in den Kofferraum ihres Jeeps. Als sie die Fahrertür aufzog, hatte Cameron bereits auf dem Beifahrersitz Platz genommen. »Gute Entscheidung«, sagte sie und startete den Motor.

Sie redeten während des gesamten Heimwegs nicht. Die Energie, die zwischen ihnen vibrierte, hatte ihre eigene Sprache. Die Lichter auf dem Hof waren längst gelöscht, als Abby am Ranchhaus vorbei zu den Hütten rollte. Sie brachte den Wagen zum Stehen und schaltete den Motor aus. Dunkelheit hüllte sie ein.

Einen Moment herrschte Stille, die nur vom allgegenwärtigen Zirpen der Grillen und dem Rauschen des Ozeans durchbrochen wurde. Dann räusperte sich Cameron. »Danke fürs Mitnehmen«, sagte er und öffnete die Beifahrertür.

Abbys Herz schlug einen Salto. Ihr Puls raste. Sie wusste genau, was Cameron gerade tat. Er ließ ihr die Wahl. So wie er sich in den vergangenen Wochen wie ein guter Kumpel verhalten hatte. Keine Annäherungsversuche. Kein Flirten. So als hätte es diese Küsse, die sie nur mit Mühe hatte zur Seite schieben können, zwischen ihnen nie gegeben. Sie war am Zug. Noch zwei Tage war sie für ihn verantwortlich, den Abschlussbericht hatte sie schon geschrieben. Es war nicht richtig, dieser Gier nach ihm nachzugeben. Aber Cameron fühlte sich verdammt noch mal an wie einer dieser gefüllten Donuts mit doppelter Glasur. Man sollte sie nicht wollen – und konnte doch nicht widerstehen. Zwei Tage noch, dann wäre er von der Insel verschwunden. Sie könnte vernünftig sein. Sie *musste* vernünftig sein. Oder sie könnte einfach …

Bevor sie zu Ende denken konnte und bevor Cameron ihren Wagen umrundet hatte, war sie ausgestiegen und schlug die Tür hinter sich zu. Mit dem Rücken lehnte sie sich gegen den Jeep und schloss die Augen. Hörte nur auf das Meer, die Grillen und das Knirschen von Camerons Schritten auf dem Muschelkies des Weges. Bis sie verstummten. Genau vor ihr.

Abby hob die Lider wieder und verfing sich in Camerons Blick. Einen Moment sah er sie nur stumm an. Dann glitten die Finger seiner rechten Hand über ihren Wangenknochen und schoben ihr eine Haarsträhne hinter das Ohr. Im nächsten Moment hatte er seine Hände links und rechts von ihr gegen den Wagen gestützt und lehnte sich vor. Ohne etwas zu sagen und ohne sie zu berühren, obwohl sein Körper nur Millimeter von ihrem entfernt war, verharrte er, seine Lippen neben ihrem Ohr. Abby konnte seinen warmen Atem auf ihrer Haut spüren und wieder zog sich eine erwartungsvolle Gänsehaut über ihren Körper.

»Abby«, flüsterte Cameron und ließ seine Lippen über die Stelle unter ihrem Ohr gleiten, an der sie den schnellen Galopp ihres Pulses spüren konnte. »Komm mit zu mir.«

Abby brachte nur ein Nicken zustande. Ein Nicken, bei dem ihre Wange über die Stoppeln von Camerons Dreitagebart glitt und einen sinnlichen Schauer durch ihren Körper jagte.

»Wenn wir die Tür hinter uns schließen, gibt es kein Zurück mehr«, flüsterte er ihr ins Ohr.

»Kein Zurück«, wiederholte Abby wie in Trance.

»Und wenn deine Schwester auf die Idee kommen sollte, uns noch einmal zu unterbrechen, schubse ich sie einfach aus dem Cottage.«

Es dauerte einen Moment, bis Abby seine Worte verstand, doch dann konnte sie nicht anders, als loszuprusten. Sie lehnte ihre Stirn gegen Camerons Brustbein und atmete tief durch. Das Lachen hatte gutgetan, es hatte einen Teil der kaum zu ertragenden Spannung zwischen ihnen gelöst.

Cameron küsste sie auf das Haar und murmelte dann: »Kein Grund zu lachen. Das ist mein Ernst.«

»Wo wir gerade davon sprechen«, wisperte Abby und hob den Kopf wieder. »Ist es dir ernst damit, mich zu küssen, oder redest du nur?«

Er rahmte ihr Gesicht mit den Händen ein und senkte den Kopf. »Todernst«, murmelte er und ließ seine Lippen sanft über ihre gleiten.

Einen Moment ließen sie den sehnsüchtigen Seufzer, der zwischen ihnen hing, nachhallen. Hielten den Atem an. Dann stürzten sie sich in den Kuss. Ließen in fiebriger Hast die Hände über den Körper des anderen gleiten, berührten jeden Quadratzentimeter Haut, den sie zu fassen bekamen. Bis Cameron wie vor ein paar Wochen in Abbys Praxis die Hände unter ihren Po schob und sie hochhob. Wieder schlossen sich ihre Schenkel um seine Hüften. Sie konnte sein Verlangen spüren und seufzte an seinem Hals, küsste ihn, folgte mit den Lippen seiner Kinnlinie, während er die wenigen Schritte zu seiner Hütte überwand. Er stieg die zwei Stufen zum Eingang hinauf und mühte sich mit dem Türknauf ab, während Abby ihn zu einem weiteren, wilden Kuss herausforderte.

Kaum hatte er die Tür geöffnet, trat er hindurch, kickte sie mit dem Fuß zu und drehte sich um, sodass er Abbys Rücken dagegenpressen und sich mit seinem ganzen Gewicht und Verlangen gegen sie lehnen konnte. Vorsichtig ließ er ihre Beine los, bis sie wieder festen Boden unter den Füßen hatte. Seine Lippen glitten an ihrem Hals hinunter, küssten ihre Schultern. Seine Finger tasteten im Nacken nach dem Verschluss ihres Neckholder-Tops. Er öffnete ihn und schob das Shirt nach oben.

Abby hob die Arme, damit er es ihr besser ausziehen konnte. Kaum hatte er das Kleidungsstück fallen lassen, fixierte eine seiner Hände ihre Arme über ihrem Kopf, hielt sie gefangen, sodass er ihren halbnackten Körper betrachten konnte. Quälend langsam schob er die freie Hand in ihren Rücken, und im nächsten Moment schnappte der Verschluss ihres trägerlosen BHs auf. Cameron ließ auch ihn zu Boden fallen und schloss seine Hand um ihre Brust. Seine Finger glitten über die hart aufgerichteten Spitzen. Dann spürte sie dort seinen Atem. Als Nächstes folgte sein Mund. Ihr Oberkörper bog sich ihm entgegen, gespannt wie eine Sehne. Sie wollte, dass er aufhörte, sie so zu quälen. Mindestens so sehr wie sie wollte, dass es niemals endete.

Sie war noch immer bewegungsunfähig, als Camerons Hand über ihren Bauch nach unten glitt. Er öffnete ihre Jeans, während er sich an ihrem Hals wieder nach oben küsste. Abby erschauerte, als Cameron seine Hand unter den Bund ihres Höschens schob und den sensibelsten Punkt ihres Körpers fand. Er fing ihr Keuchen mit einem weiteren, tiefen Kuss auf. Seine Finger trieben sie unerbittlich auf ihren Höhepunkt zu. Streichelten, reizten, liebkosten sie. Bis sie dem sinnlichen Ansturm nicht mehr standhielt. Ihr Körper bäumte sich auf – und zerbarst dann innerlich in Millionen Teile.

*

Camerons Herz schlug mit der Heftigkeit eines Presslufthammers. Abbys halbnackter Körper schmiegte sich an seinen, schlaff, als hätte sie keinen funktionierenden Knochen im Leib. Ihr Kopf ruhte an seiner Schulter. Er hatte es nicht weiter als bis zur Tür geschafft, bis er über sie hergefallen war. So, wie sie es beim letzten Mal fast auf ihrem Schreibtisch getrieben hätten, wenn ihre Schwester sie nicht unterbrochen hätte. Der Rest der Nacht würde anders laufen …

»Halt dich fest«, sagte er, hob Abby auf seine Arme und trug sie zum Bett hinüber, wo er sie sanft auf die Matratze legte. Er küsste sie. Ihre Lippen, ihre Wangen. Ihren Hals. Das Tal zwischen ihren Brüsten und ihren Bauch, der sich unter seinen Berührungen zusammenzog. Er hakte die Finger in den Bund ihrer Jeans und zog sie ihr gemeinsam mit ihrem Höschen aus. Seine Hände strichen an ihren Beinen wieder hinauf, über ihre Hüften. Er verschränkte seine Finger mit ihren, brachte sie abermals neben ihren Kopf und küsste sie.

Bis Abby sie löste und begann, sein Hemd aufzuknöpfen. Sie schob es ihm über die Schultern und drehte sich dann so, dass er unter ihr lag. »Du hast eindeutig zu viel an«, wisperte sie und fuhr mit den Fingerspitzen die Muskelstränge seines Oberkörpers nach. Folgte ihnen mit den Lippen. Immer weiter hinunter, bis sie sich am Bund seiner Jeans entlangküsste. Sie öffnete den Knopf und den Reißverschluss seiner Hose, um genau das zu ändern. Ungeduldig zog sie ihn aus, so wie er sie zuvor. Bevor sie ihn jedoch berühren und seine Beherrschung zum Einstürzen bringen konnte, rollte er sich mit ihr in seinen Armen wieder herum. Er nahm ein Kondom aus der Nachttischschublade und streifte es über. Aber anstatt seiner Lust nachzugeben und sie einfach zu nehmen, strich er mit federleichten Bewegungen über ihren Körper, bis sie sich unter ihm wand und er es selbst keine Sekunde länger ertragen konnte, und schob sich erst dann in sie.

Abby hob ihre Lider. Ihre Blicke trafen sich, hielten einander fest, während sie ihm entgegenkam. Sie fanden ihren Rhythmus, der schnell drängender wurde. Cameron hielt sich zurück, bis er spürte, dass Abby auf einen weiteren Höhepunkt zusteuerte. Als ihr Körper begann, sich um ihn herum zusammenzuziehen, gab er seine Beherrschung auf, ließ die Explosion zu, die seinen Körper erschütterte, und fiel gemeinsam mit Abby in die Erlösung.

*

Abby wurde im Morgengrauen immer von ihrer inneren Uhr geweckt, ob sie Stalldienst hatte oder nicht. Sie hörte das Rauschen des Meeres, ein gedämpftes Wiehern von der Koppel. Und doch war etwas anders. Während sie noch zwischen Schlaf und Wachsein hin und her driftete, spürte sie den Arm, der schwer auf ihrer Hüfte lag. Hörte den leisen Atem. Cameron! Abby hielt die Augen geschlossen und horchte in sich hinein. Sie fühlte sich gut. Besser, als sie es nach einem One-Night-Stand erwartet hatte. Ihrem ersten. Die Nacht mit Cameron war unbeschreiblich gewesen. Ein wenig, als hätten sich all die Emotionen, die sich in den vergangenen Wochen zwischen ihnen aufgestaut hatten, ein leidenschaftliches Ventil gesucht. Sie drängte den Gedanken zur Seite, dass sie einmal mehr ihrer Impulsivität nachgegeben hatte. Im Moment wollte sie einfach noch einen Moment in Camerons Umarmung geschmiegt liegen bleiben, bevor sie aus der Hütte schlich.

Sie musste noch einmal eingenickt sein. Als sie das nächste Mal an die Oberfläche driftete, strich Camerons Hand über ihre Hüfte. Seine Lippen zogen eine Spur aus heißen Küssen über ihr Schulterblatt. Für einen Moment war sie versucht, dem Bedürfnis, sich in die Zärtlichkeiten fallen zu lassen, nachzugeben – dann setzte die Vernunft ein. Sie rutschte weg von ihm, auf die Bettkante, und zog die Decke mit sich, um sich darin einzuwickeln.

»Guten Morgen.« Camerons Stimme klang heiser vom Schlaf. Und ein bisschen amüsiert. Er zupfte an der Decke.

Sie hatte nichts übriggelassen, womit er sich bedecken konnte, stellte sie fest, als sie ihn über die Schulter ansah. Er schien damit allerdings auch kein Problem zu haben.

»Da ist nichts, was ich heute Nacht nicht schon gesehen hätte. Oder berührt«, ergänzte er und fuhr mit den Fingerspitzen über ihr Schulterblatt, die Stelle, die er gerade noch geküsst hatte.

Abby beugte sich vor. So entging sie seinen Berührungen und konnte gleichzeitig nach seinem Hemd angeln, das in der Nacht auf dem Boden gelandet war. Sie schlüpfte hinein und schob die Decke zurück, ohne hinzusehen. Wenn Cameron danach sein sollte, sich zu bedecken, konnte er das jetzt tun. Sie schloss hastig ein paar der Hemdknöpfe und stand auf.

Cameron kletterte hinter ihr ebenfalls aus dem Bett. Vorsichtshalber blickte Abby in die Bucht hinunter, statt sich zu ihm umzudrehen. Nur für den Fall, dass er noch immer nichts anhatte. Er ging mit diesem merkwürdigen Moment am ›Morgen danach‹ wesentlich entspannter um als sie. Andererseits hatte er vermutlich schon jede Menge One-Night-Stands gehabt. Ganz locker und gelassen legte er ihr die Hände auf die Schultern, schob ihre Haare zur Seite und küsste ihren Hals, was dazu führte, dass sich ihr Puls sofort wieder beschleunigte. »Lauf nicht weg«, raunte er an ihrem Ohr. »Ich verschwinde kurz im Bad, und dann mache ich uns einen Kaffee.«

Die Hände verschwanden von Abbys Schultern, und im nächsten Moment hörte sie das Schließen der Badezimmertür. Kurz dachte sie tatsächlich an Flucht. Dann schloss sie die Augen und atmete tief durch. Sie benahm sich kindisch.

Als Cameron ein paar Minuten später aus dem Bad trat, trug er zu Abbys Erleichterung Boxershorts. Ein T-Shirt überzuziehen hatte er sich allerdings nicht die Mühe gemacht. Er schaltete die Kaffeemaschine ein und blickte zu ihr herüber. Das Lächeln, das sich in seine Mundwinkel stahl, sagte ihr, dass er bemerkt hatte, wie sie ihn anstarrte, dem Spiel der Muskeln unter seiner Haut mit den Blicken folgte. Abby drehte sich wieder um und betrachtete die Sonne, die sich langsam über den Horizont hob, und wartete die unangenehmen, stillen Sekunden ab, bis Cameron etwas sagen würde. Die Maschine fauchte, und der Duft frisch aufgebrühten Kaffees füllte, zusammen mit dem Geräusch der leise klappernden Tassen, den Raum.

»Hier.« Cameron hielt ihr einen Kaffeebecher hin und stellte sich neben sie, um ebenfalls in die Bucht hinunterzublicken. »Die Sonne über dem Wasser aufgehen zu sehen ist jeden Morgen wieder fantastisch.«

»Hmm«, gab Abby zurück und nippte an ihrem Kaffee, verzweifelt auf der Suche nach einem unverfänglichen Gesprächsthema. Sonst stellte sie sich doch auch nicht so an, wenn es um Small Talk ging. Warum ausgerechnet jetzt?

»Hey.« Cameron wartete, bis Abby ihn ansah. Dann zog er die Augenbrauen hoch. »Ist alles okay zwischen uns?«

»Ja. Klar, sicher.« Die Worte kamen viel zu schnell, um ehrlich zu klingen. Abby spürte, wie ihr die Hitze in die Wangen stieg, und sie schüttelte leicht den Kopf. »Das klingt jetzt wahrscheinlich sehr klischeehaft, aber für mich ist das keine Situation, mit der ich besonders viel Erfahrung habe.« Um seinem Blick auszuweichen, betrachtete sie die Kaffeetasse in ihrer Hand.

»Im Gegensatz zu mir – wolltest du sagen.« Cameron ließ sich auf die Couch fallen.

Abby war dankbar über den Freiraum, den er ihr damit ließ. »Nein. Ja. Wahrscheinlich hast du das doch, oder? Mein Gott!« Sie sah, wie er bei ihrem frustrierten Fluch grinsen musste.

»Ich benehme mich wie ein verklemmter Teenager. Was ich meine ist: Du hast auf diesem Gebiet sicher mehr Erfahrungen gesammelt als ich.«

Cameron trank einen Schluck Kaffee. »Ich kann nicht leugnen, dass ich mit der einen oder anderen Frau im Bett gewesen bin.« Er zuckte die Schultern und sah Abby über den Rand seiner Kaffeetasse an. »Die meisten meiner Erfahrungen, wie du es nennst, stammen aus meiner Studentenzeit. Wie allgemein bekannt ist, war ich ein bisschen wild … damals.« Er grinste frech, und Abby konnte sich bildlich vorstellen, wie ihm die Frauen reihenweise zu Füßen lagen. »Und ich hatte es mit vielen wilden Mädchen zu tun. Du weißt schon: Studentenpartys. Das erste Mal weg von Zuhause. Die eigenen Grenzen austesten. Darauf bin ich heute nicht unbedingt stolz, aber es ist eben ein Teil von mir. Ich werde nicht so tun, als wäre das nicht passiert. Aber ich schlafe nicht wahllos in der Gegend herum, auch wenn das die Boulevardpresse nicht davon abhält, mir jede Menge Affären und One-Night-Stands zu unterstellen.«

Nicht nur die Boulevardpresse, dachte Abby. Nachdem er ihr erzählt hatte, was in Boston wirklich passiert war, hätte sie es eigentlich besser wissen müssen. Und doch war sie wieder darauf hereingefallen und hatte geglaubt, was die Klatschzeitungen und das Internet behaupteten.

»Die Wahrheit ist: Mit den meisten Frauen, mit denen man mich in der Regenbogenpresse sieht, bin ich nur ausgegangen. Nach einem Abend weiß man meistens, ob die Chemie stimmt. Oder ob die Frau nur hinter dem eigenen Namen und dem Bankkonto her ist. Ein paarmal hatte ich Beziehungen, die zugegebenermaßen nicht tief genug gingen, um einer Frau einen Ring an den Finger zu stecken. Und manchmal hatte ich mit einer Frau auch einfach nur für ein paar Wochen oder Monate eine gute Zeit, ohne dass wir größere Ansprüche aneinander gestellt haben.«

»Ein bisschen wie Megan«, murmelte Abby. Ihre Schwester hielt das genauso und fuhr ziemlich gut mit dieser Masche. Niemand wurde verletzt, und sie war immer glücklich.

»Ehrlich gesagt«, Cameron griff nach Abbys Hand und zog sie neben sich auf die Couch, »halte ich es für verschwendete Zeit, über andere Frauen und die Vergangenheit zu reden. Wir sind hier. Wir haben heute beide keinen Stalldienst. Und die Nacht war ziemlich … intensiv.« Er zog Abby näher an sich heran und begann wieder, ihren Hals zu küssen. Was umgehend dieses heiße Kribbeln in ihrem Bauch auslöste. »Wenn es nach mir geht«, murmelte er und küsste sie unter dem Ohr, »ist das mehr als ein One-Night-Stand.«

Abby lachte, und die Spannung löste sich ein bisschen. »Nur weil man am nächsten Morgen noch einmal miteinander schläft, heißt das nicht, dass das kein One-Night-Stand ist.«

Cameron nahm ihr den Kaffeebecher aus der Hand und stellte ihn gemeinsam mit seinem auf den Couchtisch, auf dem jede Menge Papierkram durcheinanderlag. »Ich finde, das macht einen Unterschied. Abgesehen davon muss es ja auch nicht heute enden.« Er fuhr mit den Lippen ihre Kinnlinie nach und küsste sie. Tief und verheißungsvoll. Seine Finger glitten unter das Hemd, das sie sich von ihm geliehen hatte, und ihre Hände schlossen sich wie von selbst um seinen Nacken und zogen ihn für einen weiteren Kuss zu sich heran.

Cameron musste nur noch zwei Tage auf dem Gestüt arbeiten, ging Abby durch den Kopf. Sie gab ihm recht. Vielleicht musste es gar nicht heute enden. Dann wäre es kein One-Night-Stand, sondern eine kurze Affäre. Aber das waren nur Worte. Worte, die in ihrem Kopf zu verschwimmen begannen. Bis sie ganz aufhörte zu denken. Und nur noch fühlte.

*

Cameron hatte sich auf die Seite gerollt und hielt Abby in den Armen. Ihr Herz galoppierte im gleichen Tempo dahin wie seines. Er konnte einfach nicht genug von ihr bekommen. Ihrem Duft. Ihrem Geschmack. Die weiche Haut unter seinen Händen. Dem Gefühl ihres Körpers an seinem. Dem Spiel des Lichtes, das über ihr Gesicht tanzte, wenn er sie liebte, während die Sonne über dem Ozean aufging.

Mit langsamen Bewegungen ließ er seine Finger über Abbys Rücken kreisen und entlockte ihr ein entspanntes Seufzen. Das war der letzte Gedanke gewesen, bevor er in der Nacht mit Abby in seinen Armen eingeschlafen war. Er hatte sich vorgestellt, mit ihrem Körper an seinen geschmiegt aufzuwachen und sich noch einmal zu lieben. Am Morgen hatte er im ersten Moment gedacht, sie würde wirklich die Flucht ergreifen. Doch dann war ihm klar geworden, dass sie dieses ›Hinterher‹ nicht gewöhnt war. Was sie noch begehrenswerter machte. Er musste unbedingt mehr über ihre Vergangenheit und ihr Liebesleben herausfinden. Aber erst einmal hatte er noch einmal mit ihr schlafen müssen. Und bis er dazu kam, seine Fragen zu stellen, würde er vermutlich ein weiteres Mal versuchen, sie zu verführen.

Wer auch immer für die Einrichtung des Cottages verantwortlich war – Cameron tippte auf Megan –, hatte bei der

Couch ganze Arbeit geleistet. Sie war nicht nur bequem genug für ein Nickerchen in der Mittagspause, sie war breit genug, um Abby darauf zu lieben und dann mit ihr in seinen Armen einfach liegen zu bleiben.

Cameron stahl sich einen langen, trägen Kuss und richtete sich dann auf die Ellenbogen auf. Er wollte den Moment nicht zerstören und sich am liebsten den Rest des Tages nicht mehr bewegen. Aber Abby hatte mit Sicherheit genauso großen Durst wie er. »Ich hole uns was zu trinken«, schlug er vor.

Abby legte ihre Hand auf seinen Brustkorb und hielt ihn zurück. »Bleib liegen«, sagte sie. »Ich mach das schon.«

Cameron ließ sich in die Kissen zurücksinken und konnte ein Grinsen nicht unterdrücken, als Abby zum zweiten Mal an diesem Morgen nach seinem Hemd griff und hineinschlüpfte. Sie zog ihre Haare aus dem Kragen und erhob sich, während sie ein paar der Knöpfe schloss.

Cameron zupfte am Saum. »Das will ich nachher wiederhaben«, sagte er, als sie zu ihm herunterblickte.

»Hol es dir doch«, erwiderte sie mit einem frechen Zwinkern. Der Stoff ließ ein Stück ihrer Schulter frei und reichte ihr bis zur Mitte ihrer Oberschenkel. Was Cameron einen Blick auf ihre spektakulären Beine erlaubte.

»Kann gut sein, dass ich das mache«, murmelte er. Er verschränkte die Arme hinter dem Kopf und sah Abby dabei zu, wie sie sich streckte, um Gläser aus dem Schrank zu holen. Der Saum seines Hemdes rutschte an ihren Schenkeln noch ein Stück weiter nach oben und senkte sich wieder, als sie den Wasserhahn aufdrehte und die Gläser füllte.

Dann kehrte sie mit einem Glas in jeder Hand zurück und reichte Cameron eins.

Er trank es in einem Zug halb leer. Als er es absetzte, stand Abby wie angewurzelt vor dem Sofa. Ihr Glas noch immer in der Hand starrte sie auf den Couchtisch. »Abby?«, fragte er.

Langsam ließ sie sich auf die Sofaecke sinken und griff nach einem der Blätter seines Projekts. Es war eine ausgedruckte Karte der Insel, auf der er *Seal Rock Hall* markiert hatte. »Was ist das?«, stellte sie die Gegenfrage.

»*Seal Rock Hall.*«

Abby drehte sich zu ihm um, das Blatt noch immer in der Hand. »Das kann ich sehen. Ich frage mich, wieso das in deiner Hütte liegt.« Sie legte die Karte zur Seite und zog ein Blatt mit einer Grundrissskizze aus dem Stapel. »Ich habe gestern im Pub gesehen, wie du mit Finn Morgan gesprochen hast. Machst du Geschäfte mit den Morgans?«

Cameron setzte sich auf, schob ein paar der Unterlagen zur Seite und stellte sein Glas auf den Tisch. »›Mit dem Feind‹, meinst du.« Denn genau das waren die Worte, die unausgesprochen zwischen ihnen schwebten. Er griff nach seiner Boxershorts. Wenn es nach ihm ginge, hätten sie noch eine Weile auf dem Sofa kuscheln können, und vielleicht hätte er es geschafft, Abby noch einmal aus seinem Hemd herauszubekommen. Aber genauso gut konnten sie über das Herrenhaus sprechen. Früher oder später musste er den Coopers so oder so von seinen Plänen erzählen. Zum einen waren sie von seinem Projekt direkt betroffen. Zum anderen hatte er vor, sie zu überreden, ihm das Cottage noch ein paar Wochen lang zu vermieten. Wenigstens so lange, bis er die Details für den Umbau unter Dach und Fach hatte. Und solange er hier war, konnten Abby und er … »Von Benedict Morgan halte ich genauso wenig wie du und deine Familie. Aber Finn sehe ich nicht als Feind. Er ist immerhin derjenige, der Emma überredet hat, Robyn bei dir in Therapie zu schicken.« Er setzte sich so, dass er Abby ansehen konnte. »Deine Mutter hat meine Schwester und mich heute Abend zum Essen eingeladen. Eigentlich wollte ich es euch dann erzählen. Aber genauso gut kann ich es dir jetzt schon sagen: Ich will *Seal Rock Hall* kaufen.«

»Was?« Abby sah ihn verständnislos an. »Warum? Du gehst doch in zwei Tagen nach Boston zurück. Was willst du mit dem alten Kasten?«

Cameron ließ sich kurz von seinem Hemd ablenken, das ein Stück weiter von Abbys Schulter rutschte. Er fuhr die Linie ihres Schlüsselbeins mit den Fingerspitzen nach. »Ich habe eine Idee für den alten Kasten«, benutzte er dann ihre Worte. »Ich habe den Kaufvertrag noch nicht unterschrieben, und es bringt Unglück, über ungelegte Eier zu sprechen. Aber ich kann dir verraten, dass ich ein Hotel aus dem alten Herrenhaus machen möchte.«

»Natürlich. Was auch sonst?« Statt ihn anzusehen, schaute Abby auf die Bucht hinaus, sodass Cameron ihre Worte nicht wirklich deuten konnte.

»Genau genommen hast du mich sogar auf die Idee gebracht. Oder das, was du zu mir gesagt hast«, ergänzte er, als sie ihn wieder ansah und fragend die Augenbrauen hochzog. »Das, was du über die Insulaner erzählt hast. Wie neugierig sie sein können, ohne deine Geheimnisse an die Welt außerhalb von Stonebridge Island zu verraten. Ich möchte eine Art Ressort schaffen, in das sich Leute zurückziehen können, die einmal durchatmen wollen von der Welt da draußen. Leute, die sichergehen wollen, dass sie sich hier unbehelligt von Paparazzi und Boulevardpresse aufhalten können.«

»Reiche Leute?«, fragte Abby. Sie konnte die Skepsis nicht aus ihrer Stimme verdrängen.

»Ja. Leute wie ich«, gab er zu. »Die in den öffentlichen Fokus rücken. Ob nun zu Recht oder zu Unrecht.« So wie er. Das musste Abby doch verstehen. »Und abgesehen davon: Meine Sozialstunden sind so gut wie erledigt. In der Zeit, die ich noch hierbleibe, können wir zusammen sein, ohne dass du gegen die Vorschriften verstößt.« Er beugte sich vor und küsste die Stelle, an der ihre Schulter in den Hals überging. »Ich möchte jeden Moment davon genießen.«

Abby lehnte sich ein Stück zurück. Brachte sich damit außer Camerons Reichweite. Ihre Wangen überzogen sich mit einem zarten Rot. »Ich dachte …« Sie räusperte sich. »Ich dachte, das hier ist eine einmalige Sache. Das Ganze auszudehnen ist wahrscheinlich keine gute Idee.«

»Warum?«, fragte Cameron. »Warum ist das keine gute Idee?« Er hatte angenommen, dass sie nach dieser Nacht einen Schritt weiter waren. Sie hatten der Anziehungskraft zwischen ihnen nachgegeben. Zumindest er war zu dem Schluss gekommen, dass diese Stunden nicht annähernd gereicht hatten, um Abby aus seinem System zu bekommen. Er hatte eher das Gefühl, dass sein Verlangen nach ihr nur noch gestiegen war.

»Weil …« Abby blickte wieder in die Bucht hinunter. »Ich … Das wird nirgends hinführen.«

»Weißt du was?« Er wartete, bis sie ihn ansah. »Ich sage dir, was ich will. Ich will dich.« Er hätte sie gern berührt. Gestreichelt. Geküsst. Aber er hielt sich zurück. Im Moment wirkte Abby wie ein scheues Tier, das davonjagen würde, wenn er auch nur eine falsche Bewegung machte. »Du entscheidest, was du willst. Heute Abend essen wir bei deiner Mutter.

Danach werde ich hier sein. Und du hast alle Trümpfe in der Hand. Ich wünsche mir, dass du danach an meine Tür klopfst. Dann sehen wir, wohin das führt. Wenn du es nicht tust, akzeptiere ich es. Ist das ein Deal?«

»Bei so etwas sollte man keine … Deals … machen.« Abby schienen die Argumente auszugehen. Sie wollte das genauso wie er. Er konnte die Sehnsucht in ihrem Blick sehen. Sie hatte jede Sekunde ihres Zusammenseins genossen. Und sie wollte mehr davon. Aber sie war nicht bereit, über ihren Schatten zu springen. Das Risiko einzugehen, sich auf ihn einzulassen.

So sehr es an seinem Ego kratzte, er musste Abby Raum geben. Mit seinen Lippen, seinen Händen könnte er sie in Sekunden überzeugen. Aber wenn er sie wirklich für sich gewinnen wollte – und ihm wurde plötzlich klar, wie sehr er das wollte –, musste sie die Entscheidung treffen. »Denk drüber nach«, sagte er deshalb nur.

17

Der Esstisch war festlich gedeckt wie selten. Die Coopers aßen normalerweise in der großen Küche, in der Rose Walsh das Regiment führte. Wenn sie Gäste bewirteten, dann meist bei einem Barbecue hinter dem Haus. Wie am 4. Juli. Aber an einer Tafel, die mit Blumen, Kerzen und den Kristallgläsern aus dem Erbe ihrer Großmutter gedeckt war, hatte Abby nicht allzu oft gesessen.

Rose hatte gekocht. Ziegenkäse im Speckmantel und gebratene Spargelspitzen zur Vorspeise. Geröstetes Lamm mit einer Kräuter-Limetten-Butter, grünen Bohnen und Süßkartoffel-Stampf. Was nicht nur wundervoll roch, sondern auch fantastisch schmeckte. Und anschließend gab es ihren berühmten Pecannut-Pie mit Vanilleeis zum Nachtisch. Abby war dankbar, dass die Haushälterin die Aufgabe übernommen hatte, das Essen zuzubereiten. Olivia war eine wundervolle Gastgeberin, und wenn sie im Raum war, hörte die gute Laune nie auf herumzuwirbeln. Die Gespräche verstummten nicht. Außerdem konnte sie Essen wirklich gut auftragen – ein mehrgängiges Menü zuzubereiten gehörte hingegen nicht zu ihren Kompetenzen. Bei den wenigen Malen, die sie sich in der Küche versucht hatte, hatte das Ganze jedes Mal in einer Katastrophe geendet.

Heute war Olivia voll in ihrem Element. Cameron und Valerie waren die perfekten Gäste für sie. Charmant und humorvoll saßen sie zwischen den flackernden Kerzen und dem funkelnden Kristall und ließen ihre Magie wirken. Zumindest war das der Begriff, der Abby dazu einfiel. Wie leicht und unkompliziert sie sich in ihre Familie hineingefunden hatten. Sicher war das zum Teil ihrer Erziehung und den vielen Dinner- und Cocktailpartys geschuldet, bei denen sie ihre Erfahrungen gesammelt hatten. Aber das war nicht der Teil, der Abby faszinierte. Es war eher dieses Gefühl, dass die beiden hier genau richtig saßen. Ein bisschen, als gehörten sie hierher. Vielleicht lag es daran, dass Cameron in den letzten Wochen zu einem festen Bestandteil ihrer Belegschaft auf dem Gestüt geworden war. Sie hoffte, dass sie nicht so dachte, weil sie die Nacht mit ihm verbracht hatte. Denn das würde bedeuten, sie hätte angefangen, Luftschlösser zu bauen und sich Illusionen hinzugeben, die in dem, was zwischen ihnen geschehen war, nichts verloren hatten.

Doch diese Gedanken ließen sich genauso wenig zur Seite schieben wie der rosa Elefant, der sich zu ihnen an den Tisch gesetzt hatte – und der nicht zu übersehen war, auch wenn ihn niemand erwähnte. Abbys Jeep hatte die ganze Nacht vor Camerons Cottage gestanden. Niemand sprach darüber. Niemand zog sie damit auf. Und Cameron ließ ihr – wieder einmal – den Freiraum, den er ihr versprochen hatte. Fast war es, als hätte es die gemeinsame Nacht nicht gegeben. Trotzdem war sie sich seiner Blicke bewusst, wenn er glaubte, sie merkte nicht, dass er sie anstarrte. Sie konnte es ihm nicht verübeln, denn sie tat genau das Gleiche, wenn sie sich unbeobachtet fühlte. Ihr Herz geriet ein wenig aus dem Takt, als er sich lachend zurücklehnte, nachdem Summer die Story eines Pferdebesitzers zum Besten gegeben hatte, der genauso stur war wie sein Tier und von dem Wallach schließlich durch einen eleganten Schubser mit der Kruppe kopfüber in den Wassertrog befördert worden war. Abby betrachtete seine Hände, die das Fleisch schnitten. Vor ein paar Wochen hätte sie sie als makellos bezeichnet. Doch die Handflächen, die in der Dunkelheit der letzten Nacht über ihren Körper geglitten waren, waren auf eine anziehende Art rau, voller Schwielen und Kratzer gewesen. Die Hände eines hart arbeitenden Mannes.

Sie riss sich zusammen und bemühte sich, Valeries Schilderungen ihres Auffrischungskurses zu folgen, den Megan ihr heute gegeben hatte. Camerons Schwester war als Kind geritten, hatte aber inzwischen schon seit Jahren auf keinem Pferd mehr gesessen. Begeistert erzählte sie von der Einweisung und dem anschließenden Ausritt mit Megan und Olivia. Sie genoss es offenbar sehr, hier zu sein. Auf den ersten Blick wirkte Valerie nett, aber oberflächlich. Genau wie Cameron am Anfang gewirkt hatte. Aber unter dieser Oberfläche erkannte Abby die gleiche Einsamkeit, die manchmal bei ihrem Bruder durchblitzte. Eine Familie, die ihren Sohn von einem Richter verurteilen ließ, nur um ihn aus dem Weg zu haben, damit sie die Hochzeit des Thronfolgers planen konnte, hinterließ diese Art von Narben. Und wenn Cameron sie trug, dann hatte mit Sicherheit auch Valerie über die Jahre ähnliche Wunden davongetragen. Aber sie hatte ihren Bruder. Die Liebe, die zwischen den Geschwistern leuchtete, war ein festes, untrennbares Band. Abby war erleichtert für die beiden. Dafür, dass sie zumindest einander hatten. Cameron hatte es nicht ausgesprochen, aber sie hatte gefühlt, wie viel ihm der überraschende Besuch seiner Schwester bedeutete.

Abby spießte ein Stück Bohne auf und schüttelte innerlich den Kopf über sich selbst. Sie schaffte es sogar bei einem Familiendinner mit Freunden, ihre Gegenüber zu analysieren. Damit war jetzt Schluss. Besonders, da Cameron gerade begann, von seinen Plänen für *Seal Rock Hall* zu erzählen. Abby war gespannt, was ihre Familie von seiner Idee hielt.

Valerie würde am nächsten Morgen zeitig nach Boston aufbrechen. Nach dem Dinner fuhr Cameron sie ins Hotel zurück, nachdem sie sich überschwänglich und mit jeder Menge Umarmungen von ihnen verabschiedet und versprochen hatte, bald wiederzukommen. Olivia half Rose in der Küche. Mit Sicherheit gönnten sie sich einen Absacker und tratschten, während sie Ordnung schafften. Sie hatten ›die Mädchen‹, wie sie die Schwestern noch immer nannten, auch wenn die Jüngste von ihnen bald dreißig werden würde, nach draußen gescheucht.

Summer hatte ein Feuer entzündet, und sie machten es sich mit einem letzten Glas Rotwein in ihren Deckchairs gemütlich. Die wärmenden Flammen vor sich, im Hintergrund die Bucht und über ihnen der samtblaue Himmel mit dem unendlichen Sternenmeer.

»Das habe ich vermisst.« Megan seufzte. »Euer Konzert war der Hammer. Wir hatten riesigen Spaß. Aber dass du jeden Abend weg warst zum Proben … Ich bin froh, dass das jetzt erst einmal vorbei ist und wir wieder gemeinsame Dinner und Lagerfeuer genießen können.«

»Das finde ich auch«, stimmte Summer ihrer Schwester zu. »Schön, wieder mit dir hier zu sitzen.«

Abby schwieg einen Moment. Sie ließ den Wein in ihrem Glas kreisen, nippte und spürte den Nachhall seines Geschmacks auf ihrer Zunge. Brombeeren und dunkle Schokolade. Zumindest bildete sie sich das ein. »Ihr platzt, wenn ihr es nicht bald aussprecht«, sagte sie schließlich. Sie zog ihre Stola gegen den kühlen Nachtwind enger um sich und legte den Kopf zurück, um den Mond zu betrachten.

»Ich finde es gut«, sagte Megan. »Ich finde Cameron gut«, verbesserte sie sich.

»Hmm.« Summer trank ebenfalls einen Schluck Wein. »Das sehe ich genauso.« Sie drehte den Stiel ihres Weinglases zwischen ihren Händen. »Am Anfang hat es vielleicht nicht den Anschein gemacht, aber Cam ist in Ordnung.«

Megan kicherte. »Nachdem ich euch in deiner Praxis erwischt habe, war es nur noch eine Frage der Zeit, bis ihr zwei aufs Ganze geht«, behauptete sie. »Ihr seid so heiß gewesen! Ihr hättet die Polkappen zum Schmelzen bringen können, wenn ihr es darauf angelegt hättet.«

Abby sparte es sich, die Augen zu verdrehen. »Du übertreibst. Wie immer«, milderte Abby die Worte ihrer Schwester ein wenig ab.

»Ohne dabei gewesen zu sein …« Summer wies mit ihrem Glas in Megans Richtung. »Und ohne die Details zu beachten, die du mir unbedingt erzählen musstest, obwohl ich sie nicht wissen wollte«, ergänzte sie in Megans Richtung, »habe ich genauso die Funken gesehen, die zwischen euch sprühen.« Sie unterbrach ihre Rede, um einen Schluck zu trinken. »Dabei gehöre ich nicht gerade zu den Menschen, die auf diese Dinge achten. Aber diese Anziehungskraft war wirklich nicht zu übersehen.«

Abby hatte den Tag über bereits versucht herauszufinden, warum sie sich auf Cameron eingelassen und der Sehnsucht nach ihm nachgegeben hatte. Sie kannte diesen Mann kaum einen Monat – und hatte ihn am Anfang nicht einmal ausstehen können. Wie hatte er es geschafft, so ein Verlangen in ihr entstehen zu lassen? Sie wollte nicht darüber nachdenken, dass vielleicht wieder ihre Impulsivität die Kontrolle übernommen hatte. »Ich glaube, es ist eine Art Kurzschlussreaktion gewesen«, gab sie ihren Schwestern gegenüber zu. »Anders kann ich es mir einfach nicht erklären. Ich dachte …« Sie schluckte und versuchte, die richtigen Worte zu finden. »Ich habe geglaubt, es würde einmal passieren und Cameron anschließend aus meinem Leben verschwinden. Wenn ich gewusst hätte, dass er seinen Aufenthalt hier um vier Wochen verlängert hat …«

»Mit einer Option auf einen weiteren Monat«, ergänzte Megan.

Abby seufzte. »Er hat mir gesagt, dass er die Zeit bis zu seiner Abreise mit mir verbringen will«, sagte sie.

»Aber du hältst das für keine gute Idee«, mutmaßte Summer.

»Nein. Kein bisschen.« Abby schob sich die Haare aus dem Gesicht, die die Brise vom Meer um ihren Kopf herumwirbeln ließ. »Aber diese Nacht war wirklich … unglaublich. Ich möchte genau wie er die Zeit, die uns bleibt, zusammen verbringen.«

»Aber genau da liegt das Problem.« Megan griff nach Abbys Hand und verschränkte die Finger mit ihren. »Du hast Angst, weil dir das die Kontrolle über die Situation nimmt. Mit einer Nacht hättest du umgehen können. Aber einen Monat, oder zwei? Wer weiß schon, was in dieser Zeit passiert. Du könntest anfangen, zu viel für ihn zu empfinden. Du könntest dich zu sehr auf ihn einlassen. Und am Ende könnte er die Macht haben, dir das Herz zu brechen.« Sie drückte Abbys Hand. »Ich wünsche dir, dass du die Zeit mit ihm einfach genießt. Ohne dein Herz – und den Kopf – zu verlieren.«

Summer biss sich nachdenklich auf die Unterlippe und nippte dann an ihrem Wein. »Habt ihr darüber gesprochen, wie es weitergehen soll?« Als Abby den Kopf schüttelte, runzelte sie die Stirn. »Du weißt noch nicht, was sein wird, wenn er wieder nach Boston zurückgeht?«

»Ich glaube, er weiß selbst noch nicht, wie es dann weitergeht. Er weiß ja noch nicht einmal, wann er nach Hause zurückkehrt. Seine Strafe hat er inzwischen ja abgesessen – er ist also frei zu gehen.«

»Vielleicht zieht er seinen Abschied ja wegen dir so lange hinaus«, überlegte Summer.

Abby wollte nicht darüber nachdenken, was das bedeutete. Nein, sagte sie sich im Stillen. Er blieb nicht wegen ihr hier, sondern wegen seines Hotelprojekts. Apropos … »Was haltet ihr von der Idee, aus *Seal Rock Hall* ein Luxushotel zu machen?«, wechselte sie das Thema nicht gerade subtil.

»Sexy Millionäre, die sich vor der Welt verstecken in der Nachbarschaft?« Megan räkelte sich genüsslich in ihrem Deckchair. »Man sieht ja an dir, wohin das führt«, brachte sie problemlos das ursprüngliche Thema zurück.

»Es wird auf jeden Fall gutes Geld in die Kassen der Stadt spülen«, ergänzte Summer. »Wenn er sich so für Regionalität und Nachhaltigkeit einsetzt, wie er sagt, dann ist es ein fantastisches Projekt, das der Insel guttun wird.« Sie trank ihren Wein aus und stand auf. »Ich muss ins Bett. Auf meiner Agenda steht für morgen ein ziemlich anstrengendes Training mit einem besonders uneinsichtigen Pferdebesitzer. Gute Nacht.«

»Ich schließe mich an.« Megan erhob sich ebenfalls. »Nacht, Schwesterchen.«

»Gute Nacht, ihr beiden.« Abby blieb an dem schon fast heruntergebrannten Feuer sitzen und ließ ihre Gedanken schweifen. Das Gespräch mit Megan und Summer hatte ihr nicht geholfen, eine Entscheidung zu treffen. Camerons Angebot war verführerisch. Sie wollte unbedingt tun, was ihre jüngste Schwester ihr geraten hatte, und sich auf eine Affäre mit Cameron einlassen. Aber sie kannte sich gut genug. Anders als Megan, die die Dinge leicht hielt und sich nie tief genug auf einen Mann einließ, um sich das Herz brechen zu lassen, würde sie es nicht schaffen, ihre Gefühle auf Dauer außen vor zu lassen. Cameron hatte die Macht, ihr Leben gehörig durcheinanderzuwirbeln. Und diese Ablenkung war etwas, das sie im Moment wirklich nicht brauchte. Sie musste ihre Energie auf die Praxis konzentrieren. Auf den neuen Mitarbeiter, den sie noch immer nicht gefunden hatte.

Cameron hatte die Entscheidung in ihre Hände gelegt. Wenn sie heute Abend zu ihm ging … Ein Knacken im Unterholz ließ sie zum Waldrand hinüberblicken. Im nächsten Moment kamen die Hofhunde auf die Wiese geschossen und hielten direkt auf sie zu. Henry und Nugget holten sich eine kurze Streicheleinheit bei Abby ab und tobten dann weiter in Richtung der Ställe. Charlie blieb bei ihr sitzen, legte seinen Kopf auf ihren Oberschenkel und blickte aus seinen seelenvollen Augen zu ihr auf. »Was soll ich nur machen?«, murmelte Abby und ließ ihre Hand durch das weiche Fell ihres Hundes gleiten.

*

Der alte GMC holperte über die Brücke, die den Silver Brook überspannte, auf den Gestütshof. Cameron hatte den Abend mit den Cooper-Frauen und seiner Schwester genossen. Eigentlich hatte er jeden Moment genossen, seit Valerie hier aufgetaucht war. Ihre fröhliche, unbeschwerte Art schaffte es immer, seine Laune zu heben. Allerdings war die Zeit mit seiner Schwester nicht einmal der schönste Teil der vergangenen vierundzwanzig Stunden gewesen – die Stunden mit Abby hatten alles getoppt. Ihr die Freiheit zu lassen zu entscheiden, wie es zwischen ihnen weiterging, hatte ihn Überwindung gekostet. Die Kontrolle abgeben und sich Abbys Entscheidung auszuliefern war nicht seine Art – normalweise. Aber er wusste, dass er mit seinem üblichen Vorpreschen bei ihr nicht weiterkommen würde. Vielleicht würde er auch jetzt nichts erreichen, aber selbst Valerie war der Meinung, dass das der richtige Weg war.

Cameron wusste nicht, wie sich das Ganze entwickeln würde, wenn er nach Boston zurückkehrte. Darüber würde er nachdenken, wenn es so weit wäre. Bis dahin wollte er jede Sekunde mit Abby verbringen. Während des ganzen Dinners hatte er sie behandelt wie die anderen Frauen am Tisch. Wie eine gute Freundin. Sie nicht berühren zu können, ihr keine Blicke zuzuwerfen, die ihr zeigten, wie sehr er sie begehrte, war hart. Lange hatte er sich nichts mehr so sehr gewünscht, wie er jetzt hoffte, dass Abby heute Nacht zu ihm kam.

Im Erdgeschoss des Ranchhauses brannte noch Licht. Ebenso wie in dem Zimmer, das von Summer bewohnt wurde, wie Cameron inzwischen wusste. Abbys Fenster waren dunkel.

Weil Abby nicht in ihrem Zimmer war, wie ihm bewusst wurde, als er auf den Weg einbog, der zu den Cottages führte, und die Scheinwerfer des Pick-ups dort die Gestalt erfassten, die auf der Treppenstufe zu seiner Hütte hockte. Die Arme um die angezogenen Knie gelegt, wartete Abby. Auf ihn.

Camerons Puls beschleunigte sich. Er parkte den Wagen, sprang heraus und bemühte sich, nicht auf sie zuzurennen.

Abby stand auf, als er auf sie zukam. »Ich …«, begann sie, brach dann aber ab, so als wisse sie nicht, was sie sagen wollte.

Dabei musste sie nichts sagen. Sie war hier. Das allein zählte. »Abby.« Er zog sie in seine Arme und hielt sie fest. Atmete ihren blumigen Duft ein. Mit geschlossenen Augen spürte er ihren Körper, der sich an seinen presste. Ihre Arme, die sich um seine Hüften schlangen.

Cameron hatte keine Ahnung, wie lange sie so dagestanden hatten. Er fühlte ihr Herz, das im gleichen, schnellen Rhythmus schlug wie seines. Er hätte ewig so verharren können, doch dann legte Abby ihre Lippen an seinen Hals und bedeckte ihn mit zarten Küssen.

Cameron lehnte sich ein Stück zurück und fing den nächsten Kuss mit seinen Lippen ab. Er hatte das Gefühl, mit ihr zu verschmelzen, während sie gemeinsam durch die Tür in seine Hütte taumelten.

*

»Ich bin froh, dass du gekommen bist.« Cameron hatte sich auf die Seite gerollt und Abby mit sich gezogen. Er strich an ihrem Arm hinauf, schob ihre Haare hinter die Schulter und küsste die Stelle, die er gerade mit den Fingerspitzen berührt hatte.

Abby unterdrückte ein entspanntes Seufzen. »Hmm«, murmelte sie und legte den Kopf ein wenig zurück, um Cameron aufzufordern, sich an ihrem Schlüsselbein entlangzuküssen. Sie hatten nicht viel gesprochen, seit Cameron aus seinem Wagen gestiegen war. Stattdessen hatten sie sich geküsst, sich gegenseitig ausgezogen und dann geliebt. Langsam. Ohne das drängende Verlangen, mit dem sie in der vergangenen Nacht übereinander hergefallen waren. Sie hatten sich Zeit gelassen, den Körper des anderen liebkost, erforscht, gereizt, nur um dann in einem sinnlichen, langsamen Rhythmus auf der Welle der Erlösung davonzugleiten.

»Ich meine es ernst.« Cameron zog Abby noch ein wenig näher an sich heran. »Ich habe gehofft, dass du kommst. Und weil ich ein optimistischer Mann bin, habe ich eine gute Flasche Rotwein besorgt. Möchtest du ein Glas?«

Sie hatte bereits zum Abendessen ein Glas getrunken und dann mit ihren Schwestern am Feuer. Aber sie fühlte sich allein von Camerons Duft und dem Moment, den sie gerade geteilt hatten, wie beschwipst. Was konnte da ein Glas Wein mehr schon schaden? »Gern«, murmelte sie gegen Camerons Hals.

Er löste sich von ihr und küsste sie auf die Schläfe. »Dann gib mir einen Moment.« Ohne sich die Mühe zu machen, etwas anzuziehen, durchquerte er den Raum und nahm eine Weinflasche aus einem der Küchenschränke. Er öffnete sie und kehrte mit dem Wein und zwei passenden Gläsern zum Bett zurück.

»Die gehören nicht zur Ausstattung«, sagte Abby, als er ein Glas einschenkte und es ihr weiterreichte.

»Nein. Aber ich finde, ein guter Wein hat mehr verdient, als aus Zahnputz- oder Plastikbechern getrunken zu werden. Rose hat sie mir leihweise aus der Ranchhaus-Küche geschmuggelt.« Er ließ sein Glas gegen ihres klingen. »Auf uns«, brachte er den Toast aus und kletterte wieder zu ihr ins Bett. Mit seiner freien Hand schob er die Kissen gegen das Kopfteil und lehnte sich an.

Abby rutschte neben ihn. »Vermutlich hast du recht. Der Wein schmeckt jedenfalls fantastisch.«

»Du schmeckst fantastisch«, sagte Cameron und küsste Abby, als sie ihm das Gesicht zuwandte.

»Ich wäre fast nicht hergekommen«, flüsterte sie, als er ihre Lippen wieder freigab.

Er streichelte ihre Wange. »Umso mehr freue ich mich, dass du hier bist. Haben deine Schwestern dir davon abgeraten?«

Abby legte den Kopf an seine Schulter und lächelte. »Summer und Megan waren ganz aus dem Häuschen. Sie sind der Meinung, ich soll die Zeit, die du noch hier bist, so richtig auskosten.«

»Habe ich dir schon gesagt, dass ich deine Schwestern mag?« Cameron lachte und trank einen Schluck Wein.

»Das beruht auf Gegenseitigkeit. Sie finden dein Hotelprojekt übrigens auch ziemlich gut«, verriet Abby ihm.

»Und du? Was sagst du dazu?« Cameron sah Abby abwartend an.

Sie hatte darüber nachgedacht. Je mehr Gedanken sie sich

darüber gemacht hatte, desto mehr Fragen waren aufgeploppt. »Ich finde es toll, dass das alte Herrenhaus wieder zum Leben erwacht. Viel länger kann es wahrscheinlich nicht auf der Klippe stehen, bevor es komplett in sich zusammenfällt.«

»Aber?«, sprach Cameron die Skepsis aus, die zwischen ihren Worten mitschwang.

Sie zuckte mit den Schultern. »Es ist so: Ich habe vor ein paar Jahren einmal eine Nacht in einem *Suites-by-Montgomery*-Hotel verbracht.« Jace und sie waren bei einem ihrer spontanen, impulsiven Trips in einer dieser Luxus-Herbergen gelandet. »Es war etwas völlig anderes als das, was du hier planst. Größer. Erhabener. Und auf eine gewisse Weise auch kühler und anonymer. Es ist mir im ersten Moment etwas schwergefallen, die Verbindung zwischen eurem Unternehmen und *Seal Rock Hall* herzustellen. Ich habe sogar kurz gedacht, du willst das Herrenhaus vielleicht abreißen lassen, um eines eurer Hotels an dieser Stelle zu bauen. Aber das hast du nicht vor, oder?«

»Nein, das habe ich nicht vor«, beruhigte Cameron sie. »Wenn das mein Plan wäre, würde mir Finn das Haus wahrscheinlich überhaupt nicht verkaufen. Sein Herz hängt nicht an dem Haus, aber an der Idee, was man daraus machen kann.« Er griff nach der Weinflasche und schenkte Abby und sich nach. »Und es soll kein *Suites-by-Montgomery*-Hotel werden. Es ist mein persönliches Projekt. Und wie sich heute herausgestellt hat, wird sich auch Valerie als Innenarchitektin dafür einbringen. Aber mit den Häusern meiner Familie hat das nichts zu tun.«

Abby klemmte sich die Decke unter die Achseln und richtete sich überrascht auf, um Cameron ansehen zu können. »Das ist also kein Projekt deiner Familie?«

Cameron senkte den Blick und drehte das Weinglas zwischen seinen Fingern, so, als denke er darüber nach, wie viel er verraten wolle. Dann sah er Abby wieder an und zog den rechten Mundwinkel zu einem halben, sehr sarkastischen Lächeln hoch. »Ich habe dir von meinem Zusammentreffen mit Elayne in diesem Club in Boston erzählt. Was ich nicht erwähnt habe, war der Grund, aus dem ich dort war.«

Abby legte den Kopf schief und wartete ab. Als Cameron vor ein paar Wochen von der Intrige seiner Familie erzählt hatte, hatte sie seine Bitterkeit gespürt. Schon damals hatte sie gedacht, dass noch mehr dahintersteckte als die Geschichte mit der Verlobung seines Bruders.

»Ich habe dir bisher nur erzählt, dass ich Elayne in meiner Studienzeit kennengelernt habe«, begann Cameron. »Und ich habe dir auch erzählt, dass das eine wilde Zeit war. Am Anfang habe ich die Uni ziemlich schleifen lassen, aber irgendwann hat sich der Schalter umgelegt, und ich habe angefangen, das Studium ernst zu nehmen. Tatsächlich habe ich sogar einen ziemlich guten Abschluss hingelegt.« Er stieß ein unschönes Lachen aus, und Abby verschränkte ganz automatisch die Finger ihrer freien Hand mit seinen und drückte sie.

»Nicht, dass es meine Eltern interessiert hätte. Genauso wenig wie der Abschluss meiner Schwester. Jason war ihr Sonnenschein. Der Sohn, der als Jahrgangsbester abgeschlossen hatte. Der Erstgeborene. Der Thronfolger.«

»Sie haben dir nichts zugetraut.« Abby verstand, was er meinte. Sie hatte über die Jahre so viele Patienten gehabt, deren Leben aus den Fugen geraten war, nachdem sie von denen, die ihnen wichtig waren, im Stich gelassen wurden.

»Nein. Das haben sie nicht. Aber ich habe, zu meiner Überraschung, herausgefunden, dass mir das Hotelier-Geschäft liegt. Ich hatte Spaß daran – und habe ihn noch.« Diesmal war sein Lächeln nicht ganz so zynisch. »Ich weiß nicht, für wen das die größere Überraschung war: für meine Eltern oder für mich? Sie haben es nicht sehen wollen und mir auch keine Chance gegeben. Nie. Egal, wie sehr ich darum gebeten habe. Bis letztes Jahr. Normalerweise habe ich die Leitung von Hotels übertragen bekommen, die auch ohne mein Zutun liefen. Einfach, um kein Risiko einzugehen. Man kann den missratenen Sohn nicht aus dem Familiengeschäft ausschließen, ohne Gerede zu verursachen. Allerdings kann man ihn auf Posten setzen, auf denen er keinen Schaden anrichtet. Aber letztes Jahr hat sich alles geändert.« Cameron zog seine Hand aus Abbys und stand auf. Auch dieses Phänomen war ihr nicht neu. Die angespannte Energie, die durch seinen Körper rotierte, sorgte dafür, dass er nicht stillsitzen konnte.

Nackt wie er war, trat er vor das Baywindow und starrte in die Bucht hinunter. Der Mond ließ silberne Reflexe auf den Wellen tanzen. »Wenn ich Vorschläge hatte, Dinge ändern oder anpassen wollte, hat mein Vater das abgebügelt. Aus Prinzip. Aber letztes Jahr muss ich ihm zu sehr auf die Nerven gegangen sein, und er hat mir eine Chance gegeben.«

»Ein eigenes Projekt?« Abby wäre am liebsten aufgestanden und hätte sich neben ihn gestellt. Aber sie wusste, dass er den Abstand im Moment brauchte. Also blieb sie, wo sie war.

»Ein Wettkampf mit meinem Bruder.« Cameron rieb sich über den Nacken. »Es gab da diese alte, ziemlich runtergekommene Plantage in North Carolina, die von der Hotelkette aufgekauft worden war. Unser Vater hat Jason und mir ein halbes Jahr gegeben, um ein Konzept auszuarbeiten, ein lukratives Luxushotel aus dem Objekt zu machen. Ich habe mich regelrecht auf das Projekt gestürzt. Endlich hatte ich eine Chance, meinem Vater zu zeigen, was in mir steckt.«

»Aber er hat es nicht gesehen«, sagte Abby leise. »Weil er es nicht sehen wollte.«

»Weil er es nicht sehen wollte«, wiederholte Cameron. »Vater und Jason hatten von vornherein nie die Absicht, meine Ideen ernsthaft in Betracht zu ziehen. Aber ich habe die Sache sehr ernst genommen. Ich habe mich voll reingekniet. Das Projekt gefiel mir. Es hatte so viel Potenzial. Ich habe in meinem Konzept versucht, das Wesen der Plantage zu erhalten. Regionale Handwerker. Nachhaltig und umweltfreundlich agieren. Das waren die Ansätze, die ich gewählt habe – denn das ist die Zukunft. In diese Richtung muss sich das intelligente Hotelgewerbe entwickeln.«

»Was war die Idee deines Bruders?«, fragte Abby, als Cameron nicht weitersprach.

»Jason? Seine Idee hat meinen Vater begeistert: Mach den alten Kasten platt, baue einen unserer üblichen Luxusbunker drauf, für die es vorgefertigte Baupläne gibt, und fahre den maximalen Profit ein.«

»Dein Bruder weiß, was dein Vater hören will«, sprach Abby das Offensichtliche aus.

»Nein.« Cameron schüttelte den Kopf und drehte sich zu ihr um. »Er spricht meinem Vater nicht nach dem Mund. Er denkt genau wie er.«

»Wie profitabel wäre deine Variante gewesen?«, fragte Abby. »Lohnt sich so eine Restauration?«

»Das kommt darauf an, was man erreichen will. Natürlich

kann man mit dem klassischen Konzept unserer Firma mehr Geld verdienen. Aber das bedeutet nicht, dass man auf meine Art nicht trotzdem genug Geld machen kann. Und ganz nebenbei hat man ein Stück Kulturgut dieses Landes gerettet.« Cameron hatte offenbar ein wenig seiner angestauten Energie mit seinen Worten herausgelassen. Er kam zum Bett zurück, stellte sein Glas auf das Nachtschränkchen und ließ sich neben Abby fallen.

»Dann hast du jetzt entschieden, mit *Seal Rock Hall* dein eigenes Ding durchzuziehen?« Abby konnte nicht anders. Sie ließ ihre Hände über seine nackte Brust gleiten.

»Als ich mit dir ausgeritten bin und ich das Haus zum ersten Mal gesehen habe, hatte ich sofort so ein Gefühl … es hat mich irgendwie angezogen. Ich konnte sehen, wie es einmal war. Und Finn kann sehen, was ich daraus machen möchte. Zusammen können wir etwas Wundervolles entstehen lassen.« Er legte seine Hand auf Abbys. Hielt sie auf seinem Brustkorb fest, genau über seinem Herzen, das stark und ruhig schlug. »Ich habe das Gefühl, dass ich hierherkommen musste, um klar zu sehen. Um zu begreifen, dass das meine Zukunft ist. Nicht diese Pseudo-Leitung von Hotels, die auch ohne mich laufen.«

Abby beugte sich vor, um ihn zu küssen. »Die Umstände waren alles andere als optimal. Aber sie haben dich hierhergeführt«, flüsterte sie an seinen Lippen.

»Ja.« Er erwiderte den Kuss. »Hier bist du. Und hier ist das Haus, das vielleicht der Beginn der Zukunft ist.«

Abby ließ sich in die Kissen zurückfallen und zog Cameron mit sich. »Hier bin ich«, wisperte sie und zog ihn für einen weiteren Kuss an sich. Dann sprachen sie für den Rest der Nacht nicht mehr viel.

18

Cameron konnte seine Rückkehr nach Boston nicht weiter aufschieben. Er suchte sich eine Anwaltskanzlei mit einem guten Ruf in Portland und ließ sie die Verträge für den Kauf von *Seal Rock Hall* aufsetzen. Dann telefonierte er mit einem Autohändler und kaufte sich noch von Stonebridge Island aus einen Jaguar F Pace, der für ihn bereitstehen würde, sobald er in Boston eintraf, und mit dem er keine Gefahr lief, im erstbesten Schlagloch Maines aufzusitzen. Als Nächstes beendete er das Mietverhältnis für den alten GMC mit Wallace Baring und genoss den satten, kraftvollen Sound seines Porsches auf dem Weg die Küste hinunter. So sehr er sonst auf Nachhaltigkeit, Recycling und Ökologie stand – hochmotorisierte, schnelle Autos waren eine Schwäche, der er nicht widerstehen konnte.

Am schwersten war es ihm gefallen, Abby zurückzulassen. Er hätte die Dinge gern von der Insel aus geregelt. Oder hätte sie gebeten, ihn zu begleiten. Ein paar gemeinsame Tage in der Stadt, ein schönes Dinner, vielleicht ein bisschen Shopping – aber Abby hatte nur den Kopf geschüttelt. Sie hatte noch immer niemanden gefunden, der sie beim therapeutischen Reiten unterstützen konnte. Wenn sie ihre Patienten nicht im Stich lassen wollte, war es unmöglich, einfach zwei oder drei Tage freizunehmen. Also hatte Cameron sich bemüht, seinen Aufenthalt in Boston so kurz wie möglich zu halten. Er holte gemeinsam mit Valerie den neuen Wagen ab und ließ sich von ihr beim Packen seiner Sachen helfen. Es würde einiges an Zeit vergehen, bis er wieder ganz nach Hause zurückkehren würde. Doch dieses Mal reiste er als Geschäftsmann nach Stonebridge Island und nicht als Stallknecht. Seine Garderobe musste also etwas angepasst werden.

Im Morgengrauen saß er in seinem neuen SUV und fuhr nach Portland, um dort mit den Anwälten die Verträge durchzusprechen. Mit einer dicken Aktenmappe auf dem Beifahrersitz, den Geruch nach Leder und Neuwagen in der Nase, setzte er sich noch vor dem Mittag wieder in den Jaguar, schob sich die Sonnenbrille auf die Nase und fuhr weiter Richtung Norden.

Alles fühlte sich so anders an als vor vier Wochen. Cameron konnte es gar nicht erwarten, endlich wieder auf dem Gestüt zu sein. Er suchte gar nicht erst nach einem Radiosender, sondern schaltete gleich seine Playlist ein und genoss den strahlend blauen Himmel und die Sonne, die sich für einen Apriltag verdammt warm anfühlte. Mit dem SUV machten ihm nicht einmal die Schlaglöcher etwas aus.

Cameron war sich sicher gewesen, *Seal Rock Hall* kaufen zu wollen. Wahrscheinlich war die Entscheidung unbewusst schon gefallen, als er zum ersten Mal vor den verfallenen Mauern gestanden hatte. Aber spätestens nach Valeries Reaktion und der Nacht, in der er Abby von North Carolina erzählt hatte, war ihm klar, dass er dieses Projekt einfach durchziehen *musste*. Die Erinnerungen waren wieder hochgekommen. Der Frust, der dazu geführt hatte, dass er sich betrinken wollte – und direkt in

Elaynes Intrige geschlittert war. Das Unverständnis seiner Familie für seine Ideen. Wie hatte seine Schwester gesagt? Seine Eltern würden ihn erst ernst nehmen, wenn er mit einem eigenen Projekt bewiesen hatte, dass er mindestens so gut war wie sein Bruder. Aber wenn es so weit wäre, bräuchte er die Anerkennung seiner Familie überhaupt nicht mehr. Denn dann hätte er es geschafft. Hoffentlich behielt sie recht.

Kurz hinter Machias rief Cameron Finn an. »Ich bin so weit, wenn du es auch bist«, sagte er, nachdem sie sich begrüßt hatten. »Wenn du willst, kann ich dir die Verträge noch heute zukommen lassen. Dann kannst du sie in Ruhe – und mit deinen Anwälten – durchgehen, bevor wir uns treffen, um zu unterschreiben.«

»Das klingt gut.« Die Hintergrundgeräusche ließen annehmen, dass Finn gerade auf einer Baustelle war. »Eine Sache sollten wir noch machen, bevor es ernst wird. Hast du Bürgermeisterin Grant schon kennengelernt?«

»Nein, das Vergnügen hatte ich noch nicht. Denkst du, sie könnte uns Probleme machen?« Das war ein Aspekt, den Cameron nicht bedacht hatte, und das ärgerte ihn. *Suites by Montgomery* hatte noch nie Probleme gehabt, die Erlaubnis für den Bau eines neuen Hauses zu bekommen. Jede Stadt war dankbar, wenn sie eines ihres Luxus-Hotels in ihr Portfolio aufnehmen konnte. Aber das hier war nicht die Firma seines Vaters, sondern sein Projekt. Er fing bei null an – und musste sich unter Umständen auch darauf einstellen, eine Bürgermeisterin von der Sinnhaftigkeit seines Unterfangens zu überzeugen.

»Maxine – Bürgermeisterin Grant«, verbesserte Finn sich, »liegt der sanfte Tourismus am Herzen. Sie ist ein alter Hippie, so wie viele andere auf der Insel. Sie will nicht, dass wir von Touristen überrannt werden. Ihr steht der Sinn nicht nach der Umweltverschmutzung, die damit einhergeht. Maxine war es übrigens auch, die das Pfandbechersystem auf Stonebridge Island eingeführt hat.«

»Ich verstehe.« Mit dieser Einstellung dürfte sie eigentlich kein Problem mit Camerons Projekt haben, denn genau diese Dinge lagen ja auch ihm am Herzen.

»Ich gehe davon aus, dass sie der Idee positiv gegenübersteht. Schließlich wird auf diese Weise einiges an Geld in die Kassen der Insel gespült, ein abbruchreifes Haus in ein Schmuckstück verwandelt und Arbeitsplätze geschaffen, ohne dem Charakter von Stonebridge Island zu schaden. Warte mal kurz.« Finn legte die Hand über das Handymikrofon und rief jemandem zu, dass die Balken auf der anderen Seite abgeladen werden sollten. »Sorry, da bin ich wieder«, meldete er sich dann zurück. »Wie gesagt: Maxine wird uns wahrscheinlich keine Steine in den Weg legen. Aber sie ist eine mächtige Frau auf der Insel. Sie hinter uns zu wissen ist kein Fehler. Wenn es dir recht ist, würde ich gerne einen Termin mit ihr vereinbaren.«

»Klingt gut. Mach das und gib mir Bescheid.«

Finn verabschiedete sich, als Cameron über die Steinbrücke fuhr, die die Insel mit dem Festland verband. Er blickte zum Yachthafen hinüber. Die Boote schaukelten sanft auf der spiegelglatten Wasseroberfläche. Auf der anderen Seite sah er drei Hummerfischerboote, die hintereinanderher tuckerten – wahrscheinlich, um ihren Fang abzuliefern. Er ließ das Fenster herunterfahren und atmete die feuchte, salzige Luft ein. Es fühlte sich so richtig an, hier zu sein. Und er konnte es kaum erwarten, Abby zu sehen. Sie in seine Arme zu ziehen und zu küssen. Ihr von seinem Trip in den Süden erzählen.

Spontan bog er von der Old Country Road ab, um bei *Marsha's Bakery* Abbys Lieblings-Cupcake zu holen, bevor er auf das Gestüt fuhr.

»Hey Ich-sehe-ihm-nur-ähnlich, wie geht es Ihnen?«, begrüßte Marsha ihn mit seinem Spitznamen, der sich inzwischen auf der Insel eingebürgert hatte und den er so schnell nicht mehr loszuwerden schien.

»Mir geht es ganz fantastisch. Ihnen hoffentlich auch«, ließ er sich auf ihren Small Talk ein. Er würde seine Bestellung nicht aufgeben können, bis sie nicht dazu bereit war. Cameron hatte gelernt, die Hektik der Großstadt zur Seite zu schieben und sich an die Geschwindigkeit der Insel anzupassen. Er müsste lügen, wenn er behauptete, dass ihm das nicht inzwischen gefiel. Ein Tag in Boston hatte ihm gereicht, um sich nach der Entschleunigung auf der Insel zu sehnen.

»Selbstverständlich geht es mir gut.« Marsha musterte ihn eindringlich. »Denken Sie nur nicht, wir Insulaner könnten nicht zählen. Sie haben Ihre vier Wochen auf dem Gestüt abgesessen. Und Sie sind gestern nach Boston aufgebrochen.«

Der Inselfunk funktionierte vorbildlich. Cameron tippte auf Wally, der es sicher brühwarm weitererzählt hatte, dass er den GMC gegen den Porsche zurückgetauscht hatte. Er verkniff sich ein Grinsen, als Marsha weitersprach.

»Kaum sind Sie weg, sind Sie auch schon wieder da. Mit einem neuen Auto, wie ich sehe. Und in einem schicken Anzug.«

Oder zumindest der Hälfte davon. Cameron hatte nach seinem Termin mit den Anwälten in Portland die Krawatte abgenommen und sein Jackett ausgezogen. Die aufgerollten, weißen Hemdärmel und die Anzughose riefen genau wie der neue Wagen Marshas Neugier hervor. »Ich mochte den verrosteten, nach Fisch stinkenden Pick-up wirklich gerne.« Was noch nicht einmal gelogen war. Cameron hatte die alte Kiste tatsächlich ins Herz geschlossen. »Aber er hatte kein Bluetooth, und Sie wissen ja, dass man mit dem Handy am Ohr nicht fahren soll.«

Marsha schnaubte. »Als ob das auf dieser Insel auch nur irgendjemanden interessieren würde. Warum sind Sie wieder hier?«, fragte sie dann geradeheraus. »Liegt es an unseren Cooper-Mädchen? Mir ist zu Ohren gekommen, dass Sie ein Auge auf eines von ihnen geworfen haben.«

Cameron zog die Brauen hoch und schob seinen Pfandbecher über den Tresen. Dieses Gespräch amüsierte ihn. »Fischen Sie nach Informationen, Marsha?« Er beugte sich vertraulich vor, und die Bäckerin kam ihm mit neugierig aufgerissenen Augen entgegen. »Wenn ich so weit bin, werden Sie die Erste sein, die es erfährt«, sagte er in einem lauten Flüstern und zwinkerte ihr zu. Und um sie noch ein bisschen auf den Arm zu nehmen, bestellte er nicht wie geplant den Cupcake für Abby, sondern auch je einen für ihre Schwestern und Olivia. Gut gelaunt und mit einem frisch gefüllten To-go-Becher und der Muffinbox in der Hand verließ er die Bäckerei und machte sich auf den Weg zum Gestüt.

Abby hatte gerade eine Stunde beendet, als er den Jaguar auf dem Hof neben ihrem Jeep ausrollen ließ. Sie verabschiedete ihre Patientin, eine Frau mittleren Alters, die an Multipler Sklerose litt, und lehnte sich mit dem Rücken gegen den Koppelzaun. Sein Herz setzte einen Schlag aus, als er sie betrachtete. Den Absatz ihres linken Stiefels in den untersten Querriegel des Zauns eingehakt, die langen, schlanken Beine in engen Jeans und das T-Shirt mit dem Logo des Gestüts, das sich wie eine zweite Haut um ihren Oberkörper legte. Ihre Haare fielen ihr wie meist offen über die Schultern. Charlie hatte sich ins Gras gelegt, und Cassiopeia streckte neben ihr den Kopf über den Zaun, was so aussah, als warteten sie gemeinsam auf ihn. Es war ein bisschen wie … nach Hause kommen. Ein verrückter Gedanke. Aber einer, der Endorphine wie eine Droge durch seinen Körper rauschen ließ. Mit einem breiten Grinsen angelte er die Kuchenbox vom Beifahrersitz, stieg aus und ging geradewegs auf Abby zu, um sie für einen festen Kuss an sich zu ziehen. Der genau so lange dauerte, bis Cassiopeia neben ihm schnaubte und mit seiner weichen Nase Camerons Wange anstupste. »Hi«, flüsterte Cameron an Abbys Lippen. »Ich glaube, das Pferd freut sich auch, dass ich wieder da bin.« Er küsste Abby noch einmal und schaffte es, gleichzeitig Cassiopeias Stirn zu streicheln. Mit der rechten Hand balancierte er seine Tortenschachtel, die Linke glitt über Abbys Seite, bis er ihre Jeans erreichte. Er schob sie in die Hosentasche und angelte ein Leckerli für das Pferd heraus.

»Beklaust du mich?« Abby legte den Kopf ein Stück zurück und sah ihn mit hochgezogenen Augenbrauen an.

Cameron bemerkte, dass ihre Stimme ein wenig atemlos klang, und musste zugeben, dass ihm diese Reaktion auf seinen Kuss gefiel. »Ich tausche.« Er gab Cassiopeia das Leckerli und hielt Abby die Kuchenschachtel hin.

Neugierig hob Abby den Deckel und lachte. »Die sind aber nicht alle für mich.«

»Nein.« Er stahl sich noch einen Kuss. »Marsha hat mir unterstellt, ich würde mich an eines der Cooper-Mädchen ranmachen. Also habe ich sie in dem Glauben gelassen, dass ich auf alle drei, inklusive der Mutter, scharf bin.«

»Du schlägst die Leute auf dieser Insel mit ihren eigenen Waffen.« Sie strich mit der flachen Hand über seine Hemdbrust und blickte über seine Schulter auf den Jaguar. »Wie ich sehe, warst du erfolgreich in Boston.«

»Könnte man so sagen.« Er blickte auf den in der Sonne glänzenden schwarzen Lack. »Das Baby sollte ausgeführt werden. Und du auch. Wie wäre es, wenn ich dich heute Abend zu einem kleinen Ausflug und anschließendem Dinner einlade?«

»Macht man das nicht eigentlich, bevor man eine Lady in sein Bett lockt?«, neckte sie ihn.

»Mein Zeitmanagement scheint nicht ganz zu funktionieren«, gab er mit einem Grinsen zu.

Abby strich mit den Fingern an der Knopfleiste seines Hemdes hinunter. »Und trägst du so einen schicken Anzug für mich?«

»Wenn du willst, dass ich einen anziehe …«

»Es geht eher darum, dass ich ihn dir ausziehe. Nach dem Dinner«, flüsterte sie ihm ins Ohr.

Cameron spürte das elektrisch aufgeladene Summen zwischen ihnen. Er schluckte trocken. »In dem Fall kannst du dir sicher sein, dass ich einen tragen werde.« Er strich ihr eine Haarsträhne hinter das Ohr und flüsterte seinerseits: »Willst du die Krawatte aussuchen?«

Abby lachte. Sie küsste ihn auf die Wange und schob ihn ein Stück zurück, um ihm in die Augen sehen zu können. »Was das betrifft, vertraue ich dir voll und ganz.«

»Dann hole ich dich um sieben ab. Und jetzt«, er nickte zu

der Kuchenbox, »nimm deinen Vanille-Creme-Cupcake. Ich muss noch zu meinen anderen Frauen.«

*

Finn betrat sein Elternhaus durch die Waschküche. Wie er es von Kindheit an getan hatte, zog er seine dreckigen Stiefel aus und ging auf Socken in die Küche, in der sich seine Mutter gerade ein Glas Eistee einschenkte.

Sie sah auf, als sie ihn hörte und lächelte. »Finn. Was für eine Überraschung.« Sie küsste ihn auf die Wange und schob ihm mit der Hand die Haare aus der Stirn. Ihre Universalgeste für: Wann gehst du endlich zum Friseur und wirst diese Tolle los?

»Hallo Mom.« Finn ignorierte die Geste. Einen Friseurtermin hatte er schon vergangene Woche ausmachen wollen und es dann schlicht vergessen. Er wusch sich die Hände am Spülbecken. »Ich habe was mit Grandpa zu besprechen«, sagte er über die Schulter, »und habe gedacht, ich komme abends hierher statt mittags ins Büro, damit ich dich auch sehen kann.«

»Bleibst du zum Essen? Dein Vater ist noch auf einer Baustelle, aber er wollte später einen Lachs auf den Grill werfen.«

»Mit Kartoffelgratin?« Finns Magen knurrte ganz automatisch und erinnerte ihn daran, dass er am Mittag nur für ein halbes Sandwich Zeit gehabt hatte.

»Was denkst du denn?« Seine Mutter zog die Augenbrauen hoch.

»Klingt gut. Da sage ich nicht Nein.« Er nahm das Bier entgegen, das sie aus dem Kühlschrank nahm, und drehte den

Deckel ab. »Dann rede ich kurz mit Grandpa und helfe dir dann beim Kartoffelschälen.«

Die Arbeitszimmertür seines Großvaters war geschlossen. Er klopfte an und wartete auf das »Herein«, bevor er sie öffnete. Er hatte das Gespräch schon viel zu lange vor sich hergeschoben. »Hey Grandpa.«

»Junge.« Benedict Morgan sah von der Tastatur seines Laptops auf. »Was treibt dich her?« Er stand auf und schlug Finn auf die Schulter.

»Ich wollte was mit dir besprechen.« Er senkte den Blick auf die Baupläne, die auf dem Schreibtisch ausgebreitet lagen. »Was ist das?«, fragte er. Das dort auf dem einen Bauplan sah aus wie ein Schiffsanleger. Aber wo sollte denn …?

Benedict schob die Blätter zusammen. »Nur ein paar Ideen.«

»Aber das sieht aus wie … Kreuzfahrtschiffe?«, fiel Finn die Vision seines Großvaters und seines Vaters ein. »Wollt ihr ernsthaft immer noch …«

»Der Zeitpunkt könnte nicht besser gewählt sein«, fuhr sein Großvater dazwischen. »Wir haben Investoren gefunden, wie wir sie so nie wieder bekommen werden. Wir müssen dieses Projekt voranbringen.«

Finn zog die Pläne wieder zu sich heran und studierte sie. »Ich wusste gar nicht, dass das Wasser an dieser Stelle, an der du den Hafen bauen willst, tief genug für die ganz großen Schiffe ist.«

»Dann solltest du einfach auf deinen Vater und mich vertrauen. Wir wissen, was wir tun.«

»Grandpa, niemand auf der Insel will diesen Hafen. Niemand will, dass hier Kreuzfahrtschiffe anlegen. Schon gar nicht die ganz großen. Die Leute hier wollen den sanften Tourismus, der hier seit Ewigkeiten gut funktioniert.«

»Es gibt genug Leute wie deinen Vater und mich auf dieser Insel. Die genau wie wir Visionen haben und in die Zukunft blicken. Und unsere Zukunft liegt nun mal nicht im Hummerfischen und Krabbenpuhlen.« Benedict nahm die Karaffe mit seinem Lieblingsscotch und einen Kristalltumbler vom Sideboard und schenkte sich ein.

»Deine Zukunft liegt sowieso nicht in der Fischerei«, konnte sich Finn nicht verkneifen. Zumindest verstand er jetzt, warum sein Großvater die Halfmoon Bay an die Coopers verkauft hatte. Er brauchte Geld für die Umsetzung seines Projektes. Viel Geld. Aber was würde dieser Hafen mit Stonebridge Island anstellen? Die Insel würde sich nachhaltig verändern. In eine Richtung, die Finn nicht gefiel. In eine Richtung, die nicht zu der Art von Tourismus passte, die hier vorherrschte. Schon gar nicht würde diese Richtung zu Cameron Montgomerys Hotelprojekt passen. Die Leute, die in *Seal Rock Hall* unterschlüpfen wollten, waren die Letzten, die neugierige Kreuzfahrtschiffs-Passagiere mit gezückten Handy-Kameras gebrauchen konnten. Diese beiden Projekte schienen nicht miteinander vereinbar. Es wurde also höchste Zeit, allen Beteiligten reinen Wein einzuschenken. Deshalb war er ja auch hergekommen. Um seinem Großvater zu erzählen, dass er das alte Herrenhaus verkaufen und für Cameron restaurieren würde.

»Du wirst auch davon profitieren«, sagte Benedict und prostete Finn mit seinem Drink zu. »Wir haben für nächsten Freitag eine Stadtversammlung einberufen lassen, um den Hafen vorzustellen. Du wirst schon sehen, wie die Leute reagieren werden. Abgesehen von den üblichen Hippie-Spinnern.«

Darauf würde ich meinen Arsch nicht verwetten, dachte Finn, machte sich aber nicht die Mühe, die Worte laut auszusprechen. »Ich bin vorbeigekommen, weil ich dir etwas erzählen wollte. Ich habe ein ziemlich gutes Angebot bekommen. Ich könnte …«

»Warte einen Moment«, unterbrach Benedict ihn, als sein Handy zu klingeln begann. »Das ist dein Vater. Arthur? Was gibt's?« Er lauschte einen Moment. Finn konnte die Worte am anderen Ende zwar nicht verstehen, aber dass sein Vater aufgebracht war, war nicht zu überhören. Benedict brummte ein paarmal, was an das Knurren eines gereizten Bären erinnerte. »Bleib dort. Ich komme zu dir raus.« Er stellte seinen Whiskey auf die auf seinem Schreibtisch verstreuten Pläne. »Wir müssen unser Gespräch verschieben. Auf der McNamara-Baustelle gibt es Probleme. Dein Vater meint, unser Subunternehmer versucht, uns mit minderwertigem Beton über den Tisch zu ziehen«, sagte er zu Finn und zog gleichzeitig seine Jacke von der Sessellehne. »Erzähl mir am Freitag von deinem Geschäft. Nach der Stadtversammlung, wenn wir unseren Erfolg feiern.« Ohne eine Antwort abzuwarten, verließ er das Büro und warf die Tür hinter sich ins Schloss.

Finn blieb mit der Stille zurück. Er starrte auf die Pläne und trank einen großen Schluck Bier. *Scheiße*, dachte er. Er liebte seine Familie, keine Frage. Aber manchmal trieben ihn die Gier und Selbstüberschätzung seines Großvaters und seines Vaters in den Wahnsinn. Und brachten ihn in eine Zwickmühle – zum Beispiel Geschäftspartnern wie Cameron gegenüber.

*

Zwei Tage später war Abby mit den *Barn Cats* im *Frankie's* verabredet. Sie bestellte ein Glas des grauenvollen Chardonnays, der hier als Hauswein durchging – und kein bisschen mit den Weinen zu vergleichen war, die Cameron für sie öffnete, wenn sie einen Abend miteinander verbrachten. Langsam aber sicher entwickelte sie sich zu einem Wein-Snob. Ein Gedanke, der sie zum Grinsen brachte. Das Glas in der Hand ging sie zum Tisch ihrer Freundinnen hinüber und umarmte sie der Reihe nach, bevor sie sich auf ihren Platz fallen ließ.

»Du siehst müde aus.« Becky strich ihr in einer freundschaftlichen Geste über den Arm. »Was ist los?«

Cameron war los. Und die Tatsache, dass sie, abgesehen von den zwei Tagen, die er in Boston gewesen war, jede Nacht mit ihm verbracht hatte. Wobei zum Schlafen meistens nicht genug Zeit blieb. Cameron war wie eine Droge, von der sie nicht genug bekommen konnte, und von der sie wusste, dass sie nur noch begrenzte Zeit über sie verfügen konnte. Was dazu führte, dass sie so viel wie möglich davon haben wollte – solange das noch möglich war. Dazu kam die Arbeit. »Ich habe immer noch keinen Ersatz für Gabby gefunden. Cameron hilft uns weiterhin aus, aber ich brauche wirklich dringend einen neuen Mitarbeiter für die Praxis.«

»Apropos Cameron.« Misha lehnte sich in ihrem Stuhl zurück und nippte an ihrem Bier. »In der Stadt erzählt man sich, dass seine Arbeitsstunden abgegolten sind und er sogar schon wieder in Boston war, aber zurückgekommen ist. Angeblich ist er auf eine Cooper-Schwester scharf. Einig sind die Tratschtanten sich nur nicht bei der Frage, auf welche Schwester er steht.«

Abby spürte, wie die Hitze an ihrem Hals nach oben kroch. Das war so lächerlich. Sie war über dreißig und errötete immer noch wie ein kleines Mädchen.

»Aha.« Misha wies mit dem Bier in der Hand auf sie. »Wusste ich es doch, dass du es bist. Was läuft da zwischen euch?«

Abby versuchte, gelassen mit den Schultern zu zucken, was im Widerspruch zu ihrem glühenden Gesicht stand. »Wir verstehen uns gut und verbringen ab und zu etwas Zeit miteinander«, blieb sie vage. »Cameron ist nicht wegen mir noch mal aus Boston zurückgekommen. Er hat die Insel für sich entdeckt und plant hier ein Geschäft. Mit mir hat das nichts zu tun.« Auch wenn sie hoffte, dass es so viel wie möglich mit ihr zu tun hatte. »Lasst uns lieber über das Konzert sprechen«, versuchte sie das Gespräch auf den eigentlichen Grund ihres Treffens zu lenken. »Das Feedback war wirklich gut.«

»Gut?« Teyla faltete ein Blatt Papier auseinander und strich es auf dem Tisch glatt. »Das ist die Liste der Anfragen für den Sommer. Wir könnten jede Woche mindestens einmal auftreten. Mindestens«, wiederholte sie und hob nachdrücklich die Hand.

»Das ist ja verrückt.« Becky schnappte sich das Blatt und überflog die Zeilen. »Wie in alten Zeiten. Manche Anfragen kommen aus Orten hinter Machias. Sogar Hochzeiten sind dabei.« Sie sprang auf und vollführte einen kleinen Freudentanz. »Wir sind wieder der heiße Scheiß.«

»Ich will nicht die Spielverderberin sein.« Abby sah auf die Liste, die Becky ihr weiterreichte. »Im Pub zu spielen hat riesigen Spaß gemacht. Aber ich schaffe auf keinen Fall einen oder mehr Auftritte pro Woche. Die Praxis, meine Arbeit auf dem Hof …« Dazu die Besuche bei Kelsey in Augusta an jedem zweiten Wochenende, über die sie nicht sprach. Ganz zu schweigen von dem selbstsüchtigen Teil ihrer selbst, der so viel Zeit wie möglich mit Cameron verbringen wollte.

»Jede Woche einen Auftritt schaffe ich auch nicht«, stimmte Becky ihr zu. »Wir müssen die Termine mit meinem Dienstplan bei der Küstenwache abgleichen.«

»Ein Gig pro Monat«, schlug Abby vor.

»Zwei«, widersprachen ihre Freundinnen gleichzeitig.

»Habt ihr euch schon wieder abgesprochen?«, fragte Abby ungläubig.

»Um dich zu überrumpeln? Na klar.« Teyla grinste. »Sonst kommst du uns mit Vernunft und Logik. Und Argumenten, denen wir nichts entgegensetzen können.« Sie legte den Kopf schief und warf Abby eine Kusshand zu. »Dabei geht es doch beim Musik machen auch um Spontaneität und Spaß.«

Abby seufzte. »Ihr wisst genau, wie ihr mich über den Tisch ziehen könnt. Okay.« Sie trank einen Schluck Wein. »Nachdem der Auftritt im Pub so gut funktioniert hat, können wir das Üben ein wenig zurückfahren. Eine Probe pro Woche. Dazu zwei Auftritte im Monat. Becky, du gleichst die Anfragen mit deinen Diensten ab, und dann schauen wir, ob sie mit unseren Terminen kollidieren.« Abby blickte auf die Uhr auf ihrem Handydisplay. »Ich muss los. Ich habe heute Geburtswache.« Und bevor sie sich die Nacht im Stall um die Ohren schlug und darauf wartete, dass die drei Fohlen zur Welt kamen, die sich angekündigt hatten, wollte sie noch bei Cameron vorbeischauen.

*

Cameron war noch einmal seine Präsentation für Bürgermeisterin Grant durchgegangen, als es gleichzeitig an der Cottagetür klopfte und sein Handy zu klingeln begann. Er warf einen Blick auf das Display. Sein Vater. Einen Moment zögerte er, dann legte er das Handy zur Seite, um die Tür zu öffnen. Er erwartete Abby. Ihr Anblick war definitiv erfreulicher als ein Gespräch mit seinem alten Herrn.

»Komm rein«, rief er und stand auf.

Abby ließ sich in seine Arme fallen und küsste ihn, sobald sie die Tür hinter sich ins Schloss geschoben hatte. »Hi«, murmelte sie an seinen Lippen.

»Hey.« Er vertiefte den Kuss und zog sie an sich, als sein Handy wieder zu klingeln begann.

»Willst du nicht rangehen?« Abby legte den Kopf ein wenig zurück, um ihn ansehen zu können. »Niemand, mit dem du reden willst?«, deutete sie seinen Gesichtsausdruck.

»Mein Vater.« Er ließ seinen Kopf auf Abbys Schulter sinken. »Vielleicht kann ich es einfach aussitzen.«

Das Handy verstummte, nur um sofort wieder loszuklingeln. »Sieht nicht so aus, als gäbe dein Vater schnell auf.«

Cameron seufzte. »Du hast recht. Am besten bringe ich es hinter mich.« Er hob den Kopf und griff nach dem Handy.

»Soll ich dich allein lassen?«, fragte sie.

»Nein. Bleib hier.« Er nickte mit dem Kinn in Richtung Kühlschrank. »Nimm dir was zu trinken. Ich höre mir an, was er zu sagen hat, und dann will ich die Zeit mit angenehmeren Dingen verbringen, bis du zur Geburtswache musst. Dad«, nahm er den Anruf an und sah Abby dabei zu, wie sie sich eine Cola nahm.

»Cameron. Mir sind da einige Gerüchte zu Ohren gekommen«, begann er das Gespräch ohne Einleitung. Wie es seine Art war. Er wollte etwas, also steuerte er direkt darauf zu. Wie sehr Cameron das hasste.

Abby setzte sich auf die Couch, zog die Beine unter ihren Po und schenkte ihm ein aufmunterndes Lächeln. »Schön, von dir zu hören«, konnte Cameron sich die Spitze nicht verkneifen. »Geht es dir und Mom gut? Mir geht es jedenfalls ganz fantastisch. Danke der Nachfrage.«

»Lenk nicht ab. Was hat es mit diesen Gerüchten auf sich?« Hart und unnachgiebig.

»Es gibt Gerüchte, die es von dem Exil, in das du mich verbannt hast, bis zu dir nach Boston schaffen? Unglaublich, nicht wahr?«

»Unsere Hausbank hat sich bei mir gemeldet. Sie hatten Kontakt zu ein paar Anwälten aus Portland, die behaupten, dass du Geld brauchst«, brachte sein Vater den Grund seines Anrufes auf den Punkt.

»Wie schön, dass unsere Hausbank es nicht als notwendig erachtet, das Bankgeheimnis einzuhalten. Vielleicht sollte ich mir jemand anderen suchen, der sich um meine Finanzen kümmert.« Damit hätte Cameron rechnen müssen – auch wenn es seinen Vater nicht das Geringste anging. Er wusste Bescheid. Immer. Und über alles. Wie erbärmlich, dass er es trotzdem nie geschafft hatte, Cameron als mehr zu sehen als seinen unfähigen Zweitgeborenen.

»Mach dich nicht lächerlich, Junge!«, knurrte sein Vater. »Wenn du in Schwierigkeiten bist, informiert mich die Bank.«

»Selbst wenn ich in Schwierigkeiten wäre, würde es weder dich noch deine Banker etwas angehen. Wir reden hier von meinem Treuhandfonds, mit dem ich machen kann, was ich will.« Er blickte zu Abby hinüber, die in einer Zeitschrift blätterte, und trat dann vor das Panoramafenster und sah der Sonne dabei zu, wie sie auf den Ozean hinuntersank. »Ich habe vor, auf der Insel, auf die du mich verbannt hast, ein Haus zu kaufen und ein Hotel-Projekt umzusetzen.«

Für einen Moment schien es seinem Vater die Sprache verschlagen zu haben. »Nach dem gleichen Prinzip wie in North Carolina?«, wollte er dann wissen. »Ich habe mich in der letzten Zeit mit ein paar Leuten beraten und bin zu dem Schluss gekommen, dass du gar nicht so falschgelegen bist mit deinen Ideen. Wir können darüber reden, so ein Projekt als Testballon laufen zu lassen. Ich habe das mal durchgerechnet …«

»Das Hotel, das ich hier aufziehen will, ist genau genommen eine noch bessere Idee als das Südstaatenprojekt«, unterbrach Cameron seinen Vater. »Und das Ganze hat nichts mit dir, meinem Bruder oder den *Suites by Montgomery* zu tun. Ich ziehe hier mein eigenes Ding durch. Mit der Unterstützung meiner Schwester, die genau wie ich gute Ideen hat und über genug Verstand verfügt zu wissen, was sie tut.«

»Das wird niemals gut gehen«, ließ sich sein Vater vernehmen.

Etwas anderes hatte er von Robert Montgomery auch nicht erwartet. Cameron merkte erst, dass er sich unbewusst über den Brustkorb rieb – an der Stelle, an der sein Herz lag –, als Abby hinter ihn trat und ihre Hand in einer beruhigenden Geste auf seine legte. Den Kopf an seine Schulter geschmiegt, eine Hand auf seinem Herz und die andere um seine Mitte geschlungen, gab sie ihm nicht nur den Trost, den er brauchte. Sie gab ihm auch die Stärke, seinem Vater die Stirn zu bieten.

Er hatte sechsunddreißig Jahre alt werden und auf eine Insel im Nirgendwo verbannt werden müssen, hatte auf Dr. Abigail Cooper treffen müssen, um zu begreifen, dass er sich endlich von seiner Familie befreien musste. Er musste das Unternehmen seines Clans verlassen und endlich Verantwortung übernehmen, statt sich abkanzeln zu lassen. Verantwortung für seine Pläne, Träume, Visionen. Für sein Leben. »Vielleicht gehen wir mit der Idee baden. Wer kann das schon wissen. Aber dann sind wir zumindest an der Realität gescheitert und nicht an der Ignoranz unserer Familie.«

Robert seufzte. »Es hat sich nichts geändert in den letzten Wochen. Du bist immer noch starrsinnig und unvernünftig.«

Falsch. Alles hatte sich geändert. Einfach alles. Cameron drehte sich um und zog Abby in eine feste Umarmung. »Falls das alles war, was du mir sagen wolltest – ich habe noch zu tun.«

Sein Vater schien einen Moment zu überlegen, ob es Sinn machte, weiter zu streiten. »Deine Mutter wird demnächst die Einladungen zur Hochzeit deines Bruders verschicken«, sagte er, statt die Diskussion fortzusetzen. »Sie will wissen, ob du mit einer Begleitung kommst.«

Cameron küsste Abbys Schläfe und verschränkte die Finger seiner freien Hand mit ihren. »Selbstverständlich komme ich in Begleitung. Und jetzt muss ich wirklich Schluss machen.« Er beendete das Gespräch, ohne die Erwiderung seines Vaters abzuwarten, und sah Abby in die Augen. »Ich habe gerade angekündigt, dich auf die Hochzeit meines Bruders mitzunehmen, ohne dich vorher zu fragen, ob du mich überhaupt begleiten willst.«

»Wie bitte?« Abby trat einen Schritt zurück. Und hinterließ Kälte, wo ihr warmer Körper gerade noch an seinen geschmiegt war. Wo ihre Hand auf seinem Herzen gelegen hatte.

»Ich … das war unüberlegt.« Cameron legte das Handy zur Seite und fuhr sich mit beiden Händen durch die Haare. »Entschuldige. Du musst natürlich nicht mitkommen, wenn du das nicht möchtest. Aber als ich eben mit meinem Vater gesprochen habe, ist mir klar geworden, dass ich dich an meiner Seite haben möchte.« Er griff nach ihren Händen, zog sie vorsichtig an sich, als könne sie jeden Moment die Flucht ergreifen.

»Ich … ich weiß nicht … als was soll ich dich denn begleiten?«

»Als die Frau in meinem Leben«, sagte Cameron, ohne nachzudenken. Denn das war sie. Die Frau in seinem Leben. Und das sollte sie auch bleiben, ganz gleich, wie sich sein Hotelprojekt entwickelte. Ganz gleich, wie seine Zukunft aussah. Er wollte, dass Abby ein Teil davon war.

19

Als die Frau in meinem Leben. Die Worte hallten in Abby nach, als sie in ihrem Zimmer in warme Klamotten für die Nacht im Stall schlüpfte. Sie drehten sich in ihrem Kopf, als sie den Hof mit einer Thermoskanne Tee in der Hand überquerte und den Stall mit den Abfohlboxen betrat. Sie war mit Zara Sanders eingeteilt worden, einer effizienten, aber nicht besonders gesprächigen Mitarbeiterin. Was perfekt war für diese Nacht. Statt Small Talk konnte sie sich auf Camerons Worte konzentrieren. *Als die Frau in meinem Leben.* Das ließ sich auf so viele Arten deuten.

»Die werdenden Mamas sind so weit okay«, unterbrach Zara ihre Gedanken. Sie trat gerade aus der Box einer der trächtigen Stuten.

»Wunderbar.« Abby nickte ihr zu. »Dann stellen wir uns auf eine unproblematische Nacht ein und hoffen, dass es so bleibt.« Sie machte es sich, genau wie Zara, mit einer Decke auf ein paar Strohballen bequem. Während die jüngere Frau ihre Kopfhörer aufsetzte und begann, auf ihrem Handy herumzuspielen, lehnte Abby den Kopf gegen die Holzwand hinter sich und atmete den warmen, beruhigenden Duft der Pferde ein. *Als die Frau in meinem Leben.*

Sie hatte sich einen One-Night-Stand mit Cameron erlaubt, den sie ihrer Impulsivität zugeschrieben hatte. Dann hatte sie sich darauf eingelassen, die Zeit mit ihm zu verbringen, die er noch auf Stonebridge Island sein würde. Aber die Hochzeit seines Bruders? Gerade hatte sie mit ihren Freundinnen darüber gesprochen, auf welchen Hochzeiten in diesem Sommer ihre Band spielen sollte, und nun sollte sie selbst Gast auf einer sein. Auf der Hochzeit des Jahrzehnts. Wenn sie Cameron dort hinbegleitete, änderte sich etwas zwischen ihnen. Dann waren sie – zumindest für diesen Moment – ein Paar. Und sie *die Frau in Camerons Leben.* Aber was würde danach passieren? Wie würde das, was zwischen ihnen war, weitergehen? Wie würde es enden? Denn enden musste es zwangsläufig. Cameron und sie würden kaum eine Beziehung über dreihundertfünfzig Meilen Entfernung führen. Er würde nach Boston zurückkehren. Und sie würde die Insel auf keinen Fall verlassen. Also hatte dieses Zusammensein mit Cameron nach wie vor ein Verfallsdatum. Er hatte nur gerade beschlossen, es ein Stück weiter nach hinten zu schieben. Oder er dachte genau wie ihr Ex-Mann Jace und seine Freunde, die aus der gleichen gesellschaftlichen Schicht wie Cameron stammten. Dass sie ihr Leben aufgeben würde. Für ihn. Ein Fehler, den sie garantiert kein zweites Mal begehen würde.

Die Stuten legten in den nächsten Stunden Bilderbuchgeburten hin, und bereits kurz nach Mitternacht standen drei Fohlen auf wackligen Beinen in den Boxen. Zara hatte angeboten, den Rest der Nachtwache zu übernehmen, und Abby war dankbar ins Bett gegangen. Sie kuschelte sich unter ihre Bettdecke und schloss die Augen. In den Stunden, die sie auf den Nachwuchs gewartet hatten, war in Abby ein Plan gereift. Cameron wollte sie mit in seine Welt nehmen. Doch bevor er das tat, würde sie ihm ihre Welt zeigen. Denn auch wenn sie seit ihrer ersten Nacht den größten Teil ihrer freien Zeit gemeinsam verbracht hatten, hatte Cameron die Insel noch nicht aus ihrem Blickwinkel gesehen. Es war höchste Zeit, das nachzuholen. Mit dem Gedanken, dass er seine Zeit auf Stonebridge Island vielleicht noch ein wenig ausdehnte und sie noch eine Weile länger die Frau in seinem Leben blieb, wenn er die schönsten Seiten der Insel kennenlernte, schloss sie die Augen. Sie wusste schon jetzt, dass es ihr das Herz brechen würde, wenn er für immer ging.

Am Morgen klopfte sie nicht lange nach Sonnenaufgang an Camerons Tür. Als er schlaftrunken, nur mit Boxershorts bekleidet und völlig zerstrubbelten Haaren, die Tür öffnete, hielt sie ihm einen Thermobecher Kaffee entgegen. Er griff danach wie nach einem Rettungsanker und trank einen großen Schluck. »Morgen«, brummte er dann und zog die Tür weit genug auf, um Abby eintreten zu lassen.

»Guten Morgen.« Im Gegensatz zu ihm hatte sie zu Stiefeln und Jeans eine Daunenweste über eine dicke Fleecejacke gezogen. In ihrer Jackentasche steckten Handschuhe und eine Beanie. Ihre Sonnenbrille hatte sie auf den Kopf geschoben.

Cameron trank noch einen Schluck Kaffee. Langsam schien das Koffein in sein System einzusickern. »Ist alles in Ordnung? Sind die Geburten gut gelaufen?«

»Alles wunderbar. Drei gesunde Fohlen.« Abby nippte ebenfalls an ihrem Kaffee. »Hast du heute schon was vor?«

Cameron legte neugierig den Kopf schräg. »Bis jetzt nicht.«

»Dann verbring den Tag mit mir«, forderte sie ihn auf.

»Gute Idee.« Cameron zog sie an sich und küsste sie. Seine freie Hand glitt an ihrem Rücken hinunter bis zu ihrem Po und zog ihre Körpermitte an seine. »Lass uns gleich damit beginnen.«

Abby erwiderte seinen Kuss und machte sich dann lachend von ihm los. »So hatte ich das nicht gemeint. Du willst hier ein Hotel bauen – also musst du die Insel kennenlernen.« Noch einmal küsste sie ihn und brachte dann genügend Abstand zwischen sie, um nicht doch noch auf seinen Vorschlag einzugehen. »Du brauchst warme Klamotten und auf jeden Fall eine Mütze.«

Abby machte es sich auf der Couch gemütlich und trank ihren Kaffee, während sie darauf wartete, dass Cameron duschte und sich anzog. Er hatte sich nicht die Mühe gemacht, sich zu rasieren, und Abby konnte nicht widerstehen, mit den Fingern über die Bartstoppeln zu streichen und ihn zu einem weiteren Kuss an sich heranzuziehen.

Diesmal war Cameron derjenige, der einen Schritt zurücktrat. »Du kannst noch mal Kaffee nachschenken, während ich versuche herauszufinden, ob ich eine Mütze in meinem Gepäck habe.«

Er fand nur eine Baseballkappe, die nutzlos war für das, was sie vorhatten. Abby kochte Kaffee und füllte ihre Becher auf. Dann verließen sie gemeinsam das Cottage, und Cameron griff nach der Kühlbox, die sie neben der Tür abgestellt hatte. »Machen wir ein Picknick?«, wollte er wissen.

»Den Inhalt der Kühlbox würde ich dir nicht als Snack empfehlen. Darf ich mal fahren?«, fragte sie, als Cameron vor seinem Jaguar stehen blieb und den Kofferraum öffnete, um die Box zu verstauen.«

»Na klar. Sobald er die erste Delle hat.«

»Du bist ein Chauvi.« Abby lachte. »Wer hat denn seinen Porsche im Matsch festgefahren und musste aus dem Dreck gezogen werden?«

»Vermutlich hast du recht.« Er legte ihr den Arm um die Schultern. »Aber ein Mann, der ein neues Spielzeug hat, will zumindest für eine Weile selbst damit spielen, bevor er es mit anderen teilt.«

»Na gut, dann spiel noch ein bisschen selbst damit – und fahr uns nach Home Port.« Abby ließ sich auf das weiche Leder des Beifahrersitzes sinken und dirigierte Cameron zu einem der Souvenirgeschäfte in der Stadt, wo sie ihn gut gelaunt zwang, eine Wollmütze mit einer dicken Bommel und den aufgenähten Umrissen der Insel zu kaufen.

»Das Bild schicke ich deiner Schwester«, versprach sie ihm, nachdem sie ein Foto von ihm mit der neuen Kopfbedeckung geschossen hatte. Dann holten sie die Kühlbox aus dem Kofferraum und gingen zu Fuß zu einer kleinen Marina, in der neben ein paar heruntergekommenen Fischerbooten hauptsächlich Motorboote vertäut lagen. Die Giebelwand des Hafengebäudes war über seinen grau verblassten Zedernschindeln über und über mit Holzbojen in allen Formen und Farben behängt, die über die Jahre ausgemustert worden waren und sich hier angesammelt hatten.

Abby führte Cameron an ein paar aufgestapelten leeren Hummerkäfigen vorbei auf einen der Stege und blieb vor der *Sea Horse* stehen. »Das ist Jacks Boot.« Nach dem Tod ihres Stiefvaters hatte eine Zeit lang niemand im Hause Cooper das Bedürfnis gehabt, das Motorboot zu benutzen. Aber im Frühjahr hatte Olivia beschlossen, dass sie wieder rausfahren und die guten Erinnerungen an ihn hochleben lassen mussten.

»Und damit machen wir jetzt eine Rundfahrt um die Insel?«, mutmaßte Cameron.

»Nein.« Abby grinste. »Damit besorgen wir uns unser Mittagessen. Spring an Bord«, forderte sie ihn auf. »Und löse dann die Leinen.«

Cameron kam ihrer Aufforderung nach und stellte sich neben sie, als sie den Motor startete, der mit einem kleinen Stottern ansprang. »Wir angeln?«, fragte er.

»Wir fangen Hummer«, korrigierte Abby. »Ich wette, du bist gut im Lobster essen. Aber selbst an Land gezogen hast du sicher noch nie einen.«

»Aber ich bin ganz scharf drauf, meinen ersten Hummer zu fangen.« Er lachte, und Abby sah die Begeisterung in seinen Augen funkeln. »Das ist verdammt cool.«

Abby setzte ihre Sonnenbrille auf, zog die Mütze tief über die Ohren und steuerte das Boot aus der Marina. Sie fuhren Richtung Norden, vorbei an Sandy Beach, zur Spitze der Insel.

Camerons Blick klebte regelrecht an der schwarzen Steinküste, die felsig und abweisend neben ihnen aufragte. Nur hin und wieder öffneten sich kleine Buchten mit einem Sandstrand. »Das ist der Wahnsinn«, rief er begeistert. »Ich bin auf der Insel herumgefahren, habe mir alles angesehen, aber vom Wasser aus ist das noch mal etwas völlig anderes. Diese kleinen Buchten sind super.«

Abby folgte seinem Blick. »Es gibt nur ein paar natürliche Sandstrände hier. Die Halfmoon Bay ist der größte der Insel. Ansonsten findest du, außer in Sandy Beach, mehr Steine als Sand.« Sie lächelte Cameron an. »Eine raue Schönheit, aber sehr ursprünglich. So heißt es jedenfalls auf der offiziellen Webseite der Inselverwaltung. Siehst du die Häuser auf den

Klippen?« Abby mochte diese farbenfrohe Ansammlung von Cottages und Strandhäusern, die sich wie eine bunte Perlenschnur an der Felsenkante entlangzog. »Die meisten sind Sommerhäuser und werden nur zwischen dem Memorial Day im Mai und Labor Day im September bewohnt. Manche Besitzer bleiben den ganzen Sommer, andere kommen nur an den Wochenenden. Wenn du wissen willst, ob die Gäste ihr Domizil bezogen haben, schaust du am besten, ob ein Boot am Steg vertäut ist. Ein untrügliches Zeichen. Wenn du einmal mit dem Boot um die Insel fährst, bist du besser informiert als bei einem Besuch in *Marsha's Bakery*. Und das will wirklich was heißen.«

Cameron sah sich fasziniert um, als Abby das Boot zwischen der Felsnadel, auf der der Leuchtturm stand, und der Klippe auf der anderen Seite hindurchsteuerte. »Hier war ich an meinem ersten Tag«, erzählte er ihr. »Damals war der Weg zum Leuchtturm auch durch das Wasser abgeschnitten.«

Abby drosselte die Geschwindigkeit ein wenig. »Ebbe und Flut wechseln alle sechs Stunden. Siehst du, dass das Wasser am Rand dunkler und in der Mitte etwas heller ist? Daran kannst du erkennen, dass gerade Flut ist und das Wasser noch weiter steigen wird.«

Cameron stieß Abby mit der Schulter an. »Ich habe in der letzten halben Stunde schon mehr über die Insel gelernt und gesehen, als in den letzten vier Wochen zusammen.«

Abby verzog das Gesicht. »Bin ich zu schulmeisterhaft?«

»Auf keinen Fall.« Cameron legte seine warmen Hände auf ihre kalten Wangen und drehte ihr Gesicht zu sich, um sie zu küssen. »Das ist verdammt sexy. Ich werde dich ab jetzt Abby-Pedia nennen. Und ich will alles wissen!«

»Wenn das so ist …« Abby drehte sich wieder um, damit sie das Boot nicht auf eines der Riffe steuerte, und durchquerte die Fahrrinne langsam. Ihren Rücken an Camerons Brust gelehnt, der hinter ihr stand und seine Hände um ihre Mitte geschoben hatte. Den Bauch voller wild umherwirbelnder Gefühle. Sie ließ sie zu. Ließ das glückliche Grinsen auf ihrem Gesicht erstrahlen, das nur die zwei Robben sehen konnten, die ihre Köpfe ein Stück vor ihnen aus dem Wasser streckten.

Langsam tuckerten sie um die Spitze der Insel herum. Dann manövrierte Abby das Boot durch ein Meer bunter, auf dem Wasser tanzender Holzbojen. »Das kalte Wasser bietet den Hummern zusammen mit dem felsigen Boden den perfekten Lebensraum«, erklärte sie Cameron.

Er hatte sie losgelassen und hielt seine Hand über die Reling, um sie an den Bojen entlanggleiten zu lassen, die ihnen am nächsten lagen. »Hängen an diesen Dingern die Fallen?«, fragte er, als er sich wieder aufrichtete.

Abby nickte und konzentrierte sich auf den Bojenslalom, bis sie die tanzenden Hölzer ihrer Familie entdeckte.

»Woran erkennst du, welche deine sind?«, fragte Cameron. Er war wieder hinter sie getreten und blickte über ihre Schulter nach vorn.

»An den Farben.« Abby schaltete den Motor aus und ließ das Boot noch ein paar Meter treiben. »Jeder, der hier draußen eine Falle hat, hat seine eigenen Bojen in einer eigenen Farbe bemalt oder beschriftet. Das da sind unsere.« Sie wies auf die beiden hellblauen Bojen, auf die das bereits ein wenig verblasste Logo des Gestüts aufgemalt war. »Die meisten Fischer arbeiten kommerziell. Sie haben bis zu achthundert Fallen, die sie alle paar Tage abfahren.«

»Und ihr? Wie kommt ihr zu euren Fallen? Ihr habt doch nicht auch noch eine Fischereilizenz, oder?«, wollte Cameron wissen.

»Nein.« Abby sah ihn über die Schulter an. »Wir leben einfach nur in Maine. Wer hier wohnt oder einen Führerschein des Staates Maine besitzt, darf bis zu fünf Fallen für den eigenen Tisch zu Wasser lassen.« Die *Sea Horse* dümpelte still auf den leichten Wellen.

Und Cameron schwieg ebenfalls einen Moment und ließ das bunt funkelnde Bojenmeer und den endlosen Horizont auf sich wirken, bevor er die nächste Frage abfeuerte. Auch er hatte sich die Mütze gegen den eisigen Wind hier draußen tief in die Stirn gezogen. »Wie tief ist es hier?«

»Etwa zwölf Meter.« Abby schob sich an Cameron vorbei und ging zum Heck des Bootes. Sie öffnete eine Kiste unter der Sitzbank, in der sie allen möglichen Krimskrams aufbewahrten, und warf Cameron ein paar Arbeitshandschuhe zu. »Die Hummer mögen die Riffe und Spalten unter uns, in denen sie sich verstecken können.« Dann zog sie ihre eigenen Handschuhe an und angelte mit dem Bojenhaken einen der Holzkegel ans Boot und griff nach der Kette, die am unteren Ende befestigt war. Meter um Meter zog sie den Hummerkäfig aus dem Wasser. Anders als früher waren die Fallen heutzutage aus Draht und nicht mehr aus Holz. Trotzdem war das Hochholen anstrengend.

»Darf ich?«, fragte Cameron eifrig und tauschte den Platz mit ihr, als sie ihm die Kette übergab.

»Vorsichtig!«, warnte Abby ihn, als der grüne Draht gemeinsam mit dem Gestank nach altem Fisch aus den Wellen auftauchte, damit Cameron, der sich weit über die Reling beugte, die *Sea Horse* nicht zum Kentern brachte.

Cameron blickte sie über die Schulter an. »Das riecht wie der GMC, den Wally mir vermietet hat.«

»Ja, nicht wahr? Man lernt den Geruch zu lieben«, erwiderte Abby.

Cameron grinste. »So weit würde ich nicht gehen. Was muss ich jetzt machen?«

»Lass ihn uns ins Boot holen.« Sie hievten den Korb über die Reling, und Cameron lachte, als er die Hummer sah. »Yeah! Fette Beute!«

Abby mochte seine Begeisterung. »Lass uns mal nachsehen.« Sie öffnete den Käfig. »Fünf Hummer.« Abby holte die Kühlbox, die sie am Heck des Bootes abgestellt hatte. »Jetzt musst du die Luft anhalten«, warnte sie Cameron – und tat selbst genau das, als sie die Plastiktüte mit den Fischresten aus der Box nahm. Sie stellte sie zur Seite und holte dann den ersten Hummer aus der Falle und legte ihn in die Kühlbox.

»Sieh dir mal dieses Prachtexemplar an.« Cameron griff in den Käfig und angelte nach dem größten Hummer.

»Der geht zurück ins Meer«, sagte Abby, nachdem sie einen Blick auf das Tier geworfen hatte.

»Was?« Cameron richtete sich mit dem Lobster in der Hand auf. »Aber der ist riesig!«

»Genau deshalb.« Abby zeigte ihm einen ziemlich kleinen Hummer in der Falle. »Der da muss auch zurück.«

»Aber …« Cameron sah sie fassungslos an. Er war noch nicht bereit, den großen Lobster einfach so aufzugeben.

»Alles, was zwischen acht und dreizehn Zentimeter ist, landet im Kochtopf. Der Rest gehört dem Ozean.«

Cameron verzog schmerzlich das Gesicht. »Verdammt! Das ist ja, als würde man einen riesigen Thunfisch angeln und ihn dann ins Wasser zurückwerfen.« Er hob den Hummer hoch und hielt ihn vor sein Gesicht, um ihn zu betrachten.

»Pass auf, dass er dich nicht in die Nase zwickt«, warnte Abby ihn lachend. Sie konnte verstehen, dass der Wunsch, mit so einem großen Lobster nach Hause zu kommen, groß war.

»Ich muss wenigstens ein Foto von ihm haben.« Cameron zog sein Handy aus der Jackentasche und tippte den Selfie-Modus an. »Komm rüber, Hummerfischerin. Du musst unbedingt mit auf das Bild.«

Abby stellte sich mit einem breiten Grinsen neben Cameron. Er hielt den Hummer zwischen ihnen in die Höhe und machte ein paar Aufnahmen. Dann steckte er das Handy zurück und hielt das Tier über die Reling. »Muss ich wirklich?«, versicherte er sich noch einmal. Abby nickte, und Cameron ließ den Lobster zurück ins Wasser gleiten. »Da geht er hin.« Er drehte sich zu ihrer Falle um und betrachtete den Rest ihres Fangs. »Bei den kleinen verstehe ich es ja«, sagte er. »Aber die großen? Werden die zäh, wenn man sie kocht, oder so was?«

Abby beugte sich über die Falle und sortierte die verbliebenen Hummer. Zwei weitere gingen über Bord, einer wanderte in die Kühlbox. Camerons Frage ließ sie schmunzeln. »Zäh werden sie nicht, aber sie sichern den Bestand. Die kleinen müssen noch wachsen und werden abgesehen davon auch oft zur Beute für den einen oder anderen Meeresbewohner. Die großen hingegen sind schon alt, aber sie produzieren noch immer Nachwuchs. Wenn wir sie in Ruhe lassen, sorgen wir dafür, dass der Bestand erhalten bleibt. Kannst du die Falle über das Wasser halten?« Abby wartete, bis Cameron den Korb über die Reling gewuchtet hatte, und füllte die Fischabfälle hinein. »Jetzt kannst du ihn hinunterlassen«, wies sie ihn an.

Cam senkte die Falle und ließ sie auf den Meeresgrund zurückgleiten. »Kann ich die andere hochholen?«, fragte er, und angelte bereits nach der zweiten hellblauen Boje.

*

Cameron konnte sich nicht erinnern, wann er zum letzten Mal so viel Spaß gehabt hatte wie mit Abby beim Hummerfangen – und gleichzeitig hatte er dabei so viel über Abby und die Insel gelernt. Das ökologische Gleichgewicht, das die Fischer hielten, indem sie nur die Hummer einer bestimmten Größe aus dem Meer fischten, faszinierte Cameron. Er musste sich unbedingt so eine Hummerfang-Lizenz besorgen. Und ein Boot. Er brauchte ein eigenes Boot. Diese Gedanken wirbelten durch seinen Kopf, als sie die Insel mit ihrer Beute – fünf Hummer insgesamt – vollständig umrundeten. Vorbei an der Halfmoon Bay, durch die er geritten war. Vorbei an *Seal Rock Hall*, das er zum ersten Mal vom Wasser aus sah. Als sei ihr bewusst, dass er die Ruine – die in seiner Fantasie bereits vollständig restauriert auf der Klippe stand – einen Moment bewundern wollte, drosselte Abby das Tempo, bevor sie Cameron das Steuer überließ und ihm erlaubte, den Gashebel ganz durchzudrücken und auf das Meer hinauszuschießen. Abby und er redeten. Sie lachten. Und die Zeit verging wie im Flug. Unternehmungen wie diese wollte er seinen Hotelgästen anbieten. Den Hummer, den man zum Dinner essen wollte, selbst fangen. Daran hatten auch die Schönen und Reichen Spaß – zumindest manche von ihnen.

Zurück in der Marina tankten sie die *Sea Horse*, damit der Nächste, der sie benutzen wollte, nur an Bord springen musste. Sie besorgten im Supermarkt Maiskolben und fuhren zum Gestüt zurück.

»Ich habe meiner Mutter eine Nachricht geschickt, dass wir das Abendessen mitbringen. Und hier kommt Teil zwei der Lektion: Hummer kochen.«

Cameron warf Abby einen Seitenblick zu und konzentrierte sich dann wieder auf die löcherige Straße vor ihnen. Ihrem Gesichtsausdruck nach zu urteilen meinte sie das ernst. »Ich dachte, das Kochen übernimmt Rose. Und wenn sie nichts auf dem Herd stehen hat, taut ihr etwas aus diesem riesigen Gefrierschrank in der Ecke auf, der mit vorgekochten Gerichten nur so vollgestopft ist.«

»Du kennst dich verdammt gut aus in unserer Küche«, zog Abby ihn auf. Aber er hatte immerhin für die Vernichtung einiger dieser tiefgefrorenen Mahlzeiten gesorgt, nachdem die Haushälterin ihn eingeladen hatte, sich jederzeit zu bedienen. »Das Hummerkochen ist allerdings ein Event. Und das findet nicht in der Küche statt. Lass dich überraschen.«

Cameron stellte den Jaguar vor dem Ranchhaus ab, holte die Kühlbox aus dem Kofferraum und folgte Abby um das Haus herum, wo sie bereits von ihren Schwestern und ihrer Mutter erwartet wurden. Das Feuer, an dem die Familie abends so gern saß, brannte. Über den tanzenden Flammen hing an der dreibeinigen Halterung eines Schwenkgrills ein großer Topf, dessen Unterseite so schwarz war, dass Cameron davon ausging, dass er bereits seit Ewigkeiten zu bestimmten Anlässen, wie dem Hummerkochen, hier aufgehängt wurde.

»Auf euch haben wir gewartet.« Megan, die gerade den letzten Teller auf den Tisch auf dem Patio stellte, winkte ihnen zu.

Summer kam zu ihnen herüber und öffnete den Deckel der Kühlbox, sobald Cameron sie neben dem Feuer abgestellt hatte. »Die sehen fantastisch aus. Wir haben die Fallen vor drei Tagen zum ersten Mal für dieses Jahr befüllt und schon so einen schönen Fang.«

Olivia spähte ihrer Tochter über die Schulter. »Ein würdiger Start in die Hummer-Saison.«

»Werden die Hummer immer hier draußen gekocht?« Cameron warf einen Blick in den Kessel über dem Feuer, in dem bereits Wasser brodelte.

»Wir kochen sie draußen, und wir essen sie draußen.« Olivia richtete sich wieder auf und hakte sich bei Cameron unter. »Wenn du fünf Lobster kochen willst, brauchst du einen großen Kessel. Wir kochen sie mit Schalotten, Salz, Pfeffer, Kümmel und Dillblüten. Dazu Maiskolben, flüssige Butter und ein trockenes Glas Weißwein. Gegessen wird ebenfalls draußen, weil es eine riesige Sauerei ist.«

Megan lachte und legte ihrer Mutter den Arm um die Taille. »Mom würde niemals einen Hummer in einem Restaurant essen. Sie kann sich gar nicht vorstellen, dass man das mit einem Mindestmaß an Würde hinbekommt.«

Cameron zwinkerte Olivia zu. »Ich habe das schon geschafft, ohne mich zum Gespött der Leute zu machen.«

Er ließ sich durch den Abend treiben, genoss das Essen und sah Olivia dabei zu, wie sie genau wie ihre Töchter – und anders als von ihr behauptet – mit vollendeter Eleganz ihren Lobster zerteilte und aß. Er lauschte den Unterhaltungen, dem gutmütigen Tratsch und den kleinen, humorvollen Spitzen, die die Schwestern gegeneinander austeilten.

Auch wenn es nicht richtig war, die beiden Welten, zwischen

denen er sich gerade bewegte, zu vergleichen, konnte er sich fantastisch vorstellen, dass die Coopers viele der lauen, langen Sommerabende auf ihrem Patio verbrachten. Mit lodernden Flammen in ihrer Feuerstelle, Hunden, die am Tisch bettelten und jeder Menge guter Laune. Ganz anders die Dinner- und Cocktailpartys in seinem Elternhaus. Essen im Garten? Ein paarmal hatte seine Mutter einen Brunch auf der weitläufigen Terrasse veranstaltet, der nicht weniger steif und förmlich war als alle anderen ihrer Events, zwischen all den perfekt gestutzten Buchshecken und dem endlosen englischen Rasen, bei dem sich kein Grashälmchen trauen würde, aus der Reihe zu tanzen. Essen unter freiem Himmel – aber nicht ohne Dresscode. Den gab es bei den Coopers zwar auch, er bestand allerdings aus Plastiklätzchen, auf denen grinsende und Hütchen schwenkende Hummer abgebildet waren. Cameron blickte zu Abby, die ihm gegenübersaß, das alberne Lätzchen um den Hals, das Weinglas in der Hand und den Kopf zu einem lauten, fröhlichen Lachen zurückgeworfen über etwas, was Summer gerade erzählte. Sein Brustkorb zog sich zusammen, und er begriff, was sich verändert hatte in den letzten Wochen: Er war glücklich. Zufrieden. Mit sich selbst im Reinen. So sehr wie schon lange nicht mehr.

Nach dem Dinner spazierte Cameron mit Abby zur Klippe. Mit Blick auf die Halfmoon Bay unter ihnen und den endlosen, synchron an den Strand rollenden Wellen legte er ihr den Arm um die Schulter. »Danke für diesen wundervollen Tag«, sagte er.

»Gern geschehen.« Abby lehnte ihren Kopf an seine Schulter und schob ihre Hand um seine Hüfte. »Ich hatte auch viel Spaß.«

»Du hast meinen Blickwinkel auf die Insel noch einmal verändert. Finn Morgan hat mir eine Nachricht geschickt. Wir haben morgen einen Termin bei Bürgermeisterin Grant. Mit diesem Ausflug fühle ich mich schon halb wie ein Inselbewohner.« Er grinste sie an. »Ich habe Hummer gefangen.«

»Das wird Maxine sicher beeindrucken. Bist du bereit für den Termin?«

»So gut ich es sein kann. Ich gehe morgen früh noch mal alles durch. Aber jetzt möchte ich mit dir zu meiner Hütte spazieren und mich für diesen Tag bedanken.«

Abby drehte sich so, dass sie Cameron küssen konnte. »Das klingt nach einer guten Idee.« Sie griff nach seiner Hand und schlug den Weg an der Klippe entlang in Richtung der Cottages ein. »Du solltest einen Anzug tragen, wenn du dich mit der Bürgermeisterin triffst«, sagte sie.

»Ernsthaft?« Cameron blieb stehen und stoppte Abby damit automatisch. »Finn hat erwähnt, dass Mrs. Grant ein alter Hippie ist.«

»Vertrau mir.« Sie zwinkerte ihm zu. »Und jetzt bring mich endlich in deine Hütte und danke mir.«

20

»Eine kleine Stärkung vor dem großen Gespräch? Gut sehen Sie aus in diesem Anzug. So einen Anblick bekommen wir hier nicht oft zu sehen.« Marsha stellte einen Donut vor Cameron ab, den er nicht bestellt hatte.

Er hatte sich in der Bäckerei einen Kaffee geholt und sich an einen der kleinen Bistrotische gesetzt, um seine Präsentation noch einmal durchzugehen. »Vermutlich bringt es nicht viel zu fragen, woher Sie von dem Termin wissen.«

Marsha schnalzte mit der Zunge. »Ich weiß nicht alles, mein lieber Ich-sehe-ihm-nur-ähnlich. Ich weiß nur, dass Sie eine ganz spektakuläre Idee haben.« Sie stützte die Hände auf dem Tisch ab und beugte sich mit neugierig hochgezogenen Augenbrauen vor. »Der Donut geht aufs Haus, wenn Sie mir die Details verraten.«

»Ein verführerisches Angebot.« Cameron zog seinen Geldbeutel aus der Innentasche seines Jacketts und legte einen Fünf-Dollar-Schein auf den Tisch. Breit lächelnd schob er ihn zu Marsha hinüber. »Aber ich spanne Sie lieber noch ein bisschen auf die Folter. Das macht viel mehr Spaß.«

Marsha grummelte etwas, das Cameron nicht verstand, nahm den Geldschein und kehrte hinter ihren Tresen zurück.

Cameron hatte zwar nicht geplant, noch etwas zu essen.

Aber dem Donut und seiner Vanillefüllung zu widerstehen war nichts, worin er besonders gut war. Er verdrückte ihn, während er seine Unterlagen ein letztes Mal durchging.

Als die Tür das nächste Mal aufgeschoben wurde, war es Finn, der *Marsha's Bakery* betrat. Er begrüßte die Bäckerin und hielt ein wenig Small Talk mit ihr. Dann kam er zu Cameron herüber, der seine Unterlagen bereits in seine Aktentasche schob. »Guten Morgen.«

»Morgen, Cam. Kann ich dich vor dem Termin noch kurz sprechen?« Finn wirkte nervös. Er fuhr sich durch die Haare und blickte über die Schulter zum Tresen. »Nicht hier«, ergänzte er.

Es gab also etwas, das nicht sofort die Runde in Home Port machen sollte. »Ist mit dem Projekt alles in Ordnung?«, fragte Cameron.

»Lass uns einfach rausgehen, okay?« Finn drehte sich auf dem Absatz um, rief Marsha einen Gruß zu und verließ die Bäckerei. Cameron folgte ihm. Bis zu einer Bank, die auf den Yachthafen hinausging. Doch Finn setzte sich nicht. Er blieb stehen, die Hände in die Hüften gestützt, und blickte auf die schaukelnden Boote hinaus.

»Was für ein Problem haben wir?« Cameron stellte sich neben Finn und folgte seinem Blick auf den Hafen.

»Kein Problem. Ich würde es eher Komplikationen nennen. Etwas, das du wissen solltest, bevor du *Seal Rock Hall* kaufst.« Er blickte weiter stur geradeaus. »Ich habe es wirklich erst vorgestern erfahren, sonst hätte ich dir längst davon erzählt. Mein Großvater und mein Vater planen einen Anleger für Kreuzfahrtschiffe. Zwar auf der anderen Seite der Insel, zwischen Home Port und Sandy Beach, also weit genug weg vom Herrenhaus. Aber es würde trotzdem bedeuten, dass jede Menge Touristen die Insel fluten könnten. Wenn sie das Projekt durchbekommen.«

»Wow.« Cameron schluckte. Das musste er erst einmal sacken lassen. »Wie hoch ist die Wahrscheinlichkeit, dass sie den Anleger tatsächlich bauen?«

»Im Moment?« Finn zuckte mit den Schultern. »Etwa fifty-fifty. Am Freitag wird es eine Stadtversammlung geben, dann werden wir ein klareres Bild haben. Die meisten Leute hier wollen ihre Ruhe. Aber es gibt immer noch genug, die Dollarzeichen in den Augen haben und sich mit der Aussicht auf das große Geld locken lassen.«

»Und du? Folgst du nicht dem Ruf des Geldes? Wir reden hier immerhin von einem Familienunternehmen«, versuchte Cameron den Mann neben sich aus der Reserve zu locken. Er musste die Situation überdenken und vor allem Finns Rolle in diesem Szenario neu einordnen.

Finn gab ein freudloses Lachen von sich. »Geld ist nicht meine Hauptmotivation. Ich würde lügen, wenn ich behaupten würde, dass Geld im Leben keine Rolle spielt. Aber ich habe ein gutes Auskommen und genug Arbeit, dass ich manche Projekte bereits ablehnen muss. Mein Ziel ist es nicht, der reichste Insulaner zu werden. Ich träume davon, an den schönsten oder auch herausforderndsten Häusern der Insel arbeiten zu dürfen. Was das betrifft, steht *Seal Rock Hall* in beiden Kategorien ganz oben. Wichtiger als das große Geld ist eine Chance, endlich vollständig aus dem Schatten meiner Verwandten herauszutreten und zu zeigen, dass ich ein eigenständiges, erfolgreiches Unternehmen führe. Ich weiß nicht, ob du das nachvollziehen kannst.«

Und ob Cameron das verstand. Besser als die meisten anderen.

Finn schob die Hände in die Hosentaschen und sah Cameron in die Augen. Offen und ehrlich. »Meine Kunden wissen meine Arbeit zu schätzen, aber mein Vater und mein Großvater halten mich immer noch für einen kleinen Ableger ihrer Firma. Jedenfalls wollte ich dir von dem Anleger erzählen, bevor wir zur Bürgermeisterin gehen. Und vor allem, bevor wir die Verträge unterschreiben.«

»Danke.« Cameron schlug Finn kameradschaftlich auf die Schulter, auch wenn er sich gerade etwas überrumpelt fühlte und nicht sicher war, wie er die Beichte seines Gegenübers einordnen sollte. Er blickte auf die Uhr auf seinem Handydisplay. »Wir haben noch eine Viertelstunde bis zum Termin mit der Bürgermeisterin. Am besten treffen wir uns dort. Ich brauch noch ein paar Minuten zum Nachdenken.«

»Kann ich dir nicht verübeln, Mann.« Finn hob die Hand zum Gruß. »Ich geh schon mal und warte vor dem Rathaus auf dich.«

Cameron sah ihm hinterher und drehte sich dann wieder zur Marina um. Ein Mann, der aussah wie ein Seebär, und eine zierliche Frau in den Sechzigern machten eine Yacht zum Auslaufen klar. Ohne zu sprechen. Mit synchronen Bewegungen, die an ein Ballett erinnerten, das sie über Jahrzehnte wieder und wieder gemeinsam getanzt hatten. Es war still. Nur das leise Glucksen der Wellen gegen die Bootsrümpfe war zu hören, und hinter den Häusern die gedämpften Geräusche der Water Street.

Cameron rieb sich über den Nacken. Komplikationen gab es immer. Er konnte sich nicht erinnern, dass *Suites by Montgomery* jemals einen Hotelkomplex gebaut hätte, ohne dass es Herausforderungen zu überwinden gegeben hätte. Einen Weg um die Probleme herum, oder – notfalls – direkt darüber hinweg zu finden, das war es, was einen guten Geschäftsmann ausmachte. Cameron empfand einen Anleger für Kreuzfahrtschiffe auf Stonebridge Island für absolut unnötig. Aber der Hafen sollte auf der anderen Seite der Insel liegen. Selbst wenn sich der Tourismus auf der Insel nachhaltig ändern würde, wäre *Seal Rock Hall* etwas wert. Er würde es immer noch verkaufen können, wenn sich der Ausbau zu einem Hotel nach seinen Vorstellungen nicht lohnen würde.

Langsam drehte Cameron sich um und schlug den Weg zum Rathaus ein. Die Nachricht hatte ihn überrascht. Aber er glaubte Finn, dass er nicht vorher davon gewusst hatte. Er mochte die Arbeit des Bauunternehmers. Und er vertraute ihm. Also wurde es höchste Zeit, auf sein Bauchgefühl zu hören. Trotz der Umstände.

Und dann war da noch das Telefonat mit Camerons Vater vor ein paar Tagen. Zugegeben, das war nicht das vernünftigste Argument. Aber wenn es darum ging, seinen Geschäftssinn unter Beweis zu stellen, konnte Cameron seine Gefühle nur schwer zur Seite schieben. Er hatte seinem Vater gegenüber behauptet, dass er das Projekt durchziehen würde. Dass er die Hilfe seiner Familie nicht brauchte. Er würde jetzt keinen Rückzieher machen und seinem Vater die Genugtuung geben, recht behalten zu haben.

Cameron sah Finn schon von Weitem. Er lief vor der Rathaustür hin und her wie ein Tiger im Käfig. Als er Cameron erblickte, blieb er stehen. Die Hände in die Taschen seiner Jeans gehakt, wartete er. In seinem Gesicht konnte Cameron die nervöse Erwartung sehen.

Cameron grinste Finn an. »Lass uns reingehen und die Bürgermeisterin mit unserem Projekt umhauen«, sagte er und schlug ihm auf die Schulter.

»Du kaufst das Haus?« Finn erwiderte Camerons Grinsen. »Ich muss ehrlich zugeben: Mir fällt ein Stein vom Herzen.«

»Gut. Dann lass uns das hinter uns bringen. Und wenn Mrs. Grant auch der Meinung ist, dass *Seal Rock Hall* eine Zukunft verdient hat, unterschreiben wir den Kaufvertrag gleich nach der Besprechung.«

*

Abby hob Robyn Morgan nach ihrer Therapie von Foxys Rücken. Als Emma sie zu ihrer Stunde gebracht hatte, war das Mädchen unruhig gewesen. »Sie hat heute Nacht ziemlich heftig gekrampft«, hatte Emma mit müden Augen erzählt, als sie ihre Tochter aus dem Auto gehoben und in ihren Rollstuhl gesetzt hatte.

»Emma.« Abby hatte gewartet, bis ihr Gegenüber den Blick von ihrer Tochter hob und sie ansah. »Warum leistest du nicht meiner Mutter und Rose im Ranchhaus ein wenig Gesellschaft und trinkst eine Tasse Kaffee? Robyn und ich schaffen das schon. Nicht wahr, Robyn? Wir zwei können auch alleine mit Foxy reiten.«

»Foxy reiten«, hatte Robyn wiederholt. In ihren Augen hatte aber nicht der gleiche Glanz wie bei den letzten Therapiestunden gestanden. Auch sie wirkte erschöpft und schwach.

Emma zögerte. »Ist das wirklich okay?« Sie hatte sich vor den Rollstuhl gekniet und das heftige Nicken abgewartet. »Wenn etwas ist …«, hatte sie schließlich gesagt.

»Hole ich dich sofort. Gönn dir eine kleine Auszeit.«

Sie hatte Emma nachgesehen, die mit gekrümmtem Rücken und hängenden Schultern ins Ranchhaus geschlichen war. Doch die Stunde, die inzwischen vergangen war, hatte nicht nur einen guten Teil von Robyns Krämpfen gelöst und dem Kind Erleichterung gebracht, auch Emma wirkte anders. Aufrechter und stärker. Sie hatte die Hälfte des Hofes überquert, als Megan aus dem Seniorenstall kam und sich zu ihr gesellte. Sie sagte etwas, das Emma schmunzeln ließ, und stieß kameradschaftlich mit ihrer Schulter gegen die der jungen Mutter. Das war eine von Megans wundervollsten Fähigkeiten. Sie machte sich – mit Leichtigkeit – jeden zum Freund und verströmte so viel positive Energie, dass sich niemand davor in Sicherheit bringen konnte. Es war eine Gabe. Abby war dankbar, dass ihre Schwester sie nutzte, um Emma noch ein wenig mehr aufzubauen.

Abby übergab Robyn an ihre Mutter. Megan wartete mit ihr, bis Emma die Kleine in ihrem Sitz verstaut und den Rollstuhl in den Kofferraum gepackt hatte. »Bis nächste Woche.«

Emma winkte, setzte sich hinter das Steuer und fuhr langsam vom Hof.

»Du tust ihnen gut.« Megan stieß ihre Schulter gegen Abbys, wie zuvor gegen Emmas. »Ihnen beiden.«

Abbys Puls beschleunigte sich ein wenig. Sie wusste, was gleich kommen würde.

»Wobei Emma wahrscheinlich auch ein bisschen psychologische Unterstützung ganz guttun würde«, sprach Megan aus, was Abby befürchtet hatte.

»Deshalb habe ich sie ja auf eine Tasse Kaffee zu Mom und Rose geschickt. Das hat ganz offenbar geholfen. Nach der Therapiestunde wirkte sie auf mich schon viel stärker und zuversichtlicher.«

Megan seufzte theatralisch. »Eigentlich bin ich ja gekommen, um über gestern zu reden. Cam und du – ihr habt so süß ausgesehen zusammen. Und er war so begeistert von seinem Hummerfang.«

Abby drückte ihrer Schwester Foxys Führstrick in die Hand und nahm dem Pferd die Satteldecke ab. »Du kannst mir helfen sie zu putzen, und mich bei dem Dilemma beraten, in dem ich stecke.«

Megans Augen glänzten. »Geht es dabei um Cam?«

»Was denkst du denn? Habe ich sonst noch ein Dilemma?« Abby hatte die Frage ausgesprochen, bevor sie sich bremsen konnte.

»Das eine oder andere würde mir da schon noch einfallen«, murmelte Megan, ließ das Thema dann aber auf sich beruhen und führte Foxy zum Sattelplatz.

Abby hängte die Decke über einen Sattelbock. Als sie sich wieder aufrichtete, hatte sich Summer zu ihnen gesellt, Foxys Putzkiste in der Hand. »Habt ihr euch abgesprochen?«, fragte Abby.

»Hätten wir das tun sollen?« Summer hob unschuldig die freie Hand. »Ich habe nur gesehen, dass deine Stunde vorbei ist und bin auf ein Schwätzchen vorbeigekommen.«

»Sie steckt in einem Dilemma«, informierte Megan ihre Schwester.

»Ein Cameron-Dilemma?« Summer setzte die Kiste ab. »Schieß los!«

Manchmal hatten ihre Schwestern etwas von mittelgroßen Naturgewalten an sich, die einen einfach überrollten. »Und schon habe ich keine Lust mehr, überhaupt darüber zu reden«, murmelte sie. Sie nahm den Hufkratzer aus dem Kasten und reichte ihn an Megan weiter. Summer bekam den Mähnenkamm, während sie sich die Kardätsche und den Striegel griff. Die gleichmäßigen Bewegungen, mit denen Abby über Foxys Fell strich, hatten etwas Beruhigendes an sich. Ein Pferd zu putzen war Meditation pur. Deshalb setzte sie die Fellpflege auch in der Reittherapie ein. Für die Pferde war sie notwendig, und den Patienten tat sie gut. Tief atmete Abby Foxys Duft ein. »Cam will mich auf die Hochzeit seines Bruders mitnehmen«, platzte sie dann heraus.

Einen Moment herrschte Schweigen. Nur Foxys behagliches Schnauben durchschnitt die Stille.

»Wow«, sagte Megan dann langsam. »*Die* Hochzeit?«

»Ja.« Abby schluckte. »Die Hochzeit, wegen der er nach Stonebridge Island verbannt wurde und die das Event des Jahrzehnts werden soll. Mindestens.«

»Hat er gesagt, warum er dich als seine Begleitung will? Ich meine, auch Freunde gehen zusammen auf Hochzeiten«, hakte Summer nach.

Abby legte die Stirn gegen Foxys warme Flanke. »Als die …«, sie stockte, »die Frau in seinem Leben«, vollendete sie den Satz schließlich mit den Worten, die Cameron benutzt hatte.

»Holy Moly.« Megan ließ Foxys Vorderbein los und griff nach der Fessel des Hinterbeines, um es auf ihren Oberschenkel zu legen. Sie blickte auf, bevor sie begann, den Dreck aus dem Huf zu kratzen. »Das ist eine Ansage. Die Frau in seinem Leben«, wiederholte sie die Worte, als müsse sie sie selbst aussprechen, um ihre Bedeutung verstehen zu können.

»Ich hoffe, du hast zugesagt«, sagte Summer. »Ich habe nicht den Eindruck, dass Cam jemand ist, der wahllos eine Frau aussucht, die ihn zu einem solchen Event begleitet. Insbesondere, wenn er seiner Familie die Stirn bieten will. Du bedeutest ihm also wirklich was. Also sag schon: Begleitest du ihn?«

»Ich habe nichts anzuziehen«, versuchte Abby es mit einem Scherz, der ein schnaubendes Lachen von Megan zur Folge hatte.

»Das ist nicht dein Ernst?«, erkundigte sich Summer vorsichtshalber.

»Nein. Natürlich nicht. Aber ich kann an diesem Tag nicht nach Boston fahren. Es ist mein Kelsey-Wochenende«, nannte sie ihren Schwestern den wahren Grund, aus dem sie Cameron nicht zu Jasons Hochzeit begleiten konnte. »Ich werde sie nicht im Stich lassen, nur um in Boston Champagner zu schlürfen.« Ihr war erst gestern klar geworden, dass sich die Termine überschnitten. Sonst hätte sie Cameron von Anfang an gesagt, dass sie ihn auf keinen Fall begleiten konnte.

»Kelsey?« Summer legte Abby die Hände auf die Schultern und drückte sanft. »Denkst du, Kelsey hat ein Problem damit, wenn du einmal nicht kommst?«

Megan ließ Foxys Hinterbein los und kam zu Abby und Summer herüber. Sie zog Abby von der Flanke des Pferdes weg und nahm sie in die Arme. »Kelsey wird nicht merken, ob du da bist oder nicht.«

»Das kannst du nicht wissen.« Sie legte den Kopf auf die Schulter ihrer jüngsten Schwester, während Summer ihr beruhigend über den Rücken strich. »Niemand kann das wissen. Es ist bestimmt nicht gut, die Routine zu durchbrechen.«

»Ich bin mir sicher, dass sie es dir nicht übelnimmt, wenn du versuchst, mit deinem Leben weiterzumachen.« Megan strich ihr über die Haare. »Es sind inzwischen über zwei Jahre vergangen. Kelsey wäre die Letzte, die wollte, dass du deine Zukunft und deine Arbeit wegen ihr an den Nagel hängst.«

Genau genommen wusste Abby das nicht. Kelsey war ein Teenager. Und Teenager waren selbstsüchtig. Jeder auf seine Weise. Das gehörte zum Erwachsenwerden dazu – aber genau das würde Kelsey nicht mehr tun: erwachsen werden. Und Abby hatte keine Ahnung, was ihre letzten Gedanken gewesen waren, bevor sie den falschen Ausweg gewählt hatte. Hass auf Jordan? Verachtung für Abbys Unfähigkeit, ihr zu helfen? Wut auf ihre Eltern, die es nicht einmal angesichts ihrer Situation geschafft haben, ihren Scheidungskrieg zur Seite zu schieben? »Ich kann sie nicht hängen lassen«, sagte sie leise.

*

Maxine Grant war eine weitere Überraschung, mit der Cameron nicht gerechnet hatte. Finn hatte ihm erzählt, dass sie ein Hippie gewesen war, bevor sie zur Bürgermeisterin gewählt worden war. Es hätte ihn nicht gewundert, wenn sie in einem wallenden, gebatikten Kleid, Sandalen und hennarot gefärbten Haaren bis zur Taille vor ihm gestanden hätte – und irgendwie hätte das sogar zu Stonebridge Island gepasst. Stattdessen erhob sich eine Frau vom schlichten Konferenztisch, die in jedes Vorstandsmeeting an der Ostküste gepasst hätte. Sie war groß und schlank und trug ein streng geschnittenes, anthrazitfarbenes Kostüm, das ihr ausgezeichnet stand. Cameron vermutete, dass sie um die sechzig war. Ihre Haare waren silbergrau und im Nacken zu einem lockeren Knoten geschlungen. Die Füße steckten in mörderischen High Heels, die er auf dieser Insel definitiv nicht erwartet hätte. Und ihr Blick aus strahlend blauen Augen war scharf und direkt. Das einzig erkennbare Zugeständnis an den Hippie in ihr waren die großen silbernen Drahtgebilde, die an ihren Ohren baumelten. Maxine Grant war – eine Erscheinung. Die perfekt zu dem freundlichen, aber festen Händedruck passte, mit dem sie Finn und ihn begrüßte. »Meine Herren, nehmen Sie Platz.« Sie musterte Camerons Anzug und schenkte ihm ein breites Lächeln. »Es ist schön, auf dieser Insel einmal jemanden zu treffen, der die richtige Garderobe für ein Meeting im Schrank hängen hat. Der Einzige, der hier noch Anzüge trägt, ist Wade Hillridge, der Bankdirektor. Allerdings die Ausverkaufsmodelle von der Stange. Mit scheußlichen Krawatten, die seine Frau für ihn aussucht. Kaffee? Wasser?«, ging sie von ihrer Klage über den Kleidungsstil auf der Insel in den Gastgeberinnenmodus über.

Cameron dankte Abby insgeheim für ihren Kleiderrat. Er hatte das Eis gebrochen, und Finn schien den Hinweis, dass die Bürgermeisterin seinen üblichen Aufzug aus Jeans, Stiefeln und Hemd für nicht angemessen hielt, mit Humor zu nehmen. Auf dieser Insel war das vielleicht sogar ein Insiderwitz. Entspannt lehnte er sich zurück und genoss das Gefühl, an einem Konferenztisch zu sitzen und über ein Projekt zu verhandeln. Diesmal aus der ersten Reihe. Zu seinen eigenen Konditionen.

Maxine – sie hatte Cameron gebeten, sie beim Vornamen zu nennen, weil sie sonst unweigerlich das Gefühl habe, ihre giftige Schwiegermutter stünde hinter ihr – verfolgte die Präsentation aufmerksam. Sie machte sich Notizen, stellte aber keine Frage, solange Cameron sprach.

Nachdem er geendet hatte, lehnte sie sich in ihrem Sessel zurück und klopfte sich nachdenklich mit ihrem Kugelschreiber gegen die Unterlippe. »Ein ehrgeiziges Projekt, das Sie sich da ausgesucht haben«, sagte sie schließlich.

»Vor allem ein sehr interessantes Projekt«, hielt Cameron dagegen.

Maxine nickte. »Das auf jeden Fall. Die Arbeitskräfte für den Umbau und den späteren Betrieb rekrutieren Sie von der Insel?«

Cameron wollte antworten, aber Finn räusperte sich und lehnte sich vor. »Für den Betrieb hat Cameron das so geplant, Maxine. Aber was die Sanierung betrifft, muss ich ehrlich sein. Wir wollen so viel wie möglich mit unseren eigenen Leuten machen, aber für das eine oder andere brauchen wir Spezialisten, die wir von außerhalb holen müssen. Der Zuckerbäckerstuck an den Dachkanten zum Beispiel, den müssen wir in Bangor anfertigen lassen.«

Maxine nickte. »Ich mag Ehrlichkeit. Und es gefällt mir, dass Sie beide dieser Ruine wieder Leben einhauchen wollen. Sie hat es verdient. Der Insel wird es guttun. Meinen Segen haben Sie«, sagte sie schlicht, und Cameron merkte erst jetzt, dass er gespannt die Luft angehalten hatte.

Vorsichtig atmete er aus. »Vielen Dank für Ihr Vertrauen«, sagte er. »Wir wissen das sehr zu schätzen.«

»Nun ja, eine Sache wäre da noch.« Sie blickte zu Finn hinüber. »Ihr Geschäftspartner hat Sie sicher von den Plänen seiner Familie in Kenntnis gesetzt.«

»Der Anleger für die Kreuzfahrtschiffe?« Cameron nickte. »Ja, das hat er.«

Maxine beugte sich vor. »Ich muss Ihnen ehrlich sagen, dass ich kein Fan dieser Idee bin«, sagte sie in einem Tonfall, der fast schon verschwörerisch klang. »Aber auf dieser Insel haben die Bürger ein Mitspracherecht. Am Freitag wird Benedict auf einer Stadtversammlung seine Idee vorstellen. Ich möchte, dass Sie sich dort ebenfalls blicken lassen und uns von Ihren Plänen für *Seal Rock Hall* erzählen.«

»Sicher.« Cameron schob seine Unterlagen auf dem Tisch zusammen. »Das ist kein Problem.«

»Denken Sie.« Maxine beugte sich zurück und grinste. »Kennen Sie die Serie *Gilmore Girls*?«

Cameron hatte keine Ahnung, wovon sie sprach, und schüttelte den Kopf.

»Nein? Dann sollten Sie sich bis Freitag unbedingt ein paar Folgen ansehen. Die Stadtversammlungen in Stars Hollow sind harmlos gegen das, was Sie bei uns erwarten wird.«

21

Maxines Holzhammer knallte dreimal hintereinander auf das Pult, das in der Mitte der Bühne des Gemeindesaals aufgebaut war. »Meine Damen und Herren, nehmen Sie bitte Ihre Plätze ein. Wir wollen pünktlich beginnen«, forderte sie die Inselbewohner auf, die zur Stadtversammlung zusammengekommen waren.

Abby blickte sich um. Der holzgetäfelte Raum war völlig überfüllt. Die Plätze besetzt, und an den Wänden entlang standen die Insulaner mindestens zweireihig. Sie hatte die beiden Klappstühle, die zwischen ihrer Mutter und ihr standen, mit Händen und Füßen verteidigt. Aber lange würden sie sich nicht mehr behaupten können, wenn ihre Schwestern nicht bald auftauchten. »Wo bleiben sie nur?«, murmelte sie.

»Da drüben sind sie schon.« Olivia hatte sich ebenfalls umgedreht und Megan und Summer entdeckt, die sich voll beladen einen Weg durch die Meute ihrer Nachbarn bahnten. Sie winkte ihnen zu.

Megan entdeckte sie und manövrierte sich, gefolgt von Summer, durch den Gang, bis sie ihre Reihe im hinteren Drittel des Saales erreichte. Mit einem Lächeln brachte sie ihre Sitznachbarn dazu, für sie noch einmal aufzustehen und sie durchzulassen.

»Puh! Geschafft!« Megan ließ sich auf den Platz neben ihrer Mutter fallen.

Summer nahm den letzten freien Sitz neben Abby. »Wir haben doch noch nichts verpasst, oder?«, fragte sie.

»Genau richtig«, beruhigte Olivia sie. »Wo ist mein Popcorn?«

»Einmal gesalzenes Popcorn für dich, Mom. Popcorn mit Karamell für mich. Und Nachos mit Käsesoße für euch beide.« Megan verteilte die Snacks, und Summer reichte die Getränke hinterher.

»Jetzt sind wir bereit für die Show.« Megan lehnte sich auf ihrem Stuhl zurück und schob sich genüsslich eine Handvoll Popcorn in den Mund.

»Wie im Kino, nur ohne die nervige Werbung am Anfang«, sagte Rose, die eine Reihe vor ihnen saß, über die Schulter. Sie löffelte Eis aus einem großen Ben&Jerrys-Becher. Josh neben ihr nippte an der Eisteeflasche, in der er sein Bier in den Gemeindesaal schmuggelte. Alkohol während der Stadtversammlungen war verboten, aber er bestand darauf, diese Zusammenkünfte ohne Bier nicht ertragen zu können.

Abby erspähte die alte Mrs. Chambers, die wie immer an einem Schal strickte. Zwei Reihen hinter ihr lümmelte Chuck Holliday in seinem Sitz. Man konnte die Minuten mitzählen, bis er einschlafen würde – Abby und ihre Schwestern hatten die Zeit tatsächlich oft genug gestoppt, um zu wissen, dass es maximal zwölf Minuten waren. Die Morgans und ein paar ihrer Unterstützer besetzten die vorderen Reihen rechts vom Gang. Links saßen die Mitglieder des Stadtrats. Hinter ihnen ein paar der Inselbewohner, die für ihr Leben gern diskutierten oder grundsätzlich ›dagegen‹ waren. Und Marsha nutzte wie immer die Chance, noch ein paar der vom Tag übrig gebliebenen Backwaren zu verkaufen.

Abby zog einen Nacho durch die Käsesoße, während Maxine erneut an ihr Pult trat. Alles hier hatte seine Ordnung, jeder seinen Platz – und seine Aufgabe. Der Einzige, der aus dieser Menge karierter Hemden herausstach, war Cameron. Er lehnte auf Bitte der Bürgermeisterin weiter vorn an der Wand. Heute trug er keinen Anzug, aber eine graue Stoffhose und ein weißes Hemd, das er bis zu den Ellenbogen aufgekrempelt hatte. Was verdammt sexy aussah. Als er in Abbys Richtung blickte, winkte sie ihm mit einem Nacho, ehe sie es in die Soße tunkte. In seinen Augenwinkeln kräuselten sich kleine Lachfältchen. Cameron hatte ihr von seinem Gespräch mit der Bürgermeisterin und dem Plan der Morgans erzählt. Im Gegenzug hatte sie ihm von den Eigenheiten der Gemeindemitglieder berichtet, die diese Zusammenkünfte zu unterhaltsamen Abenden machten. Manch ein Nachbar kam gar nicht wegen des zu diskutierenden Themas, sondern wegen der Ereignisse, die darum herum passierten.

Maxine ließ den Hammer erneut auf das Pult sausen. Die Bürgermeisterin war gut mit Olivia befreundet. Daher wusste Abby, dass sie es liebte, diesen Hammer zu schwingen, und sich keine Gelegenheit entgehen ließ, um auf diese Weise für Ordnung bei den Stadtzusammenkünften zu sorgen. Die Bürgermeisterin wartete, bis sich das aufgeregte Summen im Saal legte und sie sich der Aufmerksamkeit der Inselbewohner sicher sein konnte. »Meine Damen und Herren, ich erkläre die heutige, außerordentliche Stadtversammlung für eröffnet. Die Schulbusproblematik für die Middleschool und die Highschool besprechen wir nächstes Mal, genau wie die Details zum Blaubeerfest, die noch ausstehen. Heute kommen wir auf Wunsch von Benedict und Arthur Morgan zusammen.« Ein Raunen ging durch den Saal. Maxine wartete, bis abermals Ruhe eingekehrt war. »Bevor ich also das Wort an Benedict übergebe, weise ich noch einmal darauf hin, dass mich *niemand* nach den Bussen oder dem Blaubeerfest zu fragen braucht.« Irgendjemand würde es trotzdem tun, da war sich Abby sicher. »Bitte, Benedict.« Maxine trat vom Pult zurück und setzte sich auf ihren Platz im hinteren Bereich der Bühne.

Benedict erhob sich von seinem Platz in der ersten Reihe und dimmte auf seinem Weg zum Podium mit einer Fernbedienung die Lichter im Saal.

»Lasst die Show beginnen«, murmelte Summer neben ihr und klaute eine Handvoll von Megans Popcorn.

»Liebe Freunde, liebe Nachbarn. Liebe Gäste.« Benedict sah in Camerons Richtung, bevor er den Blick über die Reihen der Anwesenden schweifen ließ. Ahnte er etwas? Maxine betrachtete Cameron als eine Art Geheimwaffe gegen den Schiffsanleger, mit der sie den Morgans den Wind aus den Segeln nehmen wollte.

Benedict lächelte. »Ich möchte euch ein neues Projekt vorstellen, für das wir bereits Investoren an der Hand haben.« Er lehnte sich lässig gegen das Pult und drückte einen weiteren Knopf der Fernbedienung, der den Beamer unter der Decke einschaltete. »Ich präsentiere euch den Stonebridge-Island-Anlegeplatz für große Kreuzfahrtschiffe.« Mit einem weiteren Knopfdruck ließ er einen Werbefilm ablaufen, dem man ansah, dass er aus einer professionellen Agentur, weiter südlich an der Küste, stammte. Und jede Menge Geld gekostet hatte.

»Das ist sie, die Zukunft unserer Insel«, ließ er sich vernehmen, als die Leinwand hinter ihm schwarz wurde. »Arbeitsplätze. Kaufkraft. Tourismus in einer neuen Dimension.« Er schaltete den Beamer aus und breitete die Arme aus wie der Prediger am Sonntag in der Kirche. »Wer sich an dem Projekt beteiligen will, ist herzlich willkommen.«

»Das ist doch Bullshit«, rief eine Frau aus der Hippiefraktion von Sandy Beach, rechts von Abby.

»Genau.« Corey Sharp vom Fischmarkt sprang auf, was automatisch eine Wolke Fischgestank freisetzte und dafür sorgte, dass sich die Umsitzenden hektisch Luft zufächelten und versuchten, von ihm abzurücken. »Du bist ja größenwahnsinnig geworden, Morgan. Je älter du wirst, desto verrückter werden deine Einfälle.«

»Unserer Wirtschaft könnte es helfen«, warf Wade Hillridge, der Bankdirektor, ein.

»Pah! Wirtschaft«, rief jemand hinter ihnen, den Abby nicht sehen konnte. »Wir sind ’ne kleine Insel. Und wir haben unsere Ruhe. Das soll, verdammt noch mal, so bleiben.«

In diesem Stil ging es eine Weile weiter. Nachbarn warfen sich gegenseitig Beschimpfungen an den Kopf, brüllten ihre Argumente für oder gegen den Anleger in den Raum. Schließlich erhob sich Maxine von ihrem Stuhl und kehrte an das Rednerpult zurück. Mit einem Krachen ließ sie ihren Hammer auf das Holz fallen – und sorgte damit für eine so unmittelbare Stille, dass nur noch Chuck Hollidays Schnarchen zu hören war.

»Danke für deine Präsentation, Benedict. Und danke euch für eure Meinungen.« Maxine ließ ein Lächeln aufblitzen, das an einen Hai erinnerte. »Ich möchte zu diesem Thema noch jemanden hören. Wir haben zurzeit schließlich einen Experten auf unserer wunderschönen Insel.«

»Ja Mann!«, rief jemand weiter vorn. »Fragen wir Ich-sehe-ihm-nur-ähnlich!« Ein Lachen ging bei Camerons Spitznamen durch die Menge.

»Cameron.« Maxine winkte ihn zu sich. Abby sah zu, wie er sich von der Wand abstieß und mindestens so entspannt wie Benedict auf die Bühne stieg. »Sie kommen aus der Tourismusbranche«, setzte Maxine wieder an. »Sagen Sie uns Ihre Meinung.«

Sie trat zurück, und Cameron nahm ihren Platz am Mikrofon ein. »Ich glaube, die meisten hier wissen, wer ich bin«, sagte er und stellte das Mikrofon so ein, dass er sich nicht zu weit hinunterbeugen musste. Gelächter flutete den Saal. Cameron wartete, bis es etwas abgeklungen war, ehe er fortfuhr. »Sie haben recht, Maxine. Ich komme aus der Branche. Und ich kann Ihnen sagen, die Kreuzfahrtindustrie ist eine nicht zu unterschätzende Größe in diesem Bereich.«

Abby konnte die Augen nicht von Cameron abwenden. Er sah … umwerfend aus, wie er da auf der Bühne stand. Die Arme auf das Rednerpult gestützt, ein entspanntes, selbstsicheres Lächeln in den Mundwinkeln. Ihr Magen zog sich unwillkürlich zusammen, und die Schmetterlinge in ihrem Bauch begannen einen Line Dance, bevor sie die Choreografie aufgaben und einfach wild durcheinanderhüpften.

»Jedes Jahr steigt die Zahl der Urlauber, die mit Kreuzfahrtschiffen verreisen. Die Industrie boomt. Aber«, Cameron hielt kurz inne, um sich die Aufmerksamkeit seiner Zuhörer zu sichern, »alles hat seine Grenzen. Diese Art zu reisen passt ganz wunderbar zu Orten, die touristisch erschlossen sind, Sehenswürdigkeiten bieten, zu denen die Urlaubsgäste auch auf dem Landweg reisen würden. Nehmen wir den Acadia National Park. Mit über dreieinhalb Millionen Besuchern im Jahr ist er eines der beliebtesten Ausflugsziele der New-England-Staaten. Und er liegt direkt am Meer. Natürlich macht es in diesem Fall Sinn, einen Kreuzfahrthafen zu bauen und diesen Reisenden den Zugang zum Park zu ermöglichen. Aber Stonebridge Island?« Wieder eine Pause, die für Spannung sorgen sollte. »Diese Insel zeichnet sich ja gerade dadurch aus, dass die größte Attraktion ein selbst gefangener Hummer ist.«

Cameron blickte Abby direkt in die Augen, als er das sagte, und Summer legte neben ihr die Hand aufs Herz. »Lieber Himmel, der setzt ja den Saal in Brand mit diesem Blick«, murmelte Abbys Schwester und fächelte sich mit einem Nacho Luft zu. »Mir ist jedenfalls verdammt heiß.«

Abby musste ihr recht geben. Sie hätte ihre Hand am liebsten auch auf ihr verräterisch schlagendes Herz gelegt. Aber sie wollte nicht zum Tratschobjekt der ganzen Insel werden. Also schenkte sie Cameron ein Lächeln. Der Hummer hatte ihn nachhaltig beeindruckt, aber trotz allem war dieser Ausflug ein Moment, der nur ihnen beiden gehörte.

Cameron beugte sich vor, um dem, was er zu sagen hatte, noch mehr Gewicht zu geben. »Wenn ihr wollt, dass Kreuzfahrtschiffe auf der Insel anlegen, braucht ihr auch die Attraktionen, die sie hierherlocken. Einen Vergnügungspark vielleicht. Oder ein Casino.« Ein empörtes Raunen erfüllte den Raum, und Cameron wartete, bis sich die Insulaner wieder beruhigten. »Seht ihr? Ihr wollt gar kein Casino auf Stonebridge Island. Ihr wollt für die Leute da sein, die hier ihre Ferienhäuser haben und seit Jahren oder Jahrzehnten hierherkommen. Die wandern, jagen oder Blaubeeren sammeln wollen. Einer Gemeinde wie eurer wird der Kreuzfahrtanleger keinen Zugewinn bringen. Ihr verdient kein Geld damit. Die Passagiere werden die Cafés und Restaurants der Insel nicht stürmen – das Essen auf dem Schiff ist schließlich in ihrem Reisepreis inbegriffen. Sie werden vielleicht hier und da etwas aus den Töpferwerkstätten kaufen, aber das war es dann auch. Dafür wird die Umweltverschmutzung zunehmen. Vielleicht geht dadurch sogar ein Teil der Lebensgrundlage für die Fischerei verloren. Stonebridge Island ist etwas Besonderes. Ein wirklicher Schatz unter vielen Reisezielen. Und ich weiß, wovon ich spreche.«

Ein paar Zuhörer lachten. Jemand rief: »Wir sind unter den Top-10-Geheimtipps für einen Trip an der Ostküste.«

»Sehen Sie? Erhalten Sie sich diesen Status. Dazu kommt, dass Sie hier einen Weg gefunden haben, die Ökologie und die Ökonomie in einem nachhaltigen Gleichgewicht zu halten.« Cameron zeigte auf Marsha. »In der Bäckerei und an einigen anderen Orten auf der Insel bekommen Sie Ihren Kaffee im Keramikbecher. Mrs. Carlson hat in jedem ihrer Motelzimmer Mülltrennung.«

»Hey! Mülltrennung haben wir auch!«, rief Luke Coneway, der Besitzer des *Sea Side Inn*.

»Sehen Sie?«, sagte Cameron zu ihm. »Die Umwelt ist ein großes Thema auf der Insel. Das sollten Sie nicht außer Acht lassen, wenn Sie sich Gedanken über die Planung eines solchen Unterfangens machen.« Abby sah, wie Cameron zur Bürgermeisterin hinübersah, die kaum merklich nickte. »Wenn wir schon von Plänen sprechen: Ich habe ebenfalls welche, die ich auf Stonebridge Island gerne in die Tat umsetzen möchte. Sie kennen sicher alle *Seal Rock Hall.* Ich habe es Finn Morgan abgekauft und möchte ein kleines, exklusives Hotel daraus machen.« Wieder ging ein Raunen durch die Menge.

Benedict Morgan hatte sich halb von seinem Sitz erhoben und starrte Cameron mit offenem Mund an. Arthur zog ihn auf seinen Platz zurück und sagte leise etwas zu Finn, der nur den Kopf schüttelte.

»Jetzt wird es spannend«, flüsterte Summer.

»Das Hotel soll eine Art Hide Away für Menschen werden, die bereit sind, ein wenig Geld auf die Insel zu bringen. Wir schaffen Arbeitsplätze, weil ich Finn die Restaurierung des Herrenhauses übertragen werde. Ich werde Personal für die Bewirtschaftung des Anwesens brauchen, vom Koch über den Gärtner bis zum Manager. Die Gäste, die ich auf die Insel bringe, gehören aber auf jeden Fall zu der Sorte, die einen Schiffsanleger und Tausenden von Touristen jeden Tag nicht besonders viel Begeisterung entgegenbringen. Überlegt euch, was euch lieber ist.«

»So ein Schwachsinn«, schnarrte Benedict. Er hatte sich erhoben. Mit dunkelrot angelaufenem Gesicht blickte er von seinem Enkel zu Cameron, der noch immer auf der Bühne stand. »Wie viele Zimmer kann so ein Hotel schon haben? Zehn? Fünfzehn? Oder gar zwanzig? Mit den Kreuzfahrtschiffen könnten täglich mehrere Tausend Touristen auf die Insel kommen. Täglich!«, brüllte er, so aufgebracht war er.

Cameron zog das Mikrofon noch einmal zu sich heran. Ruhig und gelassen. »Ich denke, beides wird es auf der Insel nicht geben, Mr. Morgan. Mein Hotel oder Ihre Anlegestelle. Danke für Ihre Aufmerksamkeit«, sagte er und kehrte zu seinem Platz an der Wand zurück.

Maxine nahm ihren Platz hinter dem Pult wieder ein und benutzte abermals ihren Hammer. Diesmal nicht, um damit auf ihr Pult zu schlagen, sondern um damit auf Benedict zu zeigen. »Setz dich hin, Benedict Morgan. Wir beginnen jetzt mit der Fragerunde. Wer möchte Details zu den Projekten wissen?«

Chuck Holliday zuckte aus seinem Sitz hoch und blinzelte verschlafen in die Runde. »Was ist denn jetzt mit den Schulbussen und dem Blaubeerfest?«, fragte er.

Die Menge brach in wildes Gelächter aus, das ein wenig der Spannung aus dem Raum katapultierte, während die Bürgermeisterin resigniert ihren Kopf auf das Pult legte.

Doch schon im nächsten Moment schlug die Stimmung um, und Befürworter und Gegner des Schiffsanlegers brüllten ihre Meinungen in den Raum und bombardierten Cameron und Benedict mit ihren Fragen.

Abby konnte nicht anders, als Cameron anstarren. Verdammt. Sie fühlte sich ein wenig schwindelig, so als hätte sie einen kleinen Schwips – oder war verliebt. Mit Mitte dreißig. Verknallt bis über beide Ohren. In Cameron Montgomery.

*

Finn öffnete die Haustür und trat sich die Stiefel von den Füßen. Auf Socken ging er durch das offene Erdgeschoss direkt in die Küche und holte sich ein Bier aus dem Kühlschrank. Er liebte sein Haus. Aber es war still hier, das fiel ihm in letzter Zeit immer mehr auf. Vielleicht war es an der Zeit, sich einen Hund oder eine Katze zuzulegen, die ihn beim Nachhausekommen begrüßten.

Er öffnete das Bier, lehnte sich gegen die Kücheninsel und wartete. Heute konnte er sicher sein, dass es nicht mehr lange ruhig bleiben würde in seinen vier Wänden. Im nächsten Moment streiften bereits die Scheinwerfer des Pick-ups seines Vaters die Fenster und ließen ihn die Augen zusammenkneifen. Dann glitten sie weiter, und im nächsten Moment erstarb der Motor. Finn trank noch einen Schluck und wartete auf das Unausweichliche.

Sein Großvater machte sich nicht mal die Mühe, seine Schuhe auszuziehen. Wie ein Tornado kam er ins Haus geschossen. Ein Tornado mit verdammt hohem Blutdruck, wenn man sein rotes Gesicht und die Wut in seinem Blick als Indikator nahm. Finns Vater folgte ihm, aber er konzentrierte sich auf Benedict, der direkt auf ihn zusteuerte.

»Junge!«, brüllte er, sobald er – viel zu dicht – vor ihm stehen blieb. »Bist du von allen guten Geistern verlassen? Was hast du dir nur dabei gedacht, *Seal Rock Hall* zu verkaufen? Ohne das mit uns abzusprechen!«

Finn konnte es nicht ausstehen, aus dreißig Zentimetern Entfernung angeschrien zu werden. Er trat einen Schritt zur Seite und öffnete den Kühlschrank noch einmal. »Jemand ein Bier?«

Arthur schüttelte nur den Kopf und lehnte sich mit verschränkten Armen neben der Verandatür an die Wand.

Finns Großvater schien die Frage nur noch mehr auf die Palme zu bringen. »Ich will kein verdammtes Bier. Ich will, verdammt noch mal, wissen, was dich geritten hat, das Herrenhaus zu verkaufen, dass *ich* dir überschrieben habe.«

Finn bemühte sich, ruhig zu bleiben. Obwohl auch in ihm langsam Wut zu brodeln begann. Sein Großvater war das Familienoberhaupt. Finn hatte weder seinen Platz als Patriarch je infrage gestellt noch hatte er an Benedicts Entscheidungen gezweifelt. Trotzdem war er ein fast dreißig Jahre alter Mann mit einer eigenen Firma, der mit beiden Beinen fest im Leben stand und der sich ungern herunterputzen ließ wie ein Zehnjähriger. »Genau deshalb habe ich es verkauft. Weil du es *mir* überschrieben hast«, betonte er, dass er derjenige war, der über *Seal Rock Hall* entschied. »Es ist mein Haus. Ich kann damit machen, was ich will. Abgesehen davon habe ich versucht, dir davon zu erzählen, bevor ich den Kaufvertrag unterschrieben habe. Aber du musstest ja auf eine Baustelle und hast mich stehen lassen«, verteidigte er sich.

»Besonders intensiv hast du danach ja nicht noch mal versucht, uns davon in Kenntnis zu setzen. Bei einer Stadtversammlung davon zu erfahren ist ein Schlag ins Gesicht. Aus der eigenen Familie.« Arthur verzog das Gesicht.

Finn hob die Arme in einer resignierten Geste. »Es ist mein Haus. Warum soll ich es nicht verkaufen, wenn mir danach ist? Das Geschäft, das ich damit gemacht habe, ist fantastisch. Denn ich habe nicht nur einen ordentlichen Verkaufspreis herausgeschlagen, ich werde auch der sein, der das Anwesen restauriert«, versuchte er, seinen Standpunkt deutlich zu machen.

»Ich habe das Haus aus Steuergründen an dich überschrieben. Es gehört der Familie, auch wenn dein Name auf der Besitzurkunde steht.« Benedicts Gesichtsfarbe hatte sich noch immer nicht normalisiert.

»Jetzt steht Cameron Montgomerys Name auf der Besitzurkunde«, konnte Finn sich nicht verkneifen.

»Du hättest mit uns darüber reden sollen«, sagte Arthur, schon ein wenig leiser. »So sabotierst du unsere Pläne für die

Insel. Ein Projekt, an dem wir seit Jahren arbeiten und in das wir bereits jede Menge Geld investiert haben.«

»Von was für einem Projekt sprichst du?«, fragte Finn.

»Erzähl es ihm«, sagte Benedict zu Arthur und nahm sich nun doch ein Bier aus dem Kühlschrank, mit dem er auf und ab zu tigern begann.

Finns Vater löste seinen Rücken von der Wand und kam zur Kücheninsel herüber. »*Seal Rock Hall* sollte der zentrale Punkt unseres Kreuzfahrtprojektes werden.«

»Was?« Finn richtete sich auf. »Aber … das verstehe ich nicht. Das Herrenhaus liegt nicht einmal ansatzweise in der Nähe eures geplanten Anlegers.«

»Es liegt allerdings neben dem tatsächlichen Anleger«, korrigierte Arthur.

Finn wollte einen Schluck Bier trinken, hielt aber auf halbem Weg inne und ließ die Flasche dann langsam wieder sinken. Er verstand nicht ganz, was sein Vater meinte. »Neben *Seal Rock Hall* liegt doch die Halfmoon Bay, die ihr vor nicht einmal einem halben Jahr an die Coopers verkauft habt«, sprach er das Offensichtliche aus.

»Einer der cleversten Schachzüge dieses Projekts war der Verkauf der Halfmoon Bay«, sagte Benedict.

»Die Coopers mussten dafür alle ihre finanziellen Reserven aufbringen und eine Hypothek aufnehmen«, ergänzte Arthur. »Sobald sie in finanzielle Schieflage geraten, werden wir da sein.«

Benedict schnippte mit den Fingern. »Und ihnen das ganze Gestüt abnehmen.«

»Ich verstehe es noch immer nicht. Wieso wollt ihr den Anleger in der Halfmoon Bay bauen und den Coopers ihr Gestüt abluchsen?«

»Weil nur in der Bucht das Wasser tief genug ist, damit auch die ganz großen Kreuzfahrtschiffe anlegen können«, erklärte Arthur.

Finns Großvater seufzte, als hätte er es mit einem Idioten zu tun. »Und weil mir dieses Land zusteht«, begann er mit der alten Leier von der Fehde zwischen den Familien. »Ich hole mir nur zurück, was mir eigentlich gehört.«

»O Mann, Grandpa.« Finn rieb sich über das Gesicht. »Dieser Krieg mit den Coopers ist so was von letztes Jahrtausend. Man bekommt nicht immer, was man will – oder wen man will. Das ist jetzt über sechzig Jahre her. Wäre es nicht langsam an der Zeit, über den Korb hinwegzukommen, den Catherina dir gegeben hat?«

»Du hast keine Ahnung, wovon du sprichst«, wies Benedict ihn zurecht. »Und du hast mit deiner unbedachten Aktion das Aushängeschild unseres Projekts verkauft.«

Dass Finn versucht hatte, seinen Großvater vor dem Verkauf davon zu erzählen, schien keine Rolle zu spielen. Er sparte es sich, noch einmal darauf hinzuweisen. »Ihr sagt, wenn die Coopers in Schwierigkeiten geraten, nehmt ihr ihnen das ganze Gestüt ab. Soweit ich das beurteilen kann, laufen die Geschäfte aber blendend. Ich glaube nicht, dass sie in absehbarer Zeit in eine Situation kommen, die sie zwingt zu verkaufen.«

»Abwarten«, knurrte Benedict. »Manchmal bekommt man schneller Probleme, als man denkt.« Mit einer wütenden Bewegung ließ er seine Faust auf die Kücheninsel krachen. Im nächsten Moment schlug die Haustür mit einem Knall hinter ihm zu.

»Was meint er damit?« Finn drehte sich zu seinem Vater um. »Was will er damit sagen, Dad?«

»Nichts«, brummte sein Vater. »Außer, dass wir jetzt das komplette Projekt umplanen müssen. Du hast es komplett vermasselt, Finley«, sagte Arthur, bevor er Benedict aus dem Haus folgte.

Finn bemühte sich, nicht zusammenzuzucken. Wann immer sein Vater ihn Finley nannte, hatte er schon als Kind gewusst, dass er in echten Schwierigkeiten steckte.

22

Abby hatte sich darauf eingelassen, Cameron nach Boston zu begleiten. Sie fühlte sich allerdings weiterhin nicht gut dabei, Kelsey im Stich zu lassen. In den vergangenen zwei Jahren hatte sie nicht einen einzigen Besuchstag bei ihr versäumt. Trotzdem hatte sie sich von ihren Schwestern überzeugen lassen, dass sie die Einladung zur Hochzeit von Camerons Bruder nicht ausschlagen konnte.

»Du musst langsam loslassen, Süße«, hatte Megan gesagt. »Du kannst nicht dein komplettes Leben nach Kelsey ausrichten. Es bricht uns allen das Herz, was ihr zugestoßen ist. Aber es war nicht dein Fehler.«

Abbys Verstand wusste das. Ihre Schuldgefühle konnte sie deshalb aber noch lange nicht abstellen. Trotzdem hatte sie sich überwunden, nach Boston zu fahren. Nur dieses eine Mal. Den Ausschlag hatte schließlich Cameron gegeben. Er hatte sie um ihre Begleitung gebeten, nicht nur, weil er einen Ausflug mit ihr machen wollte, sondern er hatte sie damit indirekt um ihre Unterstützung gebeten. Die Hochzeit seines Bruders wäre die erste Gelegenheit, bei der seine Familie wieder aufeinandertreffen würde. Valerie stand an seiner Seite, aber sonst würde er keine Verbündeten haben. Niemanden, der ihm den Rücken stärkte. Cameron hatte sie als die Frau in seinem Leben bezeichnet. Es wäre einfacher gewesen, wenn er nicht diese Worte im Zusammenhang mit ihr benutzt hätte. Viel einfacher, wenn sie sich nicht mitten im typischen Tumult einer Home-Port-Stadtversammlung in ihn verliebt hätte. Einfach so.

Also hatte Abby sich von ihren Schwestern zu einem Shopping-Nachmittag in Calais überreden lassen, der einzigen Stadt im Washington County, Maine, in der man die Chance hatte, ein Kleid zu finden, das einer High-Society-Hochzeit in Boston einigermaßen gerecht wurde – auch wenn es kein Designerstück war. Die Zeit mit Megan und Summer hatte ihr gutgetan, und schließlich hatte sie sogar begonnen, sich auf das Wochenende mit Cameron in Boston zu freuen.

Als er ihre Koffer in den Jaguar geladen hatte, hatte er noch gegrinst und sie zu einem langen Kuss in seine Arme gezogen. Sie hatte sich gut gefühlt. Doch je näher sie Boston kamen, desto stiller wurde Cameron. Ihre Nervosität stieg im gleichen Maß. Schweigend kämpften sie sich durch den Freitagabend-Verkehr der Stadt, bis sie in eine Gegend gerieten, die ruhiger und exklusiver war. Back Bay. Abby musste nicht in Boston leben, um zu wissen, dass das neben Beacon Hill das teuerste Wohnviertel der Stadt war.

Cameron hielt nicht vor einem der wunderschönen alten Stadthäuser, die die Straßen säumten, und fuhr stattdessen in die Tiefgarage eines hypermodernen Gebäudes. Erinnerungen an ihre Zeit mit Jace stiegen in Abby auf, der in einem ganz ähnlichen Wohnkomplex in Portland gelebt hatte. Entschlossen schob sie sie zurück. Sie wollte dieses Wochenende nicht mit ihrer Zeit mit ihrem Ex-Mann verschwimmen lassen.

»Wir können den Concierge-Service bitten, unser Zeug

hochzutragen«, sagte Cameron, als er den Wagen auf seinem Parkplatz abgestellt hatte. »Aber ich trage meine Sachen eigentlich lieber selbst.«

Abby versuchte sich an einem Lächeln und wackelte mit den Fingern. »Ich habe zwei gesunde Hände. Ich kann meinen Koffer auch selbst hinter mir herziehen.«

»Na dann. Willkommen in meiner Welt.« Der bittere Unterton in seiner Stimme war nicht zu überhören. Auf der Fahrt hatten sein Vater einmal und seine Mutter dreimal angerufen, um ihn mit Instruktionen für das Wochenende zu überhäufen, ihn an seine gute Kinderstube zu erinnern, nicht zu vergessen den Ruf der Familie. Nur Valeries Nachrichten, die den jeweiligen aktuellen Hochzeitsplanungsstatusirrsinn kommentierten, hatten ihm hin und wieder ein Schmunzeln entlockt.

»Das wird schon gut gehen.« Abby griff nach seiner Hand. »Wir bringen das hinter uns, und dann fahren wir nach Hause.« Als ihr bewusst wurde, was sie gerade gesagt hatte, hätte sie sich am liebsten selbst einen Tritt in den Hintern verpasst. Die Insel war ihr Zuhause, nicht seines. Sein Heim lag ein paar Stockwerke über ihnen und war mit ihrem mit Sicherheit nicht zu vergleichen.

Cameron wies sie nicht darauf hin. Er beugte sich zu ihr herüber, küsste sie flüchtig und öffnete dann seine Wagentür. »Du hast recht. Wir bringen das Wochenende hinter uns und hauen wieder aus der Stadt ab, so schnell wir können.«

Bevor er um den Wagen herumkommen konnte, stieg Abby aus und nahm ihren Kleidersack vom Rücksitz. Er lud die Koffer aus und führte sie zum Aufzug. Der Knopf, den er drückte, war der für die Penthouse-Etage. Auch das hätte sie nicht verwundern dürfen. Trotzdem stockte ihr der Atem, als er die Tür zu seinem Apartment öffnete.

Abbys Absätze klickten auf dem glänzenden Steinboden, als sie in den großen, offenen Raum trat, dessen anderes Ende von einer durchgehenden Glasfront begrenzt wurde. »Wow«, entfuhr es ihr. Die spärlich im Raum verteilten Möbel konnten nicht darüber hinwegtäuschen, dass diese Wohnung eher an einen Ballsaal erinnerte als an ein gemütliches Zuhause. »Wie hältst du es nur in unserem Cottage aus, wenn du an so viel Platz gewöhnt bist?«

»Es sind doch nur Wände und Möbel«, gab er zurück und zuckte mit den Schultern. »Ich habe die Wohnung gekauft, weil die Aussicht fantastisch ist. Der Ausblick von meiner Hütte auf dem Gestüt ist genauso schön. Und es hat Vorteile, wenn die Wege zwischen Bett und Kühlschrank etwas kürzer sind.« Cameron griff nach Abbys Hand und zog sie zur Fensterfront. »Wie findest du das?«

Sie musste ihm recht geben. Der späte Mai zeigte sich von seiner besten Seite. Blauer Himmel und die strahlende Nachmittagssonne ließen die geblähten Segel der Boote, die auf dem Charles River unterwegs waren, auf dem dunklen Wasser so weiß aufleuchten, dass sie die Augen zusammenkneifen musste. »Das ist wunderschön.« Sie drehte sich um und konnte sich ein Grinsen nicht verkneifen, jetzt, da sie den ersten Schock über dieses Apartment überwunden hatte. »Wenn ich so gut rechnen könnte wie Megan, könnte ich dir genau sagen, wie viele Male das Cottage in dieses Penthouse passt.«

»Ich glaube, das will ich gar nicht wissen.« Cameron zog sie an sich, um sie zu küssen. Die Berührung ihrer Lippen wurde von Sekunde zu Sekunde heißer. Seine Finger begannen, über

Abbys Körper zu streichen und machten sich an ihren Blusenknöpfen zu schaffen. Er dirigierte sie rückwärts, bis ihre Kniekehlen das kühle Leder der Couch berührten. Sie ließ sich fallen, und Cameron folgte ihr.

Er hatte ihre Bluse bis zur Hälfte aufgeknöpft, als es an der Tür klingelte. Cameron ignorierte es, bis sich zu dem Sturmklingeln noch ein ungeduldiges Klopfen gesellte. »Komm schon, großer Bruder, lass mich rein.« Valerie.

Cameron unterbrach seine Küsse nur lange genug, um ein »Verschwinde« in Richtung Tür zu rufen.

»Auf keinen Fall!«, kam die prompte Antwort. »Macht ihr da drin rum? Ihr wollt doch nicht zu spät zum Probedinner kommen.«

»Hau ab!«, rief Cameron noch einmal und brachte Abby damit zum Lachen. »Stell dir vor, früher hatte sie einen Schlüssel zu dieser Wohnung«, murmelte er an ihrem Hals. »Ich bin verdammt froh, dass ich ihr den abgenommen habe.«

Abby schob Cameron zur Seite und richtete sich auf. Seufzend drehte er sich auf den Rücken und sah ihr dabei zu, wie sie ihre Bluse wieder zuknöpfte. »Wir holen das später nach«, flüsterte sie und gab ihm einen letzten Kuss, bevor sie sich erhob, um seine Schwester hereinzulassen. An der Tür strich sie sich glättend über ihre Haare und öffnete.

Valerie fiel ihr um den Hals und umarmte sie so fest, dass Abby fast aus dem Gleichgewicht geriet. »Es ist so schön, dich zu sehen«, rief sie. »Ich hoffe von Herzen, dass meine Familie dich nicht für immer vergrault.«

»Das hoffe ich auch.« Valeries Überschwänglichkeit löste einen Teil der Nervosität, die in ihrem Körper summte. Sie löste sich sanft aus der Umarmung und drehte sich zu Cameron um, der sich inzwischen von der Couch erhoben hatte und seine Schwester auffing, als sie sich in seine Arme warf.

»Schön, dich zu sehen, Kleine«, sagte er.

»Ich musste einfach vor dem Probedinner vorbeikommen. Ich will mit euch zusammen dort auftauchen, damit die Fronten gleich abgesteckt sind.«

Cameron seufzte, und Abby wurde erst jetzt klar, dass Valerie zum Ausgehen zurechtgemacht war. Ein kurzes, enges Kleid betonte ihre Kurven. Ein Paar mörderischer High Heels und ihr dramatisches Make-up taten ihr Übriges. In dunkelblonden, dicken Wellen fielen ihre Haare bis über die Mitte ihres Rückens. Sie hatte sie zu einem Mittelscheitel gekämmt, damit man ihren Sidecut nicht sah. An der rechten Seite waren sie mit einer silbern glitzernden Spange zurückgesteckt. Das war das Outfit für den heutigen Abend? Abbys Magen zog sich zusammen. Dann atmete sie tief durch und straffte ihre Schultern. Sie hatte sich schon einmal gegenüber einer Familie wie den Montgomerys behaupten müssen – und sie würde das auch diesmal hinbekommen. »Du siehst atemberaubend aus«, sagte sie zu Valerie, die sich daraufhin strahlend einmal um die eigene Achse drehte.

»Danke. Aber ihr solltet euch langsam mal umziehen. Der Verkehr ist mörderisch, und wir wollen doch nicht zu spät kommen. Wobei ich«, sie legte die Hand in einer unschuldigen Geste auf ihr Dekolletee, »kein Problem damit hätte, einen dramatischen Auftritt hinzulegen.«

*

Cameron hätte die Zeit, die ihnen blieb, bis Abby und er auf seine Familie trafen, gern mit ein paar Dingen verbracht, die sie beide von dem Abend, und vor allem der Hochzeit am nächsten Tag ablenkten. Valeries Besuch hatte ihn überrascht, aber er war sich sicher, dass er Abby guttat. Ihre Nervosität war nicht zu übersehen, und seine kleine Schwester hatte eine absolut positive Wirkung auf Menschen, besonders auf diejenigen, die sie mochte. Und Abby und ihre Familie hatte Valerie längst ins Herz geschlossen.

Cameron stand vor dem Spiegel in seinem Schlafzimmer und legte sich die Krawatte um den Hals, die er zu seinem Anzug ausgesucht hatte. Im Bad hörte er Abby rumoren. Seine Schwester hatte es sich im Wohnzimmer mit einem Gin Tonic gemütlich gemacht und telefonierte mit irgendjemandem.

Er betrachtete den schiefen Knoten, den er gebunden hatte, und zog ihn wieder auf, um noch einmal von vorn zu beginnen. Wenn er ehrlich zu sich selbst war, war er nicht weniger nervös als Abby. Nicht wegen dem, was ihm bevorstand. Das konnte er sich nur zu gut vorstellen. Er kannte seine Familie schließlich seit sechsunddreißig Jahren. Abby war diejenige, um die er sich Sorgen machte. Wie hatte er auf die Idee kommen können, sie zu diesem Wochenende zu überreden? Er wusste, warum er sie an seiner Seite haben wollte. Aber genauso gut wusste er, dass sie nach einem Wochenende mit dem Montgomery-Clan vermutlich nichts mehr mit ihm zu tun haben wollte. Dabei hatte sie ihre Beziehung, vermutlich völlig unbewusst, auf eine neue Ebene gehoben, als sie davon gesprochen hatte, dass sie nach der Trauung nach Hause fahren würden. Nach Hause. Cameron hatte überhaupt nicht gemerkt, wie sehr Stonebridge Island in den vergangenen Wochen auch zu seinem Zuhause geworden war. Trotz des winzigen Cottages, des miesen WLANs und des albernen Spitznamens, mit dem die Insulaner ihn noch immer ansprachen, war er schon lange nicht mehr so glücklich gewesen. Ausgeglichen und zufrieden. Er hatte Spaß daran, Finn bei den ersten Arbeiten am Herrenhaus über die Schulter zu sehen und hier und da mit anzupacken. Zwar hatte er keine Stalldienste mehr, half aber immer noch gern auf dem Gestüt. Vor allem, wenn Abby Unterstützung brauchte. Oder er Zeit mit der kleinen Chloe verbringen konnte, die nach wie vor so gut wie nie sprach, aber ganz automatisch ihre winzige Hand in seine schob, wenn er in der Nähe war. Das Leben auf der Insel war einfach. Schlicht. Aber es war ehrlich. Und Abby war die Frau, die ihm dieses Leben gezeigt hatte. Die ihm beigebracht hatte, sich darauf einzulassen. Sie war zu einer Art Anker geworden, der ihn erdete. Irgendwann zwischen ihrem ersten Kuss und dem ersten Hummer, den er gefangen hatte, hatte sie sein Herz erobert. Wahrscheinlich war es an dem Abend geschehen, als sie mit ihrer E-Gitarre vor ihm gestanden und Green Day zum Besten gegeben hatte. Er hatte sich in sie verliebt. Sicher, er war auch zuvor schon verknallt gewesen, hatte Frauen bewundert und war ihrem Charme erlegen. Aber das war die aufregende, abenteuerlustige Art von Verliebtsein gewesen. Die Art, bei der man nicht wusste, wohin sie führte und was sie in zwei Wochen für einen bereithielt. Die Art, auf die er sich in Abby verliebt hatte, war eine völlig andere. Bei ihr ging es darum, immer mehr und mehr über sie herauszufinden. Sie besser und besser kennenzulernen. Und vor allem ging es darum, über die Zukunft nachzudenken. Eine gemeinsame Zukunft. Er wusste nicht, ob er sie mit diesen Gefühlen verschrecken würde. Also hatte er beschlossen, sie für sich zu behalten und erst einmal dieses verdammte Hochzeitswochenende hinter sich zu bringen.

Er drehte sich um, als er das Klackern von Absätzen hinter sich hörte – und konnte das Lächeln nicht unterdrücken, das sich auf seinem Gesicht ausbreitete. »Du bist wunderschön«, sagte er das Erste, das ihm durch den Kopf ging, und streckte die Hand nach Abby aus. Valerie telefonierte im Wohnzimmer immer noch, trotzdem fühlte es sich so an, als wären Abby und er allein in ihrem Kokon. Zumindest noch für eine Weile. Abby überwand die letzten Meter, die sie trennten. Das helle Sommerkleid schmiegte sich perfekt an ihren Oberkörper und schwang federleicht um ihre Beine. Dann griff sie seine Hand und ließ sich zu einem Kuss zu ihm heranziehen. »Ich würde am liebsten einfach hierbleiben«, murmelte Cameron an ihren Lippen.

Abby strich mit der Hand über seine Krawatte. »In dem Fall muss ich dir leider mit den typischen Worten einer Frau antworten: Ich habe viel zu lange gebraucht, mich so zurechtzumachen. Ich werde dieses Schlafzimmer auf jeden Fall verlassen.«

Cameron lachte. »Jetzt gleich?«, fragte er und küsste ihren Hals.

»Auf der Stelle«, gab sie zurück, bewegte sich aber keinen Millimeter.

Also zwang sich Cameron, einen Schritt zurückzutreten, um nicht in Versuchung zu geraten, sie einfach aufs Bett zu schubsen. Er hielt ihr seine ausgestreckten Arme entgegen. »Hilfst du mir mit den Manschettenknöpfen? Wenn meine Schwester dann auch so weit ist«, Valerie telefonierte noch immer, »werde ich zwei der schönsten Frauen Bostons ausführen.«

»Charmeur.« Abby lachte und griff nach den Manschettenknöpfen auf seiner Kommode. »Die hier?«

Sie hatten den Chauffeurservice seines Wohnkomplexes für die Fahrt in die Stadt genutzt. Jasons und Elaynes Trauung am nächsten Tag würde genauso wie der anschließende Hochzeitsempfang in der *Montgomery Mansion* vor den Toren Bostons stattfinden. Für das Dinner am Vorabend der Hochzeit, an dem die letzten Probedurchläufe stattgefunden hatten, hatte die Braut – oder wahrscheinlich eher Camerons Mutter – den Nebenraum eines exklusiven Restaurants in der Innenstadt gebucht. Verglichen mit den dreihundertfünfzig Gästen der Hochzeit selbst waren diese höchstens fünfzig Personen aus dem ›engeren Kreis‹ eine überschaubare Gruppe. Verwandte, Trauzeugen, Freunde des Brautpaares, Geschäftspartner.

Cameron hatte Abby untergehakt, als sie vor dem Restaurant aus der Limousine gestiegen waren, Valerie hakte sich an seiner anderen Seite ein. Gemeinsam betraten sie das Lokal. Cameron nickte dem Kellner zu, der ihnen die Tür zum Nebenraum aufhielt, und trat mit je einer Frau an jeder Seite in das Gewirr aus Stimmen, klassischer Musik und dem Klingen von Kristallgläsern.

Er entdeckte seine Mutter sofort. Sie löste sich aus einer Gruppe älterer Herren, von denen Cameron kein einziger bekannt vorkam, und eilte mit einem Lächeln im Gesicht auf sie zu. Die wenigen Meter, die sie überwand, reichten ihr, um Abby von oben bis unten abzuscannen. Mit einem winzigen Zucken ihres Mundwinkels brachte sie ihr Missfallen zum Ausdruck, ohne dass ihr Lächeln verrutscht wäre. Eines von Kathreen Montgomerys Kunststücken.

»Cameron, mein Lieber.« Sie blieb vor ihnen stehen und bot ihm die Wange zum Kuss. Eine Aufforderung, der er pflichtschuldig nachkam. Er atmete das dezente, aber exklusive Parfüm seiner Mutter ein. Ein Duft, den er schon immer mit ihr in Verbindung brachte. Sie war eine elegante Erscheinung in ihrem Designerfummel – etwas anderes würde sie niemals tragen. Schon gar nicht zu einem Anlass wie diesem.

»Mom«, sagte Cameron.

Nachdem sie Camerons Krawatte unnötigerweise einmal geradegerückt hatte, wandte sich Kathreen Valerie zu und ließ mit einem strengen Blick eine der langen Haarsträhnen seiner Schwester durch ihre Finger gleiten. »Schätzchen, du siehst wundervoll aus. Aber hättest du nicht etwas mit deinen Haaren machen können?«

Cameron sah genau, wie Valerie all ihre Kräfte aufbrachte, um nicht die Augen zu verdrehen, solange ihre Mutter direkt vor ihr stand. Er selbst spürte, wie der Puls an seinem Hals schneller wurde, und bemühte sich, tief durchzuatmen und seinen Ärger herunterzuschlucken. »Mom«, zog er Kathreens Aufmerksamkeit auf sich. »Wärst du so höflich, meine Begleitung zu begrüßen?«

Kathreen blinzelte, dann setzte sie erneut ihr strahlendes Lächeln auf und griff nach Abbys Hand. »Verzeihen Sie, Miss. Ich freue mich, Sie kennenzulernen. Leider hat mein Sohn es versäumt, mir Ihren Namen mitzuteilen, sonst hätten wir Ihnen selbstverständlich eine Einladung zukommen lassen.«

»Mom, das ist Dr. Abigail Cooper«, hakte Cameron dazwischen, bevor seine Mutter die nächste unhöfliche Spitze in Abbys Richtung abschoss, und betonte ihren Doktortitel in der Hoffnung, seine Mutter wenigstens für einen Moment mundtot zu bekommen. »Abby – meine Mutter, Kathreen Montgomery.«

»Es freut mich, Sie kennenzulernen«, sagte Abby höflich, aber kühl, und reichte seiner Mutter die Hand.

»Lassen Sie uns auf dieses besondere Wochenende anstoßen.« Kathreen winkte einen Kellner heran und verteilte Champagnerflöten. »Ein hübsches Kleid haben Sie an«, sagte sie mit einem Seitenblick auf Abbys Outfit und nippte an ihrem Drink. »Aus welcher Kollektion stammt das? Es kommt mir überhaupt nicht bekannt vor.« Die Art seiner Mutter, die Fronten zu klären und Abby wissen zu lassen, dass sie nicht hierhergehörte. Cameron hatte diesen Snobismus so oft erlebt. In seiner eigenen Familie genauso wie bei vielen anderen seiner Gesellschaftsschicht. Was unglaublich lächerlich war, wenn man bedachte, was für eine Hochstaplerin sein Bruder morgen heiraten würde.

Cameron wollte gerade etwas zu Abbys Verteidigung sagen, als sie seine Mutter freundlich anlächelte und sagte: »Das ist von Maybelle Emerald.« Sie beugte sich verschwörerisch ein Stück vor, als wolle sie Kathreen ein Geheimnis anvertrauen. »Megan kauft auch bei ihr ein.«

»Tatsächlich?« Kathreen schnippte mit den Fingern. »Jetzt wo Sie es sagen: Ich erinnere mich, Meghan vor Kurzem in einem Kleid gesehen zu haben, das so ähnlich aussah. Eine wirklich ganz wundervolle Wahl, meine Liebe. Genießen Sie das Wochenende als Gast unserer Familie – und entschuldigen Sie mich jetzt bitte. Ich muss den Trauzeugen meines Sohnes begrüßen.«

»Wer ist Maybelle Emerald?«, flüsterte Valerie.

Abbys Augen funkelten. »Eine der Hippie-Ladies auf Stonebridge Island. Sie hat einen Laden in Sandy Beach.«

Valerie legte den Kopf schief, das gleiche Glitzern wie Abby im Blick. »Dann meinst du mit Megan deine Schwester und nicht die Herzogin von Sussex.«

»Gut möglich.«

Valerie kicherte in ihren Champagner. »Meine Mutter wird jetzt den ganzen Abend herumlaufen und jedem, der es hören will – oder auch nicht –, von dem neuen Designer-Geheimtipp erzählen.«

Camerons Ärger verflog, und seine Brust schwoll an vor Stolz auf Abby. Sie konnte sich in seinen Kreisen problemlos behaupten und schaffte es, Snobs wie seine Mutter in ihre Schranken zu weisen. »Bist du okay?«, fragte er trotzdem und küsste sie auf die Schläfe.

»Ja, alles okay.« Abby strich ihm in einer beruhigenden Geste über den Arm.

»Das ist gut, denn der alte Herr ist auf dem Weg zu uns«, warnte Valerie leise und kippte den Rest ihres Champagners auf ex.

»Valerie, du siehst wundervoll aus«, sagte Camerons Vater im nächsten Moment neben ihm und küsste seine Tochter auf die Wange. Cameron versuchte, auch seinen Vater mit den Augen eines Außenstehenden zu betrachten. Optisch würde Cameron ihm wahrscheinlich sehr ähneln, wenn er die sechzig überschritten hatte. Groß und sportlich, das Haar voll und von ersten grauen Fäden durchzogen. Der Blick klar und fokussiert. Anders als seine Kinder strahlte er diese absolute Aura von Macht aus. Macht, der sich niemand entgegensetzte. Außer ihm. Was ihm noch nie gut bekommen war. Und vielleicht Abby, die schon wieder dieses freche Funkeln in den Augenwinkeln hatte.

Die Manieren seines Vaters waren definitiv besser als die seiner Mutter, stellte Cameron fest, als er sich umdrehte und Abby die Hand reichte. »Robert Montgomery«, stellte er sich vor.

»Abigail Cooper.« Sie ließ ihren Doktortitel weg, bemerkte Cameron, bevor sich sein Vater auch ihm zuwandte.

»Junge.« Er reichte ihm die Hand zu einem festen Händedruck. Dann drehte er sich wieder zu Abby um. »Cooper?«, fragte er. »Dr. Cooper? Die Psychiaterin meines Sohnes?«

»Nein.« Abby lächelte. »Ich bin keine Psychiaterin.«

Robert wirkte irritiert. Cameron wunderte nicht, dass er sogar den Namen der Frau parat hatte, auf deren Gestüt er ihn hatte verbannen lassen. »Dann gehören Sie nicht zu den *Silver Brook Stables*?«, fragte er.

»Doch. Aber ich bin Psychologin und Psychotherapeutin. Psychiater sind Ärzte«, erklärte sie ihm, ohne ihr charmantes Lächeln zu verlieren. »Und um korrekt zu bleiben, war Ihr Sohn auch nie bei mir in Therapie. Seine Arbeitsstunden auf dem Gestüt hat er ebenfalls vor fast zwei Monaten beendet. Wir sind also als Freunde hier.«

Camerons Vater öffnete den Mund, schloss ihn dann aber wieder, ohne etwas zu sagen. Noch jemand, dem Abby den Wind aus den Segeln genommen hatte.

»Ich freue mich sehr auf die Hochzeit«, ergänzte sie, und Cameron sah die Schultern seiner Schwester beben. Sie hatte den Blick auf ihr zweites Glas Champagner gesenkt, nach dem sie gerade gegriffen hatte wie nach einem Anker. Aber er kannte Valeries Lachanfälle. Wenn das Lachen aus ihr herausbrach, wollte Cameron nicht mehr in ihrer Nähe sein.

»Wenn ihr uns entschuldigt? Wir müssen noch die Runde machen und die anderen Gäste begrüßen.« Er zog Abby von seinen Verwandten weg und ein Stück weiter in den Raum. In den nächsten Minuten begrüßte er bekannte Gesichter, unbekannte Gesichter, stellte Abby vor – und merkte selbst, wie er sich in einem weiten Bogen um das Brautpaar herumbewegte, statt auf sie zuzugehen.

»Sollen wir es nicht lieber hinter uns bringen?«, fragte Abby leise, nachdem Cameron das zweite Mal die Richtung geändert hatte, um seinem Bruder auszuweichen.

»Du durchschaust mich«, raunte er. »Aber du hast recht. Bereit?« Cameron war sich nicht sicher, ob er mit der Frage Abby oder sich selbst meinte.

»Los geht's!« Sie hakte sich bei ihm unter und ließ ihn sie in Richtung Brautpaar führen. Dabei war er sich sicher, dass die Augen der anderen Gäste ausnahmslos auf sie gerichtet waren.

Man könnte sagen, Braut und Bräutigam hielten Hof. Als Cameron und Abby sich ihnen näherten, öffnete sich der Kreis von Bewunderern, um sie durchzulassen. Die Leute wichen aber nur so weit zurück, wie sie mussten, um ja kein Wort der Unterhaltung zu verpassen.

»Elayne, Jason.« Cameron nickte den beiden zu. »Danke für die Einladung. Darf ich euch Abigail Cooper vorstellen?«

»Nett, Sie kennenzulernen«, sagte sein Bruder steif. Er hatte Cameron seinen angeblichen Übergriff auf seine Verlobte noch immer nicht verziehen. Wobei Cameron davon ausging, dass Elayne großen Wert darauf gelegt hatte, ihn das ja nicht vergessen zu lassen. Seit sie im Gerichtssaal aufeinandergetroffen waren, hatten Cameron und sein Bruder kein Wort mehr miteinander gewechselt.

Elayne beherrschte die Kunst der vorgetäuschten Freundlichkeit wesentlich besser als sein Bruder. »Cameron, wie schön, dass du es zu unserer Feier geschafft hast. Und Sie sind also die geheimnisvolle Abigail, die eine Kreation der neuesten Entdeckung am Designer-Himmel trägt.« Unter dem Lächeln konnte Cameron die Verärgerung darüber erkennen, dass jemand das Interesse auf sich zog, das sie an diesem Wochenende für sich gepachtet haben wollte. »Wie heißt diese wundervolle Designerin doch gleich? Esmeralda?«

»Die Esmeralda war ein Segelschiff, wenn ich mich recht entsinne.« Abby lächelte. »Der Name, nach dem Sie suchen, ist Maybelle Emerald.«

»Eine wirklich talentierte Designerin.« Elayne ließ den Blick über Abbys Outfit gleiten, das leichte Nach-oben-Ziehen ihrer Mundwinkel sagte deutlich, dass sie auf Abbys kleine List nicht hereinfiel.

»Da haben Sie recht.« Abby beugte sich vor und sagte etwas zu Elayne. So leise, dass Cameron es über den Lärm im Raum hinweg nicht verstehen konnte. Als sie sich wieder aufrichtete, lächelte Elayne mit zusammengebissenen Zähnen. Ihr Blick schoss Blitze. »Cameron?« Abby lächelte ihn breit an. »Ich glaube, es wird Zeit, unsere Plätze einzunehmen. Sollen wir?«

Sie hielt ihm die Hand hin, und Cameron hakte sie abermals unter. »Was hast du zu ihr gesagt?«, wollte er wissen, sobald sie außer Hörweite des Brautpaares waren.

»Nur das Offensichtliche. Dass sie mich nicht verraten soll. Die anderen glaubten die Designergeschichte schließlich.« Sie blieb stehen und grinste frech. »Ich habe gesagt: ›Ich weiß, warum Sie meinen kleinen Betrug entdeckt haben. Schließlich gehören wir beide nicht an diesen Ort, und eine Hochstaplerin erkennt die andere.«« Sie küsste ihn auf den Mundwinkel. »Oh, und dann habe ich ihr selbstverständlich eine wundervolle Hochzeit und alles Gute für die Zukunft gewünscht.«

Cameron konnte Abby einen Moment lang nur anstarren. Sein Gehirn war wie leergefegt. Alles, was durch seinen Körper rauschte, waren Gefühle. Gefühle für Abby. Die so stark waren, wie er es noch nie erlebt hatte. Er legte seine Hände an ihre Wangen und beugte sich herunter. Für einen harten, besitzergreifenden Kuss. »Du Biest! Ich wusste nicht, dass das in dir steckt, aber ich finde es verdammt heiß.«

Abby lachte. »Danke. Sollen wir unsere Plätze suchen?«

Sie brachten den Abend hinter sich. Auch wenn Cameron im Nachhinein nicht mehr sagen konnte, wie. Er hatte sich eine Überraschung für Abby ausgedacht. Eine kleine Entschädigung dafür, dass sie diesen Abend im Kreis seiner Familie überstanden hatte. Am Ende musste er sich eingestehen, dass seine Begleitung mit den Menschen, mit denen sie konfrontiert worden war, deutlich besser umging als er.

Er hatte sich entschuldigt, sobald es der gute Ton zugelassen hatte, und ein Taxi rufen lassen. Als sie die Lobby seines Hauses betraten, nickte ihm der Concierge kaum merklich zu. »Guten Abend, Mr. Montgomery. Madam«, grüßte er höflich.

»Guten Abend, Paolo.« Cameron drückte den Fahrstuhlknopf und fuhr mit Abby in die Penthouse-Etage, ohne zu reden. Er griff nach ihrer Hand und verflocht die Finger mit ihren, als er die Wohnungstür öffnete. »Komm mit«, forderte er sie auf und führte sie durch das dunkle Wohnzimmer auf die Dachterrasse.

23

Abby stockte der Atem, als sie an Camerons Seite auf die Dachterrasse trat. Auf jeder freien Fläche standen Kerzen und Teelichter. Windlichter waren aufgestellt und flackerten. Genau wie dicke Stumpenkerzen, die auf einem silbernen Tablett neben einem Sektkühler mit einer Flasche Champagner und zwei Gläsern auf dem Terrassentisch aufgestellt waren.

Abby löste ihre Finger aus Camerons und trat an die Balkonbrüstung. Unter ihr lagen die Lichter der Stadt, und der Charles River zog sich als dunkles Band durch das Funkeln. Sie drehte sich um und betrachtete den Mann, der zwischen all den Kerzen lässig im Türrahmen lehnte. Das Jackett ausgezogen, die Krawatte gelockert und der oberste Hemdknopf geöffnet. Sexy und attraktiv. »Cam, das ist wunderschön«, sagte Abby.

»Eine perfekte Umgebung für einen Abend mit der perfekten Frau.« Er löste seine Schulter aus dem Türrahmen und kam langsam auf sie zu.

Abby ließ sich in seine Arme ziehen, schob ihre Hände um seine Mitte und genoss die Nähe, die Cameron und sie inzwischen so selbstverständlich teilten. »Du solltest mich nicht als perfekt betrachten.« Das Bild von Kelsey blitzte vor ihrem inneren Auge auf. Abby schob es zur Seite, nicht ohne das schlechte Gewissen, das mit den Gedanken an sie einherging. »Ich bin alles andere als das.«

»Vielleicht. Ich habe nur das Gefühl, dass du für mich perfekt bist.« Cameron strich ihr die Haare hinter die Schultern und senkte seinen Kopf zu einem langen, trägen Kuss. »Allerdings habe ich das Gefühl, dass es eine ganze Menge Dinge gibt, die ich nicht über dich weiß.« Noch ein langer, sinnlicher Kuss. »Und ich will alles über dich herausfinden«, flüsterte er.

Daran hatte Abby keinen Zweifel. Sie verstand seine Neugier auf die Frau, die ihn auf den Empfang begleitet hatte. Eine Frau, die mit der, die er auf Stonebridge Island kennengelernt hatte, nicht viel gemein hatte. »Ich muss aus diesen Schuhen raus. Und wenn du dann noch einen Schluck von diesem Champagner für mich hast, kann ich dir von der Abby erzählen, die sich in deinen Gesellschaftskreisen auskennt.«

»Klingt nach einem fairen Deal.« Cameron ließ Abby los. »Setz dich«, forderte er sie auf und wartete, bis sie auf einem der breiten Loungesessel Platz genommen hatte. Dann kniete er sich vor sie und zog ihr die hochhackigen Riemchensandaletten von den Füßen. Er rieb mit den Fingern über die Stellen, an denen die Schuhe in ihre Haut geschnitten hatten, und Abby konnte ein behagliches Seufzen nicht unterdrücken. Cameron blickte zu ihr auf und schüttelte den Kopf. »Frauen sehen wirklich toll aus in diesen Schuhen, aber ich bin froh, dass ich solche Dinger nicht anziehen muss.« Er erhob sich wieder und öffnete die Champagnerflasche. Mit einem Glas in jeder Hand kam er zu Abby zurück und setzte sich neben sie. Er reichte ihr ein Glas und ließ seines leise dagegenklingen. »Auf uns. Und auf diese Nacht.«

Abby nippte an dem kühlen, prickelnden Drink, spürte die nächtliche Sommerbrise, die über ihre nackten Arme strich. Wo sollte sie beginnen? Wie erklärte sie, dass sie sich schon einmal genau so benommen hatte, wie Cameron es ihr nie im Leben zutrauen würde? Augen zu und durch – war wahrscheinlich der beste Weg. Sie schluckte. »Vor ungefähr zehn Jahren war ich verheiratet. Für die Dauer eines Wimpernschlages«, ergänzte sie, da es sich wirklich nur um ein sehr kurzes Intermezzo gehandelt hatte. »Aber eine Eheschließung war es trotz allem.«

»Verdammt, Abby.« Cameron lehnte sich zurück, um sie besser ansehen zu können. »Du steckst wirklich voller Überraschungen. Und ich bin sehr neugierig auf diese Geschichte.«

Abby seufzte. »Das habe ich mir gedacht. Aber diese Sache gehört wirklich nicht zu meinen glanzvollen Momenten. Ich habe wie meine Schwestern an der UMaine in Orono studiert. Für meine Promotion hatte ich anschließend ein Stipendium an der USM. Also bin ich nach Portland gezogen, habe an meiner Dissertation gearbeitet und jede Vorlesung besucht. Ich war eine fleißige, strebsame Studentin. Fokussiert und konzentriert.« Anders ließ sich ihr Leben bis zu diesem Zeitpunkt nicht beschreiben. Ihr Ziel war es immer gewesen, die Impulsivität, die sie von ihrem Vater geerbt hatte, zu unterdrücken. Bis zu ihrem letzten Studienjahr hatte das ganz gut funktioniert. »Und dann tauchte Jace Downey in meinem Leben – und meinen Vorlesungen – auf. Nicht um zu lernen, sondern um zu stören. Eigentlich war er nichts weiter als ein verzogener Bengel reicher Eltern, die der Uni genug Geld gespendet hatten, damit er mit seinem Verhalten durchkam.« Abby trank noch einen Schluck Champagner. »Irgendwie bin ich in seinen Sog geraten.«

»Das kann ich gut verstehen. Der Typ war vielleicht ein Idiot, aber Geschmack hatte er.« Er küsste Abbys Schulter, ließ seine Lippen an ihrem Hals hinaufgleiten, bis er ihr Ohr erreichte. »Erzähl weiter«, murmelte er.

Abby lenkte ihre Konzentration von Camerons Lippen zurück auf Jace. »Am Anfang habe ich mich dagegen gesträubt. Doch irgendwann konnte ich ihm nicht mehr widerstehen.«

»Dem Charme des Bad Boys«, brachte es Cameron auf den Punkt.

»Ja. Nur dass es mir nicht gutgetan hat, mich auf ihn einzulassen. Er schaffte es mit Leichtigkeit, mich von allem abzulenken, was mir wichtig war. Jaces Eltern mochten mich zumindest im ersten Moment. Die ernsthafte Studentin, die ihren Sohn vielleicht davon überzeugen würde, seine Vorlesungen ernst zu nehmen. Dafür waren sie sogar bereit, darüber hinwegzusehen, dass ich von einer winzigen Insel im Norden stammte und nicht aus ihren Kreisen.«

»Andere hatten sicherlich ein Problem damit.«

»Ja. Besonders die Mädchen aus seiner Schicht, die sich Chancen bei Jace ausgerechnet hatten. Die Gartenpartys und Empfänge, auf die er mich schleppte, waren zum Teil ein echter Spießrutenlauf. Ich habe dabei gelernt, mit diesem Menschenschlag umzugehen.«

Cameron küsste wieder ihren Hals. »Ich habe ja heute gesehen, wie du dich schlägst. Das war wirklich heiß. Aber wie hat er es geschafft, dich dazu zu bringen, ihn zu heiraten?«

Abby legte den Kopf zurück und blickte in den dunklen Himmel. Wo sie in Stonebridge Island einen Ozean aus

Sternen bewundern konnte, war in Boston – nichts. Die Lichtverschmutzung sorgte dafür, dass sie nichts außer dem großen, tiefhängenden Mond sah. »Es entwickelte sich ziemlich schnell alles in die falsche Richtung. Ich schaffte es nicht, Jace zum Studium zu animieren, wie seine Eltern es sich gewünscht hätten. Stattdessen brachte er mich mit seinem Charme dazu, immer wieder Vorlesungen zu schwänzen oder Termine mit dem Betreuer meiner Doktorarbeit platzen zu lassen. Schließlich stand mein Stipendium auf dem Spiel. Jace hatte die fantastische Idee, einfach zu heiraten. Dann könne ich mein Promotionsstudium mit dem Geld seiner Familie finanzieren und wäre nicht mehr auf ›dieses lächerliche Stipendium‹«, Abby unterstrich die Worte, indem sie Gänsefüßchen in die Luft malte, »angewiesen. Die impulsive Rebellin in mir ist total auf diese Idee abgefahren.«

»Ich wette, seine Eltern haben euch keine Hochzeit à la Jason und Elayne ausgerichtet«, sagte Cameron leise.

Abby lachte. »O nein. Als sie herausgefunden haben, was Jace getan hat, sind sie völlig ausgeflippt.«

»Ihr seid also durchgebrannt?« Cameron stand auf, um die Champagnerflasche zu holen und ihnen nachzuschenken.

»Las Vegas«, sagte Abby nur.

Cameron pfiff durch die Zähne. »Der Klassiker. Elvis-Imitator?«

»Selbstverständlich«, gab Abby zu. »Kein Ausbüchsen nach Vegas, ohne sich von einem Elvis trauen zu lassen.« Sie ließ sich von Cameron nachschenken und trank einen großen Schluck. »Ich wusste schon am nächsten Morgen, dass ich einen Riesenfehler gemacht hatte. Ich habe Jace nicht geliebt. Ich habe mich von seinem Charme einwickeln und von seiner wilden Seite mitreißen lassen. Für ihn habe ich alles aus dem Blick verloren, was mir wichtig war. Dummerweise ist mir das erst klar geworden, nachdem ich ›Ja‹ gesagt hatte. Trotzdem hat es noch zwei Monate gedauert, bis ich ihn endgültig verlassen habe.«

»Ist dir das schwergefallen?«

»Als mir meine Professoren die Pistole auf die Brust gesetzt und mir zu verstehen gegeben haben, dass ich mein Stipendium so gut wie verloren hatte, bin ich aufgewacht. Ich habe meine Doktoranden-Betreuer um eine weitere Chance angefleht, zusätzliche wissenschaftliche Studienarbeiten übernommen. Ich habe wirklich alles versucht, um meine Probleme an der Uni wieder geradezubiegen. Es war ein harter Kampf, aber ich habe es geschafft. Jace hingegen … Ich habe aufgehört, den Bad Boy in ihm zu sehen, sondern das Kind erkannt, das nicht erwachsen werden wollte und sich mit Mitte zwanzig noch immer wie ein pubertärer Teenager benommen hat. Ein kleiner, verwöhnter Junge, der mehr Geld hatte, als gut für ihn war.«

Cameron schwieg einen Moment. »Das war es, was du im ersten Moment auch in mir gesehen hast, oder? Eine Kopie deines Ex-Mannes.«

»Ja.« Nicht nur. Abby senkte den Blick und drehte ihr Glas zwischen den Fingern. Sie hatte sogar einen noch schlimmeren Typ Mann in ihm gesehen. Kelseys Bild tauchte wieder vor ihrem inneren Auge auf. Cameron hatte es nicht verdient, wie sie ihn behandelt hatte, als er auf das Gestüt gekommen war. Aber auch das konnte sie – wie viele andere Fehler in ihrem Leben – nicht rückgängig machen.

»Hey.« Cameron wartete, bis sie den Blick wieder hob und

ihn ansah. »Ich verstehe das, okay? Du kanntest meine Reputation nur aus einer zweifelhaften Gerichtsakte und den Dingen, die die Medien über mich verbreiten. Aber jetzt kennst du mich.« Er legte seine Hand an ihre Wange und küsste sie zart. »Jetzt weißt du, dass ich nicht wie dieser Jace bin«, flüsterte er an ihren Lippen. »Ich bin froh, dass du nicht mehr mit ihm zusammen bist.« Er vertiefte den Kuss, und Abby schob Kelsey zur Seite, vergaß Jace und konzentrierte sich nur noch auf Cameron und seine Zärtlichkeiten.

Sie spürte, wie er seine Hände unter ihren Rücken und ihre Knie schob. »Festhalten.« Im nächsten Moment schwebte sie auf seinen Armen in das Apartment und in sein Schlafzimmer. Er setzte sie vor seinem Bett ab und drehte sie so, dass sie mit dem Rücken zu ihm stand. Cameron schaltete das Licht nicht an. Der tief stehende Mond reichte ihnen. Mit den Fingerspitzen schob er Abbys Haare zur Seite und küsste ihren Nacken. Sie legte den Kopf schief und seufzte. Genoss das Gefühl seiner Finger auf ihrer Haut, als sie zum Reißverschluss ihres Kleides glitten und ihn öffneten. Zentimeter für Zentimeter zog er ihn hinunter und küsste jedes Stück Haut, das er freilegte. Er schob den Stoff von ihren Schultern und ließ ihn in einem federleichten Haufen zu ihren Füßen fallen. Mit den Lippen fuhr er über ihre Schulter. Während er sie mit seinen Zärtlichkeiten ablenkte, verschwanden ihr BH und das Höschen. Im nächsten Moment fand sie sich in seinem Bett, die kühlen Laken unter ihrem Rücken, Camerons heißen Körper über ihr. Er trug noch immer sein Hemd und die Hose. Sogar die Krawatte hing noch um seinen Hals. Abby griff nach ihr und zog ihn zu sich herunter. Und endlich eroberte er ihren Mund. Abby öffnete sich ihm und dem tiefen, leidenschaftlichen Kuss.

Cameron bestimmte das Tempo, ließ sich nicht von Abby drängen. Er ließ das Feuer in ihr heißer und heißer brennen. Seine Hände strichen über ihren nackten Körper. Erkundeten sie. Streichelten. Erregten. Eine Gänsehaut zog sich über ihre Haut. Erwartungsvoll wand sie sich unter ihm, hoffte darauf, dass er jeden Zentimeter ihres Körpers berührte. So viele Nächte hatten sie zusammen verbracht, und doch schien Cameron immer wieder neue Stellen zu finden, die auf ihn und seine Liebkosungen reagierten.

Er ließ seinen Mund den Händen folgen, küsste ihre Handinnenflächen, ließ seine Lippen an ihrem Arm hinaufgleiten, über ihre Schulter und an ihrem Hals hinauf, bis er sich endlich über ihr Dekolletee hinunterküsste und schließlich ihre Brüste erreichte. Er küsste die eine und reizte die andere gleichzeitig mit den Fingerspitzen.

Abby bog sich seinen Händen entgegen. Camerons Hand fand den Weg an ihrem Oberkörper hinunter, fand ihre sensibelste Stelle, streichelte sie mit federleichten Bewegungen. Nur ihre Seufzer und sein rauer Atem klangen in dem stillen Raum. Das Feuer, das Cameron in ihr zu entfachen verstand, breitete sich rasend schnell aus, setzte ihren gesamten Körper in Brand und ließ sie in den heißen Wellen verglühen.

Cameron hielt Abby in seinen Armen, bis ihr Herzschlag sich ein wenig beruhigte und sie träge ihre Arme über den Kopf streckte. Sie hatte die Augen geschlossen, spürte, wie Cameron sich erhob und mit raschen Bewegungen auszog. Die Matratze gab nach, als er zu ihr zurückkehrte. Abby hob die Lider, erwiderte seinen intensiven Blick und öffnete sich ihm.

Cameron verschränkte seine Hände neben ihrem Kopf mit ihren und glitt in sie. Langsam begann er sich zu bewegen, passte seinen Rhythmus dem ihrer schlagenden Herzen an. Abby kam ihm entgegen, spürte wieder den glühenden Kern, der in ihrem Inneren zu wachsen begann.

»Abby«, flüsterte Cameron mit rauer Stimme an ihrem Ohr.

Sie hob die Lider und versank in seinem vor Leidenschaft dunklen Blick. Sein Körper spannte sich unter ihren Händen an, die haltlos über seinen Rücken glitten. Dann erreichte sie einen zweiten Höhepunkt und riss Cameron mit sich in die Flammen.

*

Benedict Morgan stand an einem der bodentiefen Sprossenfenster seines Arbeitszimmers und blickte auf den Ozean hinaus. Er nippte an dem Glas Scotch, das er sich täglich nach getaner Arbeit gönnte. Wobei er dank der hirnrissigen Aktion seines Enkels in letzter Zeit das Bedürfnis hatte, die Portion zu verdoppeln. Es hatte ihn Zeit und Nerven gekostet, seine Investoren zu beruhigen – und vor allem: bei der Stange zu halten. Finn hatte fast irreparablen Schaden angerichtet. Fast. Aber er hatte die Kuh so gut wie vom Eis geholt. Ein paar Details mussten zwar noch geregelt werden, aber es wurde Zeit, seinen ursprünglichen Plan voranzutreiben. Wenn das Gestüt erst einmal den Morgans gehörte, würde Cameron Montgomery nicht mehr viel Freude an *Seal Rock Hall* haben. Denn dann wäre er umgeben von Benedicts Land, und Benedict würde es sich nicht nehmen lassen, ihm höchstpersönlich die Unannehmlichkeiten aufzuzeigen, die diese Konstellation mit sich brachte. Bis Montgomery die Nerven verlor, an ihn verkaufte und von der Insel verschwand.

Aber eins nach dem anderen. Benedict nippte an seinem Drink und zog das Prepaid-Handy aus der Hosentasche. Mit dem Daumen klickte er den einzigen Kontakt an, den er gespeichert hatte.

»Mr. Morgan«, meldete sich die Stimme am anderen Ende nach dem dritten Klingeln.

Benedict hörte das Wiehern eines Pferdes und zwei Hunde, die im Hintergrund um die Wette bellten. »Wie stehen die Dinge in den *Silver Brook Stables*?«, fragte er.

»Gut.« Kurz und knapp, wie immer.

»Es wird Zeit, dass wir in die Tat umsetzen, was wir besprochen haben.« Benedict leerte sein Glas und beschloss, dass heute tatsächlich ein Abend war, an dem er sich einen zweiten Drink genehmigen konnte.

»Ich verstehe, Sir.« Die Stimme entfernte sich von den Hintergrundgeräuschen. »Dieses Wochenende ist perfekt. Alle Cooper-Frauen sind gleichzeitig außer Haus. Abigail ist in Boston. Olivia plant für morgen mit ihren Freundinnen einen Übernachtungstrip nach Calais. Summer ist morgen mit ihrem Jugendteam bei einem Cross-Country-Wettbewerb und übernachtet anschließend bei ihrem Freund in Machias. Und Megan hängt seit dem Konzert der *Barn Cats* jede freie Minute bei diesem Meeresbiologen rum, den sie da aufgegabelt hat. Er hat für den Sommer ein Haus in der Nähe von Sandy Beach gemietet.«

Benedicts Puls beschleunigte sich vor freudiger Erwartung. »Dann wäre also morgen Nacht ein perfekter Zeitpunkt«, stellte er fest.

»So sehe ich das auch.«

»Gut.« Mehr musste Benedict nicht sagen. Er beendete das Gespräch. Der Stein war ins Rollen gebracht. Jetzt musste er sich nur noch zurücklehnen und ein wenig Geduld haben. Mit seinem zweiten Drink trat er an die Terrassentür und öffnete sie. Genüsslich sog er die kühle, salzige Luft ein. Der Untergang der Coopers würde morgen Abend beginnen.

*

Abby ließ sich einen Moment zwischen Schlaf und Wachsein treiben, ehe sie blinzelnd die Augen öffnete. Durch einen Spalt im Vorhang strömte hellgelbes Sonnenlicht in den Raum. Für eine Sekunde musste sie überlegen, wo sie war, dann spürte sie Camerons warme, schwere Hand auf ihrem Bauch und seinen Oberkörper, der sich an ihren Rücken schmiegte.

Die vergangene Nacht war besonders gewesen. Nicht nur die Intensivität, mit der sie sich geliebt hatten. Abby hatte Cameron von Jace erzählt. Vom größten Fehler ihres Lebens. Und er hatte sie danach kein bisschen anders angesehen als vorher. Als wäre dieses kurze Intermezzo einfach nur ein Teil von ihr, der sie zu der machte, die sie heute war. So viel Abby inzwischen auch über Cameron wusste, sie selbst gehörte nicht zu den Menschen, denen es leichtfiel, ihre Geheimnisse preiszugeben. Aber heute Nacht hatte sie es getan. Allein das zeigte, wie viel Cameron ihr inzwischen bedeutete. Wie fest er inzwischen in ihrem Leben verankert war.

Vorsichtig drehte Abby sich in Camerons Armen um. Sie wollte ihn nicht wecken, aber sie wollte sehen, wie er aufwachte.

Cameron regte sich. »Guten Morgen«, murmelte er mit geschlossenen Augen. Ohne sie zu öffnen, zog er Abby an sich. Seine Lippen zogen einen Pfad aus kleinen Küssen über ihren

Hals, ihre Wange, bis er ihren Mund fand und Abby in einen endlosen, zärtlichen Kuss zog. Seine Hände glitten über ihren Körper, langsam und ohne Ziel. Wo er sie berührte, löste er eine Wärme in ihr aus, die nichts mit der drängenden Leidenschaft zu tun hatte, die sie nun schon so oft geteilt hatten. Diese Wärme fühlte sich wundervoll an. Sie prickelte auf der Haut, ohne zu brennen. Abby schloss wie Cameron die Augen und genoss jede Berührung seiner Finger. Seiner Lippen. Erwiderte sie.

»Die perfekte Art aufzuwachen«, murmelte Cameron.

Sie liebten sich. Langsam und träge. Mit geschlossenen Augen. Bis zu einem Höhepunkt, der ebenfalls nichts von diesen hellen Explosionen hatte, die sie sonst teilten. Es war eher wie eines der Feuer, das sie hinter dem Ranchhaus anzündeten. Das aufleuchtete und Funken sprühte, wenn man ein Stück Holz hineinwarf. Cameron auf diese Art zu lieben war wie ein – Nachhausekommen.

Sie blieben lange im Bett, eng aneinandergeschmiegt. Ohne viel zu reden, schafften sie es, die Welt für eine Weile auszuschließen. Erst als das Knurren von Camerons Magen nicht mehr zu überhören war, standen sie auf, frühstückten und duschten dann gemeinsam, bevor sie sich endgültig von diesem ganz privaten Moment verabschiedeten und in die Wirklichkeit zurückkehrten, die in erster Linie darin bestand, einen Hochzeitsempfang hinter sich zu bringen, bei dem vermutlich zehnmal so viele Gäste anwesend waren wie bei dem Probedinner am Vorabend. Von der Regenbogenpresse ganz zu schweigen.

24

Die dunkel gekleidete Gestalt blickte auf die regungslosen Hunde hinab, die vor ihr im Stallgang lagen. Mit langsamen, bedachten Bewegungen wickelte sie die restlichen Fleischbrocken ein, die sie zuvor in zerstoßenen Valium-Tabletten gewälzt hatte. Was bei Menschen funktionierte, konnte bei Hunden nicht falsch sein. Henry und Nugget waren so verfressen, sie hatten praktisch um jeden Bissen gebettelt. Abigail Coopers Labrador hatte seinen Platz im Ranchhaus. Ihm etwas von dem Fleisch zu bringen war zu riskant. Aber dieser Hund würde ihr auch nicht in die Quere kommen.

Die Gestalt zog die Kapuze ihres schwarzen Hoodies tiefer in die Stirn und öffnete die Tore des Stutenstalls. So leise wie möglich scheuchte sie die Tiere nach draußen. Ihre Hufe klangen laut, als sie auf den Hof trabten. Wie ein düsterer Schatten bewegte sich die Gestalt zwischen den Tieren, öffnete die Gatter des Fohlenkindergartens, des Hengststalls und schließlich des Altenheims. Die Pferde trabten unruhig auf dem Hof durcheinander, nicht sicher, was hier gerade passierte. Die Gestalt wedelte mit den Armen und gab genau die Laute von sich, die notwendig waren, die Tiere in den Wald zu jagen.

Fast eine halbe Stunde dauerte es, bis der Großteil der Pferde in den umliegenden Wäldern verschwunden war. Das Herz der Gestalt schlug schnell, ihr Nacken war schweißnass. Sie war schon viel zu lange hier. Jetzt, da die Pferde frei waren, wurde es Zeit, dass sie verschwand, bevor sie entdeckt wurde.

*

Die Hochzeit war genau so, wie Cameron es erwartet hatte. Übertrieben. In jeder Form. Vom ausladenden Designer-Brautkleid über die Big-Band bis hin zu dem Blumenmeer, in dem die Montgomery Mansion, der Garten und die weiß leuchtenden Zelte versanken.

Der einzige Vorteil dieser Veranstaltung war, dass seine Mutter die Trauung exklusiv an das *People Magazin* verkauft hatte. Vor den Toren des Familienwohnsitzes rannten sich die Paparazzi gegenseitig über den Haufen, um Fotos von den ankommenden Gästen zu schießen. Innerhalb der hohen Mauern, die das Grundstück einrahmten, musste man nur eine Reporterin und zwei Fotografen im Auge behalten. Die sich verständlicherweise ziemlich für Abby interessierten. Die neue Frau in seinem Leben? Oder nur eine kurze Liaison, die die Hochzeit nicht überdauern würde? In Kombination mit der Befürchtung – oder aus Sicht der Zeitung vermutlich eher Hoffnung –, dass Cameron noch einmal ausflippen und einen Eklat mit Elayne heraufbeschwören würde.

Er war allerdings selbst erstaunt, wie egal ihm Jasons Hochzeit plötzlich war. Sein Bruder hatte ihm noch immer nicht vergeben. Er würde sich nicht anhören, was Cameron zu sagen hatte. Er würde sich nicht dafür interessieren, was wirklich zwischen Elayne und ihm passiert war – er wollte nur Elayne. Um jeden Preis. Und Elayne wollte Jasons Geld. Cameron betrachtete das Brautpaar aus der Ferne, das Hof hielt wie die englischen Royals.

Cameron machte sich nicht einmal mehr Sorgen um Jasons Vermögen. Ihr Vater hatte mit Sicherheit einen wasserdichten Ehevertrag aufsetzen lassen, der sicherstellte, dass Elayne Jason nicht über den Tisch ziehen konnte. Was sie an einen Mann band, für den sie nichts empfand, sah man mal von ihrer Gier ab. Was für eine kranke Art von Beziehung war das? Cameron zog Abby enger an sich und wiegte sich mit ihr in seinen Armen zum Takt der romantischen Melodie der Band. Die Ehe seines Bruders war ihm wirklich völlig gleich, Jason tat ihm nur leid. Er würde nie wissen, was es bedeutete, eine Frau wie Abby im Arm zu halten. Sie zu küssen, zu lieben. Und am nächsten Morgen mit ihr aufzuwachen. Echte Gefühle, wie die, die Abby ihm entgegenbrachte, würde sein Bruder nie erleben. Zumindest nicht mit der Frau, zu der er heute Ja gesagt hatte.

»Kann ich dich einen Moment sprechen, Sohn?«

Cameron sah überrascht auf. Sein Vater stand direkt vor ihm, zwischen den tanzenden Paaren, und hatte die Hände in die Taschen seiner Smoking-Hose geschoben. Sein Gesicht drückte Entschlossenheit aus. »Im Moment tanze ich«, erwiderte Cameron. Entschlossenheit – konnte er auch.

»Ich würde dich kaum jetzt bitten, wenn es nicht notwendig wäre«, sprach sein Vater das Offensichtliche aus. Die Frage war nur, was empfand Robert Montgomery als wichtig.

Abby löste sich von Cameron und strich über das Revers seiner Smoking-Jacke. »Geh schon. Ich trinke solange noch ein Glas Champagner.«

»Okay.« Cameron küsste Abby auf die Wange und führte sie von der Tanzfläche. »Wenn du wirklich nichts dagegen hast.«

Er winkte einem Kellner und versorgte Abby mit einem Glas Champagner. Erst dann folgte er seinem Vater, der schon fast um die Hausecke verschwunden war. »Was gibt es denn so Wichtiges?«, fragte er, als er ihn eingeholt hatte.

Robert ging noch ein paar Schritte, ehe er stehen blieb und sich zu Cameron umdrehte. »Ich wollte mich bei dir bedanken«, sagte er.

»Wofür?«, konnte sich Cameron nicht verkneifen, obwohl er bereits befürchtete, die Antwort auf diese Frage zu kennen.

»Für deine Zurückhaltung«, gab Robert genau diese Antwort. »Ich verstehe deine Bedenken gegen diese Ehe, aber es war richtig von dir, dich nicht länger gegen diese Verbindung zu stellen.«

Camerons ungläubiges Lachen klang mehr wie ein Schnauben. »Ich habe nicht aufgehört, mich gegen diese Verbindung zu stellen. Du hast dafür gesorgt, dass ich ins Nirgendwo abgeschoben wurde. Das ist ein gewaltiger Unterschied. Du hast deine Macht ausgenutzt, um mich loszuwerden.« Cameron sah seinem Vater in die Augen, in denen sich nicht der Hauch von Schuld spiegelte. »Ich wurde verurteilt«, erinnerte er ihn an das Ausmaß der Intrige.

Robert winkte ab. »Zu ein paar Arbeitsstunden. Die verschwinden ruck zuck wieder aus deiner Akte.«

»Sag mir eins, Dad.« Diese Frage brannte Cameron auf der Seele, seit Elayne und er in der Klatschpresse aufgetaucht waren. »Hast du wirklich geglaubt, dass ich Kokain genommen habe?«

Robert schwieg einen Moment. Sein Blick glitt zu den großen Ahornbäumen, die das Grundstück begrenzten, statt Cameron in die Augen zu sehen. Dann zuckte er die

Schultern. »Ich habe es zumindest für möglich gehalten. Du bist jung, und Regeln haben dich noch nie besonders interessiert. Es war richtig von mir zu verhindern, dass dieser Punkt der Anklage weiter untersucht wurde. Nur um sicherzugehen.«

»Es ging dich schlicht nichts an«, widersprach Cameron. »Ich bin ein erwachsener Mann und kämpfe meine eigenen Schlachten. Misch dich nie wieder in mein Leben ein.«

Sein Vater winkte ab. »Darum geht es ja jetzt auch überhaupt nicht. Wie gesagt, ich wollte dir danken, dass du dich zurückgehalten hast. Nach deinen Arbeitsstunden in Maine hättest du ja durchaus nach Boston zurückkehren und für Ärger sorgen können. Aber du hast es nicht getan.«

Nein, dachte Cameron. Ich habe es nicht getan, weil ich überhaupt kein Bedürfnis dazu verspürt habe. Und weil sein Vater garantiert schon einen neuen Einsatzort in einem Montgomery-Hotel in Südkalifornien oder Texas für ihn arrangiert gehabt hätte, nur um ihn bis zur Hochzeit aus dem Weg zu schaffen.

»Jedenfalls möchte ich meinen Dank gern zeigen und …«, mit diesen Worten zog er einen Scheck aus der Innentasche seines Jacketts und legte die andere Hand in einer väterlichen Geste auf Camerons Schulter, wie er es noch nicht oft getan hatte. Eine Berührung, nach der sich Cameron als kleiner Junge verzehrt hatte. Besonders, weil er sie oft zwischen seinem Vater und Jason hatte sehen können. Jetzt bedeutete sie ihm nichts mehr – und widerte ihn regelrecht an, als Robert die nächsten Worte sagte: »Und mit, sagen wir einer Million, in dein Projekt auf Stonebridge Island einsteigen.« Er hielt ihm den Scheck hin.

Wut pulsierte durch Camerons Adern, färbte seinen Blick an den Rändern rot. Bevor er etwas Falsches sagte – oder tat –, trat er einen Schritt zurück. Die Hand seines Vaters hing noch einen Moment zwischen ihnen, bevor er sie langsam sinken ließ. »Du willst so viel Geld investieren? In eine Art von Projekt, mit der du nichts anfangen kannst? Nachhaltig, ökologisch, regional«, zählte er auf. »Ich habe auf Stonebridge Island genau das umgesetzt, was ich in North Carolina auch machen wollte.« Und was sein Vater als unrentabel und unnütz abgetan hatte. Es war völlig klar, warum er jetzt plötzlich umschwenkte. Eine Belohnung für das Stillhalten.

»Ich sehe dieses Investment eher als eine Finanzspritze für dich. Ein kleiner Bonus für dein Verhalten in den vergangenen Wochen«, sagte Robert prompt und ließ den Zorn auf seine Familie in Cameron noch höher kochen.

»Du meinst: So wie früher? Taschengelderhöhung oder -entzug – je nachdem, wie ich mich benommen habe.« Cameron brachte noch einen Schritt Abstand zwischen seinen Vater und sich. Nur um sicherzugehen, dass seine in der Hosentasche geballte Faust … genau dort blieb.

»Hör zu, Junge.« Robert hob die Arme in einer unschuldigen Geste. »Das kam jetzt nicht ganz richtig rüber. Es stimmt, dass ich der Meinung bin, dass dein Hotel mit deiner Herangehensweise wahrscheinlich nicht besonders lukrativ sein wird. Deshalb solltest du das Investment nicht einfach so ausschlagen. Ich biete dir an einzusteigen. Das gibt dir die Möglichkeit, auf meine Ressourcen zurückzugreifen. Eine große Baufirma, die auf Hotels spezialisiert ist, zum Beispiel«, zählte er auf. »Auf diese Weise wäre der Umbau viel schneller und günstiger.«

Cameron unterdrückte den frustrierten Laut, der in seiner Kehle festsaß. »Das mag sein«, sagte er. »Aber das ist nicht das Ziel dieses Projektes. Das Ziel ist, so zu arbeiten, dass alle etwas davon haben. Gewinn ist wichtig, keine Frage«, ergänzte er auf die hochgezogenen Augenbrauen seines Vaters hin. »Die Umsätze müssen aber nicht so gigantisch sein, wie die Hotelkette sie einfährt. Mit einem Hauch weniger kann man noch immer ein sehr gutes Leben führen.«

»Ich habe eine Idee«, sagte Robert. Cameron hatte den Eindruck, dass sein Vater ihm keine Sekunde wirklich zugehört hatte. »Du könntest deinen Bruder um Hilfe bitten. Wir lassen Jason das Ganze ausarbeiten. Er könnte das ganz groß aufziehen, und vielleicht könnt ihr auf diesem Weg auch als Brüder …«

»Nein!«, unterbrach Cameron seinen Vater. Dieses Gespräch nahm eine Richtung, die seine Wut erst richtig zum Kochen brachte. Erst versuchte Robert, ihn mit einer Million zu ködern, dann versuchte er, das Steuer an sich zu reißen. Noch vor ein paar Jahren hätte Cameron in dieser Situation gegen irgendetwas getreten. Gegen etwas Wertvolles. Vor ein paar Wochen noch hatte ihn dieses Verhalten seines Vaters dazu gebracht, sich im *Black Dreams* zu betrinken. Also bemühte er sich, die Ruhe zu bewahren und seinem Vater nicht zu beweisen, dass er mit der Einschätzung seines Zweitgeborenen genau richtiglag. »Ich glaube, du hast mich nicht richtig verstanden«, fuhr er fort, bevor Robert mit der nächsten Schnapsidee aufwarten konnte. »Dieses Hotel ist nichts, was ich groß aufziehen möchte. Denn genau das erfüllt den Zweck nicht.« Dann könnte Cameron schließlich gleich in Benedict Morgans Kreuzfahrtpläne investieren. »Das wird ein Hide Away. Klein und exklusiv. Die Gäste sollen sich dorthin zurückziehen können. Das wird keine große Kette. Und schon gar nicht übergebe ich meine Idee an Jason, nur damit mein Bruder und du das Gefühl habt, alles unter Kontrolle zu haben.« Cameron atmete tief durch und drehte sich um, betrachtete die erhabenen Sandsteinmauern der Mansion, bis das Bedürfnis, seinen Vater anzuschreien, nachließ. »Weißt du was, Dad«, sagte er dann leise und drehte sich wieder zu Robert um. »Du hast es nicht verstanden. Du hast mich noch nie verstanden. Ich bin mir gar nicht sicher, ob du dir überhaupt jemals die Mühe gemacht hast. Es stimmt. Valerie und ich sind nicht wie Jason. Wir sind keine Klone unseres großen Bruders. Aber das wollen wir auch gar nicht sein. Wir sind eigene Persönlichkeiten. Wir sind auf unsere Art erfolgreich und glücklich. Ich brauche keine Belohnung fürs Stillhalten. Weil es nicht meine Entscheidung war, einen Monat in Maine zu verbringen. Das hast du für mich entschieden – und eingefädelt. Dass ich länger dort geblieben bin, hat auch nichts mit Respekt vor dieser Farce von einer Hochzeit zu tun. Sondern damit, dass ich begonnen habe, mir ein eigenes Unternehmen aufzubauen. Und dafür brauche ich weder dich noch Jasons kluge Ratschläge.« Cameron schluckte und atmete tief durch. »Du willst mir keine Million geben, weil du von meiner Idee überzeugt bist. Lass uns ehrlich sein: Du hast damit gerechnet, dass ich dein Angebot ausschlage.«

»Du willst eine ehrliche Antwort, Sohn? Ich kenne dich zu gut. Natürlich habe ich in Erwägung gezogen, dass du es nicht schaffst, deinen sturen Kopf auszuschalten und über deinen Schatten zu springen.«

»Nein, Dad. Du kennst mich kein bisschen. Du hast das Geld längst abgeschrieben, weil du nicht an das glaubst, was ich tue. Aber weißt du was? Wenn du das Geld zum Fenster hinauswerfen willst, schenke es doch Elayne. Sie hat sicher kein Problem damit, mit ihren gierigen Händen nach dem Scheck zu grabschen. Ich brauche dieses Geld nicht. Und ich will dein Geld nicht. Wie ich es dir bereits am Telefon gesagt habe: Das ist mein Projekt. Mein Hotel. Meine Zukunft. Diesen Weg gehe ich ohne *Suites by Montgomery*.« Cameron wartete die Erwiderung seines Vaters nicht ab. Er drehte sich um und ging. Vorsichtig atmete er ein und dann wieder aus. Er fühlte sich besser. So viel besser. Dieses Gespräch war seit Jahren überfällig. Wahrscheinlich schon seit über einem Jahrzehnt. Vielleicht würden seine Eltern Valerie und ihn irgendwann als das sehen, was sie waren. Und genau damit zufrieden sein. Bis dahin würde allerdings noch eine Menge Zeit ins Land gehen.

Er bog um die Hausecke – und geriet in eine Woge aus glitzerndem Tüll. Überrascht trat er einen Schritt zurück. »Elayne«, grüßte er kühl, als er begriff, in wen er da hineingelaufen war. »Auf der Suche nach dem nächsten Opfer?«

Seine neue Schwägerin schenkte ihm ein Lächeln. Zwei Reihen blendend weißer Zähne, die Cameron an einen Haifisch erinnerten. Sie streckte die Hand aus und betrachtete das Funkeln ihres Eherings und des Verlobungsklunkers. »Nein«, sagte sie gedehnt und blickte Cameron dann wieder an. »Ich habe alles, was ich will. Mit deinem kleinen Ausflug nach Maine und der Hochzeit würde ich sagen, es steht 2:0 für mich.«

»Ach ja?« Cameron blickte auf die riesige Festgesellschaft, die den Rasen der Mansion bevölkerte. Lichterketten schwangen in der leichten, warmen Sommerbrise hin und her. Die Musik war noch immer sanft und romantisch. Sein Blick glitt über die Gesichter der Gäste, bis er Abby in der Menge ausmachen konnte. Sie stand neben seiner Schwester und lachte über etwas, das Valerie sagte. Sie sah wunderschön aus, und er wusste, dass diese Schönheit nicht nur eine Hülle war wie bei Elayne. Sie strahlte aus ihrem Herzen. Das war es, was er für seine Zukunft wollte und brauchte. Diese Frau und ihr großes Herz. Der letzte Rest des Gewichts, das auf seiner Brust gelegen hatte, verflog. Cameron fühlte sich so leicht, dass ihm beinahe schwindlig wurde. »Falsch«, sagte er zu Elayne. »Es steht nicht 2:0 für dich, weil das hier kein Wettkampf zwischen dir und mir ist. Ich wünsche Jason und dir nur das Beste. Wenn ich das so sagen darf: Ihr verdient einander. Und ich bin mir sicher, am Ende wirst du bekommen, was du willst. Nur, dass mir das egal sein wird.« Ohne Elaynes nächste Spitze abzuwarten, ließ er sie einfach stehen und ging quer über den Rasen. Er schloss Abby in seine Arme, atmete ihren vertrauten, blumigen Duft ein und murmelte in ihr Haar: »Lass uns von hier verschwinden.«

*

Abby wusste nicht, was Cameron und sein Vater miteinander besprochen hatten. Sie hatte allerdings gesehen, dass die Braut ihn abgefangen und ein paar Worte mit ihm gewechselt hatte.

»Lass uns von hier verschwinden«, murmelte er in ihre Haare, als er sie fest umarmte.

»Ist alles in Ordnung?« Abby strich ihm über den Rücken. »Ich habe dich mit Elayne gesehen.«

»Ja.« Cameron hob den Kopf und wartete, bis sie zu ihm aufsah. »Es ist alles gut. Um nicht zu sagen: besser als je zuvor.« Er küsste Abby. »Deshalb sollten wir jetzt gehen. Unsere

Pflicht auf dieser Veranstaltung ist erfüllt. Wir verabschieden uns von Val, und dann lösen wir uns in Luft auf.«

Abby hatte angenommen, dass sie die Hochzeit zwar verlassen, aber in Camerons Apartment übernachten würden. Zu ihrer Überraschung begann er, seine Sachen zu packen, kaum dass sie die Wohnungstür hinter sich geschlossen hatten. »Ist wirklich alles okay?«, fragte sie noch einmal.

»Es könnte nicht besser sein.« Cameron tauschte seinen Smoking gegen Jeans und ein T-Shirt. »Ich weiß nach diesem Tag einfach nur, wo ich sein will. Und bei wem.«

Abbys Herz setzte für einen Schlag aus und galoppierte dann mit doppelter Geschwindigkeit weiter. Sie legte Cameron die Arme um die Taille und küsste ihn. »Dann sollten wir uns auf den Weg dorthin machen. Zusammen.«

Cameron hielt Abby noch einen Moment fest, ließ den Kuss andauern. Als er sich von ihr löste, legte er die Stirn an ihre. »Wenn wir jetzt losfahren, sind wir vermutlich in Home Port, wenn Marsha die Bäckerei aufmacht. Ich will bei ihr frühstücken. Irgendwas Warmes, das gerade frisch aus dem Ofen kommt.«

Abby wurde noch wärmer ums Herz. »Ich hoffe, du hast deinen To-go-Becher dabei«, scherzte sie, um sich von den Emotionen abzulenken, die sich um ihr Herz legten – und die sich wirklich groß anfühlten.

Sie brauchten nicht lange, um ihre Habseligkeiten im Wagen zu verstauen. Abby bot Cameron an zu fahren, aber offenbar war er noch immer nicht bereit, sein Baby aus den Händen zu geben. Also machte sie es sich auf dem Beifahrersitz bequem. Auf der Fahrt durch das nächtliche Boston redeten sie über das Herrenhaus und Camerons Pläne auf der Insel. Doch als sie die Stadtgrenzen hinter sich gelassen hatten und auf der I 95 Richtung Norden fuhren, machte die Eintönigkeit Abby schläfrig. Es waren wenige Autos unterwegs, und so durchschnitten nur die Schweinwerfer des Jaguars die Schwärze der Nacht und legten sich vor ihnen auf den grauen Asphalt. Abby gähnte. Immer wieder fielen ihr die Augen zu, bis sie schließlich einnickte.

Als sie wieder zu sich kam, rumpelte Camerons SUV bereits über die Steinbrücke, die auf die Insel führte. Erste fliederfarbene Streifen ließen den nahen Morgen erahnen. »Wir sind schon da?«, fragte sie überrascht.

»Ja, es war überhaupt nichts los auf den Straßen. Ich bin viel schneller durchgekommen als sonst. Schade.« Er legte seine Hand über Abbys, die auf ihrem Oberschenkel ruhte und drückte sie. »Bis die Bäckerei aufmacht, sind es noch eineinhalb Stunden. Also fahren wir lieber erst mal auf das Gestüt, schlafen ein paar Stunden und gönnen uns dann ein spätes Frühstück.«

»Du musst völlig k.o. sein«, sagte Abby. »Ich bin eingenickt, während du die ganze Nacht wach warst.«

Cameron lachte. »Eingenickt? Du hast von kurz hinter Boston bis gerade eben tief und fest geschlafen.«

»Du hättest mich wecken sollen.«

Camerons Lachen verwandelte sich in ein liebevolles Lächeln. »Ich fand es schön, dich neben mir in diesen Sitz gekuschelt zu sehen, wann immer ich rübergesehen habe.«

Ja verdammt, er wusste, was er sagen musste, um sie dahinschmelzen zu lassen. Cameron bog auf die Old Country Road ab und ließ Home Port hinter sich. Abby wandte den

Blick von seinem Profil ab und blickte wieder nach vorn. Aus dem Augenwinkel nahm sie eine Bewegung wahr –, und im nächsten Moment preschte etwas Riesiges aus dem Unterholz neben der Straße. »Scheiße!«, schrie sie.

Dann geschah alles gleichzeitig. Das Pferd – ihr wurde erst in diesem Augenblick klar, dass es ein Pferd war – wieherte erschrocken und stieg. Die Bremsen des Jaguars kreischten fast noch lauter, als Cameron sie mit aller Kraft durchtrat und das Lenkrad herumriss, um dem Tier auszuweichen.

Für den Bruchteil einer Sekunde herrschte atemlose Stille, dann trat das Pferd nach dem SUV aus und verschwand zwischen den Bäumen auf der anderen Straßenseite.

Abby presste die Hand auf ihr wild schlagendes Herz. »Das war Caruso, eines der Pferde, die Summer gerade trainiert.« Mit hektischen Bewegungen fummelte sie am Sicherheitsgurt, bis er sich löste, und stieß die Autotür auf.

»Warte.« Cameron rieb sich über das Gesicht. Abby war sich sicher, dass ihn die Begegnung nicht weniger schockiert hatte als sie.

»Wir müssen ihn suchen!«, fiel sie ihm ins Wort. Caruso hatte ein paar Probleme auf der Rennbahn gehabt und seinen Jockey zweimal abgeworfen. Deshalb hatte der Besitzer ihn auf das Gestüt gebracht. Abgesehen davon war dieses Pferd nur eins: wertvoll. Unglaublich wertvoll. Nicht auszudenken, wenn sie es angefahren hätten. Sie mussten es dringend aufspüren, bevor es sich verletzte oder etwas fraß, das ihm nicht bekommen würde.

»Ich weiß.« Cameron hielt ihre Hand eisern fest und verhinderte so, dass sie aus dem Wagen sprang. »Aber erst fahre ich an den Straßenrand und stelle den Wagen ab, damit nicht der nächste Hummerfischer in ihn hineinrauscht. Dann gehen wir zusammen los und suchen Caruso.«

»Okay.« Abby zog die Beifahrertür zu. »Okay«, wiederholte sie, mehr um sich selbst zu beruhigen. Wie hatte es dieses Pferd nur geschafft auszubrechen?

Cameron stellte den Jaguar ab. Gemeinsam liefen sie in den Wald und folgten den im beginnenden Morgengrauen kaum erkennbaren Pfaden. »Was zum Teufel …?« Cameron blieb so abrupt stehen, dass Abby gegen seinen Rücken stieß.

Sie spähte über seine Schulter. Etwa hundert Meter entfernt konnte sie die Schatten einer ganzen Gruppe Pferde erkennen. »O mein Gott! Sind das … sind das etwa unsere?«

Cameron drehte sich zu ihr um. »Hier hat sonst niemand Pferde, oder?«

»Ein paar Leute schon. Eins oder zwei. Aber so viele auf einmal? Das sind dreizehn, nein vierzehn«, korrigierte Abby sich. »Wir müssen sie sofort einfangen.« Sie machte einen Schritt an Cameron vorbei und trat auf einen dünnen Ast, der in den Pfad ragte.

Das Knacken klang im Zwielicht des Morgens laut und unnatürlich. Die Pferde hoben die Köpfe und blickten in ihre Richtung. Dann setzten sie sich in Bewegung und trabten davon. »Okay.« Abby wischte ihre feuchten Hände an den Jeans ab. »Sie fühlen sich nicht bedroht. Das ist schon mal gut. Aber sie einzufangen wird schwierig.«

»Wir sollten zum Gestüt fahren und uns Hilfe holen«, schlug Cameron vor. »Zu zweit schaffen wir das nicht.«

Er hatte recht. Das war Abby völlig klar. Trotzdem konnte sie hier nicht weg. Was, wenn eines der Tiere zur Straße zurückkehrte und auf einen wirklich großen Pick-up traf? Jeder zweite Hummerfischer fuhr so ein Riesending. Dann könnte ein Unfall anders enden als die Begegnung zwischen Caruso und ihnen. »Aber wir können sie auch nicht alleine lassen«, sagte sie zu Cameron.

Er nickte. »Hast du Empfang?«

Abby zog ihr Handy aus der Tasche ihrer Jacke und warf einen Blick auf das Display. »Ja.«

»Gut. Dann machen wir Folgendes: Du bleibst hier und hältst die Pferde im Blick. Versuch, jemanden zu erreichen, der kommen und helfen kann. Ich fahre auf das Gestüt und hole Stricke und Halfter.«

»Gute Idee.« Abby stellte sich auf die Zehenspitzen und küsste ihn auf die Wange. »Lass uns keine Zeit verschwenden.«

»Bin unterwegs.« Er legte seine Hand an Abbys Wange und drehte ihren Kopf sanft in seine Richtung, um sie richtig zu küssen. »Bis gleich.«

25

Abby hatte offenbar bereits jemanden auf dem Hof erreicht. Als Cameron die Brücke überquerte, sah er die Gestütsarbeiter über den Hof laufen. Jamie versuchte, auf einem Bein hüpfend, seinen linken Stiefel anzuziehen. Zara knöpfte im Laufen ihr Hemd zu und Harley – Cameron hatte den alten Cowboy bis zu diesem Moment noch nie ohne seinen Stetson gesehen.

Er hielt den Jaguar neben Josh Walsh, der Befehle in alle Richtungen bellte.

»Cam.« Der Ältere nickte ihm zu. »Stan, schwing verdammt noch mal deinen Hintern in den Hengststall und sieh dort nach dem Rechten«, schrie er quer über den Hof. »Zara, Hände weg von den Toren. Vielleicht gibt es Fingerabdrücke oder so was.«

»Du hast mit Abby gesprochen?«, fragte Cameron unnötigerweise.

»Jepp. Sie hat uns gerade aus dem Bett geworfen. So wie es aussieht, wurden alle Ställe geöffnet. Die Pferde sind weg.«

»Alle?« Durch Camerons Glieder zuckte der gleiche Schock, der mit Sicherheit auch jeden getroffen hatte, der auf dem Gestüt arbeitete oder lebte.

»Na ja.« Josh rieb sich über den Nacken. »Acapulco und Cassiopeia standen brav vor der Futterscheune und haben darauf gewartet, dass jemand ein Leckerli für sie rausreicht. Der Rest hat sich in alle Winde zerstreut.«

»Das war Sabotage, oder?«, fragte Cameron. »Es können doch unmöglich aus Versehen alle Ställe offen gelassen worden sein.«

Josh nickte. »Zara!« Er winkte die junge Pferdewirtin heran. »Davon kannst du ausgehen. Auch wenn ich keinen Schimmer habe, wer in der Lage ist, etwas dermaßen Dämliches zu tun.«

Cameron überlegte. Was tat man in einem solchen Fall? »Wir müssen den Sheriff rufen«, war das Einzige, was ihm einfiel.

Zara war blass, als sie neben ihn trat. Der Schreck steckte ihr genauso in den Knochen wie Cameron.

»Polizei.« Josh schnaubte. »Polizei gibt es auf der Insel nicht. Für uns ist der County Sheriff zuständig. Bis vom Sheriffs-Office jemand auftaucht, dauert es Stunden. Wir können in der Zwischenzeit höchstens auf die Unterstützung der Küstenwache zählen. Die helfen manchmal aus. Aber grundsätzlich kümmern wir uns hier um uns selbst.«

»Was bedeutet das?« Cameron, der sein Handy bereits aus der Hosentasche gezogen hatte, um den Notruf zu wählen, schob es zurück.

»Das bedeutet, wir rufen unsere Nachbarn und Freunde zusammen und versuchen, die Pferde wieder einzufangen. Den Sheriff holen wir später, wenn wir Zeit für ihn haben.«

»Okay. Keine Polizei im Moment. Ich muss zurück zu Abby, sie braucht Halfter und Führstricke.« Abby wartete schon viel zu lang.

Josh schüttelte den Kopf. »Zara, das übernimmst du.« Er legte Cameron die Hand auf die Schulter. Eine Geste, die sich völlig anders anfühlte als bei seinem Vater. »Nimm's mir nicht übel, Cam. Aber beim Einfangen der Pferde bist du uns keine große Hilfe. Ich brauche dich für eine andere Mission.« Er nickte in Richtung Ranchhaus. »Wir haben noch ein anderes Problem. Der, der die Pferde freigelassen hat, hat Nugget und Henry vergiftet.«

»Sie sind …?« Tot. Cameron schluckte. Das hier wurde von Sekunde zu Sekunde schlimmer.

Josh schüttelte den Kopf. »Nein. Betäubt. Nugget ist schon wieder zu sich gekommen, aber ziemlich groggy. Henry ist noch bewusstlos.«

»Was ist mit Charlie?« Wenn Abbys Hund etwas zugestoßen war …

Abermals schüttelte Josh den Kopf. »Der Täter war nur im Stall. Charlie hat er in Ruhe gelassen, weil er im Haus geschlafen hat. Ich habe den Tierarzt schon angerufen, aber jemand muss die Hunde nach Machias fahren. Kannst du das übernehmen?«

»Ich bin so gut wie weg.« Cameron war dankbar, eine Aufgabe zu haben. Er sprang in seinen Wagen und fuhr ihn vor das Ranchhaus. Charlie begrüßte ihn schwanzwedelnd an der Tür und rannte ihm dann ins Wohnzimmer voraus. Cameron fand die Hunde auf einer Decke im Wohnzimmer. Wie Josh gesagt hatte, lag Henry bewegungslos da, während Nugget immerhin zweimal mit dem Schwanz auf den Boden schlug und dann weiter vor sich hindämmerte. Er trug die Hunde zu seinem Wagen, bettete sie auf den Rücksitz und gab die Adresse des Tierarztes in sein Navigationssystem ein.

*

Ich hätte nicht nach Boston fahren dürfen, war der erste Gedanke gewesen, der Abby durch den Kopf geschossen war, als sie das Ausmaß der Katastrophe begriff. Wenn sie zu Hause gewesen wäre … »Ich hätte den Tag mit Kelsey verbringen sollen. Dann wäre ich bei Einbruch der Dunkelheit zurück gewesen und hätte das vielleicht verhindern können.« Ihr wurde erst bewusst, dass sie die Worte nicht nur gedacht hatte, als Summer neben ihr schnaubte.

»Na klar«, erwiderte ihre Schwester mit einem sarkastischen Unterton. »Dann wärst du allein auf dem Hof gewesen, und der Idiot, der für dieses Chaos hier verantwortlich ist, hätte dir mit einem Baseballschläger eins über den Schädel gezogen … oder etwas Schlimmeres«, ergänzte sie nach kurzem Nachdenken. »Ich bin genauso froh, dass du nicht da gewesen bist, wie ich dankbar bin, dass sonst niemand von uns da war und sich in Gefahr begeben hat.«

Abby nahm die Wasserflasche, die Summer ihr reichte, und trank einen großen Schluck. »Vielleicht hätte derjenige sich das aber auch gar nicht getraut, wenn er gewusst hätte, dass das Gestüt für diese Nacht nicht verlassen war«, hielt sie dagegen.

Summer rollte ihre Schultern, die mit Sicherheit genauso schmerzten wie Abbys. Genau genommen gab es keine Stelle an Abbys Körper, die sich nicht anfühlte, als wäre eine Dampfwalze darüber hinweggerollt. Es war bereits Mittag. Die Sonne stand hoch an einem wolkenlosen Himmel und hatte ausgerechnet heute beschlossen, zum ersten Mal ihre Sommerkraft zu testen. Abby schwitzte. Ihre Arme – und sogar ihr Hals – waren mit Kratzern übersät, die sie den dornigen Gebüschen verdankte, durch die sie sich auf der Suche nach den Pferden geschlagen hatte.

Sechsunddreißig Tiere hatten sie inzwischen eingefangen. Aber inzwischen erhielten sie von überall auf der Insel Nachrichten, dass eines oder mehrere Pferde gesichtet worden waren. Cameron, der von Josh zum Tierarzt nach Machias geschickt worden war, hatte wenigstens die gute Nachricht geschickt, dass Nugget und Henry wieder in Ordnung kommen würden.

»Glaubst du ernsthaft, dass ein mieses Arschloch, das unsere Hunde vergiftet, um sich diesen kleinen Spaß zu erlauben, diesen Plan aufgegeben hätte, nur weil du zufällig zu Hause gewesen wärst?« Summer nahm die Wasserflasche zurück und leerte sie.

Abby sparte sich eine Erwiderung. Sie stieß sich von der Pinie ab, gegen deren Stamm sie sich gelehnt hatte, um Pause zu machen und eines der Sandwiches hinunterzuschlingen, die Rose an die Helfer hatte verteilen lassen. Summer war in ihrer Meinung nicht weniger stur als sie selbst. Und natürlich wusste Abbys Verstand, dass ihre Schwester recht hatte. Aber das Gefühl, eine falsche Entscheidung getroffen zu haben … versagt zu haben … weil sie sich mit Cameron in Boston vergnügt hatte … das ließ sich, verdammt noch mal, nicht so ohne Weiteres beiseiteschieben. Ihre Entscheidung hatte die Existenzgrundlage ihrer Familie in Gefahr gebracht.

Die Nacht war längst über die Insel hereingebrochen, als das letzte Pferd endlich eingefangen war. Auf dem Hof waren Bänke und Tische aufgestellt worden. Der Duft von deftigem Eintopf und frisch gebackenem Brot lag über den gemurmelten Gesprächen der vielen Helfer, die sich auf dem Gestüt eingefunden hatten und jetzt von Rose verköstigt wurden. Von Rose und ihrem Küchenjungen, korrigierte sich Abby bei Camerons Anblick. Er hatte sich eine Schürze um die Hüfte gebunden und den Zipfel eines Geschirrtuches in den Saum geschoben, wie ein echter Chefkoch. Dabei war sich Abby sicher, dass er außer ein paar Rühreiern in der Küche nicht viel zustande brachte. An seinen Hacken klebten, wie Kletten, Henry und Nugget. Olivia hatte erzählt, dass sie Cameron mit ihrer Hundeliebe überschütteten, seit sie beim Tierarzt zu sich gekommen waren und er der Erste gewesen war, den sie gesehen hatten. Und weil die beiden keinen Schritt von seiner Seite wichen, hatte sich auch Charlie diesem Rudel angeschlossen.

Cameron steuerte direkt auf sie zu und zog Abby in seine Arme. »Da bist du ja.« Er küsste sie auf die Schläfe und zog sie in die Ecke, in der sich ihre Familie versammelt hatte. »Setz dich erst mal und iss was.« Er drückte sie auf den freien Platz neben Megan und verschwand, seine vierbeinige Entourage im Schlepptau, hinter ihr. Im nächsten Moment tauchte er mit einem dampfenden Teller Stew, auf dem eine dicke Brotscheibe lag, und einem kalten Bier wieder auf. Er stellte beides vor ihr ab und legte seine Hände auf ihre Schultern. Mit kräftigen Bewegungen knetete er ihre verspannten Muskeln, und Abby musste sich zusammenreißen, nicht die Augen zu verdrehen und ein genüssliches Stöhnen von sich zu geben.

»Ich weiß gar nicht, was ich im Moment am dringendsten brauche: die Massage, das Essen oder das Bier«, gab sie zu und schloss für einen Moment die Augen. Sie müsste eigentlich Abstand zu Cameron halten. Zumindest, bis sie ihre Gedanken sortiert hatte. Aber diesen magischen Händen zu widerstehen war praktisch unmöglich.

»Massage in Kombination mit Bier.« Megan reichte ihr die Flasche.

Abby trank einen großen Schluck. »Verdammt, tut das gut«, murmelte sie. Sie hörte, wie jemand nach Cameron rief, und spürte seine Hände, die ein letztes Mal sanft über ihre Schultern strichen.

Er beugte sich zu ihr herunter. »Ich muss weiter«, murmelte er an ihrem Ohr und küsste ihren Nacken. »Iss den Eintopf. Eine Massage bekommst du nachher noch mal exklusiv von mir.«

Die Wärme seines Körpers verschwand hinter ihr, und Abby spürte den kalten Wind, der vom Ozean herüberwehte. Sie trank noch einen Schluck Bier und zog dann den Teller zu sich heran. Für Cameron war alles noch genauso wie in dem Moment, in dem sie in Boston in seinen Wagen gestiegen waren. Für sie – nicht. »Gibt es schon etwas Neues?«, fragte sie, um auf den aktuellen Stand gebracht zu werden und um sich von ihren finsteren Gedanken abzulenken. Sie brach ein Stück Brot ab und stippte es in das Stew.

Olivia schüttelte den Kopf. Abby war ihren Familienmitgliedern den Tag über immer nur kurz über den Weg gelaufen, wenn sie Tiere in die Ställe zurückgebracht hatte, oder aufs Neue aufgebrochen war, weil eine neue Pferdesichtung gemeldet worden war. Jetzt beugte ihre Mutter sich vor und strich über die Kratzer an Abbys Arm. »Die musst du versorgen, damit sie sich nicht entzünden«, mahnte sie, bevor sie Abbys Frage beantwortete. »Der Sheriff und einer seiner Deputys, Tom Hastings, haben sich die Ställe angesehen. Wir wissen bislang nur, dass alle Gatter geöffnet worden sind. Es gibt keine Anhaltspunkte darauf, wer dafür verantwortlich ist.«

Abby schob sich das vom Eintopf durchweichte Stück Brot in den Mund und nahm dann einen Löffel von dem Stew. Diesmal schaffte sie es nicht, das genüssliche Seufzen zu unterdrücken. »O mein Gott, schmeckt das gut!« Sie nahm noch einen Bissen Brot. »Bis jetzt kann also niemand nachvollziehen, was gestern Nacht genau passiert ist?«, fragte sie mit vollem Mund. »Ich verstehe noch nicht einmal, warum jemand überhaupt auf die Idee kommen sollte, so etwas zu machen.«

»Das frage ich mich auch«, stimmte Summer Abby zu. »Der Deputy hat angedeutet, dass es vielleicht ein paar Teenager gewesen sein könnten. Auf dem Festland ist in letzter Zeit ein paarmal randaliert worden.« Sie fuhr mit den Fingerspitzen die Maserung des Holztisches nach. »Aber ich weiß nicht. Mir kommt das hier einfach anders vor.«

»Mir auch.« Cameron war wieder aufgetaucht und deutete auf Abbys fast leeren Teller. »Noch eine Portion?«, fragte er und richtete sich dann an die ganze Familie. »Das war ein ausgeklügelter Plan. Wenn das die Mutprobe von ein paar Jugendlichen gewesen wäre, hätten sie wohl kaum die Hunde betäubt.« Er beugte sich hinunter und kraulte alle drei hinter den Ohren, die ihn daraufhin noch mehr anzuhimmeln schienen als zuvor.

»Da gebe ich dir recht«, stimmte Abby ihm zu. »Die Cops müssen natürlich in alle Richtungen ermitteln. Aber für mich sieht das auch nicht nach dem Werk gelangweilter Teenager aus. Und ja.« Sie schob ihren Teller über den Tisch in Camerons Richtung. »Ich hätte gern noch etwas von dem Stew.« Normalerweise hatte sie kein Problem damit, sich ihr Essen selbst zu holen. Aber sie hatte keine Ahnung, wie viele Meilen an diesem Tag bereits in ihren Beinen steckten. Sie fühlten sich zumindest an wie Blei.

»Kommt sofort.« Cameron schnappte sich ihren Teller und ging mit großen Schritten – und abermals begleitet von seinen vierbeinigen Freunden – in die Küche.

Megan seufzte und streckte sich. »Ist er nicht ein Goldschatz?«

Abby folgte ihm mit ihrem Blick. »Cam?«

»Josh war der Meinung, dass er beim Pferdeeinfangen nicht unbedingt die größte Hilfe ist. Also hat er gesagt: Dann gib mir etwas anderes zu tun«, erzählte Olivia.

»Abgesehen davon, dass das nicht stimmt, ich finde nämlich, dass er inzwischen wirklich gut mit Pferden umgehen kann, war er sich nicht zu schade dafür, Roses Schnippelhilfe zu spielen. Und den Kellner«, ergänzte Summer.

»Diesen Typen darfst du dir auf keinen Fall durch die Lappen gehen lassen«, konnte sich auch Megan einen Kommentar nicht verkneifen.

Abbys Magen zog sich bei den Worten ihrer Schwester zusammen. Cameron war ihr den Tag über nicht über den Weg gelaufen, aber sie hatte immer wieder daran denken müssen, dass all das nicht passiert wäre, wenn sie ihren Pflichten nachgekommen wäre und Kelsey besucht hätte, statt das Wochenende in Boston zu verbringen.

»Ich bin froh, dass ihr alle Pferde wieder einfangen konntet.« Cameron kehrte aus der Küche zurück und balancierte einen weiteren Teller Eintopf für Abby zum Tisch. »Du musst unbedingt noch eine Scheibe von dem Brot essen. Rose hat mich gefühlt hundert Laibe kneten lassen.« Er lächelte, als er das Essen vor ihr abstellte.

»Danke.« Abby griff nach ihrem Löffel. »Die Pferde haben sich wirklich ganz schön weit verteilt. Aber zum Glück hat keines die Insel verlassen.«

»Hier ist es ja auch viel zu schön, um abzuhauen«, ließ Cameron seinen Charme spielen.

Abby versuchte sich an einem Lächeln, spürte aber die Müdigkeit, die ihr die Energie raubte. Ihr fiel ein, dass Cameron im Gegensatz zu ihr ja auch in der vergangenen Nacht keinen Schlaf gehabt hatte. Sie hob den Blick und entdeckte die dunklen Schatten unter seinen Augen.

»Was ist los?« Cameron rieb mit der Hand über ihren Rücken.

»Nichts.« Die zärtliche Geste ließ Abby schlucken. »Ich bin nur müde.«

»Du solltest ins Bett gehen.« Olivia beugte sich vor und drückte Abbys Hand. »Ihr beide«, mit der anderen Hand wies sie auf Cameron, »solltet ins Bett gehen. Cam, wir sind dir wirklich dankbar für deine Unterstützung heute. Ich hole noch eine Salbe für Abbys Kratzer, und dann solltet ihr verschwinden.«

Abby löffelte ihren Eintopf. Bei den Gedanken, die durch ihren Kopf schwirrten, wäre es vermutlich besser, die Nacht allein zu verbringen. Wann hatte sie zuletzt eine Nacht nicht mit Cameron an ihrer Seite geschlafen? Sie brauchte Ruhe. Und sie musste nachdenken.

»Iss in Ruhe auf. Ich begleite deine Mutter ins Haus und hole die Salbe.« Cameron küsste Abby auf die Schläfe und erhob sich wieder, um Olivia zu begleiten.

Abby schloss die Augen. Dieser Mann machte einfach nichts falsch. Trotzdem: Sie brauchte im Moment Abstand.

Es war, als nähme er ihr die Luft zum Atmen, solange er um sie herum war.

»Tu es nicht!« Megan deutete mit ihrer Bierflasche in der Hand auf Abby, als diese die Augen wieder öffnete.

»Was?«, fragte sie, obwohl sie genau wusste, worauf ihre Schwester hinauswollte.

Summer lehnte sich zu Abby herüber. »Stoß ihn nicht weg, weil du glaubst, dass dieser Mist hier dein Fehler war. Schuld war nur das Arschloch, das die Gatter geöffnet hat. Du als Psychologin solltest das besser wissen als jeder andere.«

Cameron kehrte zu ihnen zurück, eine Salbe in der Hand, die Hunde auf seinen Fersen. Er ersparte es Abby, ihren Schwestern zu antworten. Sie ließ sich einfach von ihm hochziehen und hob die Hand zu einem schwachen Gruß. »Bis morgen«, murmelte sie.

Ihre Hände miteinander verschlungen schlug Cameron wie selbstverständlich den Weg zu seinem Cottage ein. Abby folgte ihm, bis sie den Kreis aus Licht und Stimmen hinter sich gelassen hatten. Erst dann blieb sie stehen, außer Sichtweite der neugierigen Blicke, die zumindest ihre Familie ihnen mit Sicherheit hinterherwarf. »Warte«, sagte sie.

»Was ist los?« Cameron drehte sich zu ihr um.

»Bitte sei mir nicht böse, aber ich würde heute Nacht gern im Ranchhaus schlafen.«

»Okay.« Cameron zuckte mit den Schultern. »Kein Problem. Ich hole mir nur kurz ein paar Klamotten zum Wechseln …«

»Nein.« Abby legte ihre Hand auf Camerons Brustkorb. Wärme strahlte durch sein T-Shirt. Sie konnte das Schlagen seines Herzens fühlen. »Ich meine: Ich möchte heute Nacht alleine schlafen. Ich brauche eine … Auszeit.« Das war nicht das Wort, das sie benutzen wollte.

Cameron ließ ihre Hand los. »Wow. Das kam jetzt irgendwie plötzlich.«

»Bitte.« Abby schloss für einen Moment die Augen, um den wilden Gedankenwirbel in ihrem Kopf irgendwie zu bremsen. »So habe ich das nicht gemeint. Aber im Augenblick habe ich das Gefühl, keine Luft mehr zu bekommen. Ich muss nachdenken.«

»Über uns?« Abby sah das Unverständnis, das ihr aus seinen Augen entgegenblitzte. Natürlich konnte er das nicht verstehen. Seine Welt war schließlich in Ordnung. Oder so in Ordnung, wie sie eben sein konnte. Er ging seinen Weg, trotz aller Steine, die ihm jemand vor die Füße rollte. Etwas, das sie nie gekonnt hatte. Sie stand noch immer vor dem Felsbrocken, der ein Fortkommen seit Jahren unmöglich machte.

»Lass uns ein anderes Mal darüber reden. Ich kann das im Moment nicht, okay?« Sie hob die Arme in einer hilflosen Geste. »Mir platzt gleich der Kopf, und ich kann keinen klaren Gedanken fassen.«

»Ehrlich gesagt, verstehe ich im Moment auch nicht ganz, was das soll. Du warst schon den ganzen Abend so komisch. Distanziert, irgendwie. Habe ich dich verärgert? Etwas falsch gemacht?« Cameron drehte die Salbe in seinen Händen. »Warum reden wir nicht einfach darüber, schaffen aus der Welt, was dich stört, und blicken weiter nach vorn?«

Kelseys Bild tauchte vor Abbys innerem Auge auf. Das ließ sich nicht so einfach aus der Welt schaffen. Sie schüttelte den Kopf. Cameron war genauso erschöpft und müde wie sie. Noch erschöpfter vermutlich, weil er die ganze Nacht von

Boston nach Stonebridge Island durchgefahren war. Ihr wurde bewusst, dass ihre Hand noch immer auf seinem Brustkorb ruhte. Sie wollte sie wegziehen, aber Cameron legte seine Hand über ihre und hielt sie fest. »Ein bisschen fühlt es sich gerade an, als wolltest du das zwischen uns beenden.«

Abby hatte ihn nur darum gebeten, ihr für diese Nacht Raum zu geben. Aber er spürte instinktiv, dass sie es nicht dabei belassen wollte. Dass sie bereits darüber nachdachte, wie sie ihn aus ihrem Leben entfernen konnte, um wieder Ordnung und Sicherheit herzustellen. Vorhersehbarkeit. Unkompliziertheit. Dieses Leben konnte sie nicht leben, solange Cameron in ihrer Nähe war. Er verkomplizierte alles. Gab. Forderte. Ließ sie fühlen und ihren Kopf verlieren. Ihr Herz aufs Spiel setzen. Bis etwas Schlimmes passierte. Etwas, das ihrer Kontrolle entglitt. »Ich wollte das wirklich nicht heute Abend mit dir diskutieren«, versuchte Abby es mit einer schwachen Ausrede. Vielleicht würde ihr ja noch eine Chance für sie beide einfallen, wenn sie geschlafen hatte und ihr Kopf wieder klar war.

Aber Cameron gehörte nicht zu den Menschen, die sich hinhalten ließen. Zumindest nicht mehr, seit er seinem Vater und Elayne seine Meinung gesagt hatte. »Du willst also wirklich Schluss machen? Warum? Wir sind ein gutes Team.« Er hob die Hände in einer hilflosen Geste. »Ich habe mich in dich verliebt.«

Abby schloss die Augen. Ihr Herz stockte und brach dann, als sie Cameron diese Worte zum ersten Mal aussprechen hörte. Mit diesem verzweifelten Unterton in der Stimme. Er verstand nicht, was hier geschah, weil sie ihm nie alle Details ihres Lebens erzählt hatte. Sie presste die Lippen zusammen, damit ihr nicht herausrutschte, dass sie genauso fühlte, und zog ihre Hand endgültig von seinem Brustkorb. Auf zittrigen Knien machte sie einen Schritt rückwärts.

»Wir hatten Spaß zusammen«, fuhr Cameron fort, als sie seine Liebeserklärung nicht erwiderte. »Erzähl mir nicht, dass du keinen Spaß mit mir hattest.«

Abby atmete tief durch und zwang sich, Cameron in die Augen zu sehen. In dieses Grau, dass sich zu einem dunklen Sturm zusammenzubrauen schien. »Wenn es ein Fehler ist, spielt es keine Rolle, ob es Spaß macht«, sagte sie leise.

Ein ungläubiger Laut folgte ihr, als sie sich umdrehte und die Flucht antrat.

»Abby, warte!«

Sie hatte das Bedürfnis davonzurennen, aber Cameron würde sie problemlos einholen, wenn ihm danach sein sollte. Also blieb sie stehen.

Cameron trat neben sie. »Hier.« Er legte ihr die Salbe in die Hand und schloss mit einer sanften Geste ihre Finger darum. Ihre Hand in seiner standen sie einen Moment lang da, der sich ewig zu ziehen schien. Dann strich Cameron ihr in einer federleichten, zärtlichen Geste eine lose Haarsträhne hinter das Ohr. »Achte darauf, die Salbe auf deine Kratzer zu schmieren, damit sie sich nicht entzünden.« Er küsste sie auf die Stirn, und mit einem gemurmelten »Gute Nacht« drehte er sich um und verschwand in der Dunkelheit. Die Hunde, die abwartend neben ihnen gesessen hatten, folgten ihm, ohne Abby eines Blickes zu würdigen.

Da stand sie, in der Dunkelheit. Das Rauschen des Meeres in den Ohren, den Duft der Pinien in der Nase. Und fühlte sich so einsam wie nie zuvor. Wenn sie vorhin gedacht hatte, dass ihr Herz gebrochen war, hatte Camerons Geste es gerade eben in tausend Teile zersplittern lassen.

*

Finn hatte sich bei *Frankie's* einen Hamburger mit Süßkartoffelpommes zum Mitnehmen geholt. Da so ziemlich die ganze Insel auf den Beinen gewesen war, um den Coopers zu helfen, ihre ausgebrochenen Pferde einzufangen, waren die meisten Geschäfte geschlossen geblieben. Auch Frankie bot nur einen Mitnahmeservice an. Da die Tage begannen, in denen man sogar am Abend noch draußen sitzen konnte, hatte Finn aber sowieso kein Problem damit, seinen Burger auf seiner Terrasse mit Blick über den Ozean zu essen.

Er stellte die Take-Away-Box gerade auf den Beifahrersitz seines Pick-ups, als neben ihm ein Streifenwagen mit dem Wappen des Washington County Sheriffs einparkte.

Finn schlug die Beifahrertür zu und lehnte sich gegen seinen Wagen, bis Deputy Hastings sich aus dem Streifenwagen gewuchtet hatte. »Tom«, grüßte er ihn.

»Finn.« Der Deputy tippte mit dem Zeigefinger gegen seinen Stetson.

»War ein harter Tag, was man so hört. Sind die Pferde der Coopers alle wieder eingefangen?«

Tom blies die Backen auf und schob seinen Hut mit dem Zeigefinger ein Stück nach hinten. »Das kannst du wohl sagen. Aber ja, alle Pferde sind wieder dort, wo sie hingehören.« Er nickte in Richtung *Frankie's*. »Ich wollte mir nur noch was für unterwegs holen, bevor ich auf das Festland zurückfahre.«

»Gute Wahl. Ich habe mir auch gerade was geholt.« Die Neugier ließ Finn nicht los, also stellte er die Frage, die ihm am meisten auf den Nägeln brannte. »Wie haben die Pferde es geschafft auszubrechen?«

»Na ja, eigentlich haben sie das gar nicht getan. Jemand hat heute Nacht die Tore geöffnet und alle rausgelassen. Abby und Cameron waren die Ersten, die es gemerkt haben. Aber bis dahin hatten sich die Tiere schon über die ganze Insel verteilt.« Er schüttelte den Kopf. »Ich weiß gar nicht, was für ein Arschloch auf so eine Idee kommt. Ich kenne mich mit Pferden nicht aus, aber da stehen ein paar echt wertvolle Tiere auf dem Hof. Die Coopers haben ja nicht nur ihre eigene Zucht, sie haben Einstellpferde, die Summer trainiert, und die Stuten, die besamt werden. Wenn du mich fragst: Dieser dämliche Scherz hätte echt nach hinten losgehen können. So was hätte die *Silver Brook Stables* ruinieren können. Zum Glück scheint es allen Tieren gut zu gehen. Hier und da ein paar Kratzer von den Dornenbüschen in den Wäldern, aber sonst ist nichts Gravierendes passiert.«

Finn nickte. Tom plauderte noch ein bisschen weiter, aber er konnte sich nicht wirklich auf die Worte konzentrieren. *Das hätte die* Silver Brook Stables *ruinieren können.* Der Satz hallte in seinem Kopf wider wie ein dunkles Echo.

»Habt ihr einen Verdächtigen?«, fragte er.

»Noch nicht.« Tom blickte grimmig. »Aber keine Sorge, wir schnappen den Mistkerl, der dafür verantwortlich ist.«

Nachdem Tom sich verabschiedet hatte, um seine Bestellung im Restaurant abzuholen, stieg Finn in seinen Pick-up. Statt nach Hause zu fahren und den Burger auf seiner Terrasse zu essen, wie er es geplant hatte, lenkte er den Wagen auf die Klippe, auf der sein Elternhaus stand. Er nahm nicht wie sonst die Tür durch die Waschküche, was zur Folge gehabt hätte, dass er garantiert seiner Mutter in die Arme gelaufen wäre.

Stattdessen ging er einfach um das Haus herum und warf einen Blick durch das bodentiefe Sprossenfenster ins Arbeitszimmer seines Großvaters. Er saß, konzentriert über seinen Laptop gebeugt, am Schreibtisch. Neben sich das eine Glas Scotch, das er sich am Abend gönnte.

Finn klopfte an die Terrassentür, und Benedict blickte vom Bildschirm auf. Das Weiß des Displays ließ sein Gesicht alt und blass erscheinen, und Finn wurde etwas bewusst, woran er lange nicht gedacht hatte: Sein Großvater war fast achtzig. Bei den langfristigen Plänen, die er ständig schmiedete, vergaß man das leicht. Er klappte den Laptop zu und erhob sich, um die Tür zu öffnen. »Hallo Finn. Mit dir habe ich gar nicht gerechnet. Möchtest du einen Drink?«

»Warst du das?«, platzte Finn heraus.

Benedict drehte sich langsam zu ihm um. »War ich *was*?«, betonte er das letzte Wort. Alles Joviale war aus seiner Haltung gewichen. Sein Blick war kalt.

»Die Pferde. Hast du die Pferde der Coopers freigelassen?«

Finns Großvater zog den Mundwinkel zu einem spöttischen Lächeln nach oben. »Das traust du mir also zu?« Er ging zur Terrassentür zurück und öffnete sie. »Nein, Finn. Ich war in Bangor und bin erst heute Mittag zurückgekommen. Wenn dir das als Alibi genügen sollte, möchte ich dich bitten zu gehen. Und bevor du das nächste Mal an meine Tür klopfst, überlege dir, wo deine Manieren sind und mit wie viel Respekt man dem Oberhaupt seiner Familie begegnet. Ich wünsche dir einen schönen Abend.«

Finn blieb nichts anderes übrig, als zu gehen. Ohne sich von Benedict zu verabschieden, stürmte er an ihm vorbei. Vielleicht hatte sein Großvater die Gatter nicht selbst geöffnet, aber es war nicht unwahrscheinlich, dass er trotzdem die Finger in dieser Sache hatte. Ausgerechnet die Coopers. Das stank doch zum Himmel. Nicht, dass Finn das jemals würde beweisen können. Aber er würde seinen Großvater ab jetzt im Auge behalten.

26

Noch vor ein paar Monaten wäre Cameron nach einem Korb, wie Abby ihm gerade einen verpasst hatte, in die nächste Bar oder den nächsten Club gegangen und hätte seine Wut mit einer Flasche Scotch betäubt. Doch das hier war anders. Nicht nur, weil er sich verändert hatte, seit er in den *Silver Brook Stables* gestrandet war. Das, was er für Abby empfand, war keine Wut. Das war etwas, das viel tiefer ging.

Er wartete, bis sie im Haus verschwunden war, erst dann ging Cameron zu seinem Cottage. Die Hunde folgten ihm noch immer wie Schatten, also ließ er sie rein und stellte ihnen eine Schüssel Wasser hin. Er hatte Abby gesagt, dass er sie liebte. Zugegeben, er hatte das mit einer romantischen Geste verbinden wollen. Einem schönen Essen, einem Picknick am Meer. Jetzt war es ihm in seinem verzweifelten Versuch, Abby davon abzuhalten, ihm den Laufpass zu geben, einfach so herausgerutscht. Er hatte die drei Worte gesagt. Zum ersten Mal ernst gemeint. Aus tiefstem Herzen.

Abby hatte sie nicht erwidert. Sie hatte ihn nur traurig angelächelt und den Kopf geschüttelt. Cameron hatte keine Ahnung, was passiert war zwischen dem Moment, in dem sie auf der Fahrt von Boston in den Norden in seinem Wagen eingeschlafen war – bis zu diesem Abend. Als sie die Hochzeit seines Bruders verlassen hatten, war zwischen ihnen noch alles in Ordnung gewesen. Sie hatten es beide gar nicht abwarten können, endlich wieder auf die Insel zu kommen. Und dann war ihnen dieses Pferd vors Auto gerannt – und dieses verdammte Chaos hatte begonnen.

Cameron verstand Abby einfach nicht. Aber er war fest entschlossen herauszufinden, was los war. Sie war nicht bereit, heute Abend mit ihm zu reden? Gut. Er konnte bis zum nächsten Morgen warten. Bis dahin konnte er ein wenig seines eigenen Schlafdefizits ausgleichen. Am nächsten Morgen würde die Welt schon ganz anders aussehen.

Cameron zog sich aus, duschte und trug Olivias Brandsalbe an seinem Arm auf, wo er sich verbrannt hatte, als er eine Fuhre der von Rose gebackenen Brote aus dem Ofen geholt hatte. Dann ließ er sich, nur mit seinen Boxershorts bekleidet, aufs Bett fallen und hoffte, dass die Erschöpfung es schaffte, Abby aus seinem Kopf zu vertreiben und ihn schlafen zu lassen. Er schloss die Augen und fand sich kurz darauf in unruhigen Träumen wieder. Abby, die ins Meer watete, ohne sich nach ihm umzudrehen, bis irgendwann die Wellen über ihrem Kopf zusammenschlugen und sie nicht mehr zu sehen war. Dann er selbst, wie er vom Pferd fiel und liegen blieb, während Abby mit wehendem Haar weiterritt, ohne zu bemerken, dass er nicht mehr hinter ihr war. Er träumte davon, dass sie beim Familiendinner in der Montgomery-Mansion saß und sich blendend mit Jason und Elayne verstand.

Im Morgengrauen schreckte Cameron hoch. Henry stand an seinem Bett und schien versucht zu haben, ihn wach zu starren. Da ihm das gelungen war, rannte er schwanzwedelnd zur Tür. Nugget folgte ihm. Nur Charlie blieb auf der Couch liegen, auf der er es sich gemütlich gemacht hatte, und gähnte herzhaft. Cameron rappelte sich auf und öffnete den Hunden die Tür. Sie verrichteten am Waldrand ihr Morgengeschäft und stoben dann in Richtung der Ställe davon.

Cameron ließ sich wieder ins Bett fallen. Sein Körper war noch hundemüde, aber sein Geist hellwach. Als er genug davon hatte, an die Decke zu starren und darüber nachzudenken, was Abby dazu veranlasst hatte, ihn abzuservieren, rappelte er sich wieder auf. Es war viel sinnvoller, irgendwie tätig zu werden. Sie zurückzugewinnen. Egal was, nur nicht dieses selbstmitleidige Herumgehocke.

Er kochte sich einen Kaffee, füllte ihn in seinen Stonebridge-Island-Thermobecher und bezog Stellung vor dem Ranchhaus. Dort half er beim Abbau der Tische und Bänke, der bereits im vollen Gange war, und ließ die Haustür dabei keine Sekunde aus dem Blick.

Abby tauchte nicht auf, dafür Olivia, die ihm lächelnd den Arm um die Taille legte. »Guten Morgen, Cam. Ich möchte mich noch einmal für deine Hilfe gestern bedanken.« Sie lächelte schief. »Und dich gleich um den nächsten Gefallen bitten.«

»Na klar, schieß los. Wenn ich helfen kann: gerne!«

»Das ist wunderbar. Meine Mädchen haben nachher einen Termin beim Sheriff. Ich habe Abby angeboten, ihre Therapiestunde zu übernehmen. Die kleine Patientin und ihre Mom haben ein Problem mit ihrem Wagen. Sie müssen am *Jasper Point Motel* abgeholt und später zurückgefahren werden. Könntest du das übernehmen?«

Cameron war sich nicht sicher, ob das eine Taktik war, um ihn zumindest für eine Weile vom Hof zu bekommen, damit Abby ihm ausweichen konnte. Aber es spielte keine Rolle, und so war er kurze Zeit später unterwegs und chauffierte die kleine Allie und ihre Mom, die begeistert waren, in einem Jaguar mitzufahren. Als die Therapiestunde begann, und Olivia ihn nicht mehr brauchte, waren Abby und ihre Schwestern bereits zum Sheriff aufgebrochen.

Nachdem er die kleine Patientin nach ihrer Stunde wieder zurückgebracht hatte, hielt er an der Marina. Hier hatte er inzwischen schon so oft gesessen, um nachzudenken. Er holte sich bei Marsha einen Muffin und frischen Kaffee und setzte sich auf die Bank, um den Seglern bei den letzten Vorbereitungen vor ihrem Törn zuzusehen. Dann holte er sein Handy heraus und rief Valerie an.

Er erzählte seiner Schwester alles, was seit seiner Abreise aus Boston passiert war. Als er geendet hatte, schwieg Valerie für einen Moment. Dann schniefte sie leise. »Val?«, fragte er vorsichtig. »Weinst du?«

»Nein. Ja. Ein bisschen. Warte kurz.« Cameron hörte, wie sie das Handy zur Seite legte und sich schnäuzte. »Da bin ich wieder. Du hast dich verliebt«, wiederholte sie dann, was er ihr gerade erzählt hat. »Das ist so … wow! Ich hätte nicht gedacht, dass ich das noch erlebe. Ich meine, mir war schon klar, dass du Abby sehr gernhast. Sie ist eine wundervolle Frau, und als du sie zur Hochzeit mitgebracht hast und sie sich so gut geschlagen hat – ich glaube, schon allein dafür hat sie es verdient, dass du dich in sie verliebst. Aber dass du es wirklich tust … Das ist echt irre!«

Cameron unterdrückte den frustrierten Laut, der in seiner Kehle festsaß. »Hast du mir nicht zugehört?«, fragte er seine Schwester. »Ich habe ihr gesagt, dass ich sie liebe und sie hat mich abblitzen lassen.«

»Aber Abby liebt dich doch auch«, widersprach Valerie mit einer Vehemenz, die glauben ließ, dass sie wirklich wusste, wovon sie sprach. »Das ist keine Sekunde zu übersehen, wenn ihr zusammen seid.«

»Ach ja, Dr. Phil?« Cameron bemühte sich, den Sarkasmus aus seiner Stimme herauszuhalten, schaffte es aber nicht ganz. »Und warum macht sie ausgerechnet in dem Moment Schluss, in dem ich ihr meine Liebe gestehe?«

»Ich glaube gar nicht, dass sie Schluss gemacht hat. Du bist ihr vielleicht zu nahe gekommen. Vielleicht fühlt sie sich überrumpelt und muss sich darüber klar werden, wie sich eure Beziehung entwickeln könnte. Es gibt jede Menge Gründe. Aber ich habe keine Sorge, dass du rausfindest, was mit ihr los ist. Bleib hartnäckig, großer Bruder. Schnapp sie dir!«

Cameron liebte den Optimismus seiner Schwester. Es hatte Zeiten gegeben, da hatte er sie um diese positive Einstellung geradezu beneidet. Aber momentan war ihre Sicht auf die Dinge wenig hilfreich. *Schnapp sie dir!* Im Gegensatz zu seiner Schwester war er sich nicht so sicher, dass Abby das Gleiche für ihn empfand. Vielleicht dachte sie ja, er meine es nicht ernst. Cameron wusste es nicht. Und es machte ihn fertig, nicht mit ihr reden zu können. Er war noch nie in einer solchen Situation gewesen. Noch nie hatte ihm jemand so viel bedeutet wie Abby.

Als er schließlich auf den Hof zurückkehrte, stand Megans rostiger Wrangler vor dem Haus. Cameron stellte den Jaguar daneben ab und schlug den Weg zum Stutenstall ein, weil er Abby dort vermutete. Doch er traf nur Summer an, die gerade herauskam und das Tor hinter sich schloss. »Ist alles okay mit den Pferden?«, fragte er ganz automatisch, als er sich neben sie an die Wand lehnte.

»Ja, ich wollte einfach noch mal nach dem Rechten sehen.« Summer hob ihren Stetson an, schob sich die Haare zurück und setzte ihn wieder auf. »Sieht ganz so aus, als hätten es alle gut überstanden.«

»Hmm.« Cameron rieb sich über den Nacken. »Sag mal, ich war auf der Suche nach Abby. Ich dachte, sie ist vielleicht im Stall.«

»Nein. Sie hat noch etwas vor … einen Termin.« Summer räusperte sich und lehnte sich Cameron gegenüber an die Wand. »Hör zu, vielleicht bist du nicht auf der Suche nach einem Rat von mir …«

»Doch!« Cameron wurde bewusst, wie verzweifelt er klang. »Entschuldige. Ich wollte dich nicht unterbrechen, aber ich hätte sehr gern deinen Rat.«

Summer zog mit ihrer Stiefelspitze eine Furche durch den Staub. »Abby hat ihre Gründe, warum sie die Beziehung zu dir nicht enger werden lassen möchte.« Sie hob die Hand. »Nicht, dass ich das genauso sehe wie sie. Es steht mir allerdings aber auch nicht zu, dir ihre Geschichte zu erzählen. Das muss sie selbst tun. Aber Cam«, sie legte ihm kameradschaftlich die Hand auf den Unterarm, »kämpfe um sie.« Damit war sie schon die zweite Frau, die das heute zu ihm gesagt hatte. »Mein Rat für dich ist: Zeige ihr, dass Veränderungen auch etwas Gutes an sich haben können.«

Cameron runzelte die Stirn. »Du weißt, dass du in Rätseln sprichst, oder?«

»Jepp.« Summer lachte. »Das wollte ich schon immer mal.« Sie tippte grüßend an die Krempe ihres Stetson und schlenderte davon.

*

Der Termin im Sheriffs-Department hatte nichts Neues gebracht. Es gab keine Hinweise darauf, wer den Gestütsbetrieb sabotiert hatte. Der Sheriff hatte erklärt, in welche Richtungen er noch ermitteln wollte, aber Abby hatte Schwierigkeiten gehabt, seinen Worten zu folgen. Sie hatte schlecht geschlafen. Immer wieder war Cameron durch ihre Träume gegeistert und hatte dafür gesorgt, dass sie mit klopfendem Herzen aufgeschreckt war. Dann hatte sich Kelsey in ihre Träume geschlichen. Cameron hatte an deren Bett gestanden, auf die bewegungslos daliegende Gestalt hinuntergeblickt und die Frage gestellt, ob dieses Mädchen tatsächlich die Macht hatte, über ihre Beziehung zu entscheiden.

Nach der Besprechung im Sheriff-Büro beschloss Abby, nach Augusta zu fahren und den versäumten Besuch vom Wochenende nachzuholen. Kelsey hatte kein Gespür für Zeit, zumindest vermuteten das ihre Ärzte, denn das apallische Syndrom war noch nicht weit genug erforscht, um das sicher sagen zu können.

Megan und Summer hatten versucht, ihr die Fahrt auszureden, aber genau das war es, was Abby jetzt brauchte. Sie musste Kelsey sehen. Die junge Frau würde ihr keine Antworten auf ihre Fragen geben können, aber vielleicht würden sich Abbys Gefühle wieder einpendeln – irgendwie. Vielleicht würde sie nach einem Besuch klarer sehen.

Das Pflegeheim, in dem Kelsey untergebracht war, erinnerte an ein altes Herrenhaus inmitten einer wunderschönen Parkanlage. Smaragdgrüne Rasenflächen wechselten sich mit bunten Blumenbeeten ab. Gemeinsam boten sie die perfekte Kulisse für den hellen Sandstein des Gebäudes.

»Dr. Cooper«, begrüßte die Empfangsdame hinter der Rezeption sie mit einem freundlichen Lächeln. »Es ist schön, Sie zu sehen. Wir haben bereits am Wochenende mit Ihnen gerechnet.«

»Hallo Nancy. Ich war leider verhindert. Aber heute bin ich ja hier. Wie geht es Ihnen? Was machen die Enkel?« Seit über zwei Jahren kam Abby an zwei Samstagen im Monat hierher. Sie kannte die Lebensgeschichten der Rezeptionisten und Pfleger genauso gut wie Kelseys Krankenakte.

»Oh, fragen Sie nicht.« Nancy winkte ab. »Taylor hat seit einer Woche seinen Führerschein – Gott stehe uns bei. Und Melinda? Sie will immer noch ein YouTube-Star werden.« Sie warf einen Blick auf ihren Monitor. »Mrs. Bowers kommt später, falls Sie mit ihr sprechen wollen.«

»Danke.« Nein, das wollte Abby nicht. Es gab keinen Grund, mit Kelseys Großmutter zu reden. »Ich wollte nur kurz vorbeischauen und ein paar Seiten vorlesen.«

Nancy nickte. »Kelsey wird sich freuen, Sie zu sehen.«

Sätze wie dieser waren die Art der Angestellten des Heimes, mit ihren Schützlingen umzugehen. Abby trat in den wartenden Aufzug und drückte die Taste für den dritten Stock. Abby wusste nicht, ob Kelsey überhaupt mitbekam, dass sie hier war. Aber da war sie nicht anders als das Personal. Sie wollte es glauben. Wollte denken, dass ihre Anwesenheit der jungen Frau etwas bedeutete. Weil sie selbst sich dann besser fühlte.

Auf anderen Etagen des Heims war mehr Leben. Lachen. Musik. Bewegung. Im dritten Stock war es meist totenstill. Abby trat aus dem Aufzug auf den dicken Teppich, der den Flur bedeckte, und ging zu Kelseys Zimmer. Sie klopfte an, obwohl das Mädchen darin sie nicht hereinbitten würde. »Kelsey, hi. Ich bin's, Abigail.« Sie betrat den hellen, rosa gestrichenen Raum, an dessen Wänden jede Menge Fotos hingen. Fotos aus der Zeit, in der die junge Frau, die bewegungslos im Bett lag, noch fröhlich lachend durch das Leben gegangen war. Jetzt war ihre Haut blass, weil sie ihr Dasein in diesem Zimmer fristete, weit ab von der Sonne draußen. Ihre langen blonden Haare, die ihr in Wellen bis fast zur Hüfte gereicht hatten, waren einer pflegeleichteren Kurzhaarfrisur gewichen. Kelsey hatte ihre Haare geliebt. Und der Junge, den sie hatte beeindrucken wollen, ebenfalls. Was würde sie tun, wenn sie plötzlich aufwachen und sehen würde, was mit dieser Pracht geschehen war?

Sie seufzte. Kelsey würde nicht aufwachen. Neben dem Nachttisch an der Wand lehnte Abbys alte Akustikgitarre. Bevor sie wieder angefangen hatte, mit den *Barn Cats* zu proben, war Kelsey für über zwei Jahre ihre einzige Zuhörerin gewesen. Abby hatte versucht, alle Songs zu spielen, die das Mädchen geliebt hatte.

Jetzt rückte Abby sich den Besuchersessel neben dem Bett zurecht und griff nach dem aktuellen Colleen-Hoover-Roman, der auf dem Nachttisch lag. Eine weitere Leidenschaft des jungen Mädchens, das es nicht mehr gab. Abby strich ihr über den Arm und versuchte wie immer, die himmelblauen Augen in dem zarten Gesicht zu ignorieren, die blicklos an die Decke starrten.

Sie hatte etwa dreieinhalb Kapitel gelesen, als sie hörte, wie hinter ihr die Tür geöffnete wurde. Im nächsten Moment legte ihr Kelseys Großmutter zur Begrüßung die Hand auf die Schulter, sagte aber nichts. Stattdessen nahm sie in dem zweiten Besuchersessel Platz und hörte Abby zu. Erst als Abby das Kapitel beendet und das Lesezeichen zwischen die Seiten geschoben hatte, strich Mrs. Bowers zur Begrüßung über Kelseys Arm, wie Abby zuvor. »Hallo, mein Schatz. Abby, was für eine Überraschung. Ich freue mich, Sie zu sehen.«

»Hallo, Mrs. Bowers.«

»Bitte. Ich habe Sie schon so oft gebeten: Nennen Sie mich Hattie.« Die alte Dame legte den Kopf schief und betrachtete Abby einen Moment. »Würden Sie mich auf eine Tasse Kaffee in das kleine Café im Erdgeschoss begleiten?«

»Ja, natürlich.« Abbys Magen zog sich zusammen. Gab es Probleme mit Kelsey? Etwas, das ihre Großmutter mit ihr besprechen wollte? Sie wartete, bis Mrs. Bowers die Zimmertür hinter sich zuzog und neben ihr auf den Flur trat, bevor sie fragte: »Ist alles in Ordnung?«

»Nun.« Hattie hakte sich bei ihr unter und steuerte den Fahrstuhl an. »Das frage ich Sie. Ihr Blick sagt mir, dass bei Ihnen etwas ganz und gar nicht in Ordnung ist. Vielleicht möchten Sie mir erzählen, was los ist.«

Abby hatte auf keinen Fall vor, Hattie von Cameron oder den Ereignissen auf dem Gestüt zu erzählen.

»Liegt es an diesem attraktiven jungen Mann? Cameron Montgomery?«, löste die alte Dame Abbys Vorsatz in Luft auf, nachdem sie sich einen Platz auf der Terrasse, mit Blick auf den Park, gesucht hatten.

»Was?« Abby, die sich gerade setzen wollte, hielt inne. »Woher wissen Sie …?«

Hattie lachte. »Das Internet.« Sie hob entschuldigend die Hände. »Die Freuden einer alten Frau. Ich muss Ihnen gestehen, dass ich ein bisschen auf den Tratsch und Klatsch der

Schönen und Reichen stehe. Ich habe Fotos von Ihnen beiden, die auf Jason Montgomerys Hochzeit aufgenommen wurden, in der Online-Ausgabe des *People Magazins* gesehen. Für mich bitte einen Latte Macchiato«, bat sie die Kellnerin, als sie an den Tisch trat. »Was nehmen Sie?«

Abby blinzelte, ein wenig überfahren von den Informationen. »Für mich bitte eine Cola. Sie haben Fotos von mir im Internet gesehen?«, fragte sie, als sich die Bedienung wieder entfernte.

»Zusammen mit der Frage, wer die schöne Frau an der Seite des begehrten Hotelerben ist. Ich weiß also, dass Sie am Samstag auf dieser Hochzeit in Boston waren. Ich hätte allerdings nicht erwartet, dass Sie Ihren Besuch bei Kelsey heute nachholen.«

Abby senkte den Blick und starrte auf ihre im Schoß verschränkten Hände. »Ich hätte hier sein sollen«, sagte sie leise.

»Um Himmels willen!« Hattie schlug mit der flachen Hand auf den Tisch. Nicht heftig, aber diese Geste war so ungewohnt für diese liebevolle, sanfte Dame, dass Abby trotzdem zusammenzuckte. »Abby, meine Enkelin befindet sich in einem vegetativen Zustand. Sie schwebt irgendwo zwischen Bewusstlosigkeit und Wachsein. Und vielleicht …« Sie schluckte. »Wahrscheinlich«, korrigierte sie sich dann, »wird sie nie wieder aufwachen. Trotzdem bin ich mir sicher, Kelsey weiß, dass Sie sie besuchen. Genauso wie sie weiß, dass ich da bin. Zumindest will ich das glauben. Von ganzem Herzen. Aber das bedeutet nicht, dass Sie Ihr Leben nach meiner Enkelin ausrichten sollen. Kelsey macht es nichts aus, ob Sie an einem Samstag, Montag oder Mittwoch hier aufkreuzen. Wir sind einfach nur dankbar, wenn Sie hin und wieder vorbeischauen.«

Hatties Ausbruch wurde von der Kellnerin unterbrochen, die ihre Getränke brachte. Abby hatte keine Ahnung, was sie auf die Worte der alten Dame erwidern sollte. Sie drehte ihre Cola in den Händen und zeichnete kleine Muster in das beschlagene Glas.

Hattie lehnte sich in ihrem Stuhl zurück. Das Sonnenlicht legte sich über das feine Netz aus Falten, das ihr Gesicht überzog. »Darf ich Ihnen eine Frage stellen?« Sie wartete Abbys Erlaubnis nicht ab. »Warum kommen Sie Kelsey besuchen?«

»Weil … ich …«

»Ich sage es Ihnen, bevor Sie meine Intelligenz beleidigen, weil Sie sich eine Ausrede ausdenken«, unterbrach Hattie Abby.

Abby atmete tief durch und lehnte sich ebenfalls zurück. Sie hatte keine Ahnung, was heute mit Kelseys Großmutter los war. So war sie ihr noch nie begegnet.

»Sie kommen hierher, weil Sie auch zwei Jahre, nachdem all diese furchtbaren Dinge passiert sind, noch immer nicht mit Ihren Schuldgefühlen klarkommen.«

»Ich … nein …« Abby beugte sich vor, um zu widersprechen. Hatties Worte hatten sie getroffen wie eine Faust in den Magen. Wie ein Schlag mitten ins Gesicht war die Erkenntnis, die sie traf, kaum dass sie begriff, dass Hattie die reine Wahrheit sagte.

»Sie haben nie verwunden, dass Sie Kelsey nicht helfen konnten.« Hatties Stimme hatte einen eindringlichen Klang angenommen. »Aber niemand hätte ihr helfen können. Ihre Wahl war furchtbar. Aber es war ihre Entscheidung. Sie hätten sie genauso wenig aufhalten können wie irgendjemand anderes.«

Abby schüttelte den Kopf. »Das ist falsch. Es geht nicht darum, dass ich ihr nicht helfen konnte, sondern darum, dass ich nicht da war, als sie mich gebraucht hat. Das ist das, was ich mir nicht verzeihen kann.«

»Ach Schätzchen.« Hattie legte ihre faltige, von Altersflecken übersäte Hand auf Abbys und drückte sie. Dünn wie Pergament fühlte sich ihre Haut an und die Geste so warm und tröstlich. »Sie müssen damit aufhören. Sie haben in Ihrem Leben die Bremse gezogen. Und Sie haben sogar aufgehört zu praktizieren. Regelmäßig kommen Sie hierher, weil Sie versuchen, das, was Sie für Ihren Fehler halten, wiedergutzumachen. Mich hat Kelsey in jener Nacht auch angerufen. Ich habe mich oft gefragt, was gewesen wäre, wenn ich das Telefon gehört hätte. Ich habe um sie getrauert und tue es noch. Aber ich bin nicht schuld an diesem Unglück.«

»Aber ich war ihre Psychologin«, erinnerte Abby sie.

»Ich bin ihre Großmutter«, hielt Hattie mit Leichtigkeit dagegen. »Was ist der Grund, aus dem an Ihrer Tür Sprechstundenzeiten standen und man einen Termin vereinbaren musste? Weil Sie ein Mensch sind, Abby. Weil Sie wie jeder andere nach Feierabend nach Hause gegangen sind und Ihr eigenes Leben gelebt haben. Niemand hat jemals angezweifelt, dass Sie Ihre Verabredung um Verständnis gebeten und das Dinner abgebrochen hätten, wenn Sie den Anruf gehört hätten.«

Abby wusste das. Ihr Verstand hatte das immer gewusst. Aber ihr Herz war nie darüber hinweggekommen, dass sie dem Mädchen nicht hatte helfen können, weil sie sich selbst amüsiert hatte. Genau wie sie nicht zu Hause gewesen war, als jemand die Pferde aus dem Stall gelassen hatte, während sie ihre Zeit mit Cameron in Boston genossen hatte.

»Warum sprechen Sie all das heute an?«, fragte Abby. Zwei Jahre lang hatte Hattie über ihre Meinung kein Wort verloren.

Hattie nippte an ihrem Kaffee. »Um ehrlich zu sein: Ich habe die Verletzungen gesehen, die Ihre Seele davongetragen hat. Und ich wollte Ihnen Zeit geben zu heilen. Aber viele Monate lang hat sich nichts verändert. Und dann habe ich die Bilder von dieser Hochzeit am Samstag gesehen. Dieses Strahlen in Ihren Augen.« Ein wehmütiges Lächeln vertiefte das Netz aus Falten in ihrem Gesicht. »Es ist schon lange her, dass ich so empfunden habe, aber ich erkenne Liebe, wenn ich sie sehe. Sie, meine Liebe, lieben den Mann, mit dem ich Sie gesehen habe. Sie dürfen das, was Sie empfinden, nicht aufs Spiel setzen, weil Sie Ihre Schuldgefühle nicht zur Seite schieben können.«

Ein bitteres Lachen entfuhr Abby. Dafür war es zu spät.

»Ich möchte, dass Sie endlich wieder anfangen, richtig zu leben. Praktizieren Sie wieder. Sie haben eine Gabe, und damit haben Sie so vielen jungen Menschen geholfen. Sie sollten das der Welt nicht vorenthalten.« Hatties eindringlicher Blick ließ keinen Zweifel daran, dass sie das, was sie sagte, absolut ernst meinte. »Ich möchte Sie nicht mehr hier sehen, solange Sie aus Schuldgefühlen herkommen.«

Abby zuckte zurück, als hätte sie ein weiterer Schlag unter der Gürtellinie erwischt.

Hattie lächelte. »Als Freundin sind Sie hier allerdings jederzeit willkommen.«

»Ich verstehe, was Sie meinen. Aber so einfach ist das nicht.«

»Schätzchen, ich werde bald achtzig. Ich kann Ihnen eins ganz sicher sagen: Nichts in diesem Leben ist jemals einfach.«

27

»Zeig ihr, dass Veränderungen etwas Gutes haben können.« Cameron hatte keine Ahnung, was Summer gemeint hatte.

»Führst du Selbstgespräche? Oder hast du vielleicht Interesse an einem richtigen Gesprächspartner?«

Cameron fuhr zu der Stimme herum. »Finn!« Nach seinem Gespräch mit Summer war er in sein Cottage zurückgekehrt. Dort war ihm aber schon nach Minuten die Decke auf den Kopf gefallen. Also hatte er sich seinen Laptop geschnappt und war zu *Seal Rock Hall* hinübergelaufen. Das Haus hatte wie immer einsam auf der Klippe gethront. Finn hatte er gar nicht gesehen. Er war in dem Moment aus dem alten Gesindehaus gekommen, in dem Cameron daran vorbeigegangen war. Die Hände über seinem Werkzeuggürtel in die Hüften gestützt grinste er ihn an. Ein bisschen sah er so aus wie einer der Cowboys aus einem alten Western. Nur dass seine Waffe die Nagelpistole war – die er vermutlich verdammt schnell ziehen konnte. »Was treibst du hier?«, fragte Cameron.

Finn trat gegen eine herumliegende, morsche Holzplanke. »Ich bin mir nicht ganz sicher.« Er drehte sich zum Gesindehaus um, sodass Cameron seinen Gesichtsausdruck nicht deuten konnte. »Ich habe mir über ein paar Dinge Gedanken gemacht. Private Dinge«, sagte er über die Schulter. Vermutlich, damit Cameron nicht auf die Idee kam, dass er kein guter Geschäftspartner war. »Mein Team arbeitet an einem der Ferienhäuser auf der Westseite der Insel. Aber ich habe beschlossen, dass heute Abrisstag ist. Das hilft mir immer beim Denken.«

»Tatsächlich? Das hilft? Kann ich mitmachen?« Vielleicht brachte ein bisschen körperliche Arbeit sein Gehirn dazu, endlich aufzuhören, sich in einer Endlosschleife um Abby zu drehen. Am Ende verstand er vielleicht sogar, was Summer ihm hatte sagen wollen. Zeige ihr, dass Veränderung etwas Gutes sein kann. In einem Abriss steckte auf jeden Fall schon mal Veränderung.

»Du willst dich auch abreagieren? Na klar. Ich wollte damit anfangen, das Erdgeschoss des Herrenhauses zu entkernen. Das Werkzeug liegt auf meinem Pick-up.« Finn hatte sich wieder zu ihm umgedreht und wies mit dem Kinn zu seinem Wagen, den er an der Seite des Herrenhauses geparkt hatte. Cameron hatte ihn vom Waldweg aus nicht gesehen und deshalb angenommen, er wäre allein hier.

»Gut. Ich bin dabei.« Cameron setzte sich in Richtung Herrenhaus in Bewegung, und Finn fiel in seinen Schritt ein. »Kann ich eine Tür oder eine Wand eintreten?«, fragte Cameron. »So wie dieser Typ im Fernsehen?« Die Aussicht, an seinem zukünftigen Hotel selbst Hand anzulegen – auch wenn es nur um die Zerstörung der alten Struktur ging –, beflügelte ihn geradezu. Das hier war etwas Sinnvolles. Etwas, das er verstand. Damit konnte er umgehen. Ganz im Gegensatz zu Abbys verdrehten Gefühlen, die er nicht begriff.

Finn grinste. »Du willst ›Fixer Upper‹ spielen und einen auf Chip Gaines machen? Tu dir keinen Zwang an. Aber lass mich die Tür aussuchen, die du eintrittst, sonst fahre ich dich am Ende noch mit einem gebrochenen Bein in die Klinik.«

Die Arbeit war genau das, was Cameron brauchte. Er ließ all seinen Frust und seine Wut darauf, dass er mit der Situation, die Abby geschaffen hatte, nicht umgehen konnte, an den alten Dielen aus, den windschiefen Wänden. Und tatsächlich rammte er eine Wand ein. Nicht mit dem Fuß. Davon hatte Finn ihm abgeraten, sondern mit der Schulter, die seitdem höllisch pochte. Er hatte die Zähne zusammengebissen und weitergemacht. Mit Finn zu arbeiten war angenehm. Der Bauunternehmer war kein Mann großer Worte, hatte aber immer einen lockeren Spruch parat, der Cameron zum Lachen brachte.

Finn teilte seinen Lunch mit ihm. Und als sich der Abend über die Insel senkte, vollführte er ein geradezu magisches Kunststück: Er öffnete eine Kühlbox, die auf der Ladefläche seines Trucks stand, und zog einen gekühlten Sixpack Island Brew heraus. Er reichte Cameron eine Flasche und ließ sich dann ächzend auf die maroden Eingangsstufen des Herrenhauses fallen.

»Danke für das Bier.« Cameron ließ seinen Körper, der inzwischen nicht mehr nur an der Schulter, sondern jeder nur erdenklichen Stelle pochte, vorsichtig neben Finn sinken. »Beruhigend, dass du so ächzt«, sagte er. »Dann bin ich offenbar nicht der Einzige, der völlig fertig ist.«

Finn lachte. Er legte seine Unterarme auf die Stufe hinter sich und lehnte sich zurück. »Ich will nicht behaupten, dass da keine Schmerzen sind. Aber nach so einem Tag ist es die gute Art von Schmerz. Die, die man mit einem Bier und einer langen, heißen Dusche bekämpft.«

Cameron dachte an die winzige Dusche in seinem Cottage und verzog das Gesicht. Vielleicht erfüllte ein zweites Bier den gleichen Zweck.

»Was hast du eigentlich mit dem alten Kasten da drüben vor?« Finn wies mit seinem Bier in Richtung des Gesindehauses. »Ich habe es mir vorhin mal von innen angesehen. Es sieht kein bisschen besser aus, als es von außen vermuten lässt.«

Cameron trank einen Schluck Bier und genoss das kühle Prickeln in seiner Kehle, das den Staub des alten Herrenhauses hinunterspülte. »Was würdest du machen?«, stellte er die Gegenfrage.

Finn grinste. »Frag mich das nicht an einem Abrisstag. Wenn ich erst mal in Stimmung bin …« Er trank ebenfalls einen Schluck. »Im Ernst: Die einfachste und ganz sicher kostengünstigste Variante wäre ein Abriss. Du könntest bei der Bürgermeisterin anfragen, ob du eine Baugenehmigung bekommst, und stattdessen was Neues hochziehen.«

Cameron nickte. »Das wäre der einfachste Weg.« Er warf Finn einen Seitenblick zu, bevor er sich wieder auf die heruntergekommenen, von Unkraut überwucherten Baracken vor sich konzentrierte. »Aber auf ›einfach‹ stehst du nicht.«

»Genauso wenig wie du«, gab Finn zurück. »Ich würde mir die Mühe machen und es genau wie das Herrenhaus restaurieren. Das wäre eine gute Erweiterung für das Hotel.«

»Hmm.« Cameron hob seine Bierflasche, hielt aber auf halbem Weg inne. *Zeig ihr, dass etwas Neues gut sein kann*, schossen ihm Summers Worte durch den Kopf. »Das machen wir.« Wie aus dem Nichts war die Idee aufgeploppt. Eine Idee, mit der er Abby zeigen konnte, wie ernst er ihre Beziehung nahm –

und die zeigte, dass etwas Neues etwas Gutes sein konnte. »Ich weiß, was wir aus dem Gebäude machen.« Die Idee war noch sehr frisch. Er musste sich Gedanken machen, Details ausarbeiten. Aber das war gut. Darauf konnte er sich konzentrieren. Und dann würde er Abby ein Projekt präsentieren, dem sie nicht widerstehen konnte – und ihr Herz hoffentlich ebenfalls nicht.

»Ich habe noch ein paar Sachen zu erledigen und muss los.« Finn rappelte sich auf und ging zu seinem Pick-up hinüber. »Lass uns über das Gesindehaus reden, sobald du mit deiner Idee ein bisschen konkreter werden kannst. Dann mach ich dir einen Kostenvoranschlag.« Er nahm Camerons Laptop, den er auf dem Rücksitz des Wagens abgelegt hatte, und zog den restlichen Sixpack aus der Kühlbox. »Hilft manchmal beim Denken.« Finn hob das Bier kurz an, bevor er es neben Cameron abstellte. »Und wenn es dabei nicht hilft, hilft es zumindest gegen die trockene Kehle nach einem Abrisstag. Falls du übrigens mal einen Job suchst: Im Demolition-Team bist du jederzeit willkommen.«

Nachdem Finn gefahren war, blieb Cameron nicht auf den Stufen sitzen. Er hievte seinen schmerzenden Körper hoch, schnappte sich das Bier und seinen Laptop und humpelte zu dem Aussichtspunkt hinunter, von dem aus er *Seal Rock Hall* zum ersten Mal gesehen hatte, als Abby und er zusammen ausgeritten waren. Dort ließ er sich auf einen flachen, von der Sonne gewärmten Stein fallen und öffnete ein zweites Bier. Den Blick auf den Ozean vor sich gerichtet, klappte er seinen Laptop auf. Die Sonne war noch nicht bereit zu sinken, aber der Horizont verfärbte sich bereits zu einem zarten Rosa. Das Meer wogte in trägen, dunkelblauen Wellen unter ihm. Nicht mehr lange und der Mond und die ersten Sterne würden am Firmament erscheinen.

*

Das Gespräch mit Hattie Bowers schwirrte auf der dreistündigen Rückfahrt von Augusta wieder und wieder durch Abbys Kopf. Die Worte der alten Dame hatten Abby getroffen. Natürlich war ihr bewusst gewesen, dass ihre Heimkehr nach Stonebridge Island eine Flucht gewesen war. Natürlich wusste sie, dass sie sich auf die Pferdetherapie spezialisiert hatte, weil sie Angst hatte, sich noch einmal für das Unglück eines anderen Menschen verantwortlich zu fühlen. Aber sie hatte nicht das Gefühl gehabt, dass ihr Leben auf Eis gelegen hatte. Sie hatte immer viel zu tun gehabt. Die neue Praxis aufziehen. Die Zusammenarbeit mit der Stiftung vorantreiben. Seit ihre Mutter das Gestüt an Abby und ihre Schwestern überschrieben hatte, fiel noch mehr zusätzliche Arbeit an. War sie nicht sogar mutig genug gewesen, sich noch einmal auf einen *BarnCats*-Auftritt einzulassen?

Hattie irrte sich. Sie lief nicht vor ihrer Verantwortung weg. Sie hatte sich schlicht neu orientiert und ein anderes, nicht weniger wichtiges Betätigungsfeld gefunden, auf dem es viel zu wenig Angebote gab.

Aber was war mit Cameron? Er hatte ihr gesagt, dass er sie liebte. Er wollte ein Teil ihres Lebens sein. Sie konnte nicht bestreiten, dass sie genauso für ihn fühlte. Auch wenn sie keine Ahnung hatte, wie er es geschafft hatte, ihren Schutzpanzer zu durchdringen. Das letzte Mal, als sie sich auf einen Mann eingelassen hatte, war furchtbar schiefgelaufen. Michael war der Erste gewesen, dem sie nach ihrer Scheidung von Jace eine ernsthafte Chance gegeben hatte. In erster Linie, weil er völlig anders war als ihr Ex-Mann. Aber er hatte sich als die falsche Wahl erwiesen. Zumindest in dem Moment, als sie ihn dringender gebraucht hatte als die Luft zum Atmen.

Konnte Cameron dieser Mann sein? Konnte er sie stützen, wenn sie wieder einmal in eine Situation geriet, in der sie drohte auseinanderzufallen? Alles in ihr wollte ›Ja‹ schreien. Aber sie wusste, dass Veränderungen nicht gut waren. Es war besser, alles blieb beim Alten. Aber zumindest hatte Cameron ihre Ehrlichkeit verdient. Nicht, dass sie ihn liebte. Seine Worte zu erwidern würde die Situation nur schlimmer machen. Aber sie musste ihm erklären, warum sie nichts ändern wollte. Musste ihm von Kelsey erzählen. Und von Michael.

Als sie ihren Jeep auf das Gestüt lenkte, begann die Sonne gerade, in Richtung Meer zu sinken. Sie parkte vor dem Ranchhaus und ging zu Camerons Hütte hinüber. Sein Wagen stand da, aber er öffnete auf ihr Klopfen nicht.

Dafür ging die Tür von Megans Cottage auf, und ihre Schwester steckte den Kopf heraus. »Schön, dass du wieder da bist. Wie geht es dir? Willst du reden?«

»Ich wollte zu Cam«, sagte Abby unnötigerweise. Schließlich stand sie auf seiner Veranda.

»Das sehe ich. Aber er ist nicht da. Ist heute Mittag in Richtung *Seal Rock Hall* verschwunden und seitdem nicht wieder aufgetaucht. Ist wirklich alles okay?«

»Ja, sicher. Ich muss nur etwas klären.« Abby stieg die drei Verandastufen hinab und steuerte den Waldweg an, der zu den Klippen führte.

»Wenn du mich brauchst, komm vorbei. Jederzeit«, rief ihre Schwester ihr hinterher. Abby hob die Hand zum Zeichen, dass sie sie verstanden hatte, drehte sich aber nicht nach ihr um. Sie hatte sich entschieden, Cameron alles zu erzählen. Jetzt wollte sie keinen Moment länger als nötig warten, sondern es einfach hinter sich bringen.

Das Herrenhaus lag als dunkle Silhouette vor ihr. Über dem Ozean färbte sich der Himmel in sanften Fliedertönen, die von orangefarbenen Schlieren durchzogen waren. Aber es war still. Cameron war nicht hier. Abbys Schritte verlangsamten sich, bis sie die windschiefe Terrasse erreichte. Sie blickte auf das Meer hinaus und dann nach links zu der Stelle, von der aus Cameron *Seal Rock Hall* entdeckt – und sich auf der Stelle in diesen alten Kasten verliebt hatte. Und da war er. Mit dem Rücken zu ihr hockte er auf einem Stein. Vor ihm ging die Sonne unter, aber er schien es gar nicht wahrzunehmen, so konzentriert starrte er auf sein Laptopdisplay.

Abby folgte dem Trampelpfad auf der Klippe zu dem kleinen Plateau.

Cameron drehte sich um, als er sie kommen hörte, und stand überrascht auf. »Abby!« Er stellte seinen Laptop zur Seite und machte einen Schritt auf sie zu, blieb dann aber stehen.

Abby war nicht sicher, wie sie ihn begrüßen sollte. Eine Umarmung? Ein Kuss auf die Wange, oder …

Er nahm ihr die Entscheidung ab. »Komm mir lieber nicht zu nahe. Ich habe den halben Tag Finns Abrissassistenten gespielt. Ich bin total dreckig und völlig verschwitzt.« Abwehrend hob er die Hände, verzog dann das Gesicht und griff sich an die rechte Schulter.

»Was ist passiert?« Abby machte unwillkürlich einen Schritt auf Cameron zu und er einen zurück, um den Abstand beizubehalten. »Hast du dich verletzt?«

»Der Kampf mit einer alten Tür. Nicht weiter schlimm.« Forschend sah er ihr ins Gesicht, hielt ihren Blick. »Was führt dich her, Abby?«

»Ich wollte mit dir reden. Hast du ein wenig Zeit für mich?«

»Mach es dir gemütlich, genieß den Sonnenuntergang.« Er bückte sich und nahm ein Bier aus einem angerissenen Sixpack und reichte es ihr. »Trink ein Bier, selbst wenn es nicht mehr ganz kalt ist, und dann lass uns reden. Ich möchte dir nämlich auch etwas erzählen.«

»Okay.« Abby hockte sich auf den Stein, auf dem Cameron zuvor gesessen hatte. Er hielt immer noch Abstand, indem er sich eineinhalb Meter vor ihr auf den Boden fallen ließ. »Willst du anfangen?«, fragte sie ihn. Plötzlich hatte sie das Gefühl, dass eine Galgenfrist gar nicht so schlecht war.

»Nein, bitte.« Er wies mit seinem halbleeren Bier in ihre Richtung. »Fang du an.«

»Also gut.« Abby atmete tief durch. »Es gibt da noch etwas, was ich dir nicht erzählt habe. Etwas, das mich … geprägt hat. Vielleicht verstehst du mich besser, wenn ich dir die Geschichte erzählt habe.«

Cameron lehnte sich an den Stamm einer windschiefen Kiefer hinter sich, stellte die Beine auf und legte seine Arme darauf ab. Die Bierflasche baumelte zwischen seinen Knien. Er wirkte entspannt, aber in seinem Blick sah Abby seine Aufmerksamkeit. Die er komplett auf sie gerichtet hatte.

»Okay. Also … ähm …« Wie fing man eine solche Geschichte am besten an? »Ich habe dir von Jace erzählt, meinem

Ex-Mann. Nach der Trennung habe ich mich eine Zeit lang von Männern ferngehalten. Ich bin hin und wieder ausgegangen, aber es war nie etwas Ernstes. Bis ich vor etwa zweieinhalb Jahren Michael kennengelernt habe. Er war anders. Das komplette Gegenteil von Jace. Ehrgeizig, zielorientiert. Investmentbanker mit einem exzellenten Gehalt, das er im Gegensatz zu meinem Ex-Mann nicht mit vollen Händen zum Fenster hinauswarf. Er war an dem Punkt im Leben, an dem er eine Frau und Familie wollte.«

»Und du wolltest das auch?«, hakte Cameron nach.

Sie zuckte mit den Schultern. »Zumindest habe ich das gedacht.«

»Investmentbanker können ziemliche Egomanen sein. Vielleicht anders als dein Ex, aber trotzdem kein bisschen besser.«

Abby stieß ein kleines Lachen aus. Wie gut er Michael beschrieben hatte, ohne ihn je kennengelernt zu haben. Sie hatte das damals nicht erkannt. »Wir waren ein paarmal miteinander ausgegangen, und es wurde ernster zwischen uns. An jenem Abend hatte Michael mich zu einem eleganten Dinner ausgeführt, und es war klar, dass wir im Anschluss zu ihm fahren und unsere Beziehung auf eine neue Ebene heben wollten. Aber ich hatte damals auch eine junge Patientin, Kelsey, die mit furchtbaren Problemen kämpfte.« Abby sah das junge Mädchen vor sich. Die langen, seidigen Haare, das tränenüberströmte Gesicht und die Verzweiflung in ihren Augen. »Kelsey war ein süßes, sechzehnjähriges Mädchen, als sie sich in den Bad Boy der Schule verknallte. Behütet aufgewachsen, ein bisschen schüchtern und zu wenig Erfahrung, um einem Jungen wie Jordan auch nur ansatzweise gewachsen zu sein.«

»Er hat sie angemacht und dann fallen lassen«, mutmaßte Cameron.

Abby drehte die Bierflasche in ihren Händen. »Im Prinzip ja. Nur auf eine viel schlimmere Weise, als du dir gerade vorstellst. Sie fiel ihm tatsächlich auf. Er baggerte sie an, lud sie zu einer Spritztour ein. Und obwohl Kelsey ihren Eltern immer hoch und heilig versprochen hatte, niemals zu jemandem in den Wagen zu steigen, der Alkohol oder Drogen genommen hatte, fuhr sie mit. Jordan war zugedröhnt bis über beide Ohren und verlor auf einem Waldweg die Kontrolle über den Wagen. Wie durch ein Wunder kam er mit ein paar Kratzern davon. Kelsey dagegen: Sie verlor ihren rechten Unterschenkel. Furchtbare Schmerzen, Krankenhaus, Reha, Physiotherapie und schließlich eine Prothese, mit der sie wieder mühsam laufen lernte. Während Jordans reiche Eltern ihre Kontakte spielen ließen und dafür sorgten, dass der Junge mit ein paar Sozialstunden davonkam.«

»Autsch.« Cameron rieb sich über das Kinn. »Dann war meine Parallele zu deinem Ex-Mann nicht der einzige Grund, aus dem du mich am Anfang nicht ausstehen konntest. Oder zumindest nur zum Teil. Du hast in mir eine ältere Version dieses Idioten gesehen.«

»Ja, und das tut mir wirklich leid. Ich bin froh, dass du mir erzählt hast, was wirklich in Boston geschehen ist«, sagte Abby leise.

»Sonst würdest du mich vielleicht noch immer hassen.« Cameron zwinkerte ihr zu, um ihr zu zeigen, dass er seine Worte nicht ernst meinte.

Aber vielleicht hätte sie das wirklich getan. Vielleicht würde sie Cameron noch immer mit Ablehnung begegnen. Denn eines hatte sie in den vergangenen Jahren über sich gelernt: Sie konnte nicht gut aus ihrer Haut. »Kelsey kämpfte sich zurück in den Alltag«, erzählte Abby weiter. »Ich habe sie seit dem Unfall betreut. Sie war davon ausgegangen, dass Jordan sich irgendwann bei ihr entschuldigen würde, dass er vielleicht noch immer etwas für sie empfand.«

»Bei Idioten dieses Kalibers eher unwahrscheinlich«, murmelte Cameron.

»Genau. Während ihrer Therapie hat er eine ganze Reihe anderer Namen in seinen Bettpfosten geritzt. Und als dieses süße, hübsche Mädchen, das mal eine tolle Fußballspielerin gewesen war, in ihre Kurse zurückhumpelte, machte er sich sogar über sie lustig und nannte sie Krüppel.«

Cameron richtete sich auf. »So ein widerliches Arschloch!«, brachte er zwischen zusammengebissenen Zähnen hervor. »Dass solchen Typen nie das Handwerk gelegt wird …«

»Du weißt, wie das ist. Einer fängt an zu sticheln. Und diejenigen, die ihm gefallen wollen, machen mit. Über Kelsey, die bereits durch den Unfall so viel Selbstvertrauen und Lebensfreude verloren hatte, brach eine regelrechte Mobbingwelle herein. Ich habe versucht, ihr zu helfen, aber es war wirklich hart, und sie wurde immer unzugänglicher. Ich wusste nicht mehr, was ich machen soll, aber ich will nicht abstreiten, dass ich eine böse Vorahnung hatte. Ich habe ihr meine private Handynummer gegeben und sie gebeten, mich anzurufen, wann immer sie mich brauchte. Tag und Nacht. Ich habe ihr versprochen, dass ich immer für sie da sein würde.« Abby begann, am Etikett ihrer Flasche herumzuknibbeln. »Aber das war eine Lüge. An dem Abend, an dem sie ihr Schicksal nicht mehr ertragen konnte und beschloss, ihr Leben zu beenden, war ich nicht für sie da. Ich saß in einem schicken Restaurant beim zweiten Gang und hatte mein Handy auf lautlos gestellt, weil Michael es nicht leiden konnte, wenn man während des Essens Nachrichten oder Anrufe beantwortete.« Abby stellte die Flasche, von der sie keinen Schluck getrunken hatte, zur Seite und sprang auf. Sie lief zum Rand der Klippe und blickte auf den Ozean hinunter, der in rhythmischen Wellen gegen den Fuß des Felsens knallte. Feinste Wassertröpfchen fanden ihren Weg bis hier hinauf, legten sich über ihre Hände und ihr Gesicht. »Sie hat mich von der Brücke aus angerufen, auf der sie stand. Hat mir auf die Mailbox gesprochen. Und dann ist sie gesprungen.«

Cameron war ebenfalls aufgestanden und hinter sie getreten. Er legte seine Hände auf ihre Schultern und rieb sanft über ihre verkrampften Muskeln. »Ich würde ja gern sagen: Du hättest sie nicht retten können. Aber ich denke, das weißt zu selbst.«

»Ich weiß es eben nicht.« Abby starrte in den Sonnenuntergang. Noch ein paar Minuten, bis die Sonne vollständig im Meer verschwand. »Ich hätte zumindest versuchen müssen, sie aufzuhalten. Ich hätte es versuchen müssen«, wiederholte sie mit all der Hilflosigkeit, die sie an jenem Abend überflutet und anschließend nie wieder ganz verlassen hat. »Aber ich habe erst auf mein Handy geschaut, als Michael uns ein Taxi herangewunken hat. Ich habe ihm erklärt, dass ich sofort zu dieser Brücke müsse, ihn stehen lassen und mir das Taxi geschnappt.«

»Mir ist jetzt egal, wie ich aussehe oder rieche«, murmelte Cameron Abby ins Ohr, drehte sie zu sich um und zog sie in seine Arme. »Ich nehme an, der Investmentbanker hat es nicht besonders gut weggesteckt, dass er den Rest des Abends ohne dich verbringen musste.«

Seine Arme boten so viel Geborgenheit. Ein Teil der Anspannung fiel von Abby ab, als sie ihr Gesicht an seine Brust schmiegte. »Du riechst gut«, murmelte sie. Nach Cam und harter Arbeit. Der Staub, mit dem seine Klamotten bedeckt waren, störte sie kein bisschen. Sie wäre am liebsten für immer so stehen geblieben. »Michael hat mir sein wahres Gesicht erst am nächsten Tag gezeigt. Als ich an der Brücke ankam, lebte Kelsey. Das war ein absolutes Wunder.« Sie konnte noch heute die verzweifelte Hektik spüren, mit der die Rettungskräfte um das Leben des Mädchens kämpften. Das blau-weiß-rote Blinken, das durch die Nacht pulsiert war. Allein die Erinnerung an diesen bangen Moment ließ einen Schauer über ihren Rücken rieseln. »Sie war schwerstverletzt, aber sie schafften es, sie zu stabilisieren und ins Krankenhaus zu transportieren. Ich war die ganze Nacht dort, mit ihren Eltern und ihrer Großmutter. Erst am nächsten Abend, als Kelseys Zustand nicht mehr ganz so kritisch war, bin ich zu Michael gegangen. Doch er hat mich gar nicht erst in die Wohnung gebeten.« Mit verächtlicher Kälte im Blick hatte er im Türrahmen gelehnt, die Arme vor der Brust verschränkt, und mit ihr Schluss gemacht. In einem Moment, in dem sie nichts so sehr gebraucht hatte wie eine feste Umarmung und das Versprechen, dass alles gut werden würde. »Ich hatte *seinen* Abend ruiniert, war offenbar noch nicht bereit, mich komplett auf *ihn* einzulassen, *er* hat keine Zeit, Spielchen zu spielen.«

»Arschloch«, murmelte Cameron, und Abby konnte sich ein kleines Lächeln nicht verkneifen.

»Na ja, genau genommen war es ja ganz gut zu sehen, wie er war, bevor ich mich wirklich auf ihn eingelassen habe. Er hat nicht einmal nach Kelsey gefragt. Es ging ihm nur darum, dass ich ihm wertvolle Zeit gestohlen hatte, weil ich ganz offenbar kein Material zum Heiraten war und er sich stattdessen eine andere vielversprechende Kandidatin – ja, genau so hat er es genannt – hätte ansehen können.« Abby atmete tief durch. Es hatte sich furchtbar angefühlt, als Michael ihr diese Worte entgegengeschleudert hatte. So verletzend, dass ihr noch monatelang die Tränen in die Augen gestiegen waren, wenn sie an diesen Moment dachte. Aber jetzt, in Camerons Armen, wirkte Michael nur noch wie eine belanglose, längst verblasste Episode ihres Lebens.

»Was ist mit Kelsey passiert? Hat sie überlebt?«, fragte Cameron leise.

Abby seufzte. »In gewisser Weise. Sie hatte unzählige Verletzungen. Unter anderem ein schweres Schädel-Hirn-Trauma, von dem sie sich nicht erholt hat. Sie leidet an einem apallischen Syndrom – sie liegt im Wachkoma«, übersetzte sie den Fachbegriff, als ihr bewusst wurde, dass Cameron damit vermutlich nichts anfangen konnte. »Sie liegt in einem Pflegeheim in Augusta und schwebt irgendwo zwischen Bewusstlosigkeit und Wachsein.«

Cameron schwieg einen Moment und strich in beruhigenden Kreisen über ihren Rücken. »Wird sie wieder aufwachen? Irgendwann?«, wollte er dann wissen.

»Grundsätzlich ist das nicht unmöglich. Aber die Chancen stehen äußerst schlecht.«

Cameron streichelte noch immer ihren Rücken, doch dann versteifte sich sein Körper und er schob Abby an den

Schultern weit genug zurück, um ihr in die Augen sehen zu können. »Jetzt verstehe ich, was los ist. Hast du unser Wochenende in Boston mit dem Dinner mit diesem Arschloch Michael verglichen? Hast du gedacht, die Geschichte wiederholt sich, weil jemand die Pferde herausgelassen hat, während du dich amüsiert hast? Das hast du doch gedacht, oder?«

Abby senkte den Blick, als er seine Augen zusammenkniff und sie fixierte. Er legte den Zeigefinger unter ihr Kinn und hob es so weit an, dass sich ihre Blicke wieder trafen. »Ernsthaft?«, fragte er leise.

Als Abby nickte, löste er sich ganz von ihr und drehte sich um. Die Hände in die Hüften gestützt, blickte er zum Horizont. Über ihm glitzerten bereits die ersten Sterne, und die Mondsichel war hinter ein paar Wolken aufgetaucht.

»Wow!«, sagte er, mehr zu sich selbst als zu ihr. »Da sagst du einer Frau, dass du sie liebst, und sie hat nichts Besseres zu tun, als dich mit einem Riesenwichser zu vergleichen.«

»Ich verstehe, dass du sauer bist.« Abbys Herz zog sich trotzdem zusammen. »Ich wollte einfach nur, dass du weißt, warum ich so reagiert habe.«

Cameron drehte sich zu ihr um. Sein Blick so ernst, wie sie ihn selten erlebt hatte. »Sag mir, was du willst, Abby. Willst du unserer Beziehung eine Chance geben?«

Hatties Worte klangen in Abbys Kopf wieder. »Gestern hätte ich noch Nein gesagt.« Sie schluckte. »Jetzt würde ich es gern probieren.« Ich liebe dich, fügte sie in Gedanken hinzu. Aussprechen konnte sie die drei Worte noch nicht.

Mit zwei großen Schritten war Cameron wieder bei ihr und zog sie abermals in seine Arme. Er senkte seine Lippen auf ihre und küsste sie, als wären sie Monate getrennt gewesen und nicht nur eine Nacht. »Ich kann verstehen, warum du so reagiert hast. Aber du hast mich kennengelernt, du weißt genau, wer ich bin. Ich will nie wieder mit solchen Typen verglichen werden. Und ich will dir etwas zeigen, um dir zu beweisen, wie viel du mir bedeutest, und wie sehr ich deine Arbeit nicht nur verstehe, sondern auch schätze.« Er setzte sich auf den Stein, auf dem sie zuvor gesessen hatte, und zog sie auf seinen Schoß. Dann klappte er den Laptop auf. »Das ist bis jetzt nur eine ungeschliffene Idee, aber ich glaube, du kannst erkennen, was ich mir vorstelle.«

Abby betrachtete die Skizze, die er auf den Bildschirm gerufen hatte. »Ist das das Gesindehaus von *Seal Rock Hall*?«, fragte sie. »Sieht so aus, als wolltest du da eine Art Motel draus machen.«

»So etwas Ähnliches. Unterkünfte für deine Patienten.«

»Was?« Abby verstand nicht ganz, wie er das meinte.

»Ich habe heute jemanden im *Jasper Point Motel* abgeholt und zurückgefahren, da ist es mir erst so richtig aufgefallen. Deine Patienten müssen von ihren Unterkünften immer über die halbe Insel fahren, um auf das Gestüt zu kommen. Wenn wir aber das Gesindehaus ausbauen, könnten hier vier Patienten mit ihren Familien übernachten und wären schon fast auf dem Gestüt.« Er rief ein paar Zahlen auf. »Das ist nur grob durchgerechnet. Aber wir könnten mit der Stiftung zusammenarbeiten, die dich sowieso schon unterstützt. Wir könnten das Hide Away preislich so ansetzen, dass ein Teil des Umsatzes in die Beherbergung deiner Patienten fließt und es ihnen ermöglicht, kostenlos und unentgeltlich unterzukommen. Was hältst du von der Idee?«

»Was ich davon halte?« Abby blieb die Luft weg. Ihr Herz stolperte. »Das ist … wow! Ich weiß nicht, was ich sagen soll. Das ist eine umwerfende Idee.«

Cameron legte seine Hand an Abbys Wange und drehte ihren Kopf so, dass sich ihre Lippen fast berührten. »Ich weiß, was du sagen könntest.«

»Ja?«, wisperte Abby.

»Sag mir einfach, dass du mich auch liebst.«

Abby schob ihre Finger in Camerons Haar, was eine kleine Staubwolke aufsteigen ließ. »Das tue ich Cam. Ich liebe dich.« Die Worte laut auszusprechen ließ ihren Herzschlag ruhiger werden. Es war fast so, als wäre sie endlich an dem Ort angekommen, an den sie gehörte.

»Aus jeder Veränderung kann etwas Gutes entstehen«, murmelte Cameron an ihren Lippen, dann küsste er sie.

Abby hatte keine Ahnung, was er damit meinte. Im nächsten Moment hatte sie seine Worte vergessen. Eingehüllt in die Wärme seiner Liebe ließ sie sich in den Kuss des Mannes fallen, von dem sie am allerwenigsten geglaubt hatte, dass er je ihr Herz erobern könnte.

Epilog

Abby strich sich die Haare hinter das Ohr, die eine Windböe ihr ins Gesicht geblasen hatte, und betrachtete das Herrenhaus. *Seal Rock Hall* hatte bereits ein neues Dach, und sowohl die Hauswände als auch der Witwenausguck waren eingerüstet. Grund genug für Cameron, eine Party zu schmeißen.

»Hat er sich wirklich ein Boot gekauft?« Megan reichte Abby ein Glas gekühlten Weißwein und sah sie neugierig an.

Abby lachte. »Und was für ein Ding! Wenn du den Gashebel nur ganz leicht antippst …« Sie simulierte mit der Hand eine startende Rakete.

»Du durftest es fahren?« Summer gesellte sich zu ihnen und zog die Augenbrauen hoch. »Sein neues Schätzchen?«

»An seinen Jaguar lässt er mich noch immer nicht ran.« Abby zwinkerte ihrer Schwester zu. »Aber für das Boot habe ich einen super Trick entdeckt. Ich habe ihm einfach erzählt, dass um den Leuchtturm herum wirklich gefährliche Riffe unter der Wasseroberfläche liegen und es einen Profi braucht, um dort hindurchzusteuern.«

»Er wird dich schneller durchschauen, als du denkst«, warnte Megan sie gut gelaunt und stieß mit ihnen an.

Abby grinste. »Im Moment ist er viel zu sehr damit beschäftigt, eine Hummerfang-Lizenz zu bekommen.«

Summer erwiderte das Lächeln und drehte sich um. »Wenn man vom Teufel spricht.« Sie winkte Cameron zu, der hinter ihnen auftauchte. »Tolle Party«, rief sie ihm zu und zog Megan dann mit sich, um dem DJ ein bisschen Dampf zu machen, wie sie behauptete.

Abby blieb einfach stehen und wartete, bis Cameron hinter sie trat und ihr die Arme um die Taille schob. Er zog sie an sich und legte seine Wange an ihre. »Rose hat mir die Grillzange weggenommen«, beschwerte er sich. »Angeblich lasse ich die Maiskolben verbrennen.«

Abby strich mit den Fingerspitzen über seinen Arm und lehnte ihren Rücken gegen seine Brust. »Ja, sie ist wirklich streng. Tolle Party übrigens, da muss ich Summer recht geben.« Sie ließ den Blick über die Lichtung schweifen, auf der bereits die ersten Lupinen dieses Sommers wuchsen und Farbtupfer in allen Schattierungen von Weiß über Rosa bis hin zu einem satten Blau-Lila setzten. Olivia stand mit ihren Freundinnen Maxine, Frankie und Marsha am Rand der Klippe und lachte über etwas, das eine der Frauen sagte. Summer hatte ihren Freund Alec und ihre beste Freundin Carrie mitgebracht, und Megan ihren Sommerflirt Zac Bridges. Sie unterhielten sich mit den *Barn Cats*, Teyla, Becky und Misha, und mit Camerons Schwester Valerie, die wild mit ihrem Weinglas gestikulierend eine Anekdote von sich gab. Sie hatte vor zwei Wochen endlich ihren Abschluss als Innenarchitektin gemacht und war in Camerons Projekt eingestiegen. Rose Walsh stritt am Grill gutmütig mit Wally Baring, wann die Steaks und Maiskolben gewendet werden mussten, während ihr Mann Josh sich darum kümmerte, dass das Barbecue nicht verbrannte. Neben einem munter flackernden Feuer stand die Kühlbox mit den

Hummern, die Cameron und sie vor ein paar Stunden aus dem Meer geholt hatten und die das Highlight des Abends werden würden. Die Hunde schlichen herum, schnupperten und hofften darauf, irgendwo doch ein Häppchen abzustauben.

»Ich bin immer noch überrascht, dass wirklich alle gekommen sind. Abgesehen von Finn.«

Abby drehte sich in seinen Armen, um ihn ansehen zu können. »Du verstehst dich wirklich gut mit ihm«, stellte sie fest. »Und ich bin mir sicher, dass er nicht in die Fußstapfen seines Vaters und Großvaters tritt. Trotzdem kann ich nachvollziehen, dass er sich nicht unbedingt freiwillig in die Höhle der Löwinnen begibt.«

»Ja. Obwohl seine Cousine das ohne zu zögern getan hat«, murmelte Cameron und ließ seine Lippen über Abbys Wange gleiten.

Sie schmiegte sich noch enger an ihn. »Das ist etwas völlig anderes.« Nachdem Abby beschlossen hatte, über ihren Schatten zu springen und ihre Arbeit als Therapeutin wieder aufzunehmen, hatte sie Emma eine Gesprächstherapie angeboten und schon nach den ersten Sitzungen gemerkt, wie gut das der jungen Mutter tat.

»Du hast recht. Trotzdem hätte ich Finn gern dabeigehabt. Ich mag ihn. Und die Arbeit, die er hier leistet, ist wirklich großartig.« Cameron küsste Abby, und es fühlte sich so normal an, hier zu stehen. Im warmen Sommerwind, umgeben von lachenden Freunden und Familie. Mit dem Geruch des Atlantiks und des Pinienwaldes in der Nase, der mit den Barbecue-Düften konkurrierte. »Weißt du, was Wally mir erzählt hat? Angeblich gibt es gar keine supergefährlichen Riffe um den Leuchtturm herum, solange man in der Fahrrinne bleibt«, bestätigte Cameron Megans Theorie von gerade eben.

Abby konnte ihr freches Grinsen nicht unterdrücken. »Das hat der alte Mann behauptet? Wahrscheinlich war er schon lange nicht mehr auf dem Meer.«

»Du hast mich reingelegt. Eiskalt«, flüsterte Cameron an ihren Lippen und schenkte ihr dieses Grinsen, das sie immer ein bisschen aus dem Takt brachte. »Das bekommst du zurück.«

»Ich kann es kaum erwarten.« Abbys Herz schlug laut und schnell gegen ihre Rippen. »Cam«, wisperte sie und hielt seinen Blick fest. »Ich liebe dich so sehr.«

Camerons Lächeln wurde noch breiter. Er hielt Abbys Taille umschlungen und wirbelte sie einmal im Kreis. »Nicht so sehr wie ich dich«, widersprach er und besiegelte seine Worte mit einem zärtlichen Kuss.

Ella Thompson

Ein Traum am Strand – Stonebridge Island 2

Leseprobe

Prolog

Hinter dem Ranchhaus lag die Wiese unter einem Meer von Lupinen verborgen, die sich in allen Farbschattierungen von Weiß über Rosa und Lila bis hin zu einem satten Blau im Wind wiegten. Eine Böe trug das Lachen und die Musik vom Patio über das sanfte Gefälle und ließ sie dann über die Klippe in die Halfmoon Bay stürzen, wo sie vom Atlantik verschluckt wurden.

Summer Cooper setzte ihre Sonnenbrille auf und verpasste der Welt um sich herum damit einen Sepia-Filter. Sie saß mit ihren Schwestern Abby und Megan auf einer Picknickdecke und nippte an ihrem Island Brew, dem Craft Beer, das hier auf der Insel gebraut wurde.

»Was für ein Wahnsinnstag.« Megan ließ sich nach hinten fallen und streckte ihre Beine aus, die in ultrakurzen Shorts steckten. »Nach diesem matschigen, kalten Frühling haben wir uns diesen fantastischen Sommer wirklich verdient.«

»Da sagst du was«, murmelte Abby. Summer war sich sicher, dass Abby nicht wirklich zugehört hatte, denn ihr Blick klebte an Cameron Montgomerys Rücken, der am Grill stand und Burger-Paddys und Maiskolben wendete. Abby hätte ihrer jüngsten Schwester sonst sicher nur bedingt zugestimmt – ihr Frühling war wundervoll gewesen. Weil sie sich zum ersten Mal seit ewigen Zeiten verliebt hatte. In einen fantastischen Mann, soweit Summer das beurteilen konnte. Schließlich schaffte es Abby doch, sich von Camerons Anblick loszureißen. »Hast du Mom schon von unserer Entscheidung erzählt?«, fragte sie mit einem Seitenblick zu Megan.

»Was erzählt?« Summer drehte sich, genau wie ihre Schwestern, um und blickte zu ihrer Mutter Olivia auf, die sich aus der Gruppe der Party-Gäste gelöst hatte und mit ihrem Limonadenglas in der Hand zu ihnen herübergeschlendert war. Abby rutschte ein Stück zur Seite, um Olivia Platz auf der Decke zu machen. »Also, was sollte ich wissen?«, fragte ihre Mutter noch einmal und setzte sich im Schneidersitz zu ihnen.

Summer warf ihr, wie immer, einen prüfenden Blick zu. Olivia sah gut aus. Die Haut von der Sonne gebräunt, erste silberne Fäden zogen sich durch ihre braunen Locken. Wie ihre Töchter trug sie Shorts und Flip-Flops. Die dunklen Schatten, die sich nach dem Tod ihres Mannes Jack im vergangenen Herbst unter ihre Augen gelegt hatten, waren blasser geworden. Ein Fortschritt, auch wenn sie noch nicht ganz verschwunden waren. Summer hatte sich Sorgen gemacht, dass sie in ihrer Trauer versinken und keinen Weg mehr herausfinden würde. Aber das Gestüt, die Familie und ihre Freundinnen hatten sich geweigert, sie in ihrem Kummer verharren zu lassen. »Megan wird es dir sagen«, entschied Summer. Ganz einfach, weil sie nicht sicher war, wie ihre Mutter die Neuigkeiten aufnehmen würde.

Verräterin, formte ihre jüngere Schwester lautlos mit den Lippen, als sie sich aufrichtete und Summer einen Blick aus zusammengekniffenen Augen zuwarf. Dann griff sie nach ihrem Handy, das sie neben sich auf die Decke geworfen hatte, und wischte mit dem Daumen über das Display. »Dieser hübsche Kerl heißt El Amor. Und wir haben ein Angebot für ihn abgegeben.«

Olivia griff danach und scrollte durch die Bilder und die Beschreibung des Pferdes. »Ein wunderschöner Hengst«, stimmte sie zu.

»Ja, nicht wahr?« Megan strahlte. »Zusammen mit Diva wird er das perfekte Zuchtpaar abgeben.«

Summer sah, wie ihre Mutter die Stirn runzelte und den Mund öffnete, um etwas zu sagen. Dann überlegte sie es sich offenbar anders und erwiderte Megans Lächeln. Doch es war völlig klar, was ihr durch den Kopf ging. Die gleiche Sorge, die ihnen allen dreien tagelang Kopfzerbrechen bereitet hatte. Sie konnten sich El Amor nicht durch die Lappen gehen lassen, er war perfekt für die Zucht. Aber das Geld, das sie für ihn ausgeben mussten, würde an anderer Stelle fehlen.

»Wir werden den Gürtel ein wenig enger schnallen«, sagte Abby, der Olivias Zweifel ebenfalls aufgefallen waren. »Und ein paar zusätzliche Aufträge annehmen. Du musst dir keine …«

»Schätzchen.« Olivia brachte ihre Älteste zum Schweigen, indem sie die Hand auf ihren Unterarm legte. »Ich mache mir keine Sorgen.« Sie sah ihre Töchter der Reihe nach an. »Ich habe die Leitung der *Silver Brook Stables* in eure Hände gelegt. Wenn ihr eine Entscheidung trefft, stehe ich voll und ganz hinter euch. Ihr wisst, was ihr tut.«

»Danke, Mom.« Summer lehnte sich zu ihrer Mutter hinüber, um sie auf die Wange zu küssen.

Olivia strich auch ihr in einer liebevollen Geste über den

Arm. »Jetzt lasst uns anstoßen.« Sie hob ihr Glas zu einem Toast. »Und dann wird es Zeit, die Hummer in den Topf zu werfen und ein Festmahl zu zaubern, wie es sich für einen 4. Juli gehört.«

1

Der 4. Juli war auf Stonebridge Island eine ernsthafte Angelegenheit. Nicht nur, weil die Insulaner ihre Parade zum Unabhängigkeitstag, die auf dem Wasser in der Fisherman's Cove abgehalten wurde, liebten. Die meisten Einheimischen lebten vom Fischfang oder Blaubeeranbau. In den Sommermonaten kamen noch die Touristen dazu, die die kleinen Städte Home Port und Sandy Beach auf Trab hielten. Kleine Auszeiten wie dieser Tag waren also mehr als willkommen.

Summer lehnte an der Wand des Ranchhauses und sah dem bunten Treiben auf dem Patio zu. Rot-weiß-blaue Wimpel flatterten fröhlich im Wind. Lichterketten schwangen etwas gemütlicher hin und her. Sie waren bereits eingeschaltet und schienen nur darauf zu warten, dass die Sonne, die ihre Reise in Richtung Meer schon angetreten hatte, endlich hinter den Horizont kippte. Die Picknicktische bogen sich unter der Last von Köstlichkeiten, die die Haushälterin des Gestüts, Rose Walsh, gekocht hatte, und die von den Gästen mitgebracht worden waren.

Vor einer Weile hatten Abbys Freundinnen Misha, Teyla und Becky vorbeigeschaut und spontan ein paar Songs gespielt, schließlich waren sie die in der Gegend so bekannten *Barn Cats*. Die Partygäste hatten spontan angefangen, auf der Wiese zu tanzen.

Inzwischen kam die Musik aus der Bluetooth-Box. Cameron schwenkte Abby herum, und Megan ließ sich von Zac Bridges, dem Meeresbiologen, mit dem sie diesen Sommer teilte, lachend um die eigene Achse wirbeln. Summer nippte an ihrem Bier. Sie tanzte ebenfalls gern, aber ihr Freund, Alec, hatte zwei linke Füße. Auf dem Footballfeld war er ein Gott, doch wehe es ging darum, sich im Takt eines Songs zu bewegen, ohne der Tanzpartnerin auf den Füßen herumzutrampeln. Summer unterdrückte einen resignierten Seufzer. Vielleicht würde sie sich später einfach Cameron für einen Tanz ausleihen.

»Hey!« Camerons Schwester Valerie ließ sich neben Summer gegen die Hauswand sinken. Sie war für das Feiertagswochenende aus Boston gekommen, um es mit ihrem Bruder und den Coopers zu verbringen. Überhaupt schien sie inzwischen mehr Zeit auf Stonebridge Island zu verbringen als zu Hause. Seit sie begonnen hatte, mit Cameron das alte Herrenhaus auf *Seal Rock Hall* zu restaurieren und zu einem Hotel umzubauen, hatte sie sich in die Insel verliebt. »Ich kann nie genug bekommen von dieser Aussicht«, schwärmte sie prompt.

Summer schob ihre Sonnenbrille auf den Kopf und genoss die Wärme, die die Wand hinter ihr den Tag über gespeichert hatte und nun nach und nach abgab. Sie versuchte, ihr Zuhause mit Valeries Augen zu sehen. Ein Ausblick, den sie ihr Leben lang Tag für Tag genossen hatte, ihm aber nie überdrüssig geworden war. Das Meer breitete sich, geteilt von unzähligen kleinen Inseln, dunkelblau und glatt bis zum Horizont aus. Nur der Himmel machte ihm mit seiner eigenen Version von strahlendem Azur Konkurrenz. »Ich habe es in dreiunddreißig Jahren nicht geschafft, mich daran sattzusehen«, sagte sie und stieß mit Valerie an. »Ich wünsche dir, dass es dir genauso gehen wird.«

»Da bin ich mir sicher.« Valerie grinste und nippte an ihrem Bier, bevor sie mit der Flasche in der Hand auf die beiden tanzenden Paare wies. »Da liegt ganz schön viel Liebe in der Luft.«

»Hmm.« Summer wusste, dass das nur zum Teil stimmte. Zwischen Abby und Cameron waren es die ganz großen Gefühle. Sie würde sich nicht wundern, wenn bald ein funkelnder Ring am Finger ihrer älteren Schwester stecken würde. Megan hingegen … amüsierte sich. Zac war ein süßer Typ, keine Frage. Und Summers jüngere Schwester mochte ihn. Aber er blieb nur so lange auf Stonebridge Island, wie das Forschungsprojekt andauerte, das er betreute. Spätestens zum Labor Day würde er nach Portland zurückkehren. Megan genoss diese unverbindlichen Sommerlieben. Sie war glücklich mit diesen Konstellationen, also gönnte Summer ihr jeden dieser freien, unbändigen Momente. Manchmal wünschte sie sich, ebenso ungezwungen und offen zu sein, wenn es um den Umgang mit Männern ging. Alec jedenfalls erhoffte sich mehr Spontaneität von ihr, wie er in den letzten Monaten immer wieder hatte durchklingen lassen. Summer konnte ihn verstehen, aber sie hatte keine Ahnung, was sie anders machen konnte, um mehr gemeinsame Zeit herauszuschlagen. Statt sich den Kopf darüber zu zerbrechen, was sie noch verändern konnte, um ihrer Beziehung mehr Raum zu geben, hoffte sie auf sein Verständnis. Auch wenn sie spürte, dass seine Geduld einem Eiswürfel in der Sonne glich: Sie schwand unaufhaltsam, und Summer hatte keine Ahnung, wie sie diesen Prozess aufhalten sollte. Sie entdeckte ihn an dem Tisch mit den Getränken, und er drehte sich genau in diesem Moment zu ihr um. Sein Blick hielt ihren fest. Wenn man vom Teufel sprach – oder über ihn nachdachte …

Valerie stieß sich von der Hauswand ab, als sie Alec auf sich zukommen sah. »Ich werde mal den Hummer probieren, den deine Mutter höchstpersönlich gefangen hat«, sagte sie und machte den Platz frei, damit Alec sich neben Summer an die Wand lehnen konnte. »Bis später.« Sie hob die Hand zu einem Winken und machte sich auf den Weg zu den Picknicktischen, von denen Alec gerade zu ihnen herübergeschlendert war.

»Hey, Baby«, sagte er und beugte sich vor, um Summer zu küssen. »Tolle Party«, ergänzte er, als er sich wieder von ihr löste.

»Danke. Ich werde es meiner Mutter ausrichten.« Summer lehnte sich an seine Schulter und atmete den vertrauten Geruch seines Rasierwassers ein. Seit fast zwei Jahren waren sie jetzt ein Paar. Sie hatten sich an der Machias High kennengelernt, der Highschool, an der er Footballtrainer war und Summer ehrenamtlich das Cross-Country-Laufteam betreute. Sie hatte es ihm nicht leicht gemacht, sie zu erobern, aber Alec war hartnäckig geblieben. Inzwischen fragte sie sich manchmal, ob er es bereute, sich so sehr um sie bemüht zu haben.

»Nachher steigt noch eine Party bei Carrie. Sollen wir hingehen und ein bisschen Dampf ablassen?« Er legte Summer den Arm um die Schulter und zog sie an sich, um sie auf den Scheitel zu küssen.

Dampf ablassen? Summer war seit fünf Uhr auf den Beinen, hatte Pferde gefüttert, geholfen Ställe zu misten und die Tiere bewegt, die auf dem Gestüt eingestellt waren, damit sie mit ihnen arbeitete. Was sie brauchte, waren ein Bett und sieben Stunden Schlaf. »Ja«, sagte sie stattdessen, weil Alec diese Antwort verdient hatte.

»Wenn wir gerade davon reden …«

Mist. Summer schloss die Augen und schluckte den resignierten Seufzer hinunter. Sie hatte gehofft, dass sie diesen wundervollen Tag ohne die Diskussion beenden könnten, auf die neuerdings jedes ihrer Gespräche hinauszulaufen schien.

»Wir könnten für ein paar Tage in das Sommerhaus meines Co-Trainers nach Camden abhauen. Eine kleine Auszeit. Miniurlaub. Nur du und ich.« Er strich mit der Hand an ihrem Arm hinauf und hinab. »Was hältst du davon?«

»Alec.« Summer löste sich aus seiner Umarmung und drehte sich zu ihm, dass sie ihm in die Augen sehen konnte. »Es tut mir wirklich leid, aber ich kann nicht. Ich habe dir doch von El Amor erzählt.«

»Das Pferd?« Er zog die Augenbrauen hoch, als könne er nicht glauben, dass sie ihm zugunsten eines Tieres einen Korb gab. Dabei wusste er ganz genau, wie sie tickte, und hatte ihr schon oft genug bei ihren Rettungsmissionen geholfen.

»Der preisgekrönte, wertvolle Zuchthengst«, korrigierte sie ihn. »Ihn zu kaufen ist ein finanzielles Risiko. Wir müssen das Loch ausgleichen, das sein Kauf in unser Budget reißt. Vor dem Herbst müssen wir unbedingt noch das Dach der Futterscheune decken. Dafür brauchen wir dringend Geld, wenn wir nicht noch einmal eine Hypothek aufnehmen wollen.«

»Dann können sich doch deine Schwestern mal ein bisschen ins Zeug legen. Warum hängt das alles an dir? Du brauchst mal ein paar freie Tage. Und ich brauche ein paar Tage mit dir.« Alec zog sie an sich und ließ seine Hand unter den Saum ihres Tops gleiten, wo er sie auf ihrem Rücken liegen ließ. Haut auf Haut. Er presste seine Lippen auf ihr Schlüsselbein und ließ sie dann an ihrem Hals hinaufgleiten. »Ich weiß schon gar nicht mehr, wie du nackt aussiehst«, raunte er an ihrem Ohr.

Summer legte ihre Hände auf Alecs Brust und stemmte sich dagegen, bis sie ein wenig Abstand zwischen ihnen geschaffen hatte. »Meine Schwestern legen sich ins Zeug«, verteidigte sie ihre Familie. »Megan investiert ihre Zeit in die Zucht, und Abby hat angefangen, über die Reittherapie hinaus wieder als Psychotherapeutin zu arbeiten. Ich muss einfach meinen Teil dazu beitragen. Ich gebe den ganzen Sommer über Horsemanship-Kurse, die Pferdebesitzern helfen, ihre Tiere verstehen zu lernen. Und dann noch diese Workshops für Führungskräfte – du weißt schon, der letzte Schrei, bei dem man durch den Umgang mit Pferden begreift, wie man seine Mitarbeiter führt. Von den Problempferden und den ganz normalen Trainingseinheiten ganz zu schweigen.« Summer schüttelte den Kopf, weil sie den Ansturm der Klienten noch immer nicht fassen konnte. Sie hatte sich eigentlich schon vor Jahren aus diesem Geschäft zurückgezogen, und erst jetzt wieder damit angefangen. Diese Kurse waren nicht gerade ihr Traumjob, halfen ihnen aber, in den schwarzen Zahlen zu bleiben. Kaum hatte Megan die Kursangebote auf die Homepage des Gestüts gesetzt, hatte das Telefon nicht mehr aufgehört zu klingeln. »Die Leute stehen auf diese Workshops und geben verdammt viel Geld dafür aus. Zusammen mit den Pferden, die ich zusätzlich noch betreuen und ausbilden muss, werde ich mir vor dem Labor Day mit Sicherheit keinen freien Tag rausschwitzen können.«

Die Wärme verschwand aus Alecs Blick. Die Stelle, an der gerade noch seine Hand unter ihrem Shirt gelegen hatte, fühlte sich auf einmal kühl an in der leichten Abendbrise, die aufgekommen war. »Weißt du was? Ich habe es wirklich langsam satt, dass sich alles nur um diese Pferde dreht.« Er trat einen Schritt zurück, brachte Abstand zwischen sie. »Vielleicht solltest du deine wertvolle Zeit heute Abend ebenfalls nicht verschwenden und lieber nicht zu Carries Party gehen. Ich kann mich auch allein amüsieren.«

»Alec, ich …« Sie wusste nicht, was sie sagen sollte, um ihn vom Gegenteil zu überzeugen. Was sollte sie denn tun? Die *Silver Brook Stables* waren das Erbe ihrer Familie. Ihre Mutter hatte das Gestüt erst in diesem Jahr an Summer und ihre Schwestern übergeben. Sollten sie das Ganze schon jetzt gegen die Wand fahren? Dafür musste Alec doch Verständnis haben.

Alec hatte darauf gewartet, dass sie etwas sagen würde, um ihn aufzuhalten. Doch als nichts kam, schüttelte er nur den Kopf. »Ich wünsche dir einen schönen Abend«, stieß er hervor. »Ich rufe dich nächste Woche an.« Damit drehte er sich um und ließ sie stehen.

Summer schloss die Augen und lehnte ihren Kopf gegen das ausgebleichte Holz des Ranchhauses. Sie wusste nicht, was schlimmer war. Dass ihr Freund sie so schnell und kompromisslos aus seinen Plänen für diese Nacht ausgeschlossen hatte? Oder die Dankbarkeit, nicht auf eine Party zu müssen, wenn ihr vor Erschöpfung schon im Stehen fast die Augen zufielen? Die Diskussion über einen gemeinsamen Urlaub war damit noch nicht vom Tisch. Alec war Sportler. Er hatte einen starken Willen zu siegen. So schnell gab er also nicht auf. Aber für den Moment war die Entscheidung vertagt.

*

Saint Joseph Hospital, Lexington, Kentucky – zwei Monate zuvor

Matthew Walkers Kopf stand kurz davor zu explodieren. Soweit er sich erinnern konnte, lag das nicht daran, dass er einen oder zwei Whiskeys mehr gekippt hatte, als ihm gutgetan hatte. Mühsam hob er die Lider – zumindest so weit das ging. Das rechte Auge war halb verdeckt. Was zur Hölle … Er versuchte, seinen Arm zu heben. Und schaffte es nicht, das raue Stöhnen zu unterdrücken, das den scharfen Schmerz begleitete, der durch seinen Brustkorb tobte und ihm die Tränen in die Augen trieb.

»Schön langsam«, sagte eine weiche Frauenstimme mit starkem Südstaatenakzent über ihm.

Matt öffnete abermals die Augen und blinzelte in das grelle Licht über sich. Das verschwommene, dunkle Gesicht war kaum zu erkennen. »Ich lebe noch, oder?«, krächzte er.

»Ein bisschen verbeult, aber definitiv noch am Leben«, bestätigte die Frau, die sich über ihn beugte, und beendete den Satz mit einem gut gelaunten Glucksen. Sie war – dem typischen türkisfarbenen Krankenhaus-Outfit nach zu urteilen, das er erkannte, als sich sein Sichtfeld ein wenig schärfte – eine Krankenschwester. »Bleiben Sie einfach einen Moment ruhig liegen. Ich gebe dem Arzt und Ihrem Angehörigen Bescheid, dass Sie wieder da sind.«

»Was ist passiert?« Matt begriff, dass er sich im Krankenhaus befand. Wie war er hier gelandet?

»Ich hole den Arzt, Herzchen. Der wird den Rest mit Ihnen besprechen.« Sie legte in einer beruhigenden Geste ihre Hand auf Matts Arm, die sich angenehm kühl auf seiner hypersensiblen Haut anfühlte, und ließ ihn dann allein.

Er nutzte die Zeit, in der er allein war, zu einer Bestandsaufnahme und versuchte, den Schmerz, der in jeder Zelle seines Körpers zu sitzen schien, zu analysieren. »Ich glaube, ich habe mir die Niere gebrochen«, brachte er heraus, als er hörte, wie die Tür geöffnet wurde.

»Aus medizinischer Sicht eher unwahrscheinlich.«

»Dad?« Matt drehte den Kopf in Richtung der Stimme seines alten Herrn. Und bereute es auf der Stelle.

»Ich bin überrascht, dass du dir nicht deinen sturen Schädel gebrochen hast. Das war eine verdammte Bruchlandung.« Hank Walkers wettergegerbtes Gesicht tauchte in Matts Blickfeld auf. »Du solltest zwar schnell sein, aber niemand hat gesagt, dass du deinen Kopf ausschalten sollst. Es war dein Job, für Ice und dich zu denken. Das Pferd unter Kontrolle zu halten.«

Ice Blue Fire – der Hengst, den Matt geritten hatte. »Ice …« Seine Gedanken rasten, und der Schmerz, der durch seine Glieder rotierte, nahm noch mal an Intensität zu. »Ist Ice …«

»Er lebt noch«, beendete sein Vater den Satz, ehe Matt die Frage stellen konnte. »Noch!«, betonte er.

»Mr. Walker!«, erklang die Stimme der Krankenschwester am anderen Ende des Raumes. Resolut und weniger freundlich als zuvor im Gespräch mit Matt. Wahrscheinlich gerieten sie und sein Vater nicht zum ersten Mal aneinander, seit er hier lag. Was wenig verwunderlich war. »Ich habe Sie gebeten, draußen zu warten, bis der Arzt bei Ihrem Sohn war.«

»Es ist nicht nur mein Recht, sondern auch meine Pflicht, nach Matt zu sehen. Ich muss wissen, dass es ihm gut geht«, widersprach Hank und wischte die Worte der Krankenschwester mit einer unwirschen Handbewegung zur Seite.

»Ice … was für Verletzungen …« *hat er*, wollte Matt fragen, doch die Worte gingen in einem erneuten schmerzhaften Stöhnen unter, als er versuchte, sich aufzurichten.

»Ich habe ein Video vom Sturz. Soll ich …«, setzte sein Vater an.

Dann verschwand sein Gesicht gemeinsam mit einem resoluten »Jetzt reicht es mir!« aus Matts Blickfeld. »Raus hier. Sonst lasse ich Sie vom Sicherheitsdienst entfernen.«

Ein Sturz. Die Worte seines Vaters hallten in Matts Kopf nach, vermischten sich mit dem permanenten Hämmern hinter seinen Schläfen. Da war etwas. Er konnte sich an Bruchstücke erinnern. Das Finale des Vielseitigkeitswettkampfs des *Kentucky Three-Day Events*. Sein eiserner Wille, die schier unglaubliche Zeit seines Konkurrenten Steven Willard zu unterbinden. Die jubelnde Menge. Ice unter ihm. Das Gefühl, als er seinen Schwerpunkt nach vorn verlagerte. Und dann … nichts mehr. »Danke, dass Sie ihn rausgeworfen haben.« Matt versuchte sich an einem Lächeln, das vermutlich ziemlich kläglich ausfiel. »Er ist definitiv nicht gut für meine Genesung.« Er sagte es wie im Scherz, aber es war viel näher an der Wahrheit, als die meisten Menschen um ihn herum glauben mochten. Hank Walker und sein Ehrgeiz hatten die Beziehung zwischen Matt und ihm schon früh ungesund werden lassen. Inzwischen hatte er das Verhältnis zu seinem Vater besser im Griff. Aber in Situationen wie dieser, verletzt und ohne Erinnerung an den Unfall, war er Hank ausgeliefert. Ein Umstand, den er hasste, solange er denken konnte.

»Machen Sie sich keine Sorgen, Süßer. Ich kenne mich mit anstrengenden Verwandten aus«, ging die Krankenschwester – ihr Name war Keyla, wie er jetzt auf dem Namensschild an ihrem Kittel erkennen konnte – auf seinen Scherz ein. »Haben Sie Schmerzen, Herzchen?«

»Ja«, gab er zu.

»Dann gebe ich Ihnen noch was. Ich habe dem Arzt Bescheid gesagt, dass Sie wieder unter uns weilen, aber er ist im Moment noch bei einem anderen Notfall. Am besten, Sie verschlafen einfach die Zeit, bis er bei Ihnen vorbeischaut.«

»Klingt gut«, murmelte Matt. »Jumper … mein Hund.« Das Bild seines Jack Russels tauchte für den Bruchteil einer Sekunde vor seinem inneren Auge auf. »Jemand muss sich um Jumper kümmern.« Seine Stimme hallte von den Wänden wider. Und … lallte er? Das Mittel, das sie in den Zugang auf seinem Handrücken injizierte, schien unmittelbar zu wirken und ließ sein Umfeld zu einer Art hellblauer Watte mutieren.

»Keine Sorge, jemand vom Gestüt kümmert sich um ihn«, beruhigte Keyla ihn.

»Wenn Sie mich jetzt noch vor meinem Vater beschützen, halte ich um Ihre Hand an.«

Keyla lachte gut gelaunt und tätschelte seine Schulter. »Nichts versprechen, das Sie nicht halten können, Herzchen.«

Begleitet von ihren Worten, die wie Melasse um ihn herumschwappten, driftete Matt in die Dunkelheit zurück.